염상섭

문장 전집

II

1929-1945

엮은이

한기형 韓基亨, HAN Kee Hyung
1962년 충남 아산생
성균관대 대학원에서 문학박사학위 취득
현재 성균관대 동아시아학술원 교수

이혜령 李惠鈴, LEE Hye Ryoung
1971년 서울생
성균관대 대학원에서 문학박사학위 취득
현재 성균관대 동아시아학술원 교수

염상섭 문장 전집 Ⅱ

초판인쇄 2013년 5월 25일 **초판발행** 2013년 5월 30일
엮은이 한기형 이혜령 **펴낸이** 박성모 **펴낸곳** 소명출판 **출판등록** 제13-522호
주소 서울시 서초구 서초동 1621-18 란빌딩 1층
전화 02-585-7840 **팩스** 02-585-7848
전자우편 somyong@korea.com **홈페이지** www.somyong.co.kr

값 40,000원   ⓒ 한기형 이혜령, 2013

ISBN 978-89-5626-871-2 04810
ISBN 978-89-5626-869-9 (세트)

이 책은 2007년 정부(교육과학기술부)의 재원으로 한국연구재단의 지원을 받아 수행된 연구임
(NRF-2007-361-AL0014)

야간개원 플래카드를 내건 창경원.

1924년 봄 창경원은 야간개원을 한다. 염상섭은 1925년 「국화와 앵화」라는 글에서 벚꽃에 담긴 일본의 정신에 대한 유감을 표했는데, 1935년 어느 글에서는 "창경원의 야앵(夜櫻)이고, 주앵(晝櫻)이고 연래(年來)로 구경해본 일도 없"다고 말했다.

1929년 신혼시절 처갓집에서
부인 김영옥 여사와 함께.

1935년 가족사진.
장남 재용과 장녀 희경.

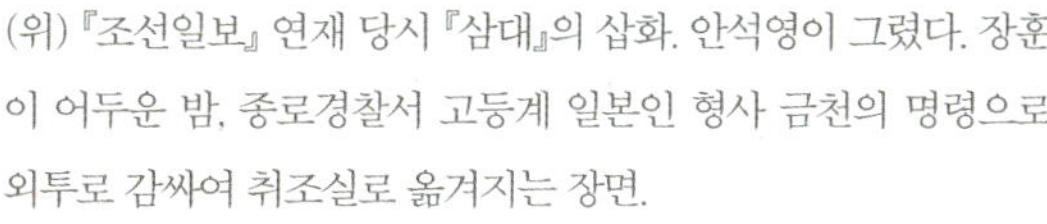

(위) 『조선일보』 연재 당시 『삼대』의 삽화. 안석영이 그렸다. 장훈이 어두운 밤, 종로경찰서 고등계 일본인 형사 금천의 명령으로 외투로 감싸여 취조실로 옮겨지는 장면.
(오른쪽) 해방 후에서야 단행본으로 간행된 『삼대』.

(오른쪽) 『매일신보』에 연재된 『모란꽃 필 때』의 예고기사.
(아래) 식민지 시대에 간행된 몇 안 되는 염상섭의 장편소설 『이심』(박문서관, 1942판).

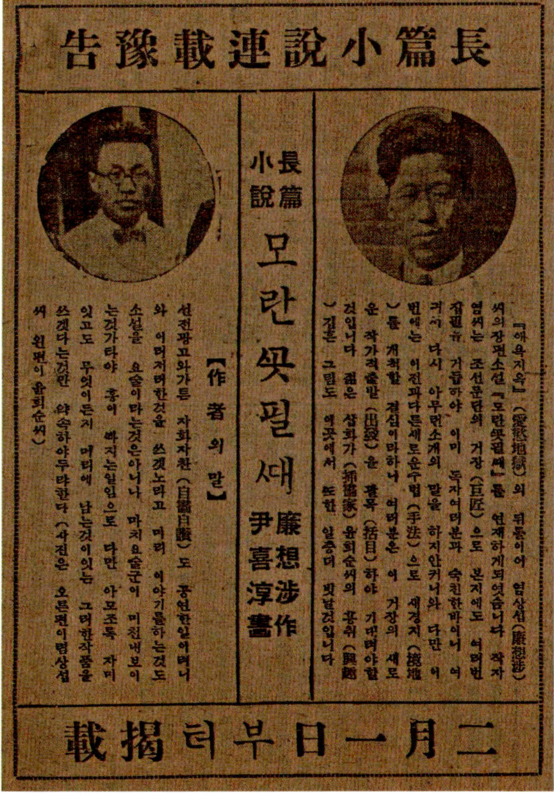

1936년 만선일보 주필겸 편집국장 시절 견학 온 조선인 학생들과 함께(왼쪽 뒤 맨 끝)

염상섭

문장 전집

II

1929~1945

한기형 · 이혜령 엮음

소명출판

일러두기

1. 발표 당시의 표기 방식을 따르지 않고 현재의 표기 방식으로 수정하였다. 단, 의미가 분명하다면 당대와 염상섭의 언어 사용의 맛을 해치지 않기 위해서 원문 텍스트를 존중한다. 또 어의나 지시 대상(고유명의 경우)이 불분명하거나 확정하기 어려운 경우에도 원문의 표기를 그대로 두었다.
2. 한자 표기는 한글화하되 한글만으로 의미가 모호한 경우 한자를 병기하였다. 또한 저자가 순우리말의 단어의 이해를 위해 괄호에 한문을 병기한 경우 그대로 둔다.
    예 검부재(藁火)
3. 외국어 표기는 모두 현대식으로 전환한다. 경우에 따라 본문 또는 각주에 외국어를 병기한다.
    예 '씨인' → 신(scene). 일본어의 경우, 한국식 한문음독으로 관습적으로 쓰는 경우(예, 東京 → 동경(東京))는 그대로 준용하고, 그 밖의 것은 현대 외국어 표기를 준용한다. 또한 외국어 표기에서 따옴표를 없앤다.
4. 숫자의 한자 중 아라비아 숫자로 교체하여 자연스러운 것은 교체하였다.
5. 판독불능인 글자는 □로 표시한다.
6. 원문의 복자는 그대로 두었으며, 원문에 □ 표시로 된 것은 각주에 복자임을 표시한다.
7. 현대어 전환 이외의 인명이나 문맥의 추정 등에 의해 원문을 수정할 때는 각주에 해당 원문, 그리고 경우에 따라서는 수정 근거를 제시한다.
8. 해당 글의 첫 번째 각주에는 발표지면 상의 이름이나 필명(한자 병기), 출처를 밝혀둔다. 경우에 따라서는 게재지의 편집에 따른 글의 성격을 밝혀둔다.
    예 염상섭(廉想涉), 「무엇이나 때가 있다」, 『별건곤』, 1929.1. 이 글은 '새해를 맞으면서 내가 생각하는 조선문단 진흥책'이라는 표제하에 실린 글 중 하나임.
9. 단어, 인명, 기존연구사 등 원문 텍스트의 이해를 위해 제공된 편집자주 또한 각주로 처리한다.

소설은 물론 염상섭의 모든 글들을 읽어보자는 과업은 아직도 달성하지 못했다. 그러나 그의 글 가운데 '문장'을 정리하는 작업이 불비하나마 결실을 맺게 되었음을 기쁘게 생각한다. 이 일의 처음은 한기형과 이혜령이 함께 개설한 2010년도 성균관대 동아시아학과 대학원 수업에서 비롯되었다. 그의 상당수 소설도 그렇지만, 적지 않은 염상섭의 '문장'들은 전모가 채 드러나지 않았고 따라서 충분한 독해의 대상이 되지 못한 상태였다. 두 사람이 함께 한 수업은 한 학기 더 이어졌다. 학생들이 보태준 땀과 신선한 독해 덕분에, 우리는 염상섭의 '문장'을 읽는 것이 20세기 한국인이 지녔던 지적 사유의 심부에 접근하는 것이라고 확신을 갖게 되었다.

사상을 지니고 살아가는 것, 혹은 그것을 표현하고 실천하는 것이 극단적으로 억압되었던 20세기 한국에서 염상섭은 문학이라는 대중언어를 통해 자기가 처한 시대의 곤혹에 대해 지속적인 사유와 해석을 시도했다. 우리는 그런 의미에서 염상섭의 문학은 사상의 형상이었다고 생각한다. 그의 인식은 시대의 주류들에 대한 불화와 비타협의 정신으로 표현되었다. 그가 의도적으로 불화했던 대상은 누구보다 반세기 가까이 한국을 점령했던 제국의 식민자들이었다. 그러나 염상섭은 단성적인 언어와 사고방식을 고집했던 일부

프롤레타리아 비평가들, 자신의 언어조차 갖지 못했던 우익 이데올로그들의 편협과 나태에 대해서도 신랄한 공격을 주저하지 않았다. 비유컨대 근대 한국의 사상적 정황 속에서 염상섭은 상반되는 양쪽 모두를 비추는 야누스의 거울과 같은 존재였다.

독선과 자기애의 포로들에 대한 가혹한 멸시야말로 염상섭이 지녔던 지성의 본질이었다. 그들은 자신들이 다른 사회적 존재들에 의존하고 있음을 망각하고 그들의 삶에 각인되어 있는 중첩된 시간성을 깨닫지 못했다. 그렇기 때문에 그 존재와 시간성을 현전화하고 의미화하려는 언어의 자리조차 부정함으로써 그 흔적을 말소시키려고 한다. 이 같은 나르시시즘과 동물성에 대한 염상섭의 명징한 자의식은 아직도 한국사회가 해결하지 못하고 있는 치부의 정면을 응시하고 있다. 염상섭의 문장은 역사를 결정하거나 정의한 자들의 오류를 파헤치는 데 바쳐졌다고 해도 과언이 아닌데, 이것이야말로 '문학다운 것'이라는 점에서 그가 작가로서의 최대치에 다가간 한 징표로 이해해도 좋을 것이다.

염상섭은 불청객 취급을 받고 경원시되더라도 끊임없이 말을 거는 두터운 신경의 소유자였다. 그는 『만세전』의 이인화처럼 듣고자 하는 인내심이 출중했던 청자이기도 했다. 프롤레타리아 문학 비평가들과 가장 열띤 논전을 벌인 문인이 염상섭이라는 사실은, 그가 절충주의자라거나 민족주의자라는 것을 의미하기보다 사회주의와 사회주의 운동세력의 역사적 존재성을 진지하게 받아들였음을 뜻한다. 그것은 사회주의를 잉태한 세계의 전체 안에 자신도 거하고 있다는 공통성의 감각에 기초해 있었다. 염상섭은 진정으로 응답하는 자였다.

세계공황 이후 맹위를 떨치던 프로문학이 침체에 빠져들고 이른바 '사상의 동요'가 확산되던 1934년 초 염상섭은 "…… 조선에는 엄정한 의미로 '우익'은 없다. 자본주의가 발달 안 된 조선, 따라서 독자(獨自)의 자본주의적 문학이 생성치 못한 우리의 문학이란 것은 다분(多分)의 모방일지는 몰라도 완전한 부르주아 문학은 아닐 것이다. 따라서 예술지상주의에까지 올라가지도 못하였거니와 물론 파쇼화한 경향도 보지 못한 것이다. 그러므로 조선에서 구태여 이름 짓자면 '중간파'와 '좌파'는 있어도 '우익'이라는 것은 좀 부당할 것 같다"라고 말했다.

이 언급은 그 자신에게 붙여진 부르주아 문학자니 하는 규정에 대한 유감의 표현이기도 했지만, 무엇보다 전체성과 그것에 기반하여 생성되어야 할 삶과 사유의 공통성에 대한 환기였다. 그 공통성을 표현하고 상상하는 자궁 혹은 플랫폼이 문학이며, 문학은 엄습해오는 파국을 지연시킬 사유의 힘을 길러낼 것이라고 생각했다. 하지만 반이성(反理性)의 배중률(排中律)이 지배했던 한반도 현대사에서 염상섭의 본뜻은 충분히 이해받지 못했다.

우리는 여기서 염상섭이 사태를 관찰하고 판단하는 장외 비평가의 위치에만 있었던 것이 아니라는 점도 강조해두고 싶다. 오사카 한국노동자 일동 대표(「독립선언서」)로 3·1운동에 참여했던 염상섭은 1947년 임화와 김남천 등이 모두 월북한 즈음에서야, 즉 사상 통제가 가혹해진 8·15해방의 끝자락에서 조선문학가동맹에 가입해 활동했다. 혹자의 추측처럼 문학가동맹 측이 헤게모니를 위해 그의 이름을 임의로 올린 것이 아니었다. 자발적 의사로 가입했다는 사실은 1947년 11월 1일, 2일에 『중앙신문』에 실린 「조선문학을 어떻게 추진할까」라는 대담에서 분명히 확인된다.

김동인, 백철과 함께 한 『중앙신문』 좌담회에서 염상섭은 조선문학가동맹의 '정치주의'와 전조선문필가협회의 '순수성'이라는 양극단을 버린다면 '합류(合流)의 가능성'이 없지 않음을 강조했다. 38선 이남에서의 정세가 좌우를 똑같이 저울질할 수 없었던 상황에서 조선문학가동맹에 참여한 것은 이념과 정국의 비대칭적 기울기를 조금이라도 줄이기 위한 필사적 기투였다. 염상섭의 해방기 문학 활동이 모두 그 낯설고 추상적이며 동시에 직접적이었던 38선에 대한 사유에 바쳐졌던 이유가 여기에 있었다.

이제 모두에게 익숙한 문장으로 돌아갈 때가 되었다. 노라와 예수를 개인의 절대성을 강조하는 아나키즘의 인격적 표상으로 내세운 글인 「지상선(至上善)을 위하여」(『신생활』, 1922)에서 염상섭은 "자기의 독이(자)성을 스스로 멸살하고 자기의 본질적 요구를 스스로 거부함으로써 타아를 위하여 자아를 희생하는 것"이야말로 인간의 생활에서 '가장 추하고 악한 것'이라 주장했다. 그런데 개인의 절대적 자유를 고창한 이 말은 거꾸로도 해석되어야 한다. 자아를 위하여 타아를 희생시키는 것 또한 자아의 자율성, 독이성에 대한 극도의 부정이라는……. 그는 민중주의적 가치를 신봉하지는 않았지만 누구보다 더 삶의 고난과 고통, 운명의 아이러니, 역사적 질곡의 무게와 같은 인간들이 직면해 있는 한계상황에 예민했다. 그 이유는 한계상황 속에서 인간은 서로의 삶을 자기 명분의 실현도구나 수단으로 훼손하기 때문이다. 그런 이유에서 염상섭의 문장은 놀랍도록 현재적이었다.

책을 만들기로 결정한 후 2년의 세월이 흘러 『염상섭 문장 전집』을 세상에 내놓게 되었다. 여기서 '문장'이란 표현을 선택하게 된 이유를 간략히 적는다. 우리는 비평이니 평론이니, 정론이니, 수필이니 하는 레테르를 달아 대상 자료를 분류하기보다 그 모두를 통칭할 필요를 느꼈다. 표면적 형식들과 무관하게 염상섭의 글들은 사유의 긴밀한 내적 소통 속에서 씌어졌다는 점을 강조하고 싶었다. 시대의 징후를 드러내고 사태의 전말을 끌어내는 그의 심후한 문장들이 하나의 전체상으로 이해된다면, 사안의 맥락에 대한 심각한 고뇌로부터 글쓰기를 시작하는 사상가로서의 염상섭을 만날 수 있을 것이다.

이 전집에 기록된 횡보(橫步)와 제월(霽月), 상섭(想涉)과 상섭(尙燮) 등의 이름 뒤에는 또 다른 얼굴들이 감추어져 있다. 염상섭 문장들의 기초 서지는 김종균, 김윤식, 이보영, 김경수 선생의 노작을 통해 그 체계를 세웠다. 염상섭의 풍성한 어휘에 대한 이해는 곽원석 선생의 역작에서 그 실마리를 찾았다. 전집의 내용이 갖추어지는 데에는 많은 학생들의 적극적 참여가 있었다. 이재은, 전상희, 첸옌(錢姸), 김민정, 김경미, 강부원, 왕저(王哲), 이용희, 장지영, 박형진, 장병극, 김진수, 허민, 오승목, 하시모토 세리(橋本姝里), 최은환, 윤태희, 최우석, 조영란 씨 등 열아홉 사람이 두 학기 수업 안팎에서 자료를 찾고 타이핑을 하는 어려운 수고를 감내했다. 특히 오혜진, 이종호 두 동학의 헌신적 노력을 각별히 기록해 둔다. 이들은 기획부터 자료 수집과 검토, 마지막 교정까지를 함께한 공동 연구자들이다. 두 사람의 진지한 협력이 없었다면 이만큼의 체계가 갖춰지기 어려웠을 것이다. 염상섭 시대의 문채(文彩)를 살리면서도 오늘날 표기로 고치는 과정을 세심하게 살펴준 박현수 선생에게도 고마움을 표한다. 그러나 아직 찾지 못한 문장들, 서툰 교열이나 주해는 모두 엮은이들의 게으름과 부족 탓이다. 앞으로 보완하고 수정할 것을 약속한다.

서문을 마무리하면서 따님 염희영 선생의 따뜻한 배려를 말하지 않을 수 없다. 염 선생은 생전 아버님의 모습을 참으로 실감나고 살뜰하게 들려주었을 뿐 아니라 귀한 자료들을 흔쾌히 내어주셨다. 이 자리를 빌어 염 선생과 유족 여러분께 깊은 감사의 말씀을 드린다.

지난 1월 이틀간 성균관대학교에서 열린 염상섭학회의 수준 높은 발표와 토론, 청중들의 진지한 반응은 우리 작업의 흥을 돋우었다. 가까운 곳에서 이 일의 추진을 지지해준 정우택, 천정환, 황호덕 선생께도 심심한 우의를 표한다. 동아시아학술원 인문한국(HK)사업단의 연구비 지원이 작업을 진행하는 데 큰 힘이 되었음도 밝혀둔다.

끝으로 소명출판의 노고에 진심어린 고마움을 전한다. 공홍 부장은 성심을 다해 품격 있는 책을 만들어 내었다. 우리는 박성모 사장이 보여준 한국문학에 대한 남다른 애정을 오래 동안 잊지 않을 것이다.

2013년 5월 15일
이혜령, 한기형

차례

책머리에 3

염상섭 문장 전집 II

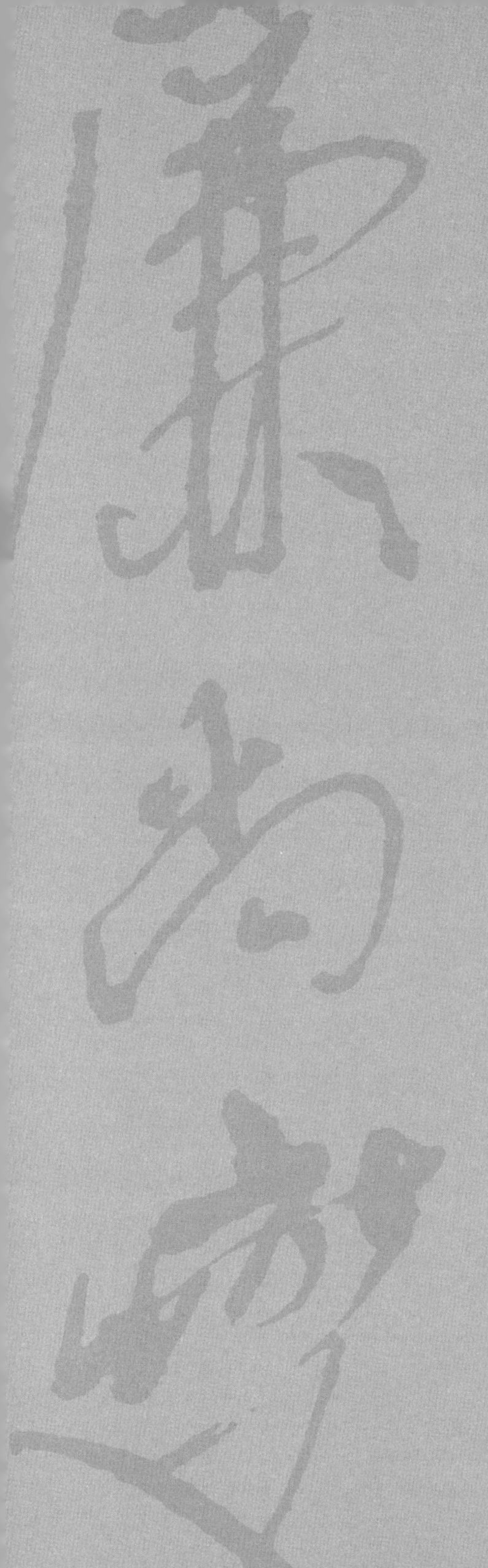

염상섭 문장 전집

1929

현하現下 조선예술운동의 당면문제[1]
강담講談의 완성과 문단적 의의

이것은 단순히 나의 기분 문제인지는 모르겠으나 요사이 와서는 또다시 문단의 존부(存否)를 의심하게 되었다. 문단이란 것은 물론 문예가의 집단한 사회를 이르는 것이니까 몇 사람이 있든지 간에 문예가가 있는 다음에는 문단이라는 종합적 명칭이야 있겠지만 딸 없는 사위, 불 없는 화로, 날지 못하는 비행기, 박아내지 못하는 신문같이 작품 없는 문단은 돈 없는 고자라고나 할까. 어떤 통계자의 말을 보면 무진(戊辰) 1년[2]에 문단적 혹은 문예적 활동 총결산이 인원으로 20, 작품으론 장편소설 4, 단편 20, 무산계 작품 15, 6, 미완결 6, 담뿍 요것으로 조선문단 및 그 내용이 성립되어 있다. 이것은 소설층만 가지고 본 것이나 내외의 문학이 소설 황금시대라는 현세(現勢)에 있어서 소설단(小說壇)이 이미 이처럼 영성하면야 시단, 논단, 극단은 미루어 알 일이다.

그러기에 '침체, 침체'를 부르짖고 '진흥책, 진흥책' 하는 게 아니냐고 하겠지만 그러면 어떻게 진흥된다는 말인가. 천만의 양지양책(良智良策)을 활용할 여지가 있는가? 희랍문화 융성의 원인을 기후 순조(順調), 천혜(天惠)의 풍부, 소국분립(小國分立)의 경쟁 등 지리적 조건과 언어의 유창, 생활력의 우수, 사

---

1   염상섭(廉想涉), 「현하(現下) 조선예술운동의 당면문제 – 강담(講談)의 완성과 문단적 의의」, 『조선지광』, 1929.1.

2   1928년.

색력의 결대(傑大) 등을 들지마는, 생활력과 사색력의 우수는 실로 기후·천혜의 순조·풍부로 생산경제가 원활 풍유한데다가 노예를 사용함으로써 시민계급이 잡무천역(雜務賤役)에서 벗어나서 시간과 정력에 여유가 많고 연구에 전심 치력(致力)할 호(好) 팔자이었던 까닭이라고 아니할 수 없을 것이다. 그렇다고 노예를 사용하여야 문학이 왕성한다는 것은 아니지만, 늘 하는 말같이 올찬 나락을 배불리 먹을 시절, 발동기의 회전수와 무산자의 식기에 담기는 밥풀 수효가 정비례하여가는 나라라야 문학은 진흥할 것이라는 말이다.

문단을 사회성으로 볼 제는 왈(曰), 당동벌이(當同伐異)[3]의 폐(弊)(조선에는 아직 그런 유폐(流弊)가 심하지는 않았지만) 왈, 주의주장상(主義主張上) 논쟁 등의 문제가 아니면, 검열제의 폐해, 작가생활 문제와 작가의 관계, 저널리스트 겸 작가의 제(諸) 문제 등이 당면한 문단 심체에 관한 문제일 것이나, 이거나 저거나 결국에 가서는 어떻게 하면 우리는 빈신(貧神)에게 미움을 받게 안 되겠느냐는 문제에 낙착된다. 그러나 문단인만이 밥을 잘 먹는다고 문학이 융흥(隆興)하는 것은 아니니까 먹는 문제는 문단이라는 소국부(小局部)에 한한 문제가 아닌 것도 물론이다. 그러나 어떻게 하면 우리의 배가 부르겠느냐는 복잡중대한 문제는 나는 모른다.

그 다음 문단의 내용, 즉 질(質) 문제에 있어서는 금후 기년간(幾年間) 최근 유행하는 강담(講談)이 완전한 형식을 갖추어서 충분히 발달되기를 바라는 것이다. 종래의 소설이라는 것도 강담류에서 얼마나 벗어났는지 의문이지만, 현재에 유행할 기운(機運)에 이른 강담이란 것도 강담으로서는 완성된 것이 아닌 모양이다. 즉, 종래의 소설은 문예라는 입장이나 간판 하에서 소설의 형식과 수법을 따르는 경향인 고로 전자가 비소설, 비강담이었던 것과 같

---

3   당동벌이(黨同伐異) : 옳고 그름을 가리지 않고 한패가 되어 다른 쪽을 배척함.

이 후자도 소설식 강담, 강담식 소설의 얼치기 튀기가 되어가는 모양이다. 현재 조선, 동아의 양지(兩紙)에 연재되는 『임꺽정전(林巨正傳)』과 『단종애사 (端宗哀史)』가 그것이다. 어쨌든 금후로는 강담시대가 돌아올 것이요, 이것으로 말미암아 정사(正史), 야사(野史), 고담(古談)이 문예화하여 보급되는 동시에 민중교육과 민중사상 지도에도 패익(稗益)될 바가 적지 않다고 믿는 바이나 나는 이러한 경향을 문예사상 보급상으로도 차라리 환영하고자 하는 바이다.

조선의 신문예운동이 십년의 역사를 가졌으나, 이것은 민중적 사회였느니보다 문단적 개인적 수양인 편에 더 의의가 있었다. 그러므로 십년의 역사를 가진 오늘날에 새삼스러이 통속소설에서 또 한층 내려서서 강담이라는 형식을 수입하는 것은 문단적 현상으로는 역전이요, 퇴영이요, 타락이지마는 문예의 초보적 민중화라는 점으로 보아서는 사회적 진출이요, 문예의 민중에의 삼투를 촉진할 것이니 이 점에서 나는 강담이 신출(新出) 유행하는 것을 필연한 사회현상, 문단적 현상이라고 보고, 또한 이러한 노력으로 말미암아 후일 진정한 문예의 민중화 사회화, 즉 보다 고급한 문예를 민중이 이해, 소화시킬 소지를 만든다는 의미로 환영한다는 말이다. 그러나 문단이라는 국한한 범위 내의 현상으로서 말하면 강담이 순정, 고급의 문예가 못되는 다음에는 강담이 중심세력이 되어서는 아니 될 것인즉 고급문예가로 자처하고 노력하는 자는 강담이 민중의 인기에 영합되는 데에 현혹되어 자기의 길을 그르쳐서는 아니 될 것이니 여기에 십분 용의분투(用意奮鬪)치 않으면 아니 되리라고 생각한다. 이것은 문예가 자체의 개인 문제만이 아니라 문단의 타락, 조선문예 그 자체의 퇴영과 위축을 방지한다는 중대한 사명을 위하여서이다.

그러나 강담은 어디까지든지 강담이어야 할 것이요, 소설적 형식과 수법을 혼용하여 소설과 강담의 분계선을 몽롱 말살하여서는 아니 될 것이다. 원래 강담이란 형식은 일본에서 수입된 것이요, 또 강담에도 소설식 인물묘사, 자연묘사, 심리묘사 등을 가입(加入)하며 소설체로 대화를 임의 사용함의 가부(可否)와 당부당(當不當)은 별문제로 하고(반드시 일본식 강담만이 맞이 아니니까, 그와 같은 강담과 소설의 혼합체를 신안(新案)하여 조선식 강담이라고 한다면 모르거니와 이것도 후일 상설(詳說)키로 하고) 어쨌든지 강담이 소설의 모조품이 되어서는 소설을 타락케 하고 저급화하여 소설단을 교란하고 그 레벨을 언제나 향상시키지 못하여 종국에 민중의 문예안(文藝眼)이 깨일 기회를 주지 못하거나, 또는 그 용출(湧出)을 지지(遲遲)케 할 것이다. 그러므로 강담은 어디까지든지 강담으로서 완성되어 자기의 경역(境域)을 확보케 하는 정도에까지 이르지 않으면 안 되리라고 주장하는 바이다.

그 다음에 문예사상 방향에도 언급하여야 하겠으나 근자(近者)에는 어떠한 논의가 유행하는지 알 수 없고 나 자신으로서는 현재 방향전환이라는 문자로 표시될 만한 심절(深切)한 동요도 없고 보니 해결을 시급히 요할 문제가 별로 없는가 보다. 이것은 또 그만치나 현 문단이 구안(苟安)에 일(逸)한 반증도 되겠지마는.

크리스마스 당일 오후

무엇이나 때가 있다[4]

　‘문단진흥책’이라는 말도 하도 여러 곳에서 여러 번 듣기 때문에, 인젠 구차한 놈이 청개와(靑蓋瓦)집 지었다, 헐었다 하는 것 같고, 천량만량군(千兩萬兩軍)[5]의 입씨름 같은 생각도 없지 않아서 별 의견도 없거니와 이야기하고 싶은 흥미도 없습니다. 문예란 더 잘 살고, 더 깊게 살고, 더 굳게 살려는 사람, 내관(內觀) 생활이 심각한 사람, 다시 말하면 생명력과 생활욕이 왕일(汪溢)한 사람에게서 우러나오고, 또 그러한 사람이 요구하는 것입니다. 그렇기 때문에 지금의 조선사람처럼 모든 방면으로 기를 펴지 못하여 언(凍) 손가락 같고, 놀란 자라목같이 움츠러져 들어갈 수밖에 없는 세대에 처한 민족이나, 시대에 있어서 문단만이 질번질번하여갈 도리는 만무합니다. 종로 시정의 ‘장고(帳尻)’ 숫자 위수(位數)가 길고 짧다는 것이나, 일동(一洞)의 백호(百戶)면 백호가 다 굴뚝에서 조석(朝夕)으로 연기가 무럭무럭 나오고, 못 나오는 것이 문예와도 지밀(至密)한 관련이 있다고 하면 너무나 천박한 말이라 할지 모르나, 문예도 별다른 게 아니라 기름진 배창자에서 나오는 것이 사실입니다. 이렇게 말하

4　염상섭(廉想涉),「무엇이나 때가 있다」,『별건곤』, 1929.1. 이 글은 ‘새해를 맞으면서 내가 생각하는 조선문단 진흥책’이라는 표제 하에 실린 글 중 하나임.

5　천량만량군(千兩萬兩軍) : 노름판에 돌아다니거나, 정신이 허랑방탕한 사람. 곽원석,『염상섭 소설어 사전』, 고려대 출판부, 2001, 715쪽.

면, 부유자제(富裕子弟)라야 문예에 종사할 수 있고, 문학이란 갈빗대나 먹고 서야 감상할 수 있는 것이란 말이냐고 할지 모르나, 그렇게 고지식하게만 들을 게 아니라 도대체 서울로만 하더라도 거리의 동냥아치가 지금의 9할 가량만이라도 줄어드는 때면 자연히 문예의 황금시대도 돌아올 것이라는 말입니다.(이러한 직접 생활문제는 조선사람의 백반(百般) 영위(營爲)가 자라목 같은 일 중의 제일 유표한 한 예를 든 것이니 그 다음 지사는 또 번설(煩說)치 않겠습니다.)

그 다음에 조선문단이 암죽과 컨덴스 밀크(condense milk)로 자라났다는 데에도 침체의 원인이 있습니다. 암죽과 컨덴스 밀크는 모유가 아닙니다. 신문단의 역사가 10년이라 하면 10년 동안 모유를 먹고 컸다느니보다, 소화하기 어려운 암죽과, 수입품인 컨덴스 밀크 덕에 겨우 홍역마마를 하였다는 것이 그른 말이 아니겠지요. 그렇기 때문에 몸이 충실치 못하고 잔병이 많은 게 아닙니까. 또 잔병이 많기 때문에 조금만 고뿔이 들려도 골골하고, 학교를 결석하는 아이 모양으로 육장 침체니, 진흥책이니 하는 말이 사철 들리는 것이 아닌가 합니다. 그러나 벌써 똥오줌 거른 지가 오래고 홍역마마도 다 하였으니까 인제는 다 길러 논 자식 같다고 할 수 있겠습니다. 다만 어떻게 하면 그 잔병을 털고 어서 무럭무럭 자라서 남부럽지 않게 되겠느냐는 것이나, 자라는 것도 분수가 있는 것이라 인삼 녹용이나 버럭버럭 쓰고 발꿈치에 거름이라도 하면 자라는가 하면 그런 것도 아닐 것은 물론 아닙니까.

정치라고 이름 붙는 것, 경제이라고 이름 붙는 것은 (그것도 여러 가지 원인 결과 관계와 필지적(必至的) 과정과 시운(時運)이니, 기회이니 하는 필연적 동인(動因)이 있는 것이지마는) 마치 아침에 조(粟) 죽을 먹다가 저녁에 이밥을 먹고, 산해진수(山海珍羞)를 물릴 때가 있다가 날 개미떡[6]에 혀를 깨무는 때가 있는 듯이, 변

---

6   원문은 '낫개미쩍'인데, 개미떡은 떡국 떡인 가래떡의 경상도 방언. 문맥상으로 보아 한 조각의 가래떡인 듯.

 염상섭 문장 전집 II

전(變轉)과 흥체(興替)가 여하간 표면상으로는 일조일석(一朝一夕)의 일 같지마는 문예, 널리 말하여 문화라는 것은 조죽 쑤고 이밥 짓듯이 되는 것이 아니라, 원시인이 생식시대부터 무한한 고초와 연구세심(年久歲深)한 경험을 쌓은 뒤에 운자(耘耔)의 법을 배우고 또한 씨를 뿌려 나락을 낳고, 나락을 얻어 입에 넣기까지 사시운행(四時運行)의 규모와 인공노작의 절차가 제 자국에 들어서야만 되는 것 같은 것입니다. 그러므로 조선의 신문예가 10년이라는 단시간에 제법이라는 소리를 듣기 어려운 것도 사실이요, 또 그에(문예발달에) 관련된 모든 사태가 하나나 유리유력(有利有力)한 점도 없지마는 그간 병이라는 것도 적당한 시일과 득의한 노력과 성실한 섭양(攝養)이 한데 어울려야 비로소 소복(蘇復)이 될 것입니다. 맹자는 알묘자(揠苗者)의 어리석음을 비유한 말이 있지만 서두른다고 될 것 것은 아닙니다. 조선의 문예가 나도 너도 하고 우후죽순같이 나오면서도 이때껏 이 모양이요, 마치 검부재(藁火) 모양으로 일 년에도 조금 흥성흥성한 빛이 빤히 보이다가는 금시로 침체소리가 나는 것도 문단적 알묘(揠苗)가 심한 일 개의 부작용은 아닌가도 싶습니다. 때가 오면 문단도 진흥될 것입니다. 그렇다고 열 손가락 늘이고 앉았고 당면한 직접원인이 있어도 그것을 제척(除斥)치 말라는 것이 아니지마는, 문단으로 하여금 진흥치 못하게 하는 상호관련되는 제종(諸種) 원인을 고대로 두고 진흥되라는 것은 안 될 말이라 함입니다. 기관차가 병이 나서 석탄을 녹이지 못하고 장승같이 멀건이 섰는데, 객차나 침대차만 달아나라고 하면 될 법이나 한 노릇입니까.

그러나 아쉬운 대로 이만한 병폐나 없어졌으면 하는 직접원인의 세목을 들라면 없지도 않겠으나, 그것은 여러 대가들의 의견도 있을 것이요, 나도 얼마쯤은 논 이기듯 밭 이기듯 말하여 온 게 있으니까 또 중언부언하기가 머릿살 아픕니다. 다만 현 문단이 실제로 어떻게 되어가는 모양이냐는 것을 말하라면 지금 형편으로 보아서는 별 도리 없이 요새 유행하는 강담 비슷하고, 소설 비슷한 것으로 일반 독자계급의 독서력과 독서 착미력(着味力)을 좀 더 양성하는 일편, 보통과 중등교육이 더 보급되어서 문예 감상력의 일 계단을 만들어 준 뒤에야 비로소 다시 새 출발점을 가지고 순정한 문예가 독자를 흡수하는 시기가 돌아오게 되리라고 생각한다고 한 마디 하겠습니다. 거기까지 가면 그런대로 진흥의 싹이 보일 듯합니다마는 역시 때가 돌아와서 보아야 알 일이지요.

자미없는 이야기로만[7]

　아직 나의 작품이 그리 많지도 않지마는 근래의 작품은 단편이나 장편이나 거의 모델이 없이 쓰는 터이다. 모델을 구하자면 그리 없지도 않을 것이요. 또 간혹은 자미있는 것도 있으며, 작품의 효과도 순전히 상상력에만 의뢰한 것보다 나을 것이 없지 않겠지마는 모델을 가지고 쓰면 요 좁은 사회에서 공연한 시빗거리나 부질없는 가십거리쯤 만들게 되고, 또 대개는 모델 되는 사람이 친지(親知)의 우인(友人)인 경우가 많으므로 붓끝에 자유를 잃어버리기가 쉬운 까닭이다. 만일 역사소설을 쓴다면 별문제이겠지마는 아직은 거기에까지 붓을 대이기를 주저하고 있으니까, 자연 모델 없이 쓰는 편이 차라리 편함을 느낀다.

　그러나 독자는 매양 이번 소설은 누구를 모델로 한 것이냐고 묻는 일도 있고, 어떠한 때는 얼토당토않은 사람이 "이 소설은 나를 모델로 한 것이 아니요?" 하고 질문을 하는 경우가 종종 있다. 6, 7년 전에 제2작으로 「제야」를 썼을 때에 어떠한 여성이 그 주인공은 자기가 아니냐고 성화를 받친 일이 있었

7　염상섭(廉想涉), 「자미 없는 이야기로만」, 『별건곤』, 1929.1. 이 글은 『별건곤』이 기획한·봉변 낭패 소설 쓴 뒤 소설가가 소설 쓴 때문에 당한 일'이라는 표제 하에 수록된 글 중 하나이다. 염상섭의 글 이외에도 「전쟁과 연애를 쓴 뒤」(김동환), 「같잖은 소설로 문제」(현진건), 「나의 소설 보기 어렵다고」(최학송), 「봉변! 봉변! 소설 쓰다가 독자에게 사과」(최독견), 「싸움의 재료료」(박영희), 「당찮은 여성에게 항의를 받아」(이익상)의 글이 함께 실려 있다.

다. 그러나 또 어떠한 여성은 그 「제야」의 히로인을 평하여 "조선에는 그러한 여성이 아직 생겨나지도 않았다. 어쨌든지 조선에도 장차 그러한 여성이 나왔으면 좋겠다."고 말한 일이 있었다. 그 외 「전화」를 썼을 때에도 그 모델이 자기네가 아니냐는 의문을 가진 부부가 있었더라는 말을 들었지마는, 사실 나는 아무 모델도 쓰지는 않았던 것이다.

그러나 그렇다고 작자의 머리에 아주 아무 힌트가 없이 구상이 성립되는 것은 아니니까, 어떠한 경우에든, 어떠한 사람의 사세(些細)한 생활의 단편이 작품 중에 나오지 말라는 법이 없다. 대체 소설은 어떠한 일 개인, 혹은 수(數) 개인의 생활과, 그 주위의 인물을 묘사하는 것이지마는 그것이 실재의 인물의 전기(傳記)가 아니니까 작자의 체험과 공상 속에 있는 수백, 수천, 내지 수만 인의 생활이나 성격의 단편, 단편이 적당한 수법 하에 모여서 소설이 성립된 것이라고도 볼 수 있는 것이다. 그런 고로 한 모퉁이씩 보면 모두 제각기 자기의 생활이면이나 성격과 같은 것을 발견할 것이다.

가령 내가 모델을 쓰지 않았다는 예로 몇 가지 들어본다면,

위에 말한 「제야」는 평양에서 어떠한 무교육(無敎育)한 여성의 사실의 단순한 힌트로 한 것이요, 「전화」는 어떤 기생의 집에 갔다가 생각한 것이며, 「조고만 일」은 어떤 여성이 간장을 먹고 하마터면 낙태할 뻔하였다는 소문을 듣고 쓴 것이요, 「두 출발」은 동경에 있을 때에 『동경조선신문(東京朝鮮新聞)』에 보도된 2호 1단 표제의 조고만 촌락의 기사를 보고 쓴 것이요, 『사랑과 죄』는 그야말로 아무 힌트도, 모델도 없이 일부러 자기의 상상력을 시험하기 위하여 쓴 것이며, 요사이 매신(每申)에 집필 중인 『이심』도 역시 그러한 것에 지나지 않는다.

그러나 모델을 쓴 것이 아주 없지는 않았다. 그중에도 잠깐 말썽거리가 된 것이 두 가지가 있었다. 하나는 「해바라기」요, 또 하나는 그 다음에 역시 『동

아일보』에 쓴 「너희들은 무엇을 얻었느냐」던가 하는 것이었다.

　「해바라기」는 어떤 생존한 모 부인을 모델로 쓴 것이었다. 그 부인과도 친지인 관계상 언젠가 실없이 "당신을 모델로 소설을 써도 좋겠소?" 하고 물으니까, 그러라고 쾌히 승낙을 하였다. 그래서 곧 붓을 들은 것이었다. 그러나 4, 5회 신문에 연재되니까 그 부인에게서 편지가 왔다. '요사이 그 소설을 매일 보느라고 정신쇠약에 걸릴 지경이라. 그 조금만 웬만하면 중지하여달라고 청이라도 하겠으나, 남의 예술을 무시하는 그런 몰분효(沒分曉)한 짓은 할 내가 아니니까 그런 무리한 청구는 아니한다'는 의미였다. 이 말을 듣고 보니 남의 생활의 내면을 (호의로든지 악의로든지) 비록 소설적으로 묘파한다 할지라도 그것은 남의 생활을 간섭하고 비판하고 폭로한다는 부도덕적 행위가 되고 만다는 결과에 빠지는 것이요, 또 당하는 그 사람은 자기를 필자의 관찰의 조상(組上)에 올려 앉혀서 그 필봉(筆鋒)으로 마음껏 해부·음미케 하는 세음이니, 불쾌할 것이 당연하리라는 동정도 없지 않아서 붓끝의 자유를 잃고 내심으로는 고통까지 느끼지 않을 수 없었다. 그러나 이 소설은 한 시대상이나 생활상을 그리자는 것이요, 그 부인의 생활은 일 단편(斷片)에 그다지 흥미가 있다거나 의의가 있다 하여 쓰는 것이 아니니까 관계할 배 없다는 생각도 있어서, 하여간 그대로 써버렸다. 그러나 그 소설이 단행본으로 출판될 때에 서사(書肆)에서 누구에게 광고문을 씌었는지 모델 문제까지를 끌어내어서 나로서는 고소(苦笑)를 하면서도, 그 당자(當者)가 보면 불쾌할 것은 물론이요, 또 무슨 항의나 없을까 염려를 하였다. 그랬더니 그 후, 또 몇 해만에 3, 4년 전 내가 동아에 『진주는 주었으나』를 쓸 무렵에 별안간 그 부인이 장황한 편지로 그 작품을 왜 썼느냐고 책망을 하여왔다. 그때에는 신경이 잔뜩 흥분되어 집필하고 있던 중이었던지라 실없이 화가 나서 언짢은 소리를 하면서도, 한편으로는 그로 인하여 부부간에 무슨 불화한 일이나 없지 않은가 하여, 그래도 친절정녕(親切丁寧)히 설명을 해 보냈더니, 뒤미처 미안하였다는 답장이 왔었고, 그 다음에 직접 만나서 물어보니 기시(其時) 여러 동모가 하도 조롱을 하기에 분김에 그리한 것이라 하였다. 어쨌든 그로 말미암아 그의 남편도 일시는 오해한 모양이었으나, 작년엔가 동경(東京)에서 만나서 서로 웃고 비로소 풀어버렸었다.

그 다음에는 『시대일보』를 시작하기 바로 전이었다. 동아에 아까 말한 『너희들은 무엇을 얻었느냐』인가(제호(題號)는 지금 잊었다)를 쓸 때에, 그 일부의 인물이 경성에서도 유명(?)한 K, K의 양(兩) 여사였고, 또 그 상대편이 L이란 남녀였었다. 그런데 그 소설을 십수 회쯤 쓰려니까 제2 K여사와 L이 찾아와서 덮어놓고 그 소설을 중지하여달라는 요청이었다. 하도 무리한 소청이기에 슬며시 심사가 나서, 단연히 불응하여 두 연남염녀(戀男艶女)를 그대로 돌려보내면서도 나는 속으로 고소를 금치 못한 일이 있었다.

그 외에는 별로 뚜렷한 모델을 사용한 일이 없으니까 성화를 받는 일이 없으나, 간혹 독자에게서 시비(是非)를 받는 때가 적지 않다. 그러나 제일 불쾌한 것은 신문연재소설에 작자로서는 제일 힘을 써서 두세 번이나 고쳐 쓴 구절 같은 것을 독자가 지리하다고 하는 것이다. 독자는 문예소설을 활동사진이나 보듯이 생각하는 모양이니까 하는 수 없지마는, 며칠 동안 애를 써서 쓴 것을 발표되는 동안에는 자기가 생각하여도 유쾌하고 '요사이의 내 소설은 잘 되어가거니' 하는 일종의 자만이나 자특(自特)을 가지고 있을 때에 노상에서 잠깐 만나는 친구가 "요새 자네 소설은 왜 그리 잔소리가 많은가? 요새 쓰는 몇 회는 뚝 끊어버리는 게 어떤가?" 하는 필요 이상의 권고를 들을 때는 사실 자기가 잘못 쓴 탓도 없지 않겠지마는 일반의 독서력의 저급한 것을 타매치 않을 수 없는 때가 많다. 물론 춘원(春園)이 독보(獨步)할 때나, 그 이전의 이인직(李人稙)의 작이 족출(簇出)하던 소위 신소설시대에 비하면 지금의 조선소설단은 실로 격세(隔世)의 감(感)이 불무(不無)하다 할지나, 아직도 좀 더 있어야 하겠다는 생각을 늘 하고 있다. 이렇게 말하면 독자 편만 말 말고, 작자의 역량도 생각하여보아야 하지 않겠느냐고 할지 모르나, 지금 형편으로 보면 극소수의 문예동호자를 제외하면 작자의 유치(幼稚)보다는 독자의 무이해(無理解)가 앞선다는 것이 솔직한 말일 듯싶다. 결국에 일언(一言)으로 폐(蔽)하면 현하의 조선소설이라는 것은 통속소설에까지도 가기가 조금 어렵고, 소위 강담(講談)이라는 것이 독자의 요구에 합당할 듯하나, 강담 역시 아직도 제 틀에 박히지 못하였으니까 지금의 대중독물이라는 것은 말하자면 소설도 아니요, 비소설도 아니며, 강담도 아니요, 비강담도 아닌, 그저 그러한 조선식 소설, 조선식 강담이 꼭 알맞을 것이라고 생각한다. 이러한 말은 매우 독서대중을 무시한 말인 듯하나, 사실이 그러한지 다음에는 결코 나의 무언(誣言)이라고만은 못할 것이다. 그러나 다시 생각하면, 시간은 모든 것을 해결할지니, 가까운 장래에는 반드시 독자가 작가를 편달하고 작자로 하여금 분투역작(奮勵力作)케 할 시기가 올 것을 믿는 바이다.

그 다음에 나의 작가로서의 자랑거리나 실패를 말하려 하였으나, 누구나 자기의 실패는 말하기를 꺼리는 바요, 또 그다지 실패한 것은 없으니 특히 열거할 것이 없고, 그 다음에 자랑거리를 쓴다면, 위에 독자의 그릇을 얼마간 적발한 뒤라 잘못 쓰면 욕거리밖에 아니 되겠기로 잔소리 고만두고, 급한 대로 이만 그쳐둔다.

소년 때 일[8]

중소학생中小學生을 위하여

금성(琴聲)

가을날 영창(映窓)에 비치는 석양 햇빛을 방 안에 고요히 앉아 무심히 바라보니 갱소년(更少年)이나 된 듯시피 어렸을 때의 일이 가지가지로 머리에 떠오른다. 소년기로부터 청년기의 첫 서슬까지 팔구 성상(星霜)을 동경·교토(京都)로 노니며 자라난 자기로서는 누구에게나 가장 다감(多感)한 소년시대의 추회(追懷)가 매양 이국정조와 아울러 묵은 기억 속에 새 날을 쳐든다.

가을석양 소슬한 금풍(金風)에 안기어 고즈넉이 새어드는 가야금소리. 이것이 이국에 유랑하던 소년의 다정다한(多情多恨)한 심금을 처음으로 두드려주던 구슬픈 소리였다. 동서(東西)를 불변(不辨)할 말 모르는 나라 번화한 동경 한복판에 어리둥절히 끌리어온 백의(白衣)의 소년이 4첩 반 다다미방 안에 지금 이 모양처럼 홀로 앉아 살뜰히 비친 가을저녁 햇발을 바둑판살 창에 무심히 바라보며 옆집 왜아씨네의 가야금소리를 들을 제 가련한 영혼은 무엇을 느끼었으며 망향의 구슬픈 조그만 심회는 무엇을 애소(哀訴)하였던지 이금(而今)[9]에 알 배 아니로되 저 창의 저 햇발을 보면 계전(階前)[10]의 낙엽소리

8 　염상섭, 「소년 때 일―중소학생(中小學生)을 위하여」, 『신생』, 1929.1.

와 한 가지 조조절절(嘈嘈切切)한 가야금소리 이제도 들리는 듯하다.

생각하니 어제 그제 거닐던 길 옆집 들창 밑에서도 양금(洋琴) 소리 쟁쟁(錚錚)히 듣고 까만 옛날의 추억에 잠기었더니 오늘 또 이러하고나! 아, 동경이란 그곳이 내 그리울 배 없으며 칠현의 울리는 소리 그다지 반가움이 아니로되 인생의 중턱에 와서 생명의 떡잎 같은 그때 그 일들을 생각하면 그지없이 그립고 남의 일 같아 부러우면서도 무위한 반생을 뉘우침이 뼈에 저려 깊음인가 한다.

고목(古木) 아래

종친부(宗親府) 앞을 지나며 어렸을 제 길려 난 옛집을 쳐다보다가 문 앞에 회나무 없음이 문득 서운하다.

어려서부터 장난도 할 줄 모르고 동무라곤 제 발 끝에 차이는 제 그림자뿐이던 그 시절에는 그 회나무가 이 세상에서는 아름다운 어린 공상을 자아내는 유일한 벗이었다. 그림책 하나 동화 한 마디 얻어 보고 들을 수 없는 고독한 소년은 우거진 고목 아래에 쓸쓸히 앉아 쓰르라미 소리에 귀를 즐기며 뭉싯뭉싯 흐르는 앞 개천의 썩은 물이 모든 것에 경이와 호기심을 가진 소년의 안계(眼界)를 점령한 자연의 전부였다.

'남들은 머리 깎고 학교에를 가는데 나는 언제나 가려는고.' 하고 제 댕기 꼬리를 원망스러이 휘잡고 섰던 데도 그 회나무 밑이요, 첫 겨울 모진 바람이 치나리고 치올리는 황혼에 골 가 서서 의병에 붙들리신 아버님 소식을 알러

---

9   이금(而今) : 이제 와서.
10   계전(階前) : 계단의 앞.

간 전인군(傳人軍)을 기다리던 것도 그 회나무 그늘이었던 것이다.

상전(桑田)이 벽해(碧海)되고도 살고 오백년 옛 도읍을 지고 섰던 저 붉은 삼문(三門)도 제자리를 못 지키거든 하물며 길가의 이름 없는 고목 한 그루쯤이야 무에 그리 아쉽다 하랴마는 춘풍추우(春風秋雨) 20년에 나는 과연 무엇하고 이날 이때 이 자리에 와 섰는고.

(이하 45행 삭제)[11]

---

11 원문 그대로이다.

건전健全, 불건전不健全[12]

게르하르트 하웁트만(Gerhart Hauptmann)의 『해뜨기 전(Vor Sonnenaufgang)』에 이러한 대화가 있는 것을 흥미를 가지고 보았다.

"신문에 보면 졸라(Émile Zola)나 입센(Henrik Ibsen)을 퍽 여러 가지로 평판들을 하는 모양인데 그이들은 위대한 시인이겠지요?"

"그 사람들은 시인이 아니에요. 사회의 결함이 산출한 화근이지요. 나는 진심으로 문학의 혼탁하지 않은 청량제를 갈망합니다마는 그렇다고 내가 병인(病人)은 아닙니다. 졸라나 입센이 주는 그 따위는 병인이 마실 것입니다."

이상은 음주벽이 심한 부친 유전을 가지고 난륜의 가정 속에 자라난 일 여성과 유토피아적 사회주의를 가진 일 이상주의자의 대화이거니와 이 남자의 주장으로 말하면 문학은 인간을 있는 그대로 사실(事實)하는 것이 아니라 이러저러히 있어야 할 상태를 묘출한 것이어야 한다는 것이다.

이로써 보면 하웁트만 자신이 발자크·플로베르·졸라 등의 자연주의라든지 사실주의의 영향을 받아서 독일의 자연주의운동에 중축이 되면서도 그 초년의 작품에서는 사실주의에 만족치 않고, 소위 인도주의라든지 인성주의

12　염상섭(廉想涉), 「건전(健全), 불건전(不健全)」(전2회), 『동아일보』, 1929.2.11~2.12. 이 글은 '수상수감(隨想隨感)'난(欄)에 연재된 것이다.

라고 부를 수 있는, 말하자면 이상주의적 경향을 보인 것이라고도 하겠지마는, 내가 여기에서 말하고자 하는 것은 그러면 졸라나 입센이나 톨스토이 같은 사람이 과연 시대적 병폐나 사회적 결함에서 산출된 거물들이요, 또한 그들의 작품은 병인들에게나 마시게 할 약품에 그치고, 또는 건전한 사람이 갈망하는 순수한 청량제나 자양음료는 못 되는 것일까 하는 것이다.

불란서(佛蘭西)의 베토렘이라는 승려가 썼다는 『가독서(可讀書)와 금독서(禁讀書)』라는 책 속에 금독서의 작자로서 신구(新舊) 작가를 열거한 중에는 우리의 숭경(崇敬)하고 신뢰하는 문호의 이름도 상당히 산견하였지마는 그와 같은 견해는 너무나 편견이요, 궤변이라고 아니할 수 없을 것이다. 과시(果是) 오늘날 와서는 한우충동(汗牛充棟)이라는 형용사는 옛날 말이요, 가까운 일본의 예만 보아도 일본의 홍─약서(若書)의 사태(沙汰)가 난 형편이니 이러한 현상은 그 자체가 이미 대량생산이라든가 통속서의 유행이라는 사회적 필연한 사실이로되 또한 아울러서 양서잡저(良書雜著)의 선택이 더욱더욱 곤란케 되어 소위 옥석(玉石)이 구분(俱焚)되는 감이 우(又) 일층 격심한 바가 없지 않겠지마는 그러면 이러한 출판의 홍수에서 만일 졸라나 입센을 사회적 결함의 소산이라 하고, 그들의 소설이나 문제극(問題劇)이 병자의 약제(藥劑)라는 표준으로 본다면 건전, 불건전을 어떻게 가리어서 설명하고 양서(良書), 잡서(雜書)를 어떻게 선택할까?

순연한 자연과학의 원리나 학설은 객관적 구명(究明)이니만치 시대상이나 사회상에 지배된다느니보다는 시대상 사회상을 지배하는 것인 고로 이러한 종류의 서적에 있어서는 시대의 병폐라거나 사회의 결함이라는 표준으로 양부(良否)를 결정할 것은 아니지마는, 그 이외의 서적, 철학, 문학, 종교서, 윤리서, 역사, 정치, 경제, 법률서 등은 물론이요, 자연과학과 밀접한 의학에 속하는 어떠한 부분까지라도 시대사회의 변천에 따라서 그 양부와 진가(眞假)

와 건전, 불건전의 표준이 변체(變替) 교역(交易)될 것은 사실이다.

　20세기나 반만년 동안 동서(東西)의 인심(人心)을 지배하고 지도하던 유(儒), 불(佛), 야(耶)의 경전이 맑스주의자나 기타 비종교 운동자에게 부정(否定) 공격되는 것이라든지 현시(現時) 신(新) 중국의 신(新) 학파가 그들 자신의 생활개조라는 토대 위에서 공교(孔敎) 배척의 봉화를 들었다는 사실을 보면, 우리는 용이히 숙시숙비(孰是孰非)[13]를 가릴 수 있을까? 유, 불, 야의 3대 경전이 어느 거나 다만 경전일 뿐 아니라 철학서로나 윤리서로나 경세서로나 최후로 만고불마(萬古不磨)의 문학서로 인류의 보전(寶典)임은 아무나 부인할 수 없는 동시에 또한 이들 저작의 목적은 인류와 시대와 사회의 불건전을 건전에 광정(匡正)하고 지도하고 향상케 하려는 데에 있음은 노노(呶呶)할 바 아니다. 그러나 이러한 인류사회와 시대풍조의 불건전을 건전에 인도하려는 목적에서 산출된 보전을 부정하고 논란하고 배척하려는 자도 또한 인류의 타락을 구제하고 시대, 사회의 불건전을 교정하려는 열성에서 나온 것을 누가 부인하랴. (1929.2.11)

　사람은 불완전한 존재이다. 육체적으로도 불완전한 것이요, 영적으로도 불완전한 것이요, 영육(靈肉)이 일치조화하지 못하는 점으로도 불완전한 존재이다. 로댕(Auguste Rodin)의 켄타우로스나 이집트(埃及)의 스핑크스가 인간의 이 불완전을 표상한 것이라 함은 그 신앙적 견지로나 예술적 표현으로나 인생관으로나 수긍할 수 있는 바임은 물론이다. 신성(神性)과 동물성(動物性)의 연합체, 이것이 사람이다. 더구나 그 양성(兩性)의 조화가 균제(均齊)치 못한 것이 사람이다. 이 양성을 정리하고 조화와 균형을 얻음으로써, 완전에, 신격(神格)에 향상하려는 것이 사람의 일생의 노력이요, 철학이나 종교나 예

13　숙시숙비(孰是孰非) : 누가 옳고 누가 그름. 또는 그것을 가림.

술이나 모든 정신문화상 노력의 목적이 이에 있음은 다시 말할 바 아니다.

꼴스와-기의 말에 사람에게는 스스로 완성되려는 본능이 있다. '완전'을 갈망하기 때문에 스스로 완성되려는 본능이 있다. 예술은 실로 이 "완전을 믿는 신(新) 신앙의 제사(祭司)가 아니면 안 될 것이다."라고 한 것이 있다. 예술이 인생의 표현임은 물론이거니와 예술의 효과, 즉 선미(善美)의 정도가 예술적 충동의 강약에 좌우되는 것도 또한 췌언할 바 아니다. 그리고 예술적 충동은 이상에의 동경이요, 억색(抑塞)[14]과 고뇌에서 자유에의 해방을 갈망하는 순정과 열의요, '완전'에의 비약이다. 이와 같이 관찰하면 사람은 불완전하기 때문에 예술을 요구하고 예술을 주출(做出)하는 것이라고도 할 수 있으니 그러므로 신은 예술을 주출치 않고 자연 그 자체를 예술로서 영유(領有)하였다 할 수 있고, 또한 자연은 신, '완전'의 과장 없는 창의(創意)에 말미암은 지대지고(至大至高)한 원칙에 의하여 창조된 것이나 사람의 예술은 불완전에서부터 '완전'에 비약·향상하려는 욕념(欲念)이 있으므로 매양 과장된 창의(創意)와 관찰로써 제작되는 것이라고도 할 것이다.

하여간에 이와 같이 사람이 불완전하기 때문에 예술을 희구하고 주작(做作)한다고 하는 논법이 성립된다 하면, 다시 사람은 불건전하기 때문에 예술을 가지려 하고 예술을 짓는 것이라고 하는 논법도 성립되지 못할까? 완전, 불완전이라는 것은 보담 더 본질적 문제요, 건전, 불건전이라는 보담 더 사회적, 시대적 문제이지마는 '완전'을 갈망하여 스스로를 완전시키려는 본능의 힘이 예술적 표현이라고 보면 불건전한 인생생활이라든지, 사회적 관계라든지, 시대적 모순을 건전한 상태에 인도(引導)하고 광정(匡正)하고 향상케 하려는 노력도 또한 문학적 효과의 일 주요원소라고 할 것이다.

---

14 억색(抑塞) : 억눌러 막음.

　그러면 이와 같은 노력이나 효과를 진심으로 염두에 두는 예술은 물론 '인생을 위한 예술'이란 입장에서 고조(高調)하는 바이요, 따라서는 예술과 윤리와의 밀접한 계기를 가르치는 것이라고 볼 수 있거니와 하웁트만과 같이 불건전한 사회나 시대에서 나온 작가는 반드시 불건전하다고 할 것도 아니요, 그러한 작가의 작품은 건전한 사람의 청량제가 못되고 병인의 약재밖에 아니 된다는 것은 과언이 아니면 아닐 것이다.

　빅토르 위고가 『레미제라블(Les Miserables)』의 서언(序言)에,

　"인위적 지옥을 문명의 중심에 세워 신성한 운명을 세간적(世間的) 인과로서 분규(紛糾)케 하는 동안은 지상에 무지와 비참이 있는 동안은 본서(本書)와 여(如)한 성질의 서적이 아마 무익하지는 않으리라."고 한 것과 같이 사회의 고질(痼疾)이 있고 시대의 번민이 있고 인생의 고뇌가 있는 동안은 문학이 그 불건전과 싸우기 위하여 남에 못지않은 분투를 계속할 것이요, 차라리 그 고질과 그 번민과 그 고뇌가 있기 때문에 보담 힘 있고 피 있고 눈물 있는 문학이 나오고 인생사회를 완부(完膚) 없을 만치 해부·비판·경고·훈유하는 건전한 문학이 나올 것이다. 다만 작가의 가진 바, 불건전에서 건전에 나아가려는 열성의 정도가 작품의 양부(良否)(사회적 의의로)를 결정할 것이니 이로써 보면 자연주의라든가 사실주의라든가 주지적(主知的) 경향에서 벗어나와서 주정적(主情的), 주관적 입장에서 끓는 이상과 생명, 애착을 가지고 제작된 작품을 우리는 양저(良著)라고 볼 수 있다 할 것이다. (1929.2.12)

빵과 나르키소스[15]

그리스도는 "빵만이 아니라"고 하였다.

모하메드는 "만일 너에게 두 조각 빵이 있거든 그 한 조각을 팔아서 나르키소스의 꽃과 바꾸어라. 빵은 다만 육체를 기를지라도 나르키소스를 보는 것은 영혼을 기르기 때문이니라."고 하였다.

그러나 빵만이 아니라는 말은 빵보다 더 소중한 것이 있다는 말일까? '빵은 물론 있어야 할 것이로되 사람에게는 영혼도 있다. 영혼도 필요한 것이다.'라는 뜻이라면 영혼은 빵의 다음 길로 서게 된다. 과연 모하메드도 두 개의 빵을 다 팔아서나 나르키소스 꽃을 사라고는 가르치지 않았다. 나르키소스 꽃이란 말할 것도 없이 예술이다.

먹지 않으면 영혼도 예술도 없다. 이렇게 생각하면 비실제적, 비과학적이라는 동양사상에서 의식족(衣食足)이라야 지예절(知禮節)이라는 것은 한층 더 프래그머틱한 것이라고 볼 수 있다.

· 그러나 영혼의 정화와 예술적 충동이 이욕(利慾)이나 소유욕과 병행하는 것은 아니다. 임금(林檎)을 옆에서 먹는 것을 보고는 '나도 나도' 하며 당장에 쟁탈전이 나고 수라장(修羅場)이 되어도 이동백(李東伯)[16]의 소리를 들을 때에

---

15 염상섭(廉想涉), 「빵과 나르키소스」, 『동아일보』, 1929.2.13. 이 글은 '수상수감' 난에 실린 것이다.

는 누구나 서로 즐겨하고 자기 혼자의 소유욕을 채우지 못하여 게걸대지는 않는 것이다. 이것이 예술은 무욕(無慾)하고 무아(無我)이어야 함을 말함이요, 예술은 영혼과 인격을 정화하고 신성화하고, 예술에는 보편성이 있고 데모크라시 정신이 있고 사람의 감정을 융합케 하는 힘이 있는 증좌이지만, 또 한 가지 농군의 농가(農歌) 같은 것을 생각하여 보면 어떠한가? 농군의 노동이 만일 평화롭고 순조로운 상태에 있다면, 즉 우마(牛馬)와 다름없는 노역이 아니라 하면 그 작업 자체가 한 낱의 예술일 것은 물론이려니와 그 입에서 흘러나오는 농가도 훌륭한 예술일 것이다. 이러한 문제가 신기할 것은 없으나 해결키 용이한 문제는 아니다. 다만 우리는 물질욕과 그 본질이 무욕이여야 할 예술과를 안배·조절하여나가는 것이 인류생활 개조의 기조가 아니면 아닐 것을 생각하고 있다. 소위 '생활의 예술화'라는 것이 문화주택에 들어서 피아노를 울리는 것이나 작가가 생활료(生活料) 판출(辦出)을 위하여 원고지와 씨름을 하는 것을 가르치는 게 아니라 빵과 예술, 육(肉)과 영(靈)을 어떻게 원만히 조절·융합케 하겠느냐는 점을 가르침이다. 예술심(藝術心)이 실생활의 중축이 되는 것을 가르침이다.

---

16 이동백(李東伯, 1867~1950) : 판소리의 명창이다. 본명은 종기(鍾琦). 중고제(中高制)의 명창으로 고종 황제의 어전에서 판소리를 불러 통정대부가 되었다. 1934년에 연흥사(演興社)·협률사(協律社)·조선성악연구회 등에서 중진으로 활약했다. 「춘향가」, 「적벽가」를 잘 불렀고 특히 「새타령」은 이날치, 박유전 이후 첫손에 꼽힌다.

독선과 위선[17]

　허영일진대 차라리 비사회적, 개인적, 독선적이기를 바라고, 위선일진대 차라리 이기적이기를 바란다. 어떤 사람이 너희들 소위 문인이라는 위인만은 아직 진순한 것을 알 수 있다고 하기에, 그것은 우리가 소위 사회인으로 나서지를 않기 때문이라고 대답한 일이 있다. 사회인으로 나오라는 사람도 없고 나간대야 유용할 이도 없겠지마는 언제까지든지 서생(書生) 티의 진순한 맛을 잃어버리기는 싫다. 입헌정치 하에 입후보를 하여가지고 선거구에 유세를 할 처지 같아도 투표의 매수가 있는데, 황(況)[18] 언론의 자유가 없는 사람의 회합에서 회장 피선의 야심이 없으면 몰라도, 만일 있다면야 투표 1매에 몇 십 전이라도 써야 할 것은 당연한 일이라고도 할 것이다. 이런 일이 우리 사회에 있다고 하는 것은 아니나 만일 이런 경우에 내가 사회인으로 나섰다가 그 유혹을 받으면 어찌할꼬? 사회인을 폐업하거나 양심에 차꼬[19]를 채이거나 하여야 할 일이다. 나의 선배나 눈귀가 밝은 사람들은 별 이야기를 다 들려준다. 그럴 때마다 놀랄 뿐이다. 탄식할 따름이다.

17　염상섭(廉想涉), 「독선과 위선」, 『동아일보』, 1929.2.14. 이 글은 '수상수감' 난에 실린 것이다.
18　황(況) : '하물며'라는 뜻이다.
19　차꼬 : 죄수를 가두어둘 때 쓰던 형구(刑具). 두 개의 기다란 나무토막을 맞대어 그 사이에 구멍을 파서 죄인의 두 발목을 넣고 자물쇠를 채우게 되어 있다.

간혹 자기의 무위(無爲)를 생각하면 자괴지심(自愧之心)인들 없으려마는 그래도 독선을 주고 위선을 사기는 싫고, 진순을 주고 허영은 사기 싫다.

라프카디오 헌[20]의 말대로 하면 시인은 고적(孤寂)하고 둔세적(遁世的)인 성격을 가져야 할 것이요, 소설가는 사회적, 사교적, 활동적 성격이어야 한다고 하였으나, 사회 이면과 세정풍태(世情風態)에 통효(通曉)하고 정관(靜觀)하는 것은 물론 필요할 것이나 몰두하고 동화된다는 것은 피할 일일 것이다.

---

20 라프카디오 헌(Lafcadio Hearn, 1850~1904) : 일본으로 귀화한 영국출신의 작가. 일본 이름은
    고이즈미 야쿠모(小泉八雲). 일본의 전설과 괴담에 관한 저술을 남겼다.

노쟁勞爭과 문학[21]

　원산(元山)의 노동쟁의는 계쟁(係爭) 시일이 3개월 여, 파업 단행이 거월(去月) 14일이니 금일까지 3주 이상을 경과하였고 인원수로 보아도 2천 이상이라 하니 그 가족과 및 이로 인한 직접·간접의 영향 받는 범위의 인원수를 통산(通算)한다면 실로 조선에서는 초유한 사건이요, 그 규모와 통제의 정연하고 엄숙한 점으로 보아서나 지구력과 단결력의 완실(完實)함으로 보아도 조선사람의 사업이나 행동으로는 처음 본다 할 만큼 훈련적이요, 자각적이다. 쟁의 그 자체의 비판이나 지도자와 및 조합의 물질적 실력에 대한 찬사와 같은 것은, 사정도 사정이려니와, 더욱이 문외한인 나로서는 피하는 바이거니와, 하여간에 사회생활의 훈련이 부족하고, 무슨 일에나 내홍(內訌)·와해(瓦解)·중상(中傷)·정돈(停頓)이 적지 않은 우리 사회에서 이 많은 일이 지구(持久)된다는 것은 우금(于今)껏 많이 보지 못한 일이라 하겠다.

　그러나 나는 여기에서 긴히 생각하는 것은, 이 조선의 초유할 만한 일대 쟁의가 조선의 무산문예운동에 대하여 얼만한 자극과 공효(功效)와 또는 실수(實收)를 주겠느냐는 것이다. 문학상 제재로서 그 무대가 넓으면 넓을수록, 그 스케일이 크면 클수록, 실감으로서나 상상으로서나 풍부한 내용을 가질

21　염상섭(廉想涉), 「노쟁(勞爭)과 문학」, 『동아일보』, 1929.2.15. 이 글은 '수상수감' 난에 실린 것이다.

것이요, 작자의 역량에 따라서는 종횡무진히 활약할 경지가 전개되지 않았는가 한다. 작가로서는 물론 상상력의 풍부라는 것도 필요한 것이지만 실감과 체험도 긴절한 것이며 경우에 따라서는 그 실감과 체험에 의하여 상상력이 힌트 되고 자극되는 것이니까 반드시 이러한 현전(現前)의 사실이 있다는 것이 문예제작상 그닥한 중요성을 가진 것은 아닐지 모르되, 그래도 많은 테마를 제공할 것은 사실일지며 또한 마치 주방 옆을 지나다가 식욕이 맹동(猛動)하듯이 제작욕(制作慾)의 자극이 아니 일어나란 법이 없을 줄 믿는다.

종래의 무산문예는 너무나 이론 토구(討究)와 투쟁 의사(意思)에 집념하여 온 결과, 작품의 질적 향상 및 완성에 등한하였고 또한 출현된 작품이라야 기분과 감정에 구니(拘泥) 편집(偏執)하여 안계(眼界)를 넓혀 태본(大本)과 정도(正道)에 확립하여 횡행활보(橫行活步)하는 감이 없이 국부적 사실이나 무자각한 하층사회의 일상쇄사(日常瑣事)를 포착하여 일본의 소위 심경소설 식으로 표현하거나, 그렇지 않으면 왕청 뛰게 이론적 부회(附會) 하에 견강(牽强)하여 일대 건축을 설계하려다가 반신불수의 설법적 작품을 발표하는 경향이었으나 이러한 기회에 신생면(新生面)을 타개함이 어떠할까?

이 사건을 다만 대안화시(對岸火視)하고 단순한 사회적 현상으로 보면 어떤 나라에도 있는 노동쟁의요, 또한 특수 진기할 것이 없을 것이나 조선의 민족성이라든지 사회적 전통이라든지 조선의 정치 경제 사정이라든지 하는 견지를 분명히 하면 조선적 독이(獨異)한 컬러가 나타날 것이요, 지리적 배경이라든지 국제적 관계라든지 가정적 희비극 인정미(人情味)의 발로, 계급의식과 동포의식의 분야 등등 내용으로나 제재로나 훌륭한 것이 나올 것이요, 건실한 붓만 있으면 예술적 가치로나 공리적 견지로나 장래 조선문학, 적어도 조선무산문학을 위하여 만장(萬丈)의 기염(氣焰)을 토(吐)하는 바가 아니면 아닐 것을 믿는 바이나 뉘 능히 그 웅혼한 필봉을 닦으려는고?

망우(亡友)의 작품[22]

　　나도향(羅稻香) 군의 유고 중 〈벙어리 삼룡(三龍)〉[23]이 시사된다던 날 백화(白華)와 같이 조선극장에 불청객이 자래(自來)로 가보았다. 고인(故人)과의 우의(友誼)를 생각하여준다든지, 촬영 전에 나에게 서해(曙海)가 와서 이야기하던 것으로 보든지, 시사일에 오란 말 한 마디쯤은 있어도 무방하다는 생각이 없지 않았으나, 오라거나 말거나 가고 싶으니까 간 것이었다. 그러나 시사는 예정을 변경하여 그 전일(前日)에 하였고 그날은 주야 2회 영사를 한다 한다. 토요일이라 영업정책상 그러한 모양이나 나는 결국 〈벙어리 삼룡〉이의 후반밖에는 못 보았다. 책임자도 만나보지 못하였고 영화의 지식도 유치하니까 얼마나 고심을 하였고 비용은 얼만한 정도인지 알 바도 없고 알려고도 아니 하지만, 나의 어렴풋한 기억에 남은 원작과는 군데군데 틀리는 점이 있는 것 같았다. 단편소설의 영화화인지라 영화적으로 각색을 하노라면 부득이 그렇게도 되려니 하고 보았지만, 만일 작자의 본의(本意)에서 전연(全然)히 버스러진 점이 있다면 좀 생각하여볼 일이다. 그 다음 나는 전반은 못 보았으니

22　염상섭(廉想涉), 「망우(亡友)의 작품」, 『동아일보』, 1929.2.16. 이 글은 '수상수감' 난에 실린 것이다.

23　〈벙어리 삼룡〉 : 나도향의 「벙어리 삼룡이」(『여명』, 1925.5)를 바탕으로, 나운규가 감독을 맡아 1929년 1월 19일에 개봉한 영화이다.

까 명언(明言)은 할 수 없으나, 듣는 바에 의하면 고인(故人)의 분묘(墳墓)에 간 배우가 희락적(戲樂的) 태도 같았다 하면 그것은 너무나 작자에게 대한 무시요, 연자(演者)로서도 불진실(不眞實)한 경솔이라고 생각한 일이다.

이와 같은 자세한 점은 일반 팬의 판단에 맡기려니와 나는 영화를 보는 동안에 이 요절한 친구를 위하여 감개무량한 정도를 지나쳐서 눈물이 스미는 것을 참지 못하였다. 군이 생존하였던들 어떠하였을까? 이 영화를 보고 기뻐하며 만족하였을까? 이(二)□락(落)한 듯하면서도 신경질이요, 앙칼진 마음에 불만족한 점이 있다고 불평을 가졌을까? …… 이런 생각을 하다가 나의 아는 대로의 그의 생활과 최후가 머리에 떠올라왔다. 그의 생애는 쓸쓸한 것이 있었다. 그러나 그 최후에 있어서는 한층 더한 것이 있었다. 만일 그에게 짧으나마 문학적 생애가 없었으면 가랑잎 하나가 푸르르 날다가 안계(眼界)를 벗어나듯이 쓰러졌을지도 모를 것이다. 이와 똑같은 문단 친구에 남궁벽(南宮璧) 군이 있었다. 생전에 불우하고 사후에 낙막(落寞)한 품이 남 군은 나 군보다 더하였을지 모른다.

도스토옙스키의 장례에 회장자(會葬者)가 수만인이요, 톨스토이 때는 회장자가 그만치는 못하였으나 순박지성(淳朴至誠)한 야스나야 폴랴나(Yasnaya Polyana) 농민들의 향화(香花)가 묘전(墓前)에 끊이지 않았다는 사실과 비교하면, 비록 그 업적과 인기의 비(比)가 동일(同日)의 담(談)이 아니라 할지라도 남 군의 수상자(隨喪者)가 불과 수삼인이요, 나 군의 그것이 6, 7인이었다는 것은 그래도 생전에 수천 독자를 가졌던 작가의 사(死)로는 너무나 쓸쓸치 않았던가! 하지만 한편으로 생각하면 나 군은 오히려 그 뒤가 그리 쓸쓸치 않은 편이라고도 할 것이다. 변변치는 못하나마 문단적으로 건비(建碑)도 하였고, 작품도 남아있고, 오늘에 영화화까지 된 것은 일면으로 보면 생전의 노력이 얼마쯤 응보되었다고도 할 수 있을 것이다. 많이도 말고 10년, 20년만 더 살려두었어도 많은 공헌과 훌륭한 작품이 있었을 것이다. 그러나 그렇다고 지금의 유고 중에서 더욱 더욱이 그의 진면목과 영롱한 천분이 새삼스러이 발견되어 독서계에 다시 비약케 되고 낙양(洛陽)의 지가(紙價)가 다시 높이게 될 날이 없을 리 없을 것이요, 또 그런 날이 하루바삐 돌아오기를 고우(故友)를 위하고 조선문학을 위하여 진심으로 비는 바이다.

작품의 명암[24]

　나의 소설은 쓰(苦)고, 복개고, 무겁고, 답답하고, 텁텁하다고 한다. 자기도 이것을 시인할 뿐 아니라, 오히려 여기에서 한층 더 매운 맛이 있었으면 좋겠다고도 생각한다. 눈물이 팽 돌만한 매운 맛이 있기를 바란다. 울려야 울 수도 없고, 웃으려야 웃을 수도 없는 심경, 거기에 보담 더 심각한 예술미가 숨어 있지는 아니할까. 다만 깔깔 웃어버려서는 경쾌는 하지만 천박한 데에 흐르기 쉽고, 다만 훌쩍훌쩍 울어서는 감상에 기울기 쉬운 것이다. 입가에는 웃음을 띠면서도 코끝이 알싸하고 가슴에서 솟아오르는 눈물을 감추려 하는 심경이나, 우주를 잃어버린 듯이 앞이 캄캄하고 가슴이 콕 막히면서도 눈물 한 점 나오지 않는 심경을 생각하여보자. 거기에 얼마나 심각하고 절실하고 침통한 맛이 있을까. 원래 웃음에는 보편성이 적고 울음은 감염되기 쉬운 공명성(共鳴性)이 많은 탓으로 비극보다 희극의 걸작이 적은 것이라 하지마는, 비극에는 심각미가 없는 경우라도 오히려 감상적 눈물을 유발할 만한 힘은 있지마는, 희극의 내용이 공소하여 천박케 되면 헐가(歇價)하고 비속한 웃음이 아니면 어릿광대의 희락(戱樂)이나 마주보기가 어려운 근질근질한 비

소(鼻笑)밖에 사지 못할 것이다.

　이러한 점을 생각하면서 조선의 문예작품을 본다면 그 제재부터 희극적이거나 또는 화려하고 명쾌한 소질에 결핍하다고 아니 할 수 없을 것이다. (수법이 교치(巧緻)하다든지 문장이 유려하다든지 재간이 영롱하든지 하는 작가 개인의 천분 여하는 여기에서 별문제이다.)

　대체로 조선은 지리적으로 반북반남(半北半南)의 중성(中性)이므로 자연, 기후, 풍습이 5분(分)의 대륙성, 5분의 해양성을 가졌다. 다시 말하면 5분의 침울한 북구적(北歐的) 기분과 5분의 명쾌한 남방(南方) 기분을 가졌다고 함은 종종 하여온 말이지마는 그러나 정치, 경제 모든 방면으로 우리의 실제 생활을 보면 그 5분의 남방적 기분이나마 찾을 수 없는 것은 우리의 현실이다. 우리의 생활과 주위는 저기압에 눌려서 암담하다. 침중(沈重)하고 울민(鬱悶)하다. 툭하면 누구나 이조(李朝) 5백년의 정치 관계나 민중생활을 말하지마는 지금의 우리 생활은 어디로 향하든지 조선 5백년보다도 더 한층 광명을 볼 수 없고 경쾌한 웃음을 웃어볼 수 없는 것이 사실이다. 전 세계를 들어 고민기(苦憫期)에 제회(際會)하였다 하겠고, 전(前) 세대를 들어 투쟁적 기분에 팽일(彭溢)하다도 하겠지만, 금일의 조선에 있어서는 오직 고민, 우울이라든지 투쟁 기분이라는 말로만 표현키 어려운 일종의 공포시대에 처하였고, 생(生)이나 사(死)나는 단말마에서 허비적거리는 것이다. 따라서 울려야 울 수 없고 웃으려야 웃을 수 없는 마음이 조선사람의 마음이 아니면 안 될 것이다.

　그러면 이러한 생활 이러한 마음에서 오직 문학만이 밝고 가볍고 달고 즐거우라는 것은 무리한 주문이다. 문학은 더 말할 것도 없이 생활과 심경의 반영이다. 신산한 생활을 행복스럽게, 그리고 음울한 심경을 명쾌히 이야기하고 우는 입모습을 웃는 입모습으로 고치려면 될 법이나 한 일이냐? 이미 생활이 그러하고 심경이 그러하면야 그 생활, 그 심경에서 우러나오는 작품이

쓰고 복개이고 무겁고 답답하고 음산하고야 말 것이 아닌가? (1929.2.17)

작가의 성격이라든지 생활이라든지 천분이라는 것이 작품과 작(作)의 내용을 지배하지 않는다고는 아니한다. 그러나 문예품은 작가의 성격과 생활과 천분만으로 성립되는 것은 아니다. 그 주제는 그 민족의 생활, 그 민족성, 그 시대상, 그 사회상, 그 지리적 관계에 있는 것은 물론이요, 또한 작가 자신의 생활과 성격과 천분도 그 시대, 그 사회와 몰교섭인 것이 아니라, 많으면 많은 대로, 적으면 적은 대로 영향을 받는 것이다. 그러므로 나의 작품이 고삽(苦澁)하고 침울하고, 저기압 밑에서 신음하는 것이 사실이라면 그것은 나의 성격, 생활, 천분 등에도 의한 것이겠지마는 동시에 민족적, 시대적, 사회적, 지리적 모든 조건에 지배된 것도 사실일 것이다. 만일 내가 자기에게 울고, 민족에게 울고, 시대와 사회에 울면서, 자기가 웃고, 독자가 웃을 수 있는 작품을 쓴다면 그것은 비극 무대에 나와서 낄낄 웃는 무가치한 골계가 아니면 정신이상의 광자(狂者)일 것이 아닌가?

그러나 예술에는 오락분자가 없는 것이 아니요, 우는 자로 하여금 위안을 얻게 하는 공효(功效)를 무시하라는 것은 아니다. 다만 오락기(娛樂器)와 위안료(慰安料)로서 예술이 존재한 것이 아닌 고로 이것만을 목적한 작품은 비예술적 행위라는 말이다. (이러한 것은 투쟁의 구(具)로만 인식하려는 문예를 반대하는 것과 똑같이 명료한 주장이다.) 나는 명쾌하고 영롱키를 위주(爲主)하다가 경박천속(輕薄賤俗)에 흐르는 것보다는 심각절실(深刻切實)을 기하여 고삽중후(苦澁重厚)에 빠지는 것을 차라리 취하라 한다. 그러므로 이러한 의견을 가진 나는 대개의 경우에 현대의 조선 문예작품에 대하여 경의를 가지지 못하고, 혹시는 일본이나 서양의 통속영화를 보는 것보다도 무익하다고 생각할 뿐 아니라, 조선의 현대와 조선의 사회의 대국(大局)과 진상을 포착치 못한 작품의 전개를 보고는 빈축(嚬蹙)을 마지않는다. 아무리 표현의 수법과 재조와 문장의 유려를 가졌더라도 관찰의 진상을 일(逸)하고 구상과 기교의 자연스러움을 잃은 작품을 대할 때 구토를 느끼지 않을 자가 누구랴.

일반(一般)히 현대인의 생활과 심리와 기분과 언행을 묘사한다 하더라도 막연히 현대만을 표준하면 일본인의 생활인지 미국인의 생활인지 조선인의 그것인지 어찌 알 수 있을까? 같은 모던 보이나 모던 걸이라도 동경(東京)의 긴자 거리(銀座通)를 산보하는 그들과 뉴욕의 그것과 본정통(本町通)의 그것이 다를 것이다. 그들 3자의 명쾌한 심리 기분과 경묘(輕妙)한 담소(談笑) 동작의 전형적 공통점이 없지 않다 하여도 각각 로컬 컬러(local color)가 있고, 농담(濃淡)의 차가 있고, 명암의 도(度)가 다르고, 상념(想念)의 수이(殊異)가 있고, 빈부의 현격(懸隔)이 있고, 기분의 부침이 같지 않고, 심지어 보조(步調)의 미(微)에 이르기까지 다를 것이다. 그러나 우리 문단의 근자의 작품을 보면 시세에 추종하고 무사려(無思慮)한 통속독자에게 영합키를 너무나 주안(主眼)으로 하는 결과로 조선의 사정과 및 조선인의 생활, 심리의 암흑이나 우울이라는 본질적 요소는 무시하고, 다만 명쾌하고 경묘한 일점(一點)만을 고조하여 도리어 경조부박(輕佻浮薄)에 흐르는 경향이 없지 않으니, 이러한 것은 충실한 문예품의 가치가 있는 것이라고 할 수 없는 것이다. 어둡고 쓸쓸하고 쓰고 맵고 무겁고 복개이는 현실의 앞에 눈을 감고 밝고 화려하고 달고 맑고 가볍고 시원스러운 맛만을 보여주겠다는 것은 묘전(墓前)에서 무악(舞樂)을 취주(吹奏)하는 부허(浮虛)와 경박에 흐르지나 않을까. 나는 결코 취(取)치 않는 바이다. (1929. 2. 19)

정치, 경제 등 현전(現前)의 암담한 사정이 조선의 작품에서 명광(明光)과 경쾌와 낙천의 요소를 빼앗았다는 것은 전술(前述)과 같거니와 또 한 가지 조선의 가족제도라는 것이 여기에 적지 않은 관계가 있는 것을 간과할 수 없다.

일반히 구도덕의 압박은 정서생활을 심히 무시하여왔다. 인인(人人)의 정적(情的) 접촉을 의례화하고 형식화하고 노예적 근성을 양성함에 필요한 조건하에 가두어 두었었다. 장유(長幼)의 서(序)와 남녀의 별(別)과 반상(班常)의 차(差)를 기계적으로 엄수케 한 결과는 정감의 자제(自製)와 고담(枯淡)과 고삽(苦澁)과 냉각과 자학(自虐)을 지나쳐서 의혹과 적대와 시기와 모해(謀害) 등 악감정 악도덕을 불식간에 조장하여왔다. 그리하여 정서의 순일(純一)하고 섬세한 함양이라든지 자유롭고 쾌활한 발로라든지 온아(溫雅)하고 화평한 솔성(率性)이 우리에게 결핍하여졌다.

우리가 사교적으로서 단취(團聚)와 화락(和樂)이 부족한 사실은 다시 '각인(各人)이 가정인(家庭人)으로 어떠한지? 또는 가정 내에서는 어떠한 공기 속에서 호흡하는지'를 반증할 수 없을까? 무지극악한 촌부(村婦)의 본부(本夫) 독살이라는 사실이 자유연애라는 신경향 신풍조의 모더나이즈한 현상이라고 할까? 그렇지 않으면 구도덕, 구가족제도의 여폐(餘弊)라고 할 것인가? 지금은 보도기관과 경찰, 사법의 활동이 민활하기 때문에 다만 그와 같은 사건이 비교적 많이 세간에 알리어지고 처벌될 따름이지, 그러한 기관과 기능이 유치한 시대에는 얼마나 많은 전율할 사실이 유야무야문(有耶無耶間)에 연출되었을지 누가 알랴. 그는 고사하고라도 고부간의 암투, 시누올케의 반목, 시앗싸움, 계모의 전실 자식 구박 같은 가정적 대소(大小) 비극은 아직도 도처에 구경할 수 있는 것이다. 그 원인이 가족제도의 결함에 있거나, 혹은 한 걸음 더 나가서 구도덕의 감정생활 억압이라는 근본문제에 있거나, 그는 하여간에 이러한 부도덕적 전율 빈축(顰蹙)할 생활상이 현전에 있고, 또 그 생활상을 문예화한다면 그 작품이 명랑·화려하고 경쾌·화락(和樂)할 수 있을까?

우리의 과거의 작품으로 볼지라도 『춘향전』, 『심청전』, 『장화홍련전』, 『사씨남정기』, 『홍길동전』, 무엇, 무엇 하는 것이 다 가정비극이 아니면 반상적서(班常嫡庶)의 사회적 가정적 제도와 인습의 병폐를 반영한 것이니만치 그 표현미의 여하는 막론하고 제재와 전체의 기분 경향이 침통, 우울한 암영

(暗影)을 면하지 못한 것들이다.

그러나 가령 일본만 하더라도 『불여귀(不如歸)』 시대나 『금색야차(金色夜叉)』 시대는 벌써 벌써 지났다. 다시 말하면 '나미코(浪子)'라든가 '심순애' 같은 여자는 현대일본에서 과거에 속하였다는 말이다. 그러나 조선에는 아직도 사부인(謝夫人)이 있고, 홍길동이가 있고, 장화홍련이 있고, 심청이 같은 비현실적 인물을 꿈꾸고 있는 것이 사실이다. 다시 말하면 일본만 하여도 사회적, 산업적 사정이 20년, 30년 전과 달라지고 가족제도의 병폐가 완화되고 생활 정도와 인생관이 변개(變改)되고 여성의 자각이 촉진된 결과, '나미코'나 '심순애' — (お宮)[25] — 같은 무지하고 천박하고 무자각한 노예적 여성의 구각(舊殼)을 벗어나서 또다시 '노라'의 시대를 지나, 인제는 '나오미' (『치인의 애(癡人の愛)』[26]의 여주인공) 시대에까지 진출하였고 따라서 주위의 사정과 분위기가 현대적 향락, 도회적 색채, 관능적 쾌미(快美)에 서리게 되었다. 통틀어 말하면 그들은 가족제도의 억압에서 타협적 완화절충에 성공하고 감정의 해방에 성공하여 정서생활의 자유를 얻었고, 여성은 공민권운동에 열중할 만큼 되고 자본주의문명이 제공하는 향락의 모든 부문과 기회에 참여할 수 있는 정도에까지 이르렀다. 그러면 그들의 작품의 제재와 기분이 명쾌하고 화려하고 할 것은 물론이다. 그러나 우리는 그 아무것에도 성공치 못하고 그 아무것도 얻지를 못하였다. 그러므로 없는 자가 있는 자를 따라가려 하면 모방이요, 경박에 흐를 것이다. (1929.2.20)

또다시 일본사람의 생활과 작품이 명쾌하고 화려하고 낙천적이라 할지라

---

25 오자키 고요(尾崎紅葉)의 대표작인 『금색야차(金色夜叉)』의 여주인공 오미야(お宮).
26 다니자키 준이치로(谷崎潤一郞)의 작품으로, 『치인의 사랑』, 또는 『바보의 사랑』으로 알려져 있다. 염상섭은 다른 글(「답안」(전2회), 『중외일보』, 1928.7.5~7.6, 『염상섭 문장 전집』 I, 수록)에서 이 작품을 진재(震災) 이후의 일본인, 특히 소위 모던 보이와 모던 걸의 생활경향을 알 수 있는 소설이라는 이유에서 추천한 바 있다.

도 다만 명쾌 화려하고 낙천적일 수 있을까? 만일 그렇다 하면 또한 경박하고 천열(淺劣)함을 면치 못할 것이다. 모던 보이가 칵테일을 마시고, 모던 걸이 댄스홀에 기어드는 그 속에도 고민은 있을 것이요, 십수 층을 빌딩의 벌집 같은 이 창, 저 창에서 흘러나오는 입김 속에나 지하실 어두컴컴한 속에서 몰래 펴보는 샐러리맨의 봉투 속에도 고민과 장탄(長歎)은 숨어 있는 것이다. 캐피털리즘에는 캐피털리즘의 고민이 있다고, 그 과정에 내포한 음울도 있고 그 붕괴의 비애도 있는 것이다. 시대라는 전파를 전하여가는 고민도 있고, 무전(無電)의 일극(一極)처럼 자본주의문명의 최하층을 저류(低流)하는 우울도 있는 것이다. 이것을 무시하고 일본인의 생활과 작품이 성립된다면 명쾌, 그 풍려(豐麗), 그 화미(華美)도 결코 가치와 근저가 있는 것은 아니다. 하물며 금일의 조선 및 조선인이랴. 뉘라 울기를 좋아하고, 뉘라 웃음 뒤에 울음이 숨어 있음을 즐기리오마는 그렇지 아닐 수 없는 것이 오늘의 조선의 살림이요, 조선사람의 마음이 아니냐.

그 다음에 우리의 작품이 어둡고 잘못하면 천박하여지는 것은 작중의 여성이 소위 '여학생'에 국한하는 경우가 많기 때문이다. 만일 구식 신소설체로 며느리 들볶는 것이나, 시앗싸움 같은 구(舊) 전형에 만족한다면 구여성도 히로인이 되겠지만 현대를 묘사하며 신풍조를 따르려 하고, 또한 여성을 구 가정 내에서 활약케 하는 수밖에 없는 구 가정소설에서 갱진일보하여 사교적 여성, 즉 남자와의 교섭이 있는 여성을 그리려면 자연히 신여성이나 기생밖에 끄집어내는 수밖에 없게 된다. 서양이나 일본처럼 신구(新舊)를 막론하고 여자가 소위 내외하는 법이 없이 자유로이 남녀가 면접(面接) 대화한다면 소설이나 극의 인물 취택(取擇)에 불편이 없고 장면과 사건 발전에 더 화려한 빛을 내일 수 있겠지마는 과거는 물론이요, 금일까지라도 조금 웬만한 가정의 부인이면 제 집 대문 밖에 내세워서 활약시킬 여지가 없는 고로 양반가(兩班家)의 귀부인이

승려와 난행(亂行)하는 특수한 사건을 취급하는 경우 외에는 소설적 여성으로는 소위 노는계집이 아니면 현대적 신여성이 히로인으로 되는 것이다.

이와 같은 관계로 소설의 여성의 범위가 국한되어 소설 전체의 기분이 화려케 되지 못하는 경우도 많거니와 조선 현대의 신여성이란 수효로도 많지 못하고, 또 그 전형이라는 것이 완성되지 못한 까닭에 모두 비슷비슷한 유형적 인물뿐이다. 이런 말은 신여성의 귀에 듣기 싫겠지만 지금이 신여성을 대체로 구별하면 '구여성 형(타입)'과 '창부형'의 두 가지로 구분할 수 있다. 즉, 전자는 보담 구식부인에 가까우니만치 주부 타입이요, 후자는 보담 신식화하니만치 모던 타입이요, 또 창부적 기분이 농후하다. 그러나 양자가 그 단순천박한 점에 이르러서는 일반일 것이요, 아울러서 모두 한 어미 자식처럼 비슷비슷하고 각자의 특이한 점을 볼 수 없다. '구식형의 신여성'은 구여성과 비하여 겨우 어학 마디와 기성명(記姓名)할 만한 지식을 가진 것이 다를 뿐이요, 사상, 감정, 기분, 관찰력 등이 대동소이하기 때문에 그 내면생활이라는 것이 단순하고 천박하고 유사한 것이며, '창부 타입의 신여성'은 전자와 동일한 내면을 가지고, 다만 보담 더 모던 기분을 띤 까닭에 마치 근자 유행하는 주황빛 인조견의 여자양말 같아 일견(一見)하면 호사스러우나 도리어 헐가(歇價)하고 천열하고 경박하고 무사려한 점은 전자보다 더한 경우가 많다. 그러나 오늘날 소설에 출현하는 여성이란 대개 이러한 종류이다.

그러므로 지금의 소설은 깊은 생활의 반성이나 사색의 자취를 감추고 야비하고 부허(浮虛)한 사이비 연애의 창기(娼妓)적 심리와 행위를 그림으로써 만족하고, 또한 이러한 것이라야 밝고 아름답고 달고 상쾌한 작품이라 하여 속중(俗衆)의 환영을 받는 것이지마는 여기에는 소설 중의 여성 자체가 그러하기 때문이라는 것보다도 작가의 태도가 또한 모던 걸 이상으로 부허하고 천열한 소이(所以)임은 더 말할 것도 없는 바이다. (1929.2.22)

'토구(討究), 비판' 3제(題)[27]
무산문예 · 양식문제 · 기타

형식과 내용

일전에 모 지(誌)를 위한 문학담(文學談)에서 내용과 형식에 관한 비유로, 자라는 아이 옷의 척수(尺數)는 몸에 맞춰서 재단할 것이라고 말하였다. 이것은 물론 내용주의의 입장으로서 한 말이다. 그러나 요사이 팔봉(八峯)의 「변증적 사실주의」라는 논문에 내 말이 씌었다는 친구의 주의(注意)로 묵은 신문을 일부러 얻어다가 보고서는 대관절 형식과 내용에 관한 문제를 이처럼 구구히 애를 써 비판 혹은 단정하기에 노력할 필요가 있을까 하는 의문이 슬며시 일어난다. 물론 프롤레타리아문학이라는 신(新) 기치 하에서 진출한 이상, 별다른 색채가 없으면 프롤레타리아문학의 존재이유가 어엿치 못할 것이니까 체면상으로도 신설(新說)을 입론하여야 하겠고 신국면 타개를 위한 노력으로라도 그러하여야 할 것이라고는 생각한다. 더구나 연전(年前)만 하더라도 프로파 평가(評家)로서 형식 문제 같은 것을 거론하면 프로파 속에서는 사면초가의 관(觀)이 있었다. 팔봉도 그 그룹 속에서 제명이 되었느니 안 되었느니 하던

---

27 염상섭(廉想涉), 「'토구(討究), 비판 3제(題)―무산문예 · 양식문제 · 기타」(전9회), 『동아일보』, 1929.5.4~5.15. 이 글은 김기진의 「변증적 사실주의」(『동아일보』, 1929.2.25~3.7)에 대한 비판이다.

소문이 있다시피 하였던 모양인데, 이제 와서 또 팔봉 자신이 비록 '변증'이라는 타이틀 부(附)일지라도 하여간 새로이 형식 문제를 공공연히 제론(提論)하게 되었고, 또 프로파 중에서도 이에 대하여 왈시왈비(曰是曰非)가 없는 것을 보면 프로파 문학론으로서는 어쨌든 진경(進境)을 보인 것이라 하겠으니, 이렇게 말하면 좀 얄상궂은 말이나 벌써 3, 4년 전부터 지적하여 내려온 나의 의견에 따라온 모양도 같다. 그러나 팔봉 자신으로 보아서는 별로 이 논문으로 하여 진경(進境)을 보인 것이 못 되는 것이 도리어 유감이라고도 하겠다.

그러나 종래에 형식론자로 인정되던 내가 팔봉의 소론(所論)을 대개 시인하면서도 도리어 형식과 내용에 관하여 그다지 엄정한 비판을 요함이 의심난다는 것은 다름 아니다. 물론 내용이 형식을 결정한다고도 하겠으나 또다시 형식이 내용을 결정하는 경우는 없을까. 만일 이것이 사실이라 하면 이 양개(兩個)의 긍정명제의 모순에서 어떻게 벗어날 수 있을까? 이것이 의문이라 함이다.

그런데 나는 우선 '형식'과 '내용'이라는 말의 의의를 명백히 할 필요가 있다고 생각한다. 보통 '형식'이라 하면 시, 소설, 희곡 등 부문을 가리키거나, '시' 하면 서정시, 서사시라든지, '소설'에도 단편, 중편, 장편 혹은 콩트 등으로 세분되는 유별(類別)을 가리키는 것으로 착오하여 이러저러한 내용은 반드시 시로 표현되고, 이러저러한 내용은 소설로 표현된다고 하는 것을 가지고 내용이 형식을 결정한다고 생각하는 경우도 없지 않은 모양이나 이것은 대단한 착오이다. 그러면 형식이란 무엇인가? 곧 표현 그것이다. 가령 '하늘은 아름답다.' 하면 이것은 주관적이요, 또 추상적 표현이다. 그러나 '하늘은 소녀의 푸른 눈동자같이 아름답다.'고 하면 이것은 주관적인 점은 일반이나 묘사적, 인상적이다. 그 다음에 '하늘은 푸르다.'고 하면 이것은 객관적이요, 추상적인 표현이다. 그러나 '하늘은 유리같이 푸르다.' 하면 같은 객관적이나 묘사적이요, 인상적이다. 그런데 이 네 가지 표현에서 보면 시적이거나 소설적 서사이거나 그것이 문제가 아니라, 주관적이냐, 객관적이냐 또는 추상적이냐, 사실적이냐는 문제가 이른바 형식 문제이다. 이런 것은 새삼스러이 설명하여둘 가치도 없는 초보적 상식 문제이나 실제에 있어서는 왕왕히 혼동되는 모양이기로 수언(數言)한 바이다. 그 다음에 내용이란 제재, 사상(즉 작자의 인생관, 사회관, 예술관, 종교, 도덕, 연애, 결혼 등 백반(百般) 사물에 대한 관찰과 주의 주장(主義主張)을 가리킨다.) 등을 말한 것이나, 나는 좀 더 협의로 사상만을 가리켜 내용이라고 한다. 작가에 따라서는 특수한 사건이나 인물을 택하여 그러한 종류만을 쓰는 사람이 없지 않지마는 그것이 그 작가의 주요한 특징일 수는 없다. 어떠한 작가가 A라는 사건이나 a라는 인물을 즐겨 제재를 사용하지 말라는 법도 없는 것이니까 결국에 제재로써 작가의 특징을 절대적으로 결정할 수는 없다. 그러나 작가의 인격은 작품의 내용과 지밀(至密)한 관계를 가진 것이요, 또 인격은 절대적 독자성을 가진 것인 고로 인격의 발현이라고 할 수 있는 사상을 작품의 내용이라 하여 일반 제재와 구별함은 타당한 견해라고 생각하는 바이다. (1929.5.4)

　내용과 형식에 관한 정의는 이만큼 설명하여두고 다시 본제(本題)로 돌아가서 내용이 형식을 결정하기도 하고, 형식이 내용을 결정하는 경우도 있음을 실례로 들어 고찰하여보자. 가령 현재의 우리의 생활을 생각하여보자. 생활이란 사상의 표현이다. 한 사상이 타당성을 인정한 조직적 체계를 가진 형식이다. 그러므로 지금 우리의 생활은 자본주의라는 사상이 모든 기능으로 포시(布施)하여 놓은 상대적 형식이다. 그러나 이 생활형식으로는 실제생활을 그 이상 더 지지하여 나갈 수 없는 모순을 폭로케 될 때에 이 형식을 타파할 새로운 사상이 그 형식 속에서 추출된다. 이 사상은 물론 다시 제2의 형식을 낳는 요인이 되지마는 현재의 형식을 제정한 기성 사상에서 직접 나온 것이 아니라 현재의 생활형식을 거쳐 나온 것이다. 즉 형식에서 내용이 나온 것이다. 그러면 내용은 형식을 낳고, 또다시 형식은 내용을 낳고 하여 이와 같이 뱀이 꼬리를 문 것같이 인과관계가 순환하는 것이라 볼 수 있다.

그러나 다시 원시생활 상태를 생각하여 보면 또 그러한 것 같지도 않다. 처음에 사상이 있었던 것이 아니라 생활이 있었던 것이다. 쉬운 예로 말하면 처음에 문법이 있었던 것이 아니라, 언어가 있은 뒤에 문법이 생긴 것과 다를 것이 없는 이치다. '태초에 도(道)가 있었으니 도는 곧 신(神)이니라.'고 한 것은 진화론을 무시하고 출발한 종교적 견지다. '신'이나 '도'나 실재하였을지 모르나, 실재하였더라도 그것을 인식하지 못하였던 태초의 인류에게는 생활형식만이 있었을 뿐이다. 유치한 형식이었겠지만 도를 의식하기 전에, '신'을 인식하기 전에 생활이 있었던 것이다. 그리하여 그 생활형식으로는 도저히 행복스럽게 살 수 없는 궁경(窮境)에 봉착하였을 때, 다른 형식으로 생활을 개조하려고 기도한 결과에 '신'이나 '도'라는 상념이 생겼을 것이다. 다시 말하면 자연 천연현상에서 경악, 공포, 의구(疑懼) 등의 감정으로 초자연적 위력에 귀의하려는 상념이 생기고, 거기에서 '신=도'라는 사상내용이 비로소 주출(做出)된 것이다. 또 그리하여 '제신(祭神)-기원(祈願)'의 형식이 생기고, 그 제신의 형식의 한 가지 수단방법으로 문학의 형식이 생기고, 그러고서 문학의 내용이 생긴 것이다. 이러하게 관찰하면 '태초에 도(道)가 있었느니라.'고 할 것이 아니라 '태초에 형식이 있었느니라.'고 할 것이다.

또다시 유전학 방향으로 고찰하여 보아도 형식이 내용을 결정하는 경우가 있음을 발견한다. 유전에 '획득유전'이라는 것이 있다. 외부의 영향이 체질에 미쳐서 그 체질을 통하여 생식원형질에 영향을 주어서 유전되는 것을 '획득유전'이라 한다고 한다. 쉽게 말하면 조선(祖先)이 각자의 일생 중에 직업이라든지 기타 외부적 영향으로 인하여 얻은 특징이 생식 질에 까지 영향을 미쳐서 후대자손에게 유전된다는 것이다. 다시 말하면 생활형식이라는 외부적 사정이 그 당자(當者)의 내부 작용에 영향을 미칠 뿐 아니라 후세자손의 성격이라는 내부적 요소를 결정하는 원인이 된다는 말이다. 이 학설은 약 1세기 전에 라마르크[28]라는 사람이 창도한 바로, 기후(其後) 바이스만[29]이란 학자의 반대가 있다 하나, 그것은 유전되는 계통이라든지 작용이 불분명하다는 것이요, 또한 1대 간에 발생한 획득질이 곧 그 차대에 유전되지 않는다 할 뿐인즉 5대, 10대를 두고 동일한 획득질이 반복된다면 반드시 유전될 것이다. 그 외에 프랜시스 골턴[30]의 '조선유전공헌설(祖先遺傳貢獻說)'이라는 것을 보면 자식은 부모의 1/2의 유전, 조부모의 1/4 유전. 증조부모의 1/8 ……. 이와 같은 분량으로 유전을 받은 것이라고 하니, 즉 부모에게 직접 받는 1/2의 유전을 제(際)하고 남는 1/2은 조부모 이상으로 소급하여 조상에까지 올라가고 인류의 조상에까지 올라가도록 몇 십, 몇 백, 몇 천 대의 유전의 몇 만분지(之) 일까지를 계산한 총화(總和)가 될 것이다. 그러고 보면 부모의 1/2 되는 유전 가운데는 획득질이 없다 할지라도, 남는 1/2 중에는 그것이 있을 것이다. 그 뿐 아니라 원래 유전 그 자체가 무어냐? 진화란 무어냐? 생활환경의 변이로부터 오는 영향의 퇴적이 아닌가. 생활내용이란 것도 또한 환경의 지배로 구성된 것이 아닌가. 환경이 의식을 결정한다는 것이 유물론의 골자가 아닌가. 그런데 환경이라 함은 형식이요, 의식이라 함은 내용이다. 그러면 유물론적 입장에선 프롤레타리아문학자는 그 본질에 있어서 또한 형식론자라 할 것이

---

28 라마르크(Jean Baptiste Lamarck, 1744∼1829) : 프랑스의 박물학자이자 진화론자.
29 아우구스트 바이스만(August Weismann, 1834∼1914): 독일의 발생학자·유전학자. 유전의 기능을 맡은 입자가 염색체에 있다는 사실과 그 염색체의 이름을 '비오포아라 할 것 등을 제창했다. 자연선택을 진화의 주 요인이라고 주장한 그의 학설은 바이스마니즘으로 널리 알려졌다.
30 프랜시스 골턴(Francis Galton, 1822∼1911): 영국의 유전학자로 우생학의 창시자인데, G. J. 멘델보다 앞서 유전 연구는 개개의 형질을 다루어야 한다고 주장했다. 또한 유전학을 인류개량에 응용해야 한다고 하기도 했다. 대표적인 저서로 『자연의 유전』이 있다.

아닌가. (1929.5.5)

그러나 또다시 나는 형식이 내용을 결정한다고 논단하여버리는 것은 아니다. 인류생활의 태초에 생활이라는 형식이 있었을 뿐이라 하였지만 그 형식이란 본능이나, 단순한 감수성이나, 불완전한 약간의 경험을 혹은 망실(忘失)하였다가 혹은 기억하였다가 하며 반복하는 동안에 생긴 생활형식이었을 것이다. 그러므로 완전한 1개의 형식을 구체(具體)시키려면 역시 완전한 의식과 관념과 경험 등이 집적된 후의 일일 것이다. 그러므로 형식은 진보에서 나온 것, 즉 내용에서 나온 것이라고 볼 수 있을 것이다. 그러나 또다시 형식은 내용에서 결정된다고도 못할 것이다. 왜 그러냐 하면 위에 열거한 획득유전이라든지 기타의 예로 보면 형식이 내용을 결정하는 경우가 있기 때문이다.

그러므로 나는 여기에서 생식현상의 일례를 생각하여보려 한다.

나의 용모는 '나'라는 존재의 형태=형식(폼)이다. 동시에 유전이다. 그런데 여기 관상자(觀相者)(관상은 비과학적 미신이 아니다)가 나의 입모습을 보고, 너의 입은 삐뚤어졌으니 필시 너는 남을 조소하는 성질을 가졌으리라고 판정한다고 가정하자. 여기에서 형식은 내용화한다. 그러나 나의 입이 삐뚤어진 뒤에 나의 성질이 변한 것도 아니요, 나의 성질이 삐뚤어진 때문에 나의 입이 변한 것도 아니다. 생리학자는 생식세포가 형태화 작용을 비롯할 때부터 생명체의 내외면의 발육이 병진(並進)하는 것을 가르친다. 형태가 10개월의 발육을 마치고 태반을 떨어질 때에 신이 영혼을 마침 준비하여두었다가 불시에 불어넣어주는 것이 아니라 생식세포 속에 형태를 구성할 배자(胚子)를 가진 것과 같이 영혼의 요인이 숨어 있다고 하는 말은 믿을 말이다. 다시 말하면 생식세포로부터 오늘날까지의 형태의 변화는 동시에 정신현상의 발육 도정이다. 나의 용모 기타의 형태가 일조일석에 성인(成人) 되지 않은 것과 같이 나의 정신현상도 형태의 발육과 동시에 성장한 것이다. 다시 말하면 나의 삐뚤어진

입과 남을 조소하는 마음은 유전의 실(糸)을 문 생식세포가 동시에 발육된 결과의 양면이다. 두꺼비의 껍질은 몸뚱어리를 만들어놓고 껍질을 만들어서 씌운 것이 아니다. 속이 자라기에 껍질도 자란 것이요, 껍질도 자랐기에 속이 살찐 것이다. 나는 전자에 모 지(誌)에 문학의 형식과 내용 관계를 자라는 아이의 옷은 체수(體數)에 맞춰서 변하여간다고 말하였지만 이것은 내용을 시간적으로 앞세우고 인과관계를 보고 한 말이었다. 그러나 나는 그 말 대신에 두꺼비 껍질은 두꺼비 자신과 자란다는 비유가 더 적절함을 깨닫는다.

문학상 형식과 내용 관계를 설명할 제, 매양 '자연주의'란 내용이 사실주의적 형식을 결정한 것같이 관찰함은 오류다. 사실주의의 아비가 자연주의는 아니다. '자연과학'이라는 정자와 '실증철학'이라는 난자의 수정으로부터 '자연주의'라는 정신현상과 '사실주의적 표현'이라는 형태가 두꺼비처럼 태어나서 『보바리 부인』, 『여(女)의 일생』, 『여우(女優) 나나』라는 등 자식이 되었다고 나는 이렇게 생각한다. 결정의 선후, 발생의 인과를 논란(論難)하고 경중을 달아보려고 하기 때문에 결국에는 되는 대로 밖에 아니 될 일을 형식파니 내용파니 하고, 기성은 이러하고 신출은 이러하니 배격을 하느니 경계를 하느니 하여 동구 밖에서 길 치도(治道)하기만 골몰하는 것은 서울이 무섭다고 왕십리에서부터 기는 것보다 더 어리석은 것 같기도 하다. (1929.5.7)

또다시 작품의 가치를 결정하는 것이 내용에 있느냐, 형식에 있느냐 혹은 만일 내용과 형식의 합동력에 있다 한다면 그 어느 편이 보다 더 유력하냐는 등의 점으로 관찰하더라도 나는 전설(前說)에 준칙(準則)하여 일원설(一元說)을 지지하려 한다. '내용은 작자의 인격의 반영'이라는 말을 하였거니와 하등의 확호심각(確乎深刻)한 사상도 없이 다만 잣단 문재(文才)로 미구영사(美句令辭)를 나열하여놓으면 기허(幾許)의 형식미는 있다 하여도 내용이 공허할지니 천박함을 미정(未定)할 것이요, 또 내용이 충실하다 하더라도 표현이 추상이며 주관에만 기울어서 독단에 기운다거나 미적 요소에 결핍하면 역시 예술적 공과는 없을 것이니 절름발이밖에 아니 될 것이다. 내용과 표현이 아울러 완미하여야 할 것은 물론이니 일자(一者)가 타(他) 일자(一者)보다도 가치결정에 더 유력하다고도 못할 것이다. (1929.5.8)

변증적 사실주의의 내용

자연과학은 근대의 여명이었다. 미래의 세계는 어떠한 문명으로 장식되든지 과학문명의 일루미네이션 아래에서 그 공사(工事)를 진행하고 또 성취할 것이다. 개조는 될지언정 과학이 멸망을 아니 할 것이다. 그와 마찬가지로 자연주의는 현대문학의 새로운 발족점이었던 것이다. 금후의 인류가 만들어내는 문학은 어떠한 사상관념으로 우리의 생활을 끌고 가든지 간에 내추럴리즘의의 편영(片影)이라도 숨겨 가지지 않은 것은 없을 것이다. 물론 내추럴리즘 자체가 온통 그대로 언제까지든지 한 귀퉁이에라도 남아 있어서 골동화(骨董化)하리라는 것은 아니다. 골턴의 조선유전공헌설(朝鮮遺傳貢獻說)과 같이, 현재에는 1/2의 유전을 주고 차대(次代)에는 1/4, 또 그 다음에는 1/8, 1/16……. 이렇게 그 자연주의의 유전성을 끌고 나가라는 말이다. 하여간 자연주의는 그만치나 공적이 있었던 것이다.

또 그와 마찬가지로 사실주의는 표현양식으로는 근대문학상 새로운 기축이었다. 발생의 순서로서 보면 사실주의는 자연주의의 선구(先驅)였고, 또 협의로 생각하면 사실주의나 자연주의나 다를 것이 없으나, 어쨌든지 간에 표현양식으로만 보면 리얼리즘의 수법이 금후의 문학에 있어서도(그 전체로서는 다소간 문제가 없지 않겠으나) 상당한 세력을 가질 것이요, 또 오랜 생명을 지속할 것은 부인할 수 없을 것이다. 사실주의라고 전체로서 a라 할 수 없는 경우는 있겠지마는 사실적 경향이라든지 사실적 정신이라는 것은 금후에 생기는 어떠한 유파의 문학사상이든지 이것을 거부하지 못할 것이다. 그러고 보면 사실주의적 경향을 띤다는 것은 반드시 자연주의문학이나 현하의 프로문학에 한한 문제가 아닐 것이다. 즉 사실주의를 그 전부적(全部的)으로나 부분적으로 프로문학에서 답습, 혹은 이용한다는 것이 프로문학의 실질을 특색 있게 하고 그 양식을 독자적으로 결정함에 하등의 효과가 없는 것이다. 프롤레타리아문학의 특질이라든지 그 양식의 독이성(獨異性)은 차라리 사실주의적 형식을 가진 부분을 제외한 나머지 부분에서 발견하여야 할 것이다. 그러나 팔봉의 「변증적 사실주의」에 제거(提擧)한 8개 조의 특질이라 할 만한 것을 보면 하나도 프로문학의 프로문학인 특징을 설명한 점을 발견치 못한 것은 유감이다.

이하에 팔봉이 구분한 대로 축조(逐條)하여 음미하여보려 한다.

1. "현실 사물을 있는 그대로 객관적으로, 실현적으로 보는 태도"가 프로작가의 태도라는 것은 애를 써 부정할 필요는 없는 것이나 이것으로 하필 프로작가의 독특한 경지인 듯이 생각하는 것은 우스운 일이다. "위대한 예술은 과학적이어야 한다."라고 한 플로베르의 말은 객관적, 현실적인 점에 있어서 팔봉 이상으로 힘 있게 주장한 것이었으나, 플로베르는 무산문학자가 아니라 자연주의자의 거두였다. 그러면 팔봉의 이러한 주장이 틀렸다는 것은 아니나 객관적, 현실적임을 역설함으로만은 프로문학의 특색을 발휘치 못한다는 말이다. 이것은 프로문학의 입장을 설명하였다 함보다는 도리어 자연주의를 위하여 무용(無用)한 변호함에 그쳤다.

2. "사건의 발단과 귀결을 추상적 원인에서 끌어오지 않아야 하며 추상적

존재로 끌어다 붙이지 않아야 한다."라고 한 것은 종래의 프로작품이 (내가 누누이 지적하여 온 것과 같이) 실인생(實人生)과는 거리가 먼 위조인생(僞造人生)을 묘사하는 폐단에 대한 경고로 볼 때에 의미 있는 말이라 하겠으나 이미 사실적이요, 현실적임을 전제로 한 다음에는 추상적임을 불허할 것이 당연 우(又) 당연한 바인즉 이것 역시 당연한 연문의 소리이다. 더구나 발단과 귀결을 이러저러하게 만들어야 하겠다는 성심(成心)을 가지고 제작에 임하는 태도는 객관적, 사실적 태도와는 크게 모순될 뿐 아니라 성심이라는 것은 예술적 양심을 둔탁케 하는 것으로 불순한 태도이다. "프로계급의 일을 위해서 조금이라도 이용될 수 있는 사건" 이러한 것을 목표로 하고 쓰라는 말부터 성심이다. 문예는 "이용"될 것이 아니다. 그 자체로서 존재의 이유와 가치가 엄연히 있는 것이다. 문예 독자의 존재이유와 가치가 없이는 프로문학에서 제1조건으로 간주하는 공리성이 도리어 삭감되는 것이다. 또 사회적 인과관계를 고찰하라는 말은 당연한 말이나 사회적 인과관계만이 전부도 아니요, 또 사회적 인과관계만을 고찰한다면 사물을 있는 그대로 보는 객관적, 사실적 태도를 침해하고 파괴하게 될 것이다. 왜 그러냐 하면 인생 생활의 만반 사물과 형태는 아무리 궁극에 가서라도 사회적 인과관계로만 해결할 수 없는 여러 가지 사실과 원인이 있기 때문이다.[31] (1929.5.9)

3. 프로작가는 '동상(動相)'에 관찰하고 '전체'에서 관찰하라는 것도 어떠한 유파의 작가에든지 필요한 태도이니 특히 프로작가의 특색은 못될 것이다

4. "추상적 인간성의 묘사에 중심을 두지 말라."라는 말도 '제2'에서 말한 것과 똑같은 이유로 신기한 말은 못된다. 다만 재래의 프로작가가 추상적 인

---

31 "이하에 팔봉이 ~" 부분은 원래 1929년 5월 8일자에 게재된 부분이었으나 1929년 5월 11자에 아래와 같이 정오표에 의해 정정되어 있으므로, 이를 반영했다.
　"정정 ― 본보 8일부(附) 본고 "이하에 팔봉이 ……" 65행은 9일 부(附) 전문(全文)과 선후가 바뀌었기로 자(玆)에 정정함."

간성을 묘사하여오던 병폐를 경계한 의미로만 취할 것이다. "물질적 사회생활이 인간성을 좌우한다."라는 것은 유물론적 견지에 선 견해로는 당연한 말이나 물질적 사회생활의 분석, 대조, 비판은 자연주의자, 사실주의자도 행하여 오던 것이다. 다만 그들은 극단의 객관적 태도의 귀결로 자기와 및 자기의 의견이라는 것을 몰각하였던 것이다. 그러므로 비판적 태도라는 점만은 자연주의나 사실주의보다 혹시 일보(一步)를 나간 것이라 할 듯도 하나 주관적 요소에 전연히 논급하지 않은 것을 보면, 즉 순객관적 태도에 시종(始終)한다면 프로문학자도 극단의 자연주의자와 다름이 없을 것이다.

5. 귀족, 자본가, 소시민 등의 생활묘사와 노동자, 농민의 생활을 대조(對照)로 취급하라는 말에는 이의가 없다. 더욱이 제재에 구애되지 말라는 것은 연래의 나의 의견과 합치되고 따라서 프로작가가 팔봉의 이 의견에 찬동한다면 프로작가들도 인제는 '무엇을 쓴다'는 데서 '어떻게 쓴다'는 문제에까지 진보된 증좌이다. 이때까지는 '어떻게 쓴다'는 것을 제일의(第一義)로 하던 나를 인식의 불구자와 같이 말하더니, 지금 와서 보면 나를 불구자라고 하던 그 말이 불구자의 말이었던 것을 증명하게 된 셈이다

6. "과장적, 선정적 문자를 사용하는 것은 객관적, 사실적 수법에 그다지 영향이 없다."라는 말은 모순이다. 과장, 선정은 "진(眞)"이 아니기 때문이다. 객관적, 사실적 태도는 '미(美)'보다 '진(眞)'을 구하는 의도이기 때문이다. 그뿐 아니라 비록 예술에는 과장성과 선정의 요소가 없지 않다 하더라도 그것을 성심적(成心的)으로 고의로 기도하는 것은 불순한 태도요, 불충실한 유희다. 도리어 가작(假作)인 약점이 탄로되어 당연히 획득할 효과도 상실하게 될 염려가 있다. 순일하고 충실하면 무의식한 중에 보다 더 효과적인 과장적, 선정적 색채가 나타나게 될 것이다. 그러나 이것도 프로문학의 특징에 헤일 것이 아니라 문학의 공통한 일 성질이다.

7. 객관적이라 해서 초계급적이어서는 아니 된다는 말은 시인할 수 있다. 그러나 이 말은 순문예적 견지에서 주관적 분자를 용인한다는 말이 된다. 순객관적 태도를 주장하고 주관적 요소에 대하여는 언급치 않은 팔봉의 태도로서는 다소 모순이라 하겠으나 아무리 사실주의라 하여도 객관을 주관에 여과하여 표현하는 것을 가장 득당(得當)한 태도라고 인정하는 필자로서는 팔봉의 이 의견을 계급의식이라는 협의로만 시인하는 것이 아니라 문학표현상 범론적(汎論的)으로 용인하는 바이다. 그러나 "프롤레타리아의 전위만이 현실을 객관적으로 정확하게 그 전체의 중에서 그 발전의 상(相)에서 전체와의 불가분의 관계에 있어서 파악하는 유일한 계급"이라고 한 점은 무엇을 파악한다는지 문구가 다소 모호하기도 하거니와 하여간 아전인수적 독단이다.

8. 자기의 주장이 개정되리라는 말은 솔직한 말이다. 이상의 팔봉의 소론이 개정될 점도 몇몇 있겠지마는, 그보다도 좀 더 신경지(新境地)가 개척되어야 할 줄로 믿는 바이다. 위에도 언급함과 같이 사실주의나 자연주의 이후의 문예가 공유할 수 있는 부분을 제외하고 그 남는 부분이 몇 할(割)이나 되든지 간에 그 여백에 충당할 부분에서 프로문학의 특질을 발견 혹은 구성하게 함이 당연할 줄로 생각하는 바이다. 그러나 그것이 무엇이냐는 것은 나의 관지(關知)할 바도 아니요, 또 그 점을 발견함에는 프로파 내에서 먼저 의무를 져야 할 것이다.

작품 해부에 대하여

소부르주아, 프티 부르주아의 사회상이나 생활상을 사실적 수법에 의하여 사실의 있는 그대로 표현한다면 어떻게 묘사되어야 할 것인가? 조선은 소부르주아의 중심 사회요, 또 그 중견시대에 처하여 있다. 소부르주아가 얼마만한 정도까지 소부르주아의 발전된 뒤에 다른 운명을 밟아나가게 될지? 또는 소부르주아가 현상을 이대로 지속하다가 퇴영·몰락될지? 그것은 미래에 속한 일이요, 또 이것을 논단하려는 것이 지금 여기서 나의 목적은 아니지만 어쨌든 이 소부르주아의 생활을 객관적, 사실적으로 문학화한다면 그 관찰방법이라든지 이데올로기의 문제는 잠깐 차치하고 사실 있는 그대로 보고하는 수단밖에 또다시 없을 것이다. 만일 나의 작품이 소부르주아의 생활상을 제재로 하였다면 그것을 객관적으로 충실히 묘사하여 제공하는 것은 나의 의무이다. 어째서 프롤레타리아의 생활을 그리지 않았느냐고 책할 것도 아니요, 또는 프롤레타리아와 소부르주아를 대립하여 묘사치 않았다고 비난할 성질의 것도 아니다. 왜 그러냐 하면 나는 팔봉의 의견에 의하면 순객관적 소부르주아적 리얼리스트니까 나의 주관이 그 속에서 조금도 활동할 여지가 없고 따라서 내가 어떠한 이데올로기를 가졌든지 간에 내 작품에 표현될 수 없었을 것이기 때문이다.

그러나 나는 이미 명언(明言)한 바와 같이 객체를 주관에 여과하는 태도를 취하는 고로 순정한 객관주의자는 아니다. 그러므로 나의 계급관이라는 것도 작품에 나타날 것은 사실이다. 이러한 전제 하에서 팔봉이 해부한 나의 작품 「윤전기」[32]를 다시 고찰하여보려 한다.

「윤전기」에 대한 비평은 수차(數次) 시험되었고 나도 답변을 한 일이 있었다. 그러나 이번의 팔봉의 비판도 역시 정곡을 얻은 것은 못 되었다. A라는 인물이 곧 작자이리라는 선입견에 누가 되어서 A라는 인물만을 보고 그 상대편인 '덕삼이'를 보지 않았다. 설령 A를 소부르주아계급의 대표라 한다면

---

32 염상섭의 단편소설 「윤전기」(『조선문단』, 1925.10)을 가리킨다.

덕삼이는 프롤레타리아의 대표이다. 그러므로 A는 소부르주아의 이데올로기를 가지고, 덕삼이는 프롤레타리아의 이데올로기를 가진 것이라고 하는 것이 팔봉의 관찰이다. 그러나 또 한편으로 팔봉의 말 그대로를 인용하여 "물질적 사회생활이 인간성을 좌우한다"라고 하면 A나 덕삼이나 똑같은 무산자의 실생활을 하는 점으로 보아서 그 사상관념이 일치한다고도 할 수 있을 것이다. 그러나 그 실제에 있어서는 이 양개(兩個) 관찰이 모두 틀린 것이다. 즉 A가 소부르주아적도 아니요, 덕삼이도 완전한 프롤레타리아 의식을 가진 것도 못 되며, 또한 양인(兩人)이 동일한 빈곤생활을 한다 하기로 금시로 동일한 사상관념을 가지란 법도 없는 것이라는 말이다. 그러면 A의 덕삼이에게 대한 태도나 계급의식은 어떠한 것이요, 덕삼이의 태도와 관념이라는 것은 어떠한 것인가? 나의 견해는 여기에서 새로 출발한다. (1929.5.12)

A의 태도에 모순이 있다고 하는 이유는 지배자의 의식과 자기 역시 피용자(被傭者)라는 프롤레타리아의 의식 사이에서 방황하는 노자협조적(勞資協調的) 중간적 입장이기 때문이라고 본 데에 있다. 이러한 견해는 순리로서 일리 없지 않을 듯하나, 그렇게 말하면 덕삼이도 5분(分)의 지배자적 자긍과 5분(分)의 피용자적 입장의 중간에 처한 것을 간과하고 다만 A편만을 편중시하는 것은 무리한 관찰이다. 그것은 어찌되었든지 간에 A가 지배자의 입장에 있기는 하지마는 그것은 덕삼이를 포함한 일개 집단의 의사를 대표한 것이니까 환언하면 그 집단의 몇 분지 일 되는 덕삼이의 의사를 위임받아서 행사하는 지배권일 따름이다. 그러므로 A는 지배욕에 충동이 되어 그들보다 초월한 지위에 있다는 자만이 앞을 선 것이 아니라 다만 위임 맡은 지배권을 행사할 따름이다. 여기에서 그 관념의 소양지판(宵壤之判)이 있음을 볼 수 있는 것이다. 그뿐 아니라 위임된 지배권을 행사하는 것은 프롤레타리아 독재정치조직은 물론이요, 하여(何如)한 자유가 완전히 보장되는 자치기관에서라도

당연히 있을 일이니 지배의식의 유무로써 소부르주아적이고 아닌 것을 판단하려는 것은 오류가 아니면 아니 될 것이다. 또한 지배욕이 A에게 있다 하더라도 그것은 소부르주아의 근성이라고 단정하느니보다는 동물적 본능이라고 보는 것이 옳을 것이다. 팔봉을 A의 지위에 앉히고 레닌을 A의 지위에 앉히더라도 지배욕의 발동을 어찌할 수 없을 것이다. 무산계급 해방이 실현되는 초일보(初一步)에 무산독재라는 정치형식이 출현된다 하면 그것도 일 계급의 지배욕의 충동에서 나온 것이 아닌가? 다만 지배욕이 폭력화하여 대다수의 자유와 평등과 공의정도(公義正道)를 유린할 제 죄악이 될 따름이니 그 지배욕을 악화하고 선도하는 여하(如何)는 다만 수양 문제일 따름이다.

그 다음에 A가 덕삼이라는 무산자에게 대하여 대항적으로 반감을 가진 것을 가리켜서 소부르주아적 근성이 사연(使然)한 것이라 함도 심사(心思)치 못한 소이(所以)라 하겠다. 덕삼이의 태도는 사리를 무시하고 자기의 의사가 공동작업, 공동결의에 편입되어서 자기도 그 책임의 기십분, 기백 분지 일을 부담하였다는 자각과 반성이 없이 도리어 자기의 의사를 위임 맡아서 대행하여주는 자에게 폭력으로 위협하는 것을 보고 그것에 대항하고 반감을 품는 것은 인지상정이라 할 뿐만 아니라 차라리 엄정한 제재를 가함이 당연한 일이라 할 것이다. A는 사혐(私嫌)이 아니라 공분(公憤)을 느낀 것이요, 군인(群人)의 결속을 위하여 그러한 몰분효(沒分曉)한 자를 제척(除斥)하여야 비로소 자기의 의무를 다함이라 할 것이며, 또 한편으로 그처럼 또 계급적 자각과 자계급(自階級) 옹호의 성의가 없는 것을 가련히 생각하고, 또한 이로써 미루어전 무산계급이 모두 덕삼이 같다면 가탄(可歎)할 일이라고 생각하였던 것이다. 아메리카의 흑노(黑奴)를 해방하니까 개중에는 도리어 허희유체(歔欷流涕)[33]하여 다시 주가(主家)에 노예 되기를 자원(自願)하는 자가 있더라 한다.

(1929.5.14)

자유보다는 주가(主家)의 의식(衣食) 보장이 더 긴(緊)하기 때문이다. 덕삼이는 일 기관의 자치에 간여하는 자유평등의 기쁨보다는 무책임한 피용자(被傭者)의 지위를 더 달게 생각하는 것이었다. 그 책임 없는 지위를 회복하기 위하여 폭력을 사행(肆行)한 것이었다. 이러한 것을 미워 아니하면 무엇을 미워할까. 이러한 태도를 시인하는 자야말로 무산운동의 적이 아니면 아니 되겠거늘 도리어 이것을 두호(斗護)하고 위무하지 않았다 하여 A를 소부르주아적 근성의 소유자라고 비난함이 타당하다 할까? A가 부르주아거나 말거나 그의 계급적 지위나 또는 그 의식 여하를 막론하고 A의 그러한 사상은 사람으로서의 당연히 가져야 할 것이다.

그러면 여기서 한 마디 할 것은 덕삼이가 외면적으로 무산계급인이라는 단순한 이유 때문에 그 내면적 경위를 무시하고서, A를 부르주아 혹은 프티 부르주아라는 선입견 하에 '덕삼'이만을 유리한 지위에 앉혀놓고 관찰한다거나, 또한 그러한 관찰과 동정과 편견을 가지고 제작한 것이 「윤전기」였다면 「윤전기」는 무내용(無內容)한 것이요, 다만 그 표현가치만을 가졌을 것이다. 나는 원래 프로작가도 아니거니와 "가장 현실에서, 전체에서, 동상(動相)에서 비추상적, 비개념적으로 표현하고 또 표현보다 내용을 존중한다."라는 프로문학의 견지로서도 오히려 「윤전기」를 비난한다는 것은 도저히 이해키 어려운 일이라 하겠다.

최후로 A가 덕삼이의 작업하는 거동을 보고 낙루(落淚)하였다는 것을 다만 '눈물'이란 일점(一點)에서 감상적이라 하는 것도 (언젠가 한번 설명한 일이 있었지만) 온당치 않은 말이다. 감상의 눈물이 아니라 감격의 눈물이요, 환희의 눈물이다. 애아(愛兒)가 빈사(瀕死)의 참경(慘景)에서 캄풀주사로 소생하는 것

---

33 허희유체(歔欷流涕) : 한숨을 짓고 눈물을 흘리며 욺.

을 보고 감동되지 않는 부모가 있을 수 있을까? 그 눈물도 감상적 눈물일까? A의 사업에 대한 애착심을 엿볼 수 있을 것이다. 또한 그 눈물은 덕삼이를 미워하였던 것을 후회하고 용서하는 거룩한 눈물이요, 덕삼이도 쓸모 있는 선량하고 충실한 사람임을 발견하고 감격한 눈물이다.

이상은 자기변해(自己辨解) 같으나 프로작가가 덮어놓고 무산자면 시비곡직(是非曲直)을 엄밀히 관찰치 않고 다만 무산자라는 조건 하에 비(非)도 시(是)하여 그야말로 추상적 인간성을 묘사하거나 협량(狹量)의 편견을 가지지 말라는 경계의 일례도 될 줄로 믿는다. (1929.5.15)

문학상의 집단의식과 개인의식[34]

1

개미 한 마리가 감미(甘味)한 식물(食物)을 발견하여 포식한 뒤에는 노상에서 만나는 기의(飢蟻)는 물론이요, 의혈(蟻穴)에 돌아가서 동배(同輩)들에게 식물(食物)의 소재를 가르쳐주어 참외 씨 한 개나 설탕가루 수립(數粒)을 에워싸고 삽시간에 의군(蟻群)이 위집(蝟集)하여 배불리 먹은 뒤에는 또 남은 참외 씨나 설탕가루를 '영치기 영치기' 하며 의혈에 운반·저장한다. 1립(一粒)의 영양재(營養材)는 개미로 하여금 불기(不期)한 가운데 질서정연한 공동작업, 즉 집단적 행위를 수행케 한다. 우수·양호한 일수(一首)의 시(詩)나, 일편(一篇)의 소설은 1인의 독자로부터 10인의 독서자(讀書者)에, 10인의 독서자로부터 백천인(百千人)의 동호자(同好者)에게 전파되어 애독하고 회자(膾炙)됨이 마치 감미한 미립(微粒)에 의군이 운집함과 다름이 없을 것이다. 다른 부문에 속한 지적(知的) 소산의 저작(著作)이면 아무리 천추만세(千秋萬世)에 전할 만한 양저(良著)일지라도 그 전문가, 그 방면의 연구자와 같은 국부인(局部人)의 지식욕을 만족시킴에 그칠지라도, 문학에 이르러서는 그것이 정적(情的) 소

<hr>

34　염상섭(廉想涉), 「문학상(文學上)의 집단의식과 개인의식」, 『문예공론』, 1929.5.

산이니만치 남녀노소, 지우귀천(智愚貴賤), 전문비전문(專門非專門)의 차(差)가 없이 모든 계급인(階級人)을 망라하여 독자를 흡수할 뿐 아니라 좋은 문학이 주는 미의식과 감명(感銘)은 각인(各人)의 감수력(感受力)의 차는 있을망정 만인의 공명과 동감을 유발함이 마치 감미한 식물(食物)에 대하여 포아(飽餓)와, 미각의 이둔(利鈍)과, 식량(食糧)의 대소(大小)와, 식성(食性)의 기오(嗜惡)에 따라서 각기 차도가 있으면서도 그 감미를 감각하는 일점(一点)에는 일치됨과 같으며, 또한 의군이 불기(不期)한 가운데 집단적 행위를 작위(作爲)함과 같이 1개의 문예품이 능히 만인의 정의(情意)를 공명동감(共鳴同感)에 유도하고, 이어서는 행위와 생활상황을 어떠한 규구(規矩)나 이상(理想)에 적합케 하는 효과를 얻게 되나니 이것을 다시 말하면 일 작품의 감화(感化)는 만인으로 하여금 집단적 공동감정, 혹은 공동행위에 자유로이 결속케 한다고 할 수 있다. 그러므로 문학은 작자 자신의 창조적 환희를 독자와 공락(共樂)하는 점에 있어서 훌륭한 작품일수록 동화력(同化力), 교화력(敎化力)에 풍부한 것이니 동화력, 교화력은 집단의 제1조건이다.

그러나 이와 같이 일 작품이 만인의 정의(情意)와 행위를 일치(一致)·집단(集團)케 하는 것은 그 작품 자체의 의식적 작용은 아니다. 보옥(寶玉)의 미(美)는 만인에게 황홀한 미관(美觀)을 줌으로써 심정(心情)의 집단적 현상을 볼 수 있으나, 그것은 보옥 자체에 의식적 작용에 있음이 아니요, 보옥에 실재한 미(美)가 중인(衆人)의 의식을 일치케 하는 원동력이라 할 것이다. 문학상(文學上) 작품인 경우도 이와 같은 것이다. 작품에 실재한 예술미의 힘이 관자(觀者)의 주관(主觀)을 움직여서 비로소 공명, 동감, 동화, 친화, 일치 등 이러한 집단의식을 발생케 하는 것이다. 그러면 그 예술미는 작자의 집단의식의 소산물인가? 문예에 '성심(成心)'이란 것은 금물이다. 그리고 '의식'이란 곧 성심(成心), 용의(用意)다. 작자의 집단의식이 어떻게 예술을 낳는다고 하는가? 예술을 낳는 요소와 힘의 일부분이 된다는 것도 시인할 수 없는 일이다. 시(詩)는, 문학은 본능적 충동으로 나오는 것이다. 그러기에 문예 제작에 성심이니 의식이니 하는 것을 금물이라고 하는 것이거니와 시(문학)가 본능적 충동에서 흘러나오는 것인 이상, 그것은 영혼의 숨결이 아니면 아니 될 것이다. 생명의 자연(自然)한(무성심(無成心)한) 맥박이다. 인격의 표백이다. 결국에 개인의식, 개인의식이라느니보다 개성의 뒤틀림 없는 발현이다. 영혼의 천연(天然)한 유로(流露)가 아니고서 다른 사람의 심금을 울리게 할 힘이 있다고 생각하는가?

또한 만일 작품의 실재미(實在美)라든지, 소위 표준미(標準美)라는 것을 부인하고 '미(美)는 객관적 존재가 아니라 주관적 창조다.', 즉 '관자(觀者)의 생활환경과 의식 상태와 인상(印象) 여하에 따라서 결정되는 것'이라고 주장할 지경이면 더욱이 집단의식이란 당초부터 문제도 아니 될 것이다. 미의 표준과 미의식이 각인각양(各人各樣)으로 개인적이기 때문이다. 다만 동일한 생활환경에 놓인 동일 계급인(階級人)만은 일치점을 발견할 것이다. 그러나 그 역시 '작품 이전'이 아니라 '작품 이후', 다시 말하면 작자의 집단의식이 작품에 활동하여 독자에게 그 의식을 전달하는 것이 아니라, 작품에서 직접 얻는 각자의 감흥과 인상이 동일 환경, 동일 의식, 동일 인식이라는 이유 하에 동일 계급인에게 어떠한 정도까지 일치될 수 있을 따름이다.

2

그러나 '집단의식'이라는 말을 작품을 통하여 공명동감(共鳴同感)하고 일치친화(一致親和)한다는 의미로 취(取)치 말고, 좀 더 적극적으로 사회적 의의 하에 해석한다면 무엇을 가리킴인가? 동일 목적을 공유한 의식상태 — 우선 이렇게 설명하여두자. 이미 사회적 집단인 다음에는 거기에 반드시 일종의 정치적 현상이 나타날 것이니, 그 현저한 자(者)는 당파의식과 지배욕이며, 또한 집단을 형성하는 군중인 이상, 조직과 훈련과 결속이 필요할 것이니 언제든지 '군중심리'라는 것이 부작용을 할 것도 사실이다. 그 다음에 일정한 목적의식이 있으니, 그 목적의식은 당파의식과 아울러서 투쟁에 몰입하게 될 것이다. 그러면 사회적 의미로의 집단의식은 목적의식, 당파의식, 지배의식의 종합명사(綜合名詞)요, 그 최선최후(最善最後)의 표현은 투쟁에 있는 것이지마는, 그 투쟁을 결정하는 것은 집합성의 의지에 있는 것이다. 이 경우에 개인성은 집합성에게 압도되고 유린된다. 프롤레타리아 문예운동에 있어서 집단의식을 고조하는 필연적 결론으로 개인성을 세불양립(勢不兩立)의 것이라 하여 배격하는 이유가 여기에 있다. 그러나 이러한 것은 정치적 현상, 혹은 사회적 사태요, 결코 문예의 상도(常道)는 아니다. 문예는 (다른 여러 가지 요건과 사명을 가진 것이지마는) 개인성에 출발하여, 개인성의 자유와 집합성의 정당(正當)이 혼일적(渾一的)으로 조화되는 사회를 이상으로 하는 윤리적 사명을 가져야 할 것이다. 우리의 현실은 집합성의 위압 밑에서 개인성이 질식하는 부자연, 불합리에서 신음하기 때문에 자유롭고 광명한 천지(天地)를 구하여 비약하려 하기 때문에, 문학의 세계로 달아나는 것이다. 이 문학의 세계에서까지 개인성의 자유로운 발전을 얻을 수 없고 생명이 큰 숨을 내뿜지 못하면야 자살밖에 남지 않을 것이다. 우리의 일단(一段) 높은 사상은 현실의 정치나 사회현상조차 우리가 수호하는 예술의 세계와 같이 개인성과 집합성이 모순반발(矛盾反撥)치 않는 세계로 개조하려 함에 있다. 그러므로 투쟁이 계속되는 것이다. 그러면 정도(正道)를 위하여 투쟁하는 자가 다른 한 정도(正道)를 유린하고서 승리를 꿈꾸려는가? 투쟁을 '부(否)'라 하고 집합성을 '부(否)'라 함이 아니라, 투쟁을 위하고 집단을 위하여 개인성의 자유를 박탈치 말고 근근히 보유하려는 개인성의 자유천지(自由天地)를 봉쇄치 말라는 말이다.

한 걸음 더 나가서 집합성에 또다시 군중심리가 부작용을 함에 이르러서는 다만 개인성을 억압·유린할 뿐 아니라, 진리와 정의와 이상과 목표와, 심지어 상식까지 망실(忘失)하는 경우가 있다. 데모크라시 사상은 '만인의 총의(總意)'가 과불급(過不及) 없이 표백되는 때에 성취되는 것이다. 그러나 기탄없이 말한다면 '만인의 총의'는 한낱 우수한 두뇌가 만인의 의사(意思)를 통일·지휘함에서 나오는 것에 불과한 것이다. 그러므로 그 '총의' 속에 잠깐 개인의사(個人意思)나 개인성은 잡환(雜還)한 군집(群集) 속에서 두 발을 떼놓지 않아도 이리 밀리고 저리 밀리듯이 전연(全然)히 몰각될 뿐 아니라, 총의가 움직이기 시작하여 행위로 옮겨감을 따라서 최초 1인의 양지양책(良智良策)까지가 분산망각(分散忘却)되어버리고, 다만 열병적(熱病的)이요, 맹목적인 집합성만이 저돌적 폭위를 사행(肆行)할 경우가 많은 것이니, 이것이 소위 '군중심리'다. 그러므로 집단성의 일 변태(變態)인 군중심리는 사건과 행위의 동기와 발단이 선악(善惡) 간 어떠한 경우를 막론하고 개인성보다 훨씬 우열(愚劣)하고 잔인하고 각박하고 포학(暴虐)한 비인간적 행위를 감작(敢作)하여 마침내 당파열에 심취하고 투쟁·도전에 광희(狂喜)함에 이르는 것이다.

그러나 이러한 것은 선동정치가의 할 일이요, 문예도(文藝道)에서는 취(取)치 않는 바이다. 문예가는 문예가요, 정치가는 아니다. 동일인(同一人)이 문예가요, 정치가인 경우에라도 문예가인 심경(心境)과 정치가인 입장이 별유(別有)하여야 할 것이다. 문예가에는 책략이 없다. 권도(權道)가 없다. 하물며 선동이랴. 문예가의 직분은 정관(靜觀)이다. 관조(觀照)다. 비판이다. 지시(指示)다. 진정한 인간성을 보착하여 당연한 요구를 요구하고 획득할 정의감을 고취하여줄 따름이다. 비위(非違)를 광정(匡正)하고 도의(道義) 소재를 명시할 따름이다. 군중의 광열(狂熱)의 와중에 휩쓸려 들어가서는 아니 된다. 민중에 동화되는 것이 아니라 민중을 자기에게까지 끌어올려야 할 것이다. 문예가는 행위자임보다는 행위의 지도자요, 엄정한 비판자여야 할 것이다. 인생의 본연한 모양을 발견하여 우리는 이렇게 되지 않으면 안 될 것을 말하고 생명의 본연한 소리를 들려주어 거기에 귀를 기울이게 하여야 할 것이다. 문예가가 가두로 나온다는 것은 민중과의 교섭을 이러한 점에서 맞는 것을 가리킴이다.

3

그 다음에 집단의식이 작품에 표현된다면 그것은 어떠한 모양으로 나타날 것인가? 집단의식이 목적의식에 수반하는 투쟁의식의 전제라고 한 것은 전술(前述)과 같다. 그러면 작자의 집단의식이 작품에 충실히 반영되려면 그것은 계급투쟁사가 아니면 계급투쟁술, 말하자면 현대식 육도삼략(六韜三略)을 소설식 서술로 저작(著作)될 것이다. 인생 생활의 모든 부문을 폐쇄하고 계급투쟁 이외에 표백하는 것이 없는 문예, 이것이 가능할 것인가? 과연 인생은 고투의 연쇄다. 식욕, 애욕, 영예욕. 욕망에는 고통이 따르고 투쟁이 전개된다. 계급투쟁이라 하여도 결국에 이 3대 욕망의 통괄적 투쟁이요, 집단의식이니 목적의식이니 투쟁의식이니 하는 것도 다만 이 3대 욕망을 일층 더 의식하고 강조한다는 데에 지나지 않는 것이다. 문예가 생활사(生活史)요, 생명 성장의 도정과 그 진로를 같이한 것이면야 과거의 모든 작품도 또한 이 3대 욕망의 모순과 갈등과 고민과 불만을 그린 것이 아니냐. 그러면서도 과거의 모든 걸작은 특별히 집단의식으로써 씌인 것은 아니었다. 『엉클 톰스 캐

빈』이나 『엽인일기(獵人日記)』[35]는 집단의식으로 쓰인 것도 아니요, 또 그러한 것이 문학사(文學史)상에 하나만 있기에 귀한 것이요, 힘 있는 것이지만 둘만 있었어도 평범화(平凡化)할 것이다.

인생은 고투의 연쇄다. 그러나 인생의 목적이 고투가 아님과 같이 문예는 투쟁에 시종(始終)하는 것이 아니다. 문예는 미의식에 의하여 심성을 훈도(薫陶)하는 윤리적 사명도 있다. 인생고와 생활고를 위안하여 피로와 생명력의 위축(萎縮)을 회복케 하는 쾌락적 분자도 있는 것이다. 만일 투쟁에 일관한 작품만을 보여준다면 우리는 그 살벌(殺伐)의 기(氣)에 압사하고 말 것이다. 우리의 정서는 더욱 더욱 고갈하고 말 것이다. 인생은 영영 사하라사막이 되고 말 것이다.

인생은 고투의 연쇄다. 그러나 고투만이 인생의 전체는 아니다. 성격, 유전, 운명, 천연(天然), 자연의 불가항력, 인정기미(人情機微)의 투합이산(投合離散)의 불가해한 현상 ……. 이러한 아무러한 힘으로도 피(避)치 못하고 구(救)키 지난한 인생백반사태(人生百般事態)와 정리(情理)를 우리는 무엇으로 해결할까? 이것이 모두 문학의 범막(汎漠)한 경역(境域)이 아닌가! 또한 이러한 모든 것을 집단의식, 투쟁의식으로 해결하려는가? 개인의 생활로만 보더라도, 울기만 하고 악다구니같이 싸우기만 하지는 않을 것이다. 집단의식이 치열한 사람도 공인(公人)으로서 처참비통(悽慘悲痛)한 투사(鬪士)의 일면에는 사인(私人)으로서 남편 된 행복도 경험할 것이요, 아비 되는 자랑도 가질 것이다. 집단체의 일원인 동시에 개인성의 자랑과 자유를 위하여 스스로 옹호하고 싸우기도 할 것이다. 이를 요컨대 집합의식이란 문예도(文藝道)에 있어서 불필요하다느니보다 무용(無用)의 장물(長物)이다. 차라리 집단의식이 정당

---

35 『엽인일기』 : 1847~1852년 제정 러시아 시기, 투르게네프가 발행한 단편집이다.

한 상도(常道)에서 벗어나가는 것을 문예도는 광정(匡正)하는 사명을 가지며, 사회생활에 있어서 개인의식과 집단의식이 충돌·반발하는 것을 완화·협조케 하는 데에 문예의 공리적 사명이 있다고 믿는 바이다.

그 다음에 또 한 가지 간과치 못할 사실은, 집단의식의 강조로 말미암은 당파열의 고취다. 현 문단의 풍조로 보면 마치 의회정치의 정당화(正黨化)하여가는 경향이 없지 않으니, 그것이 만일 진리의 탐구나 이상에 고매하여 주의주장에 충실한 소이(所以)라면 용혹무괴(容或無怪)이거니와, 당쟁을 위한 당쟁, 견강부회와 부화뇌동을 시사(是事)하는 당동벌이(黨同伐異)에 있어서는 실로 언어도단인 경우가 허다할 뿐 아니라, 이러한 협량(狹量), 이러한 소(小) 감정은 다시 그들의 제작에 지밀한 악영향을 미칠 것은 물론이라 하겠다.

4

다시 제작의 과정으로 보아 작자의 가진 개성과 집단성이 작품에 미치는 영향 여하를 고찰하여보려 한다.

사실주의. 과학의 세례를 받은 우리의 도달한 표현수단이 이것이다. 장래의 일은 모른다. 그러나 문예사조의 어떠한 유파를 막론하고 우리는 리얼리즘을 놓고는 다시 수단이 없다. 생활의 '진(眞)'을 가림 없이, 속임 없이 표현하는 것이 문예도의 영원한 철칙이라 할진대 우리는 여기(리얼리즘)에 굳건한 토대를 가질 것이다. 그러나 그 '진(眞)'은 작가의 눈을 통하여 본 '진(眞)'이다. 작가의 '눈'이란 작가의 '주관'이다. 사실주의는 주관주의가 아니다. 그러나 순전한 객관주의도 아니다. '주(主)'와 '객(客)'을 분열적으로 보는 것이 아니라, '객(客)'을 '주(主)'에 걸러서 보는 것이 사실주의다. 만일 사실주의는 어디까지든지 객관에 충실한 것이어야 한다 하면 나는 취(取)치 않는 바이다. '객(客)'과 '주(主)'가 혼연히 일체가 되는 데에 묘미가 있는 것이요, 생명이 약여(躍如)하고 발자(潑剌)한 개성이 활동하는 것이다. 객관에 고착하여 주관을 몰각할 때, 그 속에 '자기(自己)'는 없다. 개성은 죽어버리고 따라서 생명이 없다. 그러한 작품은 사진사의 할 일이다. 렌즈를 통하여 보는 가로(街路)에는 다만 사람이 걸어갈 뿐이다. 대상(객체)의 내부에서 자기의 생명, 자기의 개성이 활약함으로써 대상을 생명화(生命化)하고, 다시 자기의 심경을 객관화함으로써 대상과 자기를 끊으려야 끊을 수 없는 밀접한 관계에 합체시킬 때, 거기에서 사실적 생동하는 작품을 낳게 되는 것이다. 주관과 객관과의 융합, 자기 생명(자기 개성)과 객체와의 합체, 이 외에 다른 아무 부작용을 우리는 생각할 수 없다.

　여기에 집단의식이니 목적의식이니 투쟁의지니 하는 것이 비집고 들어갈 간극이 또다시는 없는 것이다. 어디까지든지 개인의식, 개인성, 더 분명히 말하여 자기의 영혼의 솔직한 요구를 살리는 가운데에는 집단성이나 투쟁욕이 표현될 수도 있고, 되지 않을 수도 있는 것이다. 집단의식이나 투쟁의지가 정치도(政治道)나 사회도(社會道)에 있어서 제일의적(第一義的)이요 문예가 제이의적(第二義的)임과 같이, 문예도(文藝道)에 있어서는 예술미와 개성이 제일의적(第一義的)이요, 집단의식이나 투쟁욕이란 것이 제이의적(第二義的)임은 또한 당연한 분역(分域)이라 할 것이다.

염상섭廉想涉 씨와 일문일답기一問一答記[36]

양주동   최근 문단의 여러 가지 경위에 대하여 감상을 듣고자 하는데요. 계통적으로 하여 주시면 더구나 감사하겠습니다마는 단편적으로라도 …….

염상섭   글쎄요 ……. 최근의 현상으로는 프로문학이 무던히 진출한 것 같습니다. 다만 그 방면의 작품과 이론에 취(就)하여는 그리 읽은 것이 없습니다마는 하여간 그에 비하여 보면 소위 기성문단 측에서는 개인적으로나 일반적으로나 정리 상태에 있는지는 모르나, 비교적 침묵을 지키는 듯이 보이고, 그리고 또 한 가지 눈에 띠는 것은 소위 '시대물'이라는 형식으로 일본의 강담(講談) 같은 것이 유행하는 듯하다고 생각합니다.

양   너무나 광범한 물음인 듯합니다마는 근자(近者) 프로파 문예에 대하여 특히 감상을 가지신 것은 없습니까?

염   네. 이것은 여사(餘事)일는지도 모르지요마는 최근의 프로문예운동자

---

36 염상섭(廉想涉)·양주동(梁柱東), 「염상섭(廉想涉) 씨와 일문일답기(一問一答記)」, 『문예공론』, 1929.5. 이 글은 '문예사상(文藝思想) 문답─예술관, 문단시사관, 기타(1)'이라는 기획의 일환으로 이루어진 인터뷰를 기록한 것이다. 질문자는 양주동이며, 답변자는 이광수와 염상섭이다. 여기에는 염상섭과의 일문일답만을 수록했다.

는 너무나 당파적 관념에만 덮여 있는 것 같은데요. 퍽 자미없는 일이
라 생각합니다.

양 글쎄요. 그 방면 제씨(諸氏)의 이론투쟁적 견지로 보아서는 도리어 그
당파적, 예각적(銳角的)인 것이 당연한 특질이 아닐까요?

염 그렇습니다. 집단의식을 가지고 재래의 문예운동과 대치하고 있는
터에는 투쟁을 위하여서 당파적 결속도 필요하겠지요마는 그 말류지
폐(末流之弊)[37]는 당파를 위한 당파, 투쟁을 위한 투쟁이 되지 않을까
생각합니다.

양 최근 무산문예파에서 특히 김기진(金基鎭) 씨가 프로문예의 양식, 그
표현형식에 관심을 가져오는 모양인데 그에 대하여는 어떻게 생각합
니까?

염 그것은 당연한 일일 것입니다. 아직 씨(氏)의 발표한 글을 읽을 기회
가 없었으므로 여기서는 말씀치 못하겠습니다마는 추후로라도 읽고
서 의견을 발표할 생각입니다.

양 그런데 재래 프로문예 측에서는 대부분의 평론가가 예술의 형식과
기교를 무시하는 구문(口吻)이 있었는데요. 즉, '정치적·경제적 투쟁
에 급급한 프로문예운동자가 해가(奚暇)[38]에 예술적 형식을 고려하겠
느냐', '프로문예는 문예로서 완성치 않아도 좋다.' 운운의 설(說)이 있
지 않았습니까? 이에 대하여는 어떻게 생각합니까?

염 재래의 의견은 그러하였습니다. 그러나 그 착오된 바는 우리가 전부
터 늘 지적해온 것이지요. 지금에 그들이 양식론을 스스로 제창하기
시작한 것은 비록 만시지탄이 있으나마 프로문예를 위하여 새로운

---

37 말류지폐(末流之弊) : 잘 해 나가다가 끝판에 생기는 폐단.
38 해가(奚暇) : 하가. 어느 겨를.

진경(進境)을 재래(齎來)하게 될 것입니다.

양   그런데 김기진 씨의 논문에 이러한 말이 있는데요. 가령 말씀하자면
       '고전주의, 자연주의 등 여러 주의(主義)는 표현상의 주의만이 아니요,
       곧 내용상의 주의다.', 다시 말하면 '자연주의면 자연주의 유행하던
       그 시대의 사회조직, 경제상태 및 그로 인하여 생긴 인생관, 사회관,
       세계관 등에 관한 사상 내용이 곧 자연주의의 실질적 의미'라, 운운하
       는 의견이 있는데요. 이에 대한 생각은 어떠하십니까?

염   그야 당연한 일이지요. 사실주의란 형식이 나와서 자연주의가 발생
       한 것이 아니요, 자연주의(사상적 내용의)가 먼저 생긴 뒤에 그것에 적
       합한 형식으로서 나온 것이 사실주의니까요. 그는 무론(毋論) 그러할
       것입니다. 마치 아이들의 옷은 그 아이의 장성(長成)을 따라서 그 촌
       법(寸法)을 맞도록 할 것과 마찬가지라 생각합니다.

양   전자(前者)에 문단 모(某)가 어떤 글에다가 '근대문예는 낭만주의(羅曼
       主義) 자연주의, 신낭만주의를 거쳐서 사회주의로 전화(轉化)되었다.'
       는 의미의 말을 썼던 일이 있는데요. 그때에 식자(識者) 측에서 이 글
       을 보고 고소(苦笑)한 사람이 많았습니다. 그러면 근대문예의 주의(主
       義)가 신낭만주의로부터 사회주의로 넘어왔다 하여도 이의가 없으시
       겠지요?

염   세목적(細目的) 고찰에 대하여는 여러 가지 견지가 있겠습니다마는 대
       체로 보아서는 시인합니다.

양   피차 관련된 문제입니다마는 그러면 예술상에서 형식과 내용 — 어
       폐가 있다면 그 소재(素材) — 두 가지에 있어서는 어느 것을 결정적
       요인 혹은 조건으로 보십니까?

염   나는 내용과 소재를 별물(別物)로 봅니다. 소재에는 작가의 의지가 포

함되지 않았고, 내용에는 작가의 의지가 포함되었을 뿐만 아니라 그 표현수단이 가입(加入)되어 있으니까 양자(兩者)는 다르다고 봅니다.

양 아니, 내 말씀인즉 '소재 + 표현형식 = 총체적 작품 내용'이란 의미로 한 것인데요.

염 그러나 나는 내용과 형식, 소재를 도무지 별물로 봅니다. 즉, 내용은 제작·완성된 것의 형식을 운위함이 아니요, 그중에 포함되어 있는 제재라든가 사상적 경향을 의미함이니까 표현형식과는 무론(毋論) 별물이겠지요마는 그렇다고 소재도 아닙니다. 헌데 아까 말씀하던 본선(本線)으로 돌아가서 ……. 그 결정적 요인이 어디 있느냐 하면 내용에 있다고 생각합니다.

그러나 그 내용을 충분히 살리는 것은 형식이 결정한다고 봅니다. 만일 형식을 경시한다면 예술품으로서 성립치 않으니까.

양 그러면 문예품 구성의 결정적 요인은 형식이란 말씀입니까?

염 순수예술적 입장에서 최후까지 나아가본다면 형식이라고 할 수 있겠지요.

양 요새 일본평단의 일부 의견을 듣건댄 소위 '인간활동'과 '작가활동'을 구별하여서 일반적으로 소재를 인식하는 것을 전자(前者)로 보고, 그 소재에다가 예술적 형식을 부여할 때에 후자(後者)가 시작한다는 설이 있지 않습니까? 또 말하자면 '소재'만에 대한 인간활동은 존세(存世)의 세계에 관한 것이요, '형식'에 대한 작가활동은 가치의 세계에 속한 것인데, 예술이란 원래 선택의 원리에 입각하였으니까 곧 '가치 세계'의 문제가 아닐까요.

염 그야 당연한 말씀이지요. 인간이 활동함에 있어서 자기를 나누어 쓰는 것은 혹시 모순이 생길는지도 모르지마는, 사회운동과 예술운동을 겸하는 경우에 즉, 개인에 취(就)하여 보건댄 예술가요, 동시에 사회운동가인 경우에 인간활동과 작가활동을 구별하는 것은 좋다고 생각합니다.

가치와 존재에 취하여는 지금 하신 말씀을 그대로 좋다고 생각합니다.

양 한 가지 더 말씀하겠습니다. 문예작품에 있어서 정치적 가치(주로 말씀입니다마는 기타 교육적, 무슨 적(的), 다 합하여서)와 예술적 가치를 일원론적으로 즉, 일(一)을 타(他)에 종속시킵니까? 혹은 이원론적으로 해석하십니까?

염 아까 말씀한 인간활동과 작가활동을 구별하는 견지로부터 보면은 이원적으로 해석하는 편이 당연한, 그럴듯한 일이라 생각합니다. 그런데 나는 예술적 가치가 정치적 가치를 낳는 것이라 봅니다. 즉, 예술적 가치가 공리적 사명을 수행하는 경우에 정치적 가치를 낳는 것이라 생각합니다.

양 그러면 예컨댄 실지로 창작을 하는 경우에는 두 가지 중의 어느 것을 중시하십니까? 무론(毋論) …….

염 예술적 가치를 주요시(主要視)하지요. 왜 그러냐 하면 예술가(藝術價)를 충분히 발휘치 못하는 경우에는 예술 자체로서 우수한 것이 아닌 동시에 공리적 가치, 즉, 정치적 가치로서도 효과가 감쇄(減殺)될 것이니까요.

양 요새 소위 대중문학이 유행하는 모양인데요. 그에 대한 일반적 감상은 어떠하십니까?

염 지금 작품의 주요한 것은 신문소설인데, 그보담 더 고급인 것은 지금의 형편으로 보아 민중에게 이해되지 못하니까 싫든 좋든 불가불(不可不) 대중문예가 작성되는 것이요, 또 그것이 민중에게 수납(受納)되는 것도 사실인 듯합니다. 그런데 문예의 입장, 또는 현재 조선의 문예를 질적으로 향상코자 하는 견지에서는 설사 대중문예를 배격하는 데까지는 가지 않더라도, 일면으로 고급적인 것에 향하여 노력함이 또한 필요하다고 생각합니다. 그러나 요즈음 소위 강담의 형식으로 신문소설을 쓰는 경향이 있는데요. 그것은 민중에게 문예사상을 보급하는 의미에서 차라리 좋은 경향이라 봅니다. 지금의 민중은 10년 전에 비교하면 꽤 진보한 듯이 보이지마는 문예를 정당히 이해하고 있는 것은 아닙니다. 그러니까 이제 뒷걸음질을 하여서 문예를 이해할 만한 소지를 지을 필요도 있고, 그러한 점에서 강담물(講談物)에 의하여 그들을 교양할 필요가 있으니까요.

양 너무나 지리하여서 ……. 이제는 딴 방면으로 말씀을 돌리겠습니다. 독서는 대개 어느 방면으로 하십니까?

염 원래 게으른 □□구요. (소(笑)) 또 생활이 안정치 못하니까 그리 독서는 하지 않습니다마는, 읽기는 서양작가의 것을 읽습니다. 이미 읽은 것을 몇 번씩 되읽는 수도 있구요.

양 노서아(露西亞) 작가의 것은 …….

염 네. 간간히 보지요. 그러나 소비에트 이후의 현대작가의 것은 읽지 않습니다.

양 취미와 기호는 대개 어떤 것입니까?

염 개인적으로나 사회적으로나 이러한 상태이니까 취미가 있더라도 '도락적(道樂的)'으로는 할 수 없지요. 별로 기호 같은 것도 없습니다.

양 (머뭇머뭇하다가) 아직 결혼을 하지 않았다니 사실인가요? (소(笑)) (알면서도 짐짓인 고로)

염 네.

양   그러면 혹 거기 대하여 무슨 특별한 주견(主見)이 있는 것은 아닌지요?

염   별로 없습니다. 삼십 전까지는 결혼에 대하여 아무런 생각이 없었습니다. 대체로 사람과의 교섭을 복잡하게, 세밀하게 맺는 것을 번쇄(煩瑣)하게 생각하니까 결혼과 같은 이성과의 밀접한 관계, (소(笑)) 피차에 책임을 지는 것을 귀찮게 생각해왔습니다. 또, 워낙 가난한 처지로서 처자를 기르기도 귀찮다 생각하여서 이럭저럭 밀려온 것이지요. 최근에 때때로 혼담이 있기는 합니다마는 가난이 화(禍)를 끼치기도 하고, 이편에서 마음 쏠리는 곳이 별로 없기 때문에 그렁그렁 지내옵니다.

양   결혼을 한다 하면 어떤 여성을 ……. (소(笑))

염   별로 이렇다는 생각도 가진 적이 없습니다. 그저 말하자면 가정에 합당한 여성이라 할까요. (소(笑))

양   대개 집필은 어느 때 하십니까?

염   대개 열 시 이후 새벽까지 하는데요. 그러나 급한 경우에는 친구들이 찾아와서 떠들고 이야기하는 중에서도 씁니다.

양   가장 필흥(筆興)이 났을 때에 하룻밤에 대개 몇 매(枚)나 쓰십니까? 말하자면 그 최고기록을 …….

염   안 써질 때에는 막무가내지마는 흥이 나면은 일야(一夜)에 신문소설 10회를 씁니다. 막 써내는 식으로 소위 일사천리적(一瀉千里的)이니까. (소(笑)) 그리 자랑거리는 안 되는 일이지만 차라리 누구에게 쫓겨나가듯이 휙휙 써 내갈기는 편이 도리어 잘 쓰여지는 경우가 있습니다.

양   감사하외다. 그러면 이만 ……. 바쁘신데 미안하였습니다.

이역異域에서 병들어[39]

젊은 시절이라 하니 내 이미 늙었는가? 또한 저제나 이제나 그날 일을 그날에 기록한 배 없으니 새 일 삼아 일기를 적음이 어리석다 아니할 수 없으되, 소년기에서 청춘기로 옮을 때의 일들을 생각하면 좋은 일이나 좋지 못한 일이나, 부끄러운 일이나 자랑할 만한 일이나, 어제 일같이 기억에 새롭고 저 혼자의 흥미에 끌리니 어리석음을 참고 두어 마디 적어볼까나.

오늘도 S는 동틀머리에 깬 모양이다. 게다짝 소리가 살금살금 나더니 안집 마누라와 인사하는 기척이 난다. 어젯밤에도 그럭저럭 새로 한 시나 되어서 잤는데, 벌써 일어났으니 몸이 고달플 것이다. 지성껏 그렇게 해주는 것은 고마운 일이나 미안한 일이다. 어차어피(於此於彼)에 아침산보를 어서 나가야도 하겠지만 더 누웠기가 미안하여 찌뿌두둣한 몸을 자릿속에서 벌떡 일으켜 옷을 갈아입고 덧문을 열어젖뜨리니 새벽안개가 거쳐나가는 사이로 아침햇발이 은은히 흐른다. 오늘도 날씨가 좋을 듯.

아래층으로 내려가 보니, 와사(瓦斯) 불에 냄비를 걸어놓고 S는 세수를 하

39　염상섭(廉想涉), 「이역(異域)에서 병들어」, 『문예공론』, 1929.5. 이 글은 '문단 제가(諸家)의 젊은 시절 일기'라는 표제 하에 실린 글 중 하나이다.

다가 물 묻은 얼굴을 잠깐 돌려다보고 인사 대신에 웃어 보인다. 내 세숫물까지 놓고 S가 뒤에 서서 수건질을 하고 있노라니 인제야 두부장사의 나팔소리가 난다. S는 대접을 들고 나간다.

똑똑똑 썰어주는 두부를 받으며 S는 내일부터는 좀 더 일찍이 오라고 두부장사더러 이르고 들어와서 냄비의 끓는 물에 두부를 잠근다. 요새 매일 S의 첫 일과는 이렇게 두부를 받아서 더운물에 데쳐주는 것이다. 폐가 약하니 학교를 놀라고 하는 의사의 말대로 버둥버둥 놀기 시작한 뒤로는 S가 자기도 이 병에 경험이 있느니만치 우유나 계란 외에 순두부도 이렇게 먹으라고 강권하는 바람에 벌써 1주일이나 먹어보는 것이다.

"조선 같았으면 정말 순두부를 잡숫는 것을 ……."

S는 두부를 간장에 찍어먹고 앉았는 것을 들여다보고 앉았다가 이런 소리를 한다. 미안하고 고마운 생각에 얼굴도 쳐들 수가 없이 고개를 떨어뜨리고 먹을 것을 다 먹은 뒤에, 뒤도 아니 돌아다보고 얼른 산보를 나와버렸다.

'S가 왜 그렇게 유난히도 친절하게 구는구?'

하는 생각을 어렴풋이 하면서 산비탈을 걸어가다가 얼굴이 화끈하고 귀밑이 달은 것을 깨달았다. 그러나 역시 고맙고 기쁜 생각에 감격한 눈물이 스미는 것을 어찌할 수 없었다. (하략)

내가 좋아하는 1. 작품과 작가, 2. 영화와 배우[40]

(1) 도스토옙스키의 『카라마조프 형제』

(2) 별로 생각나는 것이 없습니다.

---

40 「내가 좋아하는 1. 작품과 작가, 2. 영화와 배우」, 『문예공론』, 1929.5. 이 글은 여러 문인들에게 내가 좋아하는 작품과 작가, 영화와 배우를 묻는 설문에 답한 것이다. 편자가 제시한 설문의 변은 다음과 같다.
  "우리는 동서고금 어떤 작가의 어느 작품을 읽어야 할까. 사상으로, 정취(情趣)로, 예술미로, 어떤 것을 택하여 읽을까. 이것은 문필을 감상코자 하는 많은 청년들의 공통된 문제일 것이라. 또는 현재에 옥석(玉石)이 섞여서 잡연(雜然)히 유행하는 갖가지 영화와 수많은 남녀우(男女優)에서 어느 것이 참으로 우리의 감상할 만한 영화이며, 누가 가장 우리의 마음을 속속들이 끌만한 배우인가. 이 역(亦) 영화 팬뿐만이 아니요, 일반 문화인의 알아야 할 흥미이다. 여기에 모아서 게재하는 제씨(諸氏)의 의견은 그 방면에 가장 긴밀한 관심을 가진 문단인 제씨의 것인 그만치, 독자 여러분의 호개(好箇) 참고가 될 것을 믿는다. ─편자(編者)"

소설작법 강화(講話)[41]

1. 체험, 수양, 재료

본 강좌는 매회 각인의 집필에 의한다 하기도 하고, 마침 제1회에 내가 쓰게 되었기로, 결론적으로 일반(一般)에 호(互)하여 아우트라인을 서술하려 하나, 분망한 중에 부득이 색책(塞責)으로밖에 쓰지 못하므로 충분한 인증이라든지 디테일에 관한 상론(詳論)은 추후에 담당하실 분에게 사양(辭讓)하여두는 수밖에 없다.

소설의 종류

소설을 대별하면 제군(諸君)도 아는 바와 같이 장편(Novel)·중편(Novellete)·단편(Short-story)의 3종이 있다. 근자(近者)에 특히 '장편(掌篇)'이라는 역어(譯語)로 극히 단축된 일 형식이 조선에도 수입되었으나, 이것은 불어로 소위 '콩트(Conte)'라는 것이니 역시 단편이라는 의미이다. 그런데 이 3종(혹은

---

41 염상섭(廉想涉), 「소설작법 강화(講話)」(전2회), 『문예공론』, 1929.6~7. 이 글은 '통속문예강좌'라는 표제 하에 실린 것이다.

콩트를 개별(個別)하면 4종이라 하겠다) 중에서 장편과 중편은 그 결구(結構)나 수법이나 묘사에 있어서 그리 대차(大差)가 없는 것이라 하겠고, 단편과 콩트 역시 결구와 묘사에만 다소간 차이가 있을 듯하나, 그보다도 양(量)의 차(差)가 유표(有標)하다 하는 것이다.

우선 중편에 관하여 관찰하면, 장편을 단축함으로써 작자나 독자의 시간과 노력을 경제(經濟)함에 있다고 할 것이다. 단편의 형식이 발달된 일면의 이유가 근대인의 생활이 자극성이 풍부한 것, 색채가 농후한 것, 시간과 노력이 경제적인 것 등을 요구함에 있음과 같이 중편 또한 장편의 완만하고 지엽(枝葉)이 많은 용장(冗長)의 폐(弊)에서 벗어나려는 요구에서 나온 것이라고 볼 수 있다. 그뿐 아니라 현금(現今)과 같이 신문잡지가 일부일(日復日) 발달되어 감을 따라서 신문잡지가 문학상에도 일대 권위를 가진 소위 저널리즘 시대에 있어서는 그 성질상 수백 회 혹은 수십 삭 간에 연재하는 장편을 게재키가 어려운 이유도 있으므로 자연히 위고라든지 톨스토이의 작품과 같은 장편보다는, 중편이나, 중편보다는 단편이 환영을 받게 되는 것은 자연(自然)한 경향이라 할 것이다. 지금 급히 나열키가 어렵기로 자기의 작품을 잠깐 들어 보거니와, 나의 경험으로는 연전(年前)에 『현대평론』에 쓴 「두 출발」[42]을 중편이라고 생각하는데, 그것으로 보더라도 그 결구, 묘사, 제재, 수법 등이 장편과 다를 것이 없다. 어쨌든 중편이란 장편이 단편으로 추이(推移)하여가는 과정의 것이라고 볼 수 있고, 또한 질의 문제보다는 양의 차이라고 장(長)이 온당하다고 생각한다.

그 다음에 장편과 단편의 상이점을 고찰하건대, 장편소설은 광범한 인생을 독자에게 전개하여 스토리로서의 완전구격(完全具格)한 자(者)이며, 그 가치와

---

42 염상섭의 소설 「두 출발」(『현대평론』, 1927.4~7)을 가리킨다.

흥미와 국면의 확대가 점층적으로 된 것이므로 인물, 사건, 배경 등이 단독적으로 묘사된 각 부분일지라도 서로 연결되고 통일되어야 할 것이며, 모든 현상에 대하여 그 원인결과를 논리정연하고 충분하게 증명되고 서술됨으로써 필연성, 진실성을 얻게 하는 것이다. (논리정연이라 함은 좀 오해되기 쉬운 말이나 논리적이라 하여도 소설에 있어 논문과 같이 이론을 캐는 것이 아니라, 일 사건이 이러저러한 상태에 이른 것은 이러저러한 관계와 이유에 있는 것이며, 그 결과는 어떠어떠하다는 것을 빈틈없이 증명할 만큼 묘파한다는 말이다) 그러나 단편소설은 브란더 매튜즈[43]의 말과 같이 단일한 성격, 단일한 사건, 단일한 정서, 단일한 국면에 의하여 양출(釀出)된 정서의 연속이요, 단일한 스토리의 효과를 나타나게 하는 것이다. 다시 말하면 인생의 광대한 부면을 전개시키는 것이 아니라, 단일한 일면을 단도직입적으로 그 중심에서부터 출발하여 지엽의 세밀한 서술을 성필(省筆)하고 핵심에 직입(直入)하여 그 전체로서의 인상을 절조(絶調)하는 것이라 하겠다. 이 이상 더한 설명은 급망(急忙)하여 다음 기회에 밀어둔다.

체험과 수양

작가로서 입신(立身)하려면 무엇보다도 예민한 미감(美感)과 순실(淳實)하고 정명(淨明)한 솔성(率性)과 감격과 동정을 가진 정열이 있어야 할 것은 물론이나, 이러한 것은 그 선천적 자성(資性)이라 할 것이거니와 후천적으로 수양에 의하여 얻어야 할 작가로서의 한 가지 자격은 체험이다. 보통 이르기를, 소설은 사오십 된 후에 쓰는 것이 좋다 하고, 또 일 문호에 있어서도 그 만년

---

43 원문에는 쑤란더-, 마-슈-쓰. 브란더 매튜즈(Brander Matthews, 1852~1929) : 미국의 작가, 교육가. 미국 최초의 드라마 문학교수로 평가됨. 콜롬비아대학에 재직. 주요저작으로 *Philosophy of the Short-story* (1931), *The Short-Story* (1907)이 있음.

의 작품이 원숙하다고 하는 것은 그 환발(煥發)한 재예(才藝)만으로도 믿지 못하는 체험의 다과(多寡)가 작품에 지밀(至密)한 관계를 가진 때문이다. 소설이란 결국에 인생사회와 자연현상에 대한 관찰과 상념과 그 형태를 문학적 조건 하에 종합연결하여 리플렉트(reflect)한 것이기 때문에 인생과 사회와 자연에 대하여 많이 경험을 쌓고 자진(自進)하여 실제로 체험하고 깊고 널리 관찰하고 또 사색하여 자기의 정견(定見)을 붙들도록 노력하지 않으면 소설가로 서기 어려운 것이다. 통틀어 말하면 인생, 사회, 자연에 대한 지식과 체험이 없이 소설을 쓰려는 것은 밑천 없는 장사요, 올가미 없는 백정 같은 것이다. 그러므로 장래 소설가로 입신하려는 사람이면 인생사회나 자연현상을 기회 있는 대로 열심히, 또 골골이 쫓아다니면서 실제로 체험하고 자상(仔詳)히 관찰하기에 노력하여야 할 것이다.

그 다음에는 항상 지식을 늘리기에 부단히 노력을 하여야 할 것이다. 정한(精悍)한 정력으로 부지런히 상식을 늘리기에 애를 써야 할 것이다. 위대한 소설은 일 대상식가여야 할 것이다. 일개의 독약자살자를 묘사하려면 독약에 대한 지식이 있어야 하고, 그것을 진찰하는 의사의 행동과, 독약의 반응과, 의사의 열증(熱症)과 치료 등에 대한 면밀한 관찰 없이는 진실성이 있게 묘사할 수 없을 것이니 결국에 의학상의 상식이 있어야 할 것이요, 카나리아라는 새(鳥)를 그리려면 그 형태와 그 성향과 사육방법과 특징은 알아야 할 것이니 여기에는 동물학상 지식이 있어야 할 것이다. 이혼하는 남녀의 법률상 수속이나 이해관계의 소송사건을 그리자면 법률상 지식이 필요한 것이다. 통틀어 소설이란 인생만사의 복잡다단한 제상(諸相)을 제재로 하는 것이기 때문에 인생백반사물(人生百般事物)의 진상과 그 처리하는 원리와 수단방법을 모르면 아니 되는 것이니, 세간에서 소설가를 가리켜서 '저 사람은 글이나 쓰지 세상물정이야 웬걸 알겠나.' 하고 혹은 잘못이 있어도 용서하고 혹은 경모(輕侮)하기도 하지마는 세상물정을 모르면야 소설가가 될 수 없는 것이다. 문인이란 속세간사(俗世間事)를 모르는 것이 아니라, 남보다 더 분명히, 그리고 많이 알아야 하는 것이다.

재료 수집

소설이 인생, 사회, 자연의 형태와 그 호상(互相) 관계된 제상(諸相)을 그린다 하여도 만연(慢然)히 아무거나 그리는 것은 아니다. 소설이 될 만한, 즉 작자의 미감과 주의를 끌 만한 사건이 그 재료가 되고, 또 작가의 미감이나 주의를 끄는 것이라야 독자의 미감과 흥미와 호기심을 일으키는 것이니, 그러한 소재를 준비하여야 할 것은 물론이다. 소설가가 되려는 사람은 이 준비를 꾸준히 하여야 할 것이다. 그러나 준비란 별것이 아니다. 일상생활에서 보고 듣고 느끼는 바를 항상 신선한 기분과 주도(周到)한 용의(用意)와 명철한 관찰안(觀察眼)으로 분명히 보고 정확히 듣고 탄력 있게 느껴서 일기와 같이 수시로 노트에 메모를 하여 두는 것이다. 문학적 생애라는 것은 반찬과 같아 봉급생활같이 오늘 하다가 내일 그만두면 그만이라는 것이 아니라, 그의 생명과 한가지로 길러 나가고 커가고 깊어가는 것이다. 그러므로 일생의 장원(長遠)한 사업이라는 생각을 가지고 착수하여야 할 것은 물론이요, 또 그럼으로 꾸준히 쉴 새 없이 소양을 쌓아나가야 하는 것이지마는 그와 동시에 작품에 쓸 소재도 마치 치부(致富)하는 사람이 1전, 1푼씩 축재(蓄財)하듯이 부단한 노력으로 수집하지 않으면 아니 될 것이다. 그러나 일상생활에서 관찰하고 감융(感融)되고 사색한 것은 수시수처(隨時隨處)에서 얻는 것이요, 또 단편적이므로 오래 기억 속에 보관하여 두기가 어려운 고로 이것을 기록하여 두는 것이 제일 안전하고 필요하다는 말이다. 나 자신은 태만하여 이때까지 이러한 노력이 없이 다만 자기의 기억을 신뢰하거나 임시임시(臨時臨時) 하여 조사도 하고 전문가에게 질문도 하여 근근이 낭패는 면하여가지마는 그래서는 암만하여도 소재에 군색하고 또 부정확하기 쉬운 고로, 이로부터는 노트를 만드는 데에 일층 주의하려고도 하거니와 태서(泰西)의 명가(名家)들은 대개 이 노트에서 명작이 나오는 모양이다. 에밀 졸라 같은 대가는 『삼도물어(三都物語)』의 「루르드」[44]라는 작품을 쓰는 데에 1700페이지의 노트를 만들었다는 일화만 보더라도 재료수집에 얼마들이나 애를 쓰는가를 알 수 있으며, 또 그 정확한 수단으로 노트를 만들기에 얼마나 용력(用力)하는가를 가규(可窺)할 것이다. 이와 같이 노트에 메모된 개개의 소재가 그대로 단편이 되거나 또는 그 개개의 소재를 연결하고 통일하여 장편을 구성하면 물론 좋거니와, 그러하지 않고 소재에 낱낱이 일개 작품의 부분 부분에만 요용(要用)된다 하더라도 노트를 만드는 것은 절대 필요한 줄 믿는다. (1929.6)

2. 구상과 표현양식

구상

소설은 외부에서 재료를 취하여 내부적 창조력에 의하여 제작하는 것임은 물론이다. 그러므로 이상에 개술(概述)한 바와 같이 수집한 재료를 가지고 인제는 정말 소설을 제작하려고 착수할 양이면 그 낱낱의 재료를 적의(適宜)히 안배하여 통일 있고 조화 있는 조직을 갖추어야 할 것이다. 원래 소설이란 인생생활의 백반사건(百般事件)을 그대로 나열하거나 기록한 것이 아니라, 관찰

---

44 『세 도시 이야기(*Les Trois Villes*)』(1894~1898)의 「루르드(Lourdes)」(1894)를 가리킨다.

하고 체득하고 감홍한 모든 사실을 기교적으로 구성하여 특수한 결과에까지 끌어오는 것이다. 다시 말하면 가령 일개의 인물의 생활을 소설로 묘사코자 할진대 그 인물에 관계되는 여러 사건을 연결시키어 한낱 특수한 결과를 얻게 하여야 할 것이니 그 사건의 발단으로부터 결과에 이르기까지의 결구(結構), 즉 '사개'[45]를 들어맞춘 뼈대에 만드는 것이 첫째 수단일 것은 물론이다. 이것을 가리켜 '구상'이라 하나니, 구상의 정의(定意)를 간략히 말한다면, 구상이란 표현을 동반하는 내용 조성이라 하겠다(여기에 이른바 내용이란 제재를 가리킴이다).

그런데 이 구상을 대개 '소재의 구상'과 '사상의 구상'으로 구별함도 무방하나, 그렇다고 양자(兩者)를 획연(劃然)히 구분할 수는 없는 것이다. 제작의 실제에 있어 보더라도 작자가 어떠한 감홍에 충동되어 예술적 창작욕이 환기(喚起)된다 하면, 그 받은 감홍이라든지 힌트에 적합한 제재를 취택(取擇)하여 이것을 구상하는 동안에는 자연히 또 그것에 타당하고, 그 감홍이나 힌트를 구상화(具象化)함에 합리적으로 지배하는 사상이 따라올 것은 사실이다. 이와 마찬가지로 사건의 구상을 세 가지로 구분하여 사건적 홍미, 성격적 홍미, 배경적 홍미 등을 구별하는 사람도 있으나 그 역시 획연한 구별이 있다고는 못할 것이다.

그러나 이 3개의 구별, 즉 사건적 홍미라든지 성격적 홍미라든지 배경적 홍미에 따라서 구상을 각별(各別)히 한다는 것은 무리치 않다고 생각하는 바이다. 소설 쳐놓고 이 3요소의 하나라도 결여하고는 성립되지 않지마는 예(例)하여 말하면 톨스토이의 『전쟁과 평화』와 같이 나폴레옹의 모스크바(莫斯科) 진공(進攻)을 주제로 한 것과 같은 것은 사건적 홍미에 끌린 것이라 하겠고, 도스토옙스키의 『카라마조프 형제』 같은 것은 성격적 홍미의 것이며, 그 외에

---

45 사개 : 상자 따위의 모퉁이를 끼워 맞추기 위해 서로 맞물리는 끝을 들쭉날쭉하게 파낸 부분. 또는 그런 짜임새.

어떠한 시대상이라든가 어떠한 사회공기(社會空氣)나 자연풍습의 특이한 것을 흥미의 중심으로 한 것은 배경적 흥미라 할 것이다. 스티븐슨의 말에, "나는 소설을 쓰는 데에 세 가지 방법밖에 모른다. 위선(爲先) 몇 사람의 인물을 묘사하기 위하여 구상하는 것. 제2는 자미있는 사건을 주안(主眼)으로 하고 인물을 적의(適宜)히 배합하는 것. 제3은 사건 전개와 인물을 제2단(段)으로 하고 특별한 공기를 표현하려는 것, 즉 그 공기를 리얼라이즈(realize)하고 임프레시브(impressive)케 하려는 방법이다." 한 말이 곧 이것을 이름이다.

그런데 구상의 제1조건은 '통일'에 있는 것이다. 사건 전개의 흥미를 시종(始終)이 일관케 통일하여 독자로 하여금 혼란에 빠지지 않게 하여야 할 것이다. 대개 주인공이 없는 소설은 통일을 잃기 쉬우니, 주인공을 특립(特立)하여 외타(外他)의 인물보다는 일층 뚜렷이 묘사함으로써 독자로 하여금 이 소설이 어떠한 중심점을 가지고 어떠한 방향으로 전개되어가는가를 늘 잊어버리지 않게 하여야 할 것이다. 소설을 보면서도 이야기의 꼬리를 놓쳐버리고 헤매게 된다 하면 흥미는 감쇄(減殺)되는 것이다. 톨스토이의 『전쟁과 평화』에 나오는 인물이 90여 명이나 되고, 개개인의 성격을 그만치 독이적(獨異的)으로 세밀히 묘사하였건마는 주인공이 없기 때문에 구상으로서는 상승(上乘)이라고 할 수 없는 것이다. 그러므로 구상과 및 실제의 표현상 통일을 잃지 않을 양이면 주인공을 확정하고, 또 그 주인공을 따라가면서 사건을 전개시키도록 함이 효과도 낫거니와 실수할 염려도 없는 것이다. 그리고 통일과 흥미를 연속시킴에는 장편에 있어서는 사건의 기복(起伏), 즉 소위 대단원(大團圓) 하라든지, 주심(主心) 되는 클라이맥스는 별문제로 하고, 사건과 사건이 연결되어 새로운 전개를 보이게 될 때마다 조그만 클라이맥스를 보여서 고조(高調)와 암시와 복선을 주고, 단편에 있어서는 '위기'를 또렷이 하여 흥미를 강조하여야 할 것을 잊어서는 아니 될 것이다.

그 다음에 주의할 것은 통일에는 '대조(對照)'가 필요하다는 것이다. 선과 악, 흑과 백. 이러한 것은 통일되지 못할 대조이다. 그러나 대조 없이 소설이 성립되지는 않는 것이다. 인간생활로 보더라도 악인이 있고 선인이 있기에 일상생활이 복잡다단한 것이다. 그러므로 소설이 생활의 반사(反射)인 이상 상반(相反)한 2자(者)의 콘트라스트가 성립되는 것이요, 또 1자(者)를 1자(者)보다 더 명백하게 한다든지 독이(獨異)케 한다든지 하는 데에 필요한 것이나, 대조의 수법을 쓴다 하여 소설의 통일이 깨뜨려지는 것은 아니다. 그러나 너무나 노골적 비근한 콘트라스트를 남용하면 도리어 효과를 감삭(減削)할 염려가 있는 것을 주의하여야 할 것이다.

표현양식

구상이 된 뒤에는 곧 집필하게 될 것이다. 그러면 어떠한 양식을 택할까가 문제이다. 소설에는 '3인칭소설', '1인칭소설'의 구별이 있고, 1인칭소설 중에도 보통 1인칭소설과 서한체(書翰體)와 일기체(日記體)의 별(別)이 있다. (서한체와 일기체는 물론 문체로 본 것이다.)

그런데 위선 3인칭소설에 관하여 보면, 이것은 보통 사용하는 것으로 더욱이 '그'라든지, '그이'라는 제3자의 사건을 제2자에게 이야기하는 양식이므로 객관적이라고도 할 수 있고, 따라서 자연주의문학에서는 일 특장(特長)이라고 볼 수도 있는 것이다. 그러나 이 양식에는 제1자인 작자가 표면에 나오지 않고 그 배후에 있는 고로 만일 작자가 소설 속에 노골(露骨)로 뛰어나온다든지 하면 실패이다. 아무리 3인칭소설이라 하여도 작자가 나타나지 않는 것은 아니나, 작자 자신이 작중인물 그대로 나오는 것이 아니라 작품의 이면에 작자의 사상이 흐르는 것이요, 작품의 밑에 작자의 개성이 저류(底流)함으로

써 작자의 면영(面影)이 방불(彷佛)히 나타나는 것이다. 그러므로 작자가 가면을 벗어버리고 무대면(舞臺面)에 뛰어나와서 대성질호(大聲叱呼)하거나, 작품의 내용을 해설하여서는 아니 될 뿐 아니라, 작중의 인물의 구문(口吻)을 빌어서 장황히 자기 사상이나 의견을 도도설파(滔滔說破)하는 것은 독자로 하여금 빈축(嚬蹙)케 하는 것이다. 그러나 그 장처(長處)는 한 작품 중에 몇 십 명의 인물이 나오든지 간에 자유로 취급할 수가 있고, 사건 전개에 편의가 많으며, 사실적으로 묘파할 수가 있는 것이다. 그러므로 장편과 같이 사건이 복잡한 경우에 사용되는 것이다.

그러나 주관적 심리를 표현하려거나 사건이 다인수(多人數)의 출현을 요(要)치 않는 경우면 1인칭의 양식을 취하여도 무방할 것이다. 1인칭소설의 주인공은 물론 '나'다. 내가 이러저렇게 하고 나는 이러저렇게 생각한다고 쓰는 것이지만, '나'라고 하였다 하여 반드시 작자 자신을 가리킴이 아님은 물론이다. 그러나 작자 자신의 신변잡사든가, 직접 체험한 것이 아니라도 쳑격[46]하면 자기 자신의 심경을 용만(冗漫)하게 설토(說吐)하여 독자의 반감을 도리어 일으키게 하는 수도 있고, 또 '나'라는 주인공을 천언만어로 설명하면서도 기실 '나'의 정체를 분명히 하지 못하는 병폐가 없지 않다.

그리고 이 1인칭소설에는 '나'라는 인물의 심리·성격이나 '나'의 관계된 사건 이외에도 '내가 그를 방문하였을 때 그는 이러한 말을 하더라'는 등 식으로 제3자를 끌어내오고, 또 제3자의 입을 빌어서 '나'를 표현하는 수도 있으며, 문체로 말하더라도 서한체로 하여 제2자를 상대로 하고 제1자를 표백하는 수도 있다. 그러나 어린아이들을 모아놓고 고담(古談)이나 하는 듯한 형식으로 '내가 어대를 갔을 때에 누구에게 이러한 이야기를 들었었다' 하는 식

46　쳑격 : '제격', '걸핏하면'과 같은 말. 조금이라도 일이 있기만 하면 곧. 곽원석, 『염상섭 소설어 사전』, 724쪽.

으로 하여 그 누구의 말을 그대로 옮기는 것은 효과도 적을 뿐 아니라, 될 수 있으면 피하는 것이 좋으리라고 생각한다.

　필자 부기 : 시간 관계에 두찬(杜撰)[47]을 미면(未免)하였으나, 의논이 아니므로 역(亦) 무방할 줄 안다.

차호(次號) 속(續)[48] (1929.7)

47　두찬(杜撰) : 1. 전거나 출처가 활실하지 못한 저술. 2.틀린 곳이 많은 작품.
48　'차호 속'이라고 하였으나,『문예공론』이 폐간되어 이어지지 못했다.

염상섭(廉尙燮) 씨 신혼가정 방문기[49]

5월 23일 오전 11시 반에 경성 죽첨정(竹添町) 3정목(丁目) 359번지에서 소설가·평론가로 문단에 명성이 높은 염상섭(廉想涉) 씨의 결혼식이 순조선식으로 성대히 거행되었다. 신부 되시는 분은 금년 숙명여고를 졸업하신 김복순(金福順) 양이다. 이름이 평범하고 맘에 들지 아니하므로 이제부터 '김영옥(金英玉)' 이렇게 고치신다 한다. 상섭 씨가 3일을 신부댁에 계시다 하여, 5월 25일 오후 4시 경 기자는 돌연히 사진사를 대동하고 전기(前記) 죽첨정 신혼댁을 방문하였다. 마침 두 분이 다 계시므로 내의(來意)를 고하니, 굳이 거절하시다가 종내 허락하시므로 사진을 박고 방으로 안내를 받아 들어갔다. 신부께서 들어오시지 않으므로 상섭 씨에게 수차(數次) 교섭하고 미안함과 사죄를 하여 신부께서 들어와 주셨다. 간단한 인사를 끝낸 후,

기자　신혼(新婚) 하신 감상이 어떠하십니까.

상섭　글쎄요. 감상이랄 게 뭐 있습니까.

기자　그래도 지금껏 오래 결혼 아니 하셨다가 하시니 사회에서도 크게 흥미를 느끼고 축하를 하는 그만치 상섭 씨께서도 감상이 많으실 듯한데요.

49　「염상섭(廉尙燮) 씨 신혼가정 방문기」, 『문예공론』, 1929.6.

상섭 원래가 결혼문제를 등한(等閒)히 생각하였었습니다. 그러고 사람과 깊게 관계 맺기를 꺼리는 성격도 있으므로 더욱이 결혼생활 같은 것을 회피하는 점도 있었고, 직접 생활문제도 있기 때문에 그대로 두었다가 우연히 결혼을 하고 보니 장래에 대한 내외적(內外的) 생활에 불안도 없지 않습니다. 그러나 의무를 다했다는 안심, 그것은 나 개인과 가정 사정으로 말씀입니다.

기자 그러고 부인께서도 신혼 감상을 말씀해주십시오. 좀 막연합니다마는 …….

부인 (한참 후에) 별로 감상이 없습니다.

기자 없으신 게 아니라 말씀을 아니 하시는 것이겠지요.

상섭 (부인에게) 뭐 괜찮으니 맘에 있는 대로 말하시오.

부인 (고개를 숙일 따름)

기자 전에 결혼에 대해서 어떻게 생각하고 계셨습니까.

부인 글쎄요 ……. 언제든지 결혼은 하려니 하는 막연한 생각뿐이요, 또 부모의 지휘하시는 대로 따라가겠다는 생각뿐이었습니다.

기자 그 전에 상섭 씨를 아셨던가요.

부인 몰랐었습니다.

기자 지면(紙面)으로도요?

부인 네, 소설을 읽은 일은 있습니다.

기자 그 소설을 읽으시고 상섭 씨를 어떤 어른이라고 상상하셨습니까.

부인 (고개를 숙이고 혼자 조금 웃으실 뿐)

상섭 그런 것은 알 리가 없겠지 …….

기자 방문기를 몇 달 후에 와서 쓰면 다 말씀하실 터인데 ……. 그래도 말씀해주십시오.

부인   글쎄요 ……. 뭐라고 말씀할지 ……. 저 — , 아이, 그만두십시오.

기자   뭐, 한 마디라도 좋습니다.

부인   퍽 좋게 생각했어요 …….

상섭   (소(笑))

기자   실례입니다마는 그런데 그 상상하시던 것과 지금과 어떠하십니까.

부인   (별 말을 다 묻는다는 듯이 입을 꽉 다무시는 품이 여간해 말씀치 아니 하실 눈치)

기자   대단히 황송합니다마는 뭐, 괜찮습니다. 한 마디만 …….

상섭   말하시오, 흠담(欠談)도 좋소.

부인   뭐, 상상하던 것과 같은 점도 있고, 다른 점이 많은데 나은 것도 있고,
        좀 못한 것도 있어요 …….

기자   (소(笑)) 그럼 그저 둥그스름하게 말씀하시니 ……. 참 …….

상섭   (소(笑))

기자   글 쓰는 사람을 좋게 생각하십니까.

부인   네. 아무 것도 모르긴 합니다마는 다소 이해는 합니다.

기자   또 선생께서도 문예를 애호하십니까.

부인   왜 저한테만 물으십니까.

상섭   내 대신 대답하지. 소설은 조금 좋아하고, 시를 좀 더 사랑하는 모양
        입니다. 그리고 제일 좋아하는 것은 운동인 모양입니다. (소(笑))

기자   참, 숙명에서 바스켓볼(농구) 선수이시란 말씀을 들었습니다. 소설가
        와 스포츠맨 — , 참 좋으십니다. 멤버에 무엇을 하셨던가요.

부인   포워드에요.

기자   앞으로도 운동을 하시겠습니까.

부인   어떻게요, 인제는 못할 것입니다.

상섭   왜? 하시오.

기자　실례의 말씀입니다마는 이번 결혼은 연애결혼이십니까.

상섭　아니오. 소개결혼이올시다. 소개로 만나 그야말로 서로 선을 보고 얼마 후에 약혼하고 곧 결혼하여서 그동안의 시일이 짧기도 하고, 언제 연애니 뭐니 될 수가 없었습니다. 아마 인제부터 연애가 될는지도 모르겠지요. 저편에서는 어떨는지 모르지만…….

부인　(약간 웃음과 함께 머리를 숙이신다)

기자　상섭 씨께서는 어떠한 부인을 늘 마음에 그리셨습니까.

상섭　뭐, 그저 온유하고 나의 하는 일이나 이해하고, 과히 둔하지 않고 지혜로우며 번잡치 않고, 또는 내가 무산자(無産者)인 만치 허영이 많지 않은……. 대개 이쯤 생각하였습니다.

기자　그럼 지금…….

상섭　네, 그다지 내 생각했던 거와 틀리지는 않습니다마는 지나 봐야 알지요. 피아노나 사달라면 큰일, 대(大) 큰일입니다. (소(笑))

기자　그런데 장래 가정생활은 어떻게 하시겠다는 심산(心算)은 없으십니까.

상섭　아직 정신 차릴 수 없습니다. 좀 지나야 알겠습니다. 다만 시집살이는 않게 하고, 따로 살게 하려 합니다. 그래서 나도 몸을 의탁할 곳으로 만들고, 글 쓰고 읽을 곳으로 만들려 합니다.

기자　그럼 마지막으로 로맨스나 말씀해주십시오.

상섭　어디 로맨스가 있겠습니까. 시일도 시일이려니와 거기다가 결혼식 준비에 분망하여 언제 고요히 아름답게 로맨스를 제조하게 될 기회가 전혀 없었습니다. 어떨까, 어떨까 하는 호기심과 분주한 틈에서도 막연히 좀 즐거운 듯한 기분……. 이런 것이 로맨스라고는 할 수 없고……. (소(笑))

기자　그럼 부인께서는 아마 있을 텐데요.

부인 없습니다.

기자 그래도 저 …….

상섭 내 이야기 해주리다. 저 …….

부인 아이, 그만 두세요 …….

기자 뭐, 괜찮습니다. 자, 말씀해주십시오.

상섭 다른 게 아니라, 약혼 후에 학교에서 동무들에게 놀림을 많이 받았답
      디다. 그리고 서로 말만 있고, 보기 전에『문예공론』이 났다는 말을 듣
      고 사서 내 사진을 보고 깜짝 놀래었다나요. 너무 무섭게 생겨서 …….

기자 참, 그 사진이 아주 잘못 되어서 미안합니다.

상섭 그래, 지금은 사진보다 조금 나은 실물을 보고 안심이 되었다구요.
      (소(笑))

부인 참 내 …….

상섭 미안하지만 마저 이야기해야겠군. 저, 서로 만난 후, 며칠 있다가 약
      혼이 된 뒤에 종로로 물건을 사러 나갔는데 길에서 만나는 사람마다
      내가 아닌가 하고 깜짝깜짝 놀래지고, 뭐 어쨌다든가 ……. (소(笑))

부인 참 내 …….

상섭 인젠 그만입니다.

기자 섭섭합니다. 재미있는 이야기가 많으실 텐데 …….

상섭 뭘요. 내년쯤 오십시오. 그때는 실컷 이야기재료를 만들어두었다가
      제공할 테니요.

기자 난 여러 가지로 사례(謝禮) 하고 인사를 한 후 나오니 한(汗)이 등에 흘
      렀다.

패성(浿城)의 봄[50]

증유지지(曾遊之地)의 풍광을 엷은 기억과 스러진 인상에 찾느니보다는 조석(朝夕)으로 그 산수(山水)에 친접(親接)하는 그 고장 사람에게 물음이 옳을 것도 같다. 평양에 처음 가본지도 벌써 10여 성상(星霜). 그 후에도 여러 번 들릴 기회가 있었지마는 자주 갈수록 평범하여져서 도리어 인상이 흐려진 모양이다. 근년에는 전차도 깔리고 버스도 떨떨거리게 되었다 하니 훨씬 현대화하여 고도(古都)의 정취가 한층 더 깎였겠지마는 원래 이곳은 도시미보다는 역사적 의의에, 명소고적(名所古跡)보다는 인물풍정(人物風情)에, 인물풍정보다는 자연경승(自然景勝)에 ― 이와 같이 점진법으로 그 값과 그 빛을 찾음이 옳을까도 싶다. 평양이 장래에 얼마나 현대적 도회로 발전되든지 간에 그 진가는 역시 산자수명(山紫水明)한 자연의 혜택에 있을 것이요, 또 이 산수의 미를 아울러 지니고 있기에, 장래 더욱 규모가 째이고 도시미를 갖춘 일대 공원이 될 가능성이 있다고 믿는다.

평양의 첫인상은 아낙네의 수건 쓴 머리와 손뼉 같은 자주댕기와 검정가죽신이다.

---

50 염상섭(廉想涉), 「패성(浿城)의 봄」, 『신생』, 1929.6.1. 이 글은 '산으로, 물로!'라는 표제 하에 수록됨. 패성은 평양을 일컫는다.

깨끗하고 기름한 얼굴이나, 조촐하고 아담스러운 소부(少婦)의 자태는 그 수건, 그 댕기에 한층 더 돋보인다. 돋보일 뿐만 아니라 맑고 단정하여 보이는 일편에, 그와는 반대로 코케티시(coquettish)한 정미(情味)를 느끼게 한다. 이러한 것이 모두 평양의 산수를 반영한 것같이 나는 보는 바이지마는, 사실 평양은 지리상 위치나 산수의 안배(案排)가 결코 웅대하다거나 장려(壯麗)하다고는 못할망정 조촐하고 자그마하게 규모가 째이고 도담스럽게 정돈된 자연의 경승(景勝)을 가졌다고 할 수 있다. 이러한 특장은 여자의 머리치장과 그 안모(顔貌)에도 나타났다 하겠지마는 그 말소리, 말의 리듬에서도 찾아낼 수 있을 것 같다. 평양여자의 말소리는 서울이나 기타 어느 지방에서도 들을 수 없을 뿐 아니라, 같은 서도(西道)에서도 독특한 성색(聲色)을 가진 것같이 들린다. 평북지방에 비하여 보더라도 그 선율은 대동소이하지만, 얼마쯤 명랑하고 경쾌한 맛이 있다. 또한 그 로컬 컬러의 명쾌한 점에 있어서도 나의 본 바, 다른 지방보다 낫다고 할 수 있다. 그러나 그 산수가 규모에 째이고, 자그마하게 정돈되고, 유수(幽邃)하기보다는 경쾌하며, 또한 부녀자의 작태(作態)가 단정하면서도 코케티시한 만큼, 인심이 얼마쯤 효박(淆薄)하고 교활하고 영리한 듯도 싶다.

그러나 평양은 봄의 향토라고 하고 싶지는 않다. 향토라는 말보다는 도회라는 말이 더 가까울 듯하거니와, 하여간 봄의 평양보다는 여름의 평양이 더 농후한 색채로 인심을 끌지는 않을까 한다. 그 산천의 규모와 인품을 보면 봄 기분에 맞을 듯하면서도 대동강 능라도를 바라보고 또 연상할 제, 암만 하여도 여름의 평양이 한층 더 정취를 자아낼 것 같다. 물은 여름의 것이다. 더욱이 평양의 대동강은 그 시가지와의 지리상 관계로나, 경승(景勝)의 조화미로나, 주민의 애착으로나, 모든 점으로 보아 서울의 한강에 견줄 바 아니니, 대동강이 없었다면 평양의 가치는 반 이상이나 손멸(損滅)되었을 것을 대동강이 있기 때문에 청류벽(淸流壁)도 청류벽 노릇을 하고, 부벽루, 을밀대의 생색도 나는 것일 것이다. 하물며 여름 한철, 대동강반에 환락경(歡樂境)을 꾸미는 패성인(浿城人)의 호강이랴.

또 그러나 여름의 평양을 예찬한다 하더라도 그것은 다만 대동강을 중심으로 한 말이요, 실제 패성인사(浿城人士)는 도리어 비소(鼻笑)할지도 모른다. 단오의 평양을 못 보았고, 단오라면 벌써 여름이니 말할 것도 없거니와, 봄날의 옛 도읍도 버릴 것은 아니다. 개나리, 진달래가 점점이 매달려서 고개를 갸웃거리는 청류벽 아래로 춘풍에 희롱하는 쪽배에 앉아 너울너울 춘흥(春興)을 겨워함도 일취(一趣)이겠지만, 모란봉 높이 올라가 풀 향내에 취한 듯이 춘권(春倦)을 못 이겨서 잔디밭에 뒹굴며 낮잠 자는 정미(情味)도 그럴듯한 것이다.

서울서 평양을 가자면 대개 신새벽에 기차에서 떨어지게 되는 고로 어복장국 한 그릇에 배를 불리고, 청류벽으로, 부벽루로, 을밀대에까지 올라가면 일고삼장(日高三丈)이요, 한 바퀴 휘돌아 내려와서 조반(朝飯)을 마친 뒤에는 또다시 나려오던 길을 뒤집어 올라가서 을밀대 아래 풀밭을 자리삼고 옛터의 이름 없는 돌멩이를 베개 삼아 한잠 실컷 자고 나는 것이 예사였다. 그러나 생각하면 봄도 나 같은 놈을 만나서는 생색도 아니 나고 원통도 할 것이다. 을밀대의 봄이 기껏 서울 손이라고 맞아들여보니, 기차에 시달린 노독(路毒)이나 풀려고 쿨쿨 자다가 가버린대서야 될 말이냐. 그러나 언제나 러브신의 로케이션을 하러 가는 것도 아니요, 소인묵객(騷人墨客)으로 자처하여 신시(新詩) 한 수(首)라도 지을 줄 모르니, 나는 나대로 '아, 을밀대의 봄아! 평양의 봄이여!' 하고 혼자 즐길 뿐이다. 봄이야 어대를 간들 변할쏘냐. 서울의 봄, 평양의 봄, 북진(北津)의 봄, 모란봉의 봄! 꽃 피고 아지랑이 끼는 봄은 다 같건만, 제 마음이 봄 못 되고, 봄이 도리어 부러워하고 시기할 만큼 청춘을 청춘으로 즐길 줄 모르고 보니, 평양의 봄을 낮잠으로 때우는 수밖에 없는 것이다. 그러나 모란봉 위에 높이 올라앉아, 밑둥만 파릇파릇 돋아 오르는 잔디밭에 뒹굴며, 아지랑이 어리는 능라도 기슭으로 가는 듯 오는 듯, 손바닥만한 흰 돛이 한가로이 떠노는 것을 멀리멀리 바라볼 제, 비로소 춘풍이 태탕(駘蕩)함을 깨닫는 것 같고, 또한 이것이 평양 아니고는 볼 수 없는 춘경(春景)이어니 하여 홀로 마음이 달뜸을 깨닫는 때도 한두 번이 아니다. 과연 봄은 산과 들에 찾을 것이로되 평양에 있어서는 또한 물에 찾을 수 있으니, 이것이 패성의 봄을 일컫는 까닭이라 할 것이다.

활자 장옷[51]

　예전 우리 집 동리에 '전세(全貰) 장옷'이라는 명물이 있었다. 행랑계집이 전세를 들더니 별안간 노닥노닥 기운 장옷을 오뉴월(五六月) 염천(炎天)에도 쓰고 다니는 것을 보고 여러 사람이 놀리는 말이었다. 본대 행랑사람이면야 장의(長衣)가 생겼다고 쓰고 다닌들 금시로 양반이 될쏘냐. 잡지가 없다가 각기 자기 손으로 만드는 잡지가 생기니까 활자라는 장옷을 쓰고 함함(涵涵)한 명론탁설(名論卓說)이 나오기는 나오는 모양이나 근지가 원래 천하여 그렇다 할지, 하는 소리마다 욕설이요, 소갈찌 빠진 소리뿐이다. 가십이란 것을 보아도 무용무근(無用無根)한 인신공격이요, 평론이란 것을 보아도 말초신경이 옥조이는 듯한 욕설뿐이다. 행랑어멈의 장옷이 우환인 듯이 잡지의 출현도 이래서는 문단의 우환. 이것이 나의 불평이외다.

51　염상섭(廉想涉), 「활자 장옷」, 『문예공론』, 1929.7. '엽서평론'(1)이라는 표제 하에 실린 것임.

소시지의 거리[52]

여름밤, 불바다, 사람의 물결 …….

하루 동안 고열(苦熱)에 시들은 감각의 후죽은한 졸음을 새로운 자극에 눈 떠우려고 모주꾼(謀酒軍)이 석양판의 선술집에 꼬이고, '침쟁이'가 졸며 걸으며 아편굴로 기어들듯이, 이 불야성으로 불야성으로 모여든다. 찬밥 두고 잠 못 자는 그들, 값싼 쾌락이 하룻밤 새에 쉬일(腐蝕) 새라고 애를 부덩부덩 쓰며 '현대 냄새'에 비위가 동하고 콧마루가 시큰시큰하여 도야지 순대 같은 남산 기슭 쭉쭉 뻗은 진고개 골짜기로 개미떼처럼 오글오글 몰려들고 소화전의 물줄기처럼 복작복작 쏟아져 나온다. 초조한 게다의 재즈, 참새 볶는 이로하(いるは)[53]의 무작정한 심포니, 도발적 색조를 자랑하는 기모노의 고혹적 난무(亂舞), 하녀의 수수(水睡)다리, 마담의 붉은 앵두 같은 나족(裸足)의 혼전(混戰) ……. 이것이 어디까지 닿는지, 언제나 끝이 나려는지? 한 시(時)가 새롭다.

백촉(百燭)의 텅스텐, 1000와트의 일루미네이션이 밑으로 뽀얗게 깔린 마

---

52 염상섭(廉想涉), 「소시지의 거리」(전2회), 『동아일보』, 1929.7.13〜7.15. 이 글은 '소하수록(銷夏隨錄)'이라는 표제 하에 실린 글임.

53 47자의 가나(かな)를 이르는 말인 듯함. 문맥상 여럿이 일본말로 소란스럽게 지껄이는 광경을 표현한 듯하다.

돈나의 갸륵한 양볼(兩頰) ……. 대관절 오늘 이 밤에 몇 볼트의 전기가 녹아버리고 클럽 백분(白粉), 레-트 크림은 몇 만 병이나 경대 앞에서 쏟아져버렸는가? 그러나 누가 눈이 부시다 하고, 누가 분 냄새에 느긋하다고 하는고? 결코 결코 싫다는 것은 아니다. 고마운 주인이여, 생광(生光)스러운 아메리카니즘이여 — . 나도, 인왕산 밑에 '선인(鮮人)'도, 덕택에 4천년 대물린 값진 두루마기를 떨치고 여택(餘澤)을 빌고자 이처럼 헤엄치듯 지칫지칫 밀려오도소이다!

소시지 속에 꾸역꾸역 틀어박히는 순대 소(양념)의 희끗희끗 눈에 띠는 '숙주나물' — 이것이 이 바닥의 백의(白衣) '센진' — 그래도 '현대 냄새'에 주린 것을 어찌하랴! 창자가 고르면 감각은 한층 더 예민하여지는 것이다. 레스토랑의 주방에서 흘러나오는 고기냄새는 북촌에서 이민하여 간 개(犬)떼의 차지요, 소시지 길거리의 왕양(汪洋)한 불 홍수(洪水)는 서울의 원거리에서 귀양살이 하는 백의 '센진'의 감각적 욕장(浴場)이나, 그들은 감칠 듯한 현대 냄새에 최면술이 걸려서 몽유병자 모양으로 지칫지칫 헤매는 것이다. 그래도 시들은 감각을 그대로 말려버리기는 아쉬운지라 찬바람 만난 나팔꽃이 남은 이슬(露)에 배배 틀린 대로라도 마지막 한 번 피어보려고 기를 쓰듯이.

누런 진흙 묻은 옹구바지는 입었을망정 연경(煙鏡)이나 버티고 개화장(開化杖) 짚었으니 어디를 간들 행세 못 하랴고. 비취잠(翡翠簪)에 주릿대치마 입은 낮도깨비를 밤에 앞세우고 미쓰코시(三越)로, 미쓰코시로 하며 설익은 행진곡을 부르는 것도, 물건은 구년(舊年)묵이 파(破)치일 법해도 '미쓰코시'라는 갸륵한 상표가 풍기는 '현대 냄새'가 그리운 탓이다. 자동차에 기생 싣고 악박골 약물 먹으려 나가서 영천(靈泉)인지 난장인지 물 한 주전자에 열 지게 값, 스무 지게값(경성부 수도수(水道水) 시세로 말이다)씩 주고 사먹고 오기나, 1, 2원짜리 김빠진 향수 한 병에 5원, 10원씩 태질을 치면서 받음직한 푸대접은 도(都) 거리로 맡아 받고도 그래도 두 입귀가 헤 — 하여 나오기나, 한 바리에 실으면 넘고 쳐질 것은 없는 오뉘 쌍둥이. 이런 것은 조선에서만, 서울서만 볼 수 있는 일이지마는 하나는 냉수를 켤망정 고전풍(古典風)이 있어 좋고, 하나는 향긋한 '현대취(現代臭)'가 있어 좋다는지 다음에야 누가 말릴 일이랴. (1929.7.13)

삼월오복점에서 불과 두세 걸음 지나니 명치정(明治町) 모퉁이 우체통 받침돌(礎石) 위에 웅크리고 앉았는 괴물이 있다. 이것은 묻지 않아도 현대문명의 사생자(私生子), 현대 도회의 가엾은 십이지장충이다. 자식은 아비의 무릎에 두 팔을 짚고 졸고 있고, 눈먼 아비는 반백 진 수염을 떨어가며 울상으로 퉁소소리를 쥐어짜고 앉았다. 사람의 물결은 휩쓸려가고들 몰아오건만 맥없이 풀어진 대통(竹管) 소리는 요란한 발자취 소리에 애처로이 스러져버리고 그에게는 보이지도 않고 쓸데도 없는 머리 위의 전등 불빛만이 까맣게 탄 주름살 얼굴을 무심히 내려다보고 있다. 검정 개미떼는 그가 '센진'이므로 거들떠보지도 않고 그의 동포는 '현대 냄새'에 도취하였기 때문에 취안(醉眼)이 몽롱하여 눈에 띠지 않는 것이다. 옆집 카페에서 흘러나오는 유량(劉亮)한 레코드의 오케스트라 소리, 거기에는 확실히 현대의 냄새가 있었다. 그들은 여름과 봄을 한꺼번에 만난 듯싶다. 여기에서도 기름진 냄새가 바람결에 후르를 코를 스치고 날아간다.

광당포(廣唐布) 치마에 게다짝 끌고 뭇발길에 걷어차이며 쇼윈도에서 쇼윈도로 갈팡질팡 어릿어릿 천방지축 지싯거리는 '오모니(オモニ)',[54] 이것은 식민지의 신시가(新市街)에 역식민(逆植民)하여온 토착민의 유일한 산업단이다. 조선인 이외 인종에게서 돈푼 벌어들이는 사람은 이 사람들이 아니면 이 사람들의 따님네들이다. 여기서 조금 더 올라가서 남산 막바지의 특수부락이

---

54 원문은 'オモニ'. 재조선 일본인 가정에서 가사노동을 위해 고용한 조선인 여성을 일컬음.

그것이다.

"이 빠진 어머니는 진고개 밥어미로, 분 바른 따님 아가씨는 신마치 갈보로 ……."

이것이 배곯고 '현대 냄새'에 주린 대경성의 진정한 행진곡이다. 이러한 민요가 생기지 않는다면 조선사람은 '현대 냄새'에 도취만 된 것이 아니라 마비된 것이다. 시들은 감각은 마지막 둔마(鈍磨)된 것이다. 그러나 저러나 이 사람들이야말로 해외발전을 모르는 조선산업단(朝鮮産業團)의 선구(先驅)들이다. 고마운 일이다. 그래도 그들의 무지한 머릿속에는 연이광금(延李光金)의 자랑만은 남아 있다. 버틸 것이라고는 이것밖에 없기 때문이다. 삼간초옥이 다 쓰러져도 신주치례(神主治禮)는 하여야 할 것, 벗은 발의 엄지발가락과 네 발가락이 따로따로 놀 법하여도 치마는 외로 입을 줄 안다. 그러나 점식(店飾) 유리창 속의 금반지를 바라보며 얼이 빠진 그 눈, 완구상의 장난감을 만지작거리는 그 마음 ……. 마디 굵은 그 손가락에도 끼어보고 싶고 아비에게 떠맡기고 온 어미 떨어진 자식 생각도 간절할 것이다. 보기에 가엾기도 하고 농촌에서 쫓겨난 그 사정도 딱하겠지마는 이도 또한 '현대 냄새'의 중독. 흙의 자식은 흙에 돌아가야 할 것이다. 제 냄새는 제 냄새대로 풍겨야 할 일이다. 흙냄새가 빠지면 빠질수록 위험성은 더한 것이다. 크고 작은 죄악은 여기에서부터 씨를 뿌리는 것이다.

85세 산 일본의 오쿠마 시게노부(大隈重信)[55]는 자기 생전에 구미유람을 아니 간다고 버티었다 한다. 북촌의 귀양살이 하는 나는 무엇을 보고 무엇을 듣고 무슨 냄새를 맡자고 이 순댓집 같은 길거리로 헤매는고? 오라는 사람 없고 반가워할 사람 없거든 오막살이 제 집구석에서 진땀을 빼고 누웠기로 누

---

55 오쿠마 시게노부(大隈重信, 1838~1922). 일본 사가 번 무사 출신의 정치가이자 교육자. 제8대, 제17대 일본 내각총리대신을 역임했으며, 와세다대학의 전신인 도쿄전문학교를 설립했다.

가 말리며 뉘 발길에 채이랴. 제 마음인들 편할 것을 무엇 하자 이 거리에 지 싯거리며 제 속을 혼자 태우랴. 다리 없는 오쿠마 시게노부는 걷지 못하여 구 미시찰을 단념하면서도 선진국의 푸대접 받기 싫다는 핑계로 그 후 한 양행 (洋行)을 아니하였지마는 두 다리가 성한 나는 핑계도 없고 버틸 뱃심도 없으 나 진고개 안 간다고 버티어나 볼까! 배 주고 뱃속 빌어먹는다는 말도 벌써 묵은 말, 차청입실(借廳入室)[56]이라는 말도 일 진부한 비유. 따지면 무얼 하랴 마는 구차한 집안 아낙네가 옷 빌어 입고 부잣집 잔치에 간 듯싶이 비쓸비쓸 하며 이 거리로 희끗희끗 헤매는 '센진'의 뒷그림자가 언제 보나 다만 가련하 구나. (1929.7.15)

---

56 차청입실(借廳入室) : 대청을 빌려 쓰다 집을 차지한다는 뜻이다. 곧 남에게 의지했다가 차차
     그 권리를 뺏는다는 의미를 가리킨다.

축복[57]

이처럼 귀여울 수야 있을까! 인생의 아리따운 모양을 바라보고 환희의 눈물을 머금는 순간같이 행복한 순간이 또 있을까. 이러한 순간에야말로 영혼은 순결을 자랑할 수 있으리라.

연둣빛 하오리를 입은 왜기생의 모로 앉은 인력거가 사람들을 비집고 풍우같이 빠져 달아나간다. 취흥이 도도한 양복장이의 한 떼가 어느 요릿집에서 나왔는지 짝짝이 어깨를 맞겯고 길이 좁다는 듯이 가고 노도리(籠の鳥)[58]를 부르며 비틀거린다. 오늘 셈을 다 닦고 집으로 돌아가는 일수쟁인가? 가죽주머니를 축 처뜨려 들고 딸국딸국 종종걸음을 치는 것이 눈에 띤다. 그 나머지는 '나는 할 일 없는 사람이요' 하는 패를 얼굴에 붙인 듯이 어슬렁어슬렁, '내 얼굴이 예쁘지' 하는 듯이 유두분면(油頭粉面)의 흰 모가지를 갸드럭갸드럭 ……. 여기는 진고개 한복판 어깨를 맞부비고 발밑을 조심조심 걸을 만치 도가니 속처럼 복작대고 날씨는 무덥건만 그래도 갈 곳 없는 서울에서는 여기도 쇄풍(洒風)터라 일 없는 사람의 솔솔 밀려가는 만보(漫步) ……. 옆에서 거닐던 T 군은 별안간 나를 꾹 찌르며 눈짓으로 앞을 가리킨다. 길 가던

---

57 염상섭(廉想涉), 「축복」(전3회), 『동아일보』, 1929.7.16~7.18. 이 글은 '소하수록'이라는 표제 하에 연재된 것임.
58 일본에서 메이지 시대 이후 유행했던 대중가요인 엔카의 제목이다.

사람들도 우둑우둑 서며 픽픽 웃고는 돌아다들 본다. 여자들은 하도 어이가 없고 망측스럽다는 듯이 눈살을 찌푸린다. 우리 두 사람도 한동안 구경난 듯이 멀거니 바라보고 섰었다.

서양청년의 한 팔을 꼭 끼고 착 붙어가는 일본여자, 그 옆에는 또 하나 서양남자가 나란히 서 간다. 화복(和服)한 여자를 가운데 넣고 세 사람이 리드미컬한 걸음걸이로 발을 맞춰서 걸어가는 행색 ― 너무나 도발적이요, 방약무인한 태도가 놀랍고 미워 보였으나, 그래도 그 여자의 청초하고도 차밍한 뒷모양은 귀엽지 않은 것이 아니었다. 그러나 같은 동양인이라는 감정과 관념으로 내 눈에도 서투를 제야 한 동포인 그들 ― 그들 중에도 부녀자의 눈에 꼴사납고 일종의 의분 비젓한[59] 반감까지 있었을 것은 무리치 않은 일일 것이다.

"흥!" 하고 돌아서는 일본남자의 그 "흥" 소리는 동향(同鄕) 처녀가 타방(他方) 사람에게 시집가는 것을 보고 공연한 불만을 느끼는 것과 같은 감정의 발로임을 알 수 있었다.

"ひどいわね ― (심한 걸 ―)" 하는 여자의 냉소는 왼발이라도 탁탁 구를 만치 더럽다는 표정이었다.

그리고 "모·까다! 모·까다!"[60] 하고 줄줄 쫓아가는 여드름바가지는 가벼운 질투와 선망과 애석을 느끼는 희락꾼(喜樂軍)이었다.

그러나 나의 호기심을 끄는 것은 팔가락지를 끼고 가는 남자보다 그 일녀(日女)의 키가 한 치(一寸)가량이나 큰 것이었다. 물론 여자의 키도 그리 큰 키는 아니다. 음분한 여자로서 이러한 소남(小男)을 희롱하는 변태성욕자가 있음을 아는 나는 얼른 따라서 우선 뒷모양을 관찰하기 시작하였다. 동양남자로도 꼬망인 이 청년은 앙바틈하고 침착하게 몸 가지는 것이라든지, 모자 없

---

59 '비슷한'의 방언.
60 원문 그대로임. モダンガール, 즉 모던 걸(modern girl)의 축약된 일본어발음임

는 머리의 금발을 얌전히 기른 것이라든지, 양복 입은 양(樣)이 맵시 있고 단정한 품이 결코 어린아이도 아니려니와 무교양한 청년 같지도 않아 보였다. 두 남녀는 남남첩첩(喃喃喋喋)히 나직한 목소리로 이야기를 하며 걷는다. 거리 사람들의 놀라는 눈이 분주히 자기네를 송영(送迎)하는 것을 느끼지 않는 것이 아니요, 짓궂은 장난꾼이 줄줄 따르는 것을 모르는 것도 아니련마는 그들은 무관심한 태도로 고개 한 번 아니 돌리고 보조(步調) 한 번 틀리는 법이 없다. 더욱이 여자의 보법(步法)은 '댄스를 하는 여자의 걸음이면 이러한 것일까?' 하는 생각을 할 만치 절주적(節奏的) 미(美)를 가진 것이 보고 볼수록에 예뻤다. 빨아 다린 홑옷 한 겹에 싸인, 뒤로 보는 육체의 곡선미와, 아무렇게나 수수히 감아서 쪽진 머리 뒤……. 이러한 것을 보고 누구나 단아한 미인일 것을 상상할 수 있었을 것이다. (1929.7.16)

그러자 여자의 오른편에 조금 떨어져서 걷던 이 역시 모자 없는 청년은 별안간 획 돌아서더니 으슥한 길모퉁이에 쭈그리고 앉아 있는 노서아 빵 장사에게로 쭈르르 가서 숙설숙설 이야기를 붙인다.

"하, 노서아 사람이로군!" 하며 나는 일층 더한 호기심과 일종의 동정심이 나서 비신사적 태도인 줄은 알면서도 걸음을 채쳐서 느런히 걸며 곁눈질을 하여 보았다. 이것은 또 웬일이냐! 이 귀염성스러운 청년은 소경이다! 나는 '아뿔싸!' 하는 생각을 무심중간(無心中間)에 하였다. 앞을 똑바로 바라보는 눈은 얼른 보기에 청맹과니 같지 않을 만치 그리 흉하지는 않았다. 여자는 오른손에 커다란 양서(洋書)를 들고 왼손은 여전히 박행(薄倖)한 이국청년의 팔을 꼭 끼었다. 그것은 독수리의 사나운 발톱에서 새끼비둘기를 가꾸어 얼싸안은 어미비둘기를 생각하게 하는 태도였다. 여자의 얼굴에는 어떠한 열심과 긴장한 빛이 천연(天然)한 가운데에서도 역력하였다. 뭇사람의 조소와 멸시를 막아내면서 '남자는 내가 가꾸어야 하겠다. 누구나 손가락 하나[61] 못 댄다. 이 남자를 보호하는 것은 나의 의무다. 나의 권리다!'라고 속으로 부르짖는 것 같았다. 그러나 그 조소와 그 멸시에 대하여 적대심을 품은 듯한 노기(怒氣)를 엿볼 수는 없었다.

이십쯤 된 남자와 두세 살 위인 듯한 여성이니, 인종이 같으면야 누가 보든지 남매라 할 것이다. 그 어머니 같고 누이 같으며 애인 같고 순결한 친구 같은 태도, 거기에는 순애(純愛)가 들어 있을[62] 뿐이다. 다만 인정이 흐를 뿐이다. 이것을 가리켜서 누가 조소하려는가! 누가 멸시하려는가! 누가 비방하려는가! 추악난잡한 상상을 그들 위에 뒤집어씌우려는 자가 그 누구냐! 그들은 청교도가 아니면 아닐 것이다. 그들은 신의 도(道)를 바르고 용감히 밟는 자가 아니면 아닐 것이다. 그에게 대한 그 여자는 엔젤이 아니면 아닐 것이다! 만일 그들이 사랑을 속삭인다면 의기(意氣)에 감동하고 감사와 감격의 눈물로 영혼을 축이는 사랑이 아니면 아니었을 것이다!

그는 나의 무람없이 달려드는 날카로운 시선과 맞닥뜨리자 그 온유하고 싹싹한 얼굴에는 약간의 홍조가 떠올라왔다. 그러나 그 표정에서는 '선인(鮮人)'의 무례를 책망하는 기색을 손톱만큼이라도 찾을 수 없었다. 나는 부끄러웠다. 나는 속마음으로 사과하였다. 그리고 나의 직각(直覺)과 나의 받은 모든 인상은 금시에 동정으로 변하였다. 존경으로 변하였다. 누구에게 대하여서인지 감사한 마음이 샘솟았다. 될 수 있는 일이라 하면 두 남녀의 어깨에 손을 걸고 정답게 말을 붙여보고 싶었다. 내 마음은 따뜻한 애정에 가득하였다. 오랫동안 잠자던 영혼은 감격에 가볍게 떨리며 눈에 보이지 않는 광명을 보는 듯싶었다. 내 눈에는 따뜻한 눈물이 기쁨과 같이 핑 돌았다. 삼십 평생에 이러한 눈물이 언제 솟았던고!

---

61 원문에는 '하젤'로 되어 있으나 문맥상 '하나로 바꾸었다.
62 원문에는 '들을(滴)'로 되어 있다.

밀턴의 말을 빌려 한다면, "회복할 길 없는 암흑", "온전한 일식(日蝕)!", "하느님의 첫 일인 광명"이 그에게서 영원한 일식(日蝕)같이 소멸된 것이다. 그러나 생각하면 회복할 길 없는 암흑에서 비탄하는 자, 어찌 이 박행(薄倖)한 이국청년뿐이랴. 다만 그는 주의(主義)의 여하를 막론하고 고국에서 추방된 신세라는 점에서 동정이 더 갈뿐이다. 여기서 지금 생각하는 것은 십수 년 전에 동경에서 잠깐 만나본 예로센코[63]라는 노서아의 맹목청년(盲目靑年)이다. 그는 그의 주의(主義)로 인하여 고국에 용납되지 못하고 일본에서 추방되어 일시는 북경대학에 교편을 잡는다더니 또한 여기에서도 안주(安住)의 지(地)를 얻지 못한 유랑의 맹목청년이다. 예로센코의 불우(不遇)에 비하면 이 청년은 또한 행복이라 할 것. 나는 이 청년에 대하여 그닥 한 흥미를 느끼는 것은 아니다. (1929.7.17)

나의 보다 더 관심하는 일은 그 일본여자다. 나의 감사는 (남성이라는 공동적 감정으로 그렇다 할지 모르나) 그 여자의 '마음'에 대하여 우러나온 것이다. 나의 경의는 숭고한 인상을 주는 그의 거지(擧止)에 대하여서이다. 나의 감격한 눈물은 아리따운 인생의 형자(形姿)에 대하여 솟은 것이다. 허영도, 명리(名利)도, 타산도, 혹은 자기 자신까지를 내놓은 독실한 신앙이 아니면 순진한 우정이나 열렬한 애욕이 없이 능히 그렇듯 갸륵할 수 있으랴 생각할 제 그 초속적(超俗的), 초현대적 심지(心地)가 그지없이 사랑스럽고 존경할 바 아닌가! 친구의 전하는 바에 듣건대 그 청년은 구로(舊露) 제정시대의 공작의 장남이라 한다. 공작이라 하고 노국(露國) 구교(舊敎)의 신자(信者)라 하니 백색(白色)인 것은 물론이요, 백색이기 때문에 대화랑(大和娘)과의 교제에 간섭이 없겠거니와, 공작이든 구교도든 백색이든 그것은 여기에 물을 바 아니다. 나라 없고,

---

63 바실리 야코블레비치 예로센코(Василий Яковлевич Ерошенко, 1890~1952) : 러시아의 아나키스트적 경향의 작가. 시각 장애인.

부모 잃고, 재산 없는 유랑의 혈혈단신 이국의 맹목청년, 이 가련한 한 남자를 옆에 있는 자기의 동포, 자기의 동무에게도 맡기기를 안심치 않고 만인이 환시(環視)하는 대로상(大路上)에서 이해휴척(利害休戚) 없는 속중(俗衆)의 조소와 경모(輕侮)와 비방을 물리치며 거침없이 활보하는 용기와 그 신념을 뉘라 능히 입내인들 낼 것인가? 이렇게 말하는 낸들 할 수 있는 일이며, 이 글을 읽어주는 당신은 할 수 있다고 장담하려는가? 당신의 동기(同氣)가 그 처지라면 그처럼도 지성스럽게 이끌고 다니려는가? 또한 만일 어제까지 사랑을 맹서하던 당신의 애인이 불의의 변(變)으로 그러한 액운에 빠졌다면 어찌하려는고?

가정적으로 불행하였던 밀턴이 중년에 맹인이 되자, 어미 없이 자라난 딸들은 대문호인 부친을 위하여 독서하여 들려주기를 원수같이 싫어하고 심지어 하속배(下屬輩)와 부동(附同)하여 서적을 매각하는 등 불효가 있었다 한다. 세계적 문호의 이렇듯 한 불행을 생각하면 일개 무명서생은 그 얼마나 행복이냐. 그 거인에게 그 딸이 있음을 생각하고 돌이켜 이 이국맹인에게 이 여성의 하트 있음을 생각할수록 그 범상치 않음을 더욱 간절히 느끼지 않을 수 없다.

그러나 또한 만일에 주의(主義)를 위하여 일생을 수난자로 유랑하여 구천의 아래 일신을 깃들일 촌토(寸土)가 없는 피(彼) 에로셴코와 같은 청년에게 이 여성이 있었다 하면 또한 그 얼마나 비장하면서도 아리땁고 감격하였으랴? 한층 더 순교적 광채와 인격적 완성을 얻게 되는지도 모를 것이다

나는 제풀에 열적은 생각이 앞을 가리어 길을 피해주느라고 앞질러 옆 골목으로 들어갔다가 그들이 지나간 뒤에 다시 오던 길로 나서며 몇 번이다 돌아다보고는 마음속에 합장하며 정(淨)하고 아리따운 그 마음이 변함없이 언제까지 건재하라고 빌었는지 모른다. 이때까지 복대이고 흐렸던 내 마음이 맑게 개는 것이 혼자 기뻤다. (1929.7.18)

옛 터의 옛 사람[64]

제무문(祭武門) 헐린 터에 돌 몇 덩이 남았고야

버린 돌 아래 새 풀은 무삼 일고

노구(老軀)는 광주리 들고 산채 캐러 오더라

— 이은상 작, 「경무대 회고」의 일편(一篇)

바커스의 은총이 갸륵터니 뮤즈는 나를 돌보지 않는 게다. 나는 무슨 일로 이런 때에 1편의 시를 얻을 행복조차 타고나지 못하였는가? 뮤즈여! 시기(猜忌)치 마사이다. 바커스의 궁전은 천정이 뚫어지고 사벽(四壁)이 허술하여 인제는 더 머물 수 없으매 하직하고 당신께로 오겠사이다. 나는 어린아이 같으면서도 새삼스러이 진솔스럽게 이런 생각을 하면서 경무대, 춘당대(春塘臺)의 옛터를 지나려니 앞에 오는 줄도 몰랐던 '그이'가 양산을 받고 오다가 하마터면 맞닥뜨릴 뻔하였다. '하마터면'이라는 말이 웬 말이냐? 맞닥뜨렸던들 어떻다는 말인가! 세상에 못 만날 사람이 어대 있으리요. 하물며 제 양심에 귀를 기울여 불축(不縮)할 바 없거든 ······.

64　염상섭(廉想涉), 「옛 터의 옛 사람」(전2회), 『동아일보』, 1929.7.19~7.20. 이 글은 '소하수록'이라는 표제 하에 연재된 것임.

그러나 그이는 놀라며 외면을 한다. 나는 그대로 내 생각을 이으며 동행하는 친구의 말대꾸를 하는 수밖에 없었다.

'그이!' '그이'가 누구인 것은 알 바 아니다. 말할 필요도 없다. 그러나 '영원'이라는 이름으로 맹서하고 또한 영원히 길을 달리한 한 여성이다. 소낙비에 쫓기는 마당의 병아리처럼 기어든 것을 어미 새가 찾아올 제 은쟁반에 고이 받들어 돌려보낸 '그이'였다.

<blockquote>
나는 이러하도다 ─ 이제 나는 비결(秘訣)을 얻었노라!

그이는 나를 잃어버리고 나는 그를 얻었노라.

그의 영혼은 나의 것. 이리하여 완전무결한 것으로 되어

나는 나의 여생을 보내려 하노라.

─ 브라우닝의 Christina viii.
</blockquote>

여왕 크리스티나는 사랑하던 남자를 버렸다. 그러나 그 남자는 일생에 자기 마음에 크리스티나를 버리지 않았던 것이다. 나의 경험으로 보면 소위 플라토닉 러브라든지 육체의 비밀을 모르는 증애(曾愛)의 상대는 언제까지 그 마음속에 살아있는 것 같다.

그는 하여간에 '그이'는 왜 그다지도 변하였는고? 옛날 어느 때던가, 꿈에 그이가 우물에서 물을 긷는 것을 보았을 제는 여전히 머리를 땋아 늘인 생기 있는 처녀이었었다. 또 옛날 어느 때이었던가, 오늘같이 길거리에서 해후하였을 때도 얼굴에 홍조를 머금고 외면하고 가는 양(樣)이 전일(前日)의 자취를 잃지 않았더라니 이제 이다지도 초췌함은 어인 일인가? 내 근심한들 무엇하리요마는 마음에 편할 수야 있을 것인가.

그러나 오늘 "돌 몇 덩이 남은" 이 옛터에 '그이'를 만남은 또한 기연(奇緣)이

라 할까. "버린 돌 아래 새 풀은" 이미 쇠하였고, '그이'는 아무리 초췌한들 늙지 않았으니 노구(老嫗) 아니며, 한 팔에 광주리 들지 않았으니 산채 캐러 옴이 아니겠거늘 이처럼 옛터에 옛 사람 만남이 또한 신기하다 안할 수 없는 것 같다.

내 머리에 문득 생각나는 것은 로마(羅馬) 고도(古都)의 헐린 터, 캠파니아의 폐허에서 "Love is best (연애지상)"를 부르짖은 열정의 시인 브라우닝이 읊은 「폐허의 사랑」이다. (1929.7.19)

고소대(姑蘇臺)의 서강월(西江月)은 오왕(吳王)의 궁리인(宮裏人)을 일찍이 비쳤던 것이다. 그러나 구원(舊苑)과 황대(荒臺)에는 양류(楊柳)만 뜻 없이 새로웠다. 인세(人世)의 무상은 간 곳마다 있고 일초일목(一草一木)의 끝에 맺힌 것, 로마 대제국의 영화(榮華)는 캠파니아 황야의 만초진개(蔓草塵芥) 밑에 자최가 스러졌다. 12인이 어깨를 겯고 걸을 수 있는 대리석의 궁장(宮墻), 천군만마를 질타하고 백만의 황금전차를 어구(御駆)하던 당대의 영화와 위풍은 이금(而今)에 찾을 곳 없고, 다만 남은 것은 황무(荒蕪)한 폐허뿐이나 여기에 몸을 숨겨 밀회를 즐기던 정남연녀(情男戀女)의 맹서하고 속삭이던 사랑만은 지금도 예와 같이 변함없이 영원하고도 참된 것이다. 몇 세기 동안의 로마 제국의 자랑하던 영화와 승리와 권세와 황금은 자최도 없이 멸망하여버렸으나 천만세에 변함없는 양성(兩性)의 사랑만은 지금도 남아 있다. 연애만이 지상(至上)이다. "러브 이즈 베스트다!"라고 읊은 것이 브라우닝의 「폐허의 사랑」이다. 동양인은 "지금유유서강월(至今惟有西江月) 증조오왕궁리인(曾照吳王宮裏人)"[65]이라고 읊은 것을, 그는 "Love is best"라고 부른 것이다. 다만 달과 사

---

65 舊苑荒臺楊柳新 옛 동산 낡은 누대에 버들잎 새로 돋아나고
   菱歌清唱付勝春 연밥 따는 맑은 노랫소리에 봄의 흥취 못 견딘다
   只今唯有西江月 지금은 강서의 저 달만 남아 있으니
   曾照吳王宮裏人 저 달은 오나라 궁궐 속의 사람도 비추었겠지
                                    ― 이백의 「소대람고(蘇臺覽古)」

랑의 차(差)일 뿐이나 그 구원성(久遠性)을 예찬함은 피아일반(彼我一般)이다. 과연 생각하면 『파우스트』를 최후로 인도한 것은 '구원의 여성'이 아니었던가! 단테는 베아트리체야말로 구원(救援)의 여신이라고 하지 않았는가!

옛날에 옛 사람 만나니 이 인간이 폐허에도 구원(久遠)한 사랑은 아직도 남았는가? '그 이' 말 없고 내 묻지 않으매 또한 영원히 길은 갈리고 말았구나. 옛날에 이 자리에서 알상급제장원(謁上及第壯元)으로 어사화(御史花) 머리에 꽂고 삼현육각(三絃六角) 자지러진 속에 어주(御酒) 삼배(三杯) 받들어 마시던 그 영광, 그 호화, 그 성의(盛儀)는 저 터에 섰던 그 집같이 이제 다시 볼 수 없고 들을 수 없을망정 예도 또한 사람 사는 곳이고 보니 예(昔)에 없던 아카시아나무 그늘 아래에도 울고 웃고 속삭이는 사랑이야 있을 것이다. 그러나 '구원(久遠)의 여성'을 얻은 자는 몇몇이며 "러브 이즈 베스트"를 부르짖고 감격에 떨던 자는 몇몇일꼬? 세풍(世風)은 황량하다. 인심은 효박(淆薄)하다. 정서는 고갈하였다. 허영 제일, 명리 제일, 타산 제일, 부화(浮華) 제일, 쾌락 제일, 안전 제일의 세대이다. 이 세대의 사랑도 또한 나마의 폐허와 같고 춘당대(春塘臺)의 폐허 같지 않다고 뉘라 호어(豪語)하려는가? "러브 이즈 베스트"도 이제는 또한 옛 꿈이 아니런가?

옛 풍상을 혼자 겪은 듯이 뼈만 남아 휘굽은 노송(老松) 아래 서산에 기우는 햇발을 바라보며 무심히 앉아 있으니 오늘살이는 다 마쳤다는 듯이 머리 위의 까치 한 마리 깍깍 짖고 푸르르 날아간다. 사람이 일러 반갑다는 그 소리도 이 귀에는 언제 만날지 모르는 저와 나의 무상(無常)을 우짖는 듯싶구나! 이 밤이 들면 이 빈 터에도 오늘밤 달이 비칠 것, 나는 장차 어디로 가려는고?

뮤즈의 괴임 없는 나는 끝으로 또한 수친구(首親舊)의 시조를 빌어놓고 이 붓을 다시 닦으려 한다.

귀하신 중궁마마 네 문 속을 드나실 제

네 어깨 높으냥 해 북악(北岳)을 깔보듯하다

그 영화 누를 주고 차마 어이 헐린고

— 작자, 표제, 차편(此篇) 서두와 동(同)

(1929.7.20)

남궁벽 군이 갔을 길[66]

"문단에 단거리 경주[67]하다가 조세(早世)하므로 출장치 못함" ― 이것은 실없는 말이지만 『문예공론』지에 '문단납량대운동회(文壇納凉大運動會)'엔가에 남궁벽, 기타 요절한 몇 친고(親故)를 가리켜 쓴 것이다. 그러나 남궁 군으로 말하면 단거리 경주를 한 것도 아니요, 또 문단적으로 단거리 경주를 할 작정도 아니었을 것이다. 그는 비교적 유장한 계획과 기분으로 문예도(文藝道)에 정진하려고 하였던 것이다. 다만 그는 기미(己未) 이후 2, 3년간에 조선청년의 누구나 그러하였던 것과 같이 일시 잃어진 희망을 찾느라고 방황할 무렵에 약간 문학적 노력을 하였던 고로, 그가 남긴 업적이라고는 특서(特書)할 것이 없었던 것이다. 이것은 그의 우인(友人)으로서나 조선문학상으로나 여간 유감된 일이 아니다. 만일 그에게 천수(天壽)를 허락하였더라면 어떠한 모양으로든지 가장 개성이 강렬한 좋은 작품을 보여주었을 것이요, 요사이쯤은 소위 부르주아파라는 공격과 찬앙(讚仰)이 상반하는 중에서 뚜렷한 일각(一角)을 문단에 점령하게 되었을 것이다. 고인이 지금 생존하였다면 어떠하였으리라는 것을 추상(推想)한다는 것은 (좀 실례의 비유를 허락한다면) 그야말로

---

66 염상섭(廉想涉), 「남궁벽 군이 갔을 길」, 『삼천리』, 1929.9. 이 글은 '명호박명(鳴呼薄命)의 문사'라는 표제 하에 실린 것임.

67 원문에는 '短距離競足'으로 되어 있으나 문맥상 '短距離 競走'의 오식으로 보여 바로잡았다.

죽은 아이의 나이 따져보는 셈밖에 아니 되는 일이지마는, 군이 아직 살아 있다면 군은 문학지상주의자라고 할까. 즉, 말하면 문학 이외의 것은 아무 것도 무의의(無意義)하다고 이에만 전심(專心)하고, 이에만 정진하였을 것이다. 그러나 그 작품은 과작(寡作)인 동시에 강철선(鋼鐵線)과 같이 가늘면서도 긴장한 것을 낳았을 것이다. 그리고 그가 무엇을 썼겠느냐 하면 일평생 소설은 못 썼을 것이요, 평론 3분(分), 시 7분(分)일 것인데, 시는 서정시거나 서경시(叙景詩)에는 특장이 없었을 것이요, 인생을 좁고 깊게 파들어가는 인생 관조자로서 철학적 경향을 다분히 띠게 되었을 것이다.

그러나 저러나 그의 삼십 미만의 일생은 마치 일찍 피었던 연꽃이 꽃밑둥이에서 뚝 떨어져서 진흙물에 잠겨버린 것과 같아 꽃도 제때로 활짝 피어보지 못하고, 연근은 연근대로 말라버린 것과 같이 된 것이다. 그의 문재(文才)가 얼마나 되었던가를 의심할 만큼 그 재분(才分)을 발휘하여 볼 기회가 없었고, 시기가 아니었고, 주위 사정이 또한 그러하였던 것이다. 이제 그의 추억을 이야기하면서 그의 작품을 다만 1편이라도 추거(推擧)할 수 없는 것은 나의 태만한 죄도 있겠지마는 그의 유작이 영성(零星)하고 또 산일(散佚)된 탓이다. 그러나 지금도 생각나는 것은, 삼순구식의 절반을 하더라도 감격과 긴장 속에서 예술에 몰두하는 단 하루라도 있다면 얼마나 행복하겠느냐는 말을 기생집 문에서 나오다가도 자탄삼아 하던 것이다. 만일 그에게 생활의 안정을 주었다면 그 꼭 한 성격으로 사실 그와 같은 정진의 생활을 하였을지 몰랐으나 사위(四圍)의 사정이 그렇게 허락지 못하였던 것이다. 혹은 불안정한 생활 속에서 안정을 얻어야 비로소 정진의 생활이 아니냐고도 하겠지마는 그것은 고인에게 대하여 공연한 채찍질이 되는 말일 것이다.

창졸간에 수언(數言) 적은 바이나, 망언을 장제(長堤)하여 도리어 망우(亡友)의 정령을 놀래킬까 두려워 이만 각필(擱筆)하려 한다. 7월 11일 야(夜)

명일明日의 길[68]
다시 기계정복에

결단코 초월하라는 것이 아니다. 너의 길을 작일(昨日)과 같이 금일(今日)도 걸을지어다! 차라리 작일보다 더 굳건히, 더 빠르게 걷는 자에게만 명일(明日)의 길은 준비되어 있으리라. 우리에게 고맙고 귀여운 일은 초월이 아니다. 초월은 회피이기 때문이다. 현대를 초월하려는 자, 또 초월하였다는 자, 현실을 초월하려는 자, 또 초월하였다는 자, 민중을 초월하려는 자, 또 초월하였다는 자 ……. 이러한 자에게는 '길'이 없다. 금일의 길을 밟을 기력이 없는 자는 금일의 길가에 서서 명일의 길을 다만 환상의 세계 속에 향락하려 하기 때문이다. 우리에게 고맙고 귀여운 일은 열의와 약진이다. 작일보다 더 높은 열의와 더 빠른 약진으로 금일의 길을 떠난 자에게 명일의 길은 열릴 것이기 때문이다. 그렇다고 열의와 약진력이 없는 자에게도 길이 아주 없지는 않다. 길 같은 길, 길 아닌 길이 두 갈래 있다. 자살과, 초월. 자살은 빚 얻어 장사하여 패가(敗家)한 자가 우주라는 채권자에게 육체의 원소화(元素化)로 보채(報債)하는 파산작용이요, 초월은 정신적 거세의 자기부정이다.

그러나 초월치 않는다고 전순(悛巡)하여서는 아니 된다. 수주(守株)하여서

는 아니 된다. 동화되어서는 아니 된다.

'현실'이란 것은 오름길(坂)이다. 빙판이다. 여기에서 전순(悛巡)하면 뒤로
미끄러질 일밖에는 도리가 없는 것이다. 게다가 민중이란 마치 물에 빠지는
놈의 허리에 맨 돌멩이 같고 저울의 추 같은 것이다. 빠져도 먼저 빠지려 하
고, 떨어져도 한사코 먼저 떨어지려는 귀찮은 짐(重荷)이다. 그러므로 현실의
판로를 한 걸음 내놓는 동안에, 허리띠의 뒤에 잔뜩 매달린 민중이 육중한 자
체의 수력(隋力)으로 두 걸음 뒤로 미끄러지려 하는 바람에 우리는 채석(採石)
을 싣고 단애(斷崖)에 오르는 마차 말보다도 땀을 흘리는 것이다.

그러나 여기에 우리는 우리의 지혜의 씨(種)를 가졌다. 썰매(橇)라는 기계
를 가졌다. 이것은 자연정복욕의 다행하나 불행한 소산이다. 그러나 이 썰매
가 민중을 운반하는 취용력(取容力)은 얼마나 되는고? 뉴욕의 자동차가 5인(?)
에 1대 평균이라든가 하지마는 이것은 세계 일(一)의 부르주아국, 돈이 자개
사리같이 끓는 미국이니까 그렇다는 말이지, 17억 대의 썰매를 우리는 가졌
는가? 현대문명의 혜택을 입는 자가 몇 사람이 되느냐는 말이다. 선택된 몇
사람, 손아귀 힘 센 몇 놈을 태운 썰매는 벌써 현실의 설령(雪嶺)에까지 치달
아 올라갔다. 대중은 역시 기슭(麓)에 남아 섰다. 그들에게는 절망과 기아(饑
餓)와 애호(哀號)와 저주가 남았을 뿐이다. 이러한 말은 새삼스럽게 논의할 필
요도 없는, 우리의 인식이 벌써 허락한 평범한 사실이다. 그러나 내가 이 말
을 여기까지 끌어온 본의는, 그러면 우리는 그 썰매를 부정할 수 있느냐는 질
문을 하여보고자 함에 있고, 또 그러하면 우리는 금후에 어떻게 살아야 하겠
느냐는 것을 물어보자는 것이다.

과시(果是) 우리는 때 있어 홧김에 목전에 달아나는 그 썰매를 부숴버릴 수
있을지 모르지만 썰매의 출현이라는 문화적 사실이나 그 문화가치는 때려
부술 수 없는 것이다. 우리의 걷지 않을 수 없는 빙판이 엄연한 현실임과 같

이 썰매의 출현도 엄연한 현실이다. 썰매를 아니 타는 것이 도리어 변칙이요, 썰매를 타는 것이 원칙이며 상도(常道)가 되는 것도 어길 수 없는 현실이다. 마치 우리가 전등을 켜는 것이 원칙이요, 촛불이나 등잔불이 변칙임과 같이. (1929.9.7)

그러면 썰매란 무어냐? 물을 것도 없이 과학문명이다. 스피드의 문명이다. 그러므로 다시 말하면 현대의 모든 문명을 부정할 수 없다는 말이다. 과시(果是) 우리는 현대문명을 부정할 수는 없다. 회피할 수는 없다. 여기에서 초월할 수는 없다. 그 공리(功利)와 폐독(弊毒)을 아울러 받을 대로 받고야 말 것이다. 부정하고, 회피하고, 초월하고, 방관하고, 저주하고, 파괴하는 수도 없지마는 그리하는 것이 우리가 현대문명에 대한 태도가 아니라, 그 모든 발전을 십이분(十二分) 발전케 하고 그 모든 과정을 충분히 □□케 하는 것이 왕성한 □□력과 치열한 생의 □의(意)를 가진 자로서의 과학문명에 대한 태도일 것이다. 그 병세(病勢)의 하나에도 우리는 벽역(辟易)하여서는 아니 된다. 우리의 명일의 길이 여기에서부터 열리기 때문이다.

그러면 다시 묻노니 명일의 길이란 어떠한 것이뇨?

구아(歐亞)의 연락을 100시간 이내에 달성하고 동경방송국의 연설이 2분간 내에 백림(伯林)의 시민을 광희(狂喜)케 하였다고 새삼스러이 놀랄 것도 없을 것이다. 지구와 화성 사이의 내왕(來往)이 100일 이내에 성공되는 신기록이 금후 1세기 혹은 반세기 안에 실현되지 말라는 법이 없을 것이 아니냐. 토키(발성영화)가 현대문명의 낙오자인 우리의 앞에도 나타났다는 사실은 우리가 불원(不遠)한 장래에 할리우드의 스튜디오의 실경(實景)을 서울에 앉아서 능히 구경하게 될 시기가 올 것을 예언함이 아니냐. 가솔린 교통, 라디오 문명, 영화문명 — 이것을 총칭하여 '스피드 문명'이라 하자. 이 속도의 경이(驚異)한 기록과, 귀신이 놀랄만한 현대적 축지법과, 시간과 노력의 무시무시한 경제는 일면으로는 인류의 육체적 존재를 위협하여 우리의 건강과 생명을 파괴하는 것도 사실이지마는, 또다시 일면에 있어서는 물질적 생활의 내용을 풍부케 하여, 가령 우리의 선조들이 7, 80 살던 것을 우리가 고작 5, 60을 산다 하더라도 질적으로는 100년 혹은 그 이상의 생명을 누리느니만큼 복잡하고 다단하고 다각적인 생활 내용을 가지게 되는 것이다. 그러나 우리의 생활이 기계화하였다는 사실은 우리의 생활을 영위케 하는 모든 객관적 조건이 기계화하였다는 데에 그치는 것이 아니라 사람 자체가 기계화하였다고도 볼 수 있다. 요사이 박람회통에 진고개에 마네킹 걸들이 수입되었다 하여 구경거리같이 떠들지마는 구경 가는 자기네들이 벌써 마네킹 걸이요, 마네킹 보이인 것은 깨닫지 못한 것이다. 실상 생각하면 사람이 '사람'을 잃고 기계화하였다는 것은 산업혁명 이래의 사실이요, 부르주아층에 있어서 용주(傭主)에 대한 피용인(被傭人)은 십장(什長)이나 기구와 동일시되는 영업용품이나 그 이하의 지위에 처한 것이요, 심하여서는 생산기계에 예속한 기계의 수직꾼(守直軍), 기계의 노예화함에 만족하는 수밖에 없이 되었으니 지금 새삼스럽게 논의할 필요도 없는 사실이다. 에케너[69] 박사는 에케너라는 사람이 잘나서 유명한 것이 아니라 체펠린 백호(伯號)가 있기 때문이다, 체펠린 백호가 우수한 모터를 가졌기 때문에 에케너가 에케너 행세를 하는 것이다. 그러나 체펠린 백호는 결코 숭고한 영혼의 소산이 아니라 하더라도 하여간 사람의 지혜에서 나온 것이요, 또 에케너의 인격이나 영혼의 광채가 그 조종에 직접 영향은 없다 한다더라도 은밀한 가운데 그 노력이나 정력이 활동하는 것이니 사람의 힘을 생각지 않고 기계를 생각할 수 없는 것이라고 하겠으나, 또 한편으로 보면 에케너도 또한 스피드 문명의 맹목적 봉사를 강요받은 일 기계적 존재요, 또 그 기

---

69 후고 에케너(Hugo Eckener, 1868~1954). 경식 비행선의 개발자. 체펠린 백작의 동료로, 백작이 죽은 뒤 그 뜻을 이어받아 그라프 체펠린 호로 세계일주를 했다.

계의 노예가 아니라고 못할 것이다. 그이 자신의 진정한 생활, 가장 가치 있는 생활은 체펠린 백호에 좌승(坐乘)하였을 시간에 있는 것이 아니라 그 외의 시간과 그 이외의 생활에서 얻을 것이기 때문이다. (1929.9.8)

에케너 자신에게 물으면 "나는 체펠린 백호를 조종하거나 지휘할 때에만 자기의 존재의 이유를 깨닫고 삶의 유열(愉悅)을 느낀다."라고 대답할지 모른다. 그러나 그는 그의 개성과 의지를 기계의 원리와 계기와 성질에 복종시키지 않고서도 능히 그 나선정(螺旋釘)[70] 한 개라도 임의로 놀릴 수 있는가? 자전거를 탄 사람이 자전거의 가는 방향은 그 탄 사람의 의사에 따라 결정될 것이다. 그러나 그 방향을 결정하는 의사보다도 먼저 필요한 것은 자전거의 성능, 자전거의 묘리부터 알아야 할 것이요, 또 그보다 필요한 것은 자전거의 비위를 맞춰서 조종한다는 사실이다. 자전거의 성미와 비위를 맞추려면 자기의 성미와 비위는 그 앞에 죽여야 될 수 있는 일이다. 체펠린 백호 앞에 선 에케너는 자기의 비행선에 대하여 '자기'를 포기하겠다는 맹서 없이 그 속에 들어갈 용기는 없을 것이다. 에케너 자신이 사는 동시에 체펠린 백호가 살 수 있는 유일한 길은 이 양자(兩者)의 의사성능(意思性能)이 빈틈없이 맞음으로써 얻을 수 있는 것이다. 이것이 나의 이른바 에케너는 체펠린 백호 없이 자기의 존재를 잃는다는 말이요, 에케너 자신이 기계화 내지 기계의 노예화한다는 말이다. 그리고 에케너는 가장 훌륭한 현대인이다.

자기를 잃어버린 자는 다만 객관적 존재일 따름이요, 그에게는 생명이 없다. 전심(全心) 전령(全靈), 전정(全情)을 쏟아 부어서 새로운 자아를 발견하고 새로운 생명을 창조하려는 노력, 여기에서만 생명이 용약(勇躍)하는 것이다. 여기에야말로 삶의 환희는 있는 것이다. 여기에서야말로 생명은 차(充)가고,

---

70　나선정(螺旋釘) : 나사 못.

커가고, 걸어가고, 자랑을 느끼고, 빛과 윤택이 더하여 가는 것이다. 그러므로 모든 사람으로 하여금 이러한 창조적 생활에 인도할 수 없는 세계, 자기를 자기대로 주장할 수 없는 세계, 개성을 죽이고 개인의 의사가 완전히 멸살되는 세계. 이 따위 세계는 악덕의 세계요, 병균의 세계요, 앞이 짧은 세계다. 그러나 현대인은 두 번째로 자기를 잃어버렸다. 현대인은 우상을 잃어버리고 과학을 얻게 되었을 제 자아도 얻은 줄 알았었다. 그러나 신(神)을 잃은 현대인은 그 대신에 기계를 얻었으나 자아는 또다시 잃었던 것이다. 그리하여 기계는 신의 권세와 지위를 획득하고 또 보유하고 있는 동시에 제1의 주인에게서 해방된 자아는 제2의 주인을 맞이한 것이다. 이것이 현대인이다. (1929.9.10)

르네상스는 신비라는 황금 거멀을 하여 굳게 닫혔던 수도원의 철비(鐵扉)를 열어놓고 자아를 제1주인에게서 내놓았던 것이다. 이때에 인류는 낡은 갑골 같은 고전을 벗어버리고 생신(生新)한 희망과 로맨틱한 꿈속에서 '자기의 생활'을 찾으려고 애도 썼던 것이다. 그리하여 둘째 번의 기회 — 둘째 번의 시험으로는 1789년이라는 연대가 돌아왔던 것이다. 이것은 보통 말하기를 제3계급이 부르주아 계급 — 상공계급이 제4계급을 이끌고 제1, 제2계급에서 자기를 찾아낸 큰 운동이었다 한다. 여하간에 전자는 내적·정신적 욕구요, 문화적·일반적 해방이라 하면, 후자(불란서혁명)는 외적·정치적 욕구요, 경제적·부분적 해방이었다. 그러나 이것(후자)은 동시에 '자아의 제2주인'의 출현을 약속하였던 것이다.

마르세유 노래를 남보다 한 마디라도 더 부른 자, 바스티유 파옥(破獄)에 남보다 한 걸음이라도 앞섰던 자. 이러한 사람들은 혁명이 가져다준 단맛을 볼 새도 없었던 것이다. 그들은 상공계급이 특권계급과 악수하는 통에 뒷발길에 차였던 것이다. 그리하여 부르주아의 일명(一命) 하에 기계지기가 된 것이다. '문예부흥'이 풀어놓아준 자아를 치차륜(齒車輪)에 다시 계류(繫留)한 것이다. 그러나 기계라는 '자아의 제2주인'을 맞이하기는 제4계급만의 일이 아니었다. 소수의 정신운동자, 소수의 유심적 철학자, 소수의 문명비판자와 및 이에 공명하는 자를 제외하면 모든 계급은 치차(齒車)의 이빨에 그 생명과 생활을 걸어놓고 있다. 다만 같은 치차건마는 부르주아에게는 사금(砂金)의 광상(鑛床)이요, 프롤레타리아에게는 광금(鑛金)의 도가니에 땔 연료로서 고혈을 짜내게 된 것이다. 그러나 나는 여기에서 프롤레타리아의 비극을 말하려는 것이 아니다. 부르주아의 체중이 얼마나 무거운가를 달아보자는 것이 아니다. 나의 말하고자 하는 것은 우리가 언제까지 이 치차에 우리의 살림과 우리의 목숨을 매달아두는 것이 옳으냐는 문제이다.

해방! 기운골 차고 아름다운 말이다. 자유, 평등, 박애라는 말이 공허한 모디파이어(modifier)에 지나지 않거나 듣기 좋은 외교적 사령(辭令)이 아니라면 우리는 질식하기 전에 해방되어야 할 것이다. 부인은 가정으로부터, 구도덕으로부터, 남성으로부터 해방되어야 할 것이다. 노동자는 공장주로부터 해방되어야 할 것이다. 묵은 염(念)의 노예는 새로운 이데올로기에 해방되어야 할 것이다. 그러나 이 모든 해방 행위보다도 최초 혹은 최종으로 전 인류가 심각히 자각하고 용맹히 부르짖고 나서야 할 것은 우리의 목숨과 우리의 살림을 쉴 새 없이 돌아가는 이 치차에서 빼어놓자는 것이 아니면 아니 될 것이다.

무산계급의 해방! 자다 깬 놈같이 새삼스러이 외칠 것도 아니지마는 입이 시고 귀에 못이 박히도록 그야말로 최후 일인, 최후일각까지 부르짖어도 족(足)치 않을 것이다. 그러나 무산계급의 해방도 종국에는 또한 치차에서부터의 해방이 아닌가? 기계에서부터의 해방이 아닌가?

치차로부터의 해방, 기계로부터의 해방이 무산계급의 해방에 유도되는가? 무산계급의 해방이 완료되어야 기계에서 해방되는가? 다시 말하면 자아를 제2주인에게서 빼내어놓아야 산업적, 경제적, 정치 당 관계에 있어서 우리는 숨을 돌릴 수 있는가? 혹은 산업, 경제, 정치 등 외적 조건으로부터, 자아의 기계로부터의 해방을 얻는가? 거죽으로부터 들어가는가? 안으로부터 나와야 하는가? 이것은 방법론이다. 그러나 최선이든지 최후든지 간에 우리는 모터에서, 엔진에서, 치차에서 해방되지 않고는 온전한 자기를 기를 수 없는 것만은 나(我)라는 존재가 우주에 유일인자(唯一人者)임과 같은 엄연하고 적확한 사실상(事實相)이다. (1929.9.11)

여러분은 내가 과학문명의 부정론자라고 생각할 리도 없고, 또 그렇다면 나의 무모와 대담을 웃을 것이다. 또한 나의 친구가 발동기(發動機) 피대(皮帶)에 휩싸여 들어가서 한 팔과 한 다리를 으깔아버렸다고 하여 기계를 저주하는 줄로 알아서는 아니 된다. 우리의 귀여운 자매가 다만 몇 시간의 보행을 아껴서 전차를 탔다가 우리의 자랑 아닌 자랑의 대도시에서 더구나 백주(白晝)에 그 아리따운 용모를 일순간에 깨뜨리고 비둘기의 염통 같은 그들의 간이 녹은 사실을 생각하고 문명의 이기를 미워함이 아님도 이해할 것이다. 또 만일 공중여행시대를 당하여도 오히려 나의 겁나(怯懦)가 프로펠러 소리를 두려워하므로 가솔린 문명을 조소(嘲笑)한다고 의심하여서도 아니 될 것이다.

나는 도리어 이러한 놀라울 만한 모든 기계력이 천만인의 신뢰를 받을 만큼 완전한 발달을 수(遂)하기를 누구보다도 더 간절히 바라는 자이다. 지상의 교통기관은 우리가 두 발로 걷는 것보다 더 확실히, 공중의 운수(運輸)는 솔개의 두 날개보다 더 안전히, 그리고 라디오의 전파는 모든 성좌에까지 날아가기를 바라는 자이다.

모든 고장(故障)에서 일어나는 비참사(悲慘事)는 기계의 죄가 아니요, 인지(人智)의 죄이다. 과학계는 아직도 우리 인류의 노력을 무한대로 기대한다. 결코 현대문명을 부인하거나 저주할 것이 아니다. 나는 이 글 표제에 '기계정복'이라는 말을 썼으나 그것은 과학문명이 즐겨 쓰는 바 '자연정복'이라는 용어의 대거리로 쓴 것에 지나지 않는다. 더 간절히 말하자면 기계가 인간 위에 올라선 것이 분하여서 이렇게 쓴 말이다. 기계의 멸망을 의미하는 정복이라면 정복이란 말에 어폐가 있는 것이다.

기계가 인간생활에 죄악을 짓고 불행을 끼쳤다면 그것은 사람 자신의 책임이다. 그리고 기계의 발명자를 인문(人文)의 공로자라 하여 추장(推獎)한다면 그 기계를 이용하는 인간사회와 그 사회를 운전하는 모든 형식과 관념과 조직과 제도에 죄책(罪責)이 돌아갈 것이다.

그뿐만 아니라 도리어 기계가 우리에게 행복을 준 것은 여러분이 현미경을 가지고 인쇄기를 가진 것만 생각하여도 용이(容易)히 수긍하리라. 현미경은 우리를 인플루엔자에서, 호열자에서, 기타 모든 병균에서 구하여주었다. 조금 있으면 근자(近者)의 하이칼라병인 수면병(睡眠病)에서도 우리를 구원하여줄 것이다. 그리고 활자가, 윤전기가, 제지술이 우리의 두뇌의 젖어미임은 더 말할 것도 없는 것이다.

오, 고마운 치차여!

오, 거룩한 엔진이여! 모터여!

그러나 과공(過恭)이 비(非)□다. 너무 감격하면 너무 심취하는 것이다. 고뿔이 들리면 무당, 판수를 불러대고, 호열자가 들면 산천기도를 드리던 버릇이 그대로 남아서 인제 현미경이 천신지기(天神地祇)의 거룩한 보좌(寶座)에 올라앉게 되었다. 그들은 렌즈알을 여의보주(如意寶珠)로 알게 된 것이다. 우상숭경(偶像崇敬) 기계만능사상으로 변한 것이다. 그들은 "오, 하나님이여! 오, 별상님이여!"라고 부르는 대신에 "오, 치차(齒車)여! 오, 엔진이시여! 모터시여!"라고 부르는 것이다. 신(神)을 잃은 근대인은 기계를 얻었다. 그리하여 기계는 신격화하였다.

근대인 내지 현대인이 자아를 제1주인에게서 제2주인에게로 옮겨주었다는 소이(所以).

　그러면 어찌 그 죄책(罪責)을 기계문명 그 자체에 돌리랴! (1929.9.12)

　우리가 기계에서 우리의 영혼도, 생명도, 생활도, 다 빼앗겨간다는 또 한 가지의 사실은 우리의 창조적 생활을 가장 유효하고 직접적으로 표백하는 예술의 영역에 기계의 폭위(暴威)가 얼마나 침식되었는가를 관찰하여 보면 알 일이다. 적어도 자연주의 이후의 문학, 사실주의 인상파 이후의 미술이 기계문명에 영향 없이 성립될 수 없었던 것은 사실이요, 또 그것이 당연하다고는 생각하는 바이다. (왜 그러냐 하면 예술이 생활의 표현이요, 또 우리의 근세 이후의 생활과 인생관은 과학문명에 중심이 있었기 때문이다)

　그러나 여기까지만 하여도 아직은 기계의 힘이 직접으로 표현수단에 달(達)치 못할 세력을 가지지는 못 하였었다. 오직 예술의 소재, 표현의 내용 혹은 제재만이 기계의 영향을 받고 과학적 인생관을 가짐에 그쳤다. (여기에 주의할 것은 예술의 소재가 기계의 영향을 받았다는 것이 가령 문학이 필사(筆寫)에서 판각(版刻)으로 도제(陶製) 주제(鑄製)의 활자로 발달되고 평판인쇄가 윤전기로 개량된 등의 사실 같은 것을 지적함이 아니라는 것이다. 이러한 것은 문화보급의 문제임에 그치는 것이니 예술의 표현수단이라는 것과는 자별(自別)한 문제이다.)

　그러나 오늘날은 속도제일주의 시대이다. 생활의 일체에 있어서 템포가 빠르다. 병인(病人)에게 주사를 하면 바늘이 피하(皮下)에서 빠져나오기 전에 영효(靈効)가 당장에 보여야 비로소 명의(名醫)라 한다. 소설에 있어서도 장편을 볼 새가 없는 현대인은 단편, 단편도 지난하고 조급하여서 콩트를 요구하는 것이 현대인이다. 신문은 자질구레한 내용을 볼 새도 없고 보기도 귀찮으니까 목침덩이 같은 활자로 제목만으로 본문의 몇 곱이나 지면의 건(巾)을 채워서 내놓는 것이다. 이와 같은 경향을 예술상에서도 면치 못하게 됨은 당연한 추세라 할까? 그러나 이러한 경향은 하여간에 문학이 언어와 문자의 세계에서 음향과 색채의 세계로 일 경지를 옮겨간 현세(現勢)는 부인할 수 없는 사실인 동시에 예술-문학의 과학화, 기계화를 일면에 있어서 의미하는 것이라 볼 것이다.

원래 음향이나 색채에 의한 예술적 표현은 직접이요, 직관적이니만큼 그 효과가 빠르고 인상이 강렬한 것이다. 용만(冗漫)한 문장으로 표현하는 데에 비(比)가 아니다. 비속(卑俗)한 예로 거론하자면 음악이나 미술의 예술적 효과를 주사(注射)라 하면 문학은 보재(補材)와 같은 것이다. 그러므로 템포의 짧은 것, 신속한 것을 환영하는 현대인은 어떻게 하여서든지 문학의 효과를 피하주사나 정맥주사 식으로 표현하려고 애를 쓰게 되었으니 □주문(注文)을 안 넣는다면 □□이 □와 이에 응하자면 자연히 영화가 되고, 토키가 되고, 라디오 방송이 될 것이다.

원래 문학에 음향미나 색채미가 없는 것은 아니로되 영화, 토키, 라디오 등이 문학을 보급하는 □□을 발휘할 뿐 아니라 갱진일보(更進一步)하려는 문학의 본질적 부분에까지 침범하여 오게 된 결과는 문학상 객위(客位)에 처하였던 음악적 또는 미술적 효과가 주위(主位)에 가치 경도가 되어 문장미, 문체미라는 것이 점차로 제2의적으로 교체되는 현상을 이루어가는 형편이라 하겠다. (1929.9.13)

문예작품의 영화화는 민중에게 이해케 하고 보급하는 점으로 일리(一利)가 없지 않은 동시에 회화적 효과를 보다 더 강조하는 점에 성공하였다 하겠으나 문예의 예술적 가치라는 것은 대개의 경우에 무시되는 것이 사실일 것이요, 작품의 내용과 표현을 저하하고 소잡천속(騷雜賤俗)케 됨을 면치 못하는 것이다. 그러나 한층 더 나가서 여기에 음악적 효과를 내자는 것이 소위 발성영화라는 것이다. 그러나 이 음악적 효과의 첨가로 예술적 가치가 회복되지 않을 것은 물론이다. 또 그러나 만일에 회화미를 전연히 몰각하고 다만 신속과 민중화, 일반화만을 요구한다면 필연(必然)한 추세로 문학의 라디오화에 이를 것이다.

시의 낭독이라는 것이 우리 문단에서도 간혹 시험되어왔고 현시(現時)에도 일본에서 쓰보우치(坪內) 박사[71]가 와세다(早稻田) 대학의 셰익스피어 강좌에서 희곡의 번역 교수시간에 낭독도 하고 이것이 사회화하려는 월전(月前)에 공개낭독회까지 개최한 일이 있었지마는 라디오를 이용한 문학의 사회화라는 것은 결국에 이와 같이 문학의 음악적 효과에만 치중하여 '신속'과 '민중화'라는 양개(兩個) 효과를 책(策)하는 것이다.

그러나 문학의 본질이라는 점으로 생각하면 이와 같이 언어의 미, 문체의 미, 문장에 의한 표현미 내지 그 내용의 사상이라는 것을 무시하고 회화화하고 음악화함으로써 문학의 생명과 공효(功效)를 보존할 수 있는 것일까? 문학적 저작을 인쇄하고 고가(高價)를 지불하여 구독하는 번폐(煩弊)와 시간, 금전의 절약은 될지 모르나, 만일 문학의 영화화, 라디오화 즉, 다시 말하면 기계화가 극단으로 발달하고 유행한다면 문학이라는 것은 멸망하거나, 멸망치는 않는다 하더라도 그 쇠미(衰微)를 면치 못할 것이다.

"윤전기가 라디오로 변한다."라고 근자에 모(某)가 문인의 장래를 경고하는 듯한 의견을 발표한 것을 보았고, 또 얼른 생각하면 이러한 관찰도 일리 없는 바가 아닌 듯도 하다. 6, 7년 전에 미국에서 라디오가 대통령 선거 시에 정견 발표연설에 이용되고, 주식 시세와 시장의 일용품 물가 기타 시정(市井)의 돌발사건 등 신문의 영역을 라디오가 침범케 되었을 때에 필자는 장래에 신신(新新)이라는 것이 필요 없을 시대가 반드시 돌아오리라고 방언(放言)한 바가 있었다. 그러나 가만히 생각하면 결코 그러한 것도 아니다. 가령 정객

---

71 쓰보우치 쇼요(坪內逍遙, 1859~1935). 일본의 소설가·극작가·문예평론가·영문학자·교육
　　자. 도쿄전문학교의 강사를 지내며 『와세다문학(早稻田文學)』을 창간·주재했다.

(政客)의 연설 같은 것만 하더라도 그 속기록이 보존되어 후일의 참고와 증빙이 되고 정치사에 중요한 가치를 가짐과 같이 그날그날의 주식 시세의 변동 같은 것도 반드시 기록으로 남아 있어야 할 것이다.

이와 같이 관찰하면 장래 문학의 라디오화, 영화화라는 것이 극도로 발달한다 할지라도 윤전기가 라디오로 변할 만치 문학의 활자화 또는 문헌의 보존이라는 것이 불필요하게 될 일은 지극히 상상할 수 없는 일이다. 그러므로 만일 혹자의 예상과 같이 문학이 극단으로 음악화, 회화화하여 윤전기가 라디오화한다 하면 금후의 인류는 문자 그것부터 소용없게 되고 작품의 유존(遺存)이라는 것이 절무(絶無)하여질 것이다. 그뿐 아니라 음악이 원래 귀에 호소하는 예술로 시간적, 공간적으로 순간순간의 생명밖에 없는 것이지마는 그 악보라는 영원불마(永遠不磨)의 기록 없이 음악이 성립되는 것은 아니다. (1929.9.14)

기계가, 라디오가 문자를 집어먹는다는 것은 상상할 수 없는 일이다. 설사 장래 우리의 생활이 극단으로 기계화하여 문학적 노력이 문자상 표현을 요(要)치 않고 말만으로 라디오나 레코드나 기타에 아직 우리가 가지지 못한 기계로 보존한다 하더라도 문학의 본질이 기계화한다는 것을 우리는 절대로 거부치 않으면 아니 될 것이다. 물론 전세기(前世紀) 말의 사상을 풍미하던 과학적 인생관, 결정론적 인생관은 이미 역사적 가치밖에 남지 않게 되기는 되었다. 그러나 인류는 지금 정말 새로운 이상을 가졌는가? 우리의 갈 길, 우리의 길의 새 목표를 투철히 잡았는가? 명일의 길! 우리의 지침은 어디로 향하려는가?

오늘의 우리는 확실히 늘어가는 시대, 자라가는 시대, 건설되어가는 시대가 아니다. 방향을 고치지 않고는 배길 수 없는 파괴의 시대요, 미봉(彌縫)의 시대다. 물론 과학문명이 그 발길을 멈추리라고는 상상할 수 없다. 과학문명의 길은 혹은 무한일지도 모르겠고 어떠한 극점을 가상(假想)할 수 있다면 그 극점까지 가서 다시 새로운 방향에 전환될지도 모른다. 그러나 이것은 과학 문명의 독자의 길을 말함이다. 남는 문제는 과학문명에서 떠나서 따로 선 '사람'의 길이 어떻게 되겠느냐는 것이다. 혹은 과학문명의 길과 사람의 길을 정연히 구분하여 생각할 수 없을지 모르고, 또 그 상관관계를 무시하고는 정치니 방향전환이니 하는 이론이나 실행수단이라는 것을 안출(案出)할 수도 없을지 모른다.

그러나 이 양자(兩者)를 순객관적으로 분립하여 고찰함이 유리(有利)치 않을까? 인류의 생활을 기계 속에 넣어둔 대로 고찰하지 말고, 기계에서 추출하고 독립시켜가지고 우리의 길, 명일의 길을 생각하는 데서 대방침이 나서지는 아니할까? 우리의 갈 길이 분명히 따로 있는데 기계의 누(累)로 빗나간 것이 사실이라면 우리는 인류를 기계에서 떼어내가지고 완전히 독립, 해방된 견지에 서서 새로이 내두방침(來頭方針)을 정하여야 할 것이 아닌가. 그러나 저러나 파괴의 시대요, 미봉(彌縫)의 시대요, 현상유지의 시대임에는 틀림이 없다. 그러면 어떠한 수단으로써 파괴를 새로운 건설에, 미봉을 갱생에, 현상유지를 현상타파에 인도하겠는가? 서양문명의 동양화 ― 동양문명의 교역융합, 이것도 한 수단이요, 방법일 것이다. 그러나 그 어떠한 것이든지 종국의 목적, 종국의 남는 사실은 인류를 과학문명, 기계에서 해방하는 것이다. 기계와 사람이 대립한 지위에 이르거나 기계의 주인이 되고 나서 모든 문제는 새 맛, 새 뜻, 새 길을 찾아 들어설 것이다.

거듭 말하거니와 이러한 사상이나 태도가 결코 현대문명에 대하야 아크등을 쳐다보는 근시자(近視者)같이 외면을 하려는 것은 아니다. 그 발달을 저해코자 함도 아니요, 부정하려는 것도 아니다. 더욱이 우리와 같은 무산(無産)이요, 또 약소한 민족에게 있어서 과학문명을 부인한다면 그것은 시기에서 나온 흡뜬 표어에 지나지 않는다. 도리어 우리는 누구보다도 가장 기계를 요구한다. 그러나 누구보다도 가장 기계를 부리는 주인 되기를 바란다. 그러므로 무산계급과 약소민족의 해방은 기계문명의 완실한 영유(領有)로부터 비롯하여 기계문명으로부터의 해방을 의미하는 것이라 볼 수 있는 것이다. 그리하여 우의 최후승리가 우리에게 도래할 우리의 생활은 창조적 생활이요, 창조적 생활은 예술적 생활이라고 믿는다.

　필자 부기 = 근시(近時) 필자의 분망소치(奔忙所致)로 충분히 논의할 여유가 없으므로 심사(深謝)하며 후일 다른 기회를 기약하는 바이다. (1929.9.21)

박람회 보고 보지 못한 기記[72]

근정전 개장식에 불청객이 자래(自來)로

해를 기록하지 않고 달을 일컫지 않고 날을 꼽지 않는다. 다만 조선에 박람회 열리던 날! 이날은 이른 아침에 일어나보지 못하던 내가 신새벽같이 여섯시 전에 일어난 날이다! "설이 몇 밤 남았니?" 하고 고사리 같은 손을 꼽을 나쎄도 아니요, "애, 내일이 박람회란다! 일찍 자고 일찍 일어나자!", "애는! 박람회면 제일의 강산이냐? 박람회면 뭘 하니! 난 무얼 새 옷도 없단다!" 하며 이렇게 자지러진 걱정을 주고받고 할 소꿉동무도 있을 리 없으니 철은 벌써 났으련만 찬밥 두고 잠 못 자는 팔자라 이날은 난생 처음으로 일찍 일어났던 것이다.

평생에 신기한 일이라고는 없고, 날짜라곤 제 생일도 가끔 잊어버릴 만치 정신골 좋은 나로서는 어느 해 년 분, 어느 달, 어느 날이라고 뒤숭숭하게 따질 것 없이 조선에 박람회 열리던 날. '응, 옳지, 옳지. 내가 일찍 일어나던 날 말이지?' 하며 일후에라도 얼른 생각해낼 이날 아침에 나는 경복궁이라 근정

72　상섭생(想涉生), 「박람회 보고 보지 못한 기(記)」(전4회), 『조선일보』, 1929.9.15 ~ 9.19. 이 글은 1929년 9월 경복궁에서 열린 조선총독부시정 20주년기념 조선박람회 참관기이다.

전에 열립신다는 조선박람회 개장식을 구경하려 지레 뜬밥을 먹고 나섰다.

길에 나서니 마음이 더욱 조급하다. "육조 앞으로 구경 가요." 하며 무턱대고 가는 동리의 언년이, 간난이들과 나는 경주를 하는 판이다. 언년이, 간난이는 어제 입던 옷을 그대로 입고 동생을 업고 아침밥도 못 먹은 모양인데, 걸음이 저렇게 빠를 제야, 아-주 잔칫집에 나가는 듯시피 새 와이셔츠를 갈아입고 새 칼라를 다붙은 목에 곤두세웠을 뿐인가. 면모를 하고, 새 구두를 콧등에 제 얼굴이 비치도록 닦아 신고, 또 게다가 옛날 같으면야 '어디를 감히!' 발도 못 들여놓았을 구중(九重)의 안, 근정전 섬돌 아래로 들어갈 나의 발 밑에 흙인들 왜 묻으랴!

'지금쯤 프록코트, 실크 회돌과 금모루 번쩍거리며 가슴에 훈장 찬 이들이 모여들렸다 ⋯⋯.'

이만쯤만 머릿속에 그려보아도 휘황찬란한 광경이 눈앞에 보이는 것 같다. 어깨가 으쓱한다.

'자 ─, 그런데 나는 들어가면 어느 틈에 끼어 섰서야 할 셈인구? 섬돌 아래는 분명히 정일품(正一品), 종일품(從一品)서부터 구품(九品)까지의 표석이 쌍렬로 나라섰는데[73] 나는 나이 삼십에 여전한 서방님으로 백수(白首)이고 보니 어디 가서 선단 말인가?'

아닌 게 아니라 무슨 지위가 있어서 가는 것도 아니요, 청자를 받아가는 것도 아니며, 신문기사를 쓰려 가는 것도 아니다. 다만 어리석은 계집이 사돈의 팔촌이라도 혼인구경이라면 쫓아가고, 동릿집 영감의 환갑잔치라도 먹을 콩 났다니까 새 옷을 빌어서라도 입고 나선 셈이다. 그러나 제 속생각으로 한 가지 변명이 없는 것도 아니다. (1929.9.15)

---

73 '두 줄로 나란히 서 있다'는 뜻이다.

만정추초(滿廷秋草) 나부끼는 거기에 선 그이들

자동차 없는 돈키호테 번연(飜然) 대오(大悟)코 도서관에

'소설가에게는 체험이 귀중한 것이다. 무엇이나 실지로 보아두고 경험해두는 것이 필요한 일이다. 또 누가 아나! 후일 내가 박람회를 …….'

이러한 혼잣속의 변명은 어쨌든지 역시 남은 걱정은 근정전 앞에 가서 어느 구석에 자리를 삼겠느냐는 것이다. 그러나 가만히 생각해보니 오늘 이 자리에 오는 이 공작, 김 후작, 최 백작, 안 자작, 정 남작 말할 것도 없고, 옛날의 태의정 피은판사 정참관 같은 고관대작으로부터 심지어 추 참봉, 차 주사까지라도 위(位)가 구품에만 가면 이 섬돌 아래 조회도 하여 보았을 것이니 발씨가 익을 것이라. 불쌍놈의 염 서방은 남 하는 대로 따라서만 하면 설마 쫓겨나기야 하랴 싶다. 더구나 이 자리는 조회하는 마당도 아니고 보니 반드시 위계(位階)를 차려서 서란 법도 없을 것이다. 그렇다고 용상에 뛰어올라서거나 해서는 아니 될 일이겠지마는. 참, 그런데 그 용상은 어떻게 하였는구? 집어치웠을까? 근정전이란 전각을 남겨두고 현판이 있으면야 치웠을 리도 없을 상 싶다 ……. 누가 하라는 걱정도 아니건마는 이런 생각을 하며 허둥허둥 육조 앞으로 나오자니 이게 웬일이냐! 좀처럼 뚫고 나설 수가 있어야지 박람회고 근정전이고 가보지!

사람의 떼, 사람의 물결, 사람의 박람회다. 얼굴의 박람회다. 옛날의 영웅이라는 나폴레옹이 모스코 원정에 승승장구하여 천군만마를 이끌고 위풍당당히 노서아의 고도(古都)를 들어갈 제, 수만의 군중은 만고영웅의 얼굴을 보려고 떠밀고 쫓기고 자빠지고 고꾸라지고 하는 가운데에 오직 한 사람, 나폴레옹의 얼굴은 거들떠보지도 않고 모여드는 군중의 얼굴만 바라보는 자가

있었다. 옆 사람이 이상히 생각하고 그 연유를 물으니 "영웅의 상판이란 한 판에 찍어낸 색떡 같고 다식 같은 것이니 그까짓 것은 보아 무엇 하느냐." 하고 대답하더라 한다. 그는 인류학자였던 것이다. 박람회 문전에 모인 수천, 수만의 얼굴이 제각기 타고난 이목구비는 똑같으면서 똑같은 얼굴이라곤 하나도 없으니 인류학자가 아닌 나도 이 사람 구경, 얼굴 구경만 하여도 박람회는 다 구경한 것 같다.

이 사람 틈으로 '우리의 제이세' 군이 장사진(長蛇陣)으로 줄달아오고, 전차는 사람을 비집고 헤어나느라고 허덕거린다. 다만 자동차는 자동차인 때문으로 넓고 좁은 이 길의 한복판을 질서정연하게 유유히 뒤를 이어 미끄러져 들어간다. '돈 일 원만 있으면 나도 택시를 잡아타고 어깨바람이 나서 들어가련마는……' 하며 이 현대식 돈키호테는 자기의 공상을 혼자 비웃으며 길 모퉁이의 담뱃가게를 기웃이 들여다보니 마침 시계가 눈에 띤다. 아홉시는 벌써 넘었다. 이로부터 신문사에 들어가서 휘장(徽章)을 얻어 달고 되짚어 들어가자면 다 — 틀렸다. 이렇게 되고 보니 틀린 것이 도리어 시원하다. 우리 집 가문에 있는지 없는지는 몰라도 때 아닌 근정전 출사란 분에 당치 않은 일이요, 이렁저렁 내 배 부르니 행여 떡고물이나 걸릴 세라고 발 바투 대어 설 묘리도 없는 일 같았다. 세상을 흰 눈자위로 치떠보고 '가로 왈' 자로 보자는 것은 결코 아니나, 세상이 떠들썩하면 금시로 종용한 데가 그리워지는 것이 내 성미다. 나는 당장에 발길을 돌려 인사동 도서관으로 향하였다.

우중충한 열람실 안에는 어린 학생 십수 명이 고요히 앉아 골몰히 책을 들여다보고 있다. 유리창 한 겹을 격하여 조선극장의 레뷰 걸들을 태울 자동차는 늘어 놓았고, 세상은 때를 만난 듯이 북적대건마는 여기만은 딴 세상 같다.

오 —, 귀엽고 미쁜 미래 조선의 주초여! 기둥이여! 당신의 책장 넘기는 고

즈녁한 휘파람! 그것은 그대의 미래를 무어라고 약속하는 위스퍼인고? 오 ―,
우리의 침착하고 귀여운 어린 동무여! (1929.9.17)

색지로 바른 문루(門樓)와 오리목(木)의 석난간(石欄干)

휘장 둘씩 찬 어깨바람에 팔자에 없는 호강을 해

같은 날 오후이다. 사에서 배지(휘장)를 얻어가지고 끈적끈적하게 그래도
또 나섰다. 어쨌든 전조선적으로 떠드는 일이요, 시골서는 이장(里長) 서방
님, 면장(面長) 나으리가 단체모집에 볼일도 못 보신다 하고, 추숫섬이나 하
여 놓은 것을 거덜을 내려고 열도국에 이름 좋은 기부를 하여가며 허희단심
올라오는 사람도 있는데, 일금 삼십 전을 공으로 얻고 그 좋은 박람회 구경을
한다는데 짓궂이 안 가볼 묘리도 없는 것이요, 노랑칠보(黃七寶) 바탕에 아로
새긴 오동잎에 조박(朝博)이라 쓴 배지를 양복저고리에 달고 나니 원체 못생
긴 위인이라 저절로 어깻바람도 난다. 그러나 휘장의 노랑 바탕은 협찬회(協
贊會) 사무원이 다는 것이요, 또 무슨 빛은 기부자(寄附者)의 특전이라 하니,
우선 기부자로 볼 리는 없겠지만 협찬회 사무원 노릇도 고마울 것은 없다. 하
는 수 없이 신문사 배지를 위에다 달고 오동잎 배지를 아래에 붙이고 보니 훈
장의 약장을 찬 듯이 한층 더 모양이 난다. 아무튼지 남의 눈에 유표히 띄는
것만은 좋은 일이다. 나도 현대에서 호흡을 하는 다음에야 그만한 허영심도
없대서야 될 말이냐? 연예관(演藝觀) 문 앞에 가니까 문지기가 길을 치우고 맞
아들이려 하는 것부터 휘장을 두 개씩이나 매달은 덕이 아니고 무엇이랴! 생
각할수록 아기자기하게 고마운 일이다. 잔소리 고만하고 문간서부터 구경을

해보자. 일금 사백만의 박람회를 단 너 푼도 안 들이고 공으로 구경하는 놈이 무슨 군소리를 감히 하랴마는 우선 눈에 띠는 것이 추악(醜惡)이다. 그 문루(門樓)는 박람회에 없지 못할 감초(甘草)인지는 모르겠지만 확실히 조선의 것, 조선사람의 솜씨는 아니다

조선의 건축이 사벽을 둘러싼 동십자각같이 원체 숨도 못 쉬게 된 것은 오늘에 비롯한 일이 아니지마는, 이왕이면 사백만 원이나 들였고 이름이 조선박람회라면야 좀 조선 맛을 낼 요량도 있어야 할 것이 아닌가. 동십자각을 싸서 가두고 개칠한 광화문을 봉쇄하면서 기껏 솜씨가 그뿐이라는 것은 자다가 생각을 하여 보아도 딱한 일이다. 여편네가 석판인쇄소에 가서 색지를 사다가 반짓고리를 바르듯이 처덕처덕 발라놓고 가라사대 조선식 건물, 조선 맛, 조선 솜씨라서야 조선인 된 놈의 낯짝도 낯짝이지! 사백만 원이 어느 구멍에서 나왔는가? 어차어피에 우리 주머니에서 나온 것이다. 남의 돈 맡아서 세간살이를 하여주거든 그 집 가풍에 따라서나 하여주어야 할 일이 아닌가. 돈은 돈대로 씌우고 주인의 체면은 똥진 막대기를 만들어주면야 잔소리 하는 사람이 심하다고는 못할 테지!

원체 박람회니 공진회니 하는 것은 모두 그 뻔세인지는 모르겠지만 조선 것을 하나씩이라도 없애는 회가 아닌가? 연전의 부업공진회(副業共進會) 때에는 '해태'를 집어치우고 광화문 앞 돌층계와 돌난간을 없애버리더니, 이번에는 최후의 경복궁 유물인 동십자각과 광화문을 싸버리고 집옥재(集玉齋)는 식도원 명월관의 주방이 되고 말았구나! 그는 하여간에 치워버린 돌난간은 어떤 쓰레기통에 쓸어 넣었길래 별안간 회장 앞에 돌난간을 만든다고 으레 돌조각을 얽어놓고 시멘트를 뒤발을 하여 놓았는지 이것도 알 수 없는 일의 하나이지만, 그거나마 개장하기 전부터 겉껍질이 벗겨져서 부스럼딱지가 떨어진 것 같고, 시골 아낙네의 분 바른 얼굴이 얼룩진 셈쯤 되었으니, 보기에

딱한 것은 그만두더라도 돌난간을 집어치울 때는 언제요, 오리목 난간, 시멘트 난간을 만들 제는 언제인고? 선하심 후하심이냐는 말이다. (1929.9.18)

역사(役事) 하다 말고 이사한 집 같다

면경 없는 체경도 처음 구경, 소득은 묵은 미전(美展) 본 것

박람회라야 종로 잡회상점이나 진고개의 오복점을 경회루 언저리로 모아 놓은 것에 불과한 것이지마는 게다가 역사터를 겹질러 놓았으니 마치 집을 중창하다가 말고 이삿짐을 끌어들인 것 같다. '박람회를 보고 보지 못한 기(記)'라 한 내 뜻은 또 따로 있거니와 참 정말 머릿속을 아무리 뒤져보아도 박람회라고는 구두 몇 켤레, 양복 몇 벌, 술 몇 병, 과자방아리들, 쌀 항아리들을 구경한 것밖에 없다. 그 외에는 무엇 보았던지? 어떤 방에던가 들어가보니까 면경 없는 일본 경대(鏡臺)가 눈에 띤다. 내 평생에 유리알 없는 경대라는 것은 구경해본 일이 없으니 이것도 박람회 덕에 보는 것이지마는 이 역시 이채라 할까. 어쨌든 나는 공짜니까 별로 군소리를 할 묘리도 없지마는 삼십 전씩 내고 쌀 항아리나 구두 켤레나 구경한대서야 너무 억울하다. 싸전에 가고 구둣가게에만 가보면 무료로 넉넉히 볼 것이다. 또 무엇을 보았나? 위생관에 들어가니까 이십 세 미만은 입장불허라는 쪽지를 붙여논 우중충한 방이 있다. 조금도 보탬 없는 정말로 '아리다도라크'의 광고 그대로이다. 나는 이 추악을 보고 그날 저녁밥을 못 먹었다.

협찬회의 부탁을 받은 일 없으니 박람회 광고를 할 필요도 없어 이만쯤만 소개를 하여 두겠다마는 나의 인상으로 해서는 좀 실례의 말씀이나 '박람회'

라고 할 것이 아니라 '미술전람회'라고 하는 것이 좋을 것 같다. 이것은 또 무슨 쑥스런 소리냐 하면 선전(鮮展)의 구 년 묵이 작품을 먼지를 털어 건 것은 어쨌든지 간에 동경에서 출품하였다는 화전 씨의 〈남풍〉과 전변 씨의 〈나부(裸婦)〉라는 나체 양화는 보고 볼수록에 좋고 이거야말로 돈이 있었으면 사고 싶을 만치 탐이 났다. 사실 박람회 덕에 얻은 것이라고는 이 훌륭한 작품을 본 것뿐이라 하여도 가할 만하다. 그러나 저러나 나의 가장 의문이요, 유감으로 생각하는 것은 이름이 '조선' 박람회라 하면서 조선사람의 손으로 된 것 — 조선사람의 창의(創意)로 된 것이 몇 가지나 되느냐는 것이다. 유리창 안에 진열해 놓은 광고인형의 저고리 소매만 보아도 그것이 조선부인의 솜씨인지 의심이 날 만하다. 이 박람회야말로 '조선을 잃은 조선'을 축소하고 함축하여 놓은 것이 아닌가? 그러나 이와 같은 정신적 문제뿐만 아니라 이것으로 받는 조선사람의 실제 이익이라는 것을 생각할 제, 나부터라도 애당초에 말이 아니 되니 입을 봉하고 마는 것이 옳은 줄은 알지마는, 그래도 잔소리가 아니 나올 수 없다.[74] 가령 여간직꾼(女看直軍)[75]만 하더라도 사백오십 명 중에 조선여자는 반수도 못 되는 이백십 명에 불과한 현상을 미루어 따져 올라간다면 이 사백만 원의 큰 놀이가 조선사람의 놀이라고는 도저히 못할 것이 아니냐? 그러므로 나는 박람회를 보았으나 보지 못하였다고 주장하는 바이지마는 조선의 그림자 없는 이 조선박람회를 못 보면 큰일 날 듯이 잔돈꾸러미를 긁어모아가지고 들끓어들 올라올 것을 생각하면 말릴 경우는 못 되는 일이요, 또 이것으로 서울의 상계가 혹은 일시 좋아질지도 모르지마는, 어쨌든 누구나 공연히 달떠서 '박람회, 박람회' 하고 쩔쩔거리지 말고 앞뒤 경우를 제각기 세 번 생각해야 할 일이다.

---

74 원문은 '잇다'이나 문맥상을 고려해 '없다'로 고쳤다.
75 간직꾼 : 곁에서 잘 간수하여 지키는 사람. 곽원석, 『염상섭 소설어사전』, 14쪽.

이것은 또 군소리지마는 박람회통에 시골 사는 일가나 친지가 찾아 올라 와서는 겨우 한 달 계량쯤 하여 놓은 쌀가마니를 드러뿌을 내게 되었다고 서 울 있는 친구가 도리어 시골로 도망을 가겠다 하고, 월급쟁이가 박람회 바람 에 월급봉투를 들고 들어가서 경회루 연못가에서 맥주병 개나 깨는 바람에 집안의 아낙네는 고기 한 매, 두부 한 채도 제때에 못 사고 하마구치식(濱口 式)[76] 대긴축주의(大緊縮主義)를 실행하게 되는 현상도 생각해 볼 일이지마는, 그보다도 딱한 것은 기미년 가을에 가가호호히 '주식회사 창립사무소'라는 간판이 붙듯이, 기사년 가을에는 어느 집 쳐놓고 여관간판이 아니 붙은 집이 없을 만치 되었으니, 기미, 기사……. '기' 자 단 연해는 무슨 액년인지 모르 나 이 여관간판도 오동잎이 지기 전에 비겨서 행풍할 운명을 가진 것이 얼마 나 되는지 간 곳마다 빚은 지고 여관에 손님은 안 들어 걱정이라는 한숨소리 듣기에 몸 괴롭다.

박람 보고 못 본 잔소리도 너무 들으면 독자 여러분이 머리가 새겠기로 우 선은 이만쯤 하고 끊어두자. (1929.9.19)

---

76 대공황기인 시기에 일본 수상을 역임한 하마구치 오사치(濱口 雄幸)의 긴축재정, 금본위제 등 경제정책을 일컫는 말. 그의 수상 재직 기간은 1929년 7월 2일~1931년 4월 14일.

작자의 말[77]

『광분狂奔』

　작자는 이제 인생의 큰 문제의 하나인 성욕문제를 중심으로 하여 인생의 한구절을 그려보려 합니다. 인생의 모든 일이 어느 것이나 깊이 캐어보면 먹는 문제와 성욕문제 아님이 없고, 또 소설은 인생의 형자를 그리는 것이므로 이 두 가지 범위에서 벗어나지 못하는 것이라 하여도 과언이 아니라 할 것입니다만은 이번에는 그중의 한 가지에 힘을 들여 써고자 하며, 그러는 가운데에도 이 시대상을 말하는 소위 모던걸이라는 현대적 여성의 생활에 많은 흥미를 가지고 쓰려합니다. 그들 현대적 여성이 어떠한 생활을 하는가? 어떠한 이데올로기를 가졌는가? 어떠한 생활열을 가졌는가? 또한 그들은 현재 어떠한 생활배경 속에서 어떠한 길을 밟고나가며 그들의 장래의 운명은 어떻게 되려는가?……이러한 모든 의문에 대하여 나의 본 대로 대답하려는 것이 이 소설의 목적입니다.

　그러나 독자는 여기에 홀리어서는 아니 됩니다. 내 글이 아름답고 사연이 반가워서 홀린다는 뜻이 아니라 작중 인물의 그 부도덕하고 불건전하고 불합리한 모양만이 여러분의 눈에 띠우며, 또 그 천열한 쾌감을 만족시킴에 그

77　염상섭, 「작자의 말―『광분 (狂奔)』 염상섭 (廉尙燮) 씨 작, 안석영 (安石影)씨 화(畵) 차호(次號) 연재소설」, 『조선일보』, 1929.9.17.『광분』은 『조선일보』에 1929년 10월 3일부터 1930년 8월 20일까지 연재됨.

치고 작자의 참목적 앞에 여러분의 눈과 감각이 무되다 할진대 작자는 실망치 않을 수 없다는 말입니다.

노서아의 톨스토이가 『부활』을 써서 그 수입으로 두호보르 교도[78]를 구제하려하였을 제 그 교도들의 하는 말이 톨스토이가 『부활』을 쓴 거룩한 목적은 모르는 바 아니로되 그 소설 가운데에 많은 부도덕한 사건이 묘사되어 있으니 일반 독자들은 톨스토이의 참목적을 생각하기 전에 오히려 그 부도덕한 점에 감화를 먼저 받았을 것이며 따라서 그 소설을 팔은 수입이 많으면 많을 수록에 그 소설이 세상에 끼친 해독은 더 많을지니 그러한 부정한 재물을 우리가 받을 수 없다 하여 톨스토이의 고마운 뜻에는 감사하면서 그 기부를 물리쳤다 합니다.

그러면 이제 나는 나의 허잘 것 없는 소설을 톨스토이의 부활과 견주려함이 아니요, 또 그들 두호보르 교도의 말은 너무 극단에 가는 말이라 하겠습니다만은 그러나 만일 독자 여러분이 나의 이 소설을 쓰는 참목적 앞에 눈을 가리우고 그 추잡한 죄악만이 흥미의 전체로 여러분의 머리에 인상되다면 나도 또한 세상의 꾸지람을 감당치 못할지니 내가 이 소설로 하여 죄(?)를 짓고 아니 짓는 것은 오로지 독자 여러분의 이 소설에 대한 태도와 이해 여하에 달리었다 할 것입니다.

나는 참된 예술에 있어서는 미(美)와 선(善) 합치함을 믿는 자입니다. '미'와 '선'이 합치되는 데에 비로소 진(眞)이 있기 때문입니다. (8월 21일)

---

78 원문에는 '쓰호불' 교도. 두호보르(Dukhobor) 파 : 러시아의 종교집단. 심령주의의 일파로, 세속적인 정부와 러시아 정교와 모든 교회의 의식(ritual)을 거부, 교회와 정부로부터 혹독한 탄압을 받고 강제이주를 당함. 톨스토이는 이들의 미국 이주를 위해 『부활』을 썼다고 이야기 됨.

소냐 예찬[79]

여자 천하가 된다면

나는 때때로 이러한 생각을 한다. 여성이 이 세계, 적어도 이 세기를 지배하면, 우선 이렇게 살기 어려운 시대에 생활난의 9푼(分) 9리(厘) 5모(毛)까지는 여자가 책임을 질 것이니, 이 고맙지 않은 명예, 남자라는 자랑에서 해방되어서 네 활개 벌리고 춤을 추거나, 집안에 들어 엎대어서 밥이나 해치우고, 대낮에 어린애들 끼고 자빠졌어도 남자의 입에도 하루 세 끼니가 제때에 □부(不) 없이 들어가려니! 자, 그렇게 되면 세상은 자미있을 것이다. 우선 미술전람회에 가면 남자의 나체화 앞에는 흑장(黑帳)을 드리울[80] 것이요, 조선은행 앞에는 마네킹 보이가 여자고객 앞에서 교태를 부리기에 진땀을 뺄 것이요, 유곽에서는 이취(泥醉)한 여객(女客)이 미남을 고르기에 붕어눈이 되어 돌아다닐 것이다. 이런 소리를 들으면 여성 제군은 "예끼, 못생긴! 남자답지도 않게 그따위 무기력한 소리를 그래도 글이라고 쓰느냐."라고 눈을 곤두세우시겠지마는, 나는 그 대신에 "예끼, 못생긴! 여자답지도 않게 생활문제, 경제

---

79 염상섭(廉想涉), 「소냐 예찬」(전5회), 『조선일보』, 1929.9.22~10.2.
80 원문은 '느라울'이나 문맥상 '드리울'로 수정했다.

문제라면 왜 천리만리 꽁무니를 빼십니까? 그래도 ……." 하고 대거리를 하고 싶다.

그러나 이렇게 입찬소리를 하다가 정말 그런 세대가 돌아와 보면 그때 가서는 또다시 물르자고 여자의 치마꼬리에 매달려서 애걸을 할지 모를 일이나, 그렇게 된다고 여자 역시 그리 좋을 것은 없는 것이, 우선 서장(西藏)의 '무리 족(族)'이라는 족속의 여성을 보면 알 일이다. 여기서는 남자는 상배(喪配)를 하면 재혼을 못 하고 로마(羅馬) 교문에 들어가서 종신수도(終身修道)를 하는 법이 우리나라의 청(靑)□의 수절(기실은 수절인지 혹은 수수절(守獸節)인지는 모르거니와) 이상으로 엄혹한 모양이나, 여자는 다부주의(多夫主義)한 여자가 십수 명 내지 이십수 명의 남자를 붙여서 데리고 귀여워한다고 한다. 그러나 그것도 자유로거나 호강으로 남첩(男妾)을 이십 명씩 둔다면 상팔자(上八字) 호팔자(好八字)라고 하겠으나, 관습 혹은 제도로 하는 수 없이 복징을 안기는 것이라면 공경(恭敬)이 체증(滯症)이라고 몸이 괴로워 못살 일일 것이다. 그래서 '무리 족' 여자들은 딸자식을 낳으면 팔자가 사납다고 죽이기도 하고, 더욱이 미녀는 얼굴에 칠을 하거나 상처를 만들어서 남자를 떼어버리려고 애를 쓴다 한다.

이러한 것은 단순히 성(性)의 문제라고 하겠으나 어쨌든 여자의 천하가 되어서 미(美)와 황금과 권세를 그 백어(白魚) 같은 열 손가락에 다이아반지같이 끼고 있게 된다 하면, 약한 마음에 주체를 못하고 성이 가서서 파수(破壽)가 될 것은 분명한 노릇이다. 그러나 돌려 생각하면 남존여비(?)의 이 시대에 있어서, 즉 다시 말하면 남자가 경제력을 가졌기 때문에 세력을 가지고, 또 따라서 남존(男尊)이요, 여자는 남자의 것을 먹는 탓으로 여비(女婢)에 자감(自甘)치 않을 수 없는 이 시대에 있어서도 여자의 생활은 결코 안고(安固)한 것은 아니다. 이 이유를 설명하자면 지난한 이론을 요하겠지마는, 나는 가장 불행하고 가장 추악하나 또한 가장 존경하고 가장 동정할 여자 한 분을 여기에 대표적으로 여러분 앞에 소개코자 하노니, 그의 이름은 '소냐'다. (1929.9.22)

그는 오후 6시에 나가서 9시에 돌아오는 여자다

소냐는 하허인(何許人)인고? 실재의 인물일 수도 있고, 실재의 인물이 아닐 수도 있는 이팔의 가인(佳人)이다. 그의 부친은 전의가주주의(典衣賈酒主義)[81]를 관리제복에까지 실행하는 실의(失意)의 주광(酒狂)이었다. 그의 모친은 각혈과 히스테리에 시달리는 낙백(落魄)의 귀부인이었다.

궐녀(모친)의 유일한 자랑은 수학원(귀족학교) 여자부의 졸업장이었다. 그는 과거의 추억과 자랑으로 현재의 비탄을 위안하고 눈물을 말리려 하던 여성이었다. 소냐의 어린 동생들은 빈민굴 셋방 구석에서 주린 장자(腸子)를 만누이에게 호소하였다.

소냐는 오후 6시에 나가서 9시에 돌아오는 여자였다. 드디어 일가의 가계를 짊어지고 구하여 얻은 직업을 위하여서였다. 그러나 비가 오는 날이면 나가지 못하여 그는 야시(夜市)를 못 보는 것이었다. 그러나 그가 보는 야시의 노점은 그의 얼굴에 벌이는 것이었다.[82] 그의 점대(店臺)에 진열한 이목구비는 시내로 팔리기는 하나, 그렇다고 밑천이 거덜 날 리는 없는 것이었다. 그러나 그는 비오는 날이면 굶어야 하였다. 소냐가 병들어 눕는 날이면 전가족의 입에는 거미줄을 쳐야 할 일이었다.

가련한 우리 소냐는 추악한 매춘부이다. 오! 그러면서도 '소냐 예찬'이라

81　옷을 맡기고 받은 돈으로 술을 마신다는 뜻이다.
82　원문은 '벌이는이엇다'이나 문맥을 고려해 '벌이는 것이었다'로 옮겼다.

하니, 이 얼마나 대담한 말이냐! 이 얼마나 놀라울만한 방언(放言)이냐! 도덕은 모래탑같이 폭삭[83] 무너졌는가? 윤리에는 지진이 왔는가? 인도(人道)에는 균열이 생겼는가? 매소부(賣笑婦)를 예찬하는 자는 자생민(自生民) 이래로 미지유야(未之有也)이라. 그러면 호색(好色)을 하여서인가? 즐겨 패러독스를 세우자는 것인가? 그렇지 않으면 비비꼰 희담(戲談)인가? 아니다. 그 어느 것도 아니다.

소냐는 노서아 여자다. 그러나 세계의 가는 곳곳이 협사(狹斜)의 항(巷)은 물론이요, 백주대로에서도 발견할 수 있는 도회의 □종(腫)이다. 현대문명의 맹장염 같은 것인지도 모른다. 우리는 종로네거리에서도 소냐를 발견할 수 있고, 우리의 인가(隣家)에도 소냐가 살지도 모른다. 우리는 우리의 자매 가운데에 몇 천, 몇 만의 소냐를 가졌는가!

그러나 내가 여기에 예찬하는 소냐는 도스토옙스키의 상상의 세계에서 사는 소냐다. 도스토옙스키[84] 문예의 상상의 세계에 사는 고로 실재의 인물은 아니라고 함이다. 그러나 상상의 세계는 실재의 세계를 근저로 한 반영이기 때문에 또한 실재의 인물이라 할 수도 있다.

나는 소냐와 같이 운다. 가을밤 궂은비와도 같이 운다. 인류의 불행을 탄식하는 마음으로 운다. 나는 소냐를 공상의 세계에서 포용한 아리따운 연인으로서 위로하려 함이다. 나는 소냐의 영혼을 바라보고 감격에 떤다. 그의 썩은 육체 안에 숨은 정의의 맘을 보았기 때문이다.

그리하여 도스토옙스키의 걸작 『죄와 벌』에 나오는 일 소녀는 드디어 나로 하여금 예찬의 사(辭)를 받들게 한 것이다. 그러나 소냐와 함께 울고, 소냐

---

83 원문에는 ‘옷삭’으로 되어 있다.
84 이하의 원문에서 ‘도스토옙스키’를 ‘또’로 약칭하고 있으나, 본문에서는 도스토옙스키로 옮겼다.

의 영혼에 감격한 자는 어찌 나뿐이랴!

'건전한 정신은 건전한 육체에 있다'라고 함은 어리석은 말이다. 왜? 건전한 육체는 건전한 정신의 소산이기 때문이다. 이것은 내 말이 아니라 나보다 먼저 쇼[85]가 제언하였기 때문에. 그러나 저러나 가련한 우리 소녀의 정신이 건전한 이상에는 소녀의 육체가 썩고 더럽다고 할 수 있을까?! (1929.9.24)

돌을 던질 자 그 누구냐

우리 불쌍한 소녀를 위하여 피를 끓여 외치려는 한 마디는 "감히 소녀에게 돌을 던질 자가 그 누구냐?"는 말이다.

찰스턴을 춤추는 모던 걸, 재즈에 광취(狂醉)하는 모던 보이여! '엄숙'이란 말을 아는가? 이 말처럼 그대들의 신경을 각죽거리고 비위를 뒤집어놓는 말이 없을 것이다. 또 만일 하등의 감응이 없다 할 지경이면 이 말처럼 그대들에게는 식은 커피차만도 못한 것은 없을 것이다. 아니다. 하필 모던 보이니 모던 걸이니 하여 지목할 일이 아니라 현대인이 '엄숙'을 잃어버린 것은 이미 오랜 일이다. 인생을, 생활을 엄숙히 보고 엄숙히 생각하는 정열이 식어버린 것이다. 도덕적으로 거세된 것이 현대인이다. 기강이 해이한 것이 현대의 특장(特長) 아닌 특장이다. 우리는 도덕 앞에 탈모(脫帽)하고 경건한 예배를 드릴 근엄과 정성을 가졌는가? 그러면서도 모든 부도덕 밑에서 학대받고 신음하는 가련한 생령(生靈) 앞에서 도리어 부도덕하고, 도리어 추악하다고 뻔뻔스러이 큰소리칠 만치 현대인은 타락하였다.

---

85 조지 버나드 쇼(George Bernard Shaw, 1856~1950)를 가리킨다.

소냐는 불행한 가족의 입을 치(食)기 위하여 희생된 여성이다. 비참한 운명에 해는 없이 윤락한 여성이다. 그러면서도 그의 영혼은 하느님[86]을 우러러볼 만치 빛나고 맑았던 것이다. "하느님은 무슨 일이든지 나를 위하여 도와주십니다."라고 매소부 소냐는 확신을 가지고 무신앙한 살인자 라스콜리니코프에게 대답하였던 것이다. 살인자 라스콜리니코프에게 『나자로의 부활』을 읽어 들려준 것도 매춘부 소냐였다. 그리고 소냐는 이 두려운 살인자에게 대하여, "꼭 이 유태인도, 낙뢰(落雷)에 부딪친 것처럼 땅에 엎드려 울면서 하느님을 믿게 될 것이다 ……. 그리고 이 양반도 그 유태인처럼 눈이 어두워서 하느님을 믿지 않지만, 이것을 (『나자르의 부활』) 들으면 꼭 믿어주실 것이다. 당장에라도, 당장에라도, 지금 당장에라도 ……." 하는 심축(心祝)을 하면서 무슨 기쁜 일이 앞에 닥쳐올 것을 기다리듯이 몸을 떨었던 것이다.

여기에서 나는 잠깐 라스콜리니코프에 대하여 한 마디 아니할 수 없다. 우선 라스콜리니코프는 어찌하여 살인범을 감행하였나? (이것은 여기에 소개키 어려운 사정이 있으므로 다만 애독자에게는 삼성사(三星社) 판(版) 일역(日譯) 72쪽(頁)의 대학생과 사관의 대화를 참조하여 달라고만 하거니와, 그 대학생 이반, 즉 라스콜리니코프다.) "무수한 가족을 기아와 영락(零落)과 파멸과 □□과 화(花)□□에서 구원할 수 있는 것은 모두 돈이다! (……) 한낱 조그만 죄가 수천의 선행으로 대속된다."라는 몰이성(沒理性)의 □우(愚)한 생각은 드디어 □씨(氏) 속에서 굶주리고 드러엎대었던 대학생 라스콜리니코프로 하여금 도끼를 들고 단골로 다니던 전당포의 노주(老主) □를 살해한 것이었다.

이 범행에 대하여 지금 나는 시비를 가리려는 것이 목적이 아니다. 나의 말하고자 하는 요점은 소냐의 가정적 비극과 소냐 자신의 참담한 생활이 라

---

86 원문에는 '한우님'이라고 되어 있다. 이하에서도 마찬가지다.

스콜리니코프의 범행에 대하여 부지불식간에 근인(近因)의 한 가지가 되었다는 것과, 또한 라스콜리니코프가 자기의 범죄를 누구에게보다도 먼저 소녀에게 자백하였고, 또 그리고 소녀의 정의감은 라스콜리니코프로 하여금 마침내 경관에게 자수케 하였다는 사실을 우리가 어떻게 보아야 하겠느냐는 것이다. (1929.9.28)

두 남녀는 이상히도 같은 운명에 시달리는 사람들이었다. 마치 전중이가 한 쇠사슬을 두 끝에 매달리듯이 이 세계의 고뇌, 세기말적 환흉, 전 인류의 불행, 그리고 생활고의 독배를 대표적으로 짊어지고 맛보고 하는 사람이었다. 그리고 두 남녀는 서로를 동정하고 서로를 믿었다.

"소녀에게는 세 가지 길이 있다. 운하에 빠져버리거나 전광원(癲狂院)에 들어가거나 그렇지 않으면 이성을 귀머거리로 만들고 마음을 돌멩이로 만들 만한 죄악에 몸을 아주 내던져버리거나 ……."

라스콜리니코프의 정의감은 소녀의 현재의 경우에 대하여 이렇게 비판은 하면서도 아직 진정한 매춘은 한 방울도 계집아이의 가슴속에 스며들어가지 않았다고 생각하였다. 그의 앞에 선 소녀는 온전히 순결한 몸을 가진 것같이 믿어지는 것이었다.

그러므로 라스콜리니코프는 범행 후에 같은 날 소녀의 발밑에 엎드러서 세상이 더럽다는 이 매춘부의 발에다가 키스를 하였던 것이다. 그러고서 라스콜리니코프 청년[87]은 놀라는 소녀에게 "당신 앞에 엎드린 것이 아니라 전 인류의 고통 앞에 엎드린 것이라"고 부르짖었다. 그러나 그가 소녀의 일면의 순결을 믿으면 믿을수록 일면의 추악을 미워하는 마음은 뼈를 에어내는 것 같았다. "이처럼 한 추악과 치욕을 어떻게 당신의 다른 일면의 아름답고 청

---

87 원문에는 '라 청년'이라고 되어 있으나 '라스콜리니코프 청년'이라 옮겼다.

고(淸高)한 감정과 함께 심중(心中)에서 조화를 시켜가십니까. 이왕이면 물속에 거꾸로 박혀 모든 것의 결말을 지어버리는 것이 훨씬 올곧고도 영리한 방책이 아니겠습니까."라고 청년은 소냐에게 차라리 사(死)를 택하라고 권하였다. 이 말에 대하여 소냐는 조금도 놀라지는 않았다. 당연한 말이요, 당연히 그렇게 하여야 할 것이라고 생각하였던 것이다. 그러나 "그렇게 하면 집안사람은 어떻게 되겠습니까?"라고 이 가련한 소녀가 괴로운 낯빛으로 속삭일 제 청년은 대답이 막혔다.

라스콜리니코프는 강도살인자이다. 그러나 이만한 정의감과 이상을 가진 자였다. 다만 그에게는 이 윤락의 소녀를 구원할 수단이 없었던 것이다. 남을 구원하기는 고사하고 그는 자기의 말마따나 그의 몸이 무슨 폭발탄같이 저돌적으로 날아가서 악몽에 취한 자와 같이 살인을 하는 동시에 자기의 몸까지 파괴한 것이었다. 그는 소냐를 구원하려, 다시 말하면 인류를 그 고통에서 구원하는 직접이요, 초보(初步)인 일 수단으로 강도살인을 하였다. 그러나 지금 와서는 양심의 가책과 자기파멸의 결과에 직면하여 또 새로운 고민에 허덕이는 것이었다. 그러나 매춘부 소냐는 라스콜리니코프가 소냐 앞에서 자기의 범죄를 고백할 제, 절망과 비탄과 동정 속에서 울면서도 오히려 확신을 가지고 이렇게 말하였다.

"지금 당장 길거리로 밖에 나가셔서 네거리에 엎대어 땅에 키스를 하십시오. 당신을 욕보인 이 땅을. 그리고 사방에 향하여 절을 하시면서 '나는 살인자올시다'고 소리를 높여 외치십시오. 그렇게 하시면 하느님은 분명히 당신의 목숨을 구해드릴 것입니다. 자, 가시겠습니까. 가시겠습니까?" 하며 재촉을 하였다. 욕보인 이 대지에 입을 맞추는 것은 원적(怨敵)을 용서하는 것이니 이것은 신동(神童)에 가납(嘉納)되는 행위요, 따라서 신조(神助)가 있을 것이며, 사방에 배례(拜禮)하고 살인자임을 고백함은 피해자와 및 인간사회에 대하여 속죄를 간구(懇求)하는 의미일 것이다. 여기에 이르러서 소녀의 신앙과 정의감은 그 극점에 달한 것을 알 수 있다. (1929.10.1)

예찬만 하고 말 일인가?

세상의 소위 종교가는 저녁 6시에 나가서 9시에 들어오는 소녀가 신앙에 독실하고 정의감에 치열하다는 나의 말에 분개할지 모른다. 왜? 그들같이 하느님의 뜻에 복종하는 자가 없고, 그들같이 신앙이 두터운 자가 없고, 그들같이 신의 총애를 받는 자가 없고, 그들같이 정의를 굳게 지키는 자가 없다고 과대(誇大)하고 자시(自恃)하기 때문이다. 소녀와 같은 웃음을 파는 자, 소녀와 같은 정조로써 밥솥에 불 때는 자 ……. 이러한 여자가 하느님의 구원을 받는다는 것은 신을 모독함이라고 그들은 교단 위에 높이 서서 질타할 것이다.

그러나 차문(借問)하노니 그대들의 교단 아래 앉아 있는 아리땁고 청고(清高)하고 □□한 여성들 중에 감히 소녀에게 돌을 던질 자가 있는가, 없는가. 나는 남의 적악(摘惡)을 즐기는 자가 아니다. 나는 남의 적악(摘惡)이 개선(改善)에 인도(引導)치 못하고 그 반대의 결과를 낳아서 그 사람의 반항 및 그 주위나 혹은 전 사회에 좋지 못한 자극을 □□하는 경우가 파다함을 잘 안다. 그러므로 성적(性的) 문제에 있어서는 많이 말하기를 꺼려하고 싫어하는 바이지마는 만일 현대의 남녀로서, 조선의 남녀로서 그가 정도(正道)를 밟고, 아니 밟는 것은 고사하고 우리의 가긍(可矜)한 소녀에게 대하여 손가락 하나라도 댄다면 나는 한 맥박을 천(千)으로 뛰게 하며 변호에 힘쓸 것이다. 만일 신이 실재하였다면 소녀에게 돌을 던지는 그에게부터 심판을 내릴 것이다.

나는 소녀를 생각할 제, 인류의 고민의 대표자 라스콜리니코프의 행복을 소망한다. 왜? 그는 한 여성의 육체는 잃었을망정 그 기품, 그 심령의 고아순정(高雅純淨)함을 믿을 수가 있기 때문이다. 이렇게 말하면 소녀 자신부터가 정신적으로는 누구보다도 행복하다고 할 것이다. 그 여자의 신앙이 거룩하다 하여 행복자(幸福者)라 함이 아니라 그렇듯 한 불우(不遇)에 빠져서도 오히려 그렇듯 한 지조를 가지고 인생을 엄숙히 보는 점에 있어서 그러하다는 말이다. 그러나 또 한편으로 이 여자와 라스콜리니코프 청년을 생각할 제, '인생이란 이렇게도 비참한가' 하며 몸서리가 쳐진다. '세상이란 이렇게도 괴로울 수야 있는가' 하며 혼자 운다. 나는 소냐와 라스콜리니코프를 좌우에 끼고 운다. 소냐를 위하여 라스콜리니코프와 함께 소리 없이 운다. 그리고 만일 나의 흔적 없는 눈물이 영원히 그칠 날이 없다면, 소냐와 라스콜리니코프가 영원한 실재적 인물로 남아 있다면, 또다시 인간이 언제까지나 이처럼도 비참하다면 차라리 나에게 한 사람 소냐가 옆에 있어주기를 바란다. 입에 '정의' 2자(字)를 담고 입에 '아멘'을 쳐들고, 그리고서 그 자리에 돌아서서 쾌락을 위하여 야수와 같은 관능의 승화(昇華)를 위하여 지분(脂粉)의 허영을 위하여 제 인격, 제 성령을 지축에까지 파묻어버리는 이 세기의 사람을 이에서 신물이 나도록 보았기 때문이다. 이처럼도 인생을 유희하고 '엄숙'이 꼬리를 감추고 '추태'가 횡행하는 세대에서 사는 것이 불명예하기 때문이다. 코를 막자니 호흡이 괴롭기 때문이다.

　그러나, 그러나 다만 소냐를 예찬하고만 말 것인가? 다만 소냐와 울고만 말 것인가? 다만 라스콜리니코프와 함께 탄식하고만 말 것인가? 아니다! 도저히 아니다! 그렇지 않음이 진리어던!

10월 1일 전람회 개회식 날 이른 아침에

(1929.10.2)

'학생문단'의 본의(本意)[88]

투고 제군에게 촉망하는 바

조선은 너무나 많이들 제군에게 요구한다. 그러나 그 가운데에도 가장 인격적 토대로서 건전과 성실과 솔직과 진순(眞純)과 협조를 요구한다. 건전, 성실, 솔직, 진순, 협조. 이러한 미덕을 구비(具備)히 가진 자에게라야 무슨 일이든지 한 모퉁이를 믿음성스럽게 맡길 수가 있기 때문이다. 그러면 이 네다섯 가지 미덕은 어대서 무엇으로 양성되는가? 제군은 학교에서 수신을 배우리라. 물론 좋은 일이다. 오인(吾人)은 그 배우는 수신이 다만 학과에 그치지 않고 실천의 뿌리가 되기를 절망(切望)한다. 그러나 보편적·사회적, 그리고 무엇보다도 자발적·자율적으로 그 덕성을 함양할 기회가 있다면 교과의 수신과 아울러 완미완성(完美完誠)을 가기(可期)할 바이다.

예술은 사람으로 하여금 비굴케 하고 나약케 함이 아니다. 만일 그러하면 그것은 어떠한 예술이 특히 불건전한 것이었거나, 그 대자(對者)의 심성이 불건전하였던 것일 것이다. 예술의 본래의 사명은 사람을 건전, 성실, 솔직, 진순, 협조에 끄는 것이다. 또 그리 함으로 제군이 면학의 여가를 할(割)하여 예술경(藝術境)에 소요하기를 바라고 아울러 그 기회를 성의를 갖추어 제공하

---

88 횡보(橫步), 「'학생문단의 본의(本意)―투고 제군에게 촉망하는 바」, 『조선일보』, 1929. 10. 10. 이 글은 『조선일보』 학예란에 1929년 10월 개설된 '학생문단' 란의 취지에 대한 당시 조선일보사 학예부장으로서의 언급이다. '학생문단' 란은 1929년 12월까지 유지되었다.

는 바이다.

그러나 오인은 결코 제군이 반드시 예술가 되기를 바라지는 않는다. 조선이 제군에게 '많이' 기대하되 다만 한 가지 예술만을 기대치 않기 때문이다. 차라리 예술보다는 과학을 역권(力勸)하고 싶다. 현하의 조선은 좋은 시보다 좋은 기계를 요구하기 때문이다. 지금 조선은 '자기를 낙원에 태워다줄 기관차가 언제나 나오나?' 하고 턱을 고이고 애처로이 고대하고 있다. 그러나 이 기관차의 공작부(工作夫)가 될 제군의 의기와 활력과 성근(誠勤)을 돕는 것은 예술에 있다고 믿는 바이다. 거듭 말하거니와 『조선일보』의 '학생문단'은 제군에게 문학자 되기를 그다지 원치 않는다. 장래 문학자 될 십분의 천분을 가진 분은 되지 말라고 하지 않는 동시에, 그렇지 못한 분에게까지 반드시 되어 달라고 쫓아가며 부탁도 하지 않는다. 조선은 제군에게 여러 가지를 촉망하기 때문이다.

또한 제군은 조선어로 쓸 줄을 모른다. 제군이 장래에 공업가가 되든, 농업가가 되든, 실업가가 되든 그 온축(蘊蓄)한 지식을 동족을 위하여 기록코자 할 제, 먼저 어떤 말, 어떤 글을 택하려는가? 또 택하여야 할까? 오늘날 무슨 학사, 무슨 박사라고 행세하는 사람이 조고만 소감 몇 행을 적어도 정확한 조선문을 기록치 못하고 사신(私信) 1장이라도 자기의 유학한 나라의 말을 빌지 않으면 소회를 펴지 못하는 사실을 볼 제, 오인(吾人)은 장래 제군까지 그렇게 될까 보아 두려워한다. 오인의 이러한 노파심을 제군이 도리어 괴롭다 하는가? 괴롭다 할진대 후일에 오인을 원망치 말라. 하여간 이러한 노파심으로 '학생문단'은 생긴 것이다.

선자(選者)는 근일 이 '학생문단'을 위하여 큰 고역을 한다. 거벽(巨擘)의 □문(文)이라도 남의 글을 잘 읽지 않는 나로서 촌가(寸暇)를 비집어 제군의 시문을 매일 수백 편씩 내 눈을 거쳐나가야 겨우 1, 2편이 지면에 나타나는 실제 사실을 제군이 안다면 고역이라는 말이 공치사가 아님을 알리라. 그러나 선자는 결코 이 노력을 헛되다 하지 않는다. 반드시 여러분의 위에 씨가 맺을 줄을 믿기 때문이다. 또 조선일보사로서 귀중한 지면을 제군에게 공개한 본의가 여기에 있음은 노노(呶呶)할 바 아니다. 오직 간망(懇望)하노니 제군의 청신하고 웅건한 필봉(筆鋒)이 떨칠지어다. 그러나 한 가지 부탁은 십분 자신 있는 시문을 기송(寄送)하라 함이다.

아내! 애인!⁸⁹

내 애인 공개 모募

아내는 결혼자니라. 애인은 성 본능의 충족을 위한 향락의 상대자니라. 어쩐지 육법전서 조문 같고 대수(代數)의 방정식 같아 쑥스럽다. 대체 아내와 애인을 구별할 것인가? 아니다. 아내와 애인은 유일인(唯一人)이어야 할 것이다. 감정의 분열, 생활의 번루(煩累), 가정의 불화, 자손의 불행 ……. 이러한 것들을 위하여 절대적으로 성적 생활의 간결(簡潔)과 순일(純一)이 필요하다. 즉, 일부일부주의(一夫一婦主義)를 엄수하는 사회가 되어야 할 것이다. 아내가 곧 애인이어야 할 것이다. 성적 생활은 결혼은 법률상이나 예의상 문제가 아니라 심리상·감정상 아름답고 깨끗하고 유쾌한 일 제도여야 할 것이다.

그러나 이것은 원리원칙을 말함이요, 이상을 말함이다. 지금 사회에 있어서 가능한 일일까? 나는 모른다. 나는 일생 결혼을 해보지 않으려다가 안 하면 일생 큰 경험을 못해보고 마는 것이 섭섭하기에 해보았다. 그 결과는 아직 말하기 어려우나 세상에 아내가 곧 애인이라 할 사람이 몇이나 될는지 의문이다. 그러나 아무쪼록 원리원칙이나 이상에 가깝도록 노력하여야 할 것이다. 그리고 사랑은 노력하기에 달렸다. 그것은 용모미(容貌美)에서보다 인격

---

89 염상섭(廉想涉), 「아내! 애인! ─내 애인 공개 모(募)」, 『삼천리』, 1929.11. 이 글은 '애인과 아내'라는 표제 하에 실린 글 중 하나임.

적 수양과 양보적 노력에서 나오는 것이라고 나는 믿기 때문이다.

나는 애인을 가지고 있다. 내가 좀 더 열렬하였다면 이태리 건국자 카보우르처럼 '조선은 나의 아내다'라고 하든지, 미켈란젤로 모양으로 예술을 애인으로 하여 일생독신주의를 관철하였을지 모르나, 그처럼 유난스럽게 제 민족과 제 예술을 사랑할 열(熱)이 부족하고 또 성생활을 무시하는 것이 결코 좋은 일이 아닐 뿐 아니라, 인간의 애인을 가진다고 민족과 예술을 사랑할 수 없는 것이 아니니 얼마든지 애인을 가져도 좋을 일이다. 그래서 나의 뭇둥으로 애인을 가졌다. 그러나 나의 애인은 길거리에서 눈으로 잠깐 보기만 하는 애인이다. 마음의 애인이다. 귀엽다! 예쁘다! 순결하다! 프레시하다! 탄력이 있어 보인다! 참하다! 활발하다! 지각(知覺)이 들어 보인다! …… 이렇게 미점(美点) 있는 여성을 길거리에서나 잠깐잠깐 보고는 마음으로 혼자 사랑하는 것이 나의 애인이다.

이만하면 원칙과 나의 실제를 아울러 대강 이야기하였으니 문채청장(文債淸帳).

해몽하여 주시오[90]

　『별건곤』이니 그렇기도 하겠지만 나중에는 별의별 주문이 나온다. 남은 꿈을 꾸려고 애를 써도 꾸어지지 않는 꿈 이야기를 하라고 근 10일 전부터 부탁이나, 생전 꾸어져야 이야기가 나오지. 어떤 날은 '오늘이야말로 꿈이 꾸어졌으면!' 하는 심축(心祝)을 하면서 자도 꿈은 아니 꾸어진다. 그것은 피곤하거나 술에 취한 탓도 있겠지만 혹시는 꿈을 꾸어도 이튿날 아침만 되면 까먹기 때문이다. 하더니 어젯밤에는 신기하게도 여러 가지 꿈을 꾸었다. 고대로 한 가지만 그려보자. 그러나 너무 이실직고를 하였다가 의학자나 정신분석학 같은 견지로 나의 심리나 또는 나의 정신 상태를 함부로 추단(推斷)한다면 그것도 성이 가신 일이다.

　저녁이다. 흐릿한 촛불을 켜놓았다. 주관자(主管者) K가 눈짓으로 지휘를 하니까 제원(諸員)은 소정(所定)한 장소에 착석하였다. 그중에서 지금 분명히 생각나는 것은 아까 낮에 만난 P군이 정(鉦)을 치는 것이다. 물론 오케스트라가 어두침침한 촛불 밑에서 열린 것이다. 그런데 한 가지 이상한 것은 바로 P군이 앉아 있는 앞에 화툿장을 선형(扇形)으로 동그랗게 펴서 세워놓은 것이다. 그리고 K군은 그 뒤에 P군과 마주섰다. 그러나 여러 악사가 열좌(列座)하

90　염상섭(廉想涉), 「해몽하여 주시오」, 『별건곤』, 1929.12.

여 유량(嚠喨)한 음악이 연주되건만 내 귀에는 '아-, 뻬-, 체-, 떼-'의 한 소리도 들리지는 않았다.

나는 그 옆에 언제까지 섰었다. 그러나 꿈에는 이 모든 광경이 무슨 주문을 외우는 미신적 기도 같다고 생각하였다. 그러나 무슨 때문인지는 알 수 없었다. 그리고 또 생각나는 것은 모든 사람은 양복을 입었으나 나는 흰 두루마기를 입고 뒷짐을 지고 서서 구경을 하던 것이다. 그러자 저 뒤에서 (그것은 무대와 관람석을 바꿔 꾸며놓은 것 같은 구조다. 그러므로 '뒤'라는 것은 악사의 정면, 즉 무대 위와 같은 곳이다.) 한 다리를 지치발지치발 저는 사람이 하나 앞으로 나와서 중앙에서 정을 치고 앉아 있는 P군과 선형(扇形)으로 만들어놓은 화투 사이에 뎅그렁 드러누웠다. 그 남자는 사십 가량 되고 윗수염을 까맣게 기른 사람인데 나와 같이 흰 두루마기를 입었다.

나는 그 사람이 무슨 병을 고치려고 이 사람들에게 주문이나 기도를 받으러 나온 사람이라는 것을 직각(直覺)하면서 앉아 구경하리라는 생각으로 그 남자가 나오던 저 뒤로 돌아갔다. 거기는 턱 걸터앉게 된 마루였다. 그리고 다만 한 여자, 언젠가 본 일이 있는 듯한 기생이 혼자 앉아 있다가 반가이 가까이 닦아 앉으며

"참, 죽겠어요. 저기 간 사람 보셨지요?" 하며 서러운 사정을 하듯이 앞을 가리킨다. 거기에는 절뚝발이 남자가 가로 누운 것이 보인다.

"똑 죽겠어요. 병신 한 군데 고운 데 없다고 ……." 하며 그 여자는 눈살을 찌푸려보였다. 그것은 마치 돈 많은 남자라고 해서 몸을 팔러 갔더니 이제는 정이 떨어진데다가 남자의 질투 때문에 살이 나릴 지경이나, 그렇다고 남자가 무슨 짓을 할지 무서워서 헤어져오지도 못한다는 하소연을 하는 말눈치였다.

그러나 내가 무어라고 대답을 하려니까 그 절뚝발이는 나는 듯이 이편으

로 날아와서 유부녀 유인이나 하는 것을 발각한 듯이 시비를 걸고 곧 싸우려 덤볐다. 나는 하도 놀랍고 어이가 없어서 벌떡 일어나서 껄껄 웃어버렸다. 그러니까 그 남자는 불시에 제 입으로 담배를 붙여서 내게 권하였다. 나는 그 담배에 침이 묻었으려니 하는 생각으로 그대로 홱 돌쳐서 나와버렸다.

　종작없는 꿈이다. 그러나 종작없는 데에 혹은 묘미가 있다고 할지? 하여간 개벽사 제위(諸位)나 독자 첨위(僉位)에 해몽을 긴탁(緊托).

10월 27일 야(夜)

염상섭 문장 전집

1930

문단 10년[91]

　생명은 흐르는 물입니다. 물이 흐르다가 조고만 돌멩이에만이라도 부닥뜨리면 잔잔하던 물결도 크고 작은 파도가 일어납니다. 그러나 그 바위나 돌멩이의 밑을 보면 언제든지 깊숙이 패어있습니다. 즉, 물은 한번 푹 파고들어갔다가 다시 용솟음을 치는 것입니다. 그와 같이 우리의 생명도 생활상 어떠한 변동이나 타격을 받을 때 생명은 한 길, 두 길 깊이 파들어갑니다. 그러나 또한 한 길, 두 길 용솟음쳐 올라오는 것입니다. 우리의 과거는 지금 말할 여가가 없거니와 우리의 최근사(最近史)로 보아서 전 민족생활상 대변동으로 말하면 경술합병(庚戌合倂)과 기미운동(己未運動)이라 하겠습니다. 경술년 변동에 대하여는 또한 말할 필요가 없습니다마는 기미년 동요로 말하면 세계의 기운이라든지 민족적 자각이라든지 신지식의 계몽과 보급이 전자(前者)의 비(比)가 아니니만치 그 동요와 민중의 심상에 비친 농도와 심경에 부딪힌 강도가 자못 큰 바 있었습니다. 다시 말하면 우리 생명에 대하여 깊게 파들어가는 반면에 또 그만큼 용약(湧躍)하는 현상을 볼 수가 있었습니다.

　그런데 깊이 파들어간다는 것은 자기생활에 대하여 가만히 반성하고 관조

91　염상섭(廉尙燮), 「문단 10년」, 『별건곤』, 1930.1. 이 글은 '10년간 조선의 변천'이라는 표제 하에 실린 글 중 하나이다. 이 글은 홍병철이 편(編)한 『학해』(학해사, 1937.12)에도 거의 그대로 재수록되므로 『학해』에 실린 동일 글은 수록하지 않았다.

하는 태도요, 그것이 다시 반발하여 높이 용솟음치는 것은 외면적 표현의 형식을 취함이외다.

이와 같은 사상(事相)은 사회의 모든 방면 모든 현상에도 다 같은 것이지만 특히 문학상에서 보면 현저한 바가 있습니다. 원래 문학이라는 것은 생명 및 생활의 영상이요, 그 솔직간명한 표현이라 하겠습니다마는 문학이 어느 시대, 어느 동기로 말미암아 뚜렷한 신생면(新生面)을 개척하여 획시기적 발전을 수(遂)함은 상술한 바와 같이 정치생활에나 사회생활에 일대 변동이 일어나서 생명의 흐름이 한번 격(激)하여 밑으로 파들어가고 위로 다시 용솟음쳐 올라올 그 시기입니다. 즉, 집단생활로나 개인생활로나 깊은 성찰과 높은 표현욕이 생길 때에 문학은 저절로 나오는 것입니다. 이러한 점으로 보아 기미동요는 민족의식, 사회의식, 개인의식, 그 어느 것을 물론(勿論)하고 큰 충동을 주니만치 이 시기를 중심으로 하고 문학상에 새로운 기축(機軸), 새로운 발전이 있을 것은 당연한 바이니 조선의 문예부흥을 기미년으로 중심잡음도 또한 당연한 견해라 하겠습니다. 따라서 이제 기사세(己巳歲)를 보냄에 제(際)하여 그 만 10년을 한번 회고함도 결코 도이(徒爾)[92]의 일이 아니라 하겠습니다.

원래 조선문학의 묘상(苗床)은 그리 튼튼치 못하였습니다. 문학이 언어와 문자에 그 기초를 가진 것인 이상 반세기의 성장밖에 아니 가진 우리 문자의 역사를 생각하면 조선문학의 묘상(苗床)이 어찌 튼튼할 수 잇겠습니까. 문화란 일조일석에 있다가 없어지는 소위 창상(滄桑)의 변(變)으로나 인위가공(人爲加功)으로 좌우되는 것이 아닙니다. 예술은 인생과 같이 무상한 것이 아닌 동시에 또한 화산이 터져서 어제 없던 고산준령(高山峻嶺)이 일조(一朝)에 솟는 것과 같은 것도 아닙니다. 인류의 구원(久遠)한 존재와 같이 그 생명을 한가지

---

92 도이하다 : 보림이 없다.

하는 반면에, 또 그만치나 차곡차곡 쌓여서 묵은 역사와 천세만대(千歲萬代)의 끊임없는 인류의 노력이 모임으로써 되는 것입니다. 그러나 조선글이 4백여 년의 생성만으로 그 문학이 어엿하게 되리라는 것은 무리한 일입니다. 그러므로 우리 문학의 묘상(苗床)이 튼튼치 못하다는 말이요, 따라서 그 위에 자라난 현재의 우리 문학은 마치 몇 해 못된 치송(稚松)과 같은 것이라 합니다.

　물론 우리 문학도 그 형식으로만 보더라도 적어도 신라 향가에서부터 찾을 수가 있고, 한문학 속에서도 조선다운 맛이 있는 것이면 널리 조선문학의 터 안에 넣어도 무관할 것입니다마는, '순조선문학'이라는 좁은 의미로 볼 것 같으면 조선말로 씌인 것이라는 제1조건을 무시할 수 없으니 이러한 견지로 보면 조선문학의 싹이 진정으로 튼 것을 훈민정음 이후로 잡는 것이 옳을 것 같으니, 만일 이것을 정당한 견해라 하면 그 내용은 실로 빈약합니다. 여기에 대하여 자세한 이야기를 할 겨를은 없습니다마는 어쨌든 이러한 빈약한 역사를 가지고 거의 무시되어 내려오던 조선문학이라는 것이 민족적 자각과 신지식의 유행과 아울러 점점 의식적으로 계몽에 힘써온 것은 약 20년 전부터의 일이니, 극소부분에서 시험하여온 신소설이라는 것이 금일의 신문학의 출발이었다고 볼 수 있습니다. 그 대표로 보아서는 이인직(李人稙) 씨의 신소설일 것입니다. 그리하여 이래 십수 년간 최육당(崔六堂)으로부터 이춘원(李春園)에 이르기까지 동안은 장차 오려는 신문학운동의 준비시대였다고 봄이 온당할지니, 그 준비함양의 결과로 나타난 사람이 순문학가의 경지를 처음 개척한 이춘원일 것입니다. 춘원은 그이 스스로가 문예가로서 일가를 세우는 동시에 실로 신조선문학의 방향을 비교적 질정하여 놓은 관(觀)이 있습니다. 물론 오늘날 우리가 동시대인이요, 연상약(年相若)하니까 특히 그를 선도자, 개척자라고도 할 수 없고, 또 신문학이란 국한된 견지에서라도 위에 말한 이인직, 최남선(崔南善) 같은 선배를 앞서 꼽지 않을 수 없으며, 춘원의 후배라 할지라도 불과 3, 4년의 차밖에 없지마는 신문학·순문학이란 점으로 보아서는 어쨌든 춘원이 일일(一日)의 장(長)이었습니다.

그러나 이때만 하여도 문학이란 것은 오직 소부분(小部分) 인사(人士)의 관심사요, 아직 학생시대의 춘원을 비롯한 기(幾) 개인의 노력일 따름이지 사회적 사실로서 아무도 거들떠보지 않던 시대였습니다. 또한 그만치 그 내용도 공소, 유치함을 면치 못하였습니다. 그리하는 동안에 기미(己未)의 동란(動亂)을 치르게 되자 사회 전반으로 울연(蔚然)히 신생의 기운을 띰에 따라 문학지식의 함양과 아울러 여기에 비로소 '신문학운동'이라는 명료한 의식과 비교적 진지한 노력을 보게 되었습니다. 물론 기미 2, 3년 전에 동경유학생을 중심으로 한 학우회지 『학지광』이라든지 최남선 씨의 『청춘』 등으로 문학청년의 창작욕을 기분간(幾分間) 배설케도 하였고, 또 순문학지 『창조』의 간행도 기미 전년의 일이었으나, 어쨌든 기미 이후에 사회적으로 기업욕, 사업욕이 왕일(汪溢)하였던 것과 같이 문학운동에 있어서도 아직 유치한 대로일망정 매우 활기를 띠게 되었습니다. 이 시대에 나온 잡지류로는 『폐허』, 『백조』 등의(불과 2, 3호에 그쳤다 하더라도) 순문학지가 있었습니다. 그러나 그때로 말하면 간행물의 중요성보다는 소위 창조파, 폐허파, 백조파 등의 동인들의 집단이 각기 이채를 정(呈)하여 사회적 존재로 인정되어 가려고 노력함에 주안(主眼)이 있었습니다. 그리고 인물로서는 창조파의 춘원, 동인(東仁), 요한, 안서(岸曙), 늘봄 등이요. 폐허파로는 황석우(黃錫禹), 남궁벽(南宮璧), 오상순(吳相淳), 변영로(卞榮魯), 염상섭(廉想涉), 기타 여류 수삼인(數三人)이었고, 백조파로는 홍노작(洪露雀), 현빙허(玄憑虛), 나도향(羅稻香), 박월탄(朴月灘), 김기진(金基鎭), 박영희(朴英熙), 노춘성(盧春城) 등이었습니다.

그런데 대개 이 시대로 말하면 거개 '시작시대(試作時代)'라 하여도 과언은 아니었습니다. 춘원 같은 이로 말하여도 일가를 완성하였다기에는 좀 부족한 점이 없지 않았고, 더욱이 망명시대였으므로 창작이 중절(中絶)되었었으며, 기지차(其之次) 제군도 그 성세가 떨친 데 비해서는 백미라 할 만한 작품이 없었습니다. 그들의 장래는 아직 미지수에 있었습니다. 그뿐 아니라 사회 전반의 기분이 부박하다 하면 어폐가 심하겠으나 어쨌든 침착치 못한 시기였으므로 문예사조로는 확연한 귀추(歸趨)를 찾기가 어려웠었습니다. 다만 그중에도 일맥을 통하여 엿볼 수 있었던 것은 오직 자연주의 색채였을 따름입니다. 그러는 동안에 특히 문예 방면에 꾸준히 주력한 것은 신문으로 동아지와 월간지로 『개벽』이었습니다. 동아 지, 기타 신문에는 특별한 문예란이란 것은 없으나 혹은 창작 혹은 번역의 연재소설로, 『개벽』 기타 수종(數種) 잡지에는 순문예작품을 비교적 많이 실은 점으로 보아 신문예운동에 공적이 적지 않다고 할 것입니다. 필자의 처녀작 「표본실의 청개구리」라든지, 제2작(作) 「제야」 같은 것도 『폐허』에는 발표될 기회가 없었으나 『개벽』에 처음으로 게재케 되었던 것입니다.

일편(一便) 시단에 있어서는 주요한(朱耀翰), 황석우, 남궁벽, 홍노작, 박월탄, 김석송(金石松), 변수주(卞樹州), 오상순 등 제군의 활약을 볼 수 있게 되고, 추후(追後)하여 임술계해지간(壬戌癸亥之間)에 양주동(梁柱東), 류춘섭(柳春燮), 이익상(李盆相) 등 제군의 『금성』이란 제(諸) 잡지와, 그와 전후하여 황석우 군의 『장미촌』 등이 역시 수삼호 간행되었었지만 그다지 괄목할 만한 수확은 없었습니다.

기위(旣爲) 시에 관한 이야기가 났기로 일괄하여 시단을 잠깐 엿보려 하거니와 기타 지명(知名)의 시인으로서는 이은상(李殷相), 김소월(金素月), 김동환(金東煥), 박팔양(朴八陽)(김려수(金麗水)) 등 제군이 배출하고, 최근에 있어서는 정노풍(鄭蘆風), 안석영(安夕影), 심훈(沈熏) 제군의 시작(詩作)이 간헐적으로 지상(紙上)에 산견(散見)하게 되었습니다. 그러나 나는 여기에 기성, 신진을 막론하고 시작(詩作)의 예술적 비판은 피하려 합니다. 또 그리할 여가도 없기 때문입니다.

그리고 끝으로 한 가지 특필대서(特筆大書)코자 하는 것은 그 지간에 시조의 부흥과 동요, 민요의 장족발전(長足發展)입니다. 시조에 관하여는 수년 내(來)로 논의가 매우 성행하여 대체로는 소위 국민문학론자, 혹은 그 소위 부르주아문학파의 지지를 받아온 관(觀)이 있으나 점차로 확호(確乎)한 지보(地步)를 조선문학상에 점하여 갈 것은 명료한 사실이요, 또 기다(幾多) 미해결대로 있는 문제도 없지 않으나 이은상 기타의 연구가가 생긴 것도 경하할 일이라 하겠으며, 시조작가의 신진으로 이은상, 조운(曹雲), 가람 등 제군도 우리의 촉망하는 분들입니다. 더욱이 위당(爲堂) 같은 한학자로서 시조에 경지를 세움은 얻기 어려운 일이라 하겠습니다. 또 종래에 육당과 춘원의 시조는 일장일단(一長一短)이 있으되 이미 정평이 있으니 이에 노노(呶呶)치 않으려 합니다.

그 다음 동요의 신흥(新興)은 아동문예를 위하여, 또 민요는 민중예술을 위하야 장래 더욱 많은 기대를 가지고 그 발달을 비는 바입니다마는 아직은 지목할 만한 작가를 얻지 못하고, 또 형식과 내용에 연구가 매우 부족한 감이 있음은 크게 유감입니다. 더욱이 민요에 있어서는 일본인 측 문예지『신진(眞人)』에서 3, 4년 전에 조선민요호를 발행한 이치야마(市山) 모(某)[93]의 역집(譯集)이 간행되는 등 오히려 일인(日人)이 그 선착편(先着鞭)을 하(下)하게 된 것이 유감입니다. 이로부터 우리의 노력이 더욱 많아야 할 것은 물론입니다.

이로부터는 다시 소설단으로 돌아와 최근까지의 개황(概況)을 계속하야 별

---

93 이치야마 모리오(市山盛雄, 1897~1988) : 재조 일본인의 단카(短歌) 시사(詩社) '신진'의 동인. 당시 노다장유주식회사(野田醬油株式會社) 경성출장소장으로 동인 신진의 동인지『신진』지의 발행과 편집을 담당한 인물이다. 염상섭이 언급한 '조선민요호'란 1927년『신진』의 신년호 특집 기사를 모아 단행본으로 엮은『조선민요의 연구(朝鮮民謠の硏究)』(東京 : 坂本書店, 1927.10)를 일컫는다. 구인모,『한국 근대시의 이상과 허상』, 소명출판, 2008, 123~126쪽 참조.

견(瞥見)하려 합니다. 위에서 말한 바와 같이『창조』,『폐허』,『백조』 등 제파(諸派)에서 작가로 일가(一家)를 성(成)한 소설가를 추리자면 춘원, 늘봄, 동인, 빙허, 도향, 상섭 등, 이 몇몇 사람에 지나지 않았었습니다. 이 사람들의 특색이나 경향에 대하여서는 여기에 세설(細說)할 겨를이 없으므로 약(略)하거니와 이 뒤에 나온 사람으로서는 방인근(方仁根) 군과 춘원이『조선문단』을 경영할 당시에 최서해(崔曙海)가 나왔고, 방인근 군도 창작에 힘써왔습니다. 그런데 그때가 마침 무산문학의 대두시기이므로 프로파 작가로 포석(砲石), 이기영(李箕永) 등 제군이 출현하자 서해, 성해(星海)(이익상 군―군은 전기(前記)『금성』 동인이었다)도 이에 부즉불리(不卽不離)[94]의 태도를 취하여 중간파 작가인 관(觀)이 있게 되었습니다. 그리고 이 무렵에 방계적(傍系的)으로 나온 사람에 최독견(崔獨鵑)이 있습니다. 이 분은 오직 통속작가라는 데에 특색을 가지고 있습니다.

이 외에도 1, 2편의 단편을 발표한 작가가 없음이 아니요, 또 노춘성 같은 매문가(賣文家)가 일시 유치한 독서계에 유행하였지마는 그 작품으로나 작가의 자질로나 또는 그 태도로나 여기에 특히 열거할 만하다고 생각지 않기로 약(略)하고, 이 다음에는 논단에 대하여 약술하려 합니다.

작품이 있은 뒤에 평론이 있음은 물론이지만 평론계는 한층 더 유치하였고 적막하였었습니다. 신흥문예운동 초기에 김동인 군과 필자 간에 작품과 평론의 가치 문제로이든가 논전이 약간 있었고, 외(外) 타 논문이 간혹 있다 하여도 별로 가관(可觀)할 것이 없었습니다. 그 후, 시작시대(試作時代)를 지나서 무산문예가 대두할 당시, 박영희 군의 을축문단개평(乙丑文壇槪評)에 대한 필자의 장문(長文)의 논박이 있어서 절연(截然)한 색채를 띠고 논진(論陳)을 서

---

94 부즉불리(不卽不離) : 1. 두 관계가 붙지도 아니하고 떨어지지도 아니함. 2. 찬성도 아니하고 반대도 아니함.

로 베풀게 될 때까지는 대개 문학입문, 혹은 문학상식 보급 정도의 가가 뒷줄 풀기였던 듯싶습니다. 하여간 이와 같은 중에서 박 군과 나와의 논전 이후로 문학론이라 할 만한 평론이 약간은 진전되었었고, 기후(其後)를 이어 김기진 군과 필자와의 논전, 양주동 군의 평론, 시조부흥의 가부론(可否論), 국민문학 에 관한 시비 등으로 논단은 일시 호황을 정(呈)한 감(感)이 있었고, 뒤를 이어 형식과 내용 문제, 기타 '민족의식 대 계급의식'을 전개하여 민족적 계급의식 론에까지 현 논단의 문제는 전개되어 왔습니다. 그러나 후래(後來)의 모든 문 제가 모두 해결될 것도 아니요, 또 문학상 토의재료가 거기에 그치는 것도 아 닙니다. 더욱 더욱이 논단이 진흥되어야 할 것은 물론이지마는 '민족의식 대 계급의식' 문제에 있어서는 금후 우(又) 일층 토구(討究)되어야 할 줄로 믿는 바이며, 또 여기 대하여 아직까지 필자의 자신을 가지고 있는 바는 병인(丙寅) 세모(歲暮)에 『조선일보』 신년호를 위하여 발표한 「반동, 전통, 문학의 관 계」[95]라는 나의 장론(長論)의 정신을 잃지 않는 바이며, 특히 그 계급론에 있 어서 나의 의사와 매우 합치되는 논문으로서는 최근 『조선일보』 지상에 연 재되었던 정철(鄭哲) 군의 「조선문학 건설론」[96]이라고 있습니다. 정 군의 해 론(該論)은 필자의 전기(前記) 논문 중 충분히 언급치 못하였던 점을 논진(論盡) 하였음에 대하여 나는 사의(謝意)를 표하고 있는 바이며 장래 우리의 의식은 이 양개(兩個) 논문이 제시한 바대로 포지(抱持)케 되어야 할 줄로 믿습니다.

이 항(項)에서 있어서도 이상으로 대략 아우트라인만 전함에 그치고 맙니다.

이상은 가장 단순히 그리고 가장 통속적으로 10년간 신문예운동의 개관,

---

95 원제는 「민족, 사회운동의 유심적 고찰—반동, 전통, 문학의 관계」(전7회)(염상섭, 『조선일보』,
   1927.1.1~1.15)이다.
96 원제는 「조선문학 건설의 이론적 기초」(전17회)(정노풍, 『조선일보』, 1929.10.22~11.9)이다.

개관이라느니보다도 윤곽만을 그렸습니다. 문예사상의 변천이라든지 그 해부도 필요하고, 세부에 들어가서 여러 가지 설명도 있어야 할 것이며, 작가의 경향과 논객의 주장의 상이점, 또는 금후의 전망 등 모든 문제가 있으나 분망한 소치로 전부 생략하고, 독자에게는 불친절하나 우선 이것으로 본지(本誌)에 대한 문채(文債)만 갚으려 합니다. 후일 또 어느 기회를 얻고자 합니다.

원탁회의 조선문예운동[97]

출석자

사회	염상섭
제의제씨(提議諸氏)	팔봉 김기진, 안서 김억, 노풍 정철, 성해 이익상, 윤백남, 독견 최상덕, 서해 최학송

토의안

창작계 진흥책, 금년의 시단

(1) 창작계 진흥책

사회자 우리의 창작계가 지금에 이르러서 그렇게 떨치지 못하고 있는 듯한
데 그 원인이 무엇이며, 또 어떻게 하면 떨치도록 할 수 있겠습니까.

---

[97] 염상섭 외, 「원탁회의 조선문예운동」, 『조선일보』, 1930.1.1~1.3. 이 글은 조선일보사가 1930
년 신년 특집으로 게재한 각 분야의 원탁회의 '조선 제(諸) 문제의 전개책(展開策)' 중 '조선문예
운동' 분야의 원탁회의록이다. 정치, 경제, 교육, 종교, 사회, 문예, 여성 등 제 분과로 나뉘어 진
행된 원탁회의에서 염상섭은 조선일보사 측으로 이 회의의 사회를 맡았다.

팔봉　나는 생각하기에 창작계 부진이란 말은 기성문단을 가리켜 한 말인
　　　지 몰라도 신흥문학 즉, 프롤레타리아문학에 이르러는 결코 부진이
　　　아니었지요. 오히려 크게 진흥하고 있었다 하겠지요.

노풍　그러나 팔봉이 『동아일보』에 작년 창작 팔십 편 중, 프로작품이 스
　　　물여덟 편이고 그 외는 모두 소부르주아적 작품이라고 분류하여 놓
　　　았는데 그것에 대하여 만일 종래 프로 작가라는 분이 썼다고, 덮어
　　　놓고 그 작품이 프로작품이고 또 부르주아작가가 썼다고 어느 것이
　　　나 모두 부르주아작품이라 하는 식으로 단안을 내렸다면 그는 대단
　　　히 잘못인 줄 압니다. 가령 동인이나 상섭이 쓴 것이면 어느 것이고
　　　부르주아작품밖에 될 수 없다면 그는 망단이 아니랄 수 없겠지요.
　　　후쿠모토파(福本波) 종파주의자들이나 일삼을 …….

윤백남　나도 부르니 프로니 하는 권외에 서서 문단을 바라볼 때에, 팔십 편
　　　중 몇 편이 프로고 몇 편이 부르다 하는 식으로 척척 갈라놓는 것은
　　　자미없는 일인 줄로 압니다.

서해　그야 보는 사람의 처지에 따라서 혹은 망단이라고 할는지도 모르겠
　　　지요.

팔봉　나는 그것을 분류할 때에 작품을 일일이 보고 하였으니 결코 망단이
　　　아닌 줄 압니다.

사회자　금년에 새로 발견된 작가는 없었습니까.

팔봉　없었습니다. 유진오, 이효석의 두 분도 금년에 처음 나왔다기보다
　　　벌써 작년에 나왔었으니까, 그중에도 이효석 씨 같은 분은 작년에
　　　벌써 「도회와 유령」 같은 우수한 작품을 보였으니까 그이들을 금년
　　　에 나온 신진작가라 할 수 없겠습니다.

서해　그렇지요. 그런데 작년 각 신문 신년호에 나타났던 『조선일보』의

박계화(朴桂化)라거나 『동아일보』의 이석신(李錫薪) 씨 등은 다시 작
품을 아니 썼는가요?

성해　보지 못했어요. 결국 작년 일 년 사이에는 필독할 신인의 출현이 없
었다 함이 옳겠습니다.

팔봉　발표기관도 『조선강단』, 『중성』, 『조선문예』, 『문예공론』, 『삼천
리』 등 금년에 들어서 새로운 잡지도 많았었는데, 이같이 발표할 기
회가 많았음에도 새사람이 없었던 것은 유감이었습니다.

안서　옳습니다. 작년은 발표기간이 없었으나 금년은 많았었는데 신진작
가가 없었던 것은 문단의 불행이었습니다.

사회자　부르가 프로 혹은 프로가 부르로 경향이 옮아진 작가는 금년에 없었
는가요?

팔봉　없었습니다.

서해　조선의 모든 작가의 경향이 해마다 더 심하게 프로 방면으로 기울어
지는 것만은 엿볼 수 있겠지요.

성해　글쎄요. 우리들의 사회적 환경이 그러니까 이 환경의 공기를 호흡하
고 사는 작가이니만치 그렇게 기울어지는 것은 피할 수 없는 일이겠
지요. 그래서 어떤 작가든지 계급의식, 혹은 민족의식을 창작의 동
력으로 아니 쓸 수 없게 된 탓이겠지요.

사회자　금년 중에 가장 우수한 작품은 무엇인가요?

팔봉　『조선지광』 4월호에 한설야 씨의 「과도기(過渡期)」와, 또 그 잡지 구
월호에 그 속편으로 실린 「씨름」이 내가 본 중 제일 우수한 작품이
었습니다.

사회자　근자에 신문소설이 많이 발흥하고 있는데 거기에 대하여는 어떻게
들 생각하십니까.

윤백남	신문소설이란 대중적, 오락적의 성질을 띤 것이니만치 예술가치 상
	으로 평가할 때에는 보잘 것 없으나, 그러나 사회에 끼쳐주는 영향
	에 이르러는 실로 크다 할 것인즉 우리들은 많은 힘을 이에 쓰지 아
	니하면 아니 될 줄 압니다. 지금 『삼국지』, 『수호지』나 『임꺽정전』,
	『단종애사』 같은 모든 소설이 독자를 어떻게나 많이 가지고 있는 줄
	압니까.

사회자	신문연작소설은 어떠하였습니까.

성해	독자의 취미를 끄는 점에서 신문으로 보아서 가치가 있다 하겠지요.

안서	연작소설이란 아무 것도 아니지요. 예술적으로 보아 그게 무엇인가
	요? 개성을 존중하는 예술가의 제작에 있어서 연작소설이란 불성실
	하고 전후 불통일에 그칠 유희적 산물이지요.

(2) 금년의 시단

사회자	금년은 시집도 많이 나오고 작가도 많이 배출하여 시단이 흥성흥성
	한 듯하였는데 여러분은 어떻게 생각하십니까.

안서	황석우 씨의 『자연송』은 좋은 의미와 나쁜 의미로 많이 생각케 하는
	작품이었습니다. 더구나 황 씨가 주요한 군 평문을 반박한 논문에
	있어서요.

성해	그 시집 속에 '비오는 것'을 '하느님의 설사다' 하는 묘사는 기발하더
	군요. (1930.1.1.)

노풍	춘원, 요한, 파인시가집도 좋더군요. 그런데 나는 이 기회에 희망하

고 싶은 일은 문예가협회에서 『연간시집』, 『연간창작집』 등을 일 년에 한번 씩 꼭 간행하도록 노력하는 것이 좋을 줄 압니다.

사회자 시도 그렇겠지만은 '민중의 노래'라 해석할 수 있는 민요를 프로 측 에서도 많이 이용하였으면 좋겠더군요.

성해 그런 것이 좋겠지요. 여러 사람에게 감정을 전염시키는 무기로 민요 를 많이 지어서 퍼지게 하는 것이 현명한 일이 될 줄 압니다.

사회자 금년에 새로 나온 시인으로는?

노풍 류운경(柳雲卿) 씨가 뛰어났더군요.

사회자 시조는 어떠합니까?

안서 시조의 시형(詩形)을 시비하는 분이 있지만 시형이란 단출할수록 좋 은 것이니까 그를 비난할 것이 못 될 줄 압니다. 또 그 격조에 있어 서도 7·5, 4·4조 등이 모두 조선인의 전통적 호흡에 어울리는 것 인 줄 압니다. 더구나 장단완급이 스스로 있는 시조 독특의 창법에 이르러서는 우리들이 사랑하기에 충분한 것이 될 줄 압니다.

사회자 작품에 대하여 그 달 그 달 비평하는 월평 같은 것이 다시 부활되었 으면 어떨까요?

독견 문예운동에 있어서서 평론의 가치란 심히 중요한 것이니 다달히 월 평을 통하여 일반 작품을 평론하도록 하는 것이 좋겠습니다.

팔봉, 노풍, 서해   동감입니다.

안서 그런데 평이란 절대의 객관적 태도를 가질 수 없는 것인 바에는 차 라리 자기의 감상된 바를 주관적으로 솔직하게 기술하는 것이 좋겠 으며 또 최근에 프로측 평론가들의 평론을 보면 알아보지 못할 신기 하고도 직역적인 술어가 어떻게 많은지 도모지 무슨 소리인지 알아 볼 수 없는 것이 많더군요. 글이란 간(簡), 명(明), 이(易), 미(美) 하여야 하는 법인즉 어떤 평론이고 글부터 남이 알아보도록 쓰는 것이 필요하겠더군요.

노풍 　팔봉의 변증적 사실주의(辨證的 寫實主義)를 보았는데 가령 일편의 시 가운데도 표현파, 고전파, 로맨틱(浪漫的) 등 여러 가지 분류가 있은 즉 어떻게 전후일관한 사실적 수법으로 쓸 수가 있을까? 더구나 붓이 미래의 사회를 그릴 때에 그것은 도모지 사실적 수법으로는 불가능할 일인 줄 압니다. 그러기에 모든 작품의 표현을 사실주의에 통일시킨다는 일은 사실 불가능하고도 무의미한 일인 줄 압니다.

팔봉 　아니지요. 변증적이란 프롤레타리아 작가가 사실주의적 의식으로 사물을 보아야 할 것인즉 그것이 자연히 작품상에 나타나서도 사실적 표현이 아니될 수 없을 것이외다. 변증적이란 것은 사물을 관찰하는 태도이니까 다만 어떤 작품을 쓸 때에 부분적으로도 상징적이며 또는 로맨틱한 수법이 뛰어 나올 것은 시인하겠습니다.

성해 　그렇지요. 요컨대 표현상 기교문제이겠지요.

팔봉 　즉 내가 역설하는 것은 모든 작가가 현실에 있는 그대로를 그대로 봐라. 유동하는 역사적 사실을 유동(流動)하는 형태에서 보아라 하는 것이외다.

노풍 　나는 생각하기에 변증적 사실주의란 수법에 있어서 반드시 요구되지 않는 줄 압니다. 무슨 수법이든지 효과란 있었으면 그만이겠지요.

(3) 영화와 연극[98]

사회자 우리들은 어떠한 영화와 연극을 가져야 하겠습니다. 또는 어떻게 하면 가장 효과가 많은 연극운동 영화운동을 할 수가 있을까요?

성해 조선에서 연극운동을 한다는 것은 실로 어려운 일이겠습니다. 연극이란 혼자 연구할 거리가 못 되고 건물과 배우와 각본과 관객을 가지고서야 비로서하여 나가는 성질의 것이니까요. 작가 자본 배우 세 가지가 다 어려운 일이지요.

독견 그래요. 조선의 현실을 생각하여 볼 때에 연극운동이란 난중의 지난사가 아니라 할 수 없겠습니다.

성해 더구나 지금 연극을 구경 오는 관객 속에 정말 극을 감상할 안목이 있는 이가 수백 명 쯤 있다 하면 우리들도 그 상연할 각본을 써서 볼 생각도 나련만은 도모지 그 터치(touch)도 못하므로 희곡에 대한 창작욕이 나서지를 아니하는 것입니다.

사회자 이미 설립되어 있는 토월회(土月會)와 김소랑(金小浪) 일파와 연극사(研劇舍) 같은 연극단체는 어떻게 평가하여야 옳겠습니까?

윤백남 토월회의 각본 중에는 수긍할 만한 것이 있습디다. 조선에서는 그렇게라도 하지 않으면 안 되리라 생각하는 점이 많더군요. 대체로 조선민중이 극에 대한 소양이 적다고 하겠으나 연극운동도 장내는 크게 희망이 있다고 하겠지요.

독견 조선의 연극이란 대체로 각본 호불호나 연출의 능불능(能不能)에 있기보다 어떤 암시를 싸고도는 힘이 있어서 조선 사람의 가슴에 울리

어주는 무엇이 있으면 성공이라 하겠지요.

사회자　영화는 어떠합니까?

윤백남　나는 절망이라고 봅니다. 첫째로 영화 사업에는 거대한 자본이 드니까…… 또 전조선의 상설관과 팬들을 계산하여 볼 때에 수판을 가지고는 사업에 뛰어들 사람이 없을 터이니까요.

성해　어쨌든 영화가 위기에 처하여 있는 것은 사실이외다. 아직은 삼사천 원을 시골서 들고 와서 투자하는 사람도 있으나 그런 사람들이 끊어지는 때에는 위기가 닥쳐오겠지요. 그러나 팬도 늘고 사회적 지지도 두터워 갈 터이니까 앞으로 영화도 비관할 것이 아니 되겠지요.

노풍　연극운동을 위하여 조선에서도 축지소극장(築地小劇場) 같은 조고마한 극장 한 개를 가지는 것이 좋을 줄 압니다.

팔봉　결국 연극운동이란 그에 종사하는 인물과 열정에 달렸지요. 어떠한 사람이 어떻게 활동하는가 함에 달린 줄 압니다. 그러나 나는 조선의 연극이나 영화운동에 대하여는 전도가 양양하다고 봅니다.

사회자　긴 시간 동한 말씀 하여 주서서 감사합니다. (끝) (1930. 1. 3)

과거 10년에 한 일, 장래 10년간에 할 일[99]

1. 과거 10년간은 술 먹고 소설 썼지요. 또 장래 10년간을 그렇게 지내자니 혼자 생각하여 보아도 딱한 일이지요.

2. 씩씩한 사람. 정직한 사람. 열정 있는 사람. 경우 밝은 사람. (이상은 성격상) 좌든 우든 주의·주장이 일관하고 분명한 사람. (사상상)

3. 와석종신(臥席終身)밖에는 못하고 말 것 같습니다마는 평범하고 심심한 노릇이요, 지금 처지로 보아서는 꼭 기사(飢死)밖에 할 것 없고, 서울서 한 발자국도 떼어놓을 수 없을 만치 공낭(空囊)이니 객사할 리 만무하고, 사상가가 못 되니 형사(刑死) 또한 내 주제에 당치 않고, 살려다 살려다 못 살면 자살밖에는 없으나 겁쟁이라 감불생심(敢不生心)이니 꼭 이상으로는 (공상이라 하는 것이 옳겠지만) 정사(情死)인데 이런 추남(醜男)에게는 여자가 곁눈도 거들떠보

---

99 염상섭, 「과거 10년에 한 일, 장래 10년간에 할 일」, 『삼천리』, 1930.1. 이 글은 『삼천리』가 기획한 '과거 10년에 한 일, 장래 10년간에 할 일'이라는 설문에 답한 것이다. 질문 내용은 다음과 같다.
1. 과거 10년에 한 일, 장래 10년간에 할 일
2. 내가 좋아하는 인물은? (성격상, 사상상으로)
3. 나의 죽을 길 예상 (와석종신(臥席終身), 정사(情死), 자살, 아사, 형사(刑死) 등)
4. 노벨상이 조선에 온다면 누가 받을까?
5. '갱소년(更少年)'과 '백만장자'와 '절세가인(絶世佳人)과의 연애'가 만일 된다면 어느 것을 택할까?

"

지 않으니 그 역(亦) 말뿐. 그러고 보니 부득이 장생불사(長生不死).

4. '이불 속에서 활개 치기'로 주마고 하지 않던 노벨상의 예선은 쑥스러울 듯하여 그만둡니다만 우선 이학상(理學賞)을 타도록 힘쓰십시다.

5. 부득이 장생불사하자니 돈보다도, 연애보다도, '갱소년(更少年)'부터 하여야 하겠습니다. '갱소년' 되면 돈 벌 수 있을지? 혹 젊은 맛으로나 반하여 줄 여성이 하나쯤은 생길지?

4월의 창작단[100]

우선 자기 말부터

글을 달(術)고 깎고 때우고 한다는 일은 제법 그릇다운 문장가의 할 일이다. 그러므로 내가 만일 그러한 일을 한다면 자궁 같고, 자긍(自矜)같이 들릴 것이다. 그러나 신문인으로서의 이러한 일은 기실 중학교의 작문교원의 일밖에 아니 된다. 일종의 잡무다. 잡무 중에도 극무(劇務)이다. 나의 잠깐 7, 8개월의 신문인 생활은 실로 이러한 잡무에 몰두케 하여왔고 지금도 또한 그러하다.

이러한 일이나마 일반 사회까지는 못 미쳐도, 문단에 대하여 얼마쯤 기여한 바가 되었던가? 또 좀 줄잡아서 학생계의 작문법에 대하여서라도 무슨 효과를 끼쳐 주었을까? 나는 그것을 마치 믿을 수 없다. 이처럼 그동안 자기의 변변치 못한 노력이 대외적으로 유효하였던가가 의문인 동시에, 자기 자신의 내생활(內生活)이 모든 활동을 그치고 완전히 정체상태를 계속하지 않을 수 없게 되었다는 것은 대외적인 경우보다도 자기 자신에 대하여 훨씬 섭섭한 일이었다.

---

100 염상섭(廉想涉), 「4월의 창작단」(전6회), 『조선일보』, 1930.4.13～4.20.

그동안 자기는 소위 문단에서 스스로 탈적(脫籍)하고 지내왔다. 누가 무엇을 썼는지, 누가 무슨 소리를 하여 왔는지 도무지 소식이 캄캄하다. 다만 자기가 맡아보는 범위 안에서 약간의 이론과 작품은 볼 기회가 있다 하여도, 그 이외의 것은 도저히 읽어볼 틈이 없었다. 비록 그동안에 그닥 한 변동이 있었던 것이 아니요, 그닥 한 진경(進境)이 있었던 것이 아니라 할지라도 남의 것을 읽지 않고는 문단의 추향(趨向)을 알 도리가 없는 것이다. 여기에는 나의 '게으름'이라는 것이 없지 않겠지마는 사실 시간이 없었던 것이다.

남의 글을 읽을 여가가 없을 뿐만 아니라 자기표현의 준비와 성근(誠勤)도 없었다. 지금 자기는 완전히 문단 외의 인(人)이 되어 있다. 다만 근근이 장편을 단속(斷續)하고 있으나 그 역시 간혹 1, 2일씩 중단하여 독자에게 음주 때문이 아니냐는 꾸지람을 듣는 형편이다. 구태여 그렇지 않다고 변명하려고도 안 하지만 번쇄(煩鎖)한 속무(俗務)와 악착(齷齪)한 살림은 산만한 사무적 두뇌만을 만들어놓고 그날그날이 미끄러져나가니 사색과 창작욕이 자리를 잡을 새가 없이 동강동강하여지지 않을 수도 없다.

어떠한 선배는 말씀하되 "너에게 대한 소설과 술이 수레(車)의 쌍륜(雙輪)과 같은지라 그 어느 편이든지 치우치면 수레를 어거하지 못하리라." 하셨다. 그러나 나는 한 편 바퀴를 바꾸어 끼우려 한다. 그리고 그 첫 시험으로 우선 남의 글을 읽고 그 소감을 써보려는 것이다. 이것은 물론 내가 맡은 사무적 책임이라는 것이 시키는 것도 한편 사실이지마는 나 자신으로서는 자기의 산만한 두뇌를 정리하는 첫 수단도 되는 것이다.

이미 산만한 두뇌에서 나오는 것이니 이 평론도 또한 산만을 면치 못할지나, 내가 월평을 써본 것도 4, 5년 내(來)의 처음인가보다. 그 당시의 인상적 비판으로 만족하는 데에 비하면 문예이론이 어쨌든 상당히 발전된 오늘날 앉아서는 그 태도에 있어서도 자별한 바가 있어야 할지며, 오직 예술적 관점이외에 가장 과학적 해부와 사회사상적 관찰을 요구할 것이다. 나의 힘이 이에 미치고 못 미침은 논외로 하고라도 다만 한 가지 자기(自期)하는 것은 객관적 태도와 공정이라는 것이다.

1. 「깨뜨려지는 홍등(紅燈)」(이효석, 『대중공론』)

이 분의 작을 본 것은 처음이다. 수월(數月) 전에 모 지(誌) 주간에게 이 분의 작을 추상(推賞)하는 말씀을 들었기로 우선 이 분의 작부터 읽어보려는 호기심이 일어났던 것이다. 그러나 아직 초기의 습작이라고 한 마디만 하고 싶으니만치 무내용(無內容)하고 또 너무나 무기교(無技巧)하다. '내용'을 작자의 사상이라 하고, '기교'를 예술적 효과라 하면, 작자는 프롤레타리아작가로 출현하려는 모양이나 프롤레타리아의식이 몽롱하고 제작상 수련이 매우 부족하다.

제재는 좋은 것을 잡았다고 볼 수 있으나 이러한 용렬한 표현으로는 오직 문자의 나열뿐이다. 유곽의 소위 포주와 창기의 투쟁이나, 투쟁이 아니라 소녀의 화풀이밖에 아니 되는 만매(慢罵)[101]에 그치고 말았다. 대관절 파악할 뼈다귀 알맹이가 없는 작품이다. 이것은 결국에 작자 자신의 의식이 뚜렷하지 못하기 때문이요, 여성 중에도 창기의 심리를 모르는 까닭이요, 그들의 생활의 진상에 생소한 때문이요. 또 한 가지는 작자가 테마의 초점이 어디 있는가를 미처 잡지 못하고 붓을 대었기 때문에 그 따위 평범한 사실을 평범하고 또 용만(冗漫)하게 서술함에 그치고 말았다. 평범한 사실이 소설의 제재가 아니 된다는 말이 아니다. 평범한 사실을 예술적으로 유효하게 유도하여 살림

---

101 만매(慢罵) : 만만히 여겨 함부로 꾸짖음.

에는 어떤 비상사건을 끌어내어서 전개시켜야 할 것이다. 예술은 고조(高調)와 과장(誇張) 없이 될 수 없는 것이다. 색채의 농담(濃淡) 없이 미적 효과는 나오지 않는 것이다.

아무리 잔잔한 세류(細流)일지라도 그것만을 그려서 그림이 되는 것은 아니다. 거기에 반사(反射)되는 광선(光線)의 모든 작용, 그것이 예술적 효과에는 주체가 되는 것이다. 즉, '변동(變動)' 그것으로써 세류의 미(美)가 나타나는 것이다.

평정(平靜)의 속에서 변동을 발견하여서 거기에 역점을 주어야 할 것이다. 다시 말하면 평범한 사실 그것만으로는 예술이 되지 않기 때문에, 그 평범한 사실에서 원인된 비상한 사실을 우선 잡아내서 그 비상사(非常事) 속에 평범한 사실이 설명되고 구현되어야 할 것이다.

물은 찬 것이라고 맨날 말해야 아무 감흥도, 감명도 주지는 않는다. 냉수를 마시고 설사를 하였다든지 적체(積滯)가 뚫렸다든지 해야 비로소 감흥이 생긴다. 창기의 생활이 비참하고 개돼지 같다고 맨날 떠들어야 듣는 사람은 "옳다. 네 말이 거짓말은 아니다!"라고 대답할 것이다. 예술은 "거짓이 아니다"라고 하는 대답만을 듣자는 것이 아니다. "그러니 어떻다는 말이냐? 그러니 어쩌라는 말이야?"라고 반문할 때에 작자는 대답을 하여주거나 또는 그 대답을 독자나 관자(觀者)가 스스로 얻으려고 애를 쓸 만큼 감흥을 유발시키는 데에 그 사명이 있다. (1930.4.13)

작자는 그들의 홍등(紅燈)을 깨뜨리는 광태(狂態) ─ 분풀이 ─ 기분적, 발작적, 신경질적 서투른 활극(活劇)을 보여준 외에 "그러니 어쩌란 말이냐? 그러니 어떻게 하라는 말이야?"라고 묻는 데 대하여 아무 답안도, 암시도, 의도도 보여주지는 못하였다. 작자 자신에게 그러한 답안거리, 암시거리, 의도거리가 없기 때문이다. 다시 말하면 프롤레타리아 의식과 사회관이 정립하지 못한 때문이다. 오직 기분! 기분적으로 무엇이 될까?

작자 자신은 기분적이 아닐지도 모른다. 그러나 창기의 생활을 기분적의 것으로 보았거나 적어도 기분적으로 취급하였다.

작자의 붓끝에서 그려 나온 그들의 신세타령 같은 것은 그들과 같은 처지에 놓인 모든 여성의 입에서 항다반(恒茶飯)으로 듣는 소리이다. "팔자 탓이 아니다. 문둥이 같은 놈의 세상이기 때문이다. 팔아먹은 놈이 있고 피를 말려서 버는 돈을 박박 긁어 먹는 놈이 있기 때문이다." 이만한 사리(事理)는 작자의 설법이 아니라도 삼척동자라도 아는 것이며, 창기들이 지혜를 짜내어서 토론하지 않고라도 그들은 좀 더 자세히 알고 있는 것이다. 실제에 그들의 의식은 여기에서 열 걸음, 스무 걸음 더 나갔을 것이다. 하여간에 이러한 허구한 날 입버릇처럼 뇌까리는 수작을 하다가 그 소위 스트라이크를 단행하자고 낭석(郎席)에서 글발을 써서 주인에게 전하였다는 것은 다만 기분적이요, 계획적은 아니다.

만일 그렇지 않다면 이 유곽 안의 몇 백 명의 창기가 똑같은 처지에서 똑같은 불평, 똑같은 생각을 가지고 똑같은 원망을 몇 해씩 되풀이하여오다가, 이날에 한하여 이 집 계집아이들만이 불시에 스트라이크를 단행한 데에는 무슨 특별한 동기가 있어야 할 것이다. 이러한 불평이 촉발될 가능성이 언제든지 있기는 있지마는 그렇다고 매일 촉발되는 것은 아니다. 무엇에든지 거치는 데가 있어야 할 것이다. 그 '거치는 데', 즉 동기가 다만 논 이기듯 밭 이기듯 하던 불평 몇 마디를 되풀이하는 데에 있었다는 것은 보통 경우로 상상할 수 없다. 반드시 근경(近頃)에 무슨 사실이든지 있어서 그들의 격노를 참을 수 없을 만한 험악상태가 계속하였던 끝에 폭발되었을 것이다. 이것이 내가 위에 말한, 평범 속에서 비상사건을 잡아내라는 말이다.

혹은 일 창녀의 만기해약을 포주가 지연(遲延)하고 있다는 사실이 있지 않으냐고 할 것이다. 실상인즉 이것은 이 작품, 이 쟁의의 주제로 삼음직하건마는 작자는 다만 포주의 횡포의 일례로 들었을 뿐이다. 요컨대 역점을 어디 주어야 할지를 모르고서 만연(漫然)히 "사회적 의식에 눈떠가는 자의 반항"이라는 것만을 개념적으로 표시하려고 헛애를 썼다. 초기 프로작가의 병폐가 실로 여기에 있는 것이다.

또는 혹은 그중 노기(老妓)가 자기 오라비에게 스트라이크라는 것을 배워서 주동이 되었다고 한 구절이 있으나, 그 역시 어린아이의 소꿉놀이 할 때의 속살거리는 장난의 소리밖에 아니 된다. 일 노기(老妓)의 스트라이크란 지식이나 자각이 동기가 될 수는 없다. 그들은 '스트라이크'란 말을 모르고 '스트라이크'의 수단방법을 몰라도, 좀 더 심각한 자각과 그 자각을 촉진케 하고 격(激)□을 □□할 일관한 동기만이 있으면 노동쟁의자 이상으로 반항의 봉화(烽火)를 들 것이다.

이러한 경우를 상상하여보자. 포주가 새로 사온 창기에게 호사(縊死)에 이를 사형(私刑)을 가(加)한 비참사(悲慘事)가 있든지, 만기자(滿期者)를 간휼악랄(奸譎惡辣)한 수단으로 해방치 않았다든지, 또는 가장 영리한 일기(一妓)의 정부(情夫)에 주의자(主義者)가 있어서 프롤레타리아의식을 주입하고 자유폐업을 선동하여 일대 풍파가 일어나서 백병전(白兵戰)이 지속한다면 이 작품은 어떠하였을까? 물론 그들에게 프롤레타리아의식이 있는 것이 아닌 데는 일반이다. 체계 있는 사회관이 있는 것도 아니며, 인식의 구불구(具不具)가 있는 것이 아니나, 적어도 거기에는 울음이 있는 것이 아니라 목숨을 내놓은 싸움다운 싸움이 있을 것이다.

이 작품의 인물들은 눈물이 많다. 눈물로 청원서인가 탄원서인가를 썼다. 감상적일지는 모르나 투쟁은 아니다. 또한 전편(全篇)이 욕지거리의 복창이다. 그러기에 굶은 지 사흘만에야 출감(出歛)을 거두어서 빵을 사다 먹을 만큼 주변성이 없었던 것이다. 왜 빵을 먹었나? 홍등을 깨뜨릴 힘을 얻으려고! 그러나 홍등을 깨뜨린 소득은 무엇인가? 무(無)다!

아무 것도 해결되지는 않았다. 해결될 암시도 주지 않았다. 그들의 운명이 어떻게 되리라든지, 어떻게 되었으면 좋겠다든지, 그들의 심성과 지욕(志慾)이 어떻게 추향(趨向)된다든지, 무엇이든지를 들추어내주어야 할 터인데 아무 것도 없다. 좀 더 널리 크게 깊게 본다면 자본주의사회에 있어서 공창제도라는 것이 어떠하다든지, 프롤레타리아와 매음(賣淫), 프롤레타리아 성욕 배설과의 허다한 실제 등 문제의 착안점을 구하자면 얼마든지 있고, 하다못해 (유탕문학(遊蕩文學)의 저회취미(低徊趣味)는 '부르주아문학'이라 하여 배척한다 하더라도) 프롤레타리아의 입장으로서라도 정서적 러브신이라도 보여주면 이러한 공막(空漠)한 개념적 설법보다는 나을 것이 아닌가 한다.

기타 기교의 부족한 점으로 말하면 허다한 중에도, 3일간 주인이 절식(絶食)을 시킨다는 것은 말이 안 되는 실수이니, 창기가 고양이 같으면 쥐 잡으라고 단식(斷食)은 시킬지 모르나 엽견(獵犬)을 굶겨가지고 출렵(出獵)하는 사냥꾼이 없음과 같이 밥 안 먹일 포주가 없을 것이요, 주머니에 돈을 두고 고지식하게 굶다가 주인에게 항복하고 밥 먹겠다는 그 따위 인물들은 쟁의는 커녕 평생 창기로 늙을 것들이며, 문전에서 가로연설(街路演說)을 하도록 내버려둘 요순(堯舜)같은 포주는 생겨나지도 않았지만, 그 가로설교(街路說敎)의 내용이 위에 한 말의 되풀이인 것은 작자의 실수라 하더라도, 연설(?)의 내용이 있고 없고 간에 가련한 여성의 그 분원(忿怨)을 듣고 멀거니 섰던 유야랑(遊冶郎)부터 교화시켜야 할 것은 작자도 생각하여야 할지며, 또 창에 커튼이 있는 것으로 보아 상당한 설비가 있는 집이면 그 주인은 반드시 일본인일 것이라는 점도 생각하여야 할 것이니 여기에 있어서도 또 다른 고찰이 없지 못할 것이다.

이렇게까지 다언(多言)을 비(費)할 만큼 이 작품이 소중하다고는 생각지 않으나 내 딴은 친절히 하느라고 한 것이다. (1930.4.15)

2. 「머슴 문성이」(고형곤(高亨坤), 『대중공론』)

가엾은 '문성이', 우리는 이러한 불우(不遇)의 동무를 얼마나 많이 가졌는가? 그는 고생하려고 태어난 사람이다. 그는 사람을 위하여 흙을 파다가 제 손으로 판 흙 속에 제 몸을 그대로 고려장을 지내려 이 세상에 나와 있었다. 우리는 이러한 인생을 볼 제, 그 죄 없음을 사랑하고 그 어리석음을 가여워하고 그 어리석게 한 이 사회를 눈 흘겨보고 최후로 그 어리석고 고지식함을 얌체 빠지게 이용하는 '창기(昌基)'와 같은 주인의 뺨을 갈기고 싶다.

그러면 우리는 또 얼마나 많은 창기와 이웃하여 사는가? 우리는 얼마나 많은 창기와 함께 호흡하며 살아야 하겠는가? 그는 "종가의 산판(山坂)"을 파는 데 구문(口文)을 막는 고리대금업자의 주구(走狗)이다. 그는 거덜이 난 제 아비가 마지막 한 조각의 땅을 뚫고 날 제 족히 점간(店間) 노릇을 하고 나서 손을 내어밀며 신랄한 미소를 띨 자이다. 그는 순박한 한 남자의 등골을 뽑을 대로 뽑고, 혹 불으면 날을 듯한 빈 껍질만 남은 것을 볼 제, 사실상 혹 물어세어버렸다.[102] 제 집에서 중병 든 중노인(中老人), 머슴 '문성이'를 눈에 덮인 움 속에 져다 버린 자이다.

늙은 소(牛)를 부려먹다 먹다 못하여 인제는 더 부릴 수 없다고 혀를 차고 입맛을 다시면서 외양간에서 끌어내다가 해골을 부숴서 거꾸러뜨려 놓고,

---

102 원문은 '무러세어 버럿다'로 되어 있다.

그 늙은 소의 고기를 씹으면서 그래도 고기가 질겨서 맛없다고 눈살을 찌푸리는 그 얼굴. '사람의 얼굴'을 우리는 상상할 수 있을까? 우리는 그를 밉다느니보다도 우리가 그와 한 가지 사람임을 불명예로 알 만큼 양심이 예민할 수 있을까?

창기는 그 고기가 질기다고 군소리는 하면서, 모진 힘줄 한 오라기도 이웃 사람의 입에 씹혀주지 아니 할 그런 사람이다.

그러나 그 고기로 베푼 잔치에 청할 제, 가지 않을 자가 몇 사람인고? 그 고기를 씹으며 질기다고 군소리 아니 할 자는 몇인고? 우리들 중에 참 정말 '창기'를 미워할 자가 몇인고? 우리들 중에 참으로 '창기'와 한 가지 사람됨을 불명예로 여길 자 몇몇인고?

우리는 어떠한 형태로든지 머슴 문성이의 등골을 뽑지 않고 살아왔는가? 우리는 남의 노력을 착취한 일이 없었던가? 그런 기억이 조금도 없었던가? 우리는 건망병(健忘病)에 걸렸는가? 50보, 100보!

창기를 변호할 만큼 나는 관대치 못하다. 창기와 공동책임감을 느낄 만큼 나는 양심에 예민한 자가 아니다. 그러나 이만한 입바른 말은 하여도 비난치 않으리라. "이 사회조직 하에서는 창기의 생활수단이나 생활방법이 충분한 객관성을 가지고 있는 것이다. 그렇게 아니하면 창기는 살 수 없는 사람이다. 만일 그가 현존의 사회가 심어준 이데올로기를 그대로 가지고서 지금 취하는 생활태도를 버린다면 그도 머슴 문성이밖에 아무 것도 아니 될 것이다. 그는 자기 생활을 지탱하여가는 데에 영리한 사람이요, 또 자기의 도(道)에 철저한 사람이다. 그는 결국에 그 밖에는 취할 수 없는 길을 취한 사람이다" 라고.

그가 부르주아였다면 큼직한 수단으로 큼직한 자리를 얼러서 먹는 줄 모르게 먹을 대로 먹고도 자선가 노릇까지 하였을 것이다. 그러나 그는 부르주아가 아니다.

또 만일 그가 소부르주아였다면 그도 '문화주택'을 짓고 들어앉아서 '창기' 자신과 같은 사람을 부려가면서 고리대금업을 하였을 것이다. 그러나 그는 소부르주아도 아니었다.

또 만일에 그가 인도주의자였다면 그 자신이 부르주아사회가 남겨놓은 시들어가는 도덕, 팔리지 않는 도의(道義) 밑에서 허덕이면서 의식적으로 머슴 문성이가 되거나 그와 방사(倣似)한 "봉사적 생활"에 만족하였을 것이요, 그렇지 않으면 이제 평자(評者)가 문성이에게 동정함보다도 한층 더 '머슴 문성이'를 껴안고 체읍방타(涕泣滂沱)[103] 하였을지며, 또한 평자가 창기를 미워함보다도 한층 더 그로 더불어 사람됨을 불명예로 생각하였을 것이다. 그러나 그는 인도주의자도 아니었다. (1930.4.16)

부르주아는 아니요, 프티 부르주아도 아니면 그는 프롤레타리아다. 프롤레타리아의 의식을 가지지 못한 프롤레타리아다. 프롤레타리아이면서도 다만 소시민성을 가진 것은 사실이다. 그러면 작자는 그 소시민성을 역설하려는 것이 그 전의도(全意圖)였던가? 그러나 한 걸음 더 나가서 창기의 생활수단과 생활방법을 그렇게 유치(誘致)하고 형성시킨 근본원리를 캐어볼 책임이 작자에게는 없을까?

인도주의자가 아니요, 현실에 대하여 반기를 들 용기가 없는 자로서는 그와 같은 생활태도를 취하는 것이 차라리 당연치나 않을까? 그를 책함보다도 그를 동정할 수는 없을까? 그가 보통 이상으로 잔인하였던 데에 죄책(罪責)은 있지마는 그래도 부르주아의 자위책(自衛策)의 값싼 자선, 위선보다는 오히려 죄가 적다고는 못할까? 앞에 박힌 입으로는 "무산대중이여!"를 부르고, 뒷

---

103 체읍방타(涕泣滂沱) : 눈물을 뚝뚝 흘리며 욺.

손을 내밀어서 무슨 형태로든지 대중을 착취 않고는 못 배기는 위선자에 비하면 도리어 창기는 자기 도(道)에 철저하니만치 정직하기는 하다.

동리사람이 거덜이 나서 만주로 구명도생(苟命圖生)을 하여갔다. 창기 때문인가? 작자는 근시(近視)이다. 창기 위에는 '문화주택'에서 사는 사람이 있다. 그들은 일본사람이다. 문화주택에 사는 사람 위에는 고대광실(高臺廣室)에서 사는 사람이 있다. 고리대업을 하는 일본인 위에는 미쓰이(三井)가 있다. 미쓰비시(三菱)가 있다. 동척(東拓)이 있다. 동리사람에게 6, 70전짜리 고무신을 1원 2, 30전에 복장을 안긴 창기는 결코 자기 이웃사람을 만주로 내쫓지는 않았다.

관찰을 좀 높여야 할 것이다. 좀 넓혀야 할 것이다. 그 근원을 찾아가면 현 사회제도에 대한 시비를 분명히 가리게 될 것이다. 계급의식에 코를 부딪치고 눈을 번쩍 뜨게 될 것이다. 그때에 작자는 붓을 씻어가지고 다시 쓸 것이다. 결코 이러한 작품을 아니 쓰게 될 것이다. 작자의 의도는 프로작품을 쓰는 데에 있었기 때문에 내가 이 작품을 평하여 인도주의적이라고 하면 설다고 하리라. 그러나 유감이나마 그렇게 부언(附言)치 않을 수 없다. 센티멘털한 조그만 인도주의자! 작자는 여기에 만족할 것인가? 그나마 미숙하다. 불철저하다.

고 씨는 하허인(何許人)이신지 나는 모른다. 다만 소설을 쓰시려는 분인가 보다. 2회에 긍(亘)하여 장황한 논평을 하였지마는 기실 이만치나 떠들어놓을 작품이었던가? 소설을 쓴 분이 아니라 쓰려는 분이라고 한 내 말은 혹평인지 모르나 나는 그만치나 인색한 사람이다.

이 작품은 지리멸렬하다. 방언(方言) 때문에 두통이었던 것은 고사하고 여러 동강이 난 작품이다. 한 동강만을 충분히 쓴대도 훌륭한 작품이 될 만한 여러 동강을 조각보 모으듯이 모아놓은 작품이다. 동리사람이 만주 떠나는 대문[104] 같은 것은 실로 독자를 놀랠 만큼 당돌한 필법이다. 더구나 마지막에 가서 창기가 미쳐 날뛰는 것은 비과학적 미신이 아니라는 작자의 설명은 있지만 창기의 성격을 분열시킨 모순에 빠졌다. 그만치나 모진 창기가 그렇게도 어리석었던가? 부재다언(不再多言)하고, 이 작가도 많이 생각하고 많이 쓰기를 연습한 뒤에야 한몫 가는 작가가 될 것이다. 장래를 촉망할 만은 하다. 그리고 또 부탁할 것은 경어(京語)를 기준하여 쓰라는 것이다.

『대중공론』의 것은 이로 그친다. 안석영의 「여사무원」은 내호(來號)의 종결을 기다리기로 하거니와 최후로 동지(同誌) 편집자에게 일언(一言)할 것은 작품의 엄선을 바란다는 것이다. 공연한 총찰 같지마는 ……. (1930.4.17)

3. 「그들의 모자(母子)」(당선소설)(이천민(李天民), 『대조』)

선자(選者)의 말에 "내용의 새로운 맛을 취하였다."라고 하였다. 당선될 가치가 없다는 것은 아니나 내용이 새롭다느니보다는 진부하다고 하고 싶다. 또 선자는 "스토리나 묘사나 통일이나에 불충분"이라고 하였으나 내용의 빈약함에 비하면 그러한 점은 오히려 낫다고 하고 싶다. 어쨌든 선외가작쯤은 될 작품이다.

"어머니는 오늘의 사람이요, 두 아들은 명일(明日)의 사람"이라고 작자는 말하였다. 그러나 어머니가 오늘의 사람인 것같이 두 아들도 오늘의 사람은 아닐까? 두 아들이 오늘의 사람이면 어머니는 작일(昨日)의 사람일지도 모른다. 사실 오늘의 사회는 이러한 어머니로 대표하는 전 시대인과 아들로 대표

---

104 대목과 같은 말.

되는 현대인의 2분야로 형성되어 있지는 않은가? 명일의 인(人)은 두 아들에서 한 걸음 더 나가야 할 것이다. 스트라이크를 할 만한 사회의식이나 계급의식이 있다 하여 명일의 인(人)이라 하여서는 명일의 인(人)의 내용과 자격이 너무나 단순하고 빈약치 않을까?

스트라이크의 동기를 생각할 제, 더구나 이 아들은 명일의 인(人)이라고 하기가 어렵다.

우선 스트라이크의 조건을 보면 매우 추상적인 데에 소설적 기교라든지 진실성을 결여하였다고 하겠거니와 '감독 배척'이 그 첫 조건이요, 또 감독 배척은 여공에 대한 비행에 있었다. 이것만으로도 스트라이크의 조건이 아니 된다고는 아니 한다. 그러나 이러한 종류의 스트라이크는 단순한 윤리문제이요, '개인 대 개인' 문제일 따름이지 사회사상, 계급사상의 충동(衝動) 없이도 일어날 수 있는 것이다. 즉, 스트라이크의 대상이 직접 자본주의에 있지 않다. 스트라이크의 목표, 목적지가 자본주의의 본령이 아니다. 이 점으로 보면 아들 '허웅(許雄)이'와 그 동료는 금일의 인(人) 혹은 작일(昨日)의 인(人)이었던지 모른다.

'삼보(三甫)'의 모(母). 이 여성은 비단 작일(昨日)의 인(人)일 뿐 아니라, 좀 더 묵은 전형의 무지한 여성이다. "금일의 여성"은 아무리 무지하다 하여도 결코 감독의 위압에 정조까지를 내놓지는 않을 것이다. 그렇지 않다면 역시 작일(昨日)의 여성이다. 요사이 일본에서 "1930년 형"이라는 말이 유행하는 모양이지만, 1930년 형의 여성은 못될지라도 웬만치라도 자기에 각성한 여자요, 타락한 여자가 아니면야 그렇게까지 약하지도 않을 것이요, 무지할 수도 없을 것이다. 실제에 감독의 보비위(補脾胃)를 않으면 일을 안 준다거나 학대를 한다거나 하는 사실이 있지마는 조금만 자각이 있는 여성이면 어떠한 수단으로든지 그 마수(魔手)를 모피(謀避)할 수 있는 것이요, 저희끼리 입을 모아서라도 별반 대책을 강구할 수 있을 것이다.

백주에 점심시간에 그만한 유혹을 물리칠 수 없을 만치 주변성이 없는 여자면야 이 따위 여공을 데리고 스트라이크를 한다는 것부터 실수이다.

'여자는 약하니까 …….' 라고 하는 것은 남(男)의 무용(無用)한 호의나 선입견에서 생기는 분외(分外)의 핸디캡이다. 아무리 약한 여성이라도 정조관념만 튼튼하면 심야에 강도를 만나서라도 능히 저항할 수 있는 것이다. 하물며 이목이 번다한 공장의 일우(一隅)에서랴. 만일 삼보의 모(母)가 스트라이크에 참가할 만한 자각과 기골의 편영(片影)이라도 있으면서 그 욕을 감수하였다 하면 삼보의 모(母)도 파렴치한 추부(醜婦)이다. 그런 여성은 금일의 인(人)도 못 되고 명일의 인(人)의 모(母) 될 자격도 없다.

이 작품도 무산문학을 표방하려고는 하는 모양 같으나 이 따위의 인물이나 사건을 전개하여가지고는 무산문학의 발자(潑剌)한 전취성(戰取性)을 표현하지는 못할 것이다.

이러한 제재를 가지고 무산문예를 형성하려고 할 시대는 벌써 지나갔다. 오늘날 무산운동의 대세는 단순한 노동조건의 개선에서 한 걸음 더 나가서 정치운동화한 데 있다. 그러면 이 작품에 있어서 보면 노동조건의 개선을 중심으로 하여 일보를 뒷걸음한 관(觀)이 있다. "임금 인상"이니 "시간 단축"이니 하는 부득요령의 추상적 조건을 열거는 하였으나 이것은 부대조건이 되었고 직접동기를 지은 주(主) 문목(問目)은 못 되었다. 즉, 이 사건은 노동쟁의가 아니라 '공장의 윤리화'라 할까. 확청[105]운동(廓淸運動)이라 할까. 어쨌든 상투적 도의관념이 움직인 자취밖에 보이지 않는다. 결국에 무산문학으로서의 충분, 또 신선한 내용을 가진 작은 아니다. (1930.4.19)

---

105 확청(廓淸) : 지저분하고 더러운 물건이나 폐단 따위를 없애서 깨끗하게 함.

4. 「종이 뜨는 사람들」 (성거산인(聖居山人), 『대조』)

조선의 산업혁명 내(來)! 이것은 동시에 일본의 자본국(資本國)의 습래(襲來)요, 자본이라는 거탄(巨彈)의 투하이다. 그리하여 경성으로 말하면 하문외산협(霞門外山俠)에 끼어서 근근이 구명도생(苟命圖生)하는 "종이 뜨는 사람들"에게까지 소위 산업혁명의 열풍(熱風)은 불어오고야 말았다. 모터와 사이렌, 이것은 산업혁명의 첫 소리였고, 또 누구의 손으로든지 울려지고야 말 것이었고, 또 이 기계의 소리를 인제야 듣게 된 것은 차라리 뒤늦은 것이었으나, 당하는 "종이 뜨는 사람들"에게는 청천벽력이었을 것이다. 그들의 무지는 여기에 속고 놀라고 분개하였으나 그 소조(所遭)는 잊은 것이었다.

모터와 사이렌이 누구의 손으로 (조선사람의 손으로든지 일본사람의 손으로든지) 장치되든지 "종이 뜨는 사람들"에게는 상관없다. 조선사람의 자본이 (殖)된다기로 그들이 받는 타격에 차이가 있을 것은 아니다. 그러나 작자는, 우리는 여기에 대하여 전연히 무관심일 수가 있을까?

전체로 이 사실, 자본력이 이 소규모의 가정공업적 공업지대를 병탄(倂呑)하였다는 사실에 대하여 객관적 관찰과 방점이 집중될 것은 사실이지마는 다시 한 걸음 돌이켜서는 민족적, 주관적 입장에서 이 사실을 관찰할 여유와 용심(用心)이 없어도 좋을까? 작자에 대한 나의 불만이 여기에 있는 것이다.

그 다음에 이 작으로 하여금 충분한 효과를 얻지 못하게 한 것은 양개(兩個)의 역점(力點)에서 방황하기 때문이다. 역점의 통일이 없었다.

자본의 침입과 거기에 수반된 분규가 그 일 역점이요, '샌님'으로 대언(大言)된 '신사상' —나는 편의상 막연히 '신사상'이라고만 한다— 의 침입이 타방(他方)의 일 역점이 되어 있다. 이것을 왜 한 개의 에센스로 통일치 못하였는가? 일의 순서로 보면 자본의 침입이 선행하고, 그 다음에 그 필연적 과정으로 '샌님'의 출현, 신사상의 침입이 뒤미처 와야 할 것이어늘 이 작품의 표현 순서라든지, 감흥으로든지 전후가 도착(倒錯), 혹은 착종(錯綜)된 모양이다. 물론 그 어느 편이든지를 중심 잡고 써도 상관이야 없는 것이지마는 '샌님'이 주격이 된다 하더라도 '샌님'의 활동이라는 것은 매우 추상적으로 약간 눈치만 보일 따름이지 독자로 하여금 수긍할 만큼 주인공의 태도와 색채를 농후하게 하지 못하였다. 파업에 있어서도 '샌님'은 다만 부(副) 인물의 입장에 놓여 있다. 간혹은 그 존재까지 잃어버리게 되었다.

혹은 '샌님'이란 유형(有形)한 인물은 배후에 숨었으나 그로써 대언(代言)된 '신사상'이 그들에게 삼투되어서 그들의 운동의 원동력이 되지 않았느냐고 할지 모른다. 그러나 무엇이 어떻게 얼마쯤 삼투되었는지 형적(形跡)이 희미 몽롱치 않은가.

'샌님'에게서 들었다는 "말하는 물건"이란 말을 저희끼리 농담 삼아 뇌는 것으로 ― "유물사관 이야기"를 듣자는 말로 ― 그들의 사상적 발전을 표명하려는가? 너무나 독자의 상상력을 신뢰하였다.

'샌님'은 결국에 실패하였다. 개인으로서 실패다. 처음에 이 공장생활을 하게 된 동기는 용감한 자기생활 혁명에 있었다. 그러나 아무러한 성과도 자기 자신에게 돌려보내지 못하였다. 또 공적으로도 파업이 실패에 돌아가고 말았을 뿐 아니라 거기에 아무러한 직접적, 표면적 공헌은 없었다. 자본력, 회사만이 쾌재를 불렀다.

만일 '샌님'의 성공을 찾자면 희생을 달게 받았다는 것과, '삼분이'의 편지와 돈 일 원에 감읍하였다는 것일 것이나, 투옥이 "일" 전체에 대하여 생색나지 않은 이상으로 삼분이의 편지와 기부는 그다지 감읍할 만큼 고마울 것이 못 된다. 삼분이 같은 무식한 집 딸로 여공 노릇하는 소녀가 '샌님'을 한두 번 얼굴만 보고 무슨 감화를 받았기에 "노동자를 참으로 위해 일해주는 양반"이라고 동지로서의 애욕을 느끼고 프롤레타리아의식을 몽롱히라도 파악할 수 있었을까? 그것은 또 고사하고라도 소녀의 편지에 감격하기 전에 "일"의 실패를 분격(憤激)하고 초려(焦慮)함이야말로 '샌님'의 당연한 태도는 아니었을까? 삼분이로 말미암아서 겨우 노동자들의 모양을 연상하여만 보았다는 것은 그야말로 '문학청년'의 센티멘탈리즘에 떨어지고 말았다.

본지 외(外) 타(他) 작품은 완결을 기다리기로 하고 또 『조선지광』 기타 지(誌)는 아직 발간치 않았기로 우선은 이로써 잠깐 각필(擱筆)하거니와 금월의 수확은 아직 같아서는 변변치 못하다고 아니할 수 없다. (1930.4.20)

문학과 미인[106]

현대미인의 특색이 무엇인지는 알 수 없으나, 어쨌든 소위 동양적 미인은 비현대적일 것이다. 정서적보다는 이지적이요, 정적이기보다는 동적이요, 숙녀적임보다는 코케트(coquette)하고, 아담하거나 단려(端麗)하다느니보다는 재즈적인 점에서 현대미를 엿볼 것이다. 요컨대 춘앵무(春鶯舞)는 고전적이요, 찰스턴은 현대적이다. 미인의 표준도 여기에 따를 것이다.

그러면 구체적으로 현대미인의 모든 요소는 어떠한 것인가? 이것은 좀처럼 만나보지 못하나니 윤곽이나마 그리기가 어려우나 무엇보다도 눈은 육감적이어야 할 것이요, 발육이 풍염(豊艶)하면서도 체격이 완실(完實)하여야 할 것이다. 섬약(纖弱)의 미는 비현대적이기 때문이다. 그리고 동작이 극단적으로 리드미컬하여 육체의 선미(線美)뿐만 아니라 동작 전체가 미묘한 선의 교향악적 효과를 내고 농후한 색조를 방사(放射)하여 현혹의 미를 갖춰야 할 것이다. 그리고 수족(手足)의 미를 더욱 발휘하면서도 거지(擧止)는 남성적이어야 할 것이다. 그 외에 미를 간접적 효과 있게 하는 것은 음성과 지식과 취미에 있는 고로 현대미인이 되려면 성악의 '가갸'라도 알아야 할 것이다.[107] 현

---

106 염상섭(廉相涉), 「문학과 미인」, 『삼천리』, 1930.4. 이 글은 '현대미인관'이라는 표제 하에 실린 글 중 하나임.
107 원문에는 '알아야 할 알 현대적 유행어~'로 되어 있다. 문맥을 고려해 '알아야 할 것이다'로 바

대적 유행어와 학술상 술어를 자유자재로 조종하고 영화, 음악, 미술, 문학 등등 방면은 물론이요, 옥돌, 골프, 기타 스포츠 방면에도 상식과 약간의 기술을 가져야 할 것이다.

그 다음에 내가 소설에 그리는 미인은 어떠한 것인가? 나는 로맨티시즘의 소설을 쓰지 않으니까 히로인은 반드시 미인만을 그림에 한하지 않지마는, 미인을 그린다면 현대물을 쓰느니만치 여상(如上)의 표준으로 쓰는 경우가 많겠지마는, 그보다도 성격을 주로 보는 고로 그 타입에 대하여는 성격에 맞춰나감으로 수시로 변해가는 것도 당연한 일이라 하겠다. 그러나 현하의 조선에 있어서는 아무리 모던 걸이라 하여도 사회 사정이라든지, 구관(舊慣)의 영향이라든지 하는 관계로 충분한 모던 걸을 그리기가 어려운 때도 많다. 그뿐 아니라 간혹 현대미인으로 내세워도 부끄럽지 않은 여성이 실재하기도 하고, 또 소설 인물로 취급할 수도 없지 않지마는 아직 그들의 교양이 상식으로만도 현대미인 혹은 모던 걸이 되기에는 아직 천열(淺劣)하기 때문에 어떤 경우에는 색주가보담 조금 나은 인물이 되고 마는 경우가 많다. 어쨌든 현대적이든 아니든 미인이라는 것은 심성미(心性美)라는 것은 의외로 그 미태(美態)에 영향을 주는 것이므로 현대미인이 되려면 현대인다운 심성과 기분과 정조를 길러야 할 것이다.

꾸었다.

『만세전』과 그 여성[108]

안 쓰면 우정 문제로 알라고 파인(巴人) 식의 위협이 무서워서 쓰기는 쓰지마는 이러한 문제로 연전(年前)에 어딘가 쓴 일이 있는 법하여 별로 흥미는 느끼지 않는다. 혹시 전자(前者)에 쓴 것과 중복이 되는 점이 있더라도 필자는 그 책(責)을 지지 않을 것이다.

소설은 널리 말하면 결국에 작자의 경험에 기초를 둔 것이라 하겠는 고로 모든 소설은 그것이 아무리 순 공상으로 구안(搆案)되었더라도 인물이나 사건이 자기의 체험이나 경험 이외로 벗어나가지는 못한다. 따라서 소설에 나오는 인물이나 사건이 특정적의 것, 지목된 것은 아니라 하더라도 자연히 자기의 견문(見聞)한 인물과 사건이 묘사되고 취급될 것이므로 모든 소설은 모델을 가졌다고 할 수 있다. 가령 작자가 스토리를 전연히 공상으로 꾸며냈다 하더라도 스토리 자체부터가 실인생의 가유성(可有性)을 가진 것, 부언(復言)하면 작자 자신의 문견(聞見)하고 또 희망하는 바에서 나온 것이므로 거기에 나오는 인물도 그 시대, 그 사회의 가유성을 가진 인물의 전형을 떠나서 묘사될 수 없을 것이다. 그러므로 모든 소설은 광의(廣義)로 보아서 모델을 가졌

---

108 염상섭(廉想涉), 「『만세전』과 그 여성」, 『삼천리』, 1930.5. 이 글은 '내 소설과 모델'이라는 표제 하에 수록된 것임.

다고 할 것이다.

그러나 보통 의미의 모델이라는 것은 이러한 광막한 의미는 아닐 것이다. 어떠한 실재 인물의 실제 생활을 헤치고 들어가서 어떠한 부분, 혹은 그 전체의 활사실(活事實)을 소설화할 때의 그 실재 인물의 성격이나 생활을 가리켜서 '모델'이라고 부르는 것이다.

이러한 것은 사실 얼마든지 있는 일이어서 세간에 이 소설은 누구를 모델로 한 것이니, 이 소설의 어떤 인물은 누구와 같다느니 하는 말을 종종 듣는다. 또 작자 편으로 생각할지라도 공상으로 인물을 빚어 만들어야만 할 것도 아니요, 또 공상력이라는 것도 무제한·무진장으로 활용할 수 없으므로 실재 인물을 묘사하는 경우도 많으니 전기소설(傳記小說)이나 자서전식 소설은 더욱이 그러한 것이며, 또 그 외에 특히 감흥을 주는 인물이나 사건이면야 소설 작가는 결코 그 제재를 내버리지 않는다.

그러나 나의 작품으로서 이러한 모델을 잡아서 쓴 것이라고는 별로 없다. 더욱이 장편에는 하나도 없다. 장편으로 처음 쓴 것이『만세전』인데 작의 성패는 차치하고 모델은 없었다. 그 다음에『너희들은 무엇을 얻었느냐』에 모델을 쓰려고는 하였으나 모델과는 전연히 다른 데로 미끄러지고 말았다. 또 최근의『사랑과 죄』,『이심』도 전연히 모델이 없다. 다만『이심』만은 경성부립도서관(본관)에 갔다가 사무실에 전화를 빌러 들어갔더니 20여 세의 소복소부(素服少婦)가 그 차림차리로는 구식부인 같은데 유창한 일어로 사무원과 수작을 하는 것을 귓결에 들으니 내용인즉슨 일본집의 소위 '오마니'가 되겠다고 응모하여 온 모양인데, 시내 모 여학교를 3년까지 수업하였다는 말을 듣고서 여기에 힌트를 받아서 쓴 것이었다. 그러므로 물론 모델을 쓴 것이라고는 못할 것이다.

그리고 현재에『조선일보』연재의『광분』도 역시 전연히 모델은 없다.

그 다음 단편 중에서 모델을 쓴 것으로는 「해바라기」가 있었다. 이것은 그 히로인의 승낙까지 받고 썼으나 미숙한 붓인지라 다소 문제가 되어서 성이 가신 일도 있었으니 아는 사람은 알 일이요, 그 외에는 최근에 「출분한 아내에게 보내는 편지」를 쓰다가 말았는데 이것도 어떤 우인(友人)의 사실담(事實談)을 들을 때부터 서한체로 하여 신문의 연재소설로 쓰려다가 그 역(亦) 모델과는 다른 딴 방향으로 붓이 미끄러져서 흥미도 없는데다가 신문사에 입사케 되어 분망(奔忙)도 하고 우인(友人) 관계도 있고 하여 그럭저럭 중단되고 말았다.

그 외에 지금 생각이 나는 것은 나의 처녀작 「표본실의 청개구리」와 「윤전기」다. 전자는 진남포에 갔을 때에 어떤 광인(狂人)을 보고 쓴 것이요, 후자는 나의 순전한 체험에서 나온 것이었다.

이렇게 차츰차츰 생각하면 나의 단편에는 모델을 쓴 것 같으나 이 외에는 별로 없을 것이다. 「제야」, 「두 출발」, 「조그만 일」 등등! 출판된 것, 안된 것 할 것 없이 대개 힌트가 아니면 사상에서 나왔지마는 도대체 모델을 쓰려면 씀직한 것도 없다. 모델 없이 쓴 것을 가지고도 조금만 비슷비슷한 인물이나 사건이 나오면 "이것은 누가 아니냐? 이것은 뉘 일이 아니냐?" 하고 얼토당토 않은 질문을 받는 것도 성이 가신데, 정히 모델을 썼다가는 공연한 질문과 무이해(無理解)한 항의에 두통을 앓을 것이다.

모델을 쓰는 것이 어떠냐는 데에 대하여는 작가에 따라 다를 것이니까 일체로 말하기는 어렵고, 대개 제재에 궁치 않으면 모델을 아니 쓰는 것이 좋겠다고 생각한다. 초상화와 달라서 나체화의 모델 되기를 싫어하듯이 소설의 모델 되기를 꺼리지 않은 사람이 없고 자칫하면 명예 문제, 덕의상(德義上) 문제가 되기 쉬우니만큼 모델을 쓰더라도 주의하여야 할 것이다.

5월 창작 단평[109]

『신소설』의 입선작품

신인의 출현이란 그다지 어려운지 모른다. 연중행사로 각 신문의 신년 현상문예 모집은 물론이요, 각 지(誌)에서 다투어 현상단편의 모집이 매월 정례(定例)도 있건마는 그 어느 거나 괄목할 만한 것을 보지 못한 것은 유감이다. 나로서는 기성작가보다도 신진작가의 작품에 대하여는 일단(一段)의 성의와 경의까지를 가지고 정독하건마는 이때껏 신문에서나 잡지에서나 혹은 개인적 면탁(面托)으로 받아보는 것이나 만족한 것을 보지 못하였다.

전월(前月) 『대조』의 입선작도 그저 평균점에서 뛰어나지 못한 것이었지마는 금월(今月)의 『신소설』의 입선작 2편도 별로 신통치는 못 하였다.

---

109 염상섭(廉想涉), 「5월 창작 단평」(전7회), 『조선일보』, 1930.5.21~6.1.

「두 주검」[110] (이담(李澹), 『신소설』)

이 작은 두 자살자를 그린 작품이다. 그러나 어째서 그들은 사(死)로써 현실고(現實苦)를 모피(謨避)하려고만 애를 쓰는가? "인생은 행복한 것이 아니다. 인생은 고통의 연쇄다. 결코 인생에서 행복을 구(求)치 마라"고 염세가는 말한다. 그러나 '행복을 찾지 말라' 찾지 말자고 단념하고 체관(諦觀)하는 그 사념(思念)이나 행위가 벌써 행복을 찾는 데서 나온 것이 아닐까? 그러한 단념과 체관은 "갈망하여 얻지 못하는 고통"에서 해방되겠다는 새로운 의욕에서 나온 것은 아닐까? 그리고 그 새로운 의욕은 그보다 앞선 강렬한 욕망을 버림으로써 마음의 안주(安住)와 평온을 얻으려는 데서 움직여 나온 것이다. 그러면 "구하여 얻지 못하는 고통"에서 해방하려는 의욕이나 마음의 안주·평화를 얻으려는 노력이나가 결국에 무엇을 예상 혹은 전제로 한 것인가? 그 역시 행복을 요망(要望)함에서 나온 것이 아닐까? 적극적 행복을 버리고 소극적 행복에 죽치고 들어앉아버리겠다는 것이다. 결국에 사람은 행복을 구(求)치 않고는, 또한 행복을 구할 새로운 길이나 여망(餘望) 없이는 살 수 없는 것이다.

그러나 행복에 인도할 새 길과 여망(餘望)이 두절되고, 또 다시는 스스로 속이고 속지 않겠다고 생각할 제, 다시 말하면 단념과 체관이 길을 잘못 들어서 실망, 절망에 빠질 때 사람은 자살할 것이다. 그런데 만일 자살을 단순히 죄악시하지 않고 기분(機分)의 윤리적 가치를 부여하여 생각한다면 그것도 보다 더 잘삶을 위한 최후의 노력이라고 볼 수는 없을까? 현실의 생활에 대

---

110 원문에는 '두 죽엄'으로 되어 있으며, 후대 연구자들에 의해 '두 죽음'으로 표기되었으나, 내용상 '두 구의 시체'를 뜻하는 것이므로 '두 주검'으로 옮기는 것이 타당하다 생각되어 그렇게 옮겼다. 이하에서도 동일하게 바꾸었다.

하여는 불만을 느끼고 그 현실을 그대로 묵과하기에는 너무나 양심이 예민할 때에 길은 두 가지밖에 없다. '현실을 타파하겠느냐? 자기를 부정하겠느냐?'의 두 길이다. 적극적 전취(戰取)의 기개(氣槪)에 섬당(瞻當)한 자는 제1의 수단을 취할 것이나, 타개의 기력이 부족하면서도 현실에 구안(苟安)함에 불안과 가책과 굴욕을 느낄 만큼 양심이 예민한 자이면 자살이라도 하고야 말 것이다.

이 경우에 소극적 자기부정의 수단을 취함은 갱진일보(更進一步)치 못하는 그 무기력(사회적 의미는 차치하고라도)이 자기 자신에 대하여서라도 죄악이 아니면 아닐 것이다. 다만 보다 더 잘삶을 구하는 정열이 강할 뿐이지, 한 걸음 더 나가서 그 욕망을 실현함에 노력치 않음은 전적으로 사는 사람도 아니요, 또 선(善)도 아니다. 그러나 돌이켜 불만(不滿)한 현실에 구안(苟安)하는 범용무치(凡庸無恥)의 도(徒)에 비하면, 적어도 그 양심이 살아 있고, 보다 더 잘삶을 갈구하는 점으로 보아서 차라리 이러한 자살은 용허(容許)할 수 있다고도 하겠다.

소설에서 취급하는 자살은 적어도 이만한 종류의 것이어야 할 것이요, 이만한 관찰 아래에 작품 전체가 통일되어야 할 것이다.

그러나 이 작품의 주인공의 자살은 그 아무 것도 아니다. 개죽음이다. 자살의 이유나 동기가 여간 박약(薄弱)으로 언론(言論)이 아니라 전연히 무의미하다. 다만 생활고를 모면하려는 죽음, 그런 것은 큰 죄악일 뿐 아니라 그것이 예술의 제재가 될 수도 없다. 그들의 자살에 하등의 내적 고투의 자최가 없는 것이 큰 불만이지마는 하다못해 외적 원인이라도 그것이 필지적(必至的), 불가피의 것이 아니었던 것이다. (1930.5.21)

자살이 현실도피, 생활고로부터의 해방을 단행하는 최후의 수단임은 물론이나, 이것도 역시 고통을 버리기 위한 수단이요, 행복을 버리려는 생각에서 나온 것은 아니다. 고통을 참는 것보다는 죽어 잊어버리는 것이 차라리 팔자 좋다, 즉 행복이라고 생각함에서 나온 수단이다. 다시 말하면 자살도 행복을 구함으로써이다. 과연 사람은 행복의 예감 혹은 예상 없이는 살 수 없으니 이것을 잃어버리면 자살이라도 하는 수밖에 없는 것이나, 이 행복의 예감, 예상은 특수한 경우 외에는 생활능력이 있음을 믿는 한에서는 가질 수 있는 것이다.

그런데 이 소설의 주인공은 하등의 내적 생활의 파탄에서 고민하는 것은 아니다. 그러면 생활능력을 잃어버렸는가? 그는 건강인이다. 그는 다만 일시 기한(飢寒)에 피로하였을 따름이다. 그가 귀국하여 다시 노동시장에 나선다면 호구의 도(途)가 없을 리는 만무하다. 실업하고 안할 것은 그때 가보아야 알 일이다. 만일에 모든 근로계급, 모든 빈곤자가 일시 기한(飢寒)에 궁박(窮迫)하였다고 목숨을 초개와 같이 버린다면 현하 조선동포의 8, 9할까지는 자살하지 않으면 안 될 것이다. 평범한 일이나 두려운 일이다. 조선사람이 이렇게도 심지가 박약하고 이렇게도 천박한 도피적인 인생관을 가졌다면 조선사람의 장래는 한심할 것이다.

'부모처자가 다 굶어 죽었으리라.' 그것이 자기의 죄책이라 하여 자결하였다는 의사가 표시되었지마는 그것도 말이 아니 된다. 부모처자가 죽었을지 모른다는 추측이요, 죽었다는 놀라운 사실을 목도하였거나 확보(確報)를 들은 것은 아니다. 만일 그 부모처자가 생존하였으면 자기의 죽음을 어디 가서 뉘우치려는가? 부모처자의 생사나 분명히 알고 죽어도 죽어야 할 것이 아닌가?

그 다음에 중국 순경에게 봉욕(逢辱)하였다 하여 민족적 굴욕과 사념(私念)을 못 이겨서 발작적으로 그러한 것인가? 무릇 조선사람 쳐놓고 이 강토 안에선들 어디를 가기로 그러한 굴욕을 면할 곳이 없겠거늘 하물며 국외에서랴. 만일 조선사람이 모욕과 강압에 설워서 죽는다면 조선사람은 씨도 아니

남을 것이다.

　우리들은 이 모든 것을 극복치 않으면 아니 될 것이다.

　하여튼 사람의 생의 본능은 그처럼 박약한 외적 조건으로 좌우되는 일은 만무[111]한 것이다. 내가 위에서 이 자살자의 내적 고뇌의 자취가 없을 뿐만 아니라 필지적(必至的) 불가피의 외적 원인도 없다는 말이 여상(如上)한 관찰로 의미함이다.

　대관절 '정순이'가 병인(病人)을 아라사에서 왜 끌고 나왔는가? 그는 니콜리스크의 농가에서 축출당한 것은 아니다. 친구의 병을 위하여 의약(醫藥)을 구할 자력(資力)은 능히 자기의 자금으로 지탱하여갈 만한 일자리가 있지마는 이것을 버리고 왜 설중(雪中)의 원로(遠路)를 떠났나? "죽여도 고국 땅에서 죽이겠다고!" 갸륵한 애국심, 망향병(望鄕病)이다. 고국도 살고서 고국이다. 의료의 도(途)를 버려가면서 고국을 죽으러 찾아올 양이면 처음부터 그 살뜰한 고향에 가만히 앉아서 기사(飢死)를 기다릴 것이 아니냐? 애국심과 망향심과는 다른 것이지마는 조선사람은 너무나 향토니 가정이니 하는 것을 거의 미신에 가깝도록 과중(過重)히 생각하기 때문에 이때껏 국외의 발전을 한다거나 널리 세계의 활동무대를 밟아보지 못한 것이요, 다만 썩으면 □토(土) 될지요, 죽지 않은 제 일신의 육혼(肉魂)이라도 고토(故土)에 파묻지 못하면 안심하고 명목(瞑目)치 못하는 것이다. 오늘날 조선사람의 만주 □축(逐)이 결코 해외 발전도 아무 것도 아니지마는 하다못해 '고토(故土)에라도 파묻겠다'는 그 사상, 그 관념이 틀린 것이란 말이다.

　하여간 이와 같은 무의미한 '두 주검'이나 진부(陳腐), 또 무가치한 사상관념으로 짜여진 인생 사실이 소설이란 예술형식으로 묘사되고 고조(高調)되거

---

111 원문은 '無萬'으로 되어 있으나, 문맥에 맞게 바꿨다.

나 인생의 참되고 바른 형태로서 보고될 거리는 못될 것이다. 결국에 이 소설
은 스토리의 흥미로서 이렇게 구안(構案)되지 않으면 안 되겠다는 작자의 서
투른 솜씨가 '두 주검', 두 송장을 만주벌판의 눈구덩이로 쓸어 넣은 것이다.
(1930.5.23)

「그의 수기」(유기호(庾基鎬), 『신소설』)

　이 작품도 『신소설』의 입선작이나 전기(前記) 「두 주검」과 같이 그 묘사나
기교에 있어서는 6, 7분(分)의 취할 점이 있으나 제재의 취급, 구안(構案)에 있
어서는 미비하고 고찰이 부족한 점이 많다. 이 소설을 읽을 때부터 '애주'의
부친이 지주라는 것으로 보아서 평자(評者)는 벌써 주인공의 일가가 만주로
이사한 원인이 애주의 부친의 지주적 전횡에 있을 것을 짐작하였으나 작자
는 그것을 종말에 가서야 표명하였다. 이것은 기교로서 졸렬한 것이다. 작자
는 애주의 부친의 횡포(횡포까지는 아니라도)가 '그의' 일가의 비운(悲運)의 장본
이 된 사실을 이 작의 중점으로 잡아야 할 것이요, 또 이 사실을 종말에 가서
표백하기 전에 복선적으로 독자에게 알려두어야 할 의무가 있는 것이다.
　위에 말한 것은 수법의 문제이니 차치하더라도 이 골자에 중점을 두지 않
았기 때문에 작품에 얼룩이 졌다. 즉, 전반은 단순히 소년소녀의 에로틱한
장면이 전개되다가 후반, 혹은 종말의 소위 클라이맥스라고 물 때에 가서는
계급의식을 끌어낸 데에 끝나고 말았다. 그러나 이와 같이 상반하는 양개(兩
個)의 사건, 혹은 양개의 중심을 땜질하여 놓았기 때문에 작품의 통일이 없었
고 계급의식의 고조가 미온적으로 흐리머리하여지고 따라서 클라이맥스에
힘이 빠져버리게 되고 말았다.

처음부터 어릴 때의 추억에서 자아내는 순결한 애욕과 일가의 비운을 통탄함으로 나오는 계급적 투지 및 개인적 악감정(심하면 복수심). 이 양극의 감정과 의욕이 서로 갈등하고 반발하는 딜레마에다가 주인공을 끼워놓고서 충분히 관찰한 후에 붓을 들었다면 이 작은 십분 효과를 얻었을 것이다. 그러나 젊은 '인순이', 중학생밖에 안 되는 인순이는 다만 풋내기의 가당치도 않은 공상적 애욕에 압도가 되어서 아무 것도 회고하고 반성할 여지없이 굶어가며 꿈을 쫓아다녔던 것이다. 다만 공상적이요, 로맨틱할 따름이다. 비록 계급의식에 눈을 뜬 때가 있었다 하여도 그것은 소녀와 자기와의 거리가 먼 것을 깨닫고서 얻을 수 없는 애욕을 버릴 때에 일어나는 반감과 증오에서 얻은 기분에 불과한 것이었다. 어디까지든지 감정적이요, 공상적이다. 이처럼 내용에 있어서는 더욱 취할 바가 없다. (1930.5.24)

「추억」(이효석(李孝石), 『신소설』)

나는 작품 전체보다 그 행문(行文)에 있어서 호감을 갖는다.

이 분의 작은 두 번째 보는데 이번의 문체는 전번 것과 달라서 건필(健筆)이고 밋밋하고 점잖으면서도 아름다운 느낌을 얻은 것이 유쾌하였다.

그러나 내용을 말하라거나 수법의 여하를 말하라면 별로 말할 거리를 가지지 못하였다. 원시(元是) 제재가 극히 단순하기 때문이지마는 어떻게 말하면 용두사미가 되었다고 하여도 좋을 것 같다. 그 서설(緖說)이 좋고 주체인 스토리가 전자(前者)에 떨어지기 때문이다.

그리고 그중에 눈에 거슬리는 것은 그들의 선배인 P가 취한 행동이다. 좀 달리 하면 사려 있고 기개 있고 품격 있는 선배다운 정정당당한 수단과 모책

(謀策)이 있었을 것이 아닌가? 더욱이 사청(舍廳) 책상 위에 써놓은 편지 같은 것은 탐정소설에 나오는 좀도적의 장난 같아 다만 근질근질하게 우스울 따름이다.

「하나님의 딸은?」(최인준(崔仁俊),『신소설』)

평범한 테마는 소설이 아니 된다는 것도 아니요, 소설로 쓸 수 없다는 것도 아니다. 그러나 다만 요구하는 것은 비비드한, 절실한 표현이다. 그러나 이 작은 그 제재와 내용에 있어서 가장 평범하면서 또한 비비드(vivid)한 느낌을 주지 못하였다. 결코 소설이 되지 않았다고는 아니하나 어쩐지 불만부족(不滿不足)을 느끼게 한다. 부자의 딸로 태어난 것과 도회에 나온 것이 타락의 원인이나, 너무나 개념적이다. "하나님의 딸"의 성격이 조금도 나타나지 않았다. 어떠한 타입의 여자인지 알 수가 없다. 어떠한 여자든지 부호계급에 태어나고 도회에 나오고 하면 타락한다는 말인가? 타락할 수 있는 성격을 가지고 났으면야 가난뱅이의 딸로 농촌에 들어앉았어도 타락할 것은 타락하고야 말 것이다. 어쨌든 이런 경우에는 성격을 살려주어야 할 것이다.

처음에 나의 흥미를 끈 것은 「하나님의 딸」과 '진구'와 '오봉이'의 콘트라스트요, 그 두 청년의 심리요, 또 진구의 출분(出奔)이었다. 적어도 이것이 이 작의 골격이 되어서 무슨 암시든지 줄 줄 알았다. 그러나 결국에 가서 허영에 빠져가는 일 여성에게 자극되어서라느니보다도 그것이 부러워서 순박한 농촌청년이 도회로 출분하였다는 사실 외에는 그 청년이 어떻게 되었다든지, 또는 그와 같이 허영심이 전염된 농촌청년의 행동이 좋다든지 그르다든지 그러한 점에 대하여는 작자의 흥미와 관찰이 조금도 미치지 못한 것이 불만족하다.

이 작은 다만 요새 계집아이의 타락하는 경로, 그것도 신문의 3면기사에도 이루 주체를 할 수가 없는 가장 평범한 사실을 그리기에만 정신이 팔려서 정말 문제가 될 것을 흘려버리고 만 작품이다. 즉, 두 무산(無産) 농촌청년과 한 유산(有産) 신여성을 끝까지 마주 붙들고 끌고 나가서 무슨 매듭이든지 지어주어야 할 작품이라는 말이다.

그 외에 "하나님의 딸"은 왜 자살하였는가? 기왕이면 회오(悔悟)하여 사(死)로써 정화(淨化)코자 함이었다면 좋았겠건마는 이 작에 나타난 것으로 보아서는 발광을 하여 죽은 것쯤 되었다. 다만 타락한 여자의 말로가 비참하다는 사실을 신문기사적으로 보도한 것밖에 아무 효과도 없다.

요컨대 이 작은 교회인(敎會人)의 가면을 야유한 데에 지나지 않으나 좀 더 신랄하고 통렬하였다면 좋았을 것이다. 하나님은 엿새 일하고 하루 노는데 "하나님의 딸"은 엿새 놀고 하루 일한다는 말은 제일 내 비위에 맞는 것이었지만 이러한 어조, 이러한 필치로 기왕이면 좀 더 힘 있게 현대의 종교인의 나면(裸面)을 척결하고 가면을 표박(漂剝)하였다면 통쾌하였을지 모르겠다. (1930.5.25)

「은희부처(恩姬夫妻)」(이태준, 『신소설』)

소위 '콩트' 비슷한 것이라고 할지? 소설다운 격식을 갖춘 것은 아니나 경쾌한 흥미를 끌기는 끈다. 그러나 "나는 그들에게 대한 비판이 막연합니다."라고 작자가 한 것과 같이 평자(評者)인 나도 "그들에게 대한 비판이 막연합니다."라고나 할까 ……. 그러나 다시 생각하면 막연이라느니보다도 현실사회에나 금대인(今代人)에게서는 도저히 찾아볼 수 없는 성생활(性生活)이나 변태적 심경을 작자의 공상으로 그린 것이나 아닐까? 사실 이와 같은 변태성욕자가 있을까? 일본의 다니자키 준이치로(谷崎潤一郎)의 어느 작품에서 이와 유사한 변태성욕자를 묘사한 것을 보았으나 경우가 좀 다르고 또 그것은 일시적 정부(情婦)이었다. 제 본처, 혹은 본처 될 사람을 이처럼 한만(閑漫)히 한다는 것은 아무리 세대가 바뀌고 소위 그 시대, 시대의 첨단의 첨단을 걷는다 하더라도 상상키 어렵다. 인간성, 애욕과 질투가 그것을 용허(容許)치 않으리라.

「산동이(山童이)」 (채만식, 『신소설』)

이 작품은 플롯에서부터 실패하였다. 제1절을 보고서는 "김상옥'이나 '최양옥'이 같은 인물이 나오는가?' 하는 호기심과 기대를 가졌었으나, 끝까지 다 읽고 나서는 양두(羊頭)를 걸고 구육(狗肉)을 팔은 작자에게 말썽을 좀 부리고 싶을 만치 속은 것이 분하였다. '나는 일로부터 이러저러한 것을 쓸 터이요' 하고 독자에게 선통(先通)을 하여가며 쓰는 작자의 고지식(다음에 평할 「쑥」에서와 같이)도 딱하지만, 처음에는 왕창 뛰게 엉뚱한 수작을 해놓아서 독자를 끝까지 끌고나가는 것은 약은 솜씨이나, 뒤에 가서 갈망을 못해놓으면 독자의 반감도 반감이려니와 작품으로서 실패다.

둘째에는 반드시 실패라고는 아니 하겠으나 주제가 너무나 평범한 신문로맨스 감인 것이요, 또 이것은 흠이 아니라 하더라도 그 노골적 표현은 너무나 야비(野卑)에 흘렀다. 문학은 품격, 품위를 잃어서는 아니 된다. 문학의 노력은 춘화(春畵)를 보여주자는 것이 결코 아니다. 춘화를 보고 시시덕거릴 사람에게 보여서 좋아할 것이면 문학적 가치의 7분(分) 이상은 없는 것으로 보아서 틀림없을 것이다.

'순천영감' 같은 노인이 허구 많다. 이런 추잡한 무용(無用)의 인물일수록에 간신(奸臣)이 충의(忠義)를 부르짖고 대의명분을 앞세우듯이 반드시 강기(綱紀)를 먼저 쳐든다. 그 밉고 더럽고 사회에 해악을 끼침이 실로 클 뿐 아니라 남의 잘 되는 나라의 7, 80 되는 사업가, 정치가를 보면 우리 늙은이들의 추태가 심사 틀리고 볼 수 없다. 그것을 생각하면 우리는 이러한 작품을 통하여 그들을 제성(提醒)하고 반성케 하는 것도 좋으나, 이 제재의 취급이 단순하고 심각한 비극적 요소에 결핍하여 결국 신문로맨스적임에 흘러버렸고, 더구나 최후의 구성 — 최후의 심판이라 하여도 좋다 — 가 없었다.

작자는 그 '추노(醜老)'에 대한 응징이 있는 듯이 암시를 주려고는 하였으나, 정작 골자가 되어야 할 그것이 다만 길 떠나려는 '산동이'가 뛰어 들어갔다가 얼마 만에 뛰어나왔다는 몇 마디로만 표시한 것은 실수이다. 실수라느니보다도 에로틱한 장면을 친절히 묘사한 데에 비하여 주객본말(主客本末)을 전도(顚倒)하였다 하겠으니 이것은 작자에게 얕은 관찰과 얕은 솜씨는 있어도, 깊고 복잡한 사건이나 장면에서는 손을 댈 역량이 부족하거나 또는 성격상 그러한 데에 흥미를 갖지 않거나, 그도 저도 아니면 플롯을 거기까지 끌고 나갈 꾸준한 끈기가 없어서 마치 습자(習字) 쓰는 아이가 첫 자는 해정(楷正)하게 쓰고 끝으로 갈수록 마구 날려버리듯이 날려버린 것이 아닐까?

간단한 암시로만 지나치지 못할, 이 작품의 가장 극적 효과와 윤리적 가치를 가진 중요점이요, 또 최고의 클라이맥스를 몇 마디로 집어치웠을 뿐, 당초에 '산동이'가 한사코 안 나가려는 '옥섬이'를 왜 내보냈는가? "고만두어라. 내가 나가마." 하고 이불을 번쩍 들고 나가서 무슨 핑계든지 대면 될 것이 아닌가? 여기에 자연스럽고 필지(必至) 불가피한 정경이 빠졌다. 그 다음에 '옥섬이'만 하더라도 그만한 경우에 저사위한(抵死爲限)하고 모피(謀避)하려면 못하였을까? 작자는 다만 작품을 꾸미려는 데만 급급하여 주밀한 고찰이 결여하였던지나 않았을까? 그 외에 산동이가 막연히 나간다는 것도 우습지만 옥섬이가 그 자리에서 우물로 자살하여 빠져 들어가는 것도 기교로서 졸렬한 것이요, 산동이가 그 소리를 듣고 주춤하고 섰다가 주인영감 있는 데로 뛰어 들어간다는 것도 안 될 말이다. 구할 사람부터 구해놓은 뒤에 비로소 복수도 하는 게 아니냐. (1930.5.28)

「쑥」(송양파(宋陽波), 『대조』)

지금까지 보아온 작품에서도 그다지 흥미를 느끼지 못하였지만 이 작품에서는 더 한층 그러하다.

비평의 창작적 의의를 주장하는 나로서는 결코 흠집만 잡아내자는 것이 비평의 전(全) 목적이 아니건마는 자연히 결점을 지적치 않을 수 없게 되고, 또 그것이 직접으론 작자에게, 간접으론 창작계에 다소라도 비익(裨益)을 주는 바이겠기로 평필(評筆)을 들 흥미는 없으나 몇 마디 하려는 것이다.

이 작은 소위 팔자 탓 — 숙명론적 인생관 — 의 부정, 이러한 것을 주안점으로 잡았다 할까? 그러나 다만 개념적으로, 더구나 피상적 설명으로 된 이 따위의 단순한 설법은 종래의 초기 무산문학에서 벌써벌써 몇 번씩이나 되풀이한 수작이다. 무산자의 불우(不遇)와 참상(慘狀)은 숙명적이 아니다. 결정적이 아니다. 팔자 탓을 할 것이 아니다. 어떠한 과정, 도상에 있으니까 모름지기 전취(戰取)할 것이라는 말을 하기 위하여, 말하자면 삼단논법의 제1단의 명제로서 그러한 제창을 하는 것이지만, 인제는 그만쯤 해두고 '어떻게 전취할 것인가? 어떻게 자기의 전도(前途)를 개척하여 나갈 것인가'를 알려주는 것이 옳을 것이다.

그 다음에 플롯에서 줄기가 되는 소생 삼형제를 없앤 것이다. 그중 하나는 병사(病死)하였으니 말할 것도 없고, 두 아이는 과연 그가 프롤레타리아이기 때문에 죽였는가? 물론 있는 집 자식이면야 유모차에 태워서 끌고 다니기도 하고, 잠시를 사람의 손에서 떠나지를 않게도 하고 영양과 발육이 충분하기도 할 것이다. 그러나 구차한 집 자식이라고 반드시 원두막에서 떨어져 죽고 지게에 치어 죽고 유행병에 걸려 죽는 것인가? 그것이 구차의 탓일까? 혹 간접적 원인은 빈궁에 있다 하여도, 빈궁이 직접 원인은 아니다.

농촌에서 살자면 중농 이상의 자식도 애보기에게 맡기면 데리고 나가서 원두막에 앉혀놓고 놀 수 있고, 또 실수하면 떨어지는 수도 있다. 떨어져 불행히 죽을 수도 있다. '사(死)의 신(神)'이 부르주아의 회뢰(賄賂)를 먹지 않았으면야 이런 경우에 부자의 자식이라고 혹시 눈 감고 지나칠지 모르겠으나 '사(死)의 신(神)'은 이 소설에 나오는 의사 같지는 않을 것이다. 요컨대 기화(奇禍)다. 기화는 빈부를 초월한 부주의(不注意) 혹은 불가항력으로 돌발하는 사건이다.

그 다음에 병사(病死)한 자식도 그러하거니와 지게에 치인 자식도 빈궁의 탓이거나 주인의 탓은 아니다. 쑥 두어 단과 나무 두어 단쯤 엎어놓은 지게가 얼마나 무거운지? 그 두 가지가 반나절쯤에 뜯은 것이면야 별로 그다지 육중할 것 같지도 않거니와 어쨌든 거기에 치어서 죽었다 하여도 빈궁을 탓하거나 주부가 냉면을 사러 보낸 것을 탓할 것이 아니다. 쌀값 재촉을 하러 온 것으로 보아서 빈궁의 탓이라 할지 모르나, 싸전쟁이가 염라대왕의 사자(使者)가 아니면야 남의 자식 죽이러 온 것은 아니다. 채권이 있으면 받으러 오는 것도 당연한 일이요, 또 순순히 가버렸으며, 주부가 냉면이 먹고 싶어 사오랬기로 그것이 틀리다면 다만 하인은 조밥 한 그릇만 주고 배가 불러서 냉면 먹는 것이 대조적으로 밉다는 데에 불과할 것이요, 그 사실이 결코 어린아이 죽음과 아무 관련이 없는 것이다. 그 역(亦) 아비에 부주의에서 나온 기화이다.

짐을 곧 풀어놓지 않았다든지, 아이를 그대로 내버려놓고 손님과 이야기를 하였다든지 하는 부주의가 원인이었다. 주인의 자식이라도 그렇게 되려면 되는 것이다. 조밥 반 그릇을 먹은 탓도 아닌 듯이 냉면을 먹었어도 자식이 그렇게 죽으려면 죽는 것이다. 종국에 작자가 노리고 쓴 프롤레타리아 힘으로 자식을 비명에 죽였다는 분명한 이유라든지 관계를 찾아낼 수가 없다.

빈궁이, 그리고 유산자의 폭위(暴威)가 이 아이들을 죽게 만들었다는 절실한 사건, 누구나 수긍할 이유를 보여주어야 할 것이다. 의사가 넷 중에서 외출 안 한 한 사람이 늦게 왔다는 이러한 종류의 사건도 종래 이런 종류의 소설에 많이 나왔고, 또 사실 그렇지 않다고도 않지마는 그 아비가 의사를 청하러 갈 것이 아니라, 아이를 반짝 안고 달음질을 쳐 갔다면 좋을 것이 아니냐? 그런 주변성 없는 아비기에 자식을 죽이는 것이다. 의사에게 가서도 치료를 안 해준다면 그거야말로 프롤레타리아의 설움이다.

「쑥」이라는 제목도 좀 구석이 빈 듯하거니와 이 작품은 실상 이로부터 써야 할 것이다. 즉, 「쑥」 이후가 소설이 되는 것이요, 이때까지 써놓은 것은 그 서설이나, 기실은 그리 필요치 않은 서설이다. 안 되면 조상 탓을 한다는 속설이 있거니와 무에나 무산자가 불행한 일을 당하면 원인은 부르주아로 돌려보내려는 것은 서울사람이 재채기를 하면 '다방골도 쑥엑쑥엑'[112]이라고 하는 심리와 같고, 또한 아직 진정히 프롤레타리아의식과 프롤레타리아문학의 본질을 파악치 못한 자의 부화뇌동적 태도인 체 하여 도리어 좋지 못한 감

____

112 쑥엑쑥엑 : 소리를 내지 말라는 뜻으로 손가락을 입술에 대며 '쑥엑쑥엑' 소리를 낸다. 곽원석, 『염상섭 소설어사전』, 487쪽. 여기서는 재채기 흉내를 내듯 입을 막고 소리를 낸다는 뜻. 다방골은 현재 중구 다동(茶洞). 부자 동네, 기생이 모여살던 동네로 유명.

정을 일으킨다. 이것은 부르주아의 변호가 아니라, 적을 공격하려면 좀 더 뼈대 있는 재료로 조리정연(條理整然)하여야 누구나 수긍하고 열복(悅服)할 것이니 무산작품일수록 더욱 주의하라는 충고이다. 장황히 썼으나 기실은 좀 더 써야 할 것을 지단(紙短)하여 이만 둔다. (1930.5.29)

「지하촌(地下村)」(송영(宋影), 『대조』)

"이하 전부 삭략(削略)"이라 하였으니 얼만한 분량, 또 얼만한 사건의 발전이 세상구경을 못하고 말았는지 유감이다마는 이것만 보고서도 대략 짐작 못할 것은 아닐 것 같다. 그러나 평필을 들기에는 논의할 재료가 별로 없다. 삭제된 부분이 정작 골자요, 또 거기에 비로소 작자의 사회관이나 인생관이나 내지 인성관이 나타나 있을 것이기 때문이다. 여기에 발표된 것은 오직 이 작의 서론, 서두에 불과하므로 다만 이 작이 어떠한 경향을 가지고 나가리라는 막연한 추측밖에 허락지 않기 때문이다.

대체로 보아서 이 작은 잘 되어나갈 작품이었다. 그러니만치 후반이 삭제된 것은 더욱 아까운 일이다. 더구나 '정숙'의 모친의 성격이 이러한 작품에 알맞을 만치 구수하고 씩씩해서 좋다. 이런 경우에는 잘못하면 성격을 너무 과장하여서 도리어 부자연하고 밉살맞게 되기 쉽건마는 그 씩씩하고 생과수다운 전형을 이러한 의식이나 실제 운동에 전향(轉向)시키면 능히 한 모퉁이 하염직한 여장부일 것이요, 또 거기에 흥미가 집중될 것이다. 그러나 충분히 활약시켰는지 못 시켰는지는 모를 일이라 하여도 우리 앞에 나타나지 못한 것은 거듭 유감이다.

또 '정숙이 아버지'가 출분(出奔)하는 광경이 몇 마디 아닌 말로 표현하였으나 그 부부의 성격이며 정조를 나타내어서 퍽 따뜻하고 유쾌하다. 언제든지 무산문학작품에서는 이러한 점에 너무 힘들여서 부자연, 불유쾌한 과장(誇張)을 함으로써 도리어 효과를 멸살(滅殺)하는데, 이 작에 있어서는 그러한 무리가 없어서 전체로 호감을 주는 것이다.

그런데 제작상 불의미(不意味)한 점을 약간 들자면, 시내 균일 자동차가 일시에 3천대나 격증하는 것은 현실의 정황과 너무 거리가 멀다. 경성이 가진 자동차 총 수효가 그렇게도 못될 것이다.

또 그 외에 '정숙이'가 7원밖에 못 받아온 (일급(日給)이 3, 40전이면 월급으로 10원 내외일 터인데) 이유도 말치 않고, 또 집에 들어오는 길로 조모에게 월급 받았다는 이야기가 있을 터인데 그것이 없음은 실수라고까지는 못 하여도 자연스럽지 않다는 말이다.

그리고 채금(債金) 감하(減下)에 있어서도 1원을 90전, 50전을 45전으로밖에 감하(減下)치 않은 것은 노동운동의 조건이 되기에 좀 무력하여질 것 같다. 적어도 3할 감하쯤은 되어야 일반에게 주는 감동이나 반향이 큰 것이요, 또 여기에 항쟁하는 데 대하여 누구나 수긍하게 될 것이다.

이상 대략 기교에 관한 것으로 이 평은 끊는다.

전회분(前回分) 「쑥」에서와 같이 작자가 독자에게 선통(先通)을 하여놓고 써나가는 것은 서투른 솜씨라고 「산동이」 평 중에 언급하고 그대로 내버려 두었기에 여기에 일언(一言) 부기하여 두거니와 그것은 다른 것이 아니라 「쑥」 중에 '아범'이 나중에 그것으로 말미암아 무슨 비극이 일어날지도 모르고 쑥을 뜯으러 나갔다고 한 구절을 가리킨 것이다. 비극이 생기거나 희극이 연출되거나 그것을 작자가 미리 언명하여가며 쓸 필요는 없는 것이다.

또 「산동이」에서 영감이 '순천 부사'를 해먹고 일한합병(日韓合倂) 후에 그만두었다 하였으나 순천(順天)은 ‘영장(營將)’이요, ‘부사(府使)’가 아니며, 또 순천(順川)이라면 부사나, 갑오(甲午) 이후에 폐지되었으니까 일한합병 전후면야 ‘군수(郡守)’이었을 것이다.

또 「하나님의 딸은?」에서 그 부친이 “진노(震怒)”하였다고 한 것은 실없이 놀리는 말로 쓴 것이 아니라면 잘못이다.

이상과 같은 점은 그다지 작의 가치를 좌우하지 않는다 하여도 주의는 하여야 할 것이다. (1930.6.1)

천진天眞[113]

차렵 옷이 훗훗한 봄날 오후였다. 한정(閑靜)한 골목 모퉁이에 대여섯 살짜리의 고만고만한 조무래기 육칠분을 일렬 나란히로 모서 세웠다. 울긋불긋 깨끗하게 입혀놓은 것이라든지, 코밑이 조촐한 양이 귀여워 보인다. 한 간통쯤 떨어져서는 양복 입은 청년신사들이 똑같이 카메라를 대고 열심으로 초점을 맞추고 섰다.

장난에 취한 아이들은 샛별 같은 눈에 5분(分)은 겁을 집어먹으면서도 입으로는 '히히헤헤' 하며 손길을 맞붙들고 한시도 몸을 제대로 두지 않고 법석이다. …… 카메라맨이 셔터의 고무줄을 막 잡으려 할 제다. 저편 대문 안에서 "아무개야 —" 하고 부르는 젊은 어머니의 고운 목소리가 나며 대문이 찌걱 열렸다. 중간에 끼었던 노랑 저고릿자리는 "흐하핫 —" 하고 웃으며 빠져 달아났다. 뒤따라서 "으아핫" 소리와 함께 일렬로 조그만 '구보(驅步)[114]로'가 시작되었다.

사진기에서 고개를 든 두 청년은 어이없는 고소(苦笑)를 띠며 분한 듯이 아이들 뒤만 바라보고 섰다.

---

113 염상섭(廉想涉), 「천진(天眞)」, 『별건곤』, 1930.6. 이 글은 '일인일문(一人一文)'이라는 표제 하에 실린 글 중 하나이다.
114 원문에는 '駐步'로 되어 있으나 '驅步'의 오식이다.

돈, 돈. 돈 구처할 일에 정신이 팔려서 집으로 종종걸음을 걷던 나도 두 번 돌아다보며 웃음소리를 입에 넣고 커다랗게 웃었다. 그리고 십보를 지나서는 또다시, '돈, 돈' 하였다.

『개벽』으로에[115]

개벽사는 10년의 역사를 가졌다. 그러나 개벽사의 사업의 하나인 『별건곤』은 10년의 역사를 가진 것이 아니다. 그러므로 누구나 『별건곤』을 통하여 개벽사 창립 10주년을 축하, 또 회고하는 것이요, 『별건곤』을 축하하는 것은 아닐 것이다.

나는 개벽사에 대하여 경의로써 그 10주년을 축하한다. 더욱이 조선과 같이 소위 3대 난관(경영난, 검열난, 편집난)을 가진 언론기관에 있어서 10년의 성장을 온전히 하여 오늘날의 기초를 확립하였다는 것은 그 관계 간부 제씨(諸氏)의 여간한 성의와 수완과 노력 없이는 도저히 바랄 수 없음임을 누구나 짐작할 것이니만치 조금도 에누리 없이 그 여러 간부 제씨에게도 경의를 가지고 경하하며, 또한 아울러서 그 문화적 공헌과 업적에 대하여 감사하지 아니치 못하리라 믿는다.

그러나 체면 없이 입바른 말을 한다면 개벽사에서 잡지『개벽』을 발간한 시대가 민중의 경의와 감사와 찬사를 받을 것이요, 『별건곤』이후의 개벽사에 대하여는 민중이 충심에서 나오는 경의와 감사와 찬사를 받들기에 다소

---

115 염상섭(廉想涉), 「『개벽』으로에」, 『별건곤』, 1930.7. 이 글은 ·『개벽』 시대를 추억하며, 당시에 집필하던 제씨의 기념집필'이라는 표제 하에 실린 글 중 하나임.

주저치나 아니할까 두려워하는 바이다.

사실 그러하다 하면 이것은 어디에 원인하였는가? 첫째는 『개벽』에 ‘뜻’이 있었으나 『별건곤』에는 그것이 분명치 않고, 둘째에는 전에는 ‘싸움’이 있었으나 후에는 그것이 보이지 않고, 셋째에는 전에는 ‘기백과 긍지와 희생적 정신’이 있었으나 후에는 그것이 부족하여진 몇 가지 이유에 있지나 않을까?

그러나 개벽사의 사업이(이렇게 된 것이 사실이라면) 이렇게 되지 않을 수 없게 된 또 한 겹의 원인을 생각할 제, 우리는 개벽사를 미워하고 나무라기 전에 한층 더한 동정을 느끼지 않을 수 없다. 왜 그러냐 하면 그는 국척(跼蹐)[116] 하여 소지(所志)를 창서(暢叙)치 못할 불우(不遇)에 놓여 있기 때문이요, 결코 그 본래의 ‘뜻’과 ‘싸움’과 ‘기백과 긍지와 희생적 정신’을 잃어버린 것이 아니기 때문이다. 다시 말하면 이러한 미덕을 잃기 때문에 상품화한 통속적 간행물에 만족하는 것이 아니라, 이 정도에서 은인자중하는 수밖에 없는 정세에 놓여 있으니 차라리 우리는 그 고충을 통석(痛惜)히 생각 안 할 수 없다는 말이다.

그러므로 우리는 개벽사 10주년 기념에 제(際)하여 오직 한 마디로 드리울 축원은 하루바삐 『개벽』에 돌아가주십시사 함이다. 그리하여 그 감추어두지 않을 수 없는 미덕이 녹슬지 않은 채로 우리 앞에 다시 빛나게 되는 날, 우리는 다시 한 번 개벽사 만세를 부르게 될 것이다.

그러나 그렇다고 현재의 『별건곤』의 업적을 결코 의심하는 것은 아니다. 통속적 독서층의 계발을 위한 공효(功効)와 공헌은 결코 적다고 못할 것이요, 또 이러한 간행물은 현하 조선에 있어서 가장 필요한 부분적 사명을 가졌으

---

116 국척(跼蹐) : 몸을 구부리고 조심조심 걷는다는 뜻으로, 두려워하거나 삼가고 조심하는 모양. 이 글에서는 『개벽』이 1926년 폐간 조치 당할 정도로 조선총독부의 언론탄압과 감시가 심했던 상황에서 개벽사가 정론지가 아닌 취미오락지 성격의 『별건곤』을 창간한 배경을 말한다.

며 실제에 일부 민중은 그것을 요구하기 때문이다. 그러면서도 내가 여상(如
上)의 언론(言論)을 한 것은 다만 개벽사 자체의 주관으로 보면 『개벽』보다 불
만족일 것이요, 살림이 늘었다느니보다 줄었다는 말이다. 실제의 경영상 물
질적 방면은 『개벽』 시대보다 풍요하게 되었을지 모르나 정신적으로는 동면
(冬眠) 상태가 아닌가 하는 말이다. 남의 잔치에 가서 그 음식의 흉하적만 하
고 오는 것 같아 미안하나, 보는 데 따라서는 이에 더한 축복도 없을까 한다.

6월 3일 조(朝)

호평, 악평[117]

　자기는 창작을 하거니와 논평도 쓴다. 자기의 솔직한 감정으로는 자기의 창작은 칭상(稱賞)을 받고 싶으면서 남의 작품에 대하여는 가차 없이 결점을 지적한다. 잘못한다는 소리를 듣고 그 말이 번연히 옳은 줄은 알면서도 싫어하고 무어라고든지 대거리를 하고 싶으면서도 남의 잘못은 조금도 가차 없이 지적하고 싶어 하는 것은 혹시 상정(常情)이라 할지 모르나, 문예인 같이 사상·감정이 예민한 자에 있어서는 한층 더 그러한 성질이 있는 것이다. 그러나 자성(自省)과 관용(寬容)과 정명(正明)의 미덕이 있으면 어떠한 정도까지는 소위 이러한 소아병적 심리에서 벗어날 수 있을 것이다. 작가로서 제일 불쾌, 불만을 느끼는 것은 같은 악평이라도 그것이 감정적, 착각적, 인식부족적 또는 무근저(無根底)한 인상적 만평이나, 소위 이데올로기의 상이(相異)로서 나오는 악평이라도 그것이 색안경으로 본 선입견에 끌려서 공소한 만매(慢罵)에 흐르고 말면 그때처럼 작가로서 불쾌한 것도 없고 또 문예도(文藝道)에 차독(茶毒)을 끼치는 것이 없을 것이다. 늘 하는 말이지만 그 개인에 있어서 인신공격에 추(墜)하기 쉽고 문예도에 있어서는 정당한 발전과 민중교화를

---

117 염상섭(廉想涉), 「호평, 악평」, 『삼천리』, 1930.7. 이 글은 ‘작가가 본 평론가’라는 표제 하에 실린 글 중 하나임.

그르치기 쉬운 때문이다.

그러나 자기는 기실 이때껏 자기의 작품에 대하여 악평을 받는다 하여도 그다지 통양(痛痒)을 느낀 적도 없거니와 그렇게 분개해본 적도 없다.

그것은 자기가 그처럼 관대하다거나 평언(評言) 및 평자(評者)를 치지도외(置之度外)하여 그러하는 것이 아니라, 정곡을 얻은 공정한 평필이 아니기 때문이다. 자기로서는 아무리 악평이라도 그것이 정곡을 얻은 정문(頂門)의 일침(一針) 같은 정평(正評)이면야 자성과 수련을 위하여 뿐 아니라 그 통쾌한 맛으로도 열복(悅服)할 것이요, 차라리 지기(知己)로서 경앙(景仰)하고 싶은 것이다. 그러한 정평을 얻기는 어려운 일이다. 이와 반대로 아무러한 호평이라 하여도 득당(得當)치 못한 일미과찬(溢美過讚)은 결코 고마운 것이 못 된다. 결국 정당한 이해자, 지아자(知我者)를 바라는 것이다.

근자(近者) 모 일지(日紙)에서 본 『서부전선 이상 없다』에 대한 영장(英將) 한밀톤의 평언(評言)과, 이에 대한 그 저자 레마르크의 감격한 답변과 같은 것은 작품이 비평의 지기지우(知己之友)를 믿게 한 '호개(好個)의 화병(話柄)'[118]이거니와 이와 같은 평을 우리 문단에서 얻어볼 수 있을까?

소위 기성문단의 몰락(기실 몰락도, 추락도, 타락도 아무 것도 아니하였건만)이니 어쩌니 하여 시기(猜忌)로거나, 무산문학의 옹호책으로 아전인수적 태도로거나 하여 자기의 작품을 공연(空然) 비방하는 경우가 많으나, 사실로는 실소(失笑)할 따름이지 항변키를 즐겨 하지 않는다.

만일 그들이 과학적 태도로서 날카로운 메스를 가지고 자기의 작품을 십분 해부하여 항변할 여지도 없이 궁지로 쓸어 넣는다면 나는 통쾌하였다고 한 마디 사의(謝意)라도 표하고 싶으런마는 대개는 고성질호(高聲疾呼)한댔자

---

118 일본어식 표현으로 好個의 話柄, 즉 적절한 이야깃거리를 의미한다.

결국에 공소(空疎)하고 수긍할 만한 내용이 빈약한 다음에야 차라리 묵묵히 내 길이나 걸어가는 것이 오히려 현명치나 않을까도 싶다는 말이다.

또다시 비평은 작자 개인만을 상대로 하는 것이 아니다. 작품이 이미 사회성을 가진 이상 비평이 사회, 좁게 보아서 독자층을 상대로 하는 것은 물론이다. 그러므로 비평은 독자에게 문예에 대한 지적 요구를 만족시켜주는 교도적(敎導的) 행위라고 할 것이다. 작품 자신이 주는 미감(美感)은 독자의 감정이 호소할 따름이요, 양부(良否)·시비(是非)를 알고자 하는 지적 요구는 비평을 기다려야 할 것이다. 즉, 작품이 주는 영향은 무의식 삼투작용이나 비평은 의식적 섭취에 응하고 또 이를 자극·숙성케 하는 효과를 가진 문학적 노력이다. 그럼은 이것으로 문학 자체를 정도(正道)로 지도키 위하여서 뿐만 아니라, 문학이 미치게 하는 사회적 교화의 사명을 다하기 위하여서도 비평은 가장 공정하여야 할 것이다. 그러므로 '기성 대 신진'의 소감정(小感情)이라든지, 파벌적 소주관(小主觀)에 구니(拘泥)되어 본말을 그릇하면 비단 예술적 양심으로뿐 아니라 당인적(黨人的), 사회인적(社會人的) 내지 인간적 양심에도 자혜(自憓)할 바가 아니면 아니 될 것이다.

최종으로 한 마디 하거니와 혹자는 개인적 친소(親疎)를 따라서 비판적 태도나 정의(情意)를 일이(一二)로 함이 없지 않으나 이것도 또한 주의할 일이다.

현하(現下)의 평단을 전망하고 소감을 약서(略叙)함에 불과한 바이다.

이렇게 권하고 싶다[119]

구리야가와 하쿠손(廚川白村) 저(著) 『근대문학십강(近代文學十講)』 같은 것으로 근세문학에 대한 기지식(基智識)을 얻어놓고 나서, 태서(泰西) 대가의 대표작을 읽고 나서는, 그 독파한 작품의 권위 있는 비평을 아무쪼록 광구(廣求)하여 읽어보시오. 비판을 얻어볼 수 없으면 자기의 의견을 대강 얽어가지고 선배의 비판을 듣는 것도 좋겠지요. 그리 하노라면 문학이란 무엇인지 알게도 되고 작품의 □□을 알게 됩니다.

---

119 염상섭(廉尙燮), 「이렇게 권하고 싶다」, 『대중공론』, 1930.7. 이 글은 '현하 조선문단에 있어서 초학자에게 독서방법을 어떻게 지도하겠습니까(도착순)-문단 제씨의 의견'라는 설문에 대한 대답으로 작성되었다.

근작단평 近作短評[120]

1. 자기 변(辯)

두어 달 창작평을 시험하여 보았으나 같은 지면에, 같은 사람이 맡아 놓고 월평을 계속한다는 것은 쓰는 사람도 흥이 빠지고, 읽는 사람도 예사롭게 보지 않으면 쯤증[121]까지 낼 것 같아 6월에는 써줄 분이나, 혹은 쓰고 싶어 하는 특지가(特志家)나 없을까 하고 물색도 하여보았으나, 아직 경염(庚炎)은 아니라 하여도 요새 더위와 장해(長害)에 그러한 특지(特志) 혹은 유지가(有志家)도 없어서 결국은 나의 새책(塞責) 겸 또 이 붓을 들어보려 한다. 그러나 그만하면 나의 비평의 태도라든지 표준 같은 것을 독자는 이미 짐작할 것이매 별로 신기치 않을 듯도 싶고, 또는 이렇게 말하면 너무 자비(自卑)하거나 거짓겸손을 꾸미는 듯도 싶으나 그 반감 혹은 패익(稗益)이 있을 상 싶지도 않은 것을 역시 염려한다.

그런데 평에 들어가기 전에 잠깐 말하고자 하는 것은 『대중공론』[122] 6월호의 「4월창작평」 중에 산견(散見)되는 나에 대한 부분에만 한하여 몇 마디

---

120 횡보생(橫步生), 「근작단평(近作短評)」(전4회), 『조선일보』, 1930.7.15~7.19.
121 쯤증 : 마음이나 몸이 괴로울 적에 걸핏하면 짜증을 내는 것을 뜻한다. 곽원석, 『염상섭 소설어 사전』, 703쪽.
122 원문에는 『조선공론』이라고 되어 있으나, 1930년 7월 16일 발표된 정오표에 따라 『대중공론』으로 수정.

석변(釋辯)하여 두자는 것이다.

이것도 기회가 없으면 그대로 내버려두자는 것이었지마는 함일돈(咸逸敦)이란 분이 누구이신지 모르느니만치 침묵해버린다면 모멸적 묵살로 오해될 듯한 것이 미안하여서이다.

대체로 보아서 그것은 직접 창작평이라느니보다 시일 관계로 평의 평이 되었고 나에게 관한 말은 곡필혹평(曲筆酷評)이라 하겠으나 혹설에 있어서 그의 본의만은 차라리 고맙게 생각하는 터이다. 가령 소아병적 감정으로 만매(漫罵)를 남발하여 자타(自他)의 기품을 서로 상(傷)케 하는 소위 평단의 경향이라든지 그 원인을 세 가지로 본 것이라든지 …….

그러나 「머슴 문성이」에 대한 나의 평[123]이 일미(溢美)에 흐른 듯이 힐책(詰責)한 것은 잘못이다. 일미는 고사하고 나는 「머슴 문성이」의 작품으로서의 가치를 인정한다는 한 마디의 찬사(讚辭)도 쓴 일은 없었다. 2일 간이나 긍(亘)한 장광설을 늘어놓았다고 그것이 찬사 될 리 없는 것이다. "일개 문학지망자를 사정(事情) 봄으로"라고 하였으나, 그 작자가 하허인(何許人)인지, 함일돈 군을 모르는 듯이 나는 그를 모른다. 지면(知面)의 인(人)이기로 친소(親疎)로 좌우되는 그런 평을 써본 일은 없다. 제재에 대한 흥미, 그것이 이틀씩이나 쓰게 한 것일 것이다. 흥미 없이는 아무 것도 아니 되는 것이나, 흥미로 썼기로 그것이 평필(評筆)로서 길을 잘못 든 것은 아닐 것이다. 하물며 비평에 창작적 가치를 인정한다면야 비평도 종내(終乃)에는 자기표현이 되고 만다. 어떠한 사상(事象)에 대하여 자기의 견해를 피력함으로써 작품의 내용을 비평하고, 작품의 내용을 비판함으로써 자기의 견해가 저절로 피력되는 것이 비평에 용허되지 못할 일일까? 나는 결코 일 작자를 비호하기 위하여 곡

---

123 염상섭의 「4월의 창작단」(전6회)(『조선일보』, 1930.4.13~4.20)소재 고형곤의 단편소설 「머슴 문성이」에 대한 평을 말한다.

평(曲評)한 일도 없고, "취흥"으로 장광설을 내두른 일도 없다. 그뿐만 아니라 그 작의 예술적 가치를 의심하므로 그 내용, 사상만을 비평하고 표현의 교졸(巧拙)을 논외로 하였거나 비난하였을 따름이다.

친절이 "귀여운 자녀에게" 무슨 모찌인가를 사 먹이는 것만이 아니요, "가혹(苛酷)한 편달(鞭撻)을 가(加)함이 참된 친절인 때도 많음"을 잘 안다. 그러나 신진을 요구하는 금일 문단에서 그만한 친절(나의 평과 같은)이 그리 과분하여서 문단의 수준을 저하시키는 악영향을 끼치지는 않으리라고 믿는다. 그러하다면 그것은 평자(評者)의 죄임보다도 그 비평 받은 자의 분수요량(分數料量)이 부족하여 헛된 자긍(自矜)을 품는 데에 허물이 있을 것이다. 자기 작품이 일시 문제되었다고 일약(一躍) 대가연(大家然)하는 그런 문학청년이면야 전도(前途)에 촉망할 수 없는 조명(釣名)의 도(徒)일 것이요, 또 그런 감냥 없는 자면 언제든지 도태되고 말 것이니 문단을 위하여 그리 염려할 것도 없으리라고 믿는다. (1930.7.15)

2. 자기 변(辯)(승전(承前)) ―「세 식구」에 대하여

졸작 「세 식구」는 겸사(謙辭)가 아닌 참 정말 졸작인지 모른다. 따라서 그 예술적 표현을 그만치나 □□하여준 것은 그야말로 과분하다 할만치 고맙기는 고마우나, 그리고 너무도 무내용(無內容)하다고 한 것도 잠깐 시인해두기로 하나 그것이 과시(果是) "은(銀) 소반에 담긴 썩은 떡"일까?

"중산계급이라 할 인텔리 생활과 무산계급의 윤락생활을 대립시켜놓고 인텔리의 가족은 구도덕(舊道德)의 보호자인 입지에서 세 식구가 입을 모두어 먹을 길 없어 몸 팔아먹는 설사로운[124] 가족의 생활을 비웃고 윤락을 비웃고 셋방 든 것조차 쫓아내"었다고 작자를 비난하였다. 그리고 정조니 의리니 체면이니 하는 것은 인텔리의 가식이요, 정조를 팔아서라도 노모유자(老母幼子)에게 인조견(人造絹) 설빔이라도 하여 입히고 고기저름이라도 사 먹이는 것이 "적나라한 인생의 더 많은 가치를 발견"하고 "생에 대한 충실성을 찾아볼 수 있"다고 하였다.

오, 얼마나 극심한 착각이냐! 관념론을 부인하는 그들의 자승자박적(自繩自縛的) 프롤레타리아 이데올로기의 착각이 이에서 더 심할 수야 있을까. 프롤레타리아라는 일언(一言)이 인생 생활의 어떠한 비위(非違), 어떠한 부도덕, 어떠한 죄악이라도 변호하여줄 수 있을까? 프롤레타리아이므로 모든 것은 관대한 용허(容許)를 받을 수 있는가? 프롤레타리아라는 것은 일 계급에게 준 특권, 생활의 모든 궤도와 범주를 무시하고 초월하여도 좋다는 특권은 아니다. 함일돈 군의 소청(所請)대로 인텔리가 구도덕의 보호자(그럴 수도 있고, 그렇지 않을 수도 있지마는)라 하면 비(非) 인텔리인 프롤레타리아는 신도덕의 가장 용감한 건설자여야 하겠고 가장 강직한 그 보호자여야 할 것이 아닌가?

원시(元是) "중산계급의 인텔리 생활과 무산계급의 윤락생활을 대립시키"자는 것도 아니지만, 무산계급이라고 윤락하는 법이 아님과 같이, 인텔리라고 중산계급인 것도 아니다. 도리어 조선의 인텔리는 절화(絶火)하는 수가 많아도 실업치 않은 무산계급은 조반석죽(朝飯夕粥)이라도 하는 것이다. 우선 「세 식구」에 나온 주가(主家)와 셋방 든 세 식구가 그러한 것이다. 셋방을 들었을 법하여도 호의호식하는 점에는 주가(主家)보다 낫다. 무엇으로 호의호식하는가? 스스로 윤락함으로써다. 아니 호의호식하려고 윤락하는 것이다. 남보다 더 잘 과세(過歲)를 하고 싶어서 윤락의 생활을 부끄러워 아니한다.

---

124 원문은 '설사룬'으로 되어 있으며, '가난하다'라는 뜻이다.

체면을 가식(假飾)하는 점에서도 인텔리 이상이다. 프롤레타리아가 다 그렇다는 것이 아니라 이 「세 식구」의 경우에 그렇다는 말이다.

이 「세 식구」인 경우에 그 가장은 구직을 하여 지방에 내려가서 송부(送缶)까지 하여왔다. 호구(糊口)의 도(途)가 전연히 그친 것은 아니다. 절검(節儉)하면 연명은 해갈 정도이다. 또한 그 여자의 젊음과 기력은 능히 부정한 수단 아니라도 세 식구 입에 거미줄은 안 칠 것이다. 현상(現狀)으로 허영만 없어도 조반석죽은 될 것이요, 거기에서 적극적으로 노역을 불사하면 좀 더 생계가 나을 것이지마는 허영과 안일을 아울러 가진 탓은 아니었던가?

여기에도 우리는 오히려 동정치 않을 수 없는 의무를 져야 하는가? 이러하여도 오히려 "생에 대한 충실성"이 있고 "적나라한 인생의 가치"를 찾아내려고 애를 써야 할 것인가?

여기에 와서 도스토엡스키의 『죄와 벌』의 '소냐'를 생각한다. 나는 그를 예찬한다고까지 하였거니와 이 경우와 저 경우는 소양지차(霄壤之差)이다. '소냐'의 섬약한 두 팔에, 노모와 유자(幼子)일지라도 "무병(無病)한 두 식구"만 매달렸더라면 '소냐'는 결코 밤거리의 뒷골목을 헤매지 않았을 것이다. 하물며 남편이 있음에랴!

그래도 동정하라는 것인가? 그렇다면 그것이야말로 위선이요, 가식이다. "정조니 의리니 하는 부르주아도덕계의 무비판한 전통성(傳統性)"이라고 한 말로 보면 정조니 의리니 하는 것을 부르주아도덕으로만 생각하기에 그 따위의 그야말로 무비판한 방언(放言)을 하는 것이나 아닐까?

프롤레타리아의 도덕관에 있어서 부르주아와 다른 것은 그 이데올로기가 다를 뿐이다. 따라서 신진의 별(別)이 여기에 있을 따름이지 의리, 정조 그것이 원리원실(原理原實) 채 없어지는 것은 아니다. 지단(紙短)하여 장제(長提)치 못하고 우선 이만 정도에 그치거니와, 이 졸작은 묵은 목반(木盤)에 담은 시루

떡일지는 몰라도 결코 은반(銀盤)에 담은 썩은 떡은 아니라고 한 마디 부언(附言)해둔다. (1930.7.16)

3. 「화환」(김동인, 『신소설』)

7월도 반 넘었으니 월평인 다음에야 6월 것을 끄집어내서는 생색 없는 일 같으나 기실 7월호로는 수일 전, 일, 이 잡지밖에 받은 것이 없고, 조선의 정기간행물이란 꼭 제날에 나오는 것이 드무니 뒤늦다고 월평자만 책할 것 없을 듯도 하다. 어쨌든 작품이란 명작이면야 전월분(前月分)은 고사하고 전년분(前年分), 전세기(前世紀)의 것이라도 비평할 수 있는 것이니, 이 표준으로 보면 여기에 오르는 작품도 한 달 늦으니만치 모두 명작(名作) 축에 끼일 것은 일득(一得)이라 하겠다. 우선 김동인 군의 명작부터 보자.

골육상잔은 명(名)과 리(利)로써다. 다시 말하면 욕(慾) 때문이다. 사(士)로부터 성(聖)에 이르기까지 여러 차등이 있는 것은 이 욕(慾)에서 벗어난 정도, 차등을 의미함이다. 그러나 다시 한편으로 정(情)이란 것을 생각할 제, 우리는 무엇이라 대답하여야 좋을까? 정(情)은 욕(慾)에서 벗어난 것이다. 그러나 또한 욕(慾) 없이 정(情)은 움직이지 않는다. 사람의 마음은 간사롭고도 교묘한 것이다. 델리게이트한 것이다.

골육상잔은 욕(慾)이 정(情)을 물리치고 나온 것이다. 그러나 어버이와 제 아비가 영악한 줄을 번연히 알면서도 이것을 오히려 감추려 하고 애틋이 생각하는 그 마음. 그것은 정(情)이 욕(慾)을 북돋는 것이다.

어찌 이같이 사람의 마음과 사람의 일은 모순되는고? 모순되기에 인생은 비극이다. 누가 인생을 희극이라고 껄껄 웃으려는고?

이 소설에 나오는 세 인물을 들어보자. '효남이'는 13세에 불과한 소년으로 상두 군(軍)판 끼어서 화환을 들고 다니는 아이다. '효남이'의 아비는 고물상의 무뢰한으로 살인마에까지 떨어진 영악한 인물이다. 그의 아내는 며칠만큼씩 코빼기나 보게 되는 남편에게 구박받는 가련한 무지(無智)의 여성이다.

아내는 남편에게 "몹쓸 녀석", "인정 없는 녀석", "짐승 같은 녀석"이라고, 입을 벌리면 욕설이 나왔다. 혹은 "죽일 녀석"이라고 악담을 할 때도 많았을 것이다.

아들은 제 아비의 코밑의 수염이 있던지 없던지도 모를 만큼 남보다 좀 나은 정도로, 이름이 아비라고 지내왔다.

그러나 그 남편, 그 아비가 세상에서도 무서운 살인마로서 산중에 잠적하여 경관대에 포위되었을 때 그 아내, 그 아들은 어찌하였는가? "망할 녀석", "죽일 녀석"이라 하던 그 아내는 남편이 참 정말 망하게 되고 죽게 되니까 울며불며 심야삼경에 뒤뜰에 나가 천제(天帝)께 기도를 올렸다. 아비를 아비같이 대접치 않던 어린 자식은 새삼스럽게 아비 그리운 생각이 나고 그 모친의 기도드리는 양을 숨어 보고는 울었다.

"아무리 고약해도 너 아버지로구나!" 얼마나 평범하고 또 얼마나 힘찬 소리이냐.

그리고 제 아비가 죽인 순사의 장례에 화환을 들고 가서 20전 벌어가지고 온 돈을 들고 그 어머니는 잡혀온 남편의 식사 차입을 하러 황황히 달아났다. 그 아들은 그 장사가 제 아비가 죽인 순사의 □□인 줄을 알고 받은 삯전을 내던져버리려다가 모친이 그 돈을 들고 나가는 것을 보고는, 그래도 그대로 가지고 온 것이 잘 되었다고 생각할 뿐 아니라 일종의 복수를 한 듯한 통쾌까지 느꼈다.

열녀라는 것이 아니요, 효자라는 것이 아니다. 그리 함이 당연한 일이요,

그렇지 않음이 인정에 어그러진다고 할 것이다. 그러나 평범한 이 사실이 우리로 하여금 얼마나 경탄케 하는가? 골육의 친화력, 부부의 애욕. 이것처럼 굳세고 거의 절대적인 것이 있을까? 새삼스럽게 삼탄(三嘆)을 금치 못하겠다. (1930.7.17)

육친의 애(愛), 부부의 정(情)은 정의감을 초월하였다. 욕(慾)이 의(義)를 걸어차는 것이다. 동물적 애욕이 영성(靈性)의 고귀한 판별력을 둔마(鈍磨)시킨다. 사회도덕으로 볼 때 여기에 큰 구멍이 뚫린 것을 본다. 사회와 개인, 커다란 인류애와 골육의 친화력 사이에 심오한 모순을 발견한다.

우리의 생활이상(生活理想)은 이 모순이 부조화에서 스스로를 광구(匡救)하는 데 있으나 개인애(個人愛)와 그 힘이란 것은 막을 수 없는 것이다. 의(義)를 세우기 위하여 개인애를 꺾는다는 것은 범인(凡人)의 할 일이 아니요, 또 능히 이와 같이 하는 사람을 의인(義人)이라 하여 추상(推賞)하지마는 개인애를 희생하지 않고도 의(義)와 사회성과 인류애가 양립하고 또 원만히 융화되는 그런 사회, 그런 생활이야말로 우리의 이상이다.

우리는 '효남이'의 심경을 비웃지 못한다. 우리는 '효남 어머니'를 비웃지는 못하리라. 부부, 부자간의 친화력. 애욕이 비록 정의감을 초월하고 무시한다 하여도 그것이 의(義)와 도(道)의 이름을 빌어 명리(名利)의 욕(慾)이 정(情)을 짓밟는 골육상잔에 비하면 그 어떠한고? 이것은 오히려 물을 바도 아니려니와 이 아내의 그 남편에 대한 정애(情愛)는 한 걸음 더 나가서 의(義)로 화(化)한 데에 있어서 한층 더한 가치를 발견할 수 있다. 구박하던 남편, 그리고 인제는 다시 살아나올 여망(餘望)이라고는 없는 남편임을 번연히 알면서도 아들이 벌어온 20전을 들고 장국밥 한 그릇이라도 차입하겠다고 나서는 이 부인은 인간적, 사회적 도의를 물리치고 개인적, 동물적 애욕에 빠졌다가 거기에서 다시 의(義)로 돌아간 것이다. 만일 그가 고맙게 굴던 남편, 다시 살아나올 가망이 있는 남편에게 그리 하였다면 그것은 범속한, 다만 동물적 애(愛)에만 머무른 것이었을지 모르지마는, 이러한 마지막 길에서 오히려 진정이 유로(流露)됨을 보면 그것은 벌써 애오(愛惡)를 떠난 사람으로서의 의리이니, 이러한 의리는 애욕에서 정화된 것이요, 또 누구나 가져야 할 도덕이다.

나는 어쩐지 이 조그만 이야기를 보고 여러 번 생각하였다. 이때껏 나는 되지 않은 이론을 캐었으나 그것이 모두 쓸데없는 허튼 수작에 지나지 않는 것 같다. 사람의 뿌리 깊은 애정. 더구나 부부, 부자의 정리(情理) 같은 가장 델리케이트한 심경을 누가 제삼자로서 능히 정곡을 얻을 것이며, 또 한만(閑漫)히 □정설(整說)할 바이랴. 인생의 길고 깊은 경험을 쌓은 뒤에나 입을 벌릴 자격이 있다고 할까? 그러나 나는 작자가 이러한 일면을 간명히 □리(利)한 붓끝으로 그려 보여준 것을 고맙게 생각한다. 더구나 군과 같이 결혼생활의 실패자로서 오히려 이만큼 따뜻한 관찰을 가지고 있다는 것을 귀히 생각하는 바이다.

다만 그 기교에 있어서 너무나 드라마틱한 효과를 공교롭게 낸 데 있어서 그 재분(才分)을 상탄(賞歎)하면서도 얄상궂은 티와 가벼운 듯한 흠을 찾아낼 수 있는 것이 미하(微瑕)일까 한다. (1930.7.19)

최근 학예란의 경향[125]

이 문제는 양과 질의 양면으로 고찰하여보고자 한다.

종래 각 지(紙)의 학예란은 그 양으로나 질로나 현하(現下)에 비하여 못하면 못하였지 나을 것도 없었지만, 그보다도 6면 당시의 학예란은 소위 부인란(婦人欄)이라는 것이 주(主)가 되고 학예기사(특히 문학기사가 주요 부분을 점하였거니와)라는 것은 종(從)이 된 관(觀)이 있었다. 그러나 작추(昨秋) 각 지(紙)가 8면으로 확장되면서부터 필연지세(必然之勢)라 할지 부득이라 할지 학예면이 일약 양면이 되었다. 8면 확장이 일이(一二) 신문의 정책이었던지, 혹은 추세의 그러함이었던지 그것은 논외로 하고, 불시에 2면을 확장하고 보니 평시(平時)의 일반기사 분량과 광고 단수로서는 각 면 배정에 있어서 일시는 기사광고가 도리어 부족을 느끼게 되었었다. 그러나 이것을 돌이켜 지면적(紙面積)이라는 점으로 보면 오히려 살림이 풍족하여진 셈이다. 살림이 유여(裕餘)하게 되었으니 차자(次子), 삼자(三子)에게 분가(分家)시키자는 것이 각 지(紙)의 불기면(不期面) 일치된 정책이었다. 즉, 그리하여 종래의 학예란 1면과 신설·증가한 2면을 합하여 무척 3면이 학예부의 영지(領地)가 되었다. 일간

---

125 조선일보 염상섭(廉尙燮), 「최근 학예란의 경향」, 『철필』, 1930.8. 이 글은 '각사(各社) 편집인의 비법 대공개'라는 표제 하에 실린 글 중 하나임.

두옥(一間斗屋)에서 부부와 자식들이 복작대다가 별안간 방 셋 있는 집으로 옮겨든 학예부는 안방에서 구박을 받던 남편이 서재를 꾸미고 나오게 쯤 되었는지, 체면 좋게 말하면 부인·소아(小兒)에게 안방을 내주고 사랑 아래로 나왔는지 하여간에 종래의 학예란을 부인소아란(婦人小兒欄)으로 제공하고 순학예란을 독립하여 일반 학예와 문예면을 두는 일편, 그 연장면으로 농공업의 토구비평(討究批評)에 제공한 타(他) 1면이 생기게 되었다. 그러므로 현재의 학예란을 양으로 보아서는 대단히 유리하게 되었고 독자도 동가홍상(同價紅裳)으로 차라리 환영하게 되었다.

그러면 질에 있어서는 어떠한가? 나는 일 신문의 직접책임자라는 입장을 떠나서 공정히 말하면 일장일단(一長一短)이 있다고 본다. 그러므로 또다시 책임에 돌아가서는 절장보단(切長補短) 혹은 가급적 절장(切長)치 말고도 능히 보단(補短)의 도(途)를 강구하려 하고, 또 누구나 책임자는 그렇게 노력하겠지마는 어쨌든 지면을 널리 일반에게, 소위 무명 신진학도나 작가·평가(評家)에게 공개케 된 점에서 그 장처(長處)를 볼 수 있고, 그 결과로 남작만평(濫作漫評)을 발표케 하여 레벨을 저하케 하거나 또는 군소배(群小輩) 조명(釣名)에 이용되는 악경향(惡傾向)을 정(呈)함에 있어서 그 단소(短所)를 가릴 수 없게 되었다. 유명기성(有名旣成)의 인(人)이 반드시 우수한 작품을 쓰고 언제나 명론탁설(名論卓說)을 토(吐)할 것이 아닌 다음에는 무명신진(無名新進)이라고 결코 경멸할 바가 아니며, 창작단이나 논단 권외에 제척(除斥)되어 있을 이유가 없으면야 자유롭게 발표할 기회를 주는 것은 좋은 일이나, 그 결과가 반드시 공평하고 양호함을 보장할 수는 없다. 더욱이 진리를 탐구하고 진지한 태도나 예술적 양심과 역량이 없이 매명(賣名)·조명(釣名)을 위주(爲主)함에 이르러서는 그 당자(當者)를 책(責)함보다는 이에 책임을 가진 자의 죄책(罪責)이 더 크다고도 할 수 있다. 나는 일찍이 '학생문단'이라는 난(欄)을 설정하여 작문력의 양성과 문학예술 취미, 예술적 감흥의 함양을 도우려 한 일이 있었으나,[126] 그 작품의 질과 양은 어찌 되었든지 간에 이로 말미암아 무용(無用)한 허영심을 배발조장(排發助長) 한다거나 혹은 소위 활자마술이나 활자매력으로 인하여 일가연(一家然)·대가연(大家然)하여 학교·학과에 등한하여지고 실력양성을 소홀히 하는 경향에 빠진다면 그야말로 도리어 남의 자질(子姪)로 하여금 전도(前途)를 그르칠까 하는 기우(杞憂)도 없지 않아 폐지해버린 일도 있거니와 이러한 폐단은 비단 학생에게만 있는 것은 아니다.

그러나 보통 기사량과 광고량이 상태(常態)에 있어서는 '학예'라는 특수적 기사만을 취급하는 면에서 재료 수집에 머리를 앓는 것이 어느 신문에서든지 일반일 것이다. 더구나 고료(稿料)의 예산이 부족하여 유명 작가나 학자의 글을 살 수 없다거나, 신문 자체의 평가 여하에 따라서 일반 투고량이 적은 경우면 원고난은 한층 더할 것이다. 비록 원고료의 예산이 풍족하더라도 상당한 집필가란 그만치 못하니 그 사람이 그 사람이다. 같은 사람에게만 집필케 할 수도 없을 것이요, 몇 안 되는 사람에게 한 번씩만 쓰게 하고 나면 쓰게 할 사람이 없게 된다. 더구나 근자(近者)에는 각 사원이 타 신문에는 집필치 않는데 (기실 기고할 여가도 없기는 없지마는) 문인이나 논객이 태반은 각지 사원이니, 잡지면 몰라도 신문의 학예로서는 더욱 원고난이 있다. 이러한 결과는 부득이 일반투고에 그 수요량을 보족(補足)하여간다. 개중에는 물론 상당한 것도 없는 것은 아니나, 늘 상당한 것만이 들어오지를 못하니까 두선극심(杜選極甚)한 것이라든지 행문(行文)이 유치조잡(幼穉躁雜)한 것이야 차마 못 내지만 웬만하면 지면을 제공케 되는 수가 많을 것이다. 근자(近者) 각지의 학예란이 시비를 비치는 원인이 실로 여기에 있는 것이다. 그러나 그렇다고 아무

---

126 염상섭의 「학생문단의 본의 ― 투고 제군에게 혹망하는 바」(『조선일보』, 1929.10.10) 참조. '학생문단'은 1929년 10월 개설되어 그해 12월까지 유리된다.

거나 함부로 지면만 채우려고 채용하는 것은 결코 아니다. 일정한 수준이 없는 것이 아니라는 말이다.

　나의 경험으로서는 고료를 그다지 지출치 않아도 원고난에 그리 부대끼지는 않았으나 매양 염려하는 것은 지면에 타기(惰氣)가 보일까 하는 것과, 너무나 평범한 점이 있다. 그러나 그 역(亦) 하루 이틀 하고 그만두는 일이 아니니 하는 수 없는 일이다. 돈을 가지고도 하는 수 없는 일인데, 돈조차 넉넉지 못하면야 뜻은 있어도 능(能)치 못한 경우가 많은 것이다. 또한 발자(潑剌)한 의기(意氣)와 제일선적(第一線的) 열정을 가진 간간악악(侃侃諤諤)의 논(論)이 없지 않다 하여도 당국의 기휘(忌諱)라는 것을 염두에 두지 않을 수 없으니, 이러한 제주(制肘)도 또한 지면의 활기를 저상(沮喪)케 하는 것이다. 사실 상당한 시문의 투고를 받아놓고도 썩혀버리지 않을 수 없을 때같이 애정(愛情)한 일이 없고 내 일같이 분할 때가 없다.

　그 외에 사상적 내용에 있어서 별로 지적할 필요도 없이 독자가 먼저 짐작하는 바가 있을 것이다. 다만 신문사로서는 사시(社是)라는 것에 비춰서 그 대정신(大精神)에 어그러지지 않는 최대한도의 범위 내에서는 주의와 파별(派別)을 초월하여 참다운 공기(公器)가 되어야 할 것인 고로 신문이라는 일대 조직체의 일부 기능을 가진 학예란도 그 근본정신을 체득하여 일 개인의 주의 주장에 구니(拘泥)치 않고 불편부당의 태도를 엄수하여야 할 것이라 믿기 때문에, 같은 지면에 있어서도 혹은 불야(佛耶)의 양론(兩論)이 어깨를 나란히 하는가 하면 혹은 코뮤니스트의 기염(氣焰)과 아나키스트의 논봉(論鋒)이 접종(接踵)하여 게재되는 경우도 있는 것이다. 이러한 것이 외력(外力)의 제주(制肘)가 심한 가운데에서 근근이 우리가 보유(保有)할 수 있는 언론의 자유일지며, 언론의 자유가 없는 사회일수록 이러한 공평과 아량은 절대필요사(絶對必要事)라고 믿는 바이다. 혹자는 이를 무주견(無主見)이라 하여 비난하는

듯도 하나 나는 그렇지 않다고 생각한다. 대신문일수록 정당적 색채를 버려
야 하고 일당 일파에 기울어져서는 아니 되겠기 때문이다.

'특종'의 양면[127]

　'특종' ― 도구다네[128] ― 이라는 말은 일어(日語)이다. 신문용어를 일어 그대로 잉용(仍用)하는 것이 많기 때문에 그러함은 물론이나, 애를 써 번역하자면 '독이(獨異)한 기사'라고나 부르면 좋을까? 어쨌든 '특종'이라는 것은 자기 신문만이 보도한 기사, 기자 개인으로 말하면 타 지(紙)의 기자를 한 수 떨어뜨리고 자기만이 교묘히 탐색하여 자기 신문으로 하여금 신용과 권위를 높이게 하고 또한 신문사에 대하여는 수훈(?)을 세울 만한 기사를 가리킴이다. '특이' 혹은 '독이'한 기사이다. 아무리 중대한 기사라도 타 신문에도 동시에 기재되면 '특종'이 아니요, 그렇다고 초가삼간에서 불이 붙었다가 당장 잡은 소(小) 화재기사가 타 신문에 나지 않았다고 특종 될 수는 없다. 만일 초가삼간에서 출화(出火)하여 손해액은 불과 10, 20원이라도 인명(人命)이 상하였으면 중기사(中記事)는 넉넉 되고, 그 정경(情景)에 따라서는 초호(初號)를 쓸 만한 대기사(大記事)도 될 것이며, 또 그것이 자기 신문에만 먼저 보도되리라는 자신이 있으면 '특종'으로서 취급하는 것이 당연할 것이다. 통틀어 말하면 특종의 제1요건은 자기 신문만이 솔선보도한다는 점에 있지마는, 제1요건으로

---

127 염상섭(廉想涉), 「'특종'의 양면」, 『철필』, 1930.8.
128 'とくだね', 곧 '특종(特種)'을 뜻한다.

서는 대사회적으로 중요한 가치를 가져서 큰 센세이션을 환기하여 일반의 시청(視聽)이 이에 경주(傾注)될 만한 기사, 제목으로 말하여도 적어서 1호 2단, 커서 초호(初號) 2단 이상 될 만한 기사여야 할 것이다. 비록 이만한 정도의 기사는 못될지라도 상식 있는 독자 사이에서 모 기사는 A신문에는 보도되었는데 외(外) 타 신문에서는 볼 수 없더라고 화제를 삼을 만한 정도, 따라서 A신문기자는 득의양양한 대신에 A지 이외의 신문의 해(該) 담당기자가 '아차차 놓쳤구나!' 하고 머리를 긁고 편집장이 실쭉한 소리를 할 만한 정도의 기사면야 그 소위 '특종'이라 하여도 무방할 것이다.

일대의 신문기자 생활 중에 '특종'을 몇 개나 더 내일지? 아무리 능숙한 일류기자라도 그리 쉬운 일은 아닐 것이다. 더구나 총독부 출입기자 같은 사람에게는 여간 기민하고 정정(政情)에 정통(精通)치 않으면 어려울 것이요, 또 이러한 곳에는 비교적 고등외교의 수완도 있어야 할 것이다. 대체로 정치활동이 복잡한 사회여야 기자는 일거리가 많은 것이요, 소위 '특종'도 생기는 것이다. 그러나 조선에서는 기사의 거의 전부를 경찰서, 재판소에서 공급하느니만치 사건은 사상적 형사사건이 그 주 요소를 점하고, 따라서 기록의 등사, 발표, 공판기 등이 아니면 기외(其外) 타(他)는 기재금지로 인하여 모처럼 '특종'을 얻어서 정판(整板)에까지 올랐다가도 몰수되거나 그렇지 않으면 삭제를 당하는 수가 많다. 그리고 그 외에는 가령 살인강도니 권총청년이니 하는 돌발사건이 있다 하여도 사건 발생지의 지역이 협소하니만치 일반에 유포된 소문은 아무리 민속(敏速)한 호외로도 미치지 못하는 터이니 이러한 사건이 '특종' 될 수는 없다. '특종'은 고사하고 일반 독자는 이러한 돌발사건이 있을 때에 사건의 개요는 이미 지실(知悉)하고 나서 호외나 석간으로 그 상세한 점만을 득문(得聞)케 되는 것이 보통 경우일 것이다.

이와 같은 사정인 고로 기자의 활동범위가 좁고, 또 사건의 종류가 판에 박은 듯이 단순하고 대사건이 희소(稀少)하여 '특종'을 얻기 어려운, 즉 이채 있는 '특종'을 얻으려면 부득이 기자 자신과 직접 지휘자인 부장이 머리를 썩여서 평범한 사건 속에서 특수한 재료를 만들어내도록 하여야 하리라 생각한다. 마치 근자에 성행하는 호염(胡鹽)으로써 재제(再製)하여 도리어 우량(優良)하고도 다량(多量)한 식염(食鹽)을 얻듯이 평화전(平和戰)으로써 타 신문을 압두(壓頭)할 기사를 만들어야 하리라고 생각한다. 물론 비상사건에 있어서 타자(他者)는 6, 7분(分)의 탐문밖에 못한 것을 자기 신문은 10분(分)을 완전히 보도함으로써 그 차(差)인 3, 4분(分)이 '특종' 될 수도 있지마는 그것은 비상시를 이름이요, 평시(平時)의 전술(戰術)로서는 역시 두뇌의 싸움이 되고 말리라고 생각한다. 그 구체 방침도 여기에 제(提)할 수 없고, 또 그 역(亦) 기자와 및 지도자의 수시(隨時) 응변(應變)하는 두뇌와 수완을 기다리는 수밖에 없을 것이다.

끝으로 한 마디 할 것은 '특종'을 탐색하여온 기자에게는 무슨 방법으로든지 포상의 길을 열어서 성적사고(成績査考)에 자(資)케 함이 좋을 것이다.

이상은 신문 급(及) 신문기자 측으로 본 '특종'의 가치를 이야기하였지만, 일반사회나 독자 측으로 보아서는 '특종'으로 인한 경쟁이 결코 고마울 것은 없다. 각 사(社)의 경쟁으로 인하여 용이(容易)히 탐지키 어려운 사실을 보도하여줌은 고마운 일이지마는 일 신문이 '특종'을 게재한 후에는 타 신문은 그 익일(翌日) 신문에라도 보도하여주었으면 좋으련만 남이 이미 기재한 사건을 추후 보도함은 체면상 안 되었고 위신이 깎이는 것이라 하여 영영 보도치 않고 마는 수가 있다. 그러므로 그러한 경우에 보도된 신문의 독자는 좋지만, 그 '특종'을 보도치 않은 신문의 독자는 마침내 그 사실만은 모르고 말게 될 것이니 '특종'이라는 것이 독자에게 있어서는 결국에 일리일해(一利一害)가 있는 것이라 하겠다.

문단은[129]

    문학은 생활의 반영이기 때문에 '조선문학은 어디로 가나?'를 묻기 전에 '조선사람의 생활은 어디로 가나?'를 먼저 물어야 할 것입니다.

    그러면 조선사람의 생활은 어디로 가나? 북으로 압록강을 건너고 남으로

---

129 염상섭(廉想涉), 「문단은」, 『별건곤』, 1930.11. 이 글은 '조선은 어디로 가나?'라는 표제 하에 수록된 글의 하나이다. 아래는 함께 게재된 편집자의 말이다.
"조선은 어디로 가나?"
이 한 마디의 말은 조선사람이면 누구나 한 번 생각하여보지 아니치 못할 문제이다. 돌이켜 보건대 조선은 사천년의 긴 동안을 두고 역사의 페이지를 인(印) 찍으며 금일의 '현재'까지 걸어왔다. 그러나 조선의 '현재'는 결코 우연이 아니요, 종으로 역사적 필연과 횡으로 사회적 필연 …… 이 양대 필연의 교차점에서 조선의 '현재'가 지어진 것이다. 멀리 고대에까지 역급(逆及)치 아니하더라도 1910년대의 조선은 그 발전과정으로 보아서나 세계적 추세로 보아서나 일대 사회적 변동이 일어나지 아니치 못할 필연의 조건 하에 처하여 있었다. 즉 정치적으로는 봉건적 전제정치로부터 자유민주정치로, 경제적으로는 자급경제시대로부터 자본주의(초기) 경제시대로 ……. 그러나 때는 이미 늦었었다. 당시의 조선은 스스로의 힘으로써 스스로의 진로를 조종하기에는 인방(隣邦)의 걸음이 너무나 앞서 있었다. 경술(庚戌)의 정치적 변동은 조선의 역사가 가질 필연의 운명이 아닌 것이 아니나 불가항력의 지배를 받은 때문에 조숙(早熟)이었고 또한 약형적(略型的)이었었다. 최근의 과거를 이러한 데 둔 조선의 '현재'다. '현재'는 어떠한가? 정치적으로는 다만 다스림을 입고 있을 뿐이니 말을 할 자료가 전연 없다. 정치는 경제적 활동의 수단이다. 그러므로 경제의 기성세력에 대하여는 정치적 …… 이 없이는 대립적 경제 …… 이 불가능한 것이다. 정치와 경제가 이러하니 다른 것은 말할 것조차 없다. 이러한 '현재'는 어떠한 미래를 향하여 발전이 되려는가? 이것이 오인(吾人)의 문제를 제의한 바 본지(本旨)다. 과연 조선은 어디로 가려는지?!?
여기에 대하여 각 부문 부문의 임(任에) 있는 이는 그에 대한 관찰이 있고 생각함이 있을 것이다. 그것을 들어 오인은 독자와 한 가지로 조선의 '가는 곳'을 바라보는 데 참고로 하자.(이하 무순(無順))

현해탄을 넘습니다. 요사이의 서투른 민요나 동요가 아닙니다마는 남북으로 남부여대하고 유리하고 개걸(丐乞)하는 것이 조선사람의 생활이요, 또 그러니까 그러한 민요, 동요가 성행되는 것이 아닙니까.

— 차간(此間) 3행 약(略) —

우왕좌왕하는 것은 상공도시의 바르샤빠[130]에 정(定)하는 가장 활발한 현상이지마는 조선도시의 그것은 실업이라는 함정에 빠져서 가도오도 못하는 얼굴에 노랑꽃 핀 사람들의 방황입니다.

— 차간(此間) 5행 약(略) —

너무 장황히 주워섬길 수는 없습니다마는 조선사람의 생활이 이러한 방면으로 흘러가는 것이 그 대체의 사실이요, 분위기이면야 문학도 역시 이것의 반영일 것입니다.

그런데 이 생활에 흐르는 그 밑창을 보면 거기에 두 가지 싸움 — '정치적'과 '경제적'의 — 이 있음을 알겠습니다. 그러므로 문학도 이 두 가지 방면으로 흐른다고 봅니다. 그러나 이 두 가지 방향이라는 것은 남북이나 동서처럼 정반대 방향을 걷는 것이 아니라, 마치 핀셋같이 동일점에서 출발하여 가장 첨예화할수록 종국에는 일치될 것입니다. (그런데 우기(右記)한 정치적·경제적으로 양분한 것은 대체적인 구분일 따름입니다. 정치적임에도 경제적 방향에, 경제적임에도 정치적 방향에 흐름은 물론이요, 또 여기에서 정치니 경제니 하는 것은 종래에 사용되는 '민족적'이니 '무산파'니 하는 말의 대용어쯤으로 해석해 둠이 좋을 것입니다)

또 문학사상 상 '이즘' 문제 같은 것은 여기에 언급치 않으렵니다. 우리가 예술지상주의를 지금 다시 운위할 때가 아니요, 사회의식이나 현실파악에 있어서 대동소이하므로 문예사상 상 '이즘' 문제는 제이의적(第二義的)이라고 하겠습니다.

---

130 원문에는 '랏수와'로 되어 있다.

『조선어철자법강좌』[131]

장지영 씨의 신저新著를 읽고

　너의 눈썹이 몇 개인지 아느냐고 묻는 사람이 있다면 미친놈의 희담(戲談)이라고 웃고 말 것입니다. 사실 아무리 할 일 없는 놈이기로 제 눈썹을 헤고 앉았을 놈이 천지개벽 이후에 한 사람도 없을 것이니까요. 그러나 네 오른편 눈이 적다고 남이 말할 제, 그렇든가 하고 새삼스럽게 거울을 내어 들고 비추어 봅니다. 어찌하여 제 얼굴을 제가 모르리까마는 그만치나 무심히 넘기는 수가 많은 까닭입니다. 이것도 오히려 괜찮다고 할 수 있습니다. 그러나 심술궂은 사람은 거울에 비추어 보고 번연히 한 눈이 크고 한 눈이 작은 것을 알면서도 아예 그렇지 않다고 고집을 세우는 사람이 왕왕히 없지 않은 데 이르러서는 벌렸던 입이 막히고 맙니다. 또 그는 고사하고 남의 눈이 짝짝이라고 비웃을 줄은 알아도 정작 제 눈이 짝짝인 줄은 모르는 사람이 더 많습니다. 그리고 그러한 사람일수록 내 눈은 결코 짝짝이 눈이 아니라고 입귀에 게거품을 품고 한층 더 고집을 세웁니다. 그리하여 서로 악다구니를 시작합니다. 똥 묻은 개 겨 묻은 개 나무란다는 말이 이를 두고 한 말이겠지요마는 그 꼴이란 마치 벙어리의 싸움과 같습니다. 벙어리가 벙어리를 흉보자니 한 벙

---

131 염상섭(廉想涉), 「『조선어철자법강좌』 – 장지영 씨의 신저(新著)를 읽고」(전4회), 『조선일보』, 1930.11.1~11.7.

어리가 "저 물 봐" 할 것을 "저부바" 하면 또 한 벙어리는 "저부바가 머아 저부바지" 하고 비웃으나 정말 비웃을 사람은 옆에서 듣는 성한 사람이요, 벙어리의 싸움은 끝날 때가 없을 것입니다.

오늘날 우리의 한글에 대한 태도가 이러하고 한글에 대한 논의의 분분함이 또한 이렇습니다. 이조(李朝) 조선민(朝鮮民)으로서 한글을 갖게 된 그 대행(大幸)을 조선(祖先)이 일찍부터 누리지 못하였음은 다시 말 말고라도, 한글을 모름이 제 낯짝의 눈썹 수효를 모름과 같다 하여서 쓰겠습니까. 그는 오히려 용서할 여지가 있다 하더라도 제 눈이 짝짝이임을 무심히 지내듯이 짝짝이 글을 써놓고도 짝짝이 글인 줄을 몰라서야 되겠습니까. 또 한 걸음 나가서 이것도 아직 용납할 틈이 있다고 하십시다. 그러나 제 눈이 짝짝이임을 번연히 알면서도 그렇지 않다고 부득부득 자기 주견(主見)만 내세우듯이 자기의 쓰는 법이 옳다고만 뻗대는 데는 어이가 없지 않습니까.

아무러나 제가 옳다는 것은 고집입니다. 고집은 이론, 학리를 떠난 무식이거나 관습에서 나오는 것입니다. 날마다 비추어보는 제 눈이 어떻게 생겼는지를 모르듯이 날마다 쓰는 제 글이 어떠한 성질과 어떠한 조직을 가졌는지 거기 대하여 판무식이요, 또 무식한 대로 관습이 되어 굳어버린 때문이외다.

이치에 어그러진 관습도 따져보면 무식에서 나온 것이지마는 그 무식은 등한시하는 데서 생긴 병이외다. 제 눈이 짝짝이인 것을 모르는 것은 제 눈을 이때껏 보지 못하여서가 아니라 무심히, 등한히 보아 넘기기 때문임과 같이 제 말과 제 글을 이렇게 써야 할 것을 저렇게 쓰고, 저렇게 써야 할 것을 이렇게 쓰는 것은 너무나 무심한 대로, 등한한 대로 함부로 써버린 때문입니다. 그러나 제일 안 된 것은 그렇듯한 비조직적, 비과학적, 비이론적인 버릇(慣習)만을 앞세우고 조직적인 것, 과학적인 것, 이론적인 것을 도리어 비방하고 배척하는 일입니다.

한 가지 쉬운 예를 들어보십시다. 가령 '수취(受取)'라는 말이나 '신앙(信仰)'이라는 말을 쓸 때 '밧고, 밧다, 밧으며, 밧어서……'라 쓰고, '밋고, 밋다, 밋으며, 밋어서……'라고들 씁니다. '밧소, 밧다 ― 밋고, 밋다'에서는 발음이 그 글자대로 나기는 납니다. 그러나 '밧으며'는 '바스며'라고 발음이 될 것이요, '밋어서'는 '미서서'라고 발음될 것입니다. 그런데 이러한 문자를 떠나서 실제로 발음함에는 '바스며'가 아니라 '바드며'요, '미서서'가 아니라 '미더서'로 발음합니다.

그러면 '고, 다, 으며, 어서'라는 조사(助詞)나 조동사(助動詞)는 떼어놓고 어근 '빗'이나 '밋'만을 가지고 생각할 제, '바'나 '미'에 'ㅅ' 받침을 해야 옳겠습니까, 'ㄷ' 받침을 해야 하겠습니까. 또는 'ㅅ'과 'ㄷ'을 다 같이 써야 옳겠습니까.

그런데 여기에서 생각할 것은 'ㄷ'이 'ㅅ' 음으로 날 수는 있으되 'ㅅ'이 'ㄷ' 소리는 나지 않는다는 것과, 모든 과학이 그러함과 같이 글은 한 규모로 통일되어야 한다는 원칙을 잊어서는 안 될 것입니다. 그러면 '밧'을 쓸 것인지, '받'을 쓸 것인지, 또는 '밋'이 옳은지, '믿'이 옳은지 알 것이요, 따라서 철자법이 얼마나 소중한가를 아는 동시에 이때까지 우리가 얼마나 그릇 써왔는가를 깨달을 것이며 함부로 고집부리는 무식을 스스로 뉘우칠 것입니다. (1930.11.1)

말에 방언(方言)이 있음은 아직 하는 수 없다 할지라도 글이 학리적, 조직적으로 통일되어야 하겠음은 아무리 신조직체, 신철자법을 눈 서툴어 하고 쓰기 괴로워하는 사람들이라도 승인할 줄로 믿습니다. 글이 말이나 뜻을 대신 전달하는 기호·부호이면야 그것이 여러 갈래로 나뉘어서 천 사람이 천 갈래로 쓰기는 고사하고 한 사람의 손으로 쓰는 것이 세 갈래, 네 갈래로 뒤범벅이 되어서 분간을 할 수 없으면야 애초부터 그 따위 기호나 부호를 쓸 묘리가 어디 있을까 봅니까.

또한 여러분이 'receive'라는 영자(英子)의 스펠을 잘못하여 'recieve'라고 글자 하나만 전도시키거나 '수취(受取)'를 '취수(取受)'라고 글자를 뒤바꾸면 큰 무식, 큰 수치임을 알면서 '받음'을 '밧음—바슴'이라 써서 '파괴'라는 전연히 딴 말이 되어도 그것을 조금도 무식치치(無識致致)라 생각지 않고 그것을 왜 부끄러워 할 줄을 모릅니까.

그 원인을 여기에서 장황히 말하고자는 않습니다. 다만 그러한 것이 더 무식을 탄로함이요, 더 부끄러운 일임을 진심으로 깨달아야 하겠다는 말씀만 하여둡니다.

또 어떤 사람은 귀찮게 그럴 게 무엇이냐, 새 법이 아니라도 서로 의사만 통하면 그만 아니냐. 더구나 새 법은 더 힘들고 더 알아보지 못하도록 복잡치 않으냐고 말합니다. 이것은 아무려나 좋다는 고식주의자(姑息主義者)의 말입니다. 이러한 생각이 심하여 가면 천정이 뚫려서 하늘이 쳐다보여도 두 손만 싹싹 부비고 앉았을 위인의 말이외다. 번연히 틀린 것을 알면서도 다만 버릇이 되고 익숙하다는 이유로 고치지 말자는 말이 옳고 그른 것은 말 말고라도, 가령 조선말과 글을 조금도 모르는 외국사람이 이 말과 글을 배울 경우를 생각하여 보시면 더 말할 나위도 없을 것이 아닙니까. 우리가 그만큼 조직적으로 정돈된 영문법이나 일문법도 배우기에 힘이 드는 것을 생각할 제, 되는 대로 쓰는 지금까지의 우리글을 외국 사람이 배우자면 얼마나 그 불규칙한 데에 머리를 앓겠습니까. 화가 나면 욕지거리도 할 것입니다. 물론 지금 내가 여기에 말하는 것은 문법이 아니요, 철자법이지마는 조선문에 있어서는 철자법이 한층 더 문법의 기초요, 그 중심이 되는 것을 생각하면 더욱이 여기에 치력(致力)하고 또 하루바삐 보급시켜야 할 것입니다.

오늘날까지의 조선말이나 글에 대한 교육이 반절 한 장을 가지고 어렸을 때 그럭저럭 깨치면 그만 내버려두는 데 그치고 말았던 것이니 그 그릇됨을 나무랄 것만 아니요, 또 이에 대한 전문적 연구가 불과 20여 년 내(來)의 일이니 이제야 와서 그 소수인(少數人)의 연찬(研鑽)의 결과가 사회화됨도 늦다고 한탄할 바 아닙니다. 다만 '어떻게 하면 어서어서 보급되고 일반화하겠느냐? 또 그 한편으로는 아직까지 숙제로 남아 있는 모든 면밀한 부분까지를 속히 토구질정(討究質定)하여 더 손을 댈 나위 없는 완미한 어학을 세우겠느냐?'는 이 두 문제를 해결함에 주력하여야 할 것일까 합니다. 그러면 후자에 있어서는 금후의 보급과 일반의 관심하는 정도와 범위가 깊고 넓어짐을 따라서 연구가 더 정밀하여지고 표준사전 같은 것이 나오게 되는 대로 해결된다 할지라도 전자, 즉 이 신철자법의 보급·일반화의 문제는 어떠한 수단으로 해결할까? 제반 출판물의 활자 개정과 구수(口授) 강습. 이 두 가지 수단 밖에 없을 것이나, 출판물의 활자 개정은 조선문을 인쇄하는 내외의 모든 인쇄소와 신문잡지사의 사업에 속하는 바로 비교적 거창한 사업이니 여기에서는 구체적 논의를 피하거니와, 구수 강습으로 말하면 유지(有志)의 관심과 성의만 있으면 수시수처(隨時隨處)에서 용이(容易)히 실적을 얻을 수 있는 바라고 믿습니다. 현재에도 매년 하동(夏冬) 방학기에 각지에서 한글강습이 열리는 모양이요, 장래에는 이러한 회합이 기회 있는 대로 또 전조선 방방곡곡 열려야 되겠다고 심축(心祝)하는 바이지마는 여기에 세 가지 고마운 일이 있으니, 하나는 조선일보사의 사업인 문맹퇴치운동이요, 또 하나는 보통학교 교과서가 한글본으로 개정되어가는 일이요, 셋째에는 이에 가장 조예가 깊으신 장지영(張志暎) 씨가 우리에게 써주신 그 신저(新著) 『조선어철자법강좌』입니다. (1930.11.5)

　문맹퇴치운동이 문화운동에 있어서 가장 기본적, 본질적 효과를 발하는 대사업이요, 또 이 얼른 보기에는 작은 듯하면서 크나큰 사업이 해마다 좋은 성적을 거두어가는 양을 보고 충심으로 기뻐함은 물론이지마는 내가 여기에서 (철자법 연구와 보급에 한하여서) 첫째로 조선일보사 주최인 문자보급반의 활동을 기뻐하는 것은 다만 문자를 보급시켜 문맹을 퇴치할 뿐 아니라 이 기회에 새로운 철자법까지를 실지 교수케 된 사실에 대하여서입니다. 문맹을 퇴치하는 그 대두리¹³²의 큰 사업에 비하면 신철자법의 보급을 병진(並進)시킨다는 것은 그리 대수롭지 않은 일같이 생각할지 모르겠으나 이미 그릇 배운 사람은 하는 수 없다 하더라도 새로 배울 사람에게야 묵은 버릇으로 가르쳐 놓고 나중에 다시 새 법으로 교정하는 것은 두 번 일이 될지요, 또 교정한다는 일처럼 어려운 이 없은즉 이제부터 문자보급반에 의하여 학습하는 아동은 모두 신철자법을 아주 겹쳐서 배우게 되었으니 그것이 기쁘다는 말입니다. 사실 지난 하기(夏期)의 한글 원본을 보건대 그 전과 달라 신철자법을 시행하였으니 이것은 문맹퇴치운동이 그 질적으로 완미의 역(域)에 들어간 것이라 할 것이외다.

다음에 조선총독부에서 편찬한 보통학교 조선어독본에 한글의 새 철자법을 채용함에 대하여 기쁘다 함은 관청에서까지 한글에 대하여 관심을 가지게 된 것이 기쁘다는 뜻이 아니라, 이때까지 소학아동들이 그릇된 조선문자를 배우다가 아직 다소 완전치 못한 점은 있다 하더라도 대체로서는 한글의 정통을 밟아서 신철자법에 가까워지게 된 것이 기쁘다는 뜻이외다. 사실 이때까지의 아동은 초등교육에 있어서 구관(舊慣)대로의 철자법을 학득(學得)하고 나서 중등학교에 나아가면 신철자법의 교수를 받거나 혹은 그런 기회도 없는 경우에는 충분한 이해 없이 소위 '등 넘어 글'로 다만 눈에 익혀 불규칙, 부정확하게 암기함에 그치던 것이 이제부터는 계통을 밟아서 바로 배우고 바로 쓰게 된 것이 다행한 일이라 아니할 수 없습니다.

그러나 여기에 우리는 한 가지 난관에 맞닥뜨리게 되었습니다. 이때까지

---

132 대두리 : 기본 또는 핵심이 되는 것.

말한 것은 모두 배울 사람만 가지고 말하였으나, 그러면 가르칠 사람은 누구입니까. 문자보급반의 운동이니 보통학교 독본의 개정이니 하여 기쁘다, 기쁘다 하였지마는 그것은 배울 사람들이 바로 배울 기회를 만났다 하여 기쁘다는 데 지나지 않음이외다. 문자보급운동에 참가하는 유지 제군이나 보통학교의 조선어를 담임한 훈도 제군은 이 신철자법에 정통하는가? 개중에는 철자법에만 정통할 뿐 아니라 한글에 대한 학적 조예를 깊이 쌓은 분도 없지는 않겠지마는 그런 분이야 극히 드물 것입니다. 세상에 학문이 언어학이나 문법학뿐이 아닌 다음에야 모든 사람이 어학자나 문법학자일 것이 아니요, 또 그렇기를 아무도 요구치는 않습니다. 오직 상식적 정도에서 다소 넘치면 넘치는 이해력과 용법의 숙달만 있으면 그 말을 쓰는 백성으로서 부끄럽지 않을 것이요, 또 소학교의 교과서를 가르칠 수 있을 것이며 따라서 현하의 문자보급운동에 참가할 자격이 있을 것입니다. 그러나 오늘날의 유식계급으로 이 철자법을 이해하고 □□□한 사람이 얼마나 될까. 이것이 현하 우리의 봉착한 난관이라 함이외다.

하필 문자보급이나 보통학교의 개정 교과서를 담임한 훈도이신 분네의 난관이라 할 것이 아니라 무릇 문자를 해득하는 모든 사람의 난관이요, 더욱이 문예에 종사하는 자로서 일시라도 등한히 하지 못할 끽긴(喫緊)의 문제입니다.

그러므로 우리는 여기에서 선생을 한 분 시급히 초빙하여야 할 초미(焦眉)의 급(急)에 당면하였습니다. 선생의 선생, 훈도의 선생, 문자보급운동자의 선생, 문예가의 선생, 신문잡지 기자의 선생, 인쇄술에 종사하는 제군의 선생……. 무릇 '가갸거겨'를 볼 줄 알고, 쓸 줄 아는 조선사람 쳐놓고 구하지 않을 수 없는 선생 한 분을 급히 모셔 와야 하게 되었습니다.

그리하여 나는 이 선생을 장지영 씨 자신과 및 장지영 씨의 신저(新著) 『조선어철자법』에서 구하였습니다.

(작일분(昨日分) 본문은 문맥이 안 닿는 것은 아니나 한글본으로는 틀렸으므로 약간 정정합니다)

上□ 제20행 "취수(取受)를 수취(受取)라고 써서"는 "수취(受取)를 취수(取受)라고 써서"

동(同) 제21행 "반음을 비슴"은 "받음을 밧음-비슴"

동(同) 제30행 "깨다라야겟"은 "깨달아야 하겠다"

동(同) 말(末)로 제8행 "겟습니싸"는 "겠읍니싸"

2단 제5행 "그 그릇"은 "그□웃"

동(同) 16행 "세우겟느냐"는 "세우겠느냐"

3단 말 제9행 -8행 "만은 여기에"는 "마는 여긔에" (1930.11.6)

내가 서투른 솜씨나마 한글의 새 본으로 글을 쓰는 것이 이번이 처음이요, 또 이만치라도 쓰는 것은 『조선어철자법강좌』를 일별한 소득이라 하면 대도상(大道上)에서 주절대는 매약행상의 광고술 같아 대단히 천속(賤俗)한 언설 같고 그 저자에게 아유(訝諛)나 하는 것같이 보일까 보아 불쾌도 느끼거니와 나는 다만 한글을 제대로 기르고 키우자는 한 마음과, 또 그리 하자면 무엇보다도 먼저 그 철자법을 개정하여 어서 널리 쓰이게 하자는 생각으로 남이 보고 부질없다고 할는지 모를 잔소리를 이때까지 하여 왔고 또 이 새로운 저술을 일개 그 작자를 위함보다도 나와 같이 이에 어두웠고 무심히 하여 온 여러분에게 추천하자는 미리(微裏)에 지나지 않습니다.

우선 내가 말하고자 하는 바는 신철자법이 어느 누가 말하듯이 영어를 배우는 것처럼 어려운 것이 아니라는 것입니다. 그렇다고 또 그처럼 쉬운 것도 아닙니다.

『조선어철자법강좌』 한 권을 속담의 상말로 개머루 먹듯이 건깡깡이로 떠들쳐보고 신철자법을 입내라도 내려는 엄두가 날 제야 결코 어려운 법 아 님을 짐작할 것이외다. (만일 이 말을 자기가 총혜(聰慧)롭다고 자랑하는 말처럼 듣는 분이 있다면 그것은 실없는 분이외다) 그러나 그렇다고, 입내라도 낼 수 있다고, 그렇게 얕볼 만치 쉬운 것도 결코 아닙니다. 여기에서 나는 무한(無限)한 묘 미를 느낍니다. 즉, 처음부터 풀기 어려워서 땀김도 못할 것이면 애초에 손 도 대지 않을 것이로되 얼른 터득이 되니까 자미가 나고 자미를 붙인 뒤에 차 츰차츰 캐어 들어가면 어려워져서 책을 내던지고 싶으나 그때에는 알삽하던 것을 솔솔 풀어내는 맛이 붙어서 내던졌던 책도 또한 다시 들게 되는 것이외 다. 무슨 학문이나 다 그렇지만 언학(言學)은 더 그런가 봅니다.

어쨌든 우리가 우리말과 우리글을 버리지 못할 다음에야 우리말과 글의 통일과 정리를 하루바삐 하여야 할 것이요, 그리 하자면 지금까지 연구하여 놓은 이 철자법을 알고 시행하여야 할 것이요, 또 이것이 아주 더 고칠 여지 없이 된 완벽이 아니면 아닐수록 한층 더 배우고 익혀야 할지며, 더욱이 이것 이 그 근본 출발에서부터 학리와 외착난 것이라 하더라도 소상히 알아놓고 서야 새 길을 찾아낼 것이니 역여시(亦如是) 내버려둘 수는 없는 것이외다.

나 역시 이에 대한 충분한 학득(學得)이 없이 이 글을 쓴 것도 이와 같은 삼 단의 가정 ― (즉, '전부 시인할까? 혹시혹비(或是或非)일까? 또는 전부 부인할 날이 앞 으로 있을까' 하는 삼단의 가정) ― 하에서 연구해보십시다 하는 제의에 지나지 않습니다마는 어차전피(於此前彼)에 할 일이고 보면야 속(速)한 것이 위주(爲 主) 아닙니까.

그런데 특히 장지영 씨 저(著)의 『조선어철자법강좌』를 앞세우는 뜻은 무 엇인가? 다만 일반의 관심이 이리로 뚜렷하여 왔을 이즈음에 마침 이렇듯 간 이하고 소상하고 친절한 지남서(指南書)가 처음으로 오직 하나가 나온 때문 임에 불외(不外)함이외다.

그 내용에 대하여는 그 저작 스스로가 나의 용언(冗言)보다 더 잘 전하겠기로 이에는 사족을 가(加)하지 않으려 하거니와 이 저자 장지영 씨는 여러분의 아시는 바와 같이 사계(斯界)의 거벽(巨擘)이요, 아울러 『조선일보』의 문자보급반의 총사령(總司令), 총지휘의 책무를 띠신 분이니만치 더욱 신뢰하염즉하다는 말이외다. (1930.11.7)

비둘기 네 넋을 위하여[133]

입동(立冬) 머리에 김장을 재촉하느라고 비가 오락가락 할 때다. 오후부터 시작한 초겨울비가 가다가다 좨치는 것을 맞아가며 돌아와 보니 집사람의 첫 인사가 "웬 비둘긴지 집을 잃었는가 봐요. 다섯 마리나 날아 들어와서 비를 맞고 오르를 떨고들 있어요." 한다.

밖은 훤해도 전등불이 들어온 뒤다. '나처럼 비를 맞았나 보다' 하고 이위(已爲) 비 맞은 옷이니 모자만 벗어던지고 뜰로 나서서 지붕을 쳐다본즉 내 방인 건넌방 차양 위에 네 마리는 여전히 비를 맞으며 오르를 떨고서 옹기옹기 모여 앉았고, 한 마리만은 그 옆에 칸 처마 밑에 가로지른 나무대기를 홰로 삼고 들어앉았다.

이 집은 살갗에 좁쌀 같은 소름이 돋은 듯이 임자 없는 무덤이 빈틈없이 올몽졸몽 쭉 깔린 조그만 산간의 끼인 집이라 '산비둘기'가 아니면 이 근방의 '치는 비둘기'로 집을 잃은 게다. 그러나 저러나 하룻밤 비를 그어가려고 찾아든 과객이면야 잘 재워 보내리라는 생각으로 차양 위에서 비 맞는 네 마리마저 처마 안으로 몰아넣으려고 어를 줄 모르는 서투른 소리도 쳐보며 차양을 막대기로 건드리니, 이 편 호의는 조금도 몰라주고 도리어 놀라서 질겁을

---

133 횡보생(橫步生), 「비둘기 네 넋을 위하여」(전4회), 『조선일보』, 1930.12.19~12.23.

하며 용마름 위로 푸드득푸드득 헤어져 올라간다. 지붕 위에 올라갈 수 있다 하기로 우중(雨中)이니 올라갈 수도 없거니와 집에 치는 닭과 달라서 올라가서 몰아 내리려다가는 도리어 놀라서 뿔뿔이 헤어져 날아가고 말 것이니 차라리 저대로 내버려두는 것이 낫겠다는 생각으로 들어와버렸다.

이튿날 새벽에 노숙을 하였던 이 불의(不意)의 손님들은 물론 숙박기도, 인사 한 마디도 없이 동틀머리에 자취가 스러지고 말았다. 식구들은 "얼어 죽지 않았으니 다행이지. 어디 비둘기일까? 제 집에 찾아들어 갔을까? 비둘기는 영물이라는데 아무러면 제 집 못 찾았을까. 산비둘기이게 그렇지!" 하며 제각기 한 마디씩 하며 권총단이 들어와 자고 간 것은 아니지만 무사히 드새고 간 것만 다행해 하였다.

이날은 청명하였다. 해질 무렵에 돌아와 보니 어제 왔던 무료 숙박객은 주인보다 먼저 또 들어와 앉았다. 집의 아이의 말을 들으면 처음에는 네 마리가 날아왔다가 다시 한꺼번에 날아가더니 축난 한 마리마저 데리고 왔다고 한다. 길이 갈린 한 마리를 찾으러 갈 양이면 그중의 한 마리를 대표로 뽑아서 보내기만 하면 되련마는 네 마리가 또다시 함께 나가서 끌고 들어오는 것을 보면 구국민족애는 어떤 나라 백성보다는 조금 못하다고 하는 생각도 없지 않았으나 이렇게 이틀씩 찾아오는 것은 좀 의외다. 먹이고 덥혀야 할 손님은 아니라 하여도 비 뒤의 쌀쌀한 일기에 서리에 맞아 죽거나 하면 집안에서 강시(殭屍)를 내는 셈이다. 어떻게 임기응변으로 당장 무슨 방도가 없을까 하고 궁리를 해보았으나 역여시(亦如是) 별 도리라고는 없었다. 그날 밤도 그대로 새고 새벽에는 주인집이 깨기도 전에 툭툭 털고들 날아갔다. 그것이 마치 우리 집 아랫방에 세든 식구들이 날만 저물면 팔십이 내일모레인 늙은 내외나 열 세넷 된 손자새끼까지라도 우으들 몰려 들어왔다가 신새벽같이 툭툭 털고 나가는 것과 흡사하여 가엾기도 하고 마음에 덜 좋았다. 또 마침 아랫방

식구도 다섯 식구다.

이날 — 셋째 날 — 저녁에도 차양 위의 다섯 식구는 아랫방의 다섯 식구보다 먼저 들어왔다.

벌써 사흘이나 한 지붕 위아래에서 새었으니 한 집안 식구인 그는 하여간에 요사이같이 서두는 날씨에 그대로 내버려두었다가는 참 정말 무슨 일이 나고 말 것 같다. 사람의 인정이 아니다.

비둘기장! 누구의 머리에나 떠오르는 것은 이것이었다.

"비둘기는 영물이래요. 제비집 짓듯이 비둘기 같은 날짐승이 들어오는 것은 좋은 일이래요. 비둘기장을 어서 지어주서요. 하지만 색깔을 예쁘게 해주어야 들어오지, 그렇지 않으면 다시 나가고 안 들어온대요."

동리에 여편네가 이런 소리를 할 제, 나는 '비둘기도 밀레나 세잔이나 고흐만한 미술가구나'라고 감탄은 하면서도 수일 전에 잔다리(細橋)라는 데로 집에 있는 계집아이년을 데리러 갔을 때, 돌아오는 길에 촌가(村家)에서 유심히 눈여겨보던 비둘기 장(欌)을 생각하고는 이렇게 지어야 하겠다, 색깔은 이렇게 칠하는 것이 좋겠다고 혼잣속으로 생각하였다. (1930.12.19)

동리 노파가 매일 들어와서 자기 손자나 한뎃잠을 자는 듯이 비둘기장 걱정을 하는 것은 임자 없는 물건 같아 은근히 침을 삼키기 때문이었다.

"저렇게 인가(人家)로 찾아드는 것을 보면 산비둘기는 아니니 장만 지어주면 곧잘 들어갈 텐데……. 댁에서 장을 지어주시지 못하거든 우리 집으로 데려갈까요?" 하고 노파가 정식교섭을 왔을 제, 나는 그렇게 하고 싶지는 않았다. 지금 생각하면 데려가든 모셔가든 마음대로 하라고 내주었던 편이 나았겠지만, 말이 데려간다는 것이지 폭력적 생금(生擒)을 하여갈 것이니 그러노라면 차렵이불 같은 다 썩은 이영을 쑥밭을 만들 것이 싫기도 하거니와 그보다도 소유충동이 부쩍 움직인 것이었다. 굴러가는 말똥도 저 편이 내 해라 하면 이 편에서도 내 해라고 버티어보고 싶은 것이다.

나는 당장에 비둘기장을 지어줄듯이 염려 말라고 하여 노구(老嫗)를 구축(驅逐)하여버렸다.

그러나 입으로만 큰소리지, 실상 내 살림에 불시에 석유궤 하나 살 현존(現存)이라고는 없다. 트고 지내는 앞 가게에 물어보아도 알맞은 나무궤짝은 없다 한다. 경각(頃刻)을 하는 일 같으면 하다못해 전당 보따리라도 꾸려 내보내서 석유상자와 바꿔 들여왔겠지마는 그만한 친절이 없다느니보다도 그렇게까지 서두는 것이 도리어 우스운 일로 생각되던 것이었다. 또 사실 석유상자나 맥주궤짝이 들어온다 하여도 그런 것을 얌전스럽게 만들 여가도 없거니와 솜씨도 없었다. '내일, 모레 사이 돈이 생기면 조그맣게 하나 짜다가 주지' 하고 또 하루 이틀 지냈다.

그러나 더 성이 가시게 된 것은 그 다섯 마리의 비둘기가 어느덧 안방 쪽으로 모여와서 마루와 부엌 사이에 'ㄱ' 자로 된 차양 위에서 법석을 하는 것이었다. 헤벌어진 헛간 쪽보다는 옥속한 틈바구니가 아늑하여 덜 추운 탓인지 처마 밑에 찬 서리를 간신히 피하였던 놈까지도 한데 몰려 이사를 와서 꾸룩거리며 생철차양을 다각다각 긁고 야단이다. 화창한 봄날 같으면 그 꾸룩소리도 동리 과부를 놀려낼 만큼 에로틱한 정미(情味)를 풍겼겠지만 서리 찬 깊은 밤의 그 소리는 냉돌에 포갬포갬 누운 홀아비들이 "에, 추워, 추워" 하는 소리로밖에 아니 들렸다. 사실 새벽추위에 못 이겨서 떠는 소리요, 언 발을 동동 구르는 소리였으리라.

그러나 그 동동 구르는 발자취가 차양 위에서 '다각다각, 바각바각' 날 때마다 며칠을 두고 깊은 밤에 소스라쳐 깨었던 것이다. 없는 놈의 집에 밤이슬 맞으러 다니는 친구가 찬 서리 맞아가며 기어들 리는 없겠지만 그래도 말초 신경이 날카로워진 나는 하룻밤에도 두세 번씩 사람의 발자취와 같은 그 '다각다각' 소리에 소스라쳐 깨어서는 그대로 날을 밝히는 날이 하루 이틀 계속되었다.

우리의 아침 첫인사는 비둘기 노래였다. 인제는 가엾은 것이 지나서 성이 가시고 어서 다른 데로 가주었으면 하는 생각뿐이었다. 그러면서도 저녁때 좀 늦게 오면 집안 식구들이 궁금해 하였다. 한두 마리 축이 나면 애가 쓰였다. 그것은 마치 못마땅한 셋방꾼을 들였어도 늦도록 안 돌아오면 궁금한 것 같은 것이었다. 혹 그 이상으로 마음이 쏠리는 것이었던지 모른다. 그건 고사하고 세전(貰錢) 안 내는 사람을 내쫓으려면 웃돈을 주어 내보내는 수도 있는 셈으로 어서 돈이 생기면 방 한 칸을 속히 들여서 주고 싶은 마음이 간절치 않은 것도 아니었다. 그러나 오늘 내일, 오늘 내일 하고 수중에 분동(分銅)을 만질 수는 없었고 날은 점점 더 추워졌다.

어느 날이던가 눈발이 날리고 처음으로 호들갑스럽게 춥던 날이다. 혼자 음산한 방에서 원고를 써가며 집을 지키다가 앞 가게에 나가서 담배를 가지고 들어오려니 별안간 지붕 위에서 '푸드득푸드득, 꾸룩꾸룩' 하며 야단이다. 깜짝 놀라서 쳐다볼 새도 없이 한편 눈에서 벌건 선지피를 쏟는 하얀 비둘기 한 마리가 하마터면 내 어깨를 칠 뻔하여 수챗발치에 떨어져서 조고만 목통을 발딱거리며 그 하얀 털에 한 줄기 빨간 피를 철철 흘리고 다시는 날지를 못한다. 나는 가슴이 선듯하였다. 무슨 불길한 일이나 당한 듯이 저절로 눈이 찌푸려지고 마음이 하늘빛같이 흐려졌다.

텅 빈 쓸쓸한 집에 나 혼자 숨을 죽이고 마당 한가운데 서서 녹두알 같은 흰 눈만을 뽀얗게 뒤집어쓰고 감았다 떴다 하는 것을 가만히 바라보고 있을 뿐이었다. (1930.12.20)

나는 지금 생각하면 생각할수록 자기의 무능과 태만에 가책을 느끼지 않을 수 없으나, 그 당시에는 한 눈에서 피가 흐르는 흰 비둘기를 다만 가엾이만 바라본 듯하다. 그리고 어째서 저렇게 피를 흘리는가? 그것이 이상히만 보였던 것 같다. 그러나 조금 있다가 문 밖에서 두런두런하는 아이들 소리가 나더니 젊은 남자 하나가 문을 밀고 기웃이 들여다보려다가 내가 서있는 것을 보고 머쓱해지며 "댁에 떨어졌어요?" 하고 픽 웃는 것을 보자 나는 심사(心事)가 불끈 났다. 그 사람은 안면 있는 바로 뒷집 청년이다.

"지붕을 못살게 굴기에 잡아보았습니다. 저것은 나를 주시지요." 하며 어색한 웃음을 띤다.

나는 잠자코 고갯짓으로 가져가라는 뜻을 표시하였다. 그 사람은 성큼 들어와서 덥석 쥐고 나가버렸다.

지붕을 못살게 굴 지경이면 우리 집에 오는 비둘기이니 우리 집을 못살게 굴었을 것이다. 또 임자 없는 물건이요, 자기가 사냥한 것이면 내게 겸연쩍은 듯이 승낙을 받고 가져갈 것이 아니다. 그러나 나는 그것을 따지기도 싫고 책망하기도 싫었다. 다만 불쾌하였다.

그날 저녁때에는 식구가 훨씬 줄어서 두 마리가 되었다. 빛깔로 보아서 자웅(雌雄)인 듯싶다. 아까 낮에 일기(日氣)가 음산하니까 날이 저무는 줄 알고 일찍 몰려왔던지, 하여간 몰려오자 그 난리를 치르고 겨우 잔명(殘命)을 보전한 두 마리가 또다시 기어든 모양이나 어쨌든 아주 없어진 것보다는 마음에 위안도 되었다. 불계(不計)하고 내일은 비둘기장을 지어주어야 하겠다고 나는 비로소 서두를 생각이 났다. 소 잃고 외양간 고치려느냐고 비웃음도 받았다. 임자를 잘못 만나서 비명의 횡사를 하였다고 탓도 들었다. 나는 아비를 잘못 만난 자식 같다고 혼자 생각도 하여 보았다. 동리 노파가 데려를 가느니 모셔를 가느니 할 때 욕심을 부리지만 않았다면 곱게 기르는 것을, 자식 귀한 생각에 남의 집에 주기를 꺼리고 끼고 있다가 굶겨 죽이고 얼려 죽이는 것이나 다름없다고 생각하였다.

내게 다행히 자식이 없었기에 망정이지 4, 5형제나 남매를 줄줄이 끼고 있었던들 무엇을 변변히 먹이고 입혔으랴. 비둘기장 하나를 못 만들어주어서 비록 짐승일망정 제 집에 들어온 것을 비명에 횡사케 할 만큼 금전으로나 기술로나 무능하면야 먹이고 입히긴 고사하고 중병에 걸렸을지라도 붙들고 앉아서 마주보고 죽이는 수밖에 다른 도리가 있을까 싶지 않다고도 생각해보았다.

어쨌든 한 마리는 내 눈 앞에서 운명을 하였거니와 간 곳 없는 두 마리도 필시 같은 운명을 졌을 것이다 ······.

그러나 이날 새벽에 또다시 잠든 내 귀를 놀라게 한 것은 차양에 부딪치는 우박소리였다. 시계를 보니 새로 세시가 넘었다. '우둑우둑, 쫘— 쫘—' 하며 콩 쏟는 소리에도 깬 잠이 아니 오지만 "하— 비둘기가 저 우박을 맞는구나!" 하니 비둘기장 못 지어준 죄로 한층 더 딱하다. 그러나 어찌하는 수도 없다.

우박이 그럭저럭 그치자 차양 긁는 '닥닥' 소리와 '꾸르륵' 소리는 한층 더 잦아간다. 날 밝기를 기다리노라니 아랫방 아낙네가 떼그럭거리며 나와서 일 갈 차비로 밥을 짓는 모양이다. 그러자 이 소리에 놀랐는지 비둘기 한 마리가 별안간 마루 안으로 푸드득푸드득 날아 들어오는 소리가 요란히 들린다.

안사람이 비둘기가 어디 있느냐고 물으니 뜰에 나온 부인네가 마루 전까지 와서 어스름 한 속에서 비춰보는 기척이 나면서 찬장 위에 얹힌 소반 위에 올라앉았다는 대답이다.

추위에 못 이겨서 의지간으로 들어온 것이리라. 어쨌든 다행한 일이다. 기왕이면 마저 한 마리도 들어와 주었으면 좋겠다고 우리는 수근거렸다.

그러나 차양 위의 것은 자는지 죽었는지 '또드락' 소리도 없고, 마루 안으로 들어온 것만 여전히 푸드득거리며 꾸르륵거린다. 나가볼까? 말까? 만일 나갔다가 제풀에 놀라서 다시 날아 나간다면 공경이 체증으로 도리어 남 못할 노릇이라고 숨을 죽이고 귀만 기울이고 있으려니 인제는 '푸드덕' 소리도 '꾸르륵' 소리도 스러지고 '가르랑가르랑' 하는 숨넘어가는 소리뿐이다. 그것은 위불없이[134] 숨지는 사람의 □이 목구멍에 말라붙은 소리다 ……. (1930.12.21)

사람의 귀염을 모르고 사람을 따를 줄 모르던 야생의 미물도 죽을 때가 되니 무섭던 그 사람에게 의탁하려는 듯이 방문 밑에 와서 '일명(一命)을 구해지어다'라고 애원하는 듯하다. 아무리 조그만 목숨이라도 목숨은 목숨이다. 하물며 내 집의 손이요, 내 힘 부족하여 뜻은 있으되 가꾸지 못하였음에랴.

창문을 밀치고 동틀머리의 훤한 날빛에 보니 찬장 위 소반에 올라앉았던 감숭한 비둘기가 오르를 떨면서 날갯죽지를 펼치고 고개를 한 구석에 파묻고 가르렁가르렁 숨이 져들어 간다. 무슨 팔자로 내 집에 와서 이 지경이 되었는지는 모르겠으나 적지 않은 인연인 듯싶어 더욱이 가엾다.

어쨌든 언 몸부터 녹여주어야 하겠으나 신선한 공기 속에서 자라난 것이 밤새껏 사람의 독한 입김과 담배연기에 흐려진 방 안 공기를 마셨다가는 금시로 그 조그만 폐가 굳어버릴 것 같아 우선 건넌방으로 끌고 들어가 보니 여기는 너무 차다. 하는 수 없이 다시 안방으로 옮겨다 놓고 문을 열어젖혀 일편 환기를 시키며 아랫목에 수건을 덮혀 놓았다. 두 눈은 뽀얗게 감았고 숨은 여전히 턱에 바쳤다. 얼었던 몸이 별안간 더워져도 좋지 않을 것 같아 발치께로 옮겨 뉘이며 발을 만져보니 고드름을 만지는 것 같다. 연일 새벽추위에 뻗친 데다가 그 몹쓸 우박을 맞아서 그런 것이리니 녹기만 하면 소생하리라고 안심이 되었다. 동시(東是) 조금 있으려니 꼭 감았던 눈을 뜬다. 이것을 본 우리는 반갑지 않을 수 없었다. 크든 작든 한 목숨이 우리의 정성으로 살아나간 다는 것이 기쁘기도 하려니와 내 잘못으로 이것마저 죽이지 않게 되는 것이

---

134 원문은 '어불업시'로 보이는데 '위불없이', 즉 '틀림이나 의심이 없이'라는 뜻으로 보인다.

무슨 큰 과실이나 죄책에서 벗어나는 것 같아 마음이 가벼워졌다.

그러나 맥이 폭삭 빠진 듯이 눈을 떴다 감았다 하며 신음하는 양은 마치 말 못 하는 젖먹이가 어른의 실수로 건질 수 없는 중병에 걸린 것 같아 차마 들여다보고 앉았을 수 없을 만치 갑갑하고 안타까웠다.

어쨌든 다른 병에 걸린 것은 아니리니 언 몸이 녹기만 하면 금시로 푸드득 날아서 나아가리라는 생각으로 한 시간 두 시간 내버려두어 보았으나 전신이 거진 다 녹았건만 조금도 차도가 없는 것을 보고는 아마 어제 산으로 싸질러도 동절(冬節)이라 별로 얻어먹은 것이 없어서 허기가 진 것은 아닐까 하는 생각이 들기에 우선 더운물을 떠다가 주고 불시에 수수는 없기에 쌀 한 줌을 머리맡에 놓아주었다.

그러나 이것은 임종을 재촉하는 것이었고 마지막 물 한 술을 흘려 넣어준 데에 지나지 않았던 것이다.

그렇게 쌔근쌔근하면서도 물그릇을 닦아 놓아주니까 주둥아리가 길어서 바로 먹지는 못하고 머리를 모로 뉘어서 두어 모금 마시는 모양이더니 한 번 커다랗게 목통을 벌렁거리고 나서는 눈을 감으며 목줄기를 쭉 빼더니 '가르랑' 소리가 뚝 끊어지고 말았다!

나는 이 일거일동(一擧一動)을 자세히 들여다보고 앉았다가 별안간 머리끝이 쭈뼛해지는 것 같기도 하고 서운하기도 하였다. 사람이 운명하는 것을 이때껏 보지 못하였지만 사람이나 조금도 다름없는 것 같다.

조그만 비둘기의 사체는 한 시간 후에 차양 위의 외짝 비둘기가 날아가기를 기다려 집안 아이의 손으로 옮겨 내어갔다. 어디다가 파묻어주었으면 하는 생각도 혼잣속으로 하여 보았으나 남 보기에 유난스러울 것 같아 그만두어버렸다. 불과 몇 십 전이면 비둘기장을 지어줄 것을 그걸 무심히 내버려두었다가 총 맞아 죽게 하고, 얼어 죽게 한 뒤에 아닌 적엔 '무슨 정성이 뻗쳤누'

하고 남의 속은 모르고 비웃을 것이 싫었다. 그러나 아이가 비둘기를 들고 나가려니까 마침 문전(門前)을 지나던 동리 한방의(漢方醫)가 반색을 하며 나 달라고 하여 가져가는데 발에서 좁쌀보다 큰 탄환이 하나 나오더라 한다. 듣고 보니 내 죄만 같지도 않거니와 어쨌든 죽어도 쓸모가 있는 품이 역시 사람보다 낫다고 생각하였다.

나는 하고 싶은 말을 다 하였다. 무슨 때문에 이런 글을 썼느냐고 웃을 분이 없지 않겠지만 나로서는 이렇게 쓰기라도 하니 마음이 가뜬해지는 것 같다. 더욱이 마지막으로 남은 외짝 비둘기가 그날 아침에도 좀처럼 날아가기를 않고 전에 없이 차양 끝에서 마루 안을 기웃거리다가 날아간 뒤로는 그날부터 다시는 우리 집에 들어오지를 않더니 이삼일 후에 아침이면 안방 들창을 열어젖힐 때마다 옆집 용마름 위에 혼자 우두커니 앉았다 가는, 나나 집안 사람을 마주 건너다보는 외로운 양(樣)을 볼 때마다 죽은 비둘기의 네 넋을 다시금 생각지 않을 수 없고 살아남은 그 한 마리를 다시 위무할 길 없음이 섭섭하다. 비록 이 글을 쓰기로 내 뜻이 그들에게 전해질 리 만무하고 다만 내 위안, 내 변소(辨疏)에 불과할지니 또한 헛되기 짝이 없다! 그러나 그 남은 비둘기마저 또 수삼일 후에는 내 눈에 띄지 않았다. 어느 친구의 말을 들으니 비둘기는 짝을 잃으면 살지 않는다 한다. 사실인지 아닌지? 사실 아니기를 바란다.

또한 독자 가운데 나에게 이렇게 반문할 분이 있으리라. 만일 5, 6 식구의 걸인이 너희 집에 들어와 묵자고 하였던들 어찌 하였겠느냐? 지나는 병객이 너의 집 문을 두드렸던들 어찌하였겠느냐고.

그러나 이에 선뜻 대답치 못함을 부끄러워할 따름이다. 그렇다고 나에게 센티멘털하다고 조소(嘲笑)할 권리는 누구에게나 없으리라. (1930.12.23)

작자의 말[135]

『삼대三代』

삼대가 사는 중산계급의 한 가정을 그려보려 합니다. 한 집안에서 살건마는 삼대의 호흡하는 공기는 다릅니다. 즉 같은 시대에 살면서도 세 가지 시대를 각각 대표합니다.

또한 종래의 작품에 나타난 뚜렷한 사건은 유심적(唯心的)의 신구사상-신구도덕의 충돌이었으나 시대의 진전을 따라서 유심적 경향에서 유물론적 경향으로 옮겨가서 한거름 더 나가서 사회적 의식이 깊어간 데에 같은 신구충돌에도 그 뜻이 새롭습니다.

필자는 그 새로운 뜻을 뼈로 삼고 조선의 현실사회의 움직이는 모양을 피로 하고 중산계급의 살림과 그들의 생각을 살로 부쳐서 그리려는 것이 이 소설입니다. 또한 자미없이는 소설이 아닌 고로 아무쪼록 흥미 있게 쓰려하지마는 그렇다고 웃는 것만이 인생의 일은 아니니까 깊히 생각게 하는 무게도 있는 작품이 되기를 스스로 기대하고 있습니다.

---

135 염상섭(廉想涉), 「작자의 말」, 『조선일보』, 1930.12.27. 이 글은 1930년 1월 1일부터 연재된 『삼대』의 연재예고기사 「차회 연재장편소설-『삼대』, 염상섭 작(作), 안석영 화(畵)」에 포함된 기사이다. 신문사측의 소개말은 다음과 같다. "김동인 씨의 「신앙으로」는 세말(歲末)로 끝이 나겠기로 다음에는 장편소설 『삼대』를 염상섭 씨가 쓰게 되었습니다."

1931

신춘문예 현상작품 선후감_{選後感}[136]

소설

이번 단편은 150여 편이 응모된 모양이다. 규정 기한 이후에 접수한 것과 합산하면 근 200편이나 되었을 것이다. 분망(紛忙) 중이요, 서무적(庶務的)으로 돕는 사람이 없기 때문에 정확한 숫자는 알 수 없다. 그러나 혹시 무책임한 간행물에서 현상응모나 응답의 수효를 호천호만(呼千呼萬)하듯 하는 판매정책적 가정(假定) 숫자를 공개치는 않는다. 신문사업이 아무리 소위 인기사업이라 할지라도 문예만에 한하여서는 그런 상매(商賈) 성질을 떠난 것이므로이다. 또 일본의 일류신문 같으면 그 10배나 되는 경우도 있으나, 조선에서는 '문학연령'이 얕은 것과, 국민 일반의 문학 내지 문화의 보급 정도, 인구의 다과(多寡) 등 사정으로 생각할 제, 170, 180편 내지 200편이라는 응모가 결코 소수(少數)일 리 없을 뿐 아니라, 큰소리는 아니라도 종래 조선 내의 각 신문잡지사의 응모하는 단편의 응모 수로서 파기록(破記錄)이 되리라고 확신한다.

작년 본사의 신춘문예의 응모 수(소설만에 한하여)로 보더라도 불과 4, 50편이었으니, 비록 금년에는 동업(同業) 일지(一紙)가 없었던 관계라고 보더라도 실로 4, 5배의 다수에 달한 것은 조선의 문운(文運)을 위하여 경하할 일이라

---

[136] 상섭(想涉), 「신춘문예 현상작품 선후감(選後感)—소설」, 『조선일보』, 1931.1.4.

고 아니할 수 없다.

그러나 유감인 것은 모집기한이 불과 20일 미만이었던 것이니, 따라서 전기(傳記)한 바 일본의 일류지가 모집하는 기한이 수삼 개 삭(朔), 혹은 반년간의 여유가 있음에 비하면 또한 그 응모 수가 많다고 볼 것이다

하여간 그중 4편을 뽑았다. 그러나 소위 1등에 갈 만한 것이 없음은 유감이다.

「희생」을 2등 수위(首位)로 뽑기는 하였으나, 실상 2등 값에 가는 좀 부족한 작(作)이다. 상반(上半)은 좋으나, 하반(下半), 더구나 종결에 가서는 대단히 유치한 결구(結構)였다. 다만 상반(上半)에 있어서 그 내용이 취할 점이 있었을 따름이다. 그뿐 아니라 지방사투리가 많기 때문에 더욱이 고삽(苦澁)한 것이 큰 결점이다. 결국에 자기 지방인에게만 읽히게 되는 것이요, 타 지방 사람은 읽을 수도 없고, 또 이해한다 하여도 어감에 대한 불쾌와 몰이해를 느낄 것이니 역시 효과에 불충분을 난면(難免)인 것이다. 표준어, 경어(京語)를 써야 한다는 이유가 여기에 있는 것이다.

종절(終節)은 삭략(削畧)하였으나, 그래도 좀 더 삭략하고 여러 곳에 가필을 하여야 할 작품이다. 오직 그 내용으로 보아서 2등을 주었다. 그러나 실감이 핍진치 않으니만큼 후반은 미숙한 공상의 소산이다

「비 오는 날 밤」. 내용은 차치하고 형식에 있어서, 표현수법에 있어서 비교적 정돈되고 장래 촉망할 만큼 완성되어갈 작품이다. '완성된 작품'이 아니라 '되어갈 작품'이라는 말이다. 장편은 바랄 수 없으나, 단편작가로서는 이미 격(格)을 이루었다고도 할 수 있다. 그러나 '상(想)'이 원숙치 못하였고, 또 너무나 동양도덕에 어그러진 점으로서 2등의 수위(首位)로 놓지는 못한 것이다. 부친에게 함원(含怨)한다는 것도 불미(不美)한 것이거니와 겸상하여 밥을 먹다가 부친은 입쌀[137]밥이요, 자기에게는 조밥이 섞였다고 계모에게 불만

을 느낀다면 그것은 도저히 용서할 수 없는 소갈딱지 없고 배우지 못한 자의 말이다. 평자(評者)는 그 표현수법을 아까워하여 부친을 이복아우로 고쳤고, 그 외 수개소(數個所)를 수정하였거니와 그렇지 않으면 낙선하는 수밖에 없는 작품이었다. 이러한 흠점만 없었다면 1등은 어려워도 「희생」보다는 훨씬 나은 작품이었다.

또 친구의 집에서 나올 때에 무산자를 위하여 싸우겠다고 써놓은 것은 너무나 개념적으로 시대의식을 표현하려는데 지나지 않은 것이었다. 거듭 말하거니와 작(作)에 표현된 작자의 인격이 좁다.

「누님을 묻는 날」. 이 작품은 스타일, 기분, 작(作)에 표현된 작자의 인격과 개성, 원고 필치, 거주지 등이 모두 「비 오는 날 밤」과 흡사, 또 동일하므로 「비 오는 날 밤」의 작자 송내순(宋廼淳) 군과 이 작(作)의 필자 현홍(玄鴻) 군이 동일인인가, 별개의 실재인물인가를 본사 지국을 통하여 조사하여본 결과 '현홍'이란 인물은 없고, 김현홍(金玄鴻)이란 학생이 있다 함은 확탐(確探)하였는데, 양자(兩者)는 친교가 있다 한다. 과시(果是) 동일인의 작(作)인지, 그렇다면 그야말로 커닝이니, 학교시험의 커닝도 용허치 못하겠거늘 인격적 소산인 귀중한 문예작품에 있어서 이러한 희롱을 하였다면 도저히 용납지 못할 일이다. 이것이 나의 속단이었다면 나도 다시 사의(謝意)를 표할 날이 있을 것이다.

어쨌든 확증을 얻지 못한 일이기로 2등으로 추선(推選) 발표한 터이거니와 이 작(作)도 내용은 빈약하나마 그 표현의 섬세, 곡진한 점으로 확실히 2등의 가치는 있다. 「비 오는 날 밤」에서도 그러하지만 이 작(作)에 있어서 더욱이 실감을 주는 데에 많은 효과를 얻게 하였다. 그러나 그 스타일이 수필 비슷한

---

137 입쌀 : 멥쌀을 잡곡에 비하여 일컫는 말.

점에 있어서 2등, 제3위로 추선되었음을 부언하여 둔다.

「발(髮)」은 용두사미의 작(作)이다. 전반의 상(想)은 익히고, 후반의 구상을 완결치 못하고 집필하였기 때문에 설익은 작품이 되고 만 것이다. 금후의 일층 노력을 바란다.

도시(都是) 이 작자에 한하여 하는 말이 아니라, 한번쯤 입상되었다고 만심(慢心)이 생겨서는 아니 될 것이다. 작가로 나서려면 얼만한 수양과 노력과 분투가 있어야 할까를 이 기회에 자성(自省)하고 굳게 결심하여야 하리라는 충고를 하여 둔다. 또한 이들 작품도 그 표준을 저하하여서 고선(考選)한 것이지, 만일 외국작품과 비견할 정도로 본다면 이 네 작품이 모두 감(減) 1등씩은 하여야 할 것이요, 그중에도 「희생」과 「발」은 낙선될 것이다. 그러면서도 전자(前者)를 2등 수위로 하였음은 그 주제와 및 주제에 대한 관찰의 가치를 중시하기 때문이다. 거듭 말하거니와 「희생」의 작자는 그 테크닉의 유치에서 벗어나야 후일 그릇다운 작가가 되리라는 것이다.

그 다음에 첨언하여둘 것은 작품에 나타난 금시(今時) 청년의 사상이 (1) 시대사상(닒시즘)인 것 (2) 절망 혹은 방황적으로 니힐리스틱한 것 (3) 예술적 표상(表想)에만 주력한 것 (4) 기분만은 조숙하고 전연(全然) 무주의(無主義), 무주장(無主掌), 무수련(無修練)한 것 (5) 문학 혹은 예술에 대한 하등 이해도 없이 허영적 충동으로 덤비는 유(類) 등으로 구분할 수 있다는 것이다. 시비(是非)는 내가 여기에서 장제(長提)치 않는다. 다만 시대, 풍조의 여실한 표백임을 여기에서도 발견할 수 있는 것이 답답한 유쾌(愉快)라 할까 ······.

1월 1일 야(夜)

신춘문예 현상작품 선후감選後感[138]
시조, 동요, 기타

전자(前者) 소설 선후감(選後感) 중 「비 오는 날 밤」에 대하여 약간 오해되기 쉬운 점을 발견하였기로 석명(釋明)하여 둔다.

첫째, "소갈딱지 없고 배우지 못한 자의 말이다."란 구절이 있는데, 이것은 물론 작중인물 S를 가르쳐 한 말이나, 작자를 두고 한 말 같이 오해될까 염려되는 바이요, 둘째, 종말(終末)에 "작(作)에 표현된 작자의 인격이 좁다."고 한 말과 상응하여 작자의 인신(人身)에 관계된 듯이 보이게 되였음은 홀망(忽忙) 중 나의 의사표현이 불충분한 탓이다. 추고(推敲)할 여유가 없다가, 인쇄된 후에 발견하고 그 작자 송 군에게 대하여 미안히 생각하였으므로 일언하여 두는 바이어니와 "작(作)에 표현된 작자의 인격"이라는 것은 이 작(作)에 표현된 작자의 인격이 아니라, "작자의 관찰하고 표현한 바 S의 인격"이 좁다는 말이다. 설혹 이 작품에 나타난 작자의 인격이 좁다 하더라도, 그 실재한 작자의 인격이 좁지 않을 수 있는 것이요, 또 좁고 넓은 것은 나의 관지(關知)할 바도 아니니 여기에 논의할 성질의 것이 아님은 물론이다. 오해 없기를 바란다. (이것은 작자의 항의나 질문이 있어서 쓴 것이 아니다.)

시조는 이은상(李殷相) 씨에게 위촉하여 고선(考選)하였는데, 성적이 양호

---

138 상섭(想涉), 「신춘문예 현상작품 선후감(選後感)─시조, 동요, 기타」, 『조선일보』, 1931.1.6.

치는 못한 모양이다. 시조는 현대의식, 현대기분과 배치된다 하여 그 부흥에 반대하는 경향이 있고, 또 금일은 신시(新詩), 신시보다도 소설의 시대인 관계상 창작욕을 자극치 않는 소이라고도 보겠으나, 여기에는 그 이론을 말치 않는다.

다만 몇 마디 주의할 것은 모모(某某) 작가의 작품을 표절복사하여 투고한 분이 있음이다. 시에도 그런 불미한 일이 있었고, 소설에도 『댑싸리』라는 작품이 연전에 어디서인가 본 작품을 그대로 벗겨 보낸 것이 있거니와 이러한 것은 실로 타기(唾棄)하고도 남음이 있는 소인(小人)의 작희(作戱)이다.

동화와 학생작문 두 가지가 다 1편도 선발할 수 없었음은 이번 모집에 큰 유감이었다. 동화의 예선이 4편이 있었으나, (1)은 적빈소년의 강도, 방화로 결구된 것이나, 그것이 비록 위친(爲親)과 계급적 반항에서 나온 것이라 하여도 동화로는 용허치 못할 것이요, (2)는 노골적 선전성의 것이요, (3)은 무내용(無內容)한 것이요, (4)는 시대착오의 것이기로 섭섭하나마 그대로 낙선케 된 것이다.

또한 학생작문은 금일의 중학생이 조숙조달(早熟早達)하고, 또 발표의 자유(기관상으로 말이다)가 비교적 있는 것과, 제작의 능솔이 훨씬 진보된 것 (개중에는 안고수비(眼高手卑)하여 구구히 학생작문에 투고키를 유치한 소학생의 일로 유상(謬想)한 탓도 있겠지만) 등 이유로 가작(佳作)이 없었던 듯싶다.

동요는 무려 천여 편의 응모였다. 대체의 그 경향은 의식표현에 초조해하는 모양이 보이나, 제재가 천편일률적이요, 종래의 노력하는 분도 신경지(新境地)를 개척하지 못하여 타성에 끌려가는 것을 간취(看取)하였다. 작금(昨今)과 같이 아동문예에 관심을 가지게 된 때도 없겠으나, 아마 이러한 연구·수련의 고민·방황기가 지나야 제2기적으로 신생면(新生面)이 보이게 될 것이요, 괄목할 만한 작품이 나올 듯하다. 또 재래에 투고하던 분으로 응모한 분이 얼마 아니 되는 것은 아마 이미 일가를 성(成)하였다 하여 현상 같은 데 응모키를 불긍(不肯)하는 까닭인지도 모르겠다.

이상 제고선(諸考選)에는 시조를 제외하고서는 안석영(安夕影), 박팔양(朴八陽) 김려수(金麗水), 이홍의(李鴻稙) 제씨와 필자가 참여하였음을 부언하여둔다.

신춘문예 현상작품 선후감選後感[139]
문자보급가, 한글기념가

어느 자식은 범연(凡然)하며 자식이 많다고 시들하랴마는 손(孫)이 놀아 무남독녀를 두었거나 육십 당년(當年)에 배슬거리는 아들 하나만 두었다면 그것이 남의 없이 귀한 것이다.

조선사람이 가진 한글이 환갑에 첫 아들이란 말이다

그러니만치 남 다 가진 '글'이건만 남의 없이 귀한 것이다. 또 그러기 때문에 '한글 기념'을 하는 것이요, '한글기념가'를 모집한 것이다.

'격화소양(隔靴搔癢)'[140]이란 말이 있거니와 조선사람은 이때껏 남의 다리를 긁고 살아왔다. 남의 다리 긁느라고 제 다리는 헐어서 문드러지게 되었다.

문맹, 문맹 하지마는 문맹이 촌에만 있고 병문[141]에만 있는 것이 아니다. 이웃에도 있고 집 속에도 있다. 손꼽는 한학자이거나 영학자(英學者)거나 일학자(日學者)거나 그 사람더러 보통학교 일년생에게 읽힐 엽서 한 장을 써달라고 하여 보아라! 그가 문맹인지 아닌지를 단박에 알 수가 있으리라. 거짓말 같았으면 좋을 참말이니까 걱정이라는 말이다.

---

139 상섭(想涉), 「신춘문예 현상작품 선후감(選後感)—문자보급가, 한글기념가」, 『조선일보』, 1931.1.7.
140 격화소양(隔靴搔癢) : 신을 신고 발바닥을 긁는다는 뜻으로, 성에 차지 않거나 철저하지 못한 안타까움을 이르는 말.
141 병문(屛門) : 골목 어귀의 길가. 병문친구 : 골목 어귀의 길가에 모여 막벌이를 하는 사람.

그러므로 조선일보사의 자부하는 대사업인 '문맹퇴치사업'이 있고, 또 이번에 '문자보급가'까지를 널리 모집한 것이다.

이 두 가지 ― 한글기념가와 문자보급가는 우연히 신년을 기회 삼아 모집한 것이지마는 특히 신춘문예의 성질을 가진 것은 물론 아니다. 벌써부터 하였을 일인데 미루미루 해오다가 반가운 이때에 시작한 노릇이다.

시작은 하였으나 아직 끝은 나지 않았다. 왜? 섭섭한 일이나 1등 당선이 없고, 또 2등 이하의 작가(作歌)라도 작곡까지 하여 널리 부르게 하자면 앞에 남은 노력이 많기 때문이다.

어쨌든 이번 현상모집에 있어서 이 두 노래가 중심이었다.

그만치 고선(考選)에도 신중히 하여 민세(民世)[142] 주필선생을 비롯하여 한글반을 맡으신 열운(洌雲)[143] 선생과 필자 등이 엄밀한 선정을 거듭하였던 것이다.

그뿐 아니라 응모된 성적으로 볼지라도 그 양으로나 질로나 또는 당선된 작품의 가치로나 실로 예상에 넘으면 넘었지 다른 과목에 비하여 떨어지지는 않은 호성적이었다. 다만 이것은 전조선적 대사업에 관한 중대사라 하여 그 고선이 다소 각박하였기 때문에 드디어 1등 당선이 없었을 따름이다.

또한 최후 결정적으로 1등을 선정치 않은 본의는 이 앞으로도 좀 더 좋은 작가(作歌)가 나오려니 하는 기대와 신뢰가 있기 때문이니 아마 본사에서도 1등이란 귀한 애기, 귀한 손을 맞으려고 금후 어떤 기회에 또 뽑게 될지 모르거니와 여러분도 다시 벼루를 닦고 시예(詩藝)를 기름지게 하여 그 고비를 기다림이 좋으리라고 한 말씀 하여 둔다.

또 원체 이런 노래를 짓자면 조선에 아무리 시인이 없기로 위임할 만한 분

---

142 안재홍(安在鴻)의 호.
143 장지영(張志暎)의 호.

이 없는 것은 아니지만 한글 기념이나 문자보급이나 모두 전 민족적, 민중적 대사업이요, 또 그 노래를 한 모임이다. 한 학교에서 부르는 것이 아니라 조선사람 쳐놓고는 남녀노소 자자손손히 부를 것이므로 아무래도 널리 고르려는 것이 본뜻이다

고선(考選)의 표준은 한글만 깨우치면 보고 알고 외우고 불러야 하겠는 고로 가창 통속적이면서도 뜻이 핍진하여 감격을 일으키게 하고, 그리고도 운(韻)과 □이 아름다운 데에 두었었다. 그러나 '한글기념가'에 한하여 의식적인 것이니만치 다소 장중미가 있어야 할 것으로 생각들 하였다.

실제 입상된 것은 2등이 각각 2편, 3등에는 한글기념가 2편, 문자보급가 3편이었다. 원체 한글기념가는 문자보급가보다 짓기가 좀 어려운 모양이어서 응모 수도 떨어졌다.

그런데 각개(各個)에 대하여 약간씩 평언을 가할 수 없는 것이 유감이다. 그것은 사내(社內)에서는 합선(合選)한 관계로나 대사회적으로나 나 개인의 의견을 □□히 표명키 어렵기 때문이다. 그러나 한마디만 할 것은 무게로는 한글기념가의 도진호(都鎭鎬) 씨 것, 문자보급가의 이순주(李順珠) 씨 것에 밀리고, 쉽고 부르기 좋기로는 서창제(徐昌濟) 씨의 한글가와 이은희(李恩姬) 씨의 보급가를 치리라고 생각한다. (끝)

기자생활과 문예가[144]

　　신문기자는 무관제왕(無冠帝王)이라고 자과(自誇)할 것도 아니지만, 허장성세(虛張聲勢)하여 불순위만(不純僞瞞)한 생활자라는 자비(自卑)함도 부당하다. 권위 있는 신문을 만들겠다, 권위 있는 기자가 되겠다고 착실히 노력하고 공명정대한 태도와 웅건예리(雄建銳利)한 필봉을 닦아나가는 기자에게는 사실로 일세의 여론을 좌우할만한 무관제왕의 권위가 따를지 모르겠지만, 다만 일개의 기자라고 꺼덕대기만 한다면 그야말로 분수없는 일일 것이다. 그러나 이와는 정반대로 기자생활이란 허위에 차고 불순한 것이라 하여 너무나 자비(自卑)하면서 먹고살자니, '이 노릇이라도 하여야지' 하고 늘 불만을 가지는 사람도 없지 않으나 이것도 좋지 못한 생각이다. 일전에 모(某) 지방기자의 감상을 보고도 그 양심 있는 자기반성에는 동감하고 동정하겠지만 자기의 신문기자생활을 객관적으로 너무나 멸시한 태도에 대하여는 나는 불쾌를 느꼈다. 그러나 이런 사람은 신문기자가 되었다고 하늘의 별이나 딴 듯이 안하(眼下)의 무인(無人)으로 천둥벌거숭이처럼 돌아다니는 사람이 있을지 없을지는 모르지만, 만일 있다면 그런 부류의 사람보다 얼마나 나은지 모르겠다. 또한 이 기사를 게재해주면 다소 지국경영상 좋겠다느니 이 한시(漢詩)

---

144 염상섭(廉想涉), 「기자생활과 문예가」, 『철필』, 1931.1.11.

한 편을 내주면 술 한 잔 생긴다느니 하는 무주책(無主責)한 방언(放言)을 함부로 하는 따위라든지, 지국기자가 되면 신부가 결혼을 승낙한다고 애걸복걸을 하야 삼일기자(三日記者)가 되는 등 사실을 보면 그 당자도 당자려니와 이러한 것을 중개 혹은 임면(任免)하는 기자와 지국경영자의 몰염치·무책임함에는 분반(噴飯)의 정도를 지나서 공분을 느낄 때도 없지 않을 수 없기는 하다. 그러나 이러한 것은 기자라는 직무가 원래부터 사기적(詐欺的)이거나 협잡성을 가진 이기 때문이 아니라 품격과 권위가 있는 것 혹은 있어야 할 것이기 때문에 이를 이용하려 하고, 또 이용되어 마침내 자타락(自墮落)¹⁴⁵하고 마는 것이다. 그리하여 양심 있는 자는 이 자타락의 일면만을 보고 혐오하며 빈척(擯斥)하거나, 자신이 기자이면서도 기자임을 자랑함보다는 자기의 속악화를 자탄하여 내적 고투를 맛보게 되는 것이다. 그리고 이러한 심경은 그가 예술적으로 눈 뜨는 경우에 한층 더한 것이다. 그러나 이것을 또다시 일면으로 생각하면, 내적 고투를 가진다는 것은 사람으로의 자기생활과 기자로서의 조신집심(操身執心)에 대하여 타락을 방어함이라는 의미에서 좋은 일이다.

그러나 소극적으로 '기자생활', 그것으로 말미암아 자기의 내적 생활이 타락한다고 생각하여서는 아니 될 것이다. 더욱이 예술가에 있어서 기자생활을 함으로 말미암아 예술적 양심을 잃거나 속화하며 예술적으로 타락한다고 생각하여서는 아니 될 일이다. 기자생활이란 극무(劇務)요, 속무(俗務)가 아님이 아니지만, 그렇다고 극무·속무에 종사하는 사람은 모두 속화하고 악화하고 사람으로서나 예술가로서의 양심이 마비되는 것은 아니다. 하물며 다른 직업과 달라서 소위 사회의 목봉(木鐸)이니 여론의 향도(嚮導)니 무관제왕이니 하는 기자생활에서랴. 비록 그것이 허위무실(虛僞無實)타 하기로 그러나

---

145 일본어 じだらく(自墮落)에서 온 듯. 방종함. 단정치 못함.

또 유명무실치 않도록 노력하여야 할 것이 아니냐. 또한 그가 만일 문학가인 경우면야 더욱이 자기반성이나 내적 고투가 예민하니만치 조신(操身)과 집심(執心)에 청고(淸高)를 자기(自期)하는 노력이 많을지니 기자생활이 극무임으로 말미암은 시간부족으로 하여 문학적 수양에는 장해가 불무(不無)하더라도 기자로서의 품위는 향상될 것이 아닌가 한다.

이상은 일전 모(某) 지국 기자의 감상록을 보고, 그 너무나 기자생활에 불만을 가진 솔직한 고백에 일편(一便) 동정을 느끼면서도 일편 오해 있는 듯하기로 수자(數字) 비견(卑見)을 가(加)함에 그친 것이다.

신문기사의 행문(行文)

근래에는 사회부나 지방부의 기사를 취급해본 일이 없으니까 얼만한 정도의 기사를 편집자가 얼만큼 첨삭한 것이 지면에 나타나는지는 알 수 없고, 또 그것이 전자에 비하여는 진보되었다 할지라도 일 독자로서 매일 기사를 통람(通覽)하면 어느 신문이나 불만을 느낀다. 그 원인에 대하여는 여기에 공언하기를 꺼린다. 그러나 나로서 ― 현재나 자신이 기자라는 것을 떠나서 ― 일 독자로서 요구하여 마지않는 것은 행문(行文)에 좀 더 주의하여 달라는 요구요, 따라서 금후 기자를 지원하거나 또 기자를 채용하는 신문사나 각사 주의할 일이라 하는 바이다. 신문사나 독자가 웅문거벽(雄文巨擘)[146]을 요구하는 것은 물론 아니라. 그러나 신문기사로서의 미성품(未成品)을 요구치 않는다. 문(文)의 체(體)와 격(格)을 이루는 기사를 바라는 것이다.

---

146 웅문거벽(雄文巨擘) : 생각이 깊고 기개가 뛰어나게 글을 잘 짓는 사람.

그러나 말이 그렇지, 신문기사란 대단히 어려운 것이다. 기사는 손으로 쓰는 것이 아니라 발로 써야 한다 함은 그 시간적 신속을 의미함이거니와 문체로도 평범하고 용이한 듯하면서 기실은 그렇지 않은 것이다. 정치면은 전문(電文)의 번역만 하면 그만일 것 같으되 이처럼 보급된 일문(日文)을 번역한다는 것이 그렇게 용이할지 나는 의문이다. 용이한 사람도 있겠지마는 처음부터 경멸하는 태도로 대할 것은 결코 아니다. 하물며 사회면 (일(一) 지방면 기사를 포함함) 기사랴.

사회면 기사는 순조선문인 고로 종래에 조선문에 대한 선입견적 멸시로 그까짓 언문으로 쓰는 것은 기사가 아무러면 못 쓰랴고 함부로 덤비지만 어느 글 쳐놓고 체(體)와 격(格)을 이루지 않고 되는 법이 없으면야 언문이라고 얕볼 것은 아니다. 더구나 우스운 일은 한자나 외국문자에는 획수(劃數)나 조어(造語)에 잘못이 있으면 무식이 탄로된다 하여 주의하지마는, 우리글에는 어불성설의 철자를 하여 놓고도 염연(恬然)한 것이 상례이니 이러한 기사는 편집자의 두통거리다.

그는 하여간에 사회면 기사를 놓고 보면 여기에는 실로 모든 문체가 종합되었다. 가장 어렵다는 이유도 여기에 있다. 가령 재판소 기사 같은 것을 보더라도 스케치적 서경(敍景), 서정서사적 문체가 종합되어서 인상적으로 그 분위기를 흥미 있게 묘사하는 일편, 사건의 전말, 추이를 분명히 핵심을 잡아 서술하자면 여간한 노력과 수련이 없이는 안 될 것이다. 사건의 종류와 대소(大小)에 따라서 피고의 복장, 동작, 표정 등 서경을 약(略)하기도 하고 혹은 서정적 부분을 과장하기도 하며 또는 단순히 서사에 그치기도 하며, 가장 중대시하거나 가장 독자의 흥미를 끄는 부분은 일문일답식을 취하거나 하여 경우를 따라 적의(適宜)히 취급하여야 하겠지마는, 그 취사(取捨)라든지 순차(順次)와 장단의 안배라는 것이 여간 어렵지 않을 것이다. 놋대야 하나쯤 훔친 절도 사건에 법정에 선 피고의 표정·동작이나 정내(廷內)의 공기를 묘사한다든지, 야마나시(山梨) 공판정[147]의 기사를 '모월 모일 모시 개정, 피고의 주소씨명, 신문(訊問)을 마친 후 즉시 심리(審理) 개시'라고 간단한 서사에만 그친다면 그 어느 것이나 기사로서 실패일 것이다. 요컨대 취급상 표준은 사회적 센세이션과 독자에게 주는 흥미의 정도에 따른 것이지만, 문체상으로 보면 이만치나 복잡하고 문격의 조화와 효과에 치중치 않으면 아니 될 것이다. 이와 같이 일(一) 기사를 해부하여 보아도 단순한 보도·보고에 그치지 않고 문장미를 다종다양의 형식과 수법으로 발휘하여야 하겠지마는, 사회면의 개개의 기사를 보더라도 순(純) 서사의 것, 서정미에 농후한 것, 풍자적의 것, 해학미의 것, 교훈적의 것 등 모든 종류의 문장이 그 속에 섞이어 있는 것인 고로 만일 그 각각의 문장이 모두 체격을 이루어서 '신문기사체'라는 큰 문체를 이룬다면 그것도 또한 훌륭한 문예작품일 것이다. 결코 사회면 기사라고 경멸할 것이 아니라, 그 대중성에 있어서 극히 소중히 생각하여야 할 것이다. (끝)

---

147 야마나시 한조(山梨半造, 1868~1944) 1927년부터 2년간 제5대 조선총독으로 있었으나 부정 사건과 관련되어 사직했다.

불교와 문학[148]

나는 반드시 문학에 종교가 필요하다고는 보지 않는다. 종교를 떠나서도 훌륭히 문학은 문학 자체로서 독립한 존재를 가지고 있는 것으로 잘 알고 있다. 종교인으로서는 문학적 창작을 시험할 때에 자연히 작품상에 종교적 색채가 나타나게 될 것도 또한 당연한 일일 것이다. 그렇다고 종교로 인하여서 문학의 가치가 좌우되리라고는 생각지 않는다.

물론 가닥가닥 밝히는 철학보담, 어디까지든지 실증적인 과학보담은 원융적(圓融的)인 종교가 문학에 가장 가깝게 관계가 되어 있다.

그만큼 종교에 있어서도 많이 문학의 형식을 가지고 종교의 오리(奧理)를 표현한 종교문학이 다량(多量)이 있는 것은 사실이다. 또 어느 시대에 있어서는 종교로 인하여 문학이 흥륭(興隆)한 적도 없지 않았으니 예컨대 일본에 있어서도 한참 『겐지모노가타리(源氏物語)』 등의 연애문학, 인간향락주의의 문학이 그 극에 달하여 문학으로 거의 막다른 곳에 이르러 장차 어찌할 수 없을 때에 마침 불교가 수입됨에 따라 일본문학에는 한층 더 유수(幽邃)한 맛이 있게 되었었다. 기외(其外)에도 종교, 특히 불교의 문학사상에 끼친 영향이란 다대하였다. 그러므로 그러한 때에 있어서는 종교문학과 일반문학의 경계선

---

148 염상섭(廉尙燮), 「불교와 문학」, 『불교』, 1931.2.11.

이 극히 애매하였었다. 그러나 현대에 있어서는 어디까지든지 문학에 있어서도 일반문학과 종교문학의 부문이 확별(確別)되어 있는 줄 안다.

그러면 최후 우리 조선의 형편을 보아서는 어떠한고 하면 나는 문단인의 한 사람으로 종교에, 특히 불교에 기대가 불소(不少)하다. 불교는 다른 종교보담 특색이 있다고 할 것은 단순히 종교라고만 할 것이 아니라 철학이라고도 할 수 있으며, 철학인 동시에 또 종교이므로 인생문제에 관하여서나 또는 모든 현실문제에 대하여서 좀 더 사람을 사색적 방면으로 끌어 인도하여주는 만큼 문단인이 불교에 조예가 있게 된다 할진대 자연 그 작품에 심오한 환조(歡照)가 들어 있게 되리라고 생각한다. 그 점에 있어서 불교가 문학에 대한 관계가 불소하다고는 본다.

그런데 한 가지 유감(遺憾)되는 것은 불교의 술어(述語)의 보편화(普遍化)되지 못한 점이다. 그리하여 일반이 불교를 연구할 생각이 있어도 엄두를 못내는 점도 거기에 있을까 한다. 가령 현금(現今) 우리 보통 생활상 용어도 예수교에서 나온 금언 같은 것은 흔히 사용하여 거의 일반화된 것이 많으나 불교는 그렇지 못한 것이 퍽 유감이다. 그런즉 기왕에 있는 불교지(誌)를 통하여서라도 불교의 기초지식을 일반화시킬 방면에 노력하기를 바라는 바이다. 분망(奔忙) 중 조리(條理) 지지 아니한 말로 면책(免責)만 하는 바이다.

일문일답[149]

기자　요즘 쓰시는 장편 『삼대』는 모델이 있습니까? 없습니까?

염(廉)　모델은 없습니다. 다만 현실에서 '있음직한' 인물들입니다.

---

149 염상섭(廉想涉), 「일문일답」, 『별건곤』, 1931.3.

도회생활과 빈곤과 전당[150]

가세(家勢)가 궁(窮)함에 항상 전당표(典當票)와는 인연이 가깝게 지내간다. 아침에 땔 나무가 없어도, 또 저녁에 솥에 넣을 쌀이 없어도 부득이 의복이나 기구(器具)를 들고 행랑뒷골 전당포 문을 두드리지 않을 수 없다. 도회의 생활에 일정한 정기적 수입이 없이는 누구나 나와 같은 곤경을 겪지 않을 수 없으리라.

나는 지금도 여덟 장의 전당표를 가지고 있다. 그중에는 한 벌밖에 없던 매일 입고 다니는 양복조차 들어갔다. 재작년 결혼 때에 하여 준 아내의 결혼반지까지도 들어갔다. 그 밖에 의복이나 기물(器物)들은 더 헤아릴 것조차 없으리라. 이제는 전당 잡힐 만한 물건이 없어서 잡혀 먹지 못한다고나 할까.

그뿐이면 오히려 좋겠다. 얼마 전에 간신히 산 아현리(阿峴里)의 내 집도 3백원에 금융조합에 전당이 들어갔는데 그 이자가 매월 6원씩이다. 두 달에 한 번씩 개표(改票)를 하게 되었는데 그때마다 20원의 이자를 물기에 고통을 겪는 터이다.

전당을 처음 잡혀 본 것은 일본 가서였다. 열다섯 살에 교토(京都) 가서 중

---

150 염상섭(廉想涉), 「도회생활과 빈곤과 전당」, 『삼천리』, 1931.3. 이 글은 '문사와 전당(典當)'이라는 표제 하의 글 중 하나임. 염상섭 이외에도, 춘원(春園), 독견(獨鵑), 백화(白樺), 성해(星海) 등이 각각 글을 실었다.

학부터 마치고 다시 도쿄 가서 게이오대학(慶應大學) 문과(文科)에 들어갔을
때에 학자(學資)의 주선(周旋)이 여의치 못하여 가끔 시계와 책상의 교과서 등
까지 잡혀 먹는 일이 간간 있었다. 그러고 나는 술 먹기 위하여 전당 잡혀본
일은 없었다. 딴 말이나 전당에 진저리가 나서 그런 것도 아니지만 나는 음력
정월 초 이튿날부터는 단연코 술을 끊기로 맹세하였다.

등하불명의 3월[151]

3월 6일이 경칩(驚蟄)이요, 21일이 춘분(春分)이라. 그래도 이것이 음력으로는 2월 절(節)이요, 3월 절로는 양력 4월 들어서야 6일에 청명(清明)이다. 한식(寒食) 전후나 되어야 비로소 홀가분한 물겹옷을 입고, 진달래 개나리가 만발하고, 수양버들에 물이 오르니 '춘삼월호시절(春三月好時節)'이라 하여도 음력으로 따져야 들어맞는 말이요, 양력으로는 좀 이른 것이다.

'춘삼월호시'절이라 하여 '3월과 인생'이라 하였는지! 『혜성』이 3월에는 나온다는 천문학상 무슨 원칙이 있어서 '3월과 인생'이라 하였는지! 만일 그렇다면 '3월과 자연'이라거나 '3월과 천체(天體)'라고 괘제(掛題)를 할 것인데 '3월과 인생'이라고 과제(課題)를 한 시관(試官)의 머리가 좀 어떤 듯도 싶거니와 그래도 일본서 누구라는 문인이 「마작(麻雀)과 인생」이라는 마작철학인가 인생철학인가를 라디오로 방송한 데 비하면 그래도 동일지담(同日之談)은 아닐 상도 싶지만 어쨌든 이러한 글 제(題)로 수필을 쓰라는 것은 작문시험 같아 쓰기 거북하다.

3월의 인생은 어떠한 얼굴을 하고 있는지? 3월이 되어 보지 못하였으니 실

---

151 횡보(橫步), 「등하불명(燈下不明)의 3월」, 『혜성』, 1931.3. 『혜성』 창간호 기념으로, '3월과 인생'이라는 표제 하에 염상섭 이외에도 방인근, 박노아(朴露兒), 이태준, 최영주(崔泳柱) 등이 각각 글을 실었다.

감이 없고, 세세년년(歲歲年年)히 맞던 3월이니 과거의 추억도 좋으련마는 인상이 엷다. 그러나 경칩 전후에 해빙이 되고, 척촉(躑躅), 신이화(莘荑花)가 원산근야(遠山近野)에 물들일 때가 되면 냄새 풍기는 고양이는 아니로되 에로세계가 질번질번하여져서 지분(脂粉) 시세(時勢)의 주기적 폭등이 되는 것이 3월의 인생인지? 창경원의 입장료 수입이 많아져 가는 3월의 인생인지?

'3월과 자연'이면 시의 영역이요, '3월과 천체'이면 과학의 소임이나 '3월과 인생'에 이르러서는 쓰는 사람의 인생이니만치 등하불명이라 할지 어리둥절하다. (중략)

또한 이해 이달 이날에는 『혜성』이 나온다니 이것도 또한 3월 인생의 크고 작은 일의 하나로 축복하고 바라볼까 한다.

 염상섭 문장 전집 Ⅱ

5조건 전부 필요[152]

1. (가) 십여 년 전 평북지방에서 춘궁기가 되면 나의 우거(寓居)하는 곳의 촌부(村婦), 특히 소부(小婦)가 누렇게 부황이 떠서 돌아다니는 것을 보고 도회 생장(生長)인 나로서 퍽 놀란 것을 기억하고 있습니다. 두말 할 것 없이 초근목피(草根木皮)는 아니라도 그와 다름없는 시래기죽으로 연명하는 때문입니다.

(나) 또 한 가지 이번 구(舊) 세모(歲暮), 소위 섣달 대목에 여기서 10리 쯤(許) 되는 근교(近郊)의 빈농의 집에서 백미(白米) 2승(카)[153]을 꾸려 시내 모(某) 지인의 집으로 온 것을 목도는 못하였으되 직접 들었습니다. 아마 그 근처에서는 꾸어 먹을 만한 데는 벌써 다 꾸어 먹었기 때문에 다시 개구(開口)할 데도 없어서 그렇겠지마는 시내에서와 달라 농촌이요, 또 대농(大農)이라는

---

152 염상섭(廉想涉), 「5조건 전부 필요」, 『동광』, 1931.4. 「농촌 구급(救急)의 최소한도 요구는 무엇 농촌운동의 최급긴사(最急緊事)는 무엇」이라는 설문조사에 대한 응답. 『동광』은 주요언론사 및 단체의 대표들에게 설문을 의뢰한 것으로 보이는데, 조선일보의 염상섭 이외에도 조선일보 안재홍, 신간회본부 이항발(李恒發), 평양기독청년회 조만식(曺晩植), 천도교청우당(靑友黨) 김기전(金起田), 동아일보 송진우의 설문응답이 게재되었다. 한편 설문의 내용은 다음과 같다.
  1. 선생께서는 친히 목도하신 농촌 궁황(窮況)의 실례
  2. 목하 조선농촌구급의 최소한도의 요구는 무엇무엇?
  3. 좌개(左開) 각 항목에서 어느 것이 목하의 최긴급무인가? 그 이유는? (가)생활증진(기술개량, 부업장려, 농업다각화 등), (나)생활개신(소비절약, 금주단연, 색의단발, 조혼방지 등), (다)협동조합운동, (라)식자운동, (마)소적운동(대(對)지주 항의, 소작조합운동)
  4. 기타 농촌문제 소감
153 승(카) : 되. 곡식을 세는 그릇.

해에 춘궁(春窮)이 오기도 전에 그렇다는 것은 사실 같지 않을 만치 어이가 없는 사실입니다.

2. 나는 도회의 빈가에서 자라나서 농촌의 실제 사정에는 너무나 어둡고 농촌문제에 대하여는 최근에야 관심을 갖게 되어 의견을 말씀키 부끄럽습니다.

3. 5개 조항이 모두 어울러서 나가는 것이 옳을 듯하며, 또 그리 한다고 조금도 서로 배치될 일은 없겠습니다. 다만 그중 '조혼방지(早婚防止)'라는 조목보다는 '산아제한'이 대신 문제가 되지 않을까 싶습니다마는 그 역(亦) 실제 정황과 통계 등에 어둡고는 단언키 어렵습니다.

현대인과 문학[154]

「소설의 본질」의 서언緒言으로 비문단인을 위하여 씁니다

1

신과 빵을 잃은 현대인은 자기까지를 잃어버렸다. 신을 유폐하여준 '기계'가 밥그릇을 빼앗을 줄은 좀 의외이었거니와 신에게서 해방된 인간이 내로라고 뽐내보던 값으로 배고픈 것을 참아야 할 것이었다. 그러나 이제는 마지막 밑천인 자기를 본질적으로 빼앗겨간다. 자기를 주장할 능력이 스러졌다. 인조견(人造絹)으로 휘감아 세운 마네킹 걸이야말로 가장 첨단적인 현대의 표상이요, 현대인의 산 표본이라 하면 현대인의 모욕이 될까? 사람을 기계 이상으로 평가하였기 때문에 마네킹 걸이 요구되는 것이 아니냐고 하려는가. 사람을 아끼려는 평등·박애적 정신으로 인력거(人力車)를 집어치우고 차를 부리는 사람과 함께 키는 자동차가 생겼고, 상여꾼의 비지땀을 흘리는 것이 가엾어서 만금(萬金)의 영량(靈輛) 자동차가 나왔고, 사람을 절약하느라고 전화의 자동교환기가 사용되듯이 사람의 천역(賤役)을 대행시키느라고 로봇이 제작되지 않았느냐고 호언(豪言)하는가? 그러나 지금 나는 새삼스럽게 산

---

154 염상섭(廉想涉), 「현대인과 문학―「소설의 본질」의 서언(緒言)으로 비문단인을 위하여 씁니다」(전7회), 『동아일보』, 1931.11.7~11.19.

업혁명의 ㄱㄴ을 복습하자는 것은 아니다. 또한 마네킹 걸이나 로봇이나 자동교환기의 효용 여하를 따지자는 것도 아니다. 나의 말하고자 하는 것은 밥은 밥대로 빼앗긴 굶은 마네킹 걸과 헐벗은 로봇이 되어가는 현대인 자체의 희미한 존재에 대하여서다. 그중에도 굶고 헐벗은 사실은 또 다른 논제에 미룰 것이요, 여기서는 마네킹 걸이나 로봇(인조인간)보다도 더 무용(無用)·무가격(無價格)하여진 감각세계의 부동물(浮動物)로서만 존재하게 되어가는 우리의 현대성을 생각해보려는 것이다.

현대인인 우리의 자랑은 신에게서 해방된 것이었다. 그리하여 신앙을 갖지 않을 뿐 아니라 신앙을 가지는 습성도 잃어버렸다. 신 이외의 진리를 탐구하고 파악하려는 열의도 식어버리고 말았다. 그리하여 한때는 신 대신에 자기를 믿었다. 과학-기계를 믿었다. 과학-기계를 믿는 마음은 그 난 어머니(생모)인 인간 자신을 믿는 마음을 더욱 깊고 굳게 하였다. 인류의 자시(自恃)와 자긍(自矜)은 생활의 활기를 돕고 희망을 주었다. 그러나 과학-기계의 힘으로도 해결할 수 없는 우주와 인생의 모든 난문제(難問題)에 봉착할 제, 과학에 대한 신뢰는 희박하여 갔다. 과학에 대한 신뢰가 엷어간다는 것은 인간의 자시자긍(自恃自矜)이 무너지는 장본(張本)이었다. 더욱이 근대인이 자아를 발견하고 다시 찾았다고 뽐내본 것은 다만 관념 문제의 범위에서 벗어나지를 않은 것으로서, 사람은 형이상(形而上)으로나 형이하(形而下)로나 결코 자유인(自由人)은 못 되었다. 과학의 힘, 사람의 힘, 생(生)과 사(死)라든지 성(性)과 격(格)이라든지 운명이라는 것 같은 것을 근본적으로 해결할 수는 없는 것을 깨달았다. 도리어 반대의 결과로 과학은 인간을 깔고 앉게 되었다.

과학 앞에서는 사람이 만물의 영장도 아닐 뿐 아니라 주객(主客)의 지위가 전도되었다. 옛날에는 달을 보고 노래하였으나 지금은 달로 여행하기를 계획하고 있다. 로켓으로 월세계(月世界)를 정복할 날이 머지않은 것을 믿는 우

리는 시인의 음풍영월(吟風詠月)을 전(前) 세기의 꿈이나 담어(譫語)로 돌리려
한다. 그러나 시인의 음풍영월이 유희(遊戲)가 아닌 한에서 거기에는 산 사람
의 숨이 서리어 있지만, 월세계를 정복하는 것은 사람이 아니요, 로켓이나 로
켓화한 사람의 일이다. 이 경우에 로켓이나 로켓을 탄 사람이나 기계로서의
존재임은 물론이다. 로켓을 끌고 가는 것이 아니라 로켓에게 끌려간 것인 점
으로 보면 사람은 기계 이하일 것이다.

이러하여 현대인은 신에 대한 신앙과, 과학에 대한 신뢰와, 자기에 대한
인간적 가치의식을 의심하게까지 되었다. 드디어 믿을 아무 것도 가지지 않
았다. 다만 남은 것은 과학 대 인간에 있어서 과학의 승리와 밥을 빼앗겼다는
사실뿐이다. 그러나 우리는 과학이나 기계를 저주하도록 어리석지는 않다.
과학의 승리가 과학 자체의 승리가 아니요, 우리의 밥을 기계 자체가 빼앗은
것이 아님과 같이 잃어버린 '자기'가 과학 속에 있거나 기계가 삼킨 것은 아
니다. (1931.11.7)

2

그러면 잃은 자기를 찾을 데가 어디인가. 신을 잃고서는 과학에 귀의하였
다. 밥을 잃고 서는 자유를, 자각을 얻었다. 여기에서 부분적으로 파악되고
인식되었을망정 하여간 새로운 신조가 움돋아났다. ××은 이 신조(信條)를
가두려고 그 큰 철비(鐵扉)[155]를 개방하였으나 어쨌든 밥 문제의 해결의 방향
은 보여졌다. 그러면 끝으로 남은, '잃은 자기'는 어데 가서 찾으려는가?

---

155 철비(鐵扉) : 쇠로 만든 문짝.

종교에 다시 귀의키를 역권(力勸)하는 자 있다. 자연에 돌아가라고 가르치는 자 있다. 과학문명을 부정함으로써 잃은 자아의 회생(回生)을 믿는 자 있다. 위대한 철인(哲人)의 출현을 바라는 자 있다. 그리고 빵을 전취(戰取)하는 날 비로소 두 번째 잃은 자기를 찾는다고 부르짖는 자 있다.

그러나 야소(耶蘇)의 재림(再臨)을 믿기에는 너무나 현대인의 두뇌가 과학적이요, 유물적이다. 자연에 돌아가기에는 비행기 속에 신방(新房)을 꾸미고, 로켓을 타고 월세계로 신혼여행을 가겠다는 현대인에게 너무나 관념적이다. 또 아무리 과학문명을 부인하여도 의술의 발달과 위생시설만은 보존장려할 것이니 산업과 인구가 역비례될 것이다. 만일 세상의 부녀자로 하여금 모조리 생어¹⁵⁶ 종(宗)의 신도가 되게 한다면 기(己)어니와 불연(不然)이면 세계는 좀 더 도살장이 될 것 아닌가. 철인의 출현, 민족의 지도자, 영계(靈界)의 사도(使徒), 세계인의 자부(慈父), 그 탄생을 축복한다. 그러나 그 설교는 우부우부(愚夫愚婦)의 심금을 두드리기에 너무나 고상치나 않을까. 너무나 추상적이나 아닐까. 너무나 무미하지나 않을까.

최후로 "빵을 주어라. 그러면 자기로서 살리라"고 하는 밥의 전취론자(戰取論者)에 있어서는 위선(爲先) 수긍하고 다소의 의문이 없을 수 있다.

유심론자인 맹자도 '무항산(無恒産)이면 무항심(無恒心)'¹⁵⁷이라고 유물적 입론을 하였던 것이다. '항산(恒産)'이란 '밥'을 이름인가. 이런 논법으로 하면 현대에 있어서 항심(恒心)의 소유자는 부르주아밖에 없다. 의식이 족하니 또 예절을 알 것이다. 항심이니 예절이니 널리 말하면 도의, 도리, 도념(道念)이다. 그러면 부르주아야말로 일세(一世)의 풍교(風敎)를 앙장(鞅掌)하고 만민의

---

156 생어(Magaret Louise Sanger, 1879~1966) 미국의 사회운동가. 산아 제한을 위하여 피임 방법을 연구·지도하고, 1925년에 국제 산아 제한 연맹을 결성하였다.
157 무항산자무항심(無恒産者 無恒心) : 일정한 직업이 없으면 마음의 안정도 누릴 수 없다는 뜻.

의표(儀表)가 아니면 아니 될 것이다. 그리고 보면 자기를 잃었다는 것, 다시 말하면 인간성을, 인간미를 잃었다는 것, 도의·도리·도념이 퇴폐하였다는 것, 생활의 신조·신념을 잃었다는 것은 무항산의 서민, 프롤레타리아를 두고 한 말에 불과하다는 결론에 이른다. 따라서 현대의 모든 악증(惡症)은 무산계급의 죄책(罪責)에 돌아가고 말 것이다.

그러나 문화의 일 편린도 일찍이 서민, 프롤레타리아의 의사로 엉구어진[158] 것은 유사 이래에 없었다. 프롤레타리아는 언제나 문화적으로 차가인(借家人)이었다. 셋집 든 사람은 집이 쓸모가 있거나 없거나, 쓰러지거나 말거나 책임이 없다. 부르주아문화의 악증(惡症)은 부르주아의 것이다. 과연 부르주아는 항산이 있으니, 즉 밥이 있으니 생리적 결함으로 도벽이 있기 전에는 강도질은 아니 할 것이다. 그러나 세상에 강도가 있음을 누가 책임지는가? 맹자가 이미 왕도(王道)로써 설파하였으니 중언(重言)코자 않거니와 현대이고 고대이고 방벽사치(放辟奢侈)[159]하고 음일잔학(淫逸殘虐)하고 가렴주구(苛斂誅求)하여 '무불위기(無不爲己)'[160]한 것은 귀족이었고, 유항산자(有恒産者)이었다. 밥 먹기에 골몰한 무항산자(無恒産者)는 방벽사치할 여유가 물적으로나 심적으로나 없었다. 음일하고 가렴하고 잔학할 금력도 없고 권세도 없었다. 도리어 항심은 무항산자, 즉 밥 없는 무산자, 요샛말로 '프롤레타리아'에게 있었다. 맹자는 무항산이되 유항심한 자는 '유사(惟士)'[161]라 하였지만, 그것은 사(士)를 치켜세우고 민(民)을 너무나 얕잡아서 본 봉건적 편견이었다. 봉제사접빈객(奉祭祀接賓客)에 체모가 깎이면 상놈이라는 바람에 치욕과 외모(外侮)[162]가 무서워서 예절을 깍듯이 지켰다. 이것은 서민계급의 허영심이요,

---

158 엉구다 : 여러 가지를 모아 일이 되게 하다.
159 방벽(放辟) : 아무 거리낌 없이 제멋대로 행동함.
160 무불위기(無不爲己) : 못할 것이 없음.
161 오직 선비라는 뜻. 이상의 내용은 맹자 양혜왕(梁惠王) 편에 나오는 구절임.

사대부(士大夫)와 같은 이해와 자각이 부족하였더라도 지키기는 지켜왔다. 또 가령 과부의 재가(再嫁)를 불허하는 금법(禁法) 같은 것으로 보더라도 우리 의 신도덕관(新道德觀)으로는 막론하거니와 정말 수절(守節)한 청상(靑孀)은 사대부의 집보다 빈천(貧賤)한 우리 서민의 규문(閨門)의 자랑이었다. 나는 일찍이 아무 보국(輔國),[163] 아무 대감 댁에서 불공드린다는 말은 들었어도 서민 의 오막살이 과수 방에 중대가리가 떴더라는 말은 중대강이에 상투 없음과 같이 들어본 일이 없다. 또한 종교적 신앙으로 볼지라도 빈천한 우부우부일 수록 신앙이 독실한 것이다. 예나 이제나 종교가는 뒷문으로는 권문재벌(權 門財閥)에 아부할지라도 겉으로는 빈천자(貧賤者)를 두호(杜護)하는 양 하였고, 무지(無智)한 서민은 숙명론자로서 현세의 불평과 불평을 내세에 펴고자 하 는 욕망이 있기 때문에 그들의 신앙은 진국인 것이다. 그리하여 도의·도념 은 도리어 무항심하다는 빈천계급에서 자라나왔다. 전결자(典決者)는 유항산 자였으나 궁행자(躬行者)는 무항산자였다. (1931.11.8).

그러나 근대문명의 기초공사로서 서민계급에게 두 가지 사상의 씨를 뿌려 주었다. 하나는 '봉건'에서 해방된 '데모크라시'요, 하나는 신에게서 해방된 현실주의다. 하나는 허울 좋은 자유평등이요, 하나는 관능(官能)의 해방이었 다. 다 같이 과학의 정신에서 나옴은 물론이거니와 이미 봉건제도의 위압에 서 벗어난 자유평등이요, 숙명적 내세에의 기원을 버린 현세주의인 다음에 야 봉건시대의 서민이 수동적으로 또는 현실부정으로 함양되었던 예절이니 도념이니 하는 생활신조는 현대생활의 그 출발에서 버리고 나선 것은 물론 이다. 노예도덕의 파기, 그것은 일면에 있어서는 인간적 자각이요, 해방이나 일면에 있어서는 과도기적 사종(肆縱)이요, 방심(放心)이었다. 여기에서 자본

---

162 외모(外侮) : 외부로부터 받는 모욕.
163 보국(輔國) : 충성을 다하여 나라를 도움.

주의 문명이 제공하는 화미극사(華美極奢)한 생활자료의 섭취·이용과 함께 '서민의 항심'은 잃어졌다. 그러나 반상(班常)의 차별로 의식주까지를 층하구속(層下拘束)하던 봉건사상의 파기는 좋으나, 그 반동의 세(勢)로 사치방만(奢侈放漫)에 흐르는 것은 수습할 여지가 없게 되었다. 또한 현세적 관능의 해방은 아직 신도덕의 터가 서지 않은 서민의 중축(中軸) 잃은 생활을 향락의 구렁으로 쓸어 넣은 것도 필연(必然)한 풍조였다.

그리하여 이 경향은 자본주의 발전에 대하여 절호(絶好)한 조건이 되었다. 이에 이르러 신도덕, 자본주의 도덕이 요구되고 수립되어가나 신생 도덕이 완전한 체계를 얻어가지고 구도덕을 극복한 후 일개의 새로운 전통이 되기에는 상당한 연령을 요하는 것이나, 산업혁명의 모든 특징만은 미처 주체할 새 없이 홍수와 같이 너무나 급격히 밀려 닥쳤다. 이 사실은 조선에 있어서 우심(尤甚)하였다. 조선은 쇄봉주의(鎖封主義)가 인방(隣邦) 제국(諸國)보다도 오래더니 만큼, 봉건사상의 악증이 고막(痼瘼)[164]을 이루었더니 만큼, 국운이 수습할 수 없이 쇠퇴하였더니 만큼 아무 사상적 용의(用意), 정치적 준비가 없이 자본 및 자본주의문명의 습격을 받은 것이다. 일전에 어느 잡지에서 갓(笠)을 쓰고 주의(周衣)[165] 입고 지카타비(地下タビ)(襪)[166] 신고 자전거 탄 만화를 보았다. 일본만 하여도 예모(禮帽)에 나막신 신거나 양복에 대소도(大小刀)를 찬 만화는 6, 70년 전 풍경이겠지만, 이런 만화를 보고 그 풍자의 절실함을 느끼는 것은 조선의 현실상이 아직도 그렇기 때문임은 물론이거니와 이것을 금일 조선의 풍속만화로만 볼 것이 아니라, 그 자전거를 과학문명 지카타비를 투하된 자본, 그리고 그 위에 올연(兀然)히 얹혀 있는 흑립(黑笠)을 봉

---

164 고막(痼瘼) : 오랫동안 굳어져서 바로잡기 어려운 폐단.
165 주의(周衣) : 두루마기.
166 じかーたび(地下足袋) : 노동자용 작업화.

건사상으로 보면 어떠할꼬? 생활이 현대적으로 속력화(速力化)하고, 자본주의의 기구(機構)가 속력 위에 운전되기는 하나 그 위에는 봉건에 넉절이 된 갓(笠)이 천하태평으로 안연(晏然)히 앉아 있는 것이다. 갓이 앉아지는 것이요, 사람이 앉았는 것이 아니다. 다만 기계를 돌리는 기계, 노동자가 앉았을 따름이다. 이러한 과도기 현상은 세계 어느 나라에서든지 볼 수 있다 하겠지만 조선과 같이 다만 봉건사상의 잔재가 아직 심하고, 사상의 근저가 격동하여 혼란상태에 빠진 나라는 드물 것이다. 원체 현대를 과도기라 하는 말의 내용이 막연하다. 봉건시대가 미청산(未淸算) 대로 계승되어 현대의식과 이거(離居)를 한다는 말도 되고, 봉건사상은 청산되었으나 현대도덕이 미확립상태임을 이름도 되고, 현대도덕은 수립이 되었으나 벌써 퇴령기(頹齡期)에 들어서 미래에의 추이(推移)를 밟으려고 현실 청산에 들어간다는 의미도 있다. 그러나 현실의 대세로 보면 봉건사상은 대체로 청산되었으나, 현대적 자본주의도덕은 확립을 보지 못하고 그대로 미래에의 약진을 기획하는 과정이라 볼 것이다.

즉 자본주의 자체는 벌써 퇴잠기(頹岑期)에 달하였으나 소위 '신도덕'이라는 자본주의도덕은 완전한 수립을 보지 못하고 미래로 향하게 되었다는 말이다. 그것은 자본주의 자체의 모순과 그 자체의 발달이 급속하여 자기 도덕을 확립하여도 일세(一世)의 인심을 극복, 순적(順適)케 할 시간상 여유가 없었던 때문이다. 그러나 조선의 정세(情勢)는 이와도 또 좀 다르다. 청년계급은 일반적 세계 경향에 처하여 미래에의 약진을 기도하면서 일편으로는 봉건사상의 아성에 향하여 중로(中老) 이상의 일군(一群)과 아직 대치하여 있는 좌우협공을 받고 있는 혼전(混戰) 상태이다. (1931.11.10)

그러므로 여기에 이르러서 우리의 과제는 또 한 가지가 늘었다. 이 과도기를 어떻게 보내겠느냐는 것이다. 이 과도기는 미래사회의 일 획기(劃期)(가령 말하면 밥의 전취(戰取)가 해결되는 때)를 한도로 하고 과정(過程)하여 버릴 것이 아니요, 그 미래사회에 적응할 신사상·신도덕이 확립할 때까지 계속될 것이다. 아니 밥의 문제가 더할 나위 없이 완전히 해결된 후까지라도 이 문제만은 용이히 해결키 어려울지 모른다. 도덕이 일세(一世)의 민심을 지배할 만한 권위가 생길 뿐 아니라, 도덕의 바탕인 '자기'로서 사는 힘 — 특히 정신적으로 — 이 생길 때까지는 퍽 오랜 시일을 잡겠기 때문이다. 그런데 문제는 '또 다시 자기로서 살 수 있고야 비로소 밥의 전취에서 얻을 수 있는 것인가? 혹은 자기로서 살 수 있고야 비로소 밥의 전취가 가능한 것인가? 항심이 있어야 항산이 있는가?' 하는 중학생 토론문제 같은 것이 의심난다. 항산 있고야 항심 있을 것은 맹자나 맑스나 똑같이 가르친 바이다. 그런데 오늘날의 자본가는, 오늘날뿐 아니라 자고로 권력계급, 불로유한계급(不勞有閑階級)은 항산 있고 따라서 교육도 있건만 항심은 없었다. 무엇보다도 자기의 불욕(不欲)을 타인에게 물시(勿施)하라고 가르치고 배우면서 천역(賤役)은 상민(常民)에게 미루고 자기는 불로유한에 거(居)한 것부터가 부도덕, 자본주의도덕의 모순이니 그 소위 항심의 종류와 정도를 알 일이다. 부르주아도덕이란 대개가 이따위 모순을 내포하였기 때문에 금일의 파탄은 정수(定數)였지만 하여간 유항산일수록 무항심인 금일의 상태로 보면 미래사회에는 유항심이라야 유항산이라는 결론에 이른다. 다시 말하면 사상의 기초공사, 도덕의 근저가 서야 밥의 전취가 달성된다는 결론이다. 또 싸움도 도의·신념이 서야 승리를 하는 것이다. 그러나 배가 고프고도 싸울 힘이 생기는가? 의식족이지예절(衣食足而知禮節)인 것도 사실이다. 밥도 있고 도덕도 있으면 문제는 간단하나, 그렇지 못하니까 언제까지든지 토론문제가 되는 것이다.

여기에서 우리는 우선 항산과 항심의 정도부터 정하여 놓자. 항산이란 이윤과 배당으로 일생을 향락에 엎지르는 불로유한계급의 생활정도로 잡지 말고, 근로와 수입(분배)이 비례하여 시간으로나 생활물자의 질량으로나 과부족이 없이 방벽사치에 흐르지 못할 정도로 정하고, 항심이란 그만한 정도에 만족하고 염불급타(念不及他)[167]하는 것, 즉 욕심을 부리지 않는 것이라고 가르치면 맹자의 말에도 모순은 없어질 것이다. 그러므로 이런 표준으로 보면 은행의 두취(頭取)나 회사의 중역은 항산을 가진 것이 아니니 따라서 항심도 없고, 사원(社員) 역시 항산자도 아니며 따라서 항심자도 아니다. 일(一)은 과(過)하고 일(一)은 부족하기 때문이다. 이 관찰이 옳다면 지금 세상에는 항산도 없고 항심도 없다는 최후결론에 이르렀다.

그러나 항산이 있다고 항심이 저절로 생기는 것은 아니다. 그러한 정도의 항산이면 항심을 가르칠 수 있고, 또 가르친 바를 지키고 행할 수 있다는 말이다. 그 이상과 이하는 가르칠 수 없음은 아니나, 지이불행(知而不行)이 되겠기 때문이다.

그러면 밥 싸움은 이미 벌어진 일이요, 또한 밥이 없으면 한 끼 굶어 다르고 두 끼 굶어 다르다는 셈으로 싸우지 말라 하여도 주먹을 부르걷고 나서겠지만, 항심의 교화(敎化)는 어떻게 무엇으로 할 것인가? 또 싸움은 패도(覇道)로 나감이요, 교화는 왕도(王道)의 일이니 이 경우에 있어서는 양도(兩道)를 겸용(兼容)함이므로 동일 정신 하에 있다 하여도 도부동(道不同)인 모순이 없지 않을 경우도 있다. 즉 패도는 수단이요, 왕도는 인류의 영원한 이상이니 왕으로써 패(覇)를 제(制)하여야 할 때가 많다는 말이다. 또 싸움으로 하여 필승케 하자면 창의(唱義)의 근본정신을 고취·철저케 하여야 할 것이다. 그러므로 이 경우에는 싸움보다도 교화가 앞을 서는 것이다. 요컨대 교화는 싸움 전으로부터 싸움 후까지, 극언하면 싸움이 있거나 없거나 인류의 장래를 바

---

167 염불급타(念不及他) : 너무 바빠서 다른 생각을 할 겨를이 없음.

로 잡아 놓을 발판이기 때문에 근본적 거창한 사업이다. (1931.11.12)

그러면 이 교화를 무엇에 맡길까. 위에서도 말하였거니와 과학문명을 버리고 자연에 돌아가라는 것이 첩경이라 하기도 한다. 금일의 병근(病根)은 과학에서 나왔으니 과학을 집어치우자는 것은 기계가 사람의 밥을 뺏어가고, 비단을 짜내서 사치와 허영심을 길러놓고, 부자를 지켜줄 무기를 만들어 놓아서 평화가 깨지고 하여 이러한 말세가 되었으니 기계를 집어치우자는 말이다. 그러나 그 기계로 식조미(食造米)와 인조연료를 생산하고, 사치품인 인조견 대신에 그보다 더 헐한 인조면을 제조할 수 있음을 모르는 사람의 말이다. 잘못은 대량생산을 할 과학의 일(一) 성능을 인류생활의 전체적 행복에 유요(有要)한 생산에 이용하지 않고, 자본의 편사(偏私)한 집대성을 도모한 물욕, 독점욕, 허영, 호기(好奇), 일락(逸樂), 배타 등 동물적 충동에서 사람을 구원하여 평화를 즐기고 인인(隣人)을 사랑하고 제 분도(分度)에 만족할 줄 아는 신인(新人)을 만들자는 데에 있다. 그러자면 사치품 아닌 풍부한 물자가 절대 필요하다. 그것은 과학의 힘이다. 과학을 버리기커녕 더 발달시켜야 할 것이다.

또 종교를 말한다. 그러나 그 종교는 오늘날까지 문화를 세워온 사람이 같은 솜씨로 만든 것이다. 우리 배냇적부터 항산 없이 난 사람은 셋방살이 하는 것처럼 문화적으로도 차가인(借家人)이다. 우리가 언제 우리 손으로, 우리 마음대로 문화를 빚어내본 일이 있었던가? 없다. 집주인이 '전내'[168]를 모셨다고 우리도 전내 모실까. 집주인의 조상에게 제(祭) 지낼 수 없듯이, 우리의 봉제사(奉祭祀)는 우리 조상에게 하여야 하는 듯이, 우리가 종교를 가져야 할 필연지세(必然之勢)가 되면 다시 새로운 종교를 가질 것이다. 우리는 종교에서 '자기로 사는 힘'을 얻을 수 없다. 또 과학정신이 이를 허락지 않는다.

---

168 전내(殿內) : 신위(神位)를 모시고 기도를 올리고 길흉을 점치는 여자. 또는 그 신위.

그러나 우리는 철학은 요구한다. 철학을 가지지 않는 생활은 발판이 어긋거리는 생활이다. 무엇이든지 신조·신념이 있어야 살아갈 목표가 생기는 것이다. 교화의 중심은 실로 여기에 있는 것이다. 그러나 철학도 지난 시대의 정신으로 현대생활의 신념을 주던 철학이면 무용(無用)이다. 그러나 비록 미래의 생활을 제율(制律)할 만한 힘을 가진 철학일지라도 이것을 만민에게 그대로 가르치기에는 힘이 든다. 또 교화가 상당한 정도에 이른 다음에라도 수양담(修養談)이나 설법이 옳은 줄은 알면서도 귀에 잘 들어오지 않듯이 보편적 감흥을 그대로 끌기는 어렵다.

여기에 이르러서 나는 문학을 민중교화의 최적임자로 추천하는 것이다. 이렇게 말하면 문학의 독자성, 독립적 가치를 무시하고 문학과 철학을 주종 관계로 보는 듯하나 결코 그런 것은 아니다. 교화에 치중하고 하는 말이요, 또 문학 속에는 철학이 표면에 떠올려 있지는 않으나 은연중에 암시되어 있음이 마치 악박골[169] 약물에 라듐이 용해삼투(溶解滲透)되어 있음과 같음으로이다. 그러나 악박골 약수는 라듐 때문에 마시지 않느냐? 즉 문학은 철학적 성분 때문에 필요한 것이냐고 반문할지 모르나 그러한 것은 아니다. 약수에는 라듐 이외에도 다른 유효한 성분이 모여서 가치가 나는 것이거니와 라듐만이 약수의 가치를 결정한다면 왜 여름에만 마시는가. 약수. 약수는 찬 맛이 생명이기 때문이다. 문학도 그와 같은 것이다.

아무리 솜씨 없는 문학작품이라도 "어떻게 살까를 암시한 작품"이 고만 보면 위에 열거한 그 어느 것(과학, 종교, 철학 등)보다도 이해하기 쉽고 다소라도 감흥이 있는 점으로서 감화력이 빠르고, 많고, 널리 미치고, 또 오래 가기 때문이다. 마네킹 걸이 되어가고 로봇이 거진 다 된 현대인의 머리에는 이러한

---

169 악박골 : 서울 현저동 일대의 옛 이름.

염상섭 문장 전집 II

것이나 가져야 뻑뻑하고 지둔(遲鈍)하여진 신경을 찌르고 깨우칠 것이겠기 때문이다. (1931.11.13)

문학이란 어떠한 것인가. 욕망과 궁박(窮迫)에서 사람을 해방하는 것이다. 사람은 욕심덩어리다. 그러나 좋게 말하면 욕망이 있으므로 사는 것이다. 다만 그 욕망을 좋은 방면, 고상한 방면으로 전향시키고 유도하여 자기를 정화시킴으로써 향상하고 진취하여가는 것이다. 사람은 정신적으로나 물질적으로나 자유를 구한다. 그러나 사람이란 어느 정도밖에는 절대자유가 없다. 아무리 이상적 사회를 꾸미고 살아도 사람과 사람 사이에 예의를 지켜야 한다. 아무리 상애(相愛)의 부부간이라도 그 사람의 뜻을 받들려면 하고 싶은 노릇을 자제하여야 한다. 구속을 받는 것이다. 살고 싶어도 죽는다. 죽고 싶어도 옆 사람이 말린다. 돈은 물 같이 쓰고 싶다. 먹다 나면 입고 싶다. 더 맛있게 먹고, 더 아름다이 입고 싶다. 욕망이란 끝 간 데를 모를 것이다. 그러나 살지 않으려면 몰라도 살려면 참아야 한다. 참는 것은 고통이다. 어떤 경우는 목숨이 열이면 열, 백을 다 쳐죽여도 시원치 않을 만큼 고민할 때도 있다. 생명이 자유로운 발전에서 막다른 궁박에 빠진 형상이다. 이러한 고민상(相), 이러한 궁박은 지금 사회에 있어서는 더 말할 것도 없다. 그러나 고통번민과 싸워 이기고서 새로운 자유의 길을 뚫어나갈 제, 인생은 빛이다. 승리의 기쁨이 있다.

문학은 이와 같이 사람이 그 궁박에서 어떻게 부대끼며 싸우는가를 그려 보여준다. 그리고 어떻게 하면 도에 빗나가지 않는 자유로운 새 길을 찾아들어서 인생의 빛(光)을 얻는가를 암시하여 준다. 이것이 곧 욕망과 궁박에서 해방하여주는 것이다.

일(一) 소년 장 발장이 면포(麵麭) 한 개를 무엇 때문에 훔쳤던가? 소나와 같이 깨끗한 본심을 가지고도 매춘부에 윤락(淪落)하지 않으면 안 되었던 것은 누구의 죄인가? 춘향이는 어째서 신관(新官) 사또에게 고경(苦境)을 치렀나? 홍길동이는 무엇 때문에 활빈당이 되었나? 양가(良家)의 처자가 기방(妓坊)에 들고, 카페로 굴러드는 원인은 무엇인가? 이 모든 인생의 기미(機微)와, 사회의 불합리와, 선악정사(善惡正邪)의 양극(兩極)에 끼어 울고 부르짖는 고민상을 천만언(千萬言)으로 설법하여 여기에 대항하고 뚫어갈 길을 가르쳐주어야 코웃음을 친다. 그러나 비록 위고와 도스토옙스키와 같은 문호의 붓을 빌지 않더라도 이것이 소설로 되어 한번 독자의 앞에 전개될 제, 우리는 전율하고 분개하고 눈물을 흘린다. 이것은 무타(無他)[170]라. 인정기계(人情機械)와 세속풍태(世俗風態)를 작자의 동정과 미감으로 그려 사람의 마음에 핍진한 동감을 주는 때문이니 독자로서는 이해타산이 없는 순객관적 사실이므로 허심탄회로 대하게 되는 고로 물욕에 □혹(惑)된 심경이 저절로 씻기고 본심·본성이 나타나게 되는 때문이다. 그러므로 금일과 같이 인간성, 인간미를 잃고 정미(情味)가 마르며 의리를 구박하여 구수한 사람 맛과 듬쑥한 사람다움을 잃고, 마네킹 걸과 같은 허영과 로봇과 같은 기계가 사는 세상에는 문학이 무엇보다 필요한 것이다.

현대는 더 말할 것 없이 기계와 숫자와 이욕과 허영심으로 성립된 것이다. 이것은 자본주의의 무기이기 때문이다. 그러므로 자본주의에서 해방된다는 것은 곧 기계에서, 숫자에서, 이욕에서, 그리고 허영에서 해방시키는 것이다. 문학은 이 네 가지를 근본적으로 부인하는 것이 아니라, 어떻게 이것을 조종함으로써 인간의 자랑을 빼앗기지 않고 사는가를 가르치는 것이다.

혹은 문학과 같은 완만한 수단을 취할 필요가 어디 있는가? 조직의 힘, 제재(制裁)의 힘으로 봉건시대의 서민계급도 오히려 항심을 가졌던 것이 아니

---

170 무타(無他) : 다른 까닭이나 이유가 없음.

냐고 할지 모른다. 그러나 나는 유치장에서 신문지 끄트머리에 살담배[171]를 말아서 빠는 것을 보았고, 옥수(獄囚)가 담배 꼬투리를 집어 피우고 엄동에 냉수 세 통(桶)을 들쓰고도 숨어 빨았다는 실담을 들었다. 제재의 힘이란 이러한 것이니 그 본성·본질과 문제가 못되는 것이다. 패도는 전취(戰取)에 필요한 수단이나, 전취(戰取)를 가능케 하고 전취물을 보전하는 힘은 왕도에 있다. 교화에 있다. 봉건시대의 서민은 항심을 잃고 자본주의가 노리는 허영의 과녁으로 쏜 화살 같이 달아나지 않았는가. (1931.11.15)

문학을 무기라 하는 일설(一說)이 성행한다. 물론 공리적으로만 보아서 하는 말이지만 그럴진대 나는 차라리 문학은 의술이라 한다. 문학가는 도규가(刀圭家)[172]요, 그 작품은 약품이라고 비유하면 얼른 알기 쉬우리라. 현대처럼 병도 많은 시대는 없을 것이다. 현대인 쳐놓고 병 없는 사람이 있을까. 무병자(無病者)면 현대인이 아니다. 무병자가 있다면 그에게 대한 문학은 보약이 될 것이다. 보약이라 하여도 요사이의 무슨 '-핀'인가 하는 춘약(春藥)은 아니다. 그따위 춘약은 자본주의국가의 문학의 9할 이상에서 발견한다. 염정소설이니 괴기문학이니 넌센스문예이니 하는 것들은 비단 정신적 춘약이 아니라 직접 육체적 흥분과 도발을 주는 춘화(春畵)다. 유한계급의 소유(消遣) 감이다. 쌀 나는 나무도 모르고 글 몇 줄 쓴 종잇조각만 지니고 있으면 배당이 들어오고, 이자가 화수분으로 생기니, 먹고 누웠기만 하면 심심하다. 밥을 내리자니 댄스도 한다. 얼싸안고 춤만 추어서 싫증이 나니 레뷰를 본다. 마작도 하고 골프도 하고 경마도 한다. 돈을 걸어서 따고 보니 카페도 가는 것이다. 환락의 추구는 끝이 없는 것이니 자극은 다시 강렬한 자극을 요구한다. 몸이 곯으면 마음도 곯는다. 골캉이가 된 마음을 위안하자니 역시 체증

---

171 살담배 : 말아 피우거나 대통에 담아서 피우도록 썰어 놓은 담배
172 도규가(刀圭家) : 의술에 능한 사람.

에 생강차 같은 자극이 필요하다. 춘약과 같고, 춘화와 같은 문학이 요구되는 소이다. 그러므로 그들의 문예작(文藝作)은 카페에서, 청주병에서 나왔고, 댄스의 치마가랑이 속에서 나오고, 레뷰 걸의 젖퉁이에서 임독(痲毒)과 매독균에 범벅이 된 유즙(乳汁)으로서 나온 것이다.

그러므로 우리의 문학은 이 중독을 중화시킬 건강제(健康劑)로서 요구되는 것이다. 누구를 위하여? 병인골수(病人骨髓)한 그들을 치료하여 주기 위하여다. 물론 그들도 사람이요, 동포요, 벗이니 버리지는 않거니와 그들 3기(期)가 넘은 중독자는 해독을 원하지도 않는다. 우리의 치료는 그 교묘한 조직으로 자기와 같이 감염시켜 놓은 무산자의 초기 중독을 위하여서다.

혹자(或者) 있어 차세대는 '문학퇴영시대'라 하고, 혹자는 투쟁 이외에 '문학 불필요'를 주창한다. 필자 또한 이와 유사한 언설을 표백한 때가 없지 않으나 이는 천려(淺慮)요, 속단이었던 것이다. 땅과 창자가 기름지고 천하가 승평(昇平)하고서야 문화가 익나니 이제와 같은 땅이 마르고 창자가 오그려붙고 삼국지일판(三國志一版)을 꾸미는 이러한 세대에 문학이 번영할 수 있으라 함은 옳은 말이다. 그러나 이러한 시대일수록 문학이 요구되는 것이다. 밥이 없을수록 더 먹고 싶고, 도의가 서지 않을수록 도의가 서야만 하고, 난세일수록 충의(忠義)의 사(士)를 찾고, 가빈(家貧)할수록 양처(良妻)를 생각하나니 이러한 세대, 이러한 문학의 수난기일수록 문학이 일어나야만 되는 것이다. 저 부르주아 국가의 소위 에로니, 그로니, 넌센스니 하는 감각적·도취적·차희적(遮戱的)·자위적(自慰的) 네온사인의 광고탑과 같은 퇴폐문학이 자본주의적 출판의 홍수에 배를 대고 작가와 독자가 서로 맞아 저으며 부으며 노니는 꼴에 거염[173]이 나고 심취(心醉)가 된 눈으로 우리의 비자본주의적

---

173 거염 : 부러워서 생기는 시기심.

부진(不振)·불활발(不活潑)을 보고 문학의 쇠미(衰微)는 세계적 경향이라 하여 자포(自抛)하고 자기(自棄)한다면 더욱이 나는 취(取)치 않는 바이다. 그들이 마실 대로 마신 뒤에 젓는 노(櫓)를 물에 빠뜨리면 배를 엎칠까 보아 노파심도 없지 않거니와 우리는 애초에 그러한 문학을 요구치 않는다. 무부(武夫)의 갑주(甲冑)[174]와 같고, 그 손에 싸인 용사(勇士)의 단심(丹心)과 같은 성한 문학이라야 현대인의 잃어가는 '자기'를 찾고 붙들 수 있는 것이다. 미래에 살 수 있음직한 숨결이 거세인 자를 소리쳐 부를 만한 문학을 현대는 크게 요구한다. (끝) (1931.11.19)

---

174 갑주(甲冑) : 갑옷과 투구를 아울러 이르는 말.

작자의 말[175]

『무화과無花果』

우리 부모만 하여도 비틀어졌으나마 꽃 속에서 나고 꽃 속에서 길리웠다. 그러나 우리는 꽃 없이 났다. 무화과다. 우리 자식도 꽃 없이 났다. 그러나 자식의 일생도 우리의 생애같이 보내게 하고 싶지는 않다. 꽃 속에서 기르고 싶다. 그 책임은 물론 우리에게 있는 것이다. 나는 이러한 축원하는 마음으로 이 소설을 쓰는 것이다. 읽는 분도 작자와 꼭 같은 축원을 가지고 읽으시리라.

이 소설은 전자에 『조선일보』에 쓴 『삼대』의 자매편이 될 것이다. 『삼대』를 읽은 분은 이 『무화과』도 읽을 의무가 있는 것은 아니나, 될 수 있으면 읽어주기를 바란다. 기실은 이것도 『조선일보』에 씀이 당연한 일이로되 '당연'이 '부당연'하게 된 것은 내 책임만도 아니다.

그리고 이 소설은 자식을 기르는 젊은 부모의 생활과 마음을 쓰는 것이기

---

175 염상섭(廉想涉), 「작자의 말」, 『매일신보』, 1931.11.10. 이 글은 '5면 연재소설 예고 : 12일부터 게재─『무화과』염상섭(廉想涉) 작(作) 이행인(李杏仁) 삽화'라는 제하의 연재소설 예고에 함께 실려 있는 글이다. 『무화과』 연재를 소개하는 편집자의 말은 다음과 같다.
　"우리 문단의 거장 염상섭(廉想涉) 씨의 장편소설 『무화과(無花果)』를 오는 십이일부터 본지 오면에 연재하게 되었습니다. 씨는 일찍 본지에 『이심(二心)』을 연재하여 독자 여러분의 열렬한 애독을 받았고, 아울러 우리의 문단에 큰 자취를 남긴 것은 일반의 주지하는 바이니와 이제 본지에 연재하게 된 『무화과』는 작자의 말과 같이 작자가 전에 쓴 『삼대(三代)』의 자매편으로 거친 동산 같은 조선의 땅을 걸어가는 우리의 살림살이는 이제 신랄한 씨의 붓을 따라 우리에게 확연히 보여지는 동시에, 우리는 거기서 우리의 새로운 길을 보게 되리라고 믿습니다."

때문에 그 자식이 장래에 꽃 속에서 자랄지, 혹은 역시 꽃 없이 자랄지 거기까지는 쓰지 못할 것이다. 그러므로 만일 나의 상상력이 허락하고, 독자의 흥미가 끊어지지 않으면 자식의 살림과 마음까지도 쓸 날이 있을 것이다. 즉, 이 『무화과』는 3부작의 제2편의 형식이다.

기적과 신비와 현실[176]

    사람은 착각에 살지나 않는가? 더구나 연애에 있어서 그렇지나 않은가? 연애의 신비성은 그 착각에서 나온 거나 아닌가?

    나의 안경은 나의 육안보다 물체를 적게 보여준다. 안경을 쓰면 책의 글자가 적고, 안경을 벗으면 크게 보인다. 렌즈의 도수를 좀 더 올리면 좀 더 적게 보이리라. 안경을 벗고 먼 산을 바라보면 아침 안개도 만타(萬朶)[177]가 화영(花影)을 빗긴 듯 하고, 저녁놀을 바라보고는 어디에서 축융(祝融)[178]의 재이(災異)가 있는가 놀란다. 거리가 멀수록 착각이요, 현실에서 떠날수록 착각이다. 환멸의 비애가 싫거든 손으로 만져보지 말고, 코로 맡아보지 말고, 입으로 맛보지 말고, 귀로 듣지 말 일이다. 거둥[179] 구경처럼 멀리 서서 보라.

    연애는 거리를 요하는 마술이다. 요술쟁이는 구경꾼을 멀리 세워 놓으려고 애쓰는 법이다. 연애꾼이 자기를 적당한 거리에 세워둘 줄을 모른다면, 또 혹은 잊어버린다면 가엾은 일이나 울 날이 있으리라. 그것은 마치 마약을 뚜껑 없는 상자에 넣어두는 것이다. 우(愚)의 극치다. (마약이란 말이 살풍경, 몰

---

176 염상섭(廉想涉), 「기적과 신비와 현실」, 『삼천리』, 1932.1. '결혼은 과연 연애의 분묘(墳墓)?'라는 제하에 염상섭 외에도 김안서(金岸曙), 방인근(方仁根)이 글을 썼다.
177 만타(萬朶) : 1. 수많은 꽃송이. 2. 온갖 초목의 가지.
178 축융(祝融) : 불의 신을 이름.
179 거둥 : 임금의 나들이.

풍취한 산문적 용어라면 사향(麝香)이라고 시적 정정(訂正)을 하여 두자.)

자기를 쏟아놓고 자기의 가슴을 활짝 헤쳐 놓고 연애하는 사람이 있던가? 그리고 성공한다면 기적이다. 기적 아니면 이해(利害)로다. 이해 아니면 이미 마취되어서 흉이 흉으로 보이지 않고, 악이 악으로 보이지 않는 지경이다. 거리가 밀착하여 조망하고 비판할 여유가 없어진 상태다. 그렇다고 피차가 흉금(胸襟)을 피력(披瀝)하였다든지, 간담(肝膽)을 상조(相照)한다든지, 서로 이해를 한다든지, 관찰을 한다든지, 비판을 한다는 개방적 수단 또는 이지적 요소가 섞인 것은 아니다.

거리는 자기를 싸고돌기 위하여 필요한 것이다. 적나라한 자기를 툭 털어 놓고 보면 털어놓는 그 당장, 그 순간에는 남의 생활내용을 엿보는 호기심에 끌리지만 그 다음 순간에는 외면하는 것이다. 자기도 외면할 경우가 있겠거 든 하물며 타인이랴. 또 하물며 연인이랴. 사람은 가장 불완전한 존재이기 때문이다. 그리고 적나라한 생활내용이란 비예술적의 현실이기 때문이다. 현실생활을 예술화하여 상대자에게 ― 혹은 애인에게 ― 미감(美感)의 만족 과 차밍을 주는 수단은 상당한 기교를 요하나니 그 기교의 무난하고 간편한 자(者)가 거리다. 싸고도는 수단이다. ?은 호기심을 도발하는 영원하고 가장 유력한 수단이기 때문이다.

사랑(연애)은 이해(理解)에서 나온다고 진리인 듯이 말한다. 그러나 거짓말 이다. 임갈굴정자(臨渴堀井者)¹⁸⁰ 류(流)의 치언(痴言)이다. 이해는 사랑(연애) 의 무덤을 파는 첫 수단으로만 알아두면 결코 속지 않으리라.

과연 이해에서 동정은 생길 수 있다. 그러나 동정은 연애가 아니다. 이해 는 이지적 작용이요, 연애는 감정의 승화상태인데 어째서 이해에서 연애가

---

180 임갈굴정(臨渴掘井) : '목마른 자가 우물 판다'라는 뜻으로, 준비 없이 일을 당하여 허둥지둥하 고 애씀.

나오리라고 하는가? 하나는 산문이요, 논리요, 하나는 시(詩)요, 행위다. 시
는 미(美)요, 행위는 논리를 초월한다. 무시할 때도 많다. 그러므로 연애는 미
화한 본능이다.

　마음에 보(褓)를 씌우고, 마음의 거리를 가지고 애인끼리 암중모색을 한
다. 그리하여 손과 손이 맞잡힐 제 밀착한다. 거리가 없다. 마음의 보를 씌운
사실까지를 잊어버린다. 그 보 속에 어떠한 마음이 들어 있는지를 아무도 물
어보려고도 안 한다. 연애의 삼매경이다. 무아경(無我境)이다. 황홀경이다.
영감(靈感)이 가장 빛나는 경지다. 환상과 착각이 현실 위에 떠도는 시간이
다. "러브 이즈 블라인드"란 말은 철언(鐵言)이다.

　그러나 눈뜰 때, 연애에 먼동이 틀 때, 단꿈이 지샐 때 거기에서 이해가 비
로소 생긴다. 거리가 차차 멀어가니까 관찰을 허(許)할 공간이 생기는 것이
다. 여기에서 결혼을 하거니 안 하거니 하는 문제가 생긴다. 혹은 연애상태
로 결혼을 한 자이면 여기서부터 결혼생활의 본무대에 들어가는 것이다. 전
호(前號)는 연애생활의 위기요, 후자인 경우는 결혼생활의 위기이다. 몽환과
착각의 천공(天空)에서 현실의 지상에 비하(飛下)하기 시작하니 동요, 불안이
없을 수 없고, 착각에서 벗어나서 착륙지점을 찾아 일생의 안정을 얻자니 명
확한 관찰이 있어야 할 것이다. 관찰이란 이해다.

　이해에 결과로 일치점을 얻을 때 동정이 생긴다. 의리를 생각한다. 이해를
타산한다. 과거의 감미한 꿈을 회억(回憶)한다. 자녀가 있으면 자녀의 애욕에
끌린다. 그리하여 서로 흉을 덮어주고 충고를 하는 동정심이 늘어가면 그때
는 연애와 같이 화려하지는 않으나 깊이가 있는 새로운 부부애를 창조하여
가며 단란한 가정을 이룰 것이요, 그렇지 못하면 파탄이다. 결혼은 연애의
무덤이 되고 말 것이다. 원시(元是) "결혼은 연애의 무덤"이라는 말이 시적,
단적 표현일지 모르나 개당(剴當)치 못한 말이다. 결혼은 연애의 잎(葉)이요,

가지라고 볼 것이다. 열매는 후계(後繼)의 유무를 가르침이다. 가지가 뻗고 잎이 번성하면 해로(偕老)하는 것이요, 줄기가 마르면 다른 땅, 다른 거름을 택하는 것이 과학적으로도 당연하고 인정(人情)으로도 불륜(不倫)하다고 제재할 것은 아니로되 처음부터 이해하고, 일치점을 발견하고, 동정하고, 의리를 생각하고, 이해(利害)를 현명히 계교(計較)하고, 자녀의 장래를 축복하는 마음이 없이 또는 노력이 없이 연애가 깨졌으니까 가정은 무덤이라고 속단하는 것은 망단(妄斷)이다. 무덤에서 꽃 피지 말라는 법도 없거니와 나무는 꽃만 보자고 심지 않는 것이다. 공을 들여서 무성한 미관(美觀)도 보고 결실의 감미도 얻고야 본의(本意)일 것이다.

연애에서 결혼은 비현실적 착각, 몽환의 세계에서 현실세계에의 과정이다. 따라서 이 양계(兩界)의 월경기(越境期)가 가장 주의를 요할 때요, 여기에 대단한 열심과 용의와 노력을 요하는 바이다. 꽃 없이 열매 없음과 같이, 정당한 연애생활에서 결혼생활에 추이(推移)하여감이 통칙(通則)이어야 할 것이요, 또 우리의 자손은 그러한 결혼생활을 시켜야 할 것이다. 또한 연애는 아름다운 그릇이요, 결혼은 밥이라고도 비길 수 있으니 우리는 오지 뚝배기에 밥을 담아서 충복(充腹)만 하더라도 후대 자손일랑은 은쟁반에 받든 고량진미(膏粱珍味)를 먹도록 축복함이 옳지 않으랴.

12월 5일

염상섭 문장 전집

1932

각각 제 길을 밟을밖에[181]

　1. '민족주의문학'이란 용어는 이제는 웬만큼 하고 집어치울 시기가 아닌가 합니다. 정치적 의미로 사회주의에 대립하여 민족자결주의가 일전(一轉)한 '민족주의'란 항용어(恒用語)가 생겼고, 그것이 다시 무산문학(無産文學)에 대립용어로는 '민족주의문학'이라 하여왔지만, 프롤레타리아도 민족주의자임에 억울할 것 없고, 프롤레타리아문학에도 향토성의 제약을 벗어나지 못할 것인 이상, 또 그렇다고 조선인이 조선어 쓰는 것이 불명예가 아님과 같이 조금도 창피스런 일이 아닌 이상 민족애는 자기에게만 있는 듯이 떠들 필요가 없는 것과 마찬가지로, '민족주의문학'이란 것이 문학상 일(一) 유파인 듯이 특수부문을 세울 것은 아닐까 합니다. 문학상 일시 편의로 썼다 할지라도 적당

181　염상섭(廉想涉), 「각각 제 길을 밟을 밖에」, 『동아일보』, 1932.1.2. 이 글은 『동아일보』가 신년특집으로 1월 1일부터 연재한 「32년 문단전망—어떻게 전개될까? 전개시킬까? 문단제시의 각별한 의견」 설문에 대한 염상섭의 답변이다. 1회(1932.1.1)에는 소설가 김동인, 문학연구가 김진섭(金晉燮), 2회(1932.1.2)에는 염상섭, 평론가 함일돈(咸逸敦), 3회(1932.1.3)에는 시인 김안서, 소설가 이태준, 소설가 최독견, 시조작가 이병기, 4회(1932.1.4)에는 평론가 양주동의 응답이 게재되었다. 편집자의 말과 설문문항은 다음과 같다.
　"우리는 침체한 현 문단에 간절한 타개책을 보내려 한다. '1932년의 조선문단은 어떻게 전개시킬까? 또는 어떻게 전개될까'를 주제로 1. 민족주의문학은 어디로? 2. 시조는? 3. 프로문학은? 4.극문학은? 5. 소년문학은? 6. 기타 등은? 7. 귀하는 어떤 술작(述作)을 내시렵니까? 등 구체적 조목을 열거하여 문단 제씨에게 의견을 고(叩)하였다. 이제 신년벽두를 기(期)하여 독자의 앞에 내놓으면서 이것이 문단진흥에 패익(稗益)됨이 있기를 바란다.(무순)"

한 시기에 집어치는 것도 무방하다는 의미입니다. 지금 와서는 분명히 '부르주아문학 대 프롤레타리아문학'이라 하거나, 더 정치적 색채를 내어 말하려면 '파시즘의 문학'이라거나 '코뮤니즘의 문학'이라고 함이 어떨까 합니다.

그런데 '민족주의문학'이라는 것을 부르주아문학의 대칭(代稱)으로 본대도 장차 어디로 간다는 것은 말하기 어렵습니다. 애초에 조선에는 부르주아문학도, 프롤레타리아문학도 없기 때문에 어디로 가고 말고가 없습니다. 만일 분명히 말하자면 현 문단이 부르주아문학으로서 성격(成格)이 되겠느냐? 혹은 프롤레타리아문학의 완성을 얻겠느냐는 것이 문제일 것입니다. 그러나 앞으로 봐도 갈 데가 없고 뒤로 봐도 갈 데가 없으니까 현상에 정체(停滯)하고 있을 것입니다. 즉 부르주아문학으로 완성되자면 조선의 현실정세가 이를 허락지 않고, 프로문학으로 추향(趨向)하재도 '프로문학'이란 형태가 서지를 못한 금일에 있어서는 가려야 갈 목표가 없습니다. 프롤레타리아의 의식문제라든지 전술문제는 목표도 있고 형태도 있겠지만, 프로문학에 이르러서는 황야를 헤맬 양이면 현상(現狀)대로 테크닉의 수련이나 쌓아나가는 것이 옳겠지요. 그리고 이 '비(非) 프로', '비(非) 부르주아'의 과도적 문학은 명일(明日)의 문학을 위한 준비입니다. 명일의 문학은 금일 운위하는 프로문학이 결코 아닙니다. 건전한 인류의 문학입니다. 이 의미로서 괄목할 만한 진전이 없어도 비관할 것 없이 차근차근히 제 길을 밟으며 수련을 쌓아나감이 도리어 유의의(有意義)하다 하겠습니다,

2. 시조를 음악적으로 연상(聯想)하여 보기 때문에 문제가 되는 듯합니다. 순문학적으로만 보면 고만 아닙니까. 개혁기에는 국보(國寶)도 파괴하는 법입니다. 전(前) 세대의 것이라고 골동품인 듯이 오상(誤想)하는 것은 모던 보이가 카페에 가서 조선말 쓰기 싫어하는 것과 같은 심리작용이겠지요. 1932년이라고 시조만 빼놓고 달아나겠습니까.

3. 1에서 말한 바와 같이 현하의 프로문학이 일층 높은 □상(想) 아래에, 실제 제작상 새 길을 뚫지 않으면 대중과 몰교섭(沒交涉)일 뿐 아니라, 일반(一般)히 문학 발달상 아무 기여가 없고 말 것입니다. (세론(細論)은 여기서 허락지 않습니다.)

4. 극문학은 읽는 작품으로는 몰라도 상연, 즉 극(劇) 그것의 발전은 기대치 않습니다. 돈, 기술, 사람 등 문제뿐 아니라, 영화의 압도적 세력 밑에서 더구나 구차살이인 조선사람에게 극은 바라지도 않습니다.

5. 소년문학도 작가들이 투쟁의식에만 열중하여 있는 동안에는 기형적으로 발전된 것입니다. '어린이'의 예술이란 점에 먼저 머리를 써야 할 것입니다.

6. 계획한 3부작 중『삼대』는 썼고,『무화과』는 이제야 40여 회쯤 썼으니까 이것을 완성하고 그 다음에 제3부를 쓸 작정입니다. 그 외의 좋은 단편을 몇 개 천천히 쓸 욕심도 있습니다.

소위 '모델' 문제[182]

하여(何如)한 내용이거나 하여한 이유로거나 아직 공개치 않은 의견에 대하여 그 의견을 상대로 하고 자기변명부터 공중(公衆)에 호소한다는 것은 어쩐 영문인지 나는 모른다. 공개하려다가 중지 혹은 취소한 의견이면 거기 상당한 이유도 있겠고, 또는 내 머릿속에 그대로 있거나 혹은 벌써 스러진 것인지도 모르는 것이 아닌가.

김동인(金東仁) 군의 「나의 변명」이 그러한 것이다. 나의 「모델 보복전」이라는 원고가 동광사(東光社)에 그대로 있던 관계상 얻어 보았다 하기로 그것은 프라이빗한 일이므로 김 군으로서 솔선(率先) 공개할 성질의 것은 못 된다. 일의 순서로 보면 내가 그 글을 다시 게재한 뒤에 변명이나 어떠한 수단이나 취하여야 하였을 것이요, 또 변명이 급하면 나 개인에게 대하여 우의적 수단을 취하여도 넉넉하였을 것이다.

하여간에 이와는 별문제로 그 부분, 부분이 토(兎)□적(的)으로 공개되었

---

182 염상섭(廉想涉), 「소위 '모델' 문제」(전5회), 『조선일보』, 1932.2.21 ~ 2.26. 1932년 1월 『동광』지에 김동인의 소설 「발가락이 닮았다」가 발표된다. 20대에 방탕한 생활을 하다 생식능력을 잃고 서른두 살에야 결혼한 주인공 M의 모델이 염상섭이라는 소문이 나자, 염상섭은 「모델보복전」이란 글을 써 동광사에 게재해줄 것을 청원하려 한다. 그러나 주변의 만류로 염상섭은 이를 덮어두려 했으나, 그 원고를 읽어본 김동인이 「나의 변명 ─ 「발가락이 닮았다」에 대하여」란 글을 『조선일보』(1932.2.6~2.13)에 연재한다. 이 글은 그에 대한 불편한 심정을 토로한 글이다.

으니 나로서는 그 원고 발표를 중지한 이유도 말하여야 하겠고, 자기를 모델하지 않았다는 소설을 모델로 알았던 요점이라든지, 또한 일의 진상과는 떨어져서 이로 인하여 받는 다소의 의혹을 변해(辨解)하여야 할 책임을 느끼는 바이다.

내가 『동광』에 보냈던 「모델 보복전」이란 일문(一文)은 발표하여서 안 될 것도 아니요, 스스로 기피하는 것도 아니었다.

「발가락이 닮았다」라는 소설이 비록 골자와 클라이맥스에 가서 나의 실제생활과 판이하다 할지라도 그 주인공의 삼십 후 결혼이라든지, 소위 신여성과 구식결혼을 하였다든지, 생남(生男)하였다는 등 사건과 나의 실제생활의 일부와 부합되는 이상 나 자신이 자기를 모델로 하였구나 하는 추측을 하듯이 지우(知友) 간에도 그렇게 인정하기 쉬웠을 것이요, 따라서 그 전반(前半)을 그와 같이 인정하면 후반(後半)에 있어서 무인격(無人格)한, 저비(低卑)한 방탕으로 생리적 결함자가 되어 불의의 자(子)를 속담에 울며 겨자 먹기로 양육한다는 소설대로의 사건도 나의 실제생활의 내용으로 인정받게만 된 처지이다. 이것은 모델을 하였거나 말거나 그와는 별문제로 하고, 아무리 친교가 있는 사람이라도 남의 내정사(內庭事)는 그 진상을 아지 못하느니만치 그렇게 오인할 것이요, 또 그 오인이 용이하도록 쓰여진 것이다. 결코 모델한 것이 아니라는 작자의 변명과 그 소설 제작의 동기와 과정을 공개한 금일에 있어서도 그와 같은 의혹은 남았을 것이다. 그러므로 나를 분명 모델로 한 것이라고 인정한 당시의 나는 '작자가 무엇 때문인지는 모르겠으나 하여간 악의가 있는 것이요, 그 보복으로 당자(當者)도 변명하기 □□하고 지우 간에서도 면대(面對)하여 발설하기도 거북한 이런 제재를 고찰한 것이리라. 그리하여 그것이 실제 사실이면 폭로의 효과를 얻을 것이요, 사실이 아니라 하여도 당자의 변호가 곤란하리만치 보복의 쾌감은 얻는다는 계획적 수단이리라.' 이렇게 생각하였었다. 또한 나의 주위의 사정이 이렇게 의심 내게 되었던 것이다.

'주위의 사정'이라는 것은 나와 모우(某友) 간에 모델 문제가 일어났던 것이다. 그것이 도화선이 되었으리라는 추측이다. 또 한 가지 이런 추측을 속단케 한 것은 그 바로 전에 김 군을 만났을 제, '오늘날 작가는 주문대로 쓸 뿐이요, 자기표현이라는 예술적 양심을 고집할 수 없다.'라는 단편적 의견을 말한 바가 있었으므로 아마 김 군은 신문잡지에서 제한부(制限付)로 주문하는 작품도 쓰거니와 개인이 위탁하는 작품도 사법(司法) 대변인이 소송(訴訟) □원(願)을 써준다는 의미로도 쓰는가 싶어 해석하였던 것이다. 즉 전자(前者)에 내 소설의 모델이 되었다는 모우(某友)의 위탁을 받아서 이번에는 나를 모델로 대변자적 보복을 한 것이나 아닌가 하는 생각을 하였던 것이다 그러나 그 후 모지(某紙)에 발표된 김 군의 의견을 보니까 그와 같은 극단의 것이 아니요, 다만 오늘날 작가생활의 불안정한 상태를 보편적으로 말함인 듯한 것을 이해하게 되었었다.

그러나 내가 곡해를 하였든 어쨌든 그렇다고 신지무의(信之無疑)한 나는 제목부터 「모델보복전」이라 하여 그 진상과 나의 심경을 약진(畧陳)하고 아울러 그 소설이 나를 모델하였다면 의혹은 받게만 되었다만 사실은 그렇지 않다는 요점을 핵변(覈辯)하여 『동광』에 발표를 위촉하였던 것이다. (1932.2.21)

그러나 동광사에 내 글이 갔다는 말을 들은 수삼(數三) 우인(友人)에게서 혹은 서신으로 혹은 면담으로 중지를 역권(力勸)하여 왔다. 사실 모델한 것이라면 책망함직도 하고 자기들도 요계(料戒)하겠으나 시비(是非)는 하여간에 도시(都是) '문단의 불상사'인즉 확대케 하지 않는 것이 옳다는 의견들이었다.

원시(元是) 고집이 세어서 남의 말을 좀처럼 잘 듣지 않는 나이건마는 이때까지 반생애에 고집을 세워서 자존심을 홀로 만족한 것은 소득이었다 할지 몰라도, 그 고집 때문에 늘 일을 거칠게 만들고 남의 미움이나 사내려온 것을 생각하면 남의 말도 들어야 하겠다는 생각이 없지 않은 일편에 그만한 충고라도 전연 무시하는 태도는 취할 수 없었다. 더욱이 문단 혹은 문단인이라는 말을 무심히 들어 넘기기도 어려울 것 같이 생각이 들었다.

또 한 가지는 나와 모델 문제가 되어 있던 모(某) 군이 나의 글을 동광사에서 보았다고 자기에 관한 부분만은 삭제하여 달라고 재삼(再三) 요구하는 일이다. 사리로 따지면 모델의 보복전이라는 말은 확정적으로 한 말이 아니요, 추상적으로 한 말인 고로 그 우인의 불명예 될 것도 아니요, 거절하려면 못할 것도 아니나 모(某) 군에 대하여 나는 별로 감정을 가진 것이 아닌 다음에야 재삼 간탁(懇托)하는 것을 무리히 발표하는 것도 안 되었다고 생각하였으나 그 부분만을 삭략(削略)하면 전문을 뜯어고쳐야 할 형편인데, 그러노라면 인쇄관계상 다시 쓸 여유도 없거니와 때마침 머리에 풍증(風症)과 발찌[183]로 앓던 중이므로 모두가 성이 가신 증이 들어서 위선 중지를 하게 하였던 것이다.

그러나 모든 것을 은인(隱忍)하고 불문에 부쳐버리려는 생각도 없지는 않았다. 이 최후의 결심을 시켜준 것은 역시 자식에게 끌리는 마음이다.

설혹 정말 모델을 하였기로 제 자식 낳아서 기르는데, 이것이 내 자식이라는 변명을 일일이 한다는 것은 쑥스런 일이다. 남이야 무어라든 실질에 있어서 조금도 비위(非違)가 없고 자기의 소신이 굳을진대 거기에 만족과 위안을 얻으면 고만 아닌가 하는 생각이다. 물론 모든 것을 밝은 데 내놓아서 후일에라도 자식이 남의 지목을 받지 않게 만들어주는 것이 당연한 일이다. 그러나 선입주견(先入主見)을 변명으로 일소(一掃)할 수 있는가를 생각할 제, 변명이란 칠팔(七八) 할인을 하여 들어주는 것밖에 아니 된다. 남의 변명을 솔직하게 안 들어주는 그 사람이 그르거나 악의가 있어서 그런 것이 아니라, 사람의

---

183 발찌 : 목 뒤 머리털이 난 가장자리에 생기는 부스럼.

마음이란 것이 원체 그렇게 된 것이니까 하는 수 없는 것이다. 더욱이 사람의 사사(私事) 비문(秘聞)에 속하는 바이면 백날을 두고 변명한대야 의심의 심도를 희박케 하는 효과보다도 훨씬 더 막연한 풍설을 방출하여 침소봉대적(針小棒大的)으로 확대시키는 결과에 빠지는 것임을 생각할 제, 분하여도 참는 수밖에 없다고 생각한 것이다. 어떤 친구의 권고도 또한 그러하였다.

그러나 은인(隱忍)이란 고통이요, 혹 경우에는 수난자의 태도와 용의를 요하는 것이다. 여간한 용기와 저항력과 견실한 의지가 아니고는 감내키 어려운 고통이다. 이 고통에 대한 저항력이 절(折)□□ 않은 활기 있는 생활이요, 도덕적 효과를 재래(齎來)할 수 있으나 만일 저항력이 쇠약하여질 때 자포자기에 빠질 염려가 있는 것을 상도(想到)할 제, '너는 그만한 용기와 저항력이 있는가?' 고 반문(反問)도 하여 보았으나 그 편이 자식의 장래에 유리하다면 그 길을 택하는 것도 옳다고 생각하였다.

더욱이 자식이라는 애정을 떠나서 순객관적으로 한 생명으로만 볼 제, 그 생명의 첫 출발점에서 그 조그만 인생을 중심하여 가지고 시비(是非)는 어디에 있든지 간에 어른들이 이러니저러니 논란하는 것은 커다란 모독 같은 생각이 드는 것이다. 그것은 생명이란 커다란 울음에 대하여 모독이요, 신성과 순결에 대한 모독이다. 그것을 생각하면 비록 유리한 변명이라도 자기의 입으로 자식을 쳐들어 말하기가 싫었던 것도 그 글을 중지한 최후의 이유이었던 것이다. (1932.2.23)

지금 와서는 작자의 말로써 그것이 나를 모델한 것이 아니라고 변명되었다. 김 군의 인격을 존경하는 나는 누구보다도 먼저 솔직히 그 변명을 믿는다.

그러나 그것은 김 군의 변명이지 나 자신의 변명이 된 것은 아니다. 나는 변명의 필요가 있는가, 또 한 번 은인(隱忍)할 저항력과 도량은 없는가 스스로 생각하여 보았다. 그러나 개인의 일이 공공연하게 되고 『동광』 독자를 상대한 일이 『조선일보』 독자에게로 옮겨가고 서대문정(町)(동광사 전(前) 소재지)에서 이야기하던 일이 종로에 나가서 수작(酬酢)하게 되었다. 나의 주위, 비록 가족 간일지라도 사람의 속은 모르니까 다시 한 번 쳐다볼 만치 되었다. 귀지(耳病)를 앓은 뒤의 여독인지 두풍(頭風)으로 머리가 헐고 발찌가 생겨서 의사를 가보고 웃음의 소리로 화류병이나 아니냐고 하니까, 무슨 죄가 있느냐고 김 군의 소설 이야기가 나온다. 맹꽁이 제 뱃심을 믿듯이나 안 그러면 고만이라고 불문에 부쳐버리는 것도 한도가 있는 것 같다.

　또한 사람이 한세상 살자면 적(敵)도 없을 수 없는 일이요, 더욱이 나와 같이 용모부터 히니꾸[184]로 생기고 우자스럽고[185] 고집불통에다가 성미가 부프다[186]고 남들도 그렇고 내가 생각을 해봐도 그런 모양이니 남의 미움도 받기에 알맞고 오해도 곧잘 받는 위인인지라 이 이상 또 무슨 낭설이 무책임한 췌마(揣摩)[187] 억측의 꼬리와 날개가 달려서 항간에 전파되지 말라는 법도 없을 것이다. 한번 결심하였던 은인(隱忍)을 깨뜨리는 소이(所以)이거니와 천하의 대사(大事)도 아니요, 당당한 예술적 논의거나 작품이 아닌 신변쇄사(身邊鎖事)를 쓰지 않을 수 없는 것은 나 개인의 불명예라는 것은 고사하고 너무나 녹록(碌碌)한 일이다. 또한 독자 편으로 생각하여도 중대인물의 전기(傳記) 같으면 모르거니와 이러한 잡록(雜錄)을 읽어달라는 것은 미안한 일이다. 그러나 소위 '모델' 문제에 흥미를 가졌다든지 나 개인의 사생활에 관심을 가진 일부 독자가 있다면 남의 프라이빗한 생활 이면을 들여다보는 것은 호기심을 만족할 것이니 그 점으로나 본다면 소견(消遣)[188]은 될 듯도 싶다. 하여간

---

184 일본어 'ひにく'인듯 : 얄궂음. 짓궂음. 기구함.
185 우자스럽다 : (사람이) 생각이나 태도가 어리석은 데가 있다.
186 부프다 : (성질이나 말씨가) 거칠고 매우 급하다.
187 췌마(揣摩) : 남의 마음을 미루어서 헤아림.
188 소견(消遣) : 어떤 놀이나 일에 마음을 붙여 시간을 보냄.

에 김 군의 '변명'은 군 자신의 변명인 동시에 나에게 대한 '변명'도 된 점이 간혹 있음을 모름이 아니나, 그래도 무슨 일이 있겠거니 하는 독자가 있음을 추측하고 들기 싫은 붓을 든 것이다.

나의 결혼은 김 군의 소설 주인공 모(某) 같이 33세이었다. 가까운 일본의 예로만 보아도 중류 이상 생활 정도로도 삼십 이상 결혼은 예사이지만, 조선 풍습으로는 아무리 빈궁하다 하여도 이러한 만혼(晩婚)은 예외로 아는 것이다. 나는 그 예외의 한 사람이었으므로 지구(知舊) 친우 간에도 의문시하였던 것이다. 그러나 소설 인물과 같이 특수한 질병생활자이거나 생리적 결함의 이유가 있는 것은 아니다. 나에게도 □정사(情史)가 있었다 할지? 21, 2세에 교토(京都)에 있을 때 □□□□이란 □□이 있었다. 그 상대자는 약혼하였던 여성이므로 나는 물론 얼른 손을 떼었다. 그러나 그 결과는 부지중 내 마음에 여성에 대한 멸시적 관견(觀見)을 심어주었던 것이다. 더욱이 여러 사람의 결혼생활을 볼 제, 그것이 행복스러워 보이지도 않고 신성한 것도 아님을 알게 되자 이성(異性)에 대한 동경도 엷어지고 또 이성과 접(接)□할 기회도 만들고 싶지 않았다. 여기에는 중학생 시대부터 취독(吹讀)한 소설의 영향도 적지 않았으리라고 생각한다. 그러므로 나의 소설은 매양 애(愛)의 성취보다도 갈등과 양성(兩性)의 투쟁과 실패를 많이 그리게 되는 듯도 싶다.

이 이야기가 좀 지로(枝路)로 들어간 듯싶으나 하여간 나는 여성과 인연이 먼 사람이다. 집안에서 사주를 보고는 처궁(妻宮)[189]이 수(數)□하다느니 조혼(早婚)을 하였다면 삼취사취(三娶四娶)를 할 팔자니 하는 말도 있었지만 그것은 미신이라 하더라도 용모가 중(重)□하고 돈 없고 명예 없고 성질이 만만치 않아서 여성에게 곰살궂게 하거나 발라맞출 줄 모르니 열의 한 가지 여성

---

189 처궁(妻宮) : 처첩궁. 점술에서 쓰는 십이궁의 하나. 처첩에 관한 운수를 점치는 별자리이다.

의 눈에 들 리도 없고 또 이편에서 구구히 가까이 하려는 것도 아니다. 더구나 24세에 동경(東京)에서 귀향한 후로는 10년 가까이를 다수 식솔이 있는 가정에서 반(半) 책임자 노릇을 하노라니 실제생활이 애친(愛親)에 결혼이니 연애이니 행락(行樂)이니 생각도 못할 일이었다.

부모봉양을 남과 같이 한 것도 아니요, 동기(同氣)들을 원만히 공부시키고 발전케 하지는 못하였으나, 일정치 못하고 얼마 못 되는 수입으로 꾸려가려니 곤경은 더한 것이다. 돌리는 원고를 쓰려면 그야말로 용(容)할 데가 없어서 종이와 붓을 들고 여관으로 절로 갈팡질팡하고 살아오려니 가정이라면 머리를 내두르고 결혼이라면 십리나 달아났다. 그러던 내가 결혼을 하였던 것이다. 부소불로지년(不少不老之年)에 망령이 났던지 모른다. (1932.2.24)

소위 여난(女難)의 상(相)이 있는지 친구 좋아 술 좋아 하여 친구 만나 술이나 먹는 외에는 별 행락을 바라는 것도 아니요, 다른 취미도 없이 살아왔고 더구나 계집의 뒤를 쫓아다닌 일은 없건마는 가다가다는 공연한 오해를 받는 수가 많다. 학생생활을 면한 지 10년 동안 소설 쓰고 술 마시고 살아왔다. 그 외에는 명예를 구하거나 사회의 지위를 얻으려는 야심도 없고 미색(美色)을 탐한 일도 없다. 가다가다 일 년 이태 신문을 만들어주고 잣단 돈푼이나 얻으면 호구(糊口)하고, 그것도 못 걸리면 폐포파립(弊布破笠)에 만족하고 선술집 출입이나 하였던 것이다. 술로 해서 말은 많이 들었다. 실수도 없지 않다. 그러나 10년 동안 여자로 해서 고생하거나 또 유혹한 일은 없다. 간혹은 혼담도 없지 않고 약혼한 때도 일시 있었고 여성 친구도 있지만, 어떤 한도 이상을 넘치는 일은 없었다. 호의를 가지고 구혼한다는 여자가 있으니 면회하라고 정중한 교섭이 있을 제, 나는 언하(言下)에 거절한 일도 있다. 결혼 안 하려는 바에야 설왕설래 말이 되면 피차에 재미없을 것을 예상하고 호기심을 억제한 것이다. 2, 3년간 약혼한 여성에게도 처녀성을 절대로 존중하여

왔었다. 연애와 결혼은 신성하고 순결키를 바랐던 것이다. 많지 않은 이성간 교제라도 우정 이상으로 발전시킨 일은 없다. 그러나 방관자(傍觀者)는 의심한다. 의심하는 것을 백 번 변명하여야 소용없으니까 나중에는 웃고 마는 것이다. 세상 사람이 다 믿지 않더라도 관련 있던 여성 자신들은 이 글을 보고 양심 없는 놈의 말이라고는 못하리라. 나는 그 점을 믿고 안심하는 수밖에 별 도리가 없다.

이야기가 난 길이니 말이거니와 김 군의 소설을 나를 모델한 것이라고 아직도 믿는 사람은 내가 23, 4세에 2백인가 3백의 유녀(遊女)를 보았다는 소설적 묘사를 나의 숨은 성 생활로 알 것이다. 23세에 유녀에게 동정(童貞)을 버린 것은 사실이다. 그러나 유녀에게 미쳐 다닌 일은 없다. 술을 좋아하였는지라 간혹은 탈선하는 때가 없지 않았다 하여도 결코 상식적 범위에서 벗어난 일은 없었다.

기미운동 전에 일본 쓰루가(敦賀)에서 소(小) 신문기자로 수삭(數朔) 있을 동안에 나는 음주하는 버릇을 얻고, 소위 실연(失戀)의 반동으로 생활이 잠깐 복잡하여졌었으나 기미년 3월 이후 오사카(大阪) 미결감(未決監)에 4, 5삭 들어앉았던 전후에 벌써 정리되고 머리도 안정되었던 것이다. 그 후, 조선에 돌아와서 소위 폐허사 시대의 데카당 기분에 휩쓸리기도 하였으나 그 역(亦) 일시적 과도기다.

소설적 과장도 있을 것이요, 소설 인물의 생리적 결함을 복선적으로 열거하자니까 그렇게 추잡한 묘사도 필요할지 모르겠으나, 그것을 나의 생활이나 품격으로 생각하는 사람이 있다면 그렇게 알지 말라고 일일이 쫓아다니면서 말릴 일도 못 되고 일은 우습게 된 것이다.

더욱이 저급한 유흥을 친구에게 강청(强請)한다는 사실까지는 나의 인격에 부회(附會)하여 본다면 언어도단이다.

하여간 삼십 전에는 이와 같이 등한시하고, 일시는 기피하던 결혼을 하게 되었다. 만일 내가 유여(裕餘)한 가정에 태어났다든지, 말자(末子)였든지, 또는 성격이 강경(剛硬)하였든지 하면 일생을 독신으로도 지낼 수 있을지 몰랐다. 가루(家累)[190]와 세사(世事) 잡무에서 완전히 해방되기 위하여, 그리고 정말 공부를 하기 위하여 결혼은 불필요한 일이라는 생각이 있었기 때문이다. 그러나 나의 뒤에는 삼형제가 있다. 내가 결혼 안함으로 길을 가로막고 섰는 셈쯤 되었다. 또한 독신생활은 결혼생활보다 남자인 경우에는 생활비가 더 드는 것이다. 그뿐 아니라 나 자신도 일간두옥(一間斗屋)이라도 지니고, 책권(冊卷)이라도 모아놓고, 자리 잡아야 할 듯이 생각이 드는 차에 여기저기 말이 있다가 정혼을 한 것이다.

그 전말은 소설 인물과 대동소이하였다. 상대자는 여고보(女高普) 출신이었고, 구식결혼이었고, 소개결혼이다. 연애도 없고 지참금도 없었다. 이러한 점이 김 군의 소설을 보고 나와 및 우인 간에 나를 모델로 한 것이라고 단정케 하였던 것이다. 그러나 소설과 같이 비밀한 결혼은 아니었다. 친구의 소개였고, 알만한 친구는 다 알았고, 찾아도 오고 한 것이다. 다만 가정 사정이 구식을 전폐 혹은 겸행(兼行)할 수 없고, 없는 놈이 호화롭게 떠들고 하고 싶지 않아서 구식을 택하였다. 또한 나는 신교자(信敎者)도 아니거니와 혼의(婚儀)란 개인의 사사(私事)다. 또 나는 사교적 인물도 아니다. 그것을 사회에 내놓고 떠들며 한다는 것은 우스운 일이라는 내 지론도 있는 것이다. 기왕이면 노인들을 위해서 재래의 식(式)을 아직 잉용(仍用)[191]하는 편이 무난하다고 생각한 것이다.

이런 쇄설(鎖說)을 왜 하랴만, 남을 의심하기 시작하면 이런 일까지도 무슨

---

190 가루(家累) : 1. 집안 생활에 대한 근심 걱정. 2. 집안의 여러 가지 번거로운 일.
191 잉용(仍用) : 이전의 물건을 그대로 씀.

내막이 있었던 듯이 생각들 하기 때문이다. (1932.2.25)

결혼생활. 여기에는 여러 가지 조건과 노력이 필요하다. 더구나 오다닿다 만나나나 다름없는 소개결혼에 있어서는 일대 모험이다. '인습'이라는, '전통'이라는, '의식(儀式)'이라는, '법률'이라는 굴레를 씌워서 보도 들도 못하는 두 남녀를 딱 마주 앉혔으니 생각하면 무서운 일이다. 이러한 결혼의 시비라든지 그 시비를 알 만한 견식(見識)이 있으면서 그러한 형식을 어째서 택하였느냐는 것은 별문제이거니와 생무지로 만난 이 사람들의 감정이 융합하고 부부애가 발아하려면 상당한 노력을 요하는 것이다. 그러나 이것은 그 당사자끼리의 섬세한 내적 문제요, 정서적 문제이거니와 이 사람들보다 1, 2세기 전 생활을 하는 부모들은 첫대바기에 며느리나 사위를 잘 얻었으니 못 얻었느니 하는 평정(評定)부터 하는 것이다. 아무리 잘 얻은 며느리나 사위라도 저희끼리 잘 살지 못 살지 위기에 섰는 자녀를 놓고 자기네 표준대로 뒷공론이다.

이 경우에 당사자끼리 각자의 책임을 질 만한 능력이 있다거나 애정이 있으면 문제도 아니 될 것이다. 아무리 부모라도 어떤 정도 이상의 간섭은 결혼한 다음에는 못 하고 말 것이다. 그러나 부모가 시집을 보내는 대로, 부모의 임의로 상대자를 만난 여성에게 있어서는 책임을 질 능력도 없고, 그런 자각도 없고 보니 부모의 간섭이 심하여지는 것이다.

그러면 사위를 잘 얻었다 못 얻었다 하는 표준은 무엇인가. 월급의 액수가 직접 결정한다. 부모 혹은 당자(當者)의 가산(家産) 정도가 판결을 내린다. 이 사회의 어디를 가든지 그렇지만 결혼에 있어서, 더욱이 이 시대의 결혼에 있어서 제1요건이 되는 것이다

내가 남의 딸을 데려올, 사위 될 자격으로 가진 것은 그들의 눈에 음주뿐임을 발견하였을 제, 사위를 잘못 얻었다는 소리가 내 귀를 얼만한 거리에 떼

어놓고 나왔다. 이것이 내 결혼생활의 첫출발이었다. 월급이 없다. 몸이 매인 데가 없다. 가세(家勢)는 예상보다도 적빈하다. 게다가 주객(酒客)이다. "허, 내 딸 굶기겠군! 속았다." 사실은 사실이요, 이만 해도 모욕이었다. 그 결혼생활이 온전할 리 없었다.

속이고 남의 딸 도적질 해올 내가 아니다. 그러나 그것은 제 속뿐이다.

어려운 가정에서 공부시켜 무위무산(無爲無産)하고 돈 못 버는 고등룸펜에게 딸 주고는 복장을 치는 것도 무리가 아니라면 아닐지도 모르나, 그러나 상식의 결핍과 국한된 사회에서 외계와는 접촉 없이 전형적으로 성격(成格)된 전세기인(前世紀人)의 □념(念)과 견식이 일(一)□지대(指大)를 붙들어다 놓고 이렇게 욕보일 제, 죄는 빈궁에 있고 술에 있고 무능에 있기로 무시와 모멸에 다소곳이 있을 등신으로 된 사람도 아니었다.

격노와 격노가 맞닥뜨릴 때 효상(爻象)이 좋을 리 없었다. 이러한 것이 사람들이 이르기를 딴 꿈을 꾼다는 결혼생활의 제일보(第一步)였던 것이다. 일시(一時)는 세간(世間)에 흔히 있는 것과 같이 양자(兩者)의 결합을 굳게 할 염려가 있는 사실을 미연에 방지하려고 극단의 수단을 취하지나 않는가 하는 의심까지 질 만치 반목하였던 것이었다. 그러나 그것은 도리어 나의 극단의 □□요, 오해였던 것이다.

그러나 시간은 열을 식히고 거세고 거친 모든 것을 삭이는 것이다. 반성과 이해의 여유를 주는 것이다. 평정한 감정에 돌아왔을 제, 피차의 오해도 일소되고 서로 인격을 존중하려는 생각도 나는 것이다. 사리를 갖춘 회오(悔悟)와 사과 앞에 석연(釋然)한 용허(容許)가 있어야 할 것이었다. 더욱이 자기 명예가 중하면 남의 명예도 중한 것이다. 만일 무사히 한 사람을 버린다면, 운명의 지침을 그르쳐준다면 그 책임을 어디로 물릴까 하는 문제도 중대한 것이었다. 여기에서 뒤틀리려던 결혼생활은 바로잡힌 것이다. 이로써 보면 결혼은 반드시 '애정과 이해와 각자가 책임을 스스로 질 능력과 따라서 연령의 차(差)가 불심(不甚)함과 동등한 교양과 동일한 서클에서 호흡하는 사람끼리'라는 조건에서 성립하여야 할 것을 절실히 깨달았다. (1932.2.26)

농촌으로 간다면[192]

×형!

도회생활에 피로한 인텔리는, 생활의 곤궁을 시적 공상에 싸가지고 '아름다운 자연이여!' 하고 전원생활을 찾습니다.

도회생활에서 구축(驅逐)을 당한 몰락계급은 시적 공상은 없는 대신에 빈궁을 지구친척(知舊親戚) 간에라도 보이지 않으려는 허영심의 뿌리도 조금은 남아 있지만 거리에 나앉을 수 없으니 농촌에나 가볼까 합니다. 농촌'에나'라 하니, 농촌은 그렇게 어수룩합니까.

도대체 농촌은 그들이 공상하듯이 그처럼 시적 정취가 구르는 데입니까? 그야 시적 정취가 고갈하였다는 말은 아닙니다. 시적 정취를 찾아드는 인텔리 층을, 지금의 농촌이 받아들일 여유가 있느냐는 말이외다. 혈한(血汗)에 절인 오장(五臟)이 우그러져가지고도 그들 농촌인은 시를 구합니까. 문학을 구합니까.

또한 도회에 성장한 몰락계급을 농촌은 수용할 여지가 있습니까. "마름'이나 한 가지 얻어갔으면.' 하는 말을 가끔 듣습니다만 농촌생활을 찾는 그들은 몰락의 최후계급에 선 소지주(小地主)가 아니면 대개는 사음(舍音)이라는 중

---

192 염상섭(廉想涉), 「농촌으로 간다면」, 『동방평론』, 1932.7.

간착취를 유일한 활로로 아는 자 아니면 아닐 것이외다.

×형!

나에게 농촌으로 오라고 하실 때 나는 우선 생활안정이 되겠다는 욕심으로 그럴까 하는 생각이 없지 않았습니다. 그러나 위에 말씀한바 한두 가지 종류의 특징을 합하면 '그들'이라는 것이 이 경우에 곧 '나'를 말함이외다.

농촌에 대한 나는 유치원 1년생입니다. 농촌에서 자라난 초동(樵童)도 나에게는 선생이외다. 그러면 나는 농촌에 무엇을 주려 가나? 줄 아무것도 없는 대신에 하나로부터 열가지를 배우고 구하여야 할 것이외다. 배우는 것은 오히려 좋지만 호미 한 번 잡아보지 않고 먹여 달래야 할 것이니 농촌은 그런 사람을 요구합니까? 농촌에서는 도야지를 치고 닭을 기르고 소를 먹일 것이외다. 도회에서 자라난 무산(無産) 인텔리는 쓸데없는 기생충일 것이외다.

×형!

내가 농촌에 간다면 그것은 농촌생활의 실제를 체험하고 관찰하는 것이요, 그것을 문학적 표현으로 특수한 효과를 얻자는 것밖에 없습니다. 특수한 효과라 함은 일반적, 더욱이 농촌에 대하여 직접적 효과가 못 되는 문학이기 때문이외다. 문학작품은 농민이 요구치도 않고 또 일반화된 현상도 아니기 때문에.

그러나 이것은 나의 한 가지 야심이 아닌 바도 아닙니다. 나는 도회 생장을 불행으로 알 만치 농촌을 그리워하는 것은 사실입니다. 그러나 그것은 단순한 시적 동경도 아니요, 단순한 생활의 방편도 아니요, 문학을 버리면 이 (ㄹ)어니와 버리지 않는 바에는 문학적 일 중요한 임무로서입니다. '농촌생활의 넓은 영역을 버려두고 다만 일 분야인 도회의 불건강한 생활만을 제재로 함은 너무나 편벽되고 시야가 좁기 때문이외다. 그뿐 아니라 농촌생활이 문학적 표현을 빌어서 농촌문제 해결에 대한 조그만 기여라도 있게 되면.' 하는 희망도 있기 때문이외다.

×형!

그러나 이것은 여담(餘談)이외다. 시급한 농촌문제에 대하여는 하등의 직접적 효과가 있는 일은 아니외다. 이렇게 생각하니, 형의 사업은 보는 데 따라서는 부르주아의 자위적(自衛的) 수단이라 하겠지만 나는 시각을 달리하여 실로 끽긴(喫緊)의 유공유효(有功有效)한 근본적 사업이라고 봅니다.

농촌에는 사람이 귀한 듯합니다. 실제 지도자가 드문 모양이외다. 농촌에서 조금만 두각을 나타내면 어찌되었든지 곧 도회로 빠져나옵니다. 농촌에서는 쓸모 있던 사람이 도회에 나오면 평범한 인텔리거나 평범 이하의 '저자의 룸펜'이 될지라도 그래도 '도회에, 도회에' 하고 도회로 모입니다. 이것은 어찌할 수 없는 추세라고도 하겠지만 공업국에 있어서 농민이 도회 집중을 하는 것과는 다릅니다. 또한 남북만주(南北滿洲)로 가거나 일본으로 소위 '만연도항(漫然渡航)'[193]을 한다는 현상도 여기에는 논외입니다. 나의 말하는 바는 유위한 농촌청년으로서 도회를 너무나 동경하는 것은 농촌진흥상 경시(輕視)치 못할 폐단의 하나라고 생각함이라는 말이외다. 활기 있고 진취성 있는 청년이 문화의 중심지로 모이는 것은 덮어놓고 나무랄 일이 아니요, 사회적 입신이나 소위 성공이라는 것이 향촌에서 얻을 수 없는 바이면 청년 예기(銳氣)에 흙에 파묻히기를 싫어함도 결코 책할 바 아님은 물론입니다. 또한 만일 오늘날의 농촌이 정신생활에 있어서는 봉건적 전통의 중압이 신시대 공기에 접촉한 청년에게는 견딜 수 없는 고통이요, 이 물질생활에 있어서는 질적으로 너무나 현대문명에서 격리된 원시적 요소에 파묻혀있으니 그 점도 농촌청년자제가 농촌을 버리지 않을 수 없는 심경에 대하여 동정할 것입니다. 그

---

193 만연도항(漫然渡航) : '일본 농촌에 유입하기 위한 조선인노동자의 일본 도항'을 뜻하는 말로, 조선총독부의 엄중한 취체 대상이 되었다.

러나 오늘날 농촌진흥이 긴박한 일이면 긴박한 일일수록 누가 이 중임(重任)을 감당하겠는가를 농촌청년으로서 자성(自省)케 할 필요가 있습니다. 도회의 청년이 가서 할 일인가? 도회의 인텔리 분자가 이론이나 가지고 가면 될 일인가? 몰락계급에 있는 도회에서 생장한 중소지주나 혹은 그 자제가 가면 되겠는가? 이 점을 생각하여보면 농촌청년 자신의 책임을 스스로 깨달을 것이외다.

또 성공이라든가 입신양명이라든가 하는 점으로 볼지라도 주관적으로 볼 일이요, 객관적 표준에 현혹할 바가 아니니 도회에 나와서 얼만한 성공을 할 수 있을까를 생각하면, 그리고 우리 형편이 정치적으로나 경제적으로나 인재를 얼마나 수용하여 성공의 길을 열어줄 곳이 있는가 없는가를 생각하면 오늘날 농촌청년은 신중히 고려하여 그와 같은 화려한 성공과 행복한 생활은 얻으면 요행으로 알고, 못 얻으면 우리의 자손으로 하여금 누리게 하겠다는 것으로 각자는 농촌사업에 헌신함으로써 벌판의 모래가 됨보다는 한줌의 소금이 되도록 노력함이 일로부터 자라는 농촌청소년의 갈 길이 아닌가도 싶습니다.

×형!

형이 도회의 화려한 유혹을 물리치고 귀농에 착념(着念)하여 농촌진흥과 및 농촌자제의 실제 지도자적 양성에 노력하심을 형 자신과 아울러 농촌진흥상 아무 사업에 못지않은 큰 사업이라고 충심찬하(衷心讚賀)하는 소이(所以)는 여상(如上)한 의미에 있는 것이외다. 나는 농촌에 자라지 못하고 경우가 다르므로 빈말에 그침을 부끄러워합니다마는 생활의 의의와 행복은 이와 같은 나에게 있지 않고 형에게 있음을 다시 축복하는 바외다.

그러나 끝으로 한 가지 충고는 결코 지주에게 아부하지 않는 실천역행(實踐力行)의 진실스러운 청년을 많이 길러내기를 바람이외다. 싱거운 말 같으나, 평범한 가운데 옅(淺)지 않은 뜻이 있는 줄 믿습니다. 그렇다고 이 말에는 지주에게 '적대하는'이라는 의미에 반드시 포함된 것도 아니외다.

형도 또한 한낱 지주이니 나의 이 말은 모순된 말일 듯도 합니다. 있는 사람은 누구나 아소(阿諛)로 구용(苟容)[194]코자 하는 자는 일신을 먼저 생각하는 자이므로 물리칠 바로 투쟁을 앞세우고는 실질적 향상·발전에 도리어 장해되는 경우가 없지 않을까를 염려하기 때문이외다. 이러한 점을 명찰(明察)하면서 실질적 효과를 수확해나가는 그런 일꾼을 지금의 농촌은 요구하리라고 생각합니다.

×형!

이는 다만 본지(本誌)에서 농촌에 관하여 단문(短文)을 재삼 요청하기로 색책(塞責)[195] 겸 약간 횡수설(橫豎說)한 바이거니와 나는 후일에 만일 농촌을 찾아간다면 스스로 호미를 잡을 용기가 나거나 혹은 농촌의 기생충이 안 될 만큼 능력이 생긴 뒤의 일일 것이니 아마 못 가고 말지도 모릅니다. 그러나 이미 농촌으로 갈 바에야 토방에서 짚신 삼는 그들에게로 가야 비로소 배울 것을 배우리라고 믿습니다.

5월 29일

---

194 구용(苟容) : 비굴하게 남의 비위를 맞춤.
195 색책(塞責) : 책임을 면하기 위하여 겉으로만 둘러대어 꾸밈.

곡哭 최서해 崔曙海[196]

맥고자(麥藁子) 쓴 서해(曙海)의 그 너그러운 얼굴이 조표(吊表) 두른 사진으로서 신문지에 나타난 것을 보고 놀란 사람은 나뿐 아닐 것이다. 신문이 오기 바로 전에 그의 이름으로 원고를 신문사에 보냈더니만치 나의 경악과 무색(無色)은 한층 더하였던 것이다. 삼호의원(三乎醫院)에 입원했다는 말을 듣고 한번은 가보아야 하겠다면서도 그런 위급한 병세는 아니려니 하는 느즈러진 생각으로 위문 한 번 못하고 유명(幽明)이 갈리고 만 것을 생각하면 더욱 뉘우쳐진다.

그러나 지금 나는 무슨 말을 해야 좋을지 모른다. 천언만언(千言萬言)으로 그의 고생살이를 추억하고 그의 작가적 생애를 찬양해본대야 그에게 통(通)치 못하고 그의 혼령을 위안하는 근본수단도 못된다면 그것은 결국 내 인사에 그치고 말 뿐이니, 차라리 하고 싶은 말도 참고 내 속에 넣어두느니만 같지 않다.

그는 춘추(春秋)에 부(富)하였던 점으로는 물론이거니와 고생한 분수로 보아서도 더 살아야 하였을 사람이다. 더욱이 유족을 생각할 제, 결코 결코 그가 먼저 돌아가서는 안 될 사람이었다.

그의 원만한 인격, 민활한 자성(資性), 문단적 공로, 장래의 촉망 ……. 이

---

196 염상섭(廉想涉), 「곡(哭) 최서해(崔曙海)」, 『삼천리』, 1932.8. 이 글은 '오호(嗚呼)·서해의 사(死), 서해 회상기'라는 표제 하에 실린 글 중 하나이다.

러한 것들을 생각하고 그 아까움을 여기서 더 말하기 전에 먼저 머리에 떠오르는 것은 그의 사생애(私生涯)의 실정(實情)이다. 그로 하여금 좀 더 여유 있는 생활조건에 기죽을 펴게 하였더라면 ……. 또 그리고 좀 더 윤택한 환경에서 그의 양양한 전도(前途)를 순탄히 걸어 나가게 하였더라면 ……. 애석한 생각은 누구나 일반일 것이다. 그리고 그의 유족을 생각할 제, 고인(故人)도 차마 눈이 안 감겨졌을 것이다. 그러면 우리는 무엇으로 그대의 영령을 위로해드리나? 힘없음을 부끄러워할 따름이다.

그러나 서해는 생활에 진 사람은 아니었다. 공생애(公生涯)로나 사생애(私生涯)로나 역전고투(力戰苦鬪)하여 명예의 전사(戰死)를 한 용장(勇將)이었다. 만일 사람의 일생을 목숨을 빌려나온 것이라 하면, 그리고 그 빌린 목숨을 길러가면서 자아를 높이 쌓고, 자아를 실현하여 나가는 것이라 하면 비록 자기 완성의 도중에서 그 가탁(假托)하였던 육체의 생명은 돌려보냈더라도 그 뒤에 남은 최서해는 길이길이 우리 속에 살 것이기 때문이다. 이것은 그가 남긴 문학적 업적을 통하여서 말이거니와 동시에 그 간난하고도 짧은 생애 속에서 그만한 업적을 남긴 점으로써 만도 그의 생활은 역전이요, 고투였으며, 그의 돌아감은 '명예의 사(死)'라고 일컬음에 주저치 않는 바이다.

인왕산 기슭에도 군을 위하여 수운(愁雲)[197]이 흩어질 줄 모르는 듯 비에 젖은 상가(喪家) 빈소 앞에 오그리고 누우신 듯한, 간병과 상심에 지치신 칠순의 노인부인, 상제는 상제로되 조객(弔客)도 맞지 못하는 어린 유아(遺兒) 양군(兩君) …… 나는 지금 어디까지가 네 일, 내 일의 경계선인지, 어디까지 유(幽)와 명(明)에 넘나드는 길인지 분간을 못하면서, 아무짝에도 쓸데없는 이 글을 맺으면서 오직 백(白), 택(澤) 양군의 건실한 성장만을 빈다.

---

197 수운(愁雲) : 근심스러운 기색.

조선의 정치적 장래를 비관호悲觀乎·낙관호樂觀乎[198]

반도의 현상과 금후 10년의 관측

낙관할 건덕지도 없으나, 비관할 것도 아니라고 믿습니다. 궁하면 통하는 것. '통하는 것'이란 어느 계제에 당래(當來)하는 코스이니, 그 찬스에 승세(乘勢)할 만한 능력을 부절(不絶)히 길러나가면 비관할 수밖에 없는 현상에서도 희망을 잃지 않을 것이요, 또한 낙관할 날이 있으리라고 믿습니다. (그러나 여기에 '찬스'란 말을 기회주의라고 할 것은 아닙니다.)

---

198 염상섭(廉想涉), 「반도의 현상과 금후 10년의 관측」, 『삼천리』, 1932.9. 이 글은 '삼천리 전체회의 : 조선의 정치적 장래를 비관호(悲觀乎)·낙관호(樂觀乎)―반도의 현상과 금후 10년의 관측' 이라는 설문에 응한 답변이다.

염상섭 문장 전집

1934

문예 연두어(年頭語)[199]

　좌우 양안(兩岸)의 어디에도 배(船)를 부릴 데가 없이 뱃바닥에 모래가 긁히는 소리를 들으면서 그래도 서투른 솜씨로 노를 저어나가지 않을 수 없는 것이 소위 중간층의 창백초췌한 인텔리의 정상(情狀)이라 할진대 불안·의구·침체라는 형용사도 지당한 것이다. 그러나 이것은 그래도 내부의 문제요, 또 어느 편 안벽(岸壁)으로나 선수(船首)를 돌릴 수 있다면 개인적으로라도 위선(爲先)은 안도도 될지 모른다.

　그러나 시각을 달리하여 외부적·객관적 문제로 볼진대 그 불안·의구·침체라는 것은 세계적의 것이며 세기적의 것이요, 또 물론 문학적 및 문단적의 현상만도 아니다. 그뿐 아니라 취중에도 국한된 조선의 신문학운동 및 문단을 생각해 볼 제, 불안과 침체는 거의 숙명적(이런 말이 용인된다 하면)이 아닌가 한다.

　요사이 박태원(朴泰遠) 씨의 「낙조(落照)」를 보면 (갑신정변 이후의 일인 듯하거니와) 초기의 일본유학생 100여 명인가가 전부 정치과 아니면 법과를 지망하는 것을 보고 당시 게이오대학(慶應大學) 총장 후쿠자와 유키치(福澤諭吉)가 실망이라 할까 딱하다고 할까 하여간 불만한 표정이더라는 말이 「낙조」의 주

---

199 염상섭(廉想涉), 「문예 연두어(年頭語)」(전7회), 『매일신보』, 1934.1.3～1.12.

인공의 말로 쓰여 있다. 국부민강(國富民强)을 계도(計圖)함에는 당시 동양으로서 서양문명·과학문명의 수입계발에 있을 것인데, 백 명이면 백 명이 하나도 빼지 않고 모조리 고관대작을 꿈꾸지 않으면 소리관사(小吏官仕)에라도 자족하는 것을 보고는 (그때 그네들로서는 무리치 않다 하겠으나) 구민자(具眠者) 쳐놓고야 후쿠자와 씨가 아니라도 차탄(嗟歎) 않을 수 없었을 것이다. 그도 그렇거니와 이후(爾後) 합병 전후로부터 기미(己未) 전후 같이 일본유학생 홍수시대만 하더라도 일본유학생이라면 법정과 출신이 다른 과학에 비하여 훨씬 능가하였던 것이다. 물론 이 시기의 그네들은 결코 전(前) 시대의 그네들과 같은 관료적 고루한 □관의식(□官意識)이 아니요, 신시대의 정치의식과 남다른 웅지(雄志)와 이상과 목표가 자재(自在)하였을 것이나 그래도 자연과학, 기계공업 같은 방면에 지망하는 학도는 열에 하나, 백에 하나였고 하다못해 다른 사회과학에 착안하는 사람조차 그리 많지 않았던 것은 사실이다. 하물며 문학, 신문학운동에랴.

그러므로 이러한 시대에 있어서 문학을 남아일대의 사업으로 생각하는 청년은 거의 없었을 것이다. 조선에서는 고사하고 메이지(明治) 20년대의 일본에서만 하여도 그만큼 신문예의 토대가 잡히고 쟁쟁한 작가가 배출하였건마는 문예를 천시하는 풍조가 남아 있던 것이나, 이것은 한문학의 위세와 관존민비(官尊民卑)의 사상으로이겠지마는 금일에도 역시 구미에서와 같이는 문예와 일반예술을 국가적 또는 국민적으로 존중치는 않는 모양 같다. 도쿠토미 로카(德富蘆花)가 『불여귀(不如歸)』를 쓸 전후에라든가, 『고쿠민신문(國民新聞)』 지상(紙上)에 "소설가 되기를 불명예로 생각지 않는다"는 선언을 하였다는 것만 보아도 저변의 소식을 짐작할 수 있을 것이니 하물며 당시 조선청년, 정치에서 절연되어갈수록 이를 갈망하는 신진예기(新進銳氣)의 청년의 눈에는 수행(數行) 언문 시구나 일편(一篇) 패관소설(稗官小說) 따위쯤에 눈을 거들떠보기에는 남아일대의 사업은커녕 너무나 녹록한 일로 비쳤을 것이다.

문학이 남아일대의 필생적 사업일지 아닐지는 그 천자(天資)에도 달린 것이요, 그 지향과 취미에도 따르는 바이며, 이렇게 말하는 필자 역시 매양 자괴하는 바이지마는 문학이 첫째는 상식이요, 조선(祖先)의 당쟁시비(黨爭是非) 이외에 화제를 찾지 못하고 반상(班常)의 분계(分界) □없이는 거리에 나서기를 치욕으로 알던 그 후손, 그 자질(子姪)로서 한시, 한문학도 아닌 언문자(字) 모둠 같은 신시(新詩)가 아니면, 『춘향전』이 아닌 신소설을 읽고 쓰게 된 것은 시대의 변천이라고만 설명하여서는 부족하고, 민족문학의 수립을 자각하여서라고만 의의를 부쳐도 너무 갸륵하다. 쉽게 말하여 정치적 희망이나 이상이나 야심의 일 변태 혹은 전향이 아니면 현실도피의 수단이었다고 설명하면 문학을 모독하였다거나 생활이 있는 곳에 반드시 예술이 있다는 철칙을 무시한 억설(抑說)이라고만 할까? (1932.1.3)

정치적 욕망을 명예욕으로만 간단히 보는 것은 비근한 관찰이다. 정치적 욕망도 한낱 생(生)의 역(力)의 발현이라 할 것이다. 이것이 충족을 얻지 못하여 정치에서 문학으로 전향하는 경우가 많았다고 한들 억설은 아닐 것이다. 문학 및 일반예술은 소위 정신문화의 상부구조이니만치 정치 이상으로 생(生)의 역(力)의 발휘라고도 할 수 있다.

생활의 실제를 요리하고 통제안배하려는 욕망과 역량을 뻗을 데가 없으므로 눈을 인생과 자연에 돌림으로써 생(生)의 역(力)을 발휘하고 자기를 표현하려는 것이 문학행위로 나타난 것이라고 할 수 없을까. 정치·법률에 지향(志向)이 있고 흥미가 있는 자로서 문학에 전향하였다면 그것은 가엾은 일이다. 일종 수난이 아니면 아닐 것이나, 사실 그러한 사람도 많았을 것이요, 또 금후에도 많을 것이다. 문학을 진실로 남아일대의 사업으로 자부하고 나선 사람이 얼마나 될까? 자각자부(自覺自負)한 대작가가 없지 않겠지만 조선의 정세가 어느 모로든지 순전한 문학의 도(徒)를 낳기에 어렵다는 말이다.

작가에 따라서는 자기가 문예가임을 자타가 인정하는 것을 그리 반기지 않는 경향도 없지 않을 것이다. 그것은 겸양하는 마음으로도 그럴지 모르나 문예가임이 겸양할 만큼 명예스러운 지위라 해서 그런 것도 아닐지 모른다.

또 어떤 경우에는 저 사람은 싯줄이나 소설편이나 쓸 사람이 아니라고 평하는 말을 듣는다. 이 말에는 그 사람을 또 다른 데, 혹은 그 이상 무엇에 쓸모가 있다는, 한층 높여서 평하는 뜻이 은연중 들어 있다.

이 두 경우를 생각하여 보면 문학이란 것을 얕게 보거나 구태여 다른 사업 이하로 평가하려는 것은 아니나, 문학 이외의 것을 중히 보고 또 그것이 긴하다는 의미일 것이다. 문학 이외의 것은 반드시 정치 혹은 정치적 관심만일 것은 아니요, 또 문단 외의 사람으로서 문학 이상의 것을 희망하는 것도 여기서 문제는 아니 되거니와 만일 문인으로서 문예 이상으로 관심하고 욕구하는 것이 있다는 것은 그러한 지망과 태도가 결코 그르다는 것은 아니나, 문학으로서 남아일대의 사업으로는 생각할 수 없다는 의미요, 또 그것은 나의 위에서 말한 바 정치에서 문학으로 전향되었다는 논지의 입증도 될 것이다.

신문예운동은 이조(李朝) 최말기(最末期)부터 싹이라고 하겠으나 조선의 현대적 저널리즘의 획기(劃期)라 할 기미(己未) 전후로써 봉오리가 앉졌거나 한두 송이 꽃이 피었더니라고 볼 수 있는 정도요, '울연(蔚然)'이라든지 '찬연(燦然)'이라는 형용사는 당치 않을 것이다. 그나마도 물론 당시의 신흥기분과, 구체적으로는 현대적 저널리즘의 초기적 활기에 촉성된 것이라 하겠으나, 그 제일선에 선 사람들이 순전히 문학적으로 출발하였다느니보다도 정치적 색채 혹은 관심을 가지고 사회적 첫 진출을 한 사람이 많았을 것이다. 이러한 점으로 보아도 조선의 신문예운동 초기가 좀 남다르다고 보겠고, 이것은 만일 극론(極論)하면 정치적 운동의 진출의 길이 두색(杜塞)되어서 문학으로 들어섰을 뿐 아니라, 의식적은 아니라 하더라도 현실에 대한 도피적 경향이 다소라도 없지 않았었던가도 싶다. 도피라고까지는 심하다하면 실의·회의·불안에서 안주의 지(地)로 예술의 전당을 찾으려 한 경향은 없었던가?

만일 이상 논래(論來)한 바가 실당(失當)하지 않았다 할진대 그러한 정세는 지금까지도 연속되어왔고 침체와 불안은 어제 오늘의 일이 아니라 그 출발에서부터이었던 것이 아닐까. 실로 우리의 문학 및 문단은 언제 작품으로 흥왕(興旺)하고 사조(思潮)로 안정되었기에 새삼스러이 침체불안이라 할까.

그러나 그것을 아무의 탓으로 지목할 바는 못 된다. 정치적 지망에서 문학에로 왔거나, 문학을 필생의 사업으로 생각 않거나, 현실도피의 수단이 있거나, 그것은 모두 우리의 외부정세가 사연(使然)케 한 원인이 더 많기 때문이다. 다만 문학 그 자체의 편으로 보아서 손(損)이요, 발달이 지지(遲遲)할 따름이나 또 그렇다고 예술을 위한 예술을 주장할 용기도 없고 '문예 제일의(第一義), 생활 제이의(第二義)'라고 할 열의가 있을 수 없지도 않은가. (1934.1.5.)

"예술의 전당에 안주의 지(地)를 구한다." 나는 위에서 이러한 시대착오적 어구를 썼다. 그러나 시대는 자연주의를 청산할 어름이었건마는 그때 우리는 그래도 예술의 전당에서 로맨틱한 문학청년다운 꿈을 꾸고 상아탑 속에서 속계(俗界)를 굽어본다고 공상하며 긍지(矜持)하지는 않았었던가? 그러면 이래 십유여 년간 예술의 전당은 세웠으며, 상아(象牙)의 백탑(白塔)은 속계(俗界)의 홍진(紅塵)에 더럽히지 않고 그 청고수려(淸高秀麗)한 자태를 지니고 있는가?

예술의 전당에도 기아(飢餓)는 박도(迫到)하지 말라는 법이 없고, 상아의 백탑도 공황의 선풍(旋風)에는 도괴(倒壞)치 말라는 법이 없지 않다. 그러한 로맨틱한 꿈만은 아니었겠지마는 정치적 실망과 사회적 고난, 고민과 불안초조를 피하려던 '예술의 왕국'의 공자(公子)는 보다 더 급격히 들이닥치는 경제적 중압 밑에서 신음하다가 '가두의 룸펜'으로 또다시 쫓겨나고 말았던 것이다. '룸펜'이란 말이 본래의 의미로 듣기 싫은 말이라면 '창백초췌한 인텔리'로 예술의 전당에서 쫓겨났다고 할까. 하여간 (의식적은 아니었더라도) 아무쪼록 눈을 가리우려던 현실에 코를 맞대고 서지 않을 수 없게 되었던 것이다. 동시에 그것은 실망과 고민과 불안과 초조의 가중(加重)이요, 문단 침체의 제2차적 현상이었다.

만일 이 시기에 있어서 겨우 단서(端緒)에 취(就)한 현대적(자본주의적) 저널리즘이 순조(順調)로 발전을 하였다면 문단적으로도 얼마쯤은 순풍의 혜택을 입었을 것이요, 고민불안과 우울침체가 그다지 심각하기 전에 다소 완화되었을 것인지 모른다.

자본주의적 저널리즘이 문학에 미치는 병폐를 눈감아 버리려는 것은 아니지만 현대에 있어서 문학이 저널리스트의 힘을 빌지 않고 단독으로 발달을 기망(企望)하기는 (비록 작가자신이나 문학적 특수그룹이 충분한 자력(資力)을 가지고 자본가적 저널리스트 앞에 굴슬(屈膝)치 않기로서니) 거의 불가능한 바는 번설(煩設)을 불요(不要)하는 바 여기에 먼저 그 공죄(功罪)를 논의함은 마치 낳지 않은 자식의 현우(賢愚)를 의논함과 같아 막론(莫論)커니와 하여간 조선의 저널리즘이 정상적으로 발전하여졌다면 소위 부르주아문학이라는 순정한 문학이 어느 정도까지는 결실하게 되었을 것이요, 문학에 대한 민중적 보급만에라도 다대한 수확이 있었을 것이다. 즉 깊이(深)에로는 어떨지 모를지라도 넓이로는 상당한 효과를 얻었을 것이라는 말이다.

그러나 조선의 현대적(자본주의적) 저널리즘이라는 것이 원체 나이 어린 데다가 조선의 자본주의 그 자체가 행(幸)이거나 불행이거나 이 땅에 씨를 심어서 뿌리를 박고 자라난 것이라느니보다도 남은 제2기적(第二期的)으로 추수동장(秋收冬臧)하려는 때에 바야흐로 모종을 내다가 그나마 남의 손으로 키워

가려는 도중이기 때문에 거기에 딸린 저널리즘만이 앞질러 발달될 리가 만무하다. 조선의 저널리즘이 획기적 활기를 보인 이래 열역(閱歷)해온 기다(幾多)의 간난부침(艱難浮沈)의 자취를 살펴볼진대 그 자체의 유지에도 여력이 없겠거늘 해가(奚暇)에[200] 문예발전에 유의하였으랴. 유의는 고사하고 멸시나 아니 하였으면 도리어 다행일 것이거니와 문단침잠의 제3의 원인이 여기 있다고 할 것이다.

그러나 이때 있어서 일시나마 활기를 정(呈)한 것은 프로문학운동이었다. 프롤레타리아 문학의 발생 혹은 전입될 기운이 당시 정치사회정세로 보아서 도달하였더니라는 점은 이미 육칠년 전에던가 한 번 쓴 일이 있기로 중복치 않거니와 이야기의 순서상, 문단적으로 본 그 발생의 필연성을 여기에 약술하여 둠도 새삼스러운 한담(閑談)은 아닐 것이다.

위에 말한 바와 같이 관념적으로 소위 '예술의 전당'이니 상아탑이니 하던 예술동경시대에는 막연□□한 기치 하에 모였었고 구태여 의의를 부치자면 민족적 신문화를 세운다는 의미로 통틀어 '민족주의문학'이라고 하였다.

그러나 '민족문학이'라는 명칭에 붙은 '민족' 2자(字)에는 다분(多分)의 정치적 의의가 포함되어 있었다. 따라서 민족운동이라는 단일체로는 현상타개책이 보이지 않는다는 정세와 견해로써 운동선상에 분열이 생길 때에 바야흐로 상아탑을 버린 문학의 도(徒)도 거기에 승세(勝勢)·추종하여 분해작용을 한 것이었다. (1934.1.7)

분열은 내외의 정세로 보아 필연적 현상이었다고도 하겠으나 결론으로만 본다면 보담 더 예술적이겠으나 보담 더 투쟁적, 아지 프로적이냐는 차이라 할 것이다. 그러므로 좌경한 사람이 보담 더 문학적 입장을 옹호하는 사람을

---

200 해가(奚暇)에 : 어느 겨를에.

가리켜 '우익'이라 하지마는 실상 말하면 좌향(左向)한 사람이 돌려다보니까 우편(右便)으로 보일 뿐이요, 길이 갈린 사람을 떠나보내고 남아 섰는 사람은 우향(右向)도 안 하고 우향우(右向右)도 아니 한 것이었다. 현지(現地)에 그대로 섰던 것이었다. 그들이 자본주의를 특히 구가(謳歌)도 안 하였거니와 그렇다고 현실을 무시하지도 않고, 또 그렇다고 냉혈동물도 아니었다는 것만 보아도 그들이 상아탑에서 나와서 섰던 그 자리에 섰다는 것을 알 것이다. 우(右)로 후퇴하지도 않고 좌(左)로 편의(偏倚)하지도 않은 점으로 보아서 그들은 중정(中正)의 길을 걸어가려고 한 것일 것이다. 더 적절히 말하면 원래가 문학이라는 발판 위에 섰으니까 어떠한 한도 이외로 자기의 (문학적) 입장을 떠나기를 거부하였을 뿐이라고 할 수 있다.

그러므로 그들의 주장은 단순하였다. 신문학의 소지(素地)부터 만들자. 좌거나 우거나 그 의거하여 설 발판을 만들자, 그리고 최후의 목표로는 무계급의 문학을 세우자는 것이었다. 다시 말하면 특히 자본주의적도 아니요, 특히 계급적도 아닌 중정의 태도로 순문학의 길을 현실에 서서 걸어 나가자는 의견이라 할 것이다.

또한 그러므로 소위 우익(혹은 중간파라 함이 득당(得當)할지 모르나)이라는 분자도 현실에 대한 관찰·인식에 과오가 없으면 어느 정도까지 프로문학에 대하야 이해와 동정을 가질지 모른다. 종래로 프로문학에 대한 논전(論戰)의 중심이 대개는 그 창작방법 문제에 그치고 그 이상으로 본원을 건드리지 않은 점으로 보아도 짐작할 수 있다.

그러나 프로문학 측으로 보면 선전과 동지규합과 내부 장고(掌固)를 위하여서도 그렇겠지마는 무엇보다도 대외적 투쟁과 극복에 열중치 않으면 안 될 정세에 끌려서 거의 문예적 제(諸) 엘리멘트(element)의 취사(取捨)를 정연히 할 새가 없이 창작 상 일체의 기성 약속을 무시·파기하려고까지 하였기 때문에 그 이론에는 무리가 적지 아니 있었다. 이러한 점이 프로, 비프로 작가 간에 어느 정도까지 접근될 것조차 도리어 반발적으로 멀어지게 된 원인이었다고도 하겠거니와 그것은 차라리 '기성'에 대하여 반기를 들고 '신흥'의 존재를 고양하자면 무리(無理)를 무리로 자인하고, 오류를 오류로 알면서도 (재검토와 수정을 할 겨를이 없으므로) 그대로 빗대어버리는 방편이요, 수단이었을지 모른다. 또 혹은 그 문학이론 자체의 모순뿐만 아니라 추종자·실천자로서도 첫 시험이니만치 생소하고 난삽하여 곡해한 점도 많았던 까닭일지도 모른다. 조선의 프로문학의 이론이 소련의 것이나 일본의 그것을 그대로 답습·잉용(仍用)하였는지 아닌지는 논외거니와 일본에서만 하여도 프로문학 제작 상 표준 혹은 공식이라 할 만한 유물변증법적 창작방법이라는 것이 작년에 들어서 재검토를 하여 도쿠나가 스나오(德永直)[201](?)와 같은 작가는 변증법적 창작방법을 해득하기에 머리를 썩였던 것이 도리어 어리석었다고 공언하는 것만 보아도 그 전모는 모를지라도 일단(一端)은 엿볼 수 있을 것이다.

조선의 프로문학의 작품에 있어서 실제로 그 오류가 얼마나 정정되었는가는 여기에 실증할 재료를 갖지 못하였으나, 가장 대중 독자층에 삼투되기를 목표로 하여야 할 프로문학으로서 제작방법을 그릇하여 작품의 효과를 감살(減殺)한다는 것은 큰 손실이 아니면 아닐 것이다. 그 외의 외부적 원인은 여기에 논외로 하거니와 초기의 기세로 보아 또한 침체가 아닐 수 없고 따라서 전 조선문단에 미치는 영향을 생각지 않을 수 없다. (1934.1.9)

전기(前記)와 같이 좌파의 불리·침체는 곧 우파에 대한 유리한 조건이었느냐 하면 그러한 것은 아니었다. 그들에게는 창작방법의 토론이나 습득의 고심은 없을 것이요, 투쟁이란 점도 프로문학에 대한 공방전, 공히 대개의 경

---

201 도쿠나가 스나오(德永直) : 일본의 대표적인 프로소설인『태양이 없는 거리(太陽のない街)』의 작가.

우에 피동적이므로 그닥 한 고투도 아닐 것이다. 그 대신에 내적 투쟁, 내면적 고민이 없을 수 있을까?

그들의 입장이 중간적이면 중간적일수록 주관과 객관과의 모순·반발을 느끼지 않을 수 없을 것이다.

물론 객관의 세계의 불안상(不安相)이 그들의 독자적인 주관에 비치니까 모순, 회의, 고민이 생기는 것이다. 그러므로 이것은 현실에 객관적 세계의 불안상 그 자체에서 직접 받는 고민이라느니보다도 거기에 영향 받은 주관의 처리 문제요, 갈등, 문제이다. 그리고 이것은 소위 예술적 양심이 예민하면 예민할수록 그 갈등이나 고민을 덮어두기는 한층 더 괴로운 일일 것이다.

근자(近者) '불안의 문학'이라는 말이 일부에 수입이라 할지 논의된다. 필자로서는 그 소위 '불안의 문학'의 비조(鼻祖)(?)라 할 지드의 작품도 읽어보지 못하고 단편적 소개로만은 윤곽도 몽롱하지마는 그가 중류 이상 계급인이라 하니 그 불안이 역시 중간적 작가의 체험하는 내적 갈등에서 나온 것인 듯하다. 설사 지드의 불안과 이것과는 별개의 것이라 할지라도 일맥상통하는 바가 없지 않을 것이다. 더욱이 지드가 개인주의를 버리지 못하였다는 점으로 그러하다. 주관과 객관과의 갈등·불안이라는 것은 일면으로 보면 '개인주의' 대 '비(非)개인주의'(특히 광의(廣義)로 '비개인주의'라는 말을 쓴다)의 모순·갈등이라고 하겠기 때문이다.

이러한 심경이 실제로 제작 문제로서는 어떻게 반영될까? 프롤레타리아문학에서와 같이 무엇을 어떻게 쓰겠느냐는 창작방법 문제보다도 그 이전 문제, 즉 객관을 어떻게 보겠느냐는 견해의 문제, 관찰의 태도('방법'이 아니라 '태도'이다) 문제에서 회의적이 되고 모순과 불안을 느끼게 되는 것이라 할 것이다.

프롤레타리아문학에서는 '관찰의 태도'라는 문제는 이미 결정하고 나서 그 다음의 문제, 즉 제작의 방법 문제가 고심점(苦心點)이며, 그 방법론에 있어서도 '무엇을'이라는 데에서 왕왕히 범위(구체적으로 말하면 테마)를 국한하여 놓고 '어떻게'라는 점에서도 (그 성패는 막론하고라도) 공식적 통제를 시험하려 하였다. 그러므로 만일에 창작방법 그것에 과오나 결함만 없으면 (창작 이후의 문제는 막론하고) 관찰로부터 제작까지는 평탄할 것이다.

이에 반하여 소위 '부르주아작가'라 지칭하는 우익 혹은 중간파에 있어서는 창작방법 상 '무엇을'이거나 '어떻게'거나 일절 구속이나 공약(일반문예 상 제약 이외의 구속이나 공약(公約))이 없는 점으로 매우 자유롭고 동시에 예술적 효과를 충분히 발휘할 수 있는 점으로도 좌익문학보다 유리하다. 그러나 어떻게 관찰하겠느냐는 문제만은 역시 숙제요, 내적 불안과 고민은 여기에서 시작하는 것이라 할 것이다.

근래 좌익의 부진에 못지않을 만큼 우파로 지목하는 작가들의 불활발한 일 원인(물론 전부적(全部的) 원인은 아니다)이 여상(如上)한 데도 있다고 할 것이다.

그러나 조선의 문학운동은 그 소지부터 만들기 위하여 중정의 길을 택한다는 점을 다시 고찰하면 조선에는 정치적·사회적 정상(情狀)이 그러한 거와 같이 문학운동에도 순리적으로만 나갈 수 없는 특수적 입장이 자재(自在)치나 않은가도 싶다.

위에서 말하였지만 원시(元是) '우익'이라 하지만 조선에는 엄정한 의미로 '우익'은 없다. 자본주의가 발달 안 된 조선, 따라서 독자(獨自)의 자본주의적 문학이 생성치 못한 우리의 문학이란 것은 다분(多分)의 모방일지는 몰라도 완전한 부르주아 문학은 아닐 것이다. 따라서 예술지상주의에까지 올라가지도 못하였거니와 물론 파쇼화한 경향도 보지 못한 것이다. 그러므로 조선에서 구태여 이름 짓자면 '중간파'와 '좌파'는 있어도 '우익'이라는 것은 좀 부당할 것 같다.

어째서 중간적이냐 하면 중정의 길을 걷는다는 데서 말이다. 그러면 무엇에 중정이냐? 계급의식에서라는 말이겠고, 무슨 때문에 중정이냐 하면 문학적 소지를 만들기 위해서다.

그러므로 '중간파' 혹 '중정파'라고 할 사람들의 불안이라는 것은 문학의 소지를 만든다는 순문학적 입장을 버릴 수도 없고, 계급이라는 현실적 사실이나 의식을 부인할 수도 없는 데서 나온 것이기 때문에 자본주의사회의 중간층에 속한 우익의 고민불안과 같이 그처럼 심한 것도 아니요, 부조화적(不調和的)의 것도 아닐지 모른다. 감정(鑑定)할 만한 상식을 가진 비평가다. 말하자면 하이플로우의 비평가는 바랄 수 없더라도 성의, 순정과 관대와 공정과 대아(大我)를 가진 비평가를 가지기를 갈망하고 있다. 문자유희 속에서 법열을 느끼며 남을 중상함으로써 쾌감을 느끼고 있는 듯싶은 동시에 빈 맥주병에 구리동전 한 푼을 집어넣고 절렁절렁 흔들어 보이는 학술적 군소 비평가보담도 작가의 내적 생활을 해부하여 맛보아줄 수 있는 대아를 가진 비평가를 원하고 있다. 조선문단에는 백주대로에 얼마나 많은 살기가 등등하여 악의와 편협한 완강을 품은, 그 소위 자칭 문예비평가가 횡행하고 있느냐. 제삼자가 실소를 할 만한 무식하고 천박한 논리를 가지고 군림하려고 하며, 기기도 전에 날아보려고 하며 A, B, C의 정도로 셰익스피어를 평하려고 하는 그 소위 자칭 문예 대비평가가 얼마나 많으냐. 어린애에게 장검을 맡긴 위험은 조선문단에 횡행해 있는 소주관(小主觀) 속에서만 표(表) 헤어날 줄 모르는 그 수많은 소위 문예비평가를 가리켜 말한 것이 아닌가.

키츠(John Keats)가 그의 유명한 서사시 「엔디미온」을 발(發)하였을 때, 소격란(蘇格蘭)[202] 비평가 기퍼드[203]의 혹독한 비평의 세례를 받은 뒤, 키츠가

---

202 소격란(蘇格蘭) : '스코틀랜드'의 음역어이다.
203 기퍼드(William Gifford, 1756~1826) : 영국의 비평가. 지면을 통하여 급진적 사상가들이나 신진작가들을 비난 공격하는 신랄한 평론 활동을 전개했다. 그중에서도 1818년 키츠의 「엔디미온」에 대한 혹평은 특히 유명하다.

시인으로서의 천질(天質)이 일반에게 인정된 것은 그 뒤 몇 해 뒤의 일이었다. 그 외에 윌리엄 블레이크(William Blake)가 그러하였다. 브라우닝(Robert Browning), 스윈번(Edward Swinburne) 등이 그러하였다.

비평가의 생명은 작가의 천질을 발견하는데 있는 것은 두말할 것 없다. 그러함으로써 비평은 일종의 창작인 것이다! (1934.1.10)

이상으로써 문단침체 대한 각 방면의 고찰을 개설하였거니와 생각하면 구차한 집에 태어난 자식이 한번도 피어보지 못하고 거적자리에 떨어지면서부터 고생살이만 하였더니라는 하소연 같아 새삼스럽게 침체, 침체 할 것도 아니요 듣기에 재미롭고 신기스러운 말도 아니다.

더구나 아무리 다방면으로 원인을 끌어다 대어야 일반적 경제사정과 직접·간접으로 닥쳐오는 각개의 생활고라는 점에 떨어지고 마는 것을 생각하면 조선문단의 침체라는 말은 언제나 가서 듣지 않게 될지 알 수 없다.

그러나 그렇다고 생활이 있는 다음에야 문학이 없을 리 없을 것이니, 이 이상으로 더 침체될 여지도 없으리라고 생각하면 희망도 생기고 낙관해도 좋을 것이기는 하다.

또 그러나 새해를 맞이하였다고 덕담이나 축원은 얼마든지 해도 좋겠지마는 금시로 수가 날 만치 침체해소의 기별이 올 것 같지도 않다. 다소 유리한 조건이 있으면 그 반면에는 이에 상쇄할 만한 불리한 현상이 있기 때문이다. 일례를 들어보면 작금 조선의 저널리즘이 다소 활기를 드리운 것은 사실이나, 그러면 그만 정도로 문학운동에 기여가 있겠느냐 하면 의문이다. 일반 출판계가 호황이라는 의미는 물론 아니지만 주요 신문사들이 혹은 중흥, 혹은 증자(增資)로써 정기간행물을 경쟁적으로 내고 문예품의 게재 양도 증대하여가는 경향이 보이지 않는 것은 아니나, 그 반면에는 소자본잡지의 몰락과 순문예잡지의 경영난을 초래하고 소설단(小說壇) 역시 금후로는 소위 대중독물 전성기는 도래할지 몰라도 문예소설이라는 것은 점점 더 범위가 축소하여 들어가는 경향이 역연(歷然)하다.

군소잡지가 몰락하고 비예술적 대중독물이 문단뿐만 아니라 전 독자층을 풍미하는 것은 저널리즘이 자본주의 발달을 수(遂)하여가는 현상이므로 전자(前者)에 문단침체의 일인(一因)으로 조선의 저널리즘의 발달이 지지(遲遲)한 것을 지적한 점으로 생각하면 물론 좋은 현상이라 하겠으나, 다시 일면으로 관찰하면 저널리즘이 문예에 미치는 폐단이 호영향(好影響)보다 앞질러 온 것이거나 혹은 이해(利害)가 상반(相半)하여 동시병행으로 온 현상이라 하겠다. 저널리즘이 당연히 문단에 기여하여야 할 순문학 발전의 촉발시기를 주지 못하고 대중문예 유행시대가 서둘러서 이르렀다는 것은 종래의 구소설과 아울러서 전후 이중적으로 받는 순문예의 타격이 큰 것이요, 이러한 추세로 나가다가는 조선의 순문예의 장래는 비관 않을 수 없게 되었다. 이것이 저널리즘의 병폐가 앞질러왔다는 관찰이다.

그러나 지금의 대중소설의 독자층이 결국은 구소설의 독자층에까지 침식하여 들어가서 확대되는 동시에 독서력의 보급과 신문예에 대한 초보적 이해력을 양성한다는 점으로 보면 신문학운동에 대하여 선구적 효과를 부작용적으로 얻는다 의미에서 이해상반(利害相半)하다는 말이다.

그러나 그 어떠한 경우를 막론하고 저널리즘의 상업주의를 포기하라 하지 못할 바에야 이러한 현상은 불가피한 일이다.

책임의 대부분이 저널리즘, 대중의 독서력에 혹은 대중의 요구에 달린 것이요, 또 종래의 신문잡지는 그 범위가 보담 더 지식계급을 중심으로 한 그 전후층에게 있느니보다도 문제는 대중서 유력한 독자를 얻어졌으나 독자를 넓은 범위에서 얻음에 따라서 소위 대중화하여가는 도중이기 때문에 신문잡지의 편집방책도 변하여 갈 것은 당연한 일이다. 가령 종래의 신문이 정치경제에 주력(主力)을 쓰고 사설을 중요시하였으나, 금일에 와서는 3면기사라고 경시하던 것을 흥미적으로 중대한 취급하는 반면에, 사설과 같은 경파(硬派)의 것을 그다지 중요시 안 하게 된 (중략)[204]

요구하였을 것이요,[205] 또 실제 영업상 별반 통통(痛痛)을 느끼지 않았을 것이나 독자를 주로 대중층에서 획득케 됨에 따라서 사회면이 중요한 지위를 점함과 같은 이유로 소설도 중요시하게는 되어가나, 그 질에 있어서 저하하여가는 것도 당연한 추세가 아니면 아닐 것이다. 만일 금후로 소설이 독자의 증감(增減)을 더욱 좌우하게 되면 될수록 대중문예의 황금시대(?)는 올 것이요, 그 반면에 순문예는 가일층 침체의 비운(悲運)에 쫓길 것이니 달리 순문예 작품을 소화하고 장려할 방도가 없을 만큼 자본주의 및 자본주의적 저널리즘이 발달되지 못한 조선이기 때문에 이 현상은 더 심절(深切)한 바 있을 것이다. (1934.1.11)

대중문예의 성행이 반드시 순문예의 발전을 직접 저해하는 원인이 되리라고는 생각할 수 없다. 아무리 전술(前述)과 같이 저널리즘과의 관계라든지, 작가들의 소질 혹은 소양 문제라든지, 실생활의 곤궁이라든지 하는 여러 가지 순문학 부진의 원인이 있다 하더라도 기한(飢寒)과 역경과 고투하면서 이에 정진한다면 얼마쯤의 만회책도 있을 것이요, 또 그만 지조를 가진 사람이 없지 말라는 법도 없을 것이다.

그러나 일편으로 다시 생각하면 조선만에 한한 특수사정이 아니라 대중문예가 전성하고 순문예가 퇴영할 세운(世運)이 돌아온 것이나 아닌가도 싶다. 시대적 불안동요라든가 사조적(思潮的) 방황·혼돈이라는 점을 생각할 제, 아무리 오래고 빛나는 문학사를 가진 나라일지라도, 또 아무리 새롭고 훌륭한

---

204 원문 그대로이다.
205 원문 그대로이다.

문학이론을 가진 나라일지라도 좀처럼 이 시운(時運)에 동(動)치 않고 자기의 지보(地步)를 확실히 세워나가기가 어려운 것 같다.

이 '시대적 불안'이라든지 '사상적 동요'라는 것이 대전(大戰) 이후의 세계적 현상임은 새삼스러이 말할 것도 없다. 또 그 진원(震源)이 공황에 있고, 보담 표면화하여는 정치적 위기에 직면케 되었다는 것도 공통한 관찰인 모양이다. 일언이폐지(一言以蔽之) 하면 국민생활로나 인류생활로나 대전 이후의 수술도 잘못했고, 예후(豫後)(섭생이라 할까)도 부조(不調)한 까닭이다. 그러므로 나는 제네바를 관망할 때, 늘 세계라는 커다란 병구(病軀)를 뉘어놓은 병실 같은 연상이 떠오르는 것이다. 15, 6년이나 되었는지 그동안 세계의 유명하다는 국수(國手)는 제각기 번갈아 들어서 재주껏 치료를 해보려다 못하여 곪아터지려는 병인(病人)을 수술실로 다시 끌고 들어가려는 것이 작금의 형세라고도 할 수 있다. 어떠한 모양으로 어디서부터 수술이 진행될는지, 또 대수술을 안 하고도 평복(平復)될 서광(曙光)이 보일지 우리 같은 문외한 아니기로 난측(難測)이겠지마는 '비상시(非常時)'라는 말이 여기에서 나온 것이요, 이 말 역시 극동(極東)만의 유행어가 아니라 세계적 의의를 가진 말인 모양이다.

기왕 말이 났으니 좀 더 비근한 비유를 하자면 이 거대한 병인(病人)은 오락물을 요구하므로 '제네바병원'에 병든 세계가 입원해 있는 15, 6년 동안 비행기, 라디오, 레코드, 영화 등등이 장족(長足) 발달도 되고 대량생산도 된 것이나 아니었던가. 대중소설도 레코드, 라디오, 영화, 비행기의 사촌 격은 되는 것이니 또한 오락물에 참례할 것, '문예적으로 본 대중'을 병인이라 하는 것은 아니나 '세계'라는 병인은 깊이 사색하고 관찰하고 비판할 고급독물을 요구치는 않는 것이라고도 할까?

너무 실없는 비유였는지는 모르겠으나 공황의 폭풍과 정치적 저기압이 이중으로 테를 메인 세계 속에서 물질적 곤궁과 정신적 불안, 협위(脅威)를 물리치고 안연(晏然)히 앉아 좋은 예술을 낳으라는 주문은 어려운 일일 것이다. 행위와 관조는 동시에 행(行)키 어려운 것이니 세계의 혼돈격심한 동태를 아무리 초연히 정관(靜觀)한다기로 자기 자신이 화석(化石)을 하여 그 속에서 호흡을 하지 않기 전에는 깊은 관조보다도 역시 행위가 앞을 설 것이다. 예술은 행위 이전의 것에서 구하거나 이후에 구할 것인가 한다.

우리는 지금 세계의 도처에서 정치적 가장행렬이 불협화적(不協和的) 난음(難音)으로 된 사상적 재즈밴드로 행진하는 것을 멀리 테 밖에 앉아서 사진으로 보고, 방송으로 듣는다. 그만큼 우리는 무대의 와중에서 벗어나서 섰다는 말이다. 그러면 우리는 얼마만한 거리에 물러서서 초연한 태도로 대안(對岸)의 화재같이 정관하고 사색하고 예술적 삼매경에 자기를 둘 수 있는가 하면 기실은 아무 소주(所做)도 없이 (사진이나 방송으로가 아니라) 그 본바닥에서 직접 보고 듣는 그들 이상으로, 그 불안, 그 동요, 그 혼돈에 휩쓸리는 것이다. 그것은 마치 호황시대에 큰 부자 났다는 말은 못 들어도 불황이 닥쳐오면 중소 농공상(農工商)의 몰락이 사태(沙汰) 같이 나는 거나 마찬가지다. 이러한 사정을 생각해볼 제, 우리와 같이 문학연령이 약관(若冠)을 면치 못하고, 전통도 기초도 없고, 그 위에 극궁(極窮)에 빠졌으니 그네들보다 가일층 문예운동의 전도(前途)가 어려울 것이 아닌가. 대중문예 역시 얼마만한 발전을 약속하겠느냐는 것도 미지수이거니와 총체로서 어떠한 진전책이 있겠느냐는 것은 누구나 말할 수 있는 상식적 판단 이외에도 별로 묘안도 없기에 군소리는 그만두려 한다. 써놓고 보니 연두어(年頭語)로서는 구체적 예상을 잊어버린 듯하나, 잊어버린 것이 아니라 일본 말에 10년 앞일을 말하면 귀신이 웃는다던가. 1년 앞일인들 이 밖에 무엇을 더 장담하랴. (끝) (1934.1.12)

작자의 말[206]

『모란꽃 필 때』

선전광고와 같은 자화자찬(自畵自讚)도 공연한 일이려니와 이러저러한 것을 쓰겠노라고 미리 이야기를 하는 것도 소설을 요술이라는 것은 아니나, 마치 요술꾼이 밑천 내보이는 것 같아서 흥이 빠지는 일이므로, 다만 아무쪼록 자미있고도 무엇이든지 머리에 남는 것이 있는 그러한 작품을 쓰겠다는 것만 약속하여두려 한다.

---

206 염상섭(廉想涉), 「작자의 말」, 『매일신보』, 1934.1.31. 이 글은 「장편소설 연재 예고 2월 1일부터 게재 : 장편소설 『모란꽃 필 때』―염상섭(廉想涉) 작(作) 윤희순(尹喜淳) 화(畵)」에 한 부분으로 실려 있는 「작자의 말」이다. 이 글 앞에는 다음과 같은 신문사 측의 연재예고가 실려 있다. "『애욕지옥(愛慾地獄)』의 뒤를 이어 염상섭(廉想涉) 씨의 장편소설 『모란꽃 필 때』를 연재하게 되었습니다. 작자 염 씨는 조선문단의 거장으로 본지에도 여러 번 집필을 거듭하여 이미 독자 여러분과 숙친한 바이니 여기서 다시 아무런 소개의 말을 하지 않거니와 다만 이번에는 이전과 다른 새로운 수법으로 새 경지를 개척할 결심이라 하니 여러분은 이 거장의 새로운 작가적 출발을 괄목하여 기다려야 할 것입니다. 젊은 삽화가 윤희순 씨의 흥취 깊은 그림도 이곳에서 또한 일층 더 빛날 것입니다."

문인과 묘지[207]

　　동경(東京)에 있을 때에 나는 간혹 산보 삼아 조시가야(雜司谷) 묘지로 발길을 옮길 때가 매번 있었다. 동경의 묘지는 깨끗하고 산뜻한 맛이 조선의 그것에 비하여 야마토적(大和的)으로 별취미가 있고 너저분한 시가지보다는 마음에 들기 때문이다. 무덤이라든지 죽음이라든지 하는 것이 구중중한 것, 음산한 것, 두려운 것으로 연상되지마는 한정(閑靜)하고 정연(整然)한 묘지 사이를 이리저리 거닐면서 삶과 죽음을 생각하여보는 것은 흥미라고까지 하는 것은 우스운 말이지만 여하간 나에게는 현실에서 떠나선 어떠한 '완전한 자유'의 순간을 얻는 기회를 주는 것이다. 척촉(躑躅)[208]이라든지 목단이 만발하든지 신록의 풀 입김으로 사람의 발자취가 끊긴 묘지의 적요(寂寥)에서 적어도 침정(沈靜)한 때를 얻는 것이, 그리고 무엇인지 인간의 속살거림 — 자연의 그것이 아니라 — 을 듣는 듯한 것이 나의 마음을 끄는 듯싶다.

　　닛포리(日暮里)에 있을 때도 우에노(上野) 공원에 놀러간다든지 제국도서관에 갈 일이 있을 때면 일부러 야나카(谷中) 묘지를 휘돌아가곤 하였지마는 형형색색의 묘비나 계명(戒名) 같은 것은 구경하는 것도 재미있는 일 같다. 간

---

207 염상섭(廉想涉), 「문인과 묘지」, 『삼천리』, 1934.6.
208 척촉(躑躅) : 철쭉.

혹 동경사회의 지명(知名)의 인사(人士)나, 그중에도 예술가·학자의 묘를 볼 제는 반가운 듯한 호기심을 가지고 말없는 비(碑) 앞에서 혼자 웃으며 점두(點頭)하고 나서는 자기의 얼 없음을 또 한 번 웃고는 하였다. 그러나 그중에서도 나를 제일 반갑게 한 것은 나쓰메 소세키(夏目漱石)의 묘였다.

어느 날이던가 역시 조시가야 속을 거닐다가 문득 '여기에 나쓰메 소세키가 있을 법하지(?)' 하는 생각을 하며 이리저리 휘더듬어 보았다. 그 해 봄, 어떠한 잡지에서 소세키의 일(一) 제자가 자기 친구에게 그의 묘에 길 지도하던 이야기를 단편으로 쓴 것을 보았기 때문이다. 길에서 마주 지나치는 청년 두 사람이 시마무라 호게쓰(島村抱月)와 마쓰이 스마코(松井須磨子)의 묘 이야기를 단편으로 쓴 것을 귓결에 듣고는 그들의 묘도 눈에 띠었다면 하는 기대도 없지 않았다. 그러다가 어디로인지 휘휘 돌아서 이 묘지 안의 본(本) 도로로 빠져나오니까 길모퉁이에 "문헌(文獻) …… 소세키(漱石) 거사(居士)"라고 쓴 커다란 훌륭한 석비(石碑)가 눈에 띠었다.

비문에 무어라 쓰였든지 지금 자세히 생각 아니 나지만 나는 역시 혼자 미소를 띠면서도 반가웠다. 무덤이라야 재가 된 유골 한 줌을 묻은 데에 지나지 않겠지마는 이것이 일본 메이지(明治) 문단의 이채요, 거장이던 소세키의 남은 자취라고 생각할 제 좀 이상한 느낌이 없지 않았다. 나는 철비(鐵扉)를 가만히 젖히고 안으로 들어서 보았다. 비(碑)의 앞뒤를 한 바퀴 돌며 한참 바라보았다. 그의 딸과 합장(合葬)을 하였다면 우리나라 풍속으로는 우스운 일이겠지마는 비면(碑面)에 그의 딸 이름이 있는 것을 보면 아마 합장한 모양이었다. 돌아 나오려니까 철비 밑에 지나던 조촐한 남녀가 멀리 서서 바라보다가 나를 보고 서로 웃는 듯하였다. 나도 좀 어색한 웃음을 띠며 얼른 문을 닫고 나와 버렸다. 이국청년이 일본사람이 낳은 근세적(近世的)으로 제일 큰 문사의 남은 자취를 찾았다는 것을 그들이 웃지 않는지는 모르지만 나는 한편으로 자조적 이상한 심회(心懷)를 금치 못하였다.

그리고 전차로 미야케자카(三宅坂)를 지나다가 데라우치 마사타케(寺內正毅) 백(伯)의 승마한 동상이 전차 속에서 쳐다보는 나를 내려보는 것을 보고 와서 나는 어떤 친구에게 이야기하였더니, 그 친구는 웃으면서 일시는 헌병이 파수를 보았더라는 말을 하는 것을 나는 매우 흥미를 느꼈었다. 그것은 일본인 중의 어떠한 방면 사람들이 파괴하여버리려고 한 일이 있었기 때문이라 한다. 사실이든지 아니든지 간에 마사타케 백과 헌병과는 끊으려야 끊을 수 없는 전생후세(前生後世)에 적지 않은 인연이 있었더라는 것이 몹시 자미있게 들리었다. 백은 지금 저승에서도 헌병의 보호를 받고 있지 않는지는 모르거니와 비록 다소의 경의를 섞은 호기심으로라도 이국청년에게까지 그 묘의 방문을 받는 소세키가 얼마나 행복인가를 생각지 않을 수 없었다.

나는 일본문단 특히 메이지문단을 자세히 모르고, 또 소세키의 작품도 극히 단편적으로 밖에 접촉해보지 못하였지마는 암만하여도 소세키 만큼 한 인물도 없을 것이다. 무샤노코지 사네아쓰(武者小路實篤)도 사람다운 제 소리를 토한 사람의 한 사람으로 알았지만 야마토다마시(大和魂) 속에서 근세적으로 산출한 중에 비교적 큰 인물이었다고 아니할 수 없다. 파뜩거리는 조그만 재조(才操)로서는 능히 엄두도 못 내일 지경은 암만하여도 깊고 넓은 생령(生靈)에서 밖에 기대할 수 없는 것이다. 지금의 일본문단만큼 군소작가의 배출과 발호가 심한 것은 없지마는 나는 '그들을 다 모아 놓으면 일개 소세키가 될지' 하는 생각도 난다. 너무 과한 말일지도 모른다마는 그러나 조선에도 아순대로 위선(爲先) 소세키 만한 사람이 단 하나만이라도 있었으면 하는 생각을 하여보고는 한층 더 얼굴이 뜨뜻하고 일본문단이니 군소작가니 하며 남의 집 이야기에 넋 잃을 처지도 아닐 것 같다.

서해_{曙海} 3주기에[209]

이위(已爲) 서해(曙海)에 관하여 무엇을 쓰게 된 바에야 추도의 뜻은 그 당시에 표한 일이 있으니, 이번에는 그의 작품을 통해서 쓰는 것이 의의도 있겠고, 고인에 대한 예도 되리라는 생각은 하면서도, 재료를 모아놓은 것도 없고 여유도 없어서 좋은 기회를 놓치는 것은 유감이나 하는 수 없다. 혹 요다음 그러한 기회가 다시 있을지는 모르겠거니와 여기에서는 다만 여담적으로, '그는 돌아갔으나 늘 우리와 함께 살고, 그의 영혼은 우리 속에 늘 새롭게 산다'는 한 말로 위로하면서 한두엇 추도담을 하여볼까 한다.

그의 영혼은 우리 속에서 산다는 말을 하여놓고 생각하니 무슨 종교적 설교 같기도 하고 의례적 내지 추상적 군말 같기도 하다. 대관절 생전, 사후를 물론하고 영혼이란 있는 것인가 하는 새삼스러운 의심까지 난다. 영혼이 있다면 어떤 모양으로 어디 있는 것인가? 영혼이 없다는 사람은 이렇게도 말한다. 머릿속에는 돈이니 명예니 하는 허영과 욕기(慾氣)만 그득 들어서 도가니처럼 들끓고, 염통은 대장간을 풀무(鞴) 모양으로 정신을 차릴 수가 없이 펄럭거리고, 위장 속은 현재 밥주머니인지라 지저분하게 부글거리는 형편에 횡격막 아래로 내려가면 더구나 말할 것도 없으니 그러면 대체 영혼은 어디

<hr>

209 염상섭(廉想涉), 「서해(曙海) 3주기에」(전2회), 『매일신보』, 1934.6.12~6.13.

숨어 있느냐고 한다. 비근(卑近)한 실없는 말 같기도 하나 어떻게 생각하면 그렇지 않은 게 아닌 듯도 싶다.

그러나 이 말대로 하면 머릿속에서 들끓는 허영과 물욕을 억제하면 영혼이 살아나고 차(滿)가질 것이 아닌가. 진리는 늘 평범한 가운데 있다는 말이 옳은 것이다. 둔세(遁世)라는 것이 반드시 옳은 일은 아니나 허영과 물욕을 물리치려는 노력에서 나온 것이다.

만일 한 걸음 더 나가서 위장에 식물(食物)을 넣지 않는다면 어떻게 될꼬? 보담 더 동물성을 발휘할 것이다. 영성(靈性)은 식욕이란 연막에 덮여버릴 것이다. 그러나 의지의 힘 — 수양의 힘 — 으로 이 고통을 소리 없이 참는다면 정신적 저항력이 생길 것이다. 영성의 빛을 내이는 것이다.

이러한 추리가 정당하다 할 지경이면 대장간의 풀무질 같다 하여 영혼이 들어 있지 않겠다는 염통의 고동마저 휴식하여 마지막으로 생의 집념과 욕망까지를 버린다면 순전한 영혼의 정화만이 남을 것이 아니냐고도 할 수 있다. 덜 익은 이론이라 할까? 그러나 이와 같은 비근한 이론은 어쨌든지 '사후에 영혼이 있다'고 믿고 싶다. 그러한 신념은 있어 좋은 것이다. (1934.6.12)

또 이렇게 생각할 수는 없을까? 개성이니 성격이니 하는 것이 그 사람에게 숨은 영혼의 모양이거나 현현(顯現)이라고. 만일 그렇다 하면 조선(祖先)의 영혼은 후손에게서 산다고도 할 수 있을 것이다. 앞선 사람의 영혼은 그의 행적을 추모하는 뒷사람의 마음에 들어와서 살 것이다. 일기일예(一技一藝)에 능한 사람의 영혼은 그 유업(遺業)을 통하여 그 유업을 고맙게 받고 경앙(景仰)하는 사람에게 늘 새롭게 살아 있을 것이 아닌가?

그 행적이나 유업이 크면 클수록 살아서 인류의 빛이었던 듯이 죽어서도 그 영혼이 전 인류의 마음속에 살 것이요, 적으면 적은 대로 한 사회, 한 가정 안에서 뒷사람과 한가지 살 것이다.

서해는 이미 고인이다. 그러나 그대는, 그대는 추모하고 경앙하는 사람에게 늘 새로이 살아 있다고 다시 한 번 위령(慰靈)의 말씀을 깨쳐두려 한다.

6월 12일 서해의 3주기를 기약하여 건비(建碑)와 추도제가 병행되게 되었다. 32세의 일생이 길지는 못하되 '마지막 받는 것이 차디찬 돌조각 한 개인가' 하는 생각도 난다. 또는 '그가 살았으면 어땠을꼬? 작품 피로회나 출판 축하회를 한두 번은 받았을 것을 …….' 하는 생각도 난다. 다음에 뒤를 이어서 머리에 떠오르는 것은 도향(稻香)의 건비 당시 일이다. 도향의 묘비는 서해의 정(情)과 성(誠)으로 세워진 것이었다. 김돈희(金敦熙)[210] 씨의 휘호를 받고 비석을 맞추고 인부를 시켜 끌리고 제주(祭酒) 제찬(祭饌)을 마련하여 옆구리에 끼고 하여 된 것이다. 이러한 데도 서해 그 사람의 성격을 엿볼 수 있지만, 그 서해가 이번에는 자기 차례가 되었다는 것을 생각하면 누구나 실로 감개가 새로울 것이다.

혹은 그가 친구에게 대하여 그만큼 성의가 있었고 무던하였으니 변변치는 않더라도 그만한 보답을 받는 것이라고 생각하면 너무나 속된 타산이 될 것이다. 그러나 그의 그러한 성격과 인격이, 또 그 업적이 뒤의 친구들의 조그마한 성의나마 이끄는 것이라 생각하면 그것은 무엇보다도 그의 명령(明靈)이 우리와 비끄러매어진 증좌라 할 것이다.

6월 10일

(1934.6.13)

---

210 김돈희(金敦熙, 1879.7.15~1936) : 한국 근대의 대표적인 서예가.

우보_{牛步}와 새 생명[211]

최근에 흥미를 가지고 읽던 신문소설 중에 본지 소재이던 『새 생명』이 필자의 서거로 중단되어버린 것은 부득이한 일이겠으나 여러 가지 의미로 섭섭한 일이었다.

신문소설로서의 효과라든지 문학적 가치는 차치하고 종래 모성애를 취급한 작품은 내외를 물론하고 허다하지마는 부성애를 주제로 한 것이 희귀하다는 점으로도 많은 독자를 끌었을 듯하거니와 필자 우보(牛步)의 병중 집필이었다는 점을 생각할 제, 다소 그의 소식을 아는 사람은 동정도 하였을 것이요, 경의도 가졌으리라고 생각한다. 더욱이 작품의 내용과 우보 자신의 심경에 무엇이든지 일맥상통 하는 것이 없지 않은가를 상상하여볼 때는 매일 그 소설을 대할 때마다 감상적으로 암연(黯然)한 느낌을 주던 것이었다.

연래(年來) 칩거하여 있는 나는 우보의 병중 위문도 못하였었고 회장(會葬)조차 교치(巧値)되는 사정으로 유의막수(有意莫遂)한 감이 있어 고인에게 미안하기도 하거니와 『천아성(天鵝聲)』과 같은 역작을 투병 중에 내어놓고 뒤를 이어 『새 생명』을 쓰는 것을 볼 제, 내 속마음으로는 그 비장하다고도 할 만

---

211 염상섭, 「우보(牛步)와 새 생명」(전3회), 『매일신보』, 1934.8.12~8.16. 이 글은 '문예시감(文藝時感)' 란에 연재된 것이다. 우보는 민태원(閔泰瑗)의 호. 그는 1934년 『매일신보』에 장편소설 『새 생명』을 연재하던 중 지병으로 사망했다.

한 노력에 경의도 가졌었고 신문인(新聞人)으로서의 구의(舊誼)보다도 좀 더 가까워진 것 같은 정미(情味)를 스스로 느끼는 동시에 그러한 노작을 병중에 계독(繼讀)하는 실제사정이 의료의 일조를 얻으려는 데에 있었는지는 모르나 병객(病客)으로서는 너무 무리한 노력이어서 혹은 도리어 건강을 해할까 염려도 하던 것이었다. 그러나 다시 생각하면 자기로서는 앞이 짧다는 것을 각오하고 무엇이든지를 남기겠다는 욕망에서 나온 그야말로 명실상부한 필사적 최후의 노력이었던 지도 모른다. 우리는 물론 실제 생활의 문제보다도 이러한 행동에서 나온 것으로 보는 것이 옳겠거니와 그리하면 그럴수록에 최후의 문학적 정진(精進) ― 필사적 노력에 대하여 한층 더 경의를 가지는 것이요, 그 작가로서의 생활이 너무나 단축(短促)한 것을 가엾어 하지 않을 수 없는 바이다.

『천아성』 1편은 그의 창작가 생활로서는 아마 처녀작이었던지 모르겠으나 족히 그 1편으로써 작가적 역량과 무게와 틀과 실질에 대한 '시험제'가 되었다고 하겠으니 남의 촉망도 적지 않았으려니와 자기도 작가생활의 재출발의 첫 시험에서 성공한 것을 깊이 기뻐도 하고 전도(前途)에 많은 희망과 계획도 가졌을 것이다. (시험제라는 말은 예(禮)를 결(欠)한 말일 듯도 하나 그의 작가생활의 재출발과 특히 창작으로는 처녀작이라는 의미의 말이다.) 하여간에 이와 같이 남의 촉망과 자기의 새 희망 새 계획이 있었을 것이니만치 그의 처녀작이 동시에 최종의 작이 되고 그의 절필이다 할 『새 생명』이 미완성에 그치고 말은 것은 그 자신의 유한(遺恨)일 뿐 아니라 또한 우리의 애석하는 바이다. 이것 결코 다만 고인에 대하여 의례적으로 하는 말은 아니다. 그러나 지금 나는 우보의 작가적 가치를 품(品)□하려는 것이 아니라 여기 몇 마디 쓰는 홍미의 중심은 『새 생명』을 우보, 즉 『새 생명』이란 그 작품에 대한 것이기에 본제(本題)로 말을 돌리려 한다. (1934.8.12)

위선(爲先), 『천아성』을 맺은 그 붓끝에 줄 달아서 『새 생명』을 쓴 데에 우보의 기도가 엿보이고 어떤 열정을 발견하는 것 같은 동시에 작품이 주는 이외의 흥미를 느끼는 것이다. 거의 숙명적이라 할 만치 부성애에 주린 사도세자(思悼世子)를 제재로 한 『천아성』의 뒤를 받아서 그 붓끝에 먹인 그 묵이 마르기 전에 불이시각(不移時刻)[212]하고 가장 부성애에 타오르는 듯한 『새 생명』을 쓴 것은 무언 중에 심절(深切)한 무슨 의사(意思)가 나타난 것으로 볼 수밖에 없고, 또 그렇게 보는 것이 좋지 않은 일도 아니다. 나는 몹시 반갑기까지 하였었다.

『천아성』에서 「대처분(大處分)」을 쓰던 우보는 사도세자와 함께 울었을지 모른다. 그리고 '세상의 크고 작은 사도세자'를 위하여 부성애에 타는 '응삼이' ─ 『새 생명』의 주인공 ─ 를 붙들어온 것이다. 여기에 교훈적 의의가 있는 것이요, 필자 우보의 기도와 열정을 엿볼 수 있다는 것이다.

『새 생명』의 주인공 '응삼'이는 우보의 창조한 인물도 아니요, 물론 실재의 인물도 아니다. '영국에서 구해온 영국에서 꾸어온 인물이니 혹은 영국에는 실재한 인물일지 모르지마는' 그러나 사도세자와 함께 울고 난 우보는 영국의 『소렐과 그 아들』이란 작품을 발견치 않았더라도 『응삼이와 그 아들』과 같은 작품을 창작하고 싶은 열망을 가졌을 것이요, 적어도 그와 같은 인물들의 생활과 새 생명을 공상이라도 하였을 것이다. 그러므로 우연히 자기의 의도에 부합한 작품을 만났기 때문에 거기에 가탁(假託)하여 자기의 뜻을 폈을 뿐이다. 이렇게 생각하면 우보는 일 이상주의자이었고 사(死)의 예감에 부대끼면서도 오히려 인생에 대하여 열정과 희망과 명랑한 심지를 잃지 않았더라는 점이 갸륵하다 아니할 수 없다. 사(死)에 직면하였다는 각오가 있

---

212 '시각을 잠시도 지체하는 법이 없음'이라는 의미이다. 곽원석, 『염상섭 소설어사전』, 352쪽 참조.

없는지 없었는지는 모르겠으나 오랜 병고에 신음하면서도 오히려 뒤에 오는
『새 생명』을 바라보고 그『새 생명』의 성장을 웅삼이와 한가지 낙(樂)으로
알 만한 그 태도에 감동되지 않을 수 없고 그러한 작품을 뒤에 끼치고자 하는
그 의도만에도 감사를 느껴지는 것이다.

이러한 것은 그 자신의 투병생활에도 반영되었을 것을 용이히 짐작할 수
있을 것이다. 그의 부음을 전하는『매일신보』기사에서도 그런 구절을 본 듯
싶거니와 원작『소렐과 그 아들』인 것을『새 생명』이라고 제목을 고쳐 붙인
것부터가 물론 그 소설의 내용으로도 타당하지마는 또한 그 자신이 새 생명
에 살 것을 믿었던 것을 의미하는 듯하여 용이히 병고에 넘어가지 않는 저항
력과 견인력과 낙관적 분자를 엿보여주는 듯싶었다. 그의 풍모와 성격과 '우
보'라는 아호까지를 아울러 생각할 제, 원만한 가운데도 꿋꿋하고, 요샛말로
슬로모션이면서도 혜민(慧敏)하고는 그 위에 섬부(贍富)한 상식가이었던 것
을 방불케 하거니와 사(死)의 암영(暗影)에 직면하여서도 불안과 공포에 서두
르거나 신경질로 초조해하기보다도 '어디 살 수 있는 데까지 살아보자'고 종
용불박(從容不迫)한 심경으로 질기고 꿋꿋하게 버티면서 병마와 싸웠으리라
고 상상된다. 그렇기에 그는 최후까지 유유히 붓대를 놓지 않았던 것이니,
이로써 보면 생사를 완전히 초월하였었던지 그 여부는 모르되, 생(生)에 대한
희망과 집착을 가진 한편에 사(死)에 대한 용의가 준비되어 있었던 것을 알
수 있으니, 이도 또한 비상치 않은 수양의 힘이라 할 것이다.

아무튼지 그의 2작(作)을 문학적 가치로 논의하기 전에, 첫째는 병석에서
썼다는 것, 둘째는 최후까지 집필을 계속하였다는 점으로 작가로서 비장하
다 하겠고 우리의 경복(敬服)을 받고도 남음이 있다 하겠다. (1934.8.15)

또 한 가지 생각게 하는 것은 자기 자신을『새 생명』의 주인공에 주의(儔
擬)[213]하였던 것이 아닌가 함이다. 병고와 노역(勞役)에 부대끼며 자식의 성취

를 위하여는 몸과 마음을 온전히 바쳐서 고전분투하는 웅삼이에게서 필자는 자기의 모양과 자기의 마음을 발견하였던 것은 아니었을까? 그는 웅삼이를 동정하면서 선망하였고 그는 웅삼이를 추장(推獎)하면서 웅삼이 갖기를 심원하였으며 그는 웅삼이에게 감격하면서 어린 자녀를 돌아보아가며 붓을 움직이고 있었던 것이었을지 모른다. 이러한 점을 추측하거나 짐작하면서 그 작품을 읽어나갈 제, 작품 거기서 받는 감격이라든지 감상(感傷)이라는 것도 없지 않겠지마는 더욱이 암연(黯然)한 심회(心懷)가 없지 않던 것이다. 그러나 그 점으로 생각하면 우보 자신은 웅삼이보다 훨씬 박행(薄倖)하다 할 것이다. 기실은 그의 뒤가 있고 없음도 나는 분명히 모르거니와 연전(年前)에 참척(慘戚)을 보았다는 소식이 기억에 나니 가정적으로 그리 행복치는 못하였던 모양이다.

그 원작은 필자 우보가 언명한 바와 같이 영국의 워익 디핑의 『소렐과 그 아들』[214]이다(발음의 시비는 모름). 그러므로 『새 생명』은 창작이 아니요, 그 번안에 가까운 것이나 일역(日譯)도 인명·지명을 개작하고, 표제를 『부(父)와 자(子)』라고 한 것이다.

이미 『매일신보』에 발표된 것은 약 반분(半分) 가량이요, 그만 정도로도 그 후반을 겉짐작은 할 것이로되 우연히 도서관에서 눈에 뜨이기에 마저 보았다. 흥미 있게 읽던 분은 그것을 보아도 좋을 것이다.

원시(元是) 예술적 가치가 높은 불후의 작(作)이라 할 만한 것도 아니요, 신문소설로 보더라도 현대인의 비위에 맞을 만큼 색채가 농후하다든지 자극성이 있는 소위 대중독물(大衆讀物)과도 다른 것이다. 그러나 건전하고 명랑하

---

213 주의(儔擬) : 동류(同類)를 늘어놓고 비교함.
214 조지 워익 디핑(George Warwick Deeping, 1877~1950) 영국의 다작의 소설가이자 단편소설가. 대표작 *Sorel and Son* (1925). 1차세계 대전 경험을 바탕으로 한 이 소설은 이미 1927년에 무성영화로, 1934년에는 유성영화로 제작되어 세계적으로 알려졌다.

고 교훈적인 데에 세상의 부모는 물론이요 노소 없이 한 번 읽는 것은 매우
유익한 작품이다. 일본역(日本譯)의 필자도 감읍하였다고까지 말하였거니와
그 명지(明智)와 순정(純情)에 일관한 부성애의 비장하고 존귀한 점에는 누구
나 감격할 바일 것이다. 소설로서는 평범한 것이나 내용에 있어 확실히 일독
(一讀)의 가치가 있으니 우보가 이를 종합하여 단행본으로 간행이라도 하여
놓았으면 좋았을 것을 하는 애석한 마음이 새롭거니와 끝으로 한 마디 할 것
은 일역의 일부를 읽어보니 우보의 명쾌하고 유려한 필치를 비로소 깨달았
다 함이다. (1934.8.16)

통속·대중·탐정[215]

월전(月前) 『삼천리』지에서든가 근자 신문소설단(壇)에 탐정소설이 나타난 것은 역전적(逆轉的) 경향이라고 한 말을 본 법하거니와 사실 반가운 일은 아니다. 대중독물로서 탐정소설을 부인할 이유는 조금도 없을 것이요, 조선에는 특히 탐정소설 유행시대라는 것이 있었던 것도 아니니 역전도, 횡전(橫轉)도 아니라 할지 모르겠지마는 지금 새삼스럽게 탐정소설이 여기저기 나타난 것은 소위 대중소설의 틀(型)이 안 잡힌 이때에 그 엽기적 방면을 이것으로 메꾸어 나가려는 과도적 현상이 아닌가도 싶다.

대중이 바라는 도색 에로든지, 흑색의 그로든지, 그렇지 않으면 에로·그로의 칵테일을 제공하여야는 하겠으나 조선에서는 그 취재(取材)에 곤란이 있고 제재는 많아도 취급과 묘사에 불편을 느끼는 관계로 한층 더 이지고잉(easygoing)의 방편으로 탐정소설의 엽기에 에로를 모토노아지(素の味)[216]로 뿌려서 제공하는 것이라 하면 과언이라 할까?

조선에서도 대중독물을 제공하려면 아무래도 괴담·기담이 아니면 정사(正史)·야사(野史)를 휩쓸어서 역사물에서 취재하는 수밖에 없을 것이다. 그

---

215 염상섭(廉想涉), 「통속·대중·탐정」(전4회), 『매일신보』, 1934.8.17~8.21. '문예시감'란에 연재된 것이다.
216 당시 유행하던 조미료 '아지노모토(味の素)'를 빗댄 표현.

중에도 괴담·기담이라야 무진장은 못되니까 야사를 중심으로 역시 괴기와 에로를 솜씨 있게 안배하여 일본문단의 대중독물을 본떠야 할 터인데 섣불리 건드리면 본격적 역사소설과 동격시하여 높은 표준으로 독자의 비난을 받는 수도 있고, 인물 취급에도 난처한 일이 많다. 이러한 점이 대중소설의 발전을 지지(遲遲)하게 하는 듯하거니와 일본 내지의 대중소설이라는 것으로 말하면 전국시대(戰國時代) 이후의 무가(武家) 정치라는 특수한 조직과 사회생활과 전통이 있고, 또 이를 중심으로 하여 탁 소설화하기에 편의(便宜)한 사실과 인물이 허다하여 최근대물(最近代物)로라는 막말(幕末)의 외국 및 외국인과의 왕래교섭이라든지 메이지유신(明治維新)이라도 큰 사업을 중심으로 드라마틱한 사실(史實)과 인물이 풍부하여 제재로도 종횡무진히 잡아 쓸 수 있다. 그뿐 아니라 무사도, 협객, 낭인, 적토(適討), 조닌(町人) 풍속, 화맥(花魅) 풍속, 기타 남녀생활의 교섭이 개방적인 점 등 소설을 구성하는 모든 요소가 구비하고 정형이 있으며 문학적 제작에 있어서도 기초와 전통과 체재 규모가 서 있다.

그러나 여기에 비하면 조선에 있어서는 정사(正史)이고, 야사(野史)이고에서 얼마든지 취재할 범위는 넓다 하여도 작가 자신에서 역사지식이나 야사·기담에 관한 섭렵이 부족한 경우도 없지 않겠으나, 비록 해박한 지식을 가졌더라도 실제 소설화하기까지에는 충분히 저작(咀嚼) 소화하여야 할 것이요, 또 제작에 요긴하고 세밀한 시대풍습이라든지 기타 유식(有識) 전고(典故)라든지, 심지어 궁중용어 같은 것에 이르기까지 달려들어야 하고 깊이 연구한 뒤에야 착수한 형편임으로 일본 내지문단의 것과 같은 소위 시대물이니 대중물이니 하는 것은 조선에 있어서 아직 처녀지라 아니할 수 없다. 그뿐 아니라 일례를 들면 현대물에서도 다소 그런 불편이 없지 않거니와 더욱이 '시대물'로 들어가면 기생이나 노비가 아니면 일반 양가(良家)의 여성을 직접 무대에 등장시키기 어려운 점 같은 것도 흥미를 멸살(滅殺)시키는 일인(一因)이 되고 취급에 궁색을 느끼게 한다. 하여간 이러한 제다(諸多) 원인이 있는 외에 대중소설의 시작(試作)이 아직 연천(年淺)하여 정형이라든지 문학상 전설이라는 것이 없으므로 자연히 순역사소설도 아니요, 괴기소설도 아닌 기형의 것이 되고 마는 수가 있는 모양이다. (1934.8.17)

사실 나 자신부터가 대중물이든지, 본격적 역사소설이든지를 써보고 싶은 생각이 없지 않으면서도 착수를 못하는 것은 이러한 부족과 불편으로이지마는 중견작가라도 대중작가로는 부적(不適)하고 역량이 불급(不及)하는 경우가 없지 않으니 어쨌든 조선에는 대중물을 요구하는 시대는 왔어도 공급에 족한 시기에는 오지 못하였다 할 것이다.

도(都)르러[217] 말하면 일본내지의 대중소설은 강담이란 토대를 디디고서 쉽사리 소설로 옮아갔지마는 조선에는 야담·고담(古談)이라는 것이 유행하기 시작한 것도 근래의 일이고 본즉 이것이 문장화·소설화하기에는 아무래도 시일이 걸릴 것은 당연한 일이라고 하겠다.

따라서 대중독자층의 요구에 대하여 응급책으로 제공하는 것이 아쉬운 대로 탐정소설이요, 혹은 괴기담 유(類)일 것은 무리치 않은 일이요, 작가 측으로 보더라도 대중작가로서의 준비기간에 위선(爲先) 탐정소설을 공급하는 것이 편리할 것이다. 여하튼 대중소설이 체(體)와 격(格)을 이루고 대중작가가 수요될 만큼 출현할 때까지 탐정소설이 유행될지 모를 일이다.

그런데 우리는 여기서 잠깐 대중소설·탐정소설·통속소설의 관계라 할까, 차이라 할까를 생각해볼 필요가 있다.

대중소설은 통속소설이라는 거와 다르거니와 탐정소설을 대중적 독물이

---

217 원문 그대로이다.

라 하였지만 그와도 실질에 있어서 판이한 것이다. 통속소설은 예술미(藝術味)의 다과(多寡)를 가지고 고답적 작품과의 비교 문제이거니와 대중소설과 탐정소설과를 비교하여 판이하다는 것은 전자(前者)는 주로 역사적 사실을 제재로 하고, 후자는 범죄를 주제로 한다거나 에로와 그로의 분량의 다과를 가지고 구분한다거나, 또는 일자(一者)는 보통 본격적 소설과 같이 취재(取材)가 광범위에 긍하여 자유자재한 반면에, 탐정소설은 어디까지든지 범죄 위에서 출발하므로 아무리 범죄가 다종다양이라 할지라도 비교적 단순한 범주에 제한되어 여간 참신·기경(奇驚)한 것이 아니고는 유형적(類型的)에 함(陷)하리라는 그러한 점에도 상이점을 인정하겠지마는 그 근본에 큰 차이는, 일(一)은 순전히 과학적임에 반하여 일은 과학적 견해나 사실을 구태여 무시하지는 않으나 비과학적, 초자연 제재도 자유로이 취급하는 점에 있다고 할 것이다.

같은 그로테스크한 사건을 취급하면서도 하나는 명확한 해결을 주지마는, 하나는 오래고 묵은 관념에 호소하여 해답을 불문에 부쳐버리는 것이다. 대중소설이라고 열이면 열, 백이면 백이 모두 황당무계한 비현실적 괴기담으로 시종한다는 것은 아니지마는 만일 괴기적 요소를 필요로 하는 경우면 얼마든지 요귀(妖鬼)도 부리고 용왕도 등장시키고 유령도 호출하고 요술, 닌쥬쓰(忍術)[218]로도 작희(作戱)하나, 그 유래를 독자가 물으려고도 않거니와 작자는 그 해답의 책임을 지지도 않는 것이 적어도 대중독물의 괴기적 방면의 특질이라 할 수 있을 것이다. 그리고도 대중은 충분히 엽기적 만족을 얻는 것을 보면 과학적 기초 위에선 탐정소설은 서양에서 발달되어 건너온 것이요, 지금의 대중문예란 천생 동양적의 것이라고 하겠다.

---

218 닌쥬쓰(忍術) : 둔갑술.

그러나 아무리 동양인이기로 현대인인 이상 과학을 무시하지 않는다. 과학 없이 일상생활을 경영해 나갈 수 없는 것은 잘 안다.

그러면 이 시대착오는 어디서부터 오는 것인가? 대중작가나 대중작품의 책임인가 하면 수요가 없는데 공급이 있을 리 없으니 책임은 대중에게 있는 것이다. 또 그러면 대중이란 시대가 뒤떨어뜨려 놓고 간 현대와는 격리된 몽유병자의 집단이냐 하면 그런 것도 아니다. (1934.8.18)

막연히 '대중, 대중' 하지만 대중도 여러 가지로 구분할 수 있다. 정치적으로는 비특권자, 경제적으로는 무산자, 교육으로는 비전문적 부류 혹은 중등교육 이하의 다대수(多大數). 이렇게 구분할 수 있는 것과 마찬가지로 문학세계의 대중도 부귀나 지식으로 표준한 것이 아니라 문학에 대한 소양 여하로 구분될 것이라는 의견(나오키 산주고(直木三十五))[219]은 지당한 것이다. 일국(一國)의 재상이라도 그가 현대문학에 어둔 한에는 문학적으로는 대중의 일원일 것이요, 조선의 금덩이를 한주머니에 쓸어놓았더라도 만일 톨스토이와 토마토는 다 같이 샐러드에 곁들여 놓은 것이라고 아는 체를 한다면 그도 또한 문학적 대중의 부류에 속할 것이요, 토끼 창자를 주무르는 박사(博士)기로 현대문학과 담을 쌓았으면 문학대중의 일 병졸일 것이다.

문학적 대중이라 하기로 사회인 된 자격을 잃는 것도 아니요, 각자의 전문적 유능한 장기와 지위를 무시하는 것은 아니다. 그러나 다만 문학과 생활과의 관련이 끊어서 내적 생활이 공소(空疎)한 것은 사실일 것이다. 그러므로 그들에게 대한 문학은 오락이요, 그 이상의 것을 요구치 않는다. 그리고 무엇보다 특장은 일반히 전통적인 점이다. 미래에 사는 것보다는 과거의 추억

---

219 나오키 산주고(直木三十五, 1891~1934) : 일본의 소설가이자 각본가, 영화감독이다. 본명은 우에무라 소이치(植村宗一)이고, 일본의 대중 문학 발전에 큰 영향을 줌. 1930년에 대표작 『남국태평기(南國太平記)』를 신문에 연재하며 일약 인기작가가 되었다.

에 흥미를 느끼는 것이니 대중소설이 과거의 생활에서 제재를 구하는 것은 이러한 심리에 영합코자 함일 것이다. 또한 과거 추억에 잠기려는 것은 현실고(現實苦)에서 한 때라도 피하려는 수단이기도 하지마는 동시에 그만치나 현실에 명확히 관찰하기를 꺼리기 때문이기도 하다. 신산(辛酸)하고 악착(齷齪)한 현실의 생활을 되풀이해서 생각하기도 머릿살 아픈 노릇이거니와 이야기책으로 매가지고까지 보기는 한편으로는 흥미를 끌기도 하나 이에서 신물이 날 지경이다. 그보다는 실제생활과는 동떨어진 먼 세상의 진기한 이야기로 모든 우수사려(憂愁思慮)를 잠깐이라도 잊어버리고 싶은 욕망이 더 간절한 것이다. 요컨대 현실에서 도피하는 마음은 과거의 관념의 세계를 동경하는 마음이요, 과거의 관념의 세계는 아름다운 전설의 세계요, 환상의 세계이다. 쉽게 말하면 생시에 못해본 일을 공상하는 것으로써 유열(愉悅)과 만족을 얻겠다는 것이다. 여기에서 비현실적, 초자연적, 괴기요소를 대중이 환영하는 것이요, 따라서 대중소설에 일 구성소(構成素)가 되는 것이다.

과거의 생활의 추억이라든지 아름다운 전통의 세계를 공상하고 엽기적 만족에 한때 현실고를 잊어버리려는 대중은 또한 위안과 오락의 구(具)로 에로를 요구하는 것도 당연한 일이다. 어떠한 소설이고 거의 전부가 성(性)의 문제에서 벗어나는 것이 없겠다고 할 것이요, 그것은 사람의 생활 자체가 그러하기 때문이라 하겠지마는 대중소설에 있어서의 에로라는 것은 인생문제로서나 사회문제로서나 또는 도덕문제로서 어느 해결을 구하고 암시를 요한다느니 보다는 강렬하고 화려한 색채로서 보담 더 이것을 요구한다.

1일의 노동에 피로한 사람이 하룻밤을 종용(從容)히 한양(閑養)할 듯하되 도리어 훤화(喧譁)한 라디오나 유성기를 틀어놓고 피로한 머리를 자극하는 것으로 위안을 삼듯이 생활이 공소하고 불여의(不如意)할수록 공상의 세계를 더 동경하고, 생활이 피로할수록 보담 더한 자극성의 것을 요구하는 것을 병적이라 할지 모르나 부득이한 일이기도 하다. 그러므로 대중독물은 이후 점점 더 에로적으로도 첨단화하여질 것이다. 생활의 피로를 마춰하는 최면제로 필요한 것인지 모를 것이다. 그리고 그것은 어디까지든지 넌센스함을 요한다. 독후(讀後)에 무엇이든지 피로한 머리에 남는 것이 있어서는 짐이 된다. 기분이 더 무거워질 것이니 오락이 아니 되는 까닭이다. (1934.8.19)

그러면 이와 같은 요소와 요건으로서 된 대중소설은 문학상 어떠한 지위에 놓여 있는 것일까. 나는 위에서 지금의 대중소설은 일본의 강담이 진화한 것, 강담이 소설의 체재로 현대적 요소를 넣어서 된 것이라는 의미를 말하였다. 이 견해가 틀림없다 하면 대중소설은 강담, 야담과 본격적 소설과의 중간적 존재라 할 것이나 또 한 가지 대중소설과 본격적 소설과의 사이에 통속소설이라는 존재를 부인할 수 없을 것이다.

종래 통속소설이라는 것은 본격적 예술적 소설의 대칭으로서 저급의 것이라는 의미이었으므로 금일 대중소설과는 구별될 것이라 생각한다. 그러나 통속소설일지라도 소위 본격적 소설이 아닌 것이 아니다. 다만 예술미의 고하(高下)로 논지(論之)할 것이니, 가령 본지(本誌) 소재의 소설로 말하면『천아성(天鵞聲)』,『금척(金尺)의 꿈』 같은 것은 역사소설이라 하여도 대중소설에 가까운 것이라 하겠고,『새 생명』은 통속소설이라 하겠다. 통속소설 이상의 예술소설은 지금 정도의 신문연재소설로 부적(不適)한 것은 물론이다.

하여간에 조선의 대중소설도 일본내지의 그것과 같은 경로와 체재로 금후 저널리즘의 발달과 한가지 유행할 시대가 돌아왔다. 그것은 일본내지의 그것의 모방이든지 아니든지, 저널리즘의 발전이 그 기운(機運)을 촉성(促成)하는 것이든지 아니든지, 또는 작가들이 이지고잉의 방편으로거나, 당장 고잉의 진상(進上)이 급해서 그러든지 아니 그러든지 간에 대중이 환영하면야 신문잡지도 경쟁적으로 대중작가와 그 작품의 출현을 바라고 붙들어 모셔갈 것이니 장래 상당한 발전이 있을 것을 짐작할 수 있다. 그러나 여기서 문제는 문단적 혹은 조선문학의 전도를 위하여 환영할 것이냐 아니할 것이냐는 것일 것이다. 이 점에 대하여 혹은 비관적으로 말하는 사람도 있을지 모르나 나는 차라리 환영하려 한다. 중견작가가 이지고잉의 방편으로 그리로 달아난다든지, 또 목첩(目睫)에 절박한 생활난으로 하여 본의가 아니면서도 대중물에 붓을 대는 경우에 그 한 점만으로는 그 작가와 문운(文運)을 위하여 아까운 것도 사실이겠지마는 첫째에 대중독물이 없다면 대중의 오락이나 요구를 무엇으로 채우랴. 우리는 물론 깊이의 문학을 바라며 대중이 문학에 관심을 갖고 대중의 생활이 문학과 긴밀한 관련을 가져서 그 내적 생활의 공소가 확충하여가기를 바라는 바이지만, 그렇다고 돈육(豚肉)을 먹겠다는 데 정육(精肉) 요리로 공궤(供饋)할 수는 없는 일이다. 고답적 예술을 요구치도 않거니와 주어야 소용이 없을 바에야 문학에 대한 점진적 향상을 위하여 위선 대중소설로부터 통속소설에, 통속소설에서 예술소설에 ……. 이러한 순서를 밟아나가야 할 것이 아닌가 생각하는 것이다. (1934.8.21)

농촌청년의 독물讀物[220]

어쨌든 대중소설이 아직 완전한 터나 틀이 잡히기 전부터 문단과 문운(文運)을 위하여 장태식(長太息)을 할 필요는 조금도 없는 일이다. 또 대중작가나 작품을 멸시하는 것은 아니겠지마는 그 발전을 조성은 할지언정 냉소할 것은 아니다. 어차피 예술적 작품은 대중을 상대로 제작되는 것도 아니므로 대중문예가 왕성한다기로 순문예의 독자를 잃어버릴 염려도 없고, 순문예가 특별히 쇠퇴할 리도 없을 것이다. 쇠퇴한다면 그 원인은 대중문예의 왕성에 있는 것이 아니라 다른 데에 있을 것이다. 오히려 대중문예로서, 순문예로서 양성된 안식(眼識)이 높아짐을 따라서 순문예의 독자층이 확대되어 갈 것이요, 대중문예도 고급화하여 순문예에 접근해올 것은 당연한 일일 것이다.

다만 요는 대중의 문예화를 안목(眼目)으로 하고 문예의 대중화를 경계하여 자기 자신부터를 저급화하지 않기에 노력함에 있고, 또 저널리즘의 지도자도 문학 발달에 대한 자부가 있거나 없거나 간에 대중독자에만 영합할 것이 아니라 문학적 레벨을 올리도록 잘 조절하여나갈 용의가 있고 없는 데에 달렸다 할 것이다.

---

220 염상섭(廉想涉), 「농촌청년의 독물(讀物)」(전2회), 『매일신보』, 1934.8.22~8.23. 이 글은 '문예시감' 란에 연재된 것으로, 앞서 연재된 「통속·대중·탐정」과 이어지는 내용이다.

농촌청년의 독물讀物

유광렬(柳光烈) 씨의 「농촌순례기」[221]를 보아가는 중에 어느 지방이던가는 기억치 못하거니와 독서기관을 마련하기는 하였으나, 비치하는 서적과 신문잡지 등에 엄선주의를 쓴다는 말을 보았다. 당연한 일이기도 하다. 이것은 일 지방에 한한 일이 아니라 어느 지방에서든지 약소한 경비로 신문잡지류나 공동구독케 하려면 자연 제한도 할 것이요, 도회 동경심을 도발한다거나 기타 사상 문제 등 점도 고려 아니치 못할 것이니 엄선주의도 무방하겠지마는 애향심, 근엄심에 상치 안 될 범위에서는 독서욕을 얼만한 정도까지는 채워주어야도 할 것이요, 과도한 간섭이 도리어 호기심을 도발하는 악결과(惡結果)를 가져오는 기미를 잘 살펴서 과의(過宜)한 조절이 필요할 것은 물론이다. 그들 하여간에 그들 소학(小學) 졸업 정도의 농촌청년의 독물이 어떠한 것이면 좋겠는가. 또는 그들은 어떠한 것을 알려 하고, 어떠한 것에 흥미를 붙이고, 무엇을 오락으로 하는가를 가만히 생각하여 보면 물질적의 것은 고사막론하고 정신적으로도 그들의 고독과 불만과 불행에 동정을 느끼지 않을 수 없다.

농촌에 라디오가 들어가면 어떻게 될까? 그만 자력의 유무와 실생활에서 받는 심리적 양유(養裕)라는 것도 문제이지만, 확실히 농촌청년의 위안도 되고 오락도 되기는 할 것이다. 공동작업소에서 라디오를 들으면서 일을 한다는 것을 상상해 보면 단란한 가정적 취미도 있을 것이요, 작업에 대한 염증도 덜려서 명랑한 기분으로 능률이 증진될 것이며, 도회를 그리워하는 잡념도 없어지고, 상식도 늘고, 농민강좌 같은 것으로 실익도 있을지 모른다. 그러

---

221 당시 『매일신보』 1면에 5월부터 연재 중이던 유광렬의 「농촌순례기」를 말한다. 남선(南鮮)지방을 각도별로 순례한 이 기사는 12월 31일까지 연재된다.

나 그로 인하여 도리어 도회의 번화를 연상하고, 도회 동경의 잡념을 도발할지도 모른다. 일리일해(一利一害)가 없지 않을 것이요, 지금 농촌 형편에 라디오란 당치도 않은 것이다. 얼마나 피폐하였는지 실정을 모르는 객설이라고 냉소할지도 모른다. 사실 농촌에의 도시문명의 침입도 문제가 아닌 것도 아니다. 그러나 또 돌려 생각하면 그들의 도회 동경열을 완화하는 수단도 강구치 않으면 안 될 것이다. (1934.8.22)

그것은 하여간에 '농촌 대 라디오 문제'와 마찬가지로 '농촌 대 소설 문제'를 생각하여보자. 농촌청년의 독물로 오락적이기도 하고 또 제일 접촉하기 쉬운 것은 소설일 것이다. 실제에 있어서 농촌청년으로 신문소설로라도 위안을 받는 기회를 가진 사람이 얼마나 되는지도 의문이지마는 지금의 소설은 주로 도회생활·도시문명을 취급·묘사한 것이요, 점점 더 첨예화하여가는 경향이니 그들에게는 실감이 적은 일편에 도회열만을 자극하고 도발하는 결과에 빠질지도 모를 일이다. 농촌의 지도자로서 보면 '엄선'에서 당연히 제척(除斥)할 것이다. 그러나 오락으로든지 오락 이상의 것으로든지 농촌청년에게는 문학이 불필요하다고는 못할 것이다. 언제까지 각설이 때나 찾고 '대명 무슨 천자(天子) 때의 일위 재상이 있으니 ……'를 고성대독(高聲大讀)하는 것으로 만족하랄 수는 없지 않은가. 아무리 농촌의 피폐가 심하여 '해가(奚暇)에 소설 따위를 …….' 하고 눈살을 흐릴 지경에라도 장터에 나오는 5전, 10전짜리 속악(俗惡)한 신소설을 읽는 바에야 오락과 실익이 겸비하고 현대의 공기를 쏘일 만한[222] 좋은 작품을 가려 읽혀야 할 것은 물론이다. 그러나 금일의 소설이 도회생활에 편중한 것은 역시 생각하여볼 문제이다.

전원소설, 농민소설, 농촌생활의 묘사, 농촌청년의 하고 싶은 말 ……. 이

---

222 원문에는 '쏘일만'이라고 되어 있는데, 맥락상 '쏘일 만한'을 의미하는 것으로 보인다.

러한 것이 아직 나올 때가 못 되었는가?

농촌문제를 소설로 취급한다는 데도 여러 가지 의미가 있겠지만 농촌에 묻힌 작가 지망자 속에서 훌륭한 건전한 작품이 나온다면 도회작가가 대부분 상상과 개념에 의하여 제작된 것보다도 실감과 투철한 관찰과 체험에서 나온 것이니만치 귀한 것일 것이다. 그러함에는 어떠한 기관을 통하여 적당한 기회를 주는 것이 좋을 것이다. 가령 신문사 같은 데서 어느 시기에 현상 모집을 하는 등 방도를 이름이다. 설혹 한두 번에 훌륭한 작품을 얻지 못하더라도 그것이 기록이 되고 자극이 되어서 농촌문학의 터가 잡히는 것만이라도 수확은 될 것이요, 농촌청년의 교화의 자(資)로도 널리 이용될 것이다.

「구두」에 대하여

나의 단편은 그리 많지도 않거니와 근년에 장편 이외에 쓴 것이 없다. 그러므로 지금 불시에 단편을 쓰기는 매우 주저되는 터이다. 쓴다면 자기로도 회심의 작(作)이라고 할 만한 자신 있는 것을 내놓아야 하겠다는 생각이 있기 때문이다. 그러므로 모지(某誌)와 같은 데서 재삼(再三) 의촉(依囑)함에 대하여 인사나 색책(塞責)으로라도 써야 하겠건마는 우금(于今) 시행치 못하고 있는 것은 그 까닭이다.

『조선일보』 학예란에 정인택(鄭人澤) 씨가 나의 『월간 매신』에 쓴 「구두」를 보고 실망하였다는 그 뜻은 잘 이해도 하고, 또한 하등 불평이 있는 것은 아니다. 이렇게 말하면 변명 같지만 기실 「구두」는 평단에까지 올 단편으로 생각하고 쓴 것이 아니기 때문이다. 그 잡지의 성질이 취미 중심으로서 편집자의 요구도 흥미본위의 넌센스 따위를 짧게 써 달라는 것이기로, 말하자면 희작(戱作) 셈 치고 쓴 것에 지나지 않는 것이다. 금후에도 혹 그런 주문에 응할지 모르나, 그러면 왜 그런 주문에 응하여 그 따위를 쓰느냐는 책망이 있다면 그것은 또 별문제이다. 그러나 그렇다고 「구두」가 단순히 넌센스로 떨어지는 붓장난만이 아니라는 생각도 없지 않다. (1934.8.23)

철자법 시비 사견_{私見}[223]

한글 연구 30여 년 만에 이제야 와서 시비의 논(論)이 행하게 되었다. '이제야'라는 말은 뒤늦었다는 말이니 애초에 시빗거리를 끼고서 출발한 연구이었으면 왜 좀 더 진작 논의하고 시정경달(是正鞭撻)하지 못 하였었던지 한글 자체와 시비 쌍방을 위하여 여간 큰 유감이 아니라는 말이다. 그러나 생각하면 그 30여 년이라는 세월은 한글이 주시경(周時經) 씨의 머릿속에서 궁그리고 서재라는 온실에서 키워가면서 그 발표라는 것도 오직 중등 정도 학교의 교단에 국한되었었으며, 또한 그 의발(衣鉢)[224]을 전수한 선배 제가(諸家)에 있어서도 이를 거듭하였던 연구와 선전의 시기이었으므로 말하자면 학문의 영역에서 일반적 실용에 보급되지는 못하였던 시기이었다. 따라서 일반사회의 공의(公議)의 조상(俎上)에 아직 올리지 못하였던 것이나, 작년 10월 철자법통일안이라는 형식으로서 비로소 학교 교단이나 연구가의 서재를 벗어나와 사회에 공표되었고, 또한 공표에만 그쳤을 뿐 아니라 각 언론기관이 다투

---

223 염상섭(廉想涉), 「철자법 시비 사견(私見)」(전13회), 『매일신보』, 1934.11.11~11.29. 1934년 7월 조선어학회의 한글맞춤법안(1933)을 반대하는 운동을 펼치던 박승빈 등이 '조선문기사정리기성회'의 이름으로 「한글식 신철자법 반대 성명서」를 발표한다. 이에 반대하여 문예가 78인은 「한글 철자법 시비에 대한 성명서」를 발표하는데, 염상섭 또한 이 성명서에 서명했다. 이후 다소의 이견을 갖고 있던 문인들의 철자법을 둘러싼 의견개진이 활발하게 펼쳐진다.
224 원문에는 '衣鍊'이나, 문맥상 오식으로 추정되어 바로잡았다.

어 이를 지지·준용(準用)함에 이르러 일반대중 혹은 일반인사는 신문 한 줄이라도 읽자면 한글에 대하여 이때까지와 같이 무관심할 수 없는지라 그제야 자기 앞에 닥쳐온 문제라 하여 바야흐로 시비를 가리고 난이(難易)를 계교(計較)하게 된 것이니 이렇게 생각하면 어찌하여 30여 년 동안 방관만 하다가 남이 대두리로라도 구체안을 세운 뒤에 뒤늦게 시비를 따지려느냐고 책을 잡기만도 어려운 일이다.

그러나 여전히 유감천만인 점은 만일에 대립할 일 학파가 있어 한글철자법과 및 그 일반문법 연구상 비위(非違)를 지적·시정할 만한 학리적 근거를 확실히 파지하고 있다면 좀 더 일찍이 서둘렀어야 할 것이요, 좀 더 깊이, 좀 더 자주 토론과 피차의 계발이 있어야 하였을 것이며, 반대성명으로 말하여도 늦어도 1년 전 통일안 발표 당시에 있었어야 할 것이다. 왜 그러냐 하면 첫째는 연구 자체를 위함이요, 둘째로는 그 통일안에 어찌 할 수 없는 착오와 불비(不備)와 결함이 있어 후일 부분적으로라도 반대파의 의견을 채용하여 개안(改案) 혹은 수정하게 된다면 이미 통일안을 준용하고 숙습(熟習)한 일반인은 또 한 번 갱신안을 학습할 고통을 받아야 할 것이니 이로 인한 혼란이 우심(尤甚)하여질 것이 걱정이기 때문이다. 그러므로 이 점을 생각할 때는 반대론의 유무는 막론하고라도 만일 통일안 그 자체가 확호불발(確乎不拔)의 고정안이 못되고, 연구 도상(途上)의 잠정적 사용안이라고 할진대 이 경우에도 상술과 같은 학습자의 고통과 혼란을 피(避)키 위하여 완성안을 얻을 때까지 좀 더 보류하여두었어도 좋았을 것이나 아닐까 싶다.

그러하나 시비의 논의가 늦게 출발을 하였고 따라서 미연에 면(免)할 수 있었을 혼란이 금후에 거듭하는 감이 있더라도 통일안 자체가 완미한 고정안이 못 되는 바에야 반대의 성명이 있은 일은 자타(自他)를 위하여 의의 있는 일이었다 할 것이다. 무엇보다도 '한글'이란 무엇인가? '신(新) 철자법'이란 어떠한 것인가를 선전하고 재인식하여 연구심을 환기하였고, 민중의 관심이 이리로 모이게 하였으며, 문필가로 하여금 각자의 태도와 준용에 주의를 주었고, 끝으로 직접 연구가를 동독(董督)·편달(鞭撻)하였음에 있어서 한글연구가로서는 불로(不勞)의 공(功)을 얻었다 할 것이다. 동시에 반대성명파 측으로 보면 설사 그것이 막연한 민중의 소리로 나왔다 하여도 우리의 글을 바로 잡아갖고 쉽게 쓰고 자손으로 하여금 바로 쓰이게 하겠다는 성의(誠意)의 표명이 되었으며 또한 학적 기초에 서서 대항한 자설(自說)을 가진 경우에 그 학설의 일반적 피로(披露)와 선전과 보급에 유효하였다고 할 것이다. 혹은 반대를 받은 편이나, 이를 옹호하는 편으로 말한다면 무용한 분규를 일으키어 공연한 혼란을 야기하였다 할지 모르겠으나 공정한 제3자로 보면 미완성한 조선어문법으로 하여금 여기까지라도 끌어다 놓은 한글연구가의 공로를 아끼고 존경하면서도 오히려 그 혼란의 원인을 반대파에게만 돌리기 어렵고 차라리 그 연구의 촉진을 위하여는 시시비비의 논의가 더 성행키를 바라는 바이며 다소의 혼란과 반복이 있고 일반 학습자의 뇌력(腦力)과 시간의 부담은 희생할지라도 완벽을 얻을 때까지는 이만한 인내가 있어야 할 것으로 생각하는 바이다. (1934.11.11)

그런데 여기서 잠깐 생각하여볼 것은 한글 연구와 한글 애호를 혼동하지나 않는가 하는 점이다. 우리는 종래 한글 연구 및 연구가에 대하여 방관적·방임적 태도가 아니면 무조건한 전적(全的) 신임을 하여왔었다고 할 수 있다. 그러나 방관주의 혹은 방임적 태도라는 것이 더욱이 문필가로서는 무책임·무의식한 소이(所以)라고도 하겠지마는 전적 신임이라는 것도 연구에 좋은 영향을 주는 것은 못 되는 것이다. 연구가를 존경하고 신뢰함은 물론 좋은 일이지마는 그러나 원시(元是) 무조건한 전적 신임이란 무비판적이라는 의미요, 또한 동시에 연구상 신선한 자극을 주어 독려하는 힘이 부족한 반면에 연구가로 하여금 독단에 흐르게 하는 폐단을 기르기 쉬운 일이다. 그러므로 이미 무조건한 전적 신뢰를 바치는 이상 가사(假使) 아무리 한 독단이 있을지라도 무비판적으로 유유히 이에 승복하는 외에 별 도리가 없게 되고 말 것이다.

그것은 실제에 비판할 능력이 없기 때문인 경우도 많을 것이요, 그닥한 흥미가 없어 등한시하는 경우도 있을 것이며 또는 연구가의 결과보고를 검복(檢覆)하고 비판하려는 자각은 있으면서도 특수한 연구에 착념(着念)할 여가가 없어서 그러한 경우도 없지 않을 것이다. 그러나 그 무조건한 전적 신임을 바치는 무엇보다도 더 중요한 원인은 자기의 글을 너무나 사랑하기 때문에 연구하여주는 것만 하도 반갑고 고마우니 배고픈 놈이 식성(食性) 부리려는 세음으로 싫소, 좋소 할 나위 없이 받아들이려는 일종의 감격성(感激性)의 작용에 있지 않은가 생각한다. 또한 거기에는 주린 이빨에는 여간 모래알쯤 씹히더라도 달게 삼켜지듯이 다소의 불비불만(不備不滿)이나 무리 독단이 있기로 아직 개척하여 나가는 연구 도중이니 그런대로 준칙하여 쓰자는 일종의 호의적 핸디캡을 하려고 심리작용도 섞였을 것이다.

이와 같이 우리의 글을 사랑함으로 그 연구가를 사랑하고 그 연구의 결과를 어디까지든지 두호(斗護)하며 무조건하고 승인하여왔다. 이것은 사실상 일반적 경향이 아니요, 나의 추단에 불과하다면 적어도 나의 일 개인의 한글에 대한 우금(于今)까지의 태도는 그러하였더니 라고 개인적 고백으로 보아도 좋다. 그러나 한글을 애호함으로 그 연구가를 경애하는 데까지는 당연한 일이지마는 한글을 애호하고 그 연구가를 경애한다고 하여 그 연구의 태도와 그 결과까지를 무조건하고 영합하여 무비판적으로 추수·준용하는 것은 한글 애호와 한글 연구를 혼동하는 것이요, 진실로 한글을 사랑하는 본의도 아님은 더 말할 것 없는 일이다.

그러나 실제에 있어서는 역시 이 양자를 혼동한다. 자기부터도 이번 한글식 신철자법 반대성명이 있으리라는 말을 들을 제 얼마쯤 아연함을 마지않았다. 혹은 아연한 정도를 지나서 신철자법 반대성명으로써 일종의 이단시할 사람도 없지 않을 것이다. 무조건 신뢰의 선입주견(先入主見)과 감격성 때문이다. 그러나 뉘라 화(花)를 '꽃'이라 쓰고 '꽃'이라 쓰며[225] '꽃'이라 쓰는데, 따라서 우리글을 사랑하는 지성(至誠)에 등하(騰下)가 있다고 하겠는가? 오직 최후의 승리는 보담 더 날카로운 과학적 메스를 가진 자에게로 저절로 가고 마는 것이 아닌가.

감격성과 애호의 염(念)으로 말미암아 도리어 우리의 연구의 명지(明智)가 흐려져서는 안 될지니 호의와 감사와 신뢰를 한결 같이 하면서도 오히려 비판적 태도를 잃지 않는 것이야말로 한글을 참으로 사랑하는 소이임은 더 말할 것 없는 것이다. (1934.11.14)

감격성이나 애호심이나 신기(新奇)를 상호(尙好)하는 성벽(性癖)으로 무비판승인을 불허함과 마찬가지로 한글식 신철자법이 생소하다, 불편하다, 착잡하다, 번쇄(煩鎖)하다, 불철저하다는 이유로만 반대하여서도 아니 될 것은 물론이다. 전자나 후자나 보다 더 감정론에 기울고 비과학적 태도임에 차등이 없기 때문이다.

그러나 착잡·번쇄·불철저를 최고한도로 피하자는 것부터가 과학적 태도이기도 하거니와 다른 자연과학과 달라서 습관이나 관용법이라는 것을 더욱이 무시할 수 없는 어학, 문법이라는 것이 화학의 방정식 같을 수 없음도 사실이니 생소하다 불편하다는 점을 도무지 이유될 수 없는 감정론이라고만 하여 고려에 넣지 않을 수도 없는 일이다.

가령 주머니는 옆구리에 차는 법으로 관념되어 있고 또 그렇게 습관이 되

---

225 원문에는 '花를 '꽃'이라 쓰고 '꽃'이라 쓰며'로 되어 있는데, 1934년 11월 16일자에 필자의 정정 내용에 따라 본문과 같이 수정하였다.

 염상섭 문장 전집 Ⅱ

었는데 어떠한 필요와 합리성으로써 금후에는 꽁무니에 차라 하면 비록 필요와 합리성은 충분히 있다 하여도 생소하고 불편한 것은 사실이다. 그러면 이 필요와 합리성을 상하지 않는 한도에서 생소와 불편은 제거할 제3의 방도를 새로이 연구하고 멱출(覓出)하기에 힘써야 할 것이 아닌가.

이와 마찬가지의 예로 신철자법에서 '좋'라는 글자를 하나 가져오자. 여기에 관한 예비지식이 없는 사람은 첫째 보기에 생소하고 예비지식을 가진 사람일지라도 무어라고 읽어야 좋을지 발음이 불능(不能)하다. 그러나 만일 그 아래에 '고'자를 달아서 '조코'라 읽으라 하고, '다'자를 잇대어 '조타'라고 발음케 하면 그제서야 무슨 수수께끼나 풀은 듯이 '옳지 옳지 알았다' 하고 무릎을 탁 치며 처음에는 신기해 할 것이요, 신기해하는 마음을 알려고 하는 마음을 자극할 것이다. 그러나 급기(及其) 알고 보니 별 조화가 있는 것이 아니라 'ㅎ'과 'ㄱ'이 합하여 'ㅋ'이 되고, 'ㅎ'과 'ㄷ'이 합하여 'ㅌ'가 된 것을 발견할 제, 새로운 의문이 '조타' '조코'가 된 것일진대 둘러치나 메치나 일반일 터인데 하필 'ㅎ'을 위자(字)에 올려붙여서 발음도 할 수 없는 일자(一字) 반(半)의 병신글자를 만들 필요와 이유가 어디 있는가? 하는 의문이 일어날 것이다. 여기에 이르러서 일반 대다수 인(人)은 그 과학적 합리성의 유무는 하여(何如)하든지 간에 머리를 들던 호기(好奇)는 스러지고 생소하다, 불편하다, 모르겠다, 종전대로 쓰겠다고 반대가 나오는 것이다.

새 것을 반기고 여기에 붙좇는 것은 진취의 기상이 섬부(贍富)한 젊은이에게 볼 수 있으나 대중은 아무래도 보수적 경향이 많은 것이다. 그러므로 일반 대중은 아무쪼록 눈 설지 않고 손에 익숙한 편을 취하려 하는 것이요, 또 사실 생소·난삽한 신철자법 앞에 가서는 어제의 유식(有識) 군이 오늘의 무식쟁이가 될 염려가 있으니 어찌하여 쉬운 글을 가지고 어렵게 쓸까보냐고 반대하는 것도 무리치 않은 일이라 할 수 있다. 그리고 만일 '좋고'와 '조코'의 두 가지를 놓고 거수나 투표를 하여 종다수채결(從多數採決)을 한달 지경이면 전자보다 후자를 위하여 손을 들을 사람이 훨씬 많을 것이니 학문과 진리가 머리 수효로 결정될 것이 아님은 물론이건마는 또한 전연히 이 점을 고려 밖으로 하는 것의 시비를 얼른 가리우기 어려웁다.

생소와 불편은 시간과 같이 습숙(習熟)·연달(練達)하여질 것이요, 학문적 진리는 그것이 진실로 진리일진대 어린아이의 입심으로라도 능히 지탱되는 것이니 반드시 대중의 지지를 요구하는 바가 아니다. 따라서 천 사람, 만 사람이 제각기 저 편할 대로 쓰기를 허락한다면 조선어문법은 완성될 날이 없고 철자법의 통일은 백년을 가도 얻지 못할 것이니 대중의 호오(好惡)를 생각할 바 아니라 하겠고, 또 사실에 있어 학문의 권위를 세우기 위하여도 누구나 이 의견을 글타 못할 것이다. 그러나 또 다시 돌려 생각건대 필요와 이론에 대차(大差)가 없는 경우에 옆구리에 차는 것을 편하여 하는 주머니일랑은 구태여 뒤에 채일 까닭은 없지 않은가 함이다. 다시 말하면 문법 그것과도 또 좀 다른 자법(字法)에 있어서는 일층 너그러운 활용·운용의 융통성이 있을 것을 믿기 때문이다. 가령 연전(年前)에 문부성(文部省)에서 한자 제한을 한 뒤에 가나즈카이(假名遺),[226] 즉 철자법에 대하여 개정(改正)을 단행한 일례로 보아도 족히 짐작할 수 있을 것이다. (1934.11.15)

문부성 가나즈카이(假名づかい)(철자법) 개정의 구체안을 여기에 그대로 열거하지 못함은 유감이나, 가령 ‘遺法’을 ‘ヰハフ’라고 써야 할 것인데 ‘イホウ’라 하고, ‘方位’를 바로 쓰자면 ‘ハウヰ’라 할 것인데 ‘ホウイ’ 혹은 ‘ホーイ’라고 써도 무방하다 함이며, ‘笑ふ’를 ‘笑う’라 쓰는 따위이다. 요컨대 번쇄를 피하고 간이(簡易)에 취하여 아동교육과 일반 활용에 편익(便益)하고 시간과 노

---

226 가나즈카이(假名づかい): ‘가나 표기법(假名遣い)’을 의미한다.

력의 부담을 덜자는 것이 개정의 근본정신이며, 또 철자법을 이와 같이 개정한다기로 문법의 원칙을 무시한다거나 용법의 통일이 깨어지는 결과에 빠지지만 않으면 그만일 것이다. 가령 '笑ふ'를 '笑う'라고 쓴다기로 그것이 문법상 8행 4단 활용이나 하(下) 2단 활용임을 아무도 부인하는 것이 아니요, 다만 그것은 특히 문법을 연구하는 사람에게 맡기거나 따로이 지식으로 알아둘 사람은 알아둘 일이요, 일반 국민적 상식으로 반드시 알아두고 그대로 준용키를 강요할 것까지는 없다는 정신에서 나왔다고 볼 수 있다.

이와 같이 완성된 문법이나 철자법을 가지고도 문법상 저촉되지 않고 용법상 통일을 잃지 않는 한도에서 아무쪼록 간편을 위주하여 학습과 사용에 무용(無用)한 시간과 노력의 부담을 경감하여 주겠다는 그 정신을 가지고 우리의 신철자법을 본달 지경이면 너무 통일만을 위주하여 어떠한 규구(規矩)나 범주에 쓸어넣으려는 결과로 피할 수 있는 번쇄와 무리를 구차히 참지 않을 수 없게 된 듯이 보인다. 무엇보다는 위에 들은 예의 '좋'로 논지(論之)하여도 '코'나 '타'라는 토(吐)는 없는 것이요, 혹은 일 변체(變體)임에 불과한즉 아무래도 '고'와 '다'로 통일하는 수밖에 없고, 또 그렇게 통일하자면 '좋'라고 쓰는 수밖에 없다 하여 그러한 변태(變態)의 신자(新字)가 생긴 모양이다. 그러나 다시 일편으로 어근(語根)이라는 점으로 생각할 제 도저히 'ㅎ'이 어근이될 수 없다.

외국어를 널리 모르므로 발음을 할 수 없는 어근이 다른 어느 국어에도 있는지는 모르겠으나 영화(英和) 양어(兩語)로만 보아도 어근으로서 완전한 발음이 못되는 것이 없다. 음표문자(音標文字)의 특색도 여기에 있을 것이다. 그러면 반드시 어근은 어근대로 제 소리를 내야 하고, 또 1자(字)는 1음(音)을 가져야 하는 것이 철칙(鐵則)이라면 이 경우에 '조'와 'ㅎ'는 서로 만나지 못할 말, 즉 각분(各分)되어야 할 아무 관련이나 연쇄가 없는 글자나 소리이다. 그러면 '조'가 어근이냐 하면 그렇지도 않다. 'ㅎ'도 제 소리를 가지고서 두 자(字)가 맞붙어야 비로소 어근이 될 것이요, 따라서 'ㅎ'을 완전히 발음을 하자니 '흐'라고 읽는 수밖에 없다. 사실로 '조흐'라고 쓰고 읽어야 완전한 어근의 형(形)과 음(音)을 갖추게 될 뿐 아니라 '조흐니' '조흐고' '조흐다' 등등으로 어미(語尾)가 활용될 것이다.

이와 같은 예로 '이렇게', '이렇다'가 있으나 이것을 다시 풀어서 '이러하게', '이러하다'로 써놓고 보면 어떠한가. 아무래도 '이러하게', '이러하다'가 원형인데 음편(音便)으로 촉음(促音)이 되어 '하게'가 '케'로, '하다'가 '타'로, '하지'가 '치'로 변한 것이라고 보는 것이 타당할 것이요, 다만 '게, 다, 지'를 원형대로 두기 위하여 '이러'에 'ㅎ' 받침을 하여가지고 발음도 시원히 못하고 보기와 쓰기에 생소와 불편을 초래하는 것은 아무리 생각하여도 군색(窘塞)하고 아무 근거 없는 일 같으니, 위의 '좋고'의 경우도 역시 그리하여 '흐고=ㅎ고'가 '코'로 '흐다=ㅎ다'가 '타'로 음편된 것이요, 어근은 '조흐'라고 하였으며 훨씬 어수선함을 면할 수 있게 될 것이요, 또는 같은 자음으로서도 ㄱ, ㄷ, ㅂ, ㅈ 등을 만나지 않으면 받침으로도 한몫가는 제 구실을 못하는 'ㅎ'을 가지고서 마치 데리고 들어온 자식이나 끼고 돌 듯이 이러쿵저러쿵 시비를 안 하고도 문제가 저절로 풀리지 않을까 생각한다.

이와 같이 동사, 형용사, 부사 등에 있어서 어근을 어떻게 정하겠느냐는데 따라서 받침으로 인한 착잡과 번쇄와 불편이 반 이상은 덜릴 것이요, 그리한다고 통일이 깨뜨려지지 않으리라고 믿는 바이다. 문외한인 자기로서는 남의 연구를 존중하여 단안(斷案)만은 아직 보류하여 두기로 한다. (1934.11.16)

이상은 가급적 자기의 의견이라는 것은 피하고 서언적(緖言的)으로 시비 쌍방의 주장이 모두 일리 있음과 대체의 경향이라 할 것을 말하여 왔으나 좀 더 구체적으로 자기의 본 바 자기의 생각하는 바를 단편적으로 말하자면 조건부의 찬성이요, 따라서 조건부의 반대라고 하고 싶다. 어떠한 분에 있어서는 시비 양방(兩方)을 다 반대한다고도 하나 반대점만을 볼 것이 아니라 적극적으로 나는 시비 양방을 다 조건부로 찬성한다. 즉 '찬성하는 부분을 골라서 합해 놓으면 이론과 체계 모순을 일으키지[227] 않으면 오히려 관용법을 무시치 않고 학습과 실제 사용에 난삽과 불편을 면할 것이 아닌가.' 이렇게 믿는 바이니, 지금 여기에 일단을 말하는 것은 문외한의 일 사견이요, 또는 자기 일 개인의 사용법으로써 이렇게 쓰는 수밖에 없다는 의견에 불과하지마는 금후에 연구를 한대도 자기는 이러한 절충안의 것을 목표로 하여 그 곳으로 찾아들어가고자 하는 터이다.

그것은 그렇다 하고 시비의 초점을 대체로 들어보면 여러 가지 잔갈래가 있다 하여도 제1에는 된소리를 병서(並書)함과, 제2에는 종성에 초성 14자를 다 쓰는 데에 있다고 한 것이다. 기외(其外)에 어근(혹은 어간)에 관한 문제는 중요한 문제이지마는 철자법을 논의함에 당하여는 종래에 종성에 쓰던 초성 7자 이외에 7자를 부활한 점에 따라서 종속적으로 문제가 되는 모양이다.

그런데 위선(爲先) 된소리를 병서하는 문제로 보면 이것을 단순한 부표(符標)로 간주하든지 음리상(音理上) 주장으로 보든지 시비까지 될 문제는 아니라고 생각한다. 종래에 된소리를 ㅅ으로 써왔고, 또 이것을 가리켜 '된시옷'이라 불러왔다. 그러나 그것을 단순히 '된소리'의 일 기호로 보는 경우에는 그대로 써도 무방할지요, 더 간편하게 ' , '이나 화문(和文)의 탁음(濁音) 같은 ' ″ '이나 ' 〃 ' 같은 신형의 부호를 정한대도 상관은 없을 것이나, 과거에 병서를 상용한 선례가 있고, ㅅ도 음리로 논지(論之)라도 '아까'는 '앗가'로 발음되나 '아까'[228]는 '악가'로 발음할 것이요, 따라서 '갓가 = 가까'와 '각가 = 가

---

227 원문에는 '일치'로 되어 있는데, 맥락상 '일으키지'로 보인다.
228 원문에는 '아까'로 되어 있는데, 1934년 11월 24일자 정정 내용에 따라 수정한다.

까[229]' ─ 이 두 가지에 있어서 '까'와 '까'가 같은 음인 듯하되 그 분해된 '갓가'의 '갓'과 '각가'의 '각'은 전연 다른 소리임을 생각할 때 'ㅅ'을 한낱 부호로 쓰고 안 쓰는 것은 별문제로되 '된시옷'이라고 명토를 박아서 쓰는 것은 합리치 않을 것이다. 그리고 이것은 군말 같으나 병서함이 다소 간단치는 않으되 그 대신에 약간의 미감(美感)은 없지 않으니 이 점만으로 보아서는 일장일단이 있다고 할지도 모르겠으나 어쨌든 이것은 문법상 또는 철자법의 근본 문제와는 따로이 생각하는 것이 옳을까 한다.

다음에 ㄷ, ㅈ, ㅊ, ㅋ, ㅌ, ㅍ, ㅎ의 7개 자음을 받침으로 쓰는 문제이나, 'ㅎ'을 형용사 등에 있어서는 의문이로되 명사에 한해서만은 받침으로 쓰는 것이 옳으리라고 생각한다. 주(晝)를 '낮'이라 하여서는 조사(토)를 달 제, '낮에, 낮이'가 '나세, 나시'라 발음되고 '나제'라고 쓴다 하여도 제 음은 났으나 '나제, 나지' 등으로 기사(記寫)하여서야 체어(體語)과 조사가 단연(斷然)치 않고 통일되지 못하나니 토(吐)를 통일하여 '나제'에서 토 '에'를 빼내이면 '나ㅈ'이 남고 이것이 한 낱의 체언의 모양을 갖추자면 '낮'이라고 쓰게 되고야 말지니 원칙상 초성 전부(ㅎ에 대하여는 차항(次項)에서 언급하겠거니와)를 종성에 쓴다는 데에 이의가 없다고 할 것이다.

그러나 명사에 있어서도 가끔 의문을 일으키는 점이 없지 않으니 가령 '돝(豚), 낡' 등과 같은 것이다. 돈육(豚肉)을 '돝고기'라 아니라고 '돝이고기'라고 부르고 '돝이고기'라는 말은 '돝이의 고기'라는 말이니 '돝'으로만 명사가 되는 것이 아니라 '이'까지 껴야 비로소 구비(具備)한 명사가 되는 모양인즉 그러한 경우면야 '이'가 토(吐)가 아닐지며 따라서 애를 써 '돝'이라 할 필요 없이 '도티'라고 쓰는 것이 옳지 않을까 싶다. (1934.11.18)

---

229 원문에는 '가까'로 되어 있는데, 1934년 11월 24일자 정정 내용에 따라 수정한다.

'도티고기'가 아니라 '돝의 고기'라, 즉 '돝'이요 '도티'가 아니라 하면 나의 전설(前說)은 전복되고 말 것이나, 설사 그렇다 하더라도 '낡'에 이르러서 그와 똑같은 의문이 일층 더 깊어가는 것을 깨닫겠다. 반대성명에 예시한 바에도 '낡이', '낡을' 등 경우에 비추어 시인할지라도 '낡도', '낡보다' 등 경우에는 어찌하겠느냐 반박한 것을 보았거니와 설령 '낡이', '낡을'의 '이, 을'을 토(吐)라고 본다 하더라도 거기에 다시 '가' 자(字) 토(吐)를 달아서 '낡이가'라 읽고, '를' 토를 달아서 '낡으를'이라 읽어보면 어떻게 될꼬? '도티고기'의 경우 같이 '낡으' 혹은 '낡이'가 곧 체언(體言) 그것이요, '이'나 '으'를 토로 보기 어렵다. 따라서 '남기'라 쓰고 '남그'라고 쓸 것이지 구태여 'ㄱ'을 올려붙일 필요가 없어지고, 또 따라서 '도, 보다' 등 토를 달아 쓰는 경우도 '남그도' '남그보다'라고 용이히 쓸 수 있을지니 구태여 '낡으도' '낡으보다'라고 거추장스럽게 일을 만들어가면서 군색히 쓸 묘리(妙理)는 없을 것이다. 만일 그래도 '낡'이 옳다 할진대 '비둘기'를 '비   '이라고 쓰게 되지 않을까 염려한다. 그러면 '낡'이 어디서 생겼느냐 하면 '남글, 남게' 하는 말을 명사와 조사로 구분하여 '낡을, 낡에'라고 쓴 것인 듯하나 그렇게 말하면 '여긔에'를 '여게'라고 촉음하여 쓴다고 '역에'라 재개(再改)하는 세음쯤 될 것이다. '비둘기를 친다'는 말을 빨리 하느라고 '비둘ㅇ길 친다'[230]고 하듯이 '남그를, 남그어'가 '남글, 남게'로 변한 것일지니 이것을 표준으로 하여 '낡'을 만든 것이요, 외타(外他)의 근거가 없다면 이런 것은 재수정되고야 말 것이라 생각한다.

그러나 이와 비슷한 말에 '넋, 값'과 같은 것은 또 어찌 조처할지 의아하다. '넋을', '값이' 이렇게 쓸 때에는 좋으나, '넋도', '값보다' 이렇게 쓸 때에는 'ㅅ'이 발음되지 않고 죽는다. '남기기', '남기를' 등의 경우와도 달라서 '넉시가',

---

230 원문 그대로이다.

'값시를'이라고는 쓰지 못하고, 일편 '낡도'라고는 못 쓰는 대신에 '넋도, 값도'라고는 쓸 수 있으니 이러한 점으로 보면 다만 일부 조사를 통일하기 위하여 '넋, 값'이라 철자하고 '도, 보다, 부터'등이나 기타 용언과 연달아 쓰는 경우, 즉 '넋 일흔 사람'이라든지 '값 싼 물건'이라든지 하는 경우에는 'ㅅ'이 사일런트(silent)되는 것이라고 규정하여두는 것이 온당할지? 또 혹은 제 글자가 가진 음은 절대로 다 내야 하는 것이 원칙이라 하여 이를 배척하고 예외를 설(設)하여 '넋시, 값시'라고 일 관용법으로 써야 좋을지 그 점은 더욱 연구할 여지가 있는 것이라 하겠다. '쌀값, 나무값, 값진 물건, 값싼 쌍 ……' 이렇게 용언·체언이 위아래로 달릴 때와 다른 토(吐)와는 'ㅂ' 소리만으로 충분한데 어찌하여 유독 '이, 을, 에'와 만나서는 'ㅅ' 소리가 사이에 끼이게 된 것인지 어원을 캐어서 해결할 도리는 없을지? 오직 전문가에게 기대하는 바이다.

그런데 실제 발음상 의문이 또 한 가지 있으니, 지금 우리는 서울말, 그중에도 중류사회의 말을 표준한다 하였고, 또 일편 한자음에 있어서는 관용에 의하기로 작정(作定)되어 있다. 즉 천리(千里), 천리(天理)를 '천리, 천리'라 하여 '천, 텬'을 구별치 않고, 동리(洞里)는 '동리'라 쓰고 이장(里長)은 '이장'이라 하여 같은 자(字)를 가지고 양개(兩個)의 음을 써도 무방타 하였다. 그러면 가령 '밭(田)'[231] '볕(日光)' 같은 명사에 있어서 '에' 토가 올 때에는 제대로 발음하지만 '이'와 '을'같은 토가 붙으면 '바치'라 하고 '벼츨'이라고 항용(恒用)한다. 이것이 사실 서울 중류사회의 발음이요, 또 일편 '텬'을 '천'으로 써도 무방하다고 한 다음에야 같은 말이건마는 토에 따라서 'ㅌ'이 'ㅊ'으로 변하는 것도 원칙상 허용하지 않을 수 없게 될 것이다. 그러나 그렇게 된다면 맞춤법의 통일은 깨뜨려지고 말 것이요, 한 명사를 가지고 제멋대로 몇 가지로 쓸지 모를

---

231 원문에는 '밫(田)'으로 되어 있는데 1934년 11월 24일자 정정 내용에 따라 '밭(田)'으로 수정한다.

것이며 한자음을 음편(音便) 대로 쓰인다면 '밭 볕' 등도 음편대로 써야 할지니 일종의 딜레마에 빠지게 된 것이다. 애초에 한자음이란 관념을 머리에 두지 말고 소리 나는 대로 쓰라 할지 모르나, 그렇더라도 '밭'을 '밫이'[232]라고 쓰지 못한다는 설명이나 구속은 아니 된다. 하물며 한문자(漢文字)의 음독이요, 또 한문자가 엄연히 존재하고 사용됨에야 발음되는 대로 쓰라기는 어렵다. 그러므로 나는 차라리 한문자의 음을 철저히 제대로 바로 쓰라고 하는 편이 도리어 혼란을 덜 것이 아닌가 생각한다. 리(里)는 언제나 '리'요, '이'라고 읽고 안 읽는 것을 관계치 말지며, '텬'이라 쓴 것을 보면 입으로는 '천'이라 읽는 사람이 있더라도 천(千)이 아니라 천(天) 자라는 것을 일견에 요해(了解)하게 함이 도리어 유리하리라 믿는다. (1934.11.20)

쓰지 않던, 즉 눈 서투르다고 할 받침 7음이 명사에 붙은 예를 들어 보면, '곧(處), 낮(午), 낯(面), 솥(鼎), 닢(葉)' 등이요, 'ㅋ' 받침으로는 '녘(便), 벽'의 두 자가 있으나 일상용어에 가만히 들으면 '이녁이 동녘에' 하여 'ㅋ' 음을 내지 않는 수가 많고 '벅에 잇다', '벅이 넓다' 하는 등 이 역시 굳센 ㅋ 음을 피하여 'ㄱ' 소리를 많이 내는 듯싶으며 'ㅎ' 받침에 이르러서는 명사에 한 자도 볼 수 없다. 없는 것이 당연할 것이다. 왜 그러냐 하면 'ㅎ'이 종성으로서, 즉 받침으로서 무슨 소리가 날 만한 성능이 있다고 믿을 수 없기 때문이다. 혹은 ㄷ, ㅌ, ㅈ, ㅊ과 같이 'ㅅ' 소리가 난다고 하나 도저히 알지 못할 것이다.

'ㅎ'이 'ㅅ' 소리 나는 'ㄷ, ㅈ'과 합해서 'ㅌ, ㅊ'이 되고, 'ㅌ, ㅊ'은 'ㅅ' 소리가 나기는 나지만 그것은 'ㅎ'의 작용이 아니요, 본디 'ㅅ' 소리를 내일 수 있는 'ㄷ, ㅈ'의 작용일지니 만일 'ㅌ, ㅊ'에서 'ㅅ' 소리가 나는 그 작용의 5분(分)이나 기분(幾分)을 'ㅎ'이 담당해서 하는 것이라 하면 'ㅎ'과 'ㄱ'이 합해서

---

232 원문에는 '밭이'라고 되어 있는데 1934년 11월 24일자 정정 내용에 따라 '밫이'로 수정한다.

'ㅋ'이 될 때에 'ㅎ'은 'ㄱ' 소리의 5분 혹(或) 기분을 낼 수 있다는 이론이 성립되고 또 'ㅂ'과 만나서 'ㅍ'이 될 때에는 'ㅎ'이 'ㅂ' 음의 기분까지도 낸다고 할 수 있을 것이 아닌가? 그러면 'ㅎ'은 그처럼 만능의 음인가. 결코 그럴 수 없다. 아무리 생각하여보아도 'ㅎ'은 'ㄷ'을 'ㅌ'로, 'ㅈ'를 'ㅊ'로, 'ㄱ'을 'ㅋ'로, 'ㅂ'을 'ㅍ'로 변화를 시키고는 제 자취와 제 형태가 사라져버리는 것일 것이다. 쉽게 말하면 그 속에 녹아버리는 것이다. 무엇보다도 'ㅌ, ㅊ'에는 'ㄷ, ㅈ'의 소리와 형태가 남아 있고, 'ㅋ'에는 'ㄱ'의 소리와 형태, 'ㅍ'에는 'ㅂ'의 소리와 형태가 남아있으나 그 어느 경우에서든지 'ㅎ'의 소리와 형태는 조금도 찾지 못함을 보아도 알 일이 아닌가 한다. 그래도 'ㅎ'에서 'ㅅ' 소리가 난다는 논거가 따로이 있는지 그 점은 전문가의 설을 찾아보아야 하겠으나 만일 여상(如上)한 제론(提論)에 모순이 없다 할진대 분명한 제 소리를 내일 수 없으면서 받침으로 달려 있다는 'ㅎ'은 그야말로 무용(無用)의 장물(長物)이다. 불합리요 공연한 수고만 더하게 하는 것이다.

명사에는 'ㅎ' 받침을 볼 수 없다 하여도 동사, 형용사, 부사 등에는 'ㅎ' 받침을 많이 쓴다. 그러나 여기에서는 'ㅎ' 받침만을 떼어서 말할 것이 아니라 부활한 종성 7음을 동사, 형용사, 부사 등에도 명사와 같이 받침으로 쓰는 가부(可否)부터 말하고 나서 다시 'ㅎ' 받침에 언급하고자 한다.

위선 동사의 믿(信)을 예로 잡아서 재래식과 아울러 어미를 변화시켜보기로 하면,

믿으니   미드니

믿으며   미드며

믿으면   미드면

믿으어(믿어)   미드어(미더)

믿으라(믿어라)　　미드라(미더라)

믿으다(믿다)　　미드라(밋다)

믿으고(믿고)　　미드고(밋고)

믿으지(믿지)　　미드니(밋지)

믿으기(믿기)　　미드기(밋기)

믿음　　　　　　미듬

등등이 이렇게 쓸 수가 있다. 상단은 물론 한글 신철자법이요, 하단은 재래 관법(慣法)이거니와 '믿'을 어근으로 보아가지고 그 아래에 토를 달아보면 어근과 어미 사이에 모조리 '으'가 끼어진다. 개(個) 중에는 반드시 '으'가 있어야 할 것(믿으니, 믿으면, 믿어, 믿어라, 믿음)과 없어도 되는 것(믿고, 믿다, 믿지, 믿기)의 차이가 있기는 있지마는 없어도 좋은 것이라도 그 소리를 늘려내는 경우에는 '믿으고, 믿으다, 믿으지, 믿으기'라고 쓸 수 있는 것을 보면 '으'가 모조리 있는 것이 본래의 형태요, 또 정확한 교음법(敎音法)이라 할 것이다. (1934.11.21)

　그러면 '으'가 빠진 '믿다, 믿고, 믿지, 믿기'는 어디서 오는 것인가? 그 일례로 '믿으니'라는 말을 가지고 두 가지 경우에 활용시켜보건대 의문사로, '너, 믿으니?' 할 것을 '너, 믿니?' 하기도 한다. 그러나 서술사(敍述辭)로, '종교를 믿으니 신자다' 할 경우에 '으'를 약(約)하고 '종교를 믿니 신자다'라고는 못한다. 그러면 '믿으니'는 두 경우에 통용이 되지마는 '으'를 약(約)한 '믿니'가 통용 못되는 점으로만 보아도 '믿으니'가 원형이요, '믿니'가 변체(變體)임을 알겠거니와 동시에 그 '믿니'는 '으'를 생략한 음편에서 나온 것이라 하겠다. 따라서 '믿다, 믿고, 믿지, 믿기'도 '미드'의 'ㅡ'가, 줄어 음편으로 단축(短促)된 것임에 불과하니 그것은 마치 화문(和文)에

食ひて 가 食ッて

讀みて 가 讀ンで

足りて 가 足ッて

와 같이 촉음(促音)된 것이라 할 것이다.

그래도 미심(未審)타 할 지경이면 '믿으니 믿으면 ……' 하는 데의 '으니', '으면'이 어미(정확히 문법적으로 해석하면 어미란 용어가 부당한 경우도 있지마는 잉용(仍用)하여 둔다) 혹은 토가 되는 것인가? '니, 면'이 토가 되는 것인가를 생각해보면 좋을 것이다.

'하니, 하면'의 '하'는 동사요, '니'와 '면'은 조동사, 즉 즉 토이다. 그러면 '믿으니, 믿으면'에 있어서도 '믿으'가 동사의 어근(幹)이요, '니, 면'만이 토가 아니면 아니 될 것이다.

이와 같이 '믿'이 어근 혹은 어간이 아니요, '믿으'가 어간임이 분명하다 할진대 구태여 '믿으'라 쓸 것이 아니라 '미드'라고 종래와 같이 씀이 이론적으로나 실제로나 타당하고 자연스럽고 편리할 것은 물론이다. 편리 여하는 차치하고 어근을 찾아 쓰기 위하여서라도 필요한 일이니 그러면 애초에 '미드'를 '믿'이라고 고친 원인이 어디 있는가 하면 다른 어미는 제치(除置)하고 '고, 다, 지, 기' 등만을 붙이어서 보고, 또 그중에서도 본래의 형태인 연음(延音)적 방면은 돌보지 않고 촉음적 방면만을 취하여 이것을 주로 잡아가지고 본래 주객을 도치하여 여기에 귀일케 하였기 때문에 '믿'을 어근 혹은 어간이라고 보게 된 것이라 하겠다.

또 만일 현재 '미드고, 미드다, 미드지, 미드기' 등을 쓰는 것이 드물어가고 촉음만을 쓰는 것으로써 아무래도 '믿'이 어간이라 할 지경이면 '흩(散)'이란 자를 가지고 보자.

‘흩고, 흩다, 흩지, 흩기’라고 쓰는 것은 드물되 ‘흐트고, 흐트다, 흐트지, 흐트기’라 쓰는 편이 많으니 이 경우에는 촉음이 되는 것이 도리어 난편(難便)함을 알 것이요, ‘흩’이 어간이 아니라 ‘흩으─흐트’가 어간임을 일층 분명히 입증함이라 볼 수가 있다.

그러면 원칙상으로는 ‘믿으’, 즉 ‘미드’를 어간이라 인정하더라도 실제에 있어 촉음 하여 ‘─’가 약(略)해지고 ‘믿고’라고 쓰는 경우에 한글식을 취하겠느냐? 재래식으로 ‘ㅅ’ 받침을 하여 ‘밋고’라고 쓰겠느냐 하면 역시 원칙상으로는 ‘믿고’라고 한글식을 정당한 것으로 인정 않을 수 없다. ‘미드고’에서 ‘─’가 멸(滅)하면 ‘미드고’만 남았으니 ‘믿고’ 밖에 되는 도리가 또 없을 것이 아닌가.

그러면 첫째는 받침이 어수선하고 생소·불편한 것도 반대의 한 원인이나 이유가 되었는데 여전히 ‘믿고’라 쓰고 쫓고(逐)라 쓴다면 애를 써 어간을 찾아놓은 보람은 무엇이겠느냐고 하는 의문이 나올 듯하다. 사실인즉 그러하다. 원리 원칙을 살리는 동시에 번폐(煩弊)를 덜고 간편에 취하여야 할 것도 중대한 문제이기 때문이다. 그러므로 이 점에 이르러서 나는 미숙한 궁리이기는 하나 위선 이러한 사견을 가지고 있다. (1934.11.22)

전술(前述)과 같이 동사의 어근을 환원시키면 종래에 쓰던 받침을 한 동사들, 즉

적으(錄), 신으(納履), 실으(載), 감으(瞑), 입으(着衣), 벗으(脫) ……

등을

‘저그, 시느, 시르, 가므, 이브, 버스 ……’

등으로 쓸 것은 물론이요, 새로이 쓰게 된 받침이 달리는 동사들도

믿 ─ 을, 미드 ─ 로(信)

맞 ─ 을, 마즈 ─ 로(迎)

및 ─ 을, 미츠 ─ 로(及)

흩 ─ 을, 흐르 ─ 로(散)

갚 ─ 을, 가프 ─ 로(報)

넣 ─ 를, 너흐 ─ 로(入)

이렇게 쓰일 것이니 설혹 촉음 되는 경우에 '고, 다, 지, 기'와 기타 '는'들에 딸려서 '저그'가 '적'이 되고 '미드'가 '믿'이 된다 할지라도 이 촉음이 되는 경우보다도 훨씬 널리 쓰이는 여러 가지 경우 ─ 즉 '너, 며, 면, 어, 라' 등과 명사구가 되는 'ㅁ'이 달리는 때에는 제 소리대로 쓰게 되는 것이 편리하고 또는 결국에 'ㅅ' 소리밖에 나지 않아서 분간키 어려운 'ㄷ, ㅈ, ㅊ, ㅌ'과 같은 받침을 일일이 정확히 골라 써야만 할 번폐와 고통을 면하게 될 것이요, 'ㅂ, ㅍ'을 뒤섞을 염려가 없어질 것이며 소리 안 나는 'ㅎ' 때문에 받는 보람 없는 수고가 덜리게 되리라고 믿는다. 그렇다고 결코 통일을 잃고 불합리한 모순이 생길 리는 만무하다. 왜 그러냐 하면 위에서 여러 방면으로 논증함과 같이 '저그, 미드……'가 어근이요, 그 어근이 흔들리거나 철자상 착오가 날 리가 만무하기 때문이다.

(그러나 '저그, 미드'가 본디의 어근이라 하더라도 소위 촉음될 때에 '적고, 믿고'라고 쓰고야 말 것이니 그 때 가서도 'ㄷ, ㅈ, ㅊ, ㅌ'들을 분간키 어렵기는 일반이 아니냐? 더구나 '믿' 한 가지로만 통일하지 않고 '미드'와 '믿'의 두 가지로 쓰는 것은 더 폐(弊)로울 것이 아니냐?고 말할 것이다.)

그러나 '저그, 미드'가 어근임이 이론상 틀림 없으면야 이것이 정상의 형체이며 '저그, 미드'가 정상한 형체이면야 '적, 믿'은 변태이니 변태도 본(本)을 삼고 정상으로 말(末)을 삼을 수 없으니 도리어 번폐가 더할지라도 부득이한 일이겠으며, 또 두 가지로 쓰기로 말하면야 '믿'을 어간으로 삼은 통일안에서도 '브'가 붓는 경우에는 '믿브'라 쓰지 말코 '미쁘'라 쓰기로 결정되었으니 어떠한 논거로 그렇게 되었는지는 모르겠으나 같은 말에 '믿'과 '미'를 다 같이 어근으로 삼음은 똑같이 번폐하거나 한층 더 불합리한 결과에 빠졌다 하겠다.

끝으로 촉음 되는 경우에 'ㄷ, ㅈ, ㅊ, ㅌ'들을 분간하는 번폐에 대하여는 다른 항에서 말하기로 한다.

그 외에 이렇게 어근을 환원해 쓰면 2자(字) 받침의 번쇄도 많이 덜 될 것이다. (명사, 동사, 형용사 등의 2자 받침을 원칙상 배척할 근거나 이유는 조금도 없다) 우선 제일 많이 쓰이는 '있, 없'과 같은 자를 '잇스, 업스'로 쓰게 되고 '앉, 끓, 훑 심(植)' 등과 같이 한층 더 거북한 기사법(記寫法)이 합리하고도 평이하게 될지니 '안즈, 쿨(꿀)흐, 훌트, 심그' 등으로 쓸 것은 물론이요, '고, 다, 지, 기, 는' 등이 와서 촉음 될 때에는 '잇고, 업고ー잇다, 업다 ……'라고 씀과 같이

안고 안다 안지 안기 안는

쿨코 쿨타 쿨치 쿨키 쿨는

훌고 훌다 훌지 훌기 훌는

심고 심다 심지 심기 심는

등으로 변하여진다. 이것으로 보면 '잇고, 업고'에서 'ㅅ' 혹은 '스'이 전연 삭략(削略)하여짐과 같이 이 4개의 경우에서도 'ㅈ, ㅎ, ㅌ, ㅋ'이 모두 스러져버린다. '쿨코, 쿨타, 쿨치, 쿨키'에는 'ㅎ'이 합음(合音)되어버리나 '쿨는'에서

는 삭략된다. 그러면 이 여러 가지 경우에 2자 받침으로 인하여 소리도 안 나면서 군더더기로 달려 다니면서 붓끝 한 번이라도 더 가게 쌩이질만 하던 'ㅅ·ㅈ·ㅎ·ㅌ·ㄱ' 등의 거의 전부가 삭략해지거나 '코·타·키' 등에 합음되어버린다는 사실은 여간 간편한 일이 아니며 이것 역시 어근을 환원한 결과임은 물론이다. 그리고 또한 조금도 불합리를 발견할 수 없음을 믿는 바이다. (1934.11.24)

전절(前節)에서 '있'이 '잇스'가 되고 축음 될 때에는 '잇고'라고 쓰듯이 '앉고, 훑고, 쉬고'의 'ㅈ, ㅌ, ㄱ'은 당연히 없어질 것이요, '안즈고, 훌트고, 심그고'라 할 때에는 물론 '즈, 트, 그'가 그대로 줄어질 것이라고 말하였거니와 이것을 부인코자 하는 사람은 이렇게 말할지도 모른다.

설사 받침이 하나 줄어져서 '안고, 훌고, 심고'라고 쓰더라도 실제 발음에는 '안꼬, 훌꼬, 심꼬'라고 된소리를 내는데 그 된소리가 어디서 나오느냐? ㄱ·ㄷ·ㅂ·ㅅ·ㅈ 들은 서로 만날 때 '굴러된 된소리'라는 것이 나지마는 ㄴ·ㄹ·ㅁ·ㅎ 들은 '굴러된 된소리'를 내지 못하는 법(김윤경(金允經) 씨 설에 의함)이니 그러면 '안고'의 ㄴ과 ㄱ 사이와 '훌고'의 ㄹ과 ㄱ 사이와 '심고'의 ㅁ과 ㄱ 사이에서 나는 '된소리'는 '굴러된 된소리'가 아니요, 앉, 훑, 쉼의 'ㅈ·ㅌ·ㄱ'이 있기 때문에 나는 된소리인즉 결코 삭략되지 않는다 할지 모른다. 그러나

안(抱)고, 안지 — 안꼬, 안찌

될고, 될지 — 될꼬, 될찌

젊고, 젊지 — 젊꼬, 젊찌

이와 같이 ㄴ, ㄹ, ㅁ 밑에 오는 자음이 된소리를 내는 것을 보면 반듯이

‘앉, 훑, 쉼’이라고 써야만 실제로 ‘안스, 홀스, 심스’라고 발음되는 것이 아님을 알겠다.

그래도 어근을 밝히기 위하여 소리는 나든지 안 나든지 제 본바탈[233] 가진 받침은 모두 주레주레 담아 써야 하겠다고 고집한다면 그것은 너무나 고전(古典)에 돌아가려는 귀족적 취미일지는 몰라도 확실히 비현대적이요, 비과학적이요, 또한 교슬(膠瑟)[234]적이기도 하다.

(이것은 명사를 이야기할 때 일언(一言)하려던 것을 잊은 말이지마는) 통일안을 보면 어간이나 명사를 존중하여 제대로 쓴다는 의미로 ‘낚시’라는 인례(引例)가 있는 것을 보았거니와 ‘낙근’다는 동사에서 나온 ‘낚’이기로 반드시 ‘낚시’라 하여 하고 ‘낙시’라는 일개(一個)의 독립한 명사로 보거나 그렇게 작정하지 못할 이유가 꼭 있을지 의문이다. 이것은 명사이지마는 동사에도 ‘깎, 꺾, 볶(炒)’ 따위를 보면 설혹, 어근이 ‘복그’가 아니요, ‘볶’이기로 ‘복는다, 복고, 복기’라고 쓸 때에도 ‘볶는다, 볶고, 볶기’라 하여 ‘ㄱ’을 이중, 삼중으로 써야 하고 그것이 진실로 과학적 본의며 합리화와 통일과 아울러 간명과 스피드화를 요구하는 현대성에 부합되는 것일지 의문이다.

만일 조선에도 로마자(羅馬字) 운동이 생긴다면 어떻게 될꼬?

　　　Gakkko — 깎고

가 될 것이요 조선문을 횡서(橫書)를 한다면(그런 실제 연구가도 있지만),

　　　ㄱㄱㅏ ㄱㄱㄱㅗ — 깎고

---

233 본바탈 : ‘본바탕’을 뜻한다.
234 교슬(膠瑟) : 고지식하여 융통성이 전혀 없음.

가 될지니 무슨 필요로 K나 ㄱ이 3개씩 연속되는가? 이것을 에스페란토 철자법에 비하여 볼 제 과연 어떻다 할꼬?

에스페란토가 국제평화와 인인애(隣仁愛)의 정신에서 나온 것은 물론이로되 오랜 전통적 어원을 찾으면서도 그 복잡, 번쇄, 불규칙한 철자법을 가장 과학적으로 간명히 조직한 점을 생각한달 지경이면 오랜 역사를 가진 우리말과 창작해놓은 신출어(新出語)를 동일(同日)에 논할 바는 아니겠지마는 그 정리하고 조직해놓은 방법이나 태도만은 본받아 옳은 것이라 하겠다. 그뿐 아니라 '앉, 쉬, 낚시, 깎'들이 새로 지은 글자 되기는 에스페란토와 불심상원(不甚相遠)하니 그럴 바에야 모순 안 되는 한도에서 간명한 방도를 취하여야 할 것은 췌언(贅言)할 것도 없다.

또 그뿐 아니라 관용어로서 '가슬'을 '가을', '힘'을 '심', '수개'를 '수캐'라 하는 것을 인정하여 1음(音)이 약해지기도 하고 바뀌기도 하며 더 넣어지기도 (수캐는 'ㅎ'의 증첨(增添))함을 용허(容許)하니 그러면 음편을 따라서 '안고, 홀고, 심고, 복고, 낙시 ……' 등으로 쓰는 것만이 음리상(音理上)으로나 문법통일 혹은 철자법 통일 상으로 용허되지 못한다는 이유는 없을까 한다. (1934.11.25)

어근을 통일안과는 달리 봄으로써 번폐의 반(半) 이상은 덜리리라는 실례도 들었거니와 '이습(易習)'과 '간요(簡要)'를 주지(主旨)로 하고 볼 제 또 한 가지 난관이 남아 있으니, 즉 촉음 되는 경우에

    적고 신고 실고 감고 입고 벗고

등은 종래에 써오던 것이요, 또한 달리는 변통할 도리가 없는 것이니 문제도 되지 않지마는

등에 이르러서는 오직 'ㅎ' 받침 하나를 제외하고는 원칙상 이것을 인정하여야 할 것이라 하였은즉 그러면 특별히 한글의 교육을 받았다거나 전문적으로 연구한 사람이 아니면야 일반 보통교육 정도나 그 이하의 대중은 물론이오, 상당한 식자계급(識者階級)일지라도 한글에 대하여 '반절식(式)'의 범위에서 더 넘어 가지 못한 사람은 여역시(亦如是) 일일이 분간하여 정확하게 사용키 극난(極難)할지니 이 문제를 어떻게 하겠느냐는 의문이 생길 줄로 안다.

사실에 있어서 초등 학동이나 문맹 정도를 근면(僅勉)한 대다수 인(人)더러 '믿, 밑, 및, 및'을 구별하여 쓰라 하고, '갑, 값, 갚'을 분간 못 한다고 나무란다든지 '낚시'라 쓰고 '깎고'라 써야 옳다고 가르친대야 이해하고 못 하는 것은 고사하고 실제에 큰 짐이 되고 압증(壓症)이 나는 나머지 종전대로, 손에 익은 대로 쓰겠다고 할 것이다. 그러면 시비를 가리는 것은 다음 일이요, 실제에 있어서 이 일을 어떻게 해결하고 지도하여야 좋을 것인가?

나는 이 점에 대하여 '낚시, 깎고' 등 정도의 것은 원칙적으로도 찬성하기를 꺼리는 바이지마는 동사의 5개 종성 'ㄷ, ㅌ, ㅈ, ㅊ, ㅍ'은 촉음 되는 경우에 제대로 쓸 사람은 쓰고 분명히 가리어서 쓰지 못할 사람은 재래의 식대로 'ㄷ, ㅌ, ㅈ, ㅊ'은 'ㅅ'으로 대표하여 쓰게 하고 'ㅍ'은 'ㅂ'으로 써도 일 편법으로 무방하다는 원칙을 세웠으면 학술적 입장도 손상치 않고 실제 사용 문제도 해결되면서 결코 불합리에 빠지지 않으리라고 우고(愚考)하는 바이다

우선 실제 문제로 생각할 제 그 다섯 가지 받침을 잘 가리어 쓰고는 싶으나 난해하고 미숙한 탓에 편한 것을 따름이요, 절대로 반대하는 것은 아닌즉 자기 손으로 쓰지는 못하되 남의 쓴 것은 차차 보아갈수록에 요해(了解)하게 되고 또 근본적 주의상(主義上) 반대가 아님으로 충분히 투득(透得)하면 저절

로 따라 쓰게 될 것이다. 그러므로 잘 쓰기를 잘 쓰는 사람 또는 그렇게 정확히 쓰기를 힘쓰는 성의 있는 사람은 그 다섯 가지 받침을 쓰고 또 일반에 보급시키는 한편에 못 쓰는 사람을 위하여는 일 편법을 허용할 것이니 그럴지라도 이론상 틀릴 것은 없을 것이라 말이다.

즉 다른 받침은 제각기 제 소리를 가지고 있지마는 'ㅈ, ㅊ, ㄷ, ㅌ'은 실제에 있어 'ㅅ' 음만 내고 마니 'ㅅ'으로써 동일한 계통의 받침 네 가지의 대표음으로 정하고 'ㅍ'은 실제 발음에 'ㅂ' 소리가 나니 그 대표음으로 쓰는 것이 어떻겠느냐는 말이다.

가령 화문(和文)에서 이와 비슷한 예를 들자면

イ, キ, シ, チ, ニ, ヒ, ミ, イ, リ, ヰ

의 10음 중에서 'ン'으로 음편되는 'ニ, ミ'와 촉음 안 되는 'イ, シ, イ, ヰ'의 6음을 제한 'キ, チ, ヒ, リ'는 'ッ'로 대표하여 모두 촉음이 되나니 언문일치체에는 물론 'キ, チ, ヒ, リ'라 쓰지 않고 'ッ'라고 쓰고 (行キテ를 行ッテ, 立チテ를 立ッテ 등과 여如히) 문어체에 있어서는 그 소위 오쿠리가나(おくり假名) 하는 것은 정확히 제대로 가려 쓰기는 쓰되 읽기는 역시 촉음하여 읽는다. 그러면 우리도 모든 것을 백지에 돌려보내놓고 나서 다시 이러한 편법을 마련해보지 못할까 하는 생각이다. 그러나 내가 이러한 예를 든다고 화문(和文) 경우와 조선문 경우가 똑같다 하여 화문(和文)도 그러하니 조선문도 그 본(本)을 쓰자고 조리 없이 우기려는 것은 결코 아니다. 다만 피차의 경우를 참고하여 실제의 문제를 냉정히 고구(考究)하여 보자는 말이다. (1934.11.27)

전기(前記)한 화문(和文)의 촉음의 예에서 'キ, チ, ヒ, リ'와 'ッ'와는 아무 관련도 맥락도 없건마는 촉음될 때에는 'ッ'로 대용되는 것을 보고 다시 우리말

과 글에 ‘ㄷ, ㅌ, ㅈ, ㅊ’들이 실제 발음에 ‘ㅅ’이 나고 ‘ㅍ’이 ‘ㅂ’ 소리를 내는 것과를 비교한다면 ‘ㅅ’으로 대표음을 삼고 ‘ㅂ’으로 ‘ㅍ’에 대용케 한대도 결코 무리는 없을 것이라고 믿는다.

그러나 다만 한 가지 불쾌를 느낀다 할지 불만이 있다고 할 것은 ‘ㅅ, ㅂ’을 부활시켜서 쓴다면 결국에 도로 아미타불이 되고 마는 것이 아니냐? 혼잡은 여전한 혼잡으로 돌아가서 통일을 기획하는 본의를 잃지 않겠느냐고 할 듯하나 ‘ㄷ, ㅌ, ㅈ, ㅊ ㅍ’ 등 받침의 경우를 찾지 못하고 그대로 ‘ㅅ, ㅂ’을 쓰던 시대와는 근본적으로 관념이 다른 것이요, 또 ‘ㄷ, ㅌ, ㅈ, ㅊ, ㅍ’들을 부인하거나 단순히 번폐하다는 이유로 폐기하고 ‘ㅅ, ㅂ’에로 무작정하고 돌아가자는 것이 아니라, 그 5개 종성이 일반 사용에 보편화될 때까지 일 편법으로서 허용함도 무방하겠다는 말이니 학술적 존재에 일상사용에까지 보급되는 과도기적 방편으로 논의함이다.

사실로 지금 가만히 서신이나 인쇄물을 보면 신구 철자법이 뒤섞인 정도는 오히려 막론할지나 ‘ㄷ, ㅌ, ㅈ, ㅊ’ 등 받침을 혹은 혼동하여 쓰고 혹은 연첩(連疊)하여 쓰고 혹은 누락시키고 하여 다소 눈 뜬 사람으로도 어리둥절하여 갈피를 차릴 수가 없는 형편이니 쓰는 사람이 그러하고 읽는 사람이 그러하여 시간과 노력은 낭비하면서도 정확을 기필(期必)치 못할 바에야 좀 더 보급되고 일반적으로 숙달될 때까지 어떠한 타협적 간편한 신안(新案)이 제공되어야 차라리 안심하고 쓰고 착오나 없이 쓸 것이다. 그러나 이러한 것은 그래도 중등 이상 정도의 유식계급의 고통이요, 미구(未久)에는 숙습하여질 가능성을 가진 사람을 표준하고 하는 말이지마는 초등 정도의 아동을 비롯하여 최대다수의 대중남녀라든지 문맹퇴치운동 등을 생각할 제 문제는 실로 크고 아무래도 무슨 방편이든지 있어야만 될 줄로 생각한다.

원시(元是) 전문적 연구가 없이 다만 자기의 경험만을 토대로 한 천견(淺見)

이므로 만일 종차(從此)로 본격적 연구를 계속하게 되면 혹은 스스로 취소하게 될 점도 있겠고 더 일층 역설하고 싶은 점도 발견될지 모르겠거니와 이 문제는 다만 이만한 정도로 일 사견의 개진에 그치고 너무 지리(支離)하겠기로 다음에 약간 형용사와 부사에 언급하고 이 고(稿)를 마치려 한다.

형용사도 어근에 있어서는 동사와 같다고 하겠다. '길다, 깊다' 하는 형용사를 가지고 볼 제 '기르다, 기프다'라고 하여 '기르, 기프'가 어근이라고 할 것은 동사에서의 경우와 같거니와 다시 '기리한 자(長一尺), 기피한 길(深一丈)'이라 하는 때 '길'이 한 자거나 '깊'이한 길 ― 즉 '길'이란 체언에 '이'라는 토가 붙은 것이거나 '깊'이라는 체언에 '이' 토가 달린 것이라고는 볼 수 없다. 환언하면 '길이'가 1척(尺) '깊이'가 1장(丈)이라는 말의 '가' 토가 약(略)하여진 것이니 '길이 = 기리'와 '깊이 = 기피'가 체언, 즉 어근이라 볼 수 없다.

그러므로 '고 다, 기, 지' 등을 붙일 때에 곧(直), 낮(低), 같(同), 높(高) 등으로 바뀌는 것은 동사에서와 같이 제 체 소리대로 써야만 될 것이다. 그러나 만일 위에서 말한 바와 같이 일 편법을 용허하여 쓰고 안 쓰는 것은 별개의 문제가 될 것이다.

그런데 같은 형용사 중에서도 이 '많, 흖, 점잖'과 같은 자에 대하여 좀 더 생각해볼까 한다. '많'은 '만흐'가 어근이 될 것은 전례(前例)대로 의심이 없지마는 '흖'은 '흔하다'는 말에서 나온 것인 모양이요, '점잖'은 '젊지지 안하다' 즉 속담에 '낫살이나 먹어 보인다 ― 체통 있어 보인다'는 관념에서 나온 말을 졸아붙인 말이나 아닌가 하는 생각을 가지고 어근을 캐이자면 좀 난처하다. (1934.11.28)

'흔하다'의 '하'는 동사, '다'는 조동사인즉 아무래도 '흔'이 어근이다. 만일 '흖'이 어근이라 하면 '흔하니'라 할 때에 '흖아니'라고 써야 될 모양이니 'ㅎ' 받침이 달린다는 것은 애초에 가당치도 않다. 또 '점많'도 '괜찮'가 '관게치 안

하'에서 나왔다고 볼 수 있음과 같이 '젊지 안하'에서 나온 말이라 할 지경이면 '젊' = '절므', '지', '아니하'로 구분될 것이요, '아니하'가 '않'이 되느냐 안 되느냐는 것은 별개 문제가 될 것이다. 그러면 전기한 '많, 훓, 점잖' 중에서 '훓' 자에 대하여는 이미 귀정(歸正)이 되었은즉, 여기서는 다만 '많, 않'만 가지고 이야기하려 한다.

우선 '많'으로 말하면 '만흐'가 어근 될 것은 여기에 다시 번설할 필요도 없거니와 'ㅎ'만 떼어서 말하더라도 위에서 누술(屢述)하였음과 같이 첫째 어근으로서 발음이 안 되고, 둘째 'ㅅ' 음이 나올 여지가 없다는 것도 또 반복하여 중언할 필요가 없다. 그러면 다만 여기에서는 '고, 다, 지, 기'와 부사가 될 때의 '게'를 붙이면 '코, 타 치, 키, 케'가 되니 이러한 토를 병용(並用)하게 하겠느냐는 것만 한층 더 명백히 하면 될 것이다.

그런데 여기서 당장 쉬운 인례(引例)로 지금 내가 쓴 말 가운데 '병용하게', '명백히'란 부사를 들어보자. '병용하게'를 '병용케'라고도 쓰고 '명백히'는 즉 '명백하게 = 명백케'와 동의(同意)이다. 그러면 이런 말들도 '많게, 않이'라고 쓰는 일례로 '병용ㅎ게, 명백ㅎ이'이라고 써야 옳다 할 것이다. 그러나 실제에 그렇게 쓰는가? 이것은 고의의 억설이 아니라 실제로 '병용케'라고 쓰는 다음에야 '케'는 '하게'의 합음될 것이요, '많이'는 '만흐'가 '만히'로 변하여 부사의 작용을 한다는 것을 말하기 위하여 예증한 것이다.

이와 같이 이미 '흐게'나 '하게'가 '케' 됨을 인정하면야 '코, 타, 치, 키'를 '고, 다, 지, 기'와 동격으로 못 볼 이유가 없지 않은가. 즉 '만흐고'가 '만코'로 되는 것을 불합리라 할 수 없을 뿐 아니라 도리어 어근으로 보든지 촉음 되는 경우에 'ㅎ'이 받침으로 소리를 못내는 점으로 보든지 '코, 케 ……' 기타를 다른 한자숙어에는 부인할 수 없는 점으로서든지 또 편리한 점으로 보든지 어디로 보든지 '많고'보다는 역시 '만코, 만케'가 옳으리라고 믿는다.

또 그뿐 아니라 '만히, 명백히'하는 '히' 받침이 올 때에 '많이'라고 쓰면 위의 'ㅎ' 받침은 무용한 중복이 되고 '많이'라고 쓰면 '이'가 부사됨을 표시할 수 없으니 자연히 '많'이란 자가 명사가 되고 '이'는 주격을 표시하는 토가 되고 말 것이다. (혹은 '깊이'를 부사로 보아 '이'도 '히'와 같이 형용사를 부사로 전성(轉成)하는 작용이 있다 할지 모르나 믿을 수 없는 말이다. '기피'라고 쓸 것이 아닌가 한다. 즉 '깊히'라고 씀이 정당하되 이미 'ㅍ' 속에 'ㅎ'이 있음으로 하나는 생략되는 것으로 봄이 옳을까 한다)

'않'은 '아니하'가 줄어 된 것이므로 '하'라는 동사가 활용되는 것이요, '아니'라는 부사는 따라다니는 것인즉 애초에 부사와 동사를 비끄러매어가지고 한 몸뚱이의 동사인 듯싶이 활용시킨다는 것이 근본적 오류인 다음에야 갱론할 것도 없다. 설혹 '않으'로 본다 하여도 '안'은 '아니'의 줄은 것이요, '흐'는 '하'와 공통된다(즉 'ㅡ', 'ㅏ'는 'ㆍ'에서 변해 나온 동근이체(同根異體)임으로).

너무 지리하였기로 위선은 이만 정도에 그친다. 겸사(謙辭)가 아니라 명실공히 우론(愚論)을 토하였는지도 모르겠고 천견에서 나온 독단도 없었다고는 보장할 수 없다. 다만 대방(大方)의 질정(叱正)을 바라는 동시에 금후의 연구를 자기(自期)할 따름이다. (1934.11.29)

역사소설시대[235]

『개벽』12월호의 「조선문화의 재인식」이란 박영희(朴英熙) 씨의 논문은 현하(現下)의 경향을 옳게 본 말로 승복하는 바거니와 작년 이맘때에 비하면 혼탁이 얼마쯤 개이고 귀추가 다소 분명하여진 것이 사실인 모양이다. 소위 객관적 정세니 무어니 하는 것은 여기서 논외로 하고, 다만 결론으로 보아서 일반의 공기가 다시 조선적의 것으로 훨씬 투철한 재인식을 가지고 돌아온 것은 여러 가지 현상으로 명백하여졌다 하겠다. 그것은 언뜻 보면 혹여 파쇼 정신의 영향이 아닌가도 하겠지마는 그보다도 가령 메이지유신(明治維新) 초기로부터 모리 아리노리(森有禮)[236]의 암살 전후까지의 구미문명의 심취 시대가 지나가고 다시 자국(自國) 문화의 옹호 재건설에 눈을 돌리던 것과 같은 현상으로 볼 수 있으니 오늘날에 재인식하려는 '조선적'의 것에 대한 열의라든지 연구의 태도는 전일(前日)의 그것에 비하여 심도(深度)와 광도(廣度)로 일층 자각적이요, 절실한 바가 있는 듯이 보인다.

---

235 염상섭(廉想涉), 「역사소설시대」(전3회), 『매일신보』, 1934.12.20~1934.12.22. '문예시감(文藝時感)'이라는 표제 하에 이 글과 함께 「소설과 역사」, 「성격」이 잇따라 연재된다.
236 모리 아리노리(森有禮, 1847~1889) : 일본의 초대 미국공사를 지낸 무사 출신 정치가. 1873년 후쿠자와 유기치(福澤諭吉) 등과 함께 메이로쿠사(明六社)를 조직했다. 1885년에는 초대 문부상으로 일본의 근대 교육제도의 기틀을 마련했다. 그는 메이지 계몽운동의 일원으로 교육의 자유, 종교로부터 독립된 교육, 여성평등, 국제공법을 주장하였고, 일본어를 버리고 영어를 배울 것을 주장했다.

이러한 경향이 문예 방면으로 나타난 것이 곧 역사소설이라 하겠으니 이 것은 전문적 역사가나 소설가가 역사를 통속적으로 대중에게 보급시키려는 노력에서 나온 것이라느니보다는 대중이 이것을 요구하는 데서 출발한 것은 물론이다.

전자(前著) 본지(本紙)에서 농촌문예를 말할 때에도 잠깐 논급한 바가 있었 거니와 오늘날까지 우리의 제작하여 내려온 작품은 전부는 아니겠으나 그 대부분이 도회생활에 편중하였고, 도회생활 중에도 중등 정도 이상의 청년 남녀의 생활을 그려왔고, 또 그들에게서 대부분의 독자를 구득(求得)하였던 것이다. 심하게 말하면 카페 속에서 빚어나온 것도 있고, 유한계급 자녀를 상대로 하고 쓴 것도 있었으며, 혹은 사실로 유한계급만을 위한 무언(無言) 중 의 봉사를 하였던 것인지도 모른다. 또한 무산파문학이라야 그 방향만 달랐 을 뿐이지 실제 독자층으로 보면 유한계급이었다. 이것을 다시 말하면 소(小) 부분의 독자를 제외하고는 대중의 생활과는 거리가 멀고 실감이 박약한 감 이 있었던 것이다.

이것을 구할 길은 농촌을 중심으로 한 농촌소설과 레벨을 훨씬 저하한 통 속물 중에서도 소위 '시대물'이라는 강담(아담)물을 소설화한 것이어야 하겠 고, 일편 보담 더 문예안(文藝眼)이 높은 독자의 요구로서는 월평단에 오르는 소위 예술소설을 제공하면 될 것이다. 그러나 일본문단의 소위 '시대물'이라 는 것을 보면 강담 혹은 사담(史譚)과 본격적 역사소설과의 중간을 걸어가면 서 그렇다고 물론 강담과도 다르고, 괴기소설과도 다른 것을 제공하는 데 비 하여 조선에 있어서는 그러한 독자의 스타일을 가진 대중독물로서의 '시대 물'을 졸지에 만들어내기가 어려운 사정에 있다.

그렇다고 대중과 연(緣)이 먼 현대물만을 제공하여서는 종래의 통속소설 이나 별로 다를 것이 없는 것이 된다. 도리어 일본의 대중독물 중의 현대물과

같은 것을 쓰잘 지경이면 점점 더 모던화하고 첨단을 걷게 되어서 다대수인(人)의 요구는 저버리게 될 것이다

그러한데 지금 사십 이상의 대중남녀는 아무래도 현대의식이나 현대풍조나 모던적·첨단적 유행에서 뒷길로 섰고, 또 종래의 구소설에서 함양된 독서취미로나 그 본래의 보수적 경향 등으로 보아 소위 '시대물'이나 괴기소설을 요구하는 한편에 최근에 새로운 현상으로서 조선적의 것으로 돌아오려는 일반 기운(機運)에 얼싸여서 역사에 대한 지식욕과 내지 흥미가 청년남녀 간에 대두되었으므로 이 양자를 휩쓸어서 일반으로 사담(史譚)이 환영되는 추세인즉 이것을 다시 소설화하여 독자의 요구를 만족케 하자면 전기(前記)함과 같이 일본류의 '시대물'이 적합하기는 하나 그러한 취제(取題)와 형식이 아직 완성되지 못하였으니 자연히 본격적 역사소설에로 달아나거나 그와 유사한 정도에서 방황하게 된 현상(現狀)이라 하겠다. (1934.12.20)

또 한 가지 역사소설이 요구되는 원인은 역사지식이 대중에 보급되지 못한 것은 말할 것도 없고, 전문가 이외에는 2, 30대의 청년남녀에게도 거의 대부분이 역사지식에 결핍을 느끼는 까닭이라 하였다. 이러한 것은 조선의 특수사정이어서 다른 나라 문단에 비하여 조선에는 역사소설이 더 발달될 요인을 가졌고, 또 역사소설시대라는 한 시기가 오지나 않을까 하는 생각도 드는 것이다. 메이지(明治) 문단만 두고 보더라도 그 초기에 있어서 의회 설치 전 소위 자유권운동이 치열할 전후에 『경국미담(經國美談)』이니 『가인지기우(佳人之奇遇)』니 기타 『설중매(雪中梅)』, 『화간앵(花間鶯)』 같은 제목부터 좀 격세의 감이 있는 정치소설은 있었고, 그 후 20년대를 지나면서부터도 간혹 단편적으로는 역사물이 없지 않았겠지마는 역사소설 전성시대라는 것은 찾을 수 없다. 그도 그럴 것이 역사지식이 일반적으로 보급되었으므로, 특히 소설의 형식을 통하여 역사를 알려는 흥미나 우원(迂遠)한 요구는 없었을 것

이요, 일편에는 강담이니 사담이니 하여 대중독물을 충분히 공급할 길이 터져 있었으니 따로이 역사소설의 발달을 촉성하지는 않았던 모양이다.

거기에 비하면 오늘의 조선사람은 고담을 즐거하고 구소설에 젖은 안목과 흥취로도 역사물을 요구하거니와 지식적으로도 과거를 알려는 욕구가 사담 혹은 역사소설로 몰리게 되는 것은 당연한 일이라 하겠다. 역사를 배울 기회를 놓쳤고, 그렇다고 모르고는 답답하고 또 그렇다고 이 분주한 세태와 쫓기는 생활 속에서 특별히 무미건조한 역사를 연구하거나 들여다보고 앉았을 시간과 정력과 자력(資力)의 여유가 없으니 소설이란 형식으로 자미있게 그날그날의 위안을 얻는 동시에 지식욕을 채우자는, 말하자면 일석이조 식의 소득을 바라는 마음은 자연히 역사소설로 쏠리게 되는 것이라고 볼 수 있다.

그뿐 아니라 도쿠토미 소호(德富蘇峰)[237]옹의 말에 의하면 예전에도 역사가 대중에게 매우 자미있는 것이었었고 자미있기 때문에 누구나 널리 읽었었지마는 전문적 학자의 손에 넘어가서 소위 과학적 연구를 하게 되어서부터는 흥미를 감살(減殺)하는 동시에 어려워졌다. 그리하여 보급을 저해하였으니 역사는 아무쪼록 흥미 있게 널리 읽히도록 하여야 할 것이라고 한다. 이와 비슷한 말에 오스카 와일드가 예전에는 소설 같은 역사를 흥미 있게 읽혀주었는데 요새는 역사같이 무미건조한 소설을 읽힌다고 경구를 발한 것을 본 일이 있지마는 사실로 역사를 소설처럼 흥미 있게 읽고 싶은 요구는 너나 할 것 없이 가지고 있는 것이리라. 그 점으로 생각할 제 역사를 전문가의 손에서 받아다가 소설가의 흥미 있는 이야기로 새 단장을 시켜 내놓는 것은 무

---

237 도쿠토미 소호(德富蘇峰, 1863~1957) : 본명은 도쿠토미 이이치로(德富猪一郎). 언론인이자 문인. 1887년에 출판사 '민유사(民友社)'를 설립하여 일본 최초의 종합지 『고쿠민노토모(國民之友)』, 1890년에 『고쿠민 신문(國民新聞)』 발행. 초기에는 서양식의 자유 민주주의적 개혁을 주장했지만, 그 뒤 제국주의 일본을 지지하는 호전적 국가주의자로 활동. 1910년에서 1917년 동안 조선총독부의 기관지였던 『경성일보(京城日報)』의 감독을 역임하였다.

의미한 일도 아니려니와 역사가 보급되지 못한 조선과 같은 고장에서는 필요까지 한 일이라고 믿는다.

이와 같은 역사를 소설화함에 있어서 문학적 흥미 외에 지식욕의 보충이라는 실익을 생각한다면 그것은 문예로서는 혹 불순하다고 할지 모르나, 그러나 애초에 지식욕에 응한다는 선입주견(先人主見)이나 성심(成心)을 뺏어버리더라도 원체 역사에서 취재하느니만치 사실의 정확을 기하여야 할 것은 물론임으로 자연히 사담과 역사소설의 중간의 것, 즉 소위 넓은 의미의 시대물이라는 것보다는 곧장 역사소설로 들어가게 될 것이요, 또 그리함이 무난할 것이다. 그러므로 조선에 있어서는 먼저 역사소설에 출발하여가지고 비교적 사실에 치중치 않는, 즉 역사적 분량이 경미한 대중적 시대물로 변천되어 가리라고 생각된다. (1934.12.21)

발전의 순서로 말하면 종래의 단편적 사담이나 전기류나 소위 괴담기문이라는 것이 오늘의 야담의 형식을 밟아서 어느 정도까지 유행 보급된 뒤에 여기에 일층 다양다채(多樣多彩)한 공상의 옷(衣)을 입힘으로써 소설의 체재를 갖추게 될 것이니 이것이 곧 소위 '시대물'이라는 것이 될지며, 여기에 또다시 사실(史實)에 충실하고 예술적 표현에 노력함으로써 완전히 역사와 소설과를 동일선상에 근접 부합케 하면 고급의 역사소설이 될 것이다.

그러나 지금의 형편으로 보면 설사 역사에 대한 지식욕에 수응(需應)한다는 일면의 이유는 차치 막론하고라도 만일 사실(史實)에서 골자만 뽑아가지고 그 대부분을 작자의 자유로운 상상이나 공상에만 맡긴다든지 또는 시대적 배경만 빌어가지고 전연 가공적 인물과 사건을 배치 결구(結構)한다면 역사를 무시하고 사실(史實)에 통효(通曉)치 못하다는 점으로 기훼(譏毁)를 받을 것이다. 또 그렇게 제작하기도 지금 형편으로는 용이치 않다.

그러함으로 어찌 생각하면 발달의 경로는 선후(先後)가 전도된다 할지 모를지라도 어느 정도까지 역사소설의 형태를 가진 것으로부터 출발하여 작가의 역사적 지식이 해박하여지고 인물과 사건과 시대적 풍물 습속에 대한 연구·고증이 정확하여지며 사안(史眼)이 명심하여짐을 따라서 한 길로서는 일본의 그것과 같은 시대물이라는 일 정형이 생겨질 것이요, 다른 한 길로서는 일보를 전진하여 본격적 역사소설이 완성되리라고 우고(愚考)하는 바이다.

그러면 '시대물이라는 일 정형'이란 어떠한 것을 가리키는가. 모호한 말이다. 여기에서 우리는 신문소설 삽화가의 시대물에 대한 고심과 그 고심에 보응(報應)할 만한 효과를 얻기 어렵다는 사실(事實)로 미루어 생각하여보면 위선(爲先) 짐작이 낫을 것이다. 이것은 두말할 것도 없이 일정한 '형(型)'이 없는 것을 개척하여 나가는 고통이다. 그와 마찬가지의 고통이 작가에게도 있으니 추상적이요, 무미(無味)한 사실(史實)이라는 뼈에다가 살을 붙이고 피를 돌게 하여 여실(如實)하고 구체적인 묘사를 시험하고, 또 그것이 현실적 진실성과 맥박 있는 생명을 불어넣지 않으면 아니 되는 점을 생각할 제, 제작상 기술은 별문제로 하고 그 시대 배경이 되는 문물, 풍속과 제도격식과 내지 사상 관념 신조 등 내부적 요소 등은 물론이요, 건축의 양식, 기거(起居)의 동작 등 등 모든 점에 구격이 맞아 빈틈이 없게 하자면 이러한 점이 미간지(未墾地)로서 있으니만치 소설화하는 방식, 즉 틀(型)이 잡혀 있지 않은 것이다. 그러므로 이것을 차츰차츰 개척하여 한 형식이 엉구지게 되면 작가의 역사물을 취급하는 경험과 수법이 숙달하여짐과 아울러서 사실(史實)에 구니(拘泥)치 않고도 자유분방한 공상과 상상력을 구치(驅馳)할 때는 소위 대중적 시대물의 완성품이 나오게 될 것이요, 다른 일면에 있어서 사실(史實)과 예술적 표현에 충실할 때는 보담 더 고급의 본격적 역사소설이 나오리라는 뜻이다.

또 이와 같이 생각하여 오면 역사소설은 과거시대의 풍물지(風物誌)로서의 가치도 구유(具有)하게 될 것이니 소설은 언제나 후세에 가서 그 당대의 풍속지(風俗誌)로서의 가치를 발휘하는 것이지마는 지금처럼 시대의 격변으로 인하여 과거시대의 문물풍속을 찾기 힘들고 전하기 어려운 때에 있어서 이러한 방면에 부산적(副産的) 효과를 얻는다는 것만으로도 금후 역사소설에 대한 기대가 적지 않다 할 것이다. (1934.12.22)

소설과 역사[238]

　사가(史家)는 역사를 인생의 축도(縮圖)라 한다. 그리고 소설도 또한 인생의 축도임에 틀림없음을 생각하면 소설과 역사가 많은 공통점을 가졌다고 할까 한다. 역사가 영웅이나 제왕의 공생애(公生涯)를 기록한 것(소설도 영웅과 미희(美姬) 같은 특수한 주인공의 생활을 그리던 시대도 있었거니와) 또는 국가와 민족의 치란성쇠(治亂盛衰)의 자취를 찾는 것일지라도 결국에 인간을 토대로 한 생활의 기록인 점은 소설과 다른 것이 없다 하겠다. 다만 역사는 기왕의 사실(事實)임에 반하여 소설은 공상의 산물인 점에 상이(相異)가 있다 하겠으나 소설다우려면 '인생의 구체적 현실을 추상적 진실로 화(化)하고 그 추상적 진실을 다시 구체적 공상으로 옮기는 것', 환언하면 공상은 공상이면서도 어디까지 진실성을 구체적으로 가져야 하는 점으로 볼 제는 소설도 역사만한 진실성을 가진 것이라 할 수 있다.

　이와 같이 역사와 소설은 일(一)은 사실에 입각하고 일은 현실에 즉한 공상의 산물인 점에서 상이점을 발견하면서도 똑같이 인생과 생활을 토대로 하고 그 진실성을 구유(具有)함에 우열이 없는 점으로 보아 똑같이 인생의 축도

---

238 염상섭(廉想涉), 「소설과 역사」(전2회), 『매일신보』, 1934.12.23~12.24. 이 글은 앞에 수록된 「역사소설시대」에 이어 '문예시감'이란 표제 하에 실린 글이다.

라 할 것이다.

사가는 사상(史上)의 인물이나 사건을 해부하고 관찰함에 있어서 성격은 말할 것도 없고 시대정신과 환경을 중요시하고 이를 고구(考究)함으로써 정곡을 얻는다 하거니와 소설가에 있어서도 이 3자(인물의 성격, 시대정신, 환경)의 고찰이 소설 창작 상 얼마나 필요한 기초공작이 되는가는 노노(呶呶)할 바가 아니다. 이 점으로도 우리는 소설과 역사의 제2의 공통점을 발견할 수 있을 것이다.

역사거나 소설이거나 취급되는 대상은 결국에 사건(행위) 행위자(人) 배경의 3요소라 하겠으니 위에서 말한 성격이란 것은 물론 행위자를 가리킴이요, 시대정신과 환경이란 것은 행위가 진행된 시간과 장소를 말함이다.

그런데 이 3요소 중에서 사건, 즉 '행위'라는 것을 고찰할 제, 소설가는 진리의 탐색, 진상(眞狀)의 추리와 아울러 사람의 감정생활, 감정문제를 중요시하듯이 역사가도 사건 발생의 동기나 추이를 감정문제와 관련하여 고구한다는 말은 당연도 하거니와 매우 흥미 있는 말이다.

보통 말하기를 사람은 감정적 동물이라고 하거니와 희로애락 어느 것이 감정생활 아님이 없음은 물론이요, 모든 욕망 모든 기원(祈願)이 감정문제이다. 그뿐 아니라 사람과 사이의 교섭, 즉 대외적 관계의 전부는 아니겠지마는 그 대부분이 감정적으로 움직이는 것도 또한 사실이다. 하루 동안의 생활에 이성의 지배를 받는 부분하고 감정의 지배를 받는 부분하고를 구분해보면 그 분량으로만도 얼마나 감정생활이 많은가를 알 것이니 사람의 생활, 다시 말하면 사람의 행위, 즉 사건이라는 것을 똑같이 취급하는 소설에서나 역사란 학문에서 사건(행위)의 발생동기나 귀결요인을 감정문제와 관련시켜서 구명(究明)하는 것은 당연한 방법일지니 여기에서도 소설과 역사가 공통되는 점을 볼 수 있다.

소설이 풍부한 상상의 힘을 빌지 않고는 산출되지 못하거니와 역사도 또한 상상력에 의하여 연구되고 완미(玩味)될 것이라 하니, 상상력은 사건의 필연성과 맥락과 인과관계를 정연하게 천명하는 힘이라 하겠으니 역사는 비록 소설과 같은 공상의 산물은 아닐지라도 상상력에 의지하는 바 많을 것도 당연커니와 여기에서도 또 한 가지 공통점을 볼 수 있는가 한다. (1934.12.23)

과학, 철학, 예술 등 3자의 직능과 관계를 생각해볼진대 과학은 진리의 발견이 그 주안(主眼)이요, 철학은 진리의 오득(悟得)에 그 직능이 있다 하면, 예술은 진리의 표현이라 할 것이다. 그러므로 과학자는 사실이 추상적 이론적 설명을 하여놓고 철학자는 과학자에게서 물려받은 여러 가지 진리를 비교하고 조화하고 관련시켜서 신념을 세우지마는 그 역(亦) 추상적이요, 이론적임은 과학에서와 일반이다. 여기에 이르러 예술가는 과학자나 철학자에 의하여 남겨준 이론적 진리나 추상적 신념이라는 뼈에 공상에서 생긴 살과 껍질을 붙이고 피가 돌고 호흡이 통케 만들어서 감각적으로 촉지(觸知)할 것을 만든다. 즉 진리를 형이하(形而下)로 구체적 언어로 표현하는 것이라고 한다.

이상과 같이 구별하여 보면 3자의 임무가 판연(判然)히 구획되어있는 듯하지마는 실제에 있어서는 과학자도 철학적 고찰을 요할 경우도 없지 않겠고 예술가적 표현의 힘을 빌 때도 있을지며, 철학자도 과학자의 태도와 예술적 표현을 요할 경우도 있겠거니와 더욱이 인생의 모든 문제와 사건을 테마로 하는 소설작에 있어서는 인생의 진리를 발견(과학)하고 오득(철학)하고 표현하는 것이 그 임무이므로 과학적·철학적·예술적 고찰과 방법을 인간생활에 적용하는 것이 사실이다. 그는 표현이 궁국(窮局)의 목적이나 표현에 유도되기까지는 과학적 및 철학적 경과를 요한다는 말이다.

그런데 역사가에 있어서도 이 3단적 고찰과 방법은 소설가와 동일한 모양이니, 역사의 연구는 과학적 수단에 의할 것이라 하지마는 그 표현에 있어서는 예술적이어야 할 것이라고 주장하는 것을 보면 또한 얼마나 역사가 소설과 상사(相似)하고 역사가의 임무가 소설가와 상통되는가를 짐작할 것이라 하겠다.

'역사는 과학과 예술의 혼혈이다.' 이렇게 말하는 사가(史家)도 있다. 이 말은 역사가 순전히 과학도 아니요, 예술도 아니라는 뜻이 되지마는 그 연구탐색은 과학적이어야 할 것이요, 그 표현은 예술적이어야 할 것을 말한 것이니 여기에서 한층 더 양자의 접근과 상사를 발견할 것이라 하겠다.

전술(前述)과 같이 역사는 기왕의 사실과 인물을 대상으로 하는 것이요, 소설은 현실의 인생문제를 공상적으로 얽어서 구체화하고 진실화하는 점에 있어 상이(相異)가 생기는 것이지마는 그 대상이 되는 사건과 인물과 배경을 과학적으로 추상적 진리를 발견하고 철학적으로 해석하며 예술적으로 표현하는 3단적 경과에 있어서는 양자가 전연 동일하다고 할 수 있겠다. 그뿐 아니라 토머스 칼라일[239]은 영웅의 기록을 소설화하였고 톨스토이의 『전쟁과 평화』는 사가의 사서(史書)로 하여금 광채가 없게 하였다는 정평(定評)이 있음과 같이 전자는 기록작자나 역사가가 문예가에 접근한 일례요, 후는 소설가의 역사소설이 사상(史上)의 실재나 사가의 기술보다도 압도적 효과와 감명을 주는 일례이니 역사는 예술적 표현을 요하는 것, 즉 과학과 예술의 혼혈이라는 의견이 더욱 더 타당함을 알 수 있을까 한다.

이상은 역사와 소설의 유사점을 말한 것이지마는 좀 더 다시 역사가는 재(才) · 학(學) · 식(識) 3장(長)이 있어야 한다는 말로 미루어 생각하면 새로운 흥미를 느낄 것이다. 재(才)란 예술적 표현역량을 말함이요, '학(學)'이란 과학적

---

239 토머스 칼라일(Thomas Carlyle, 1795~1881) : 영국 비평가 겸 역사가이다. 대자연은 신의 의복이고 모든 상징 · 형식 · 제도는 가공의 존재에 불과하다고 주장하면서 경험론철학과 공리주의에 도전했다. 저서 『프랑스 혁명』을 통해 혁명을 지배계급의 악한 정치에 대한 천벌이라 하여지지하고 영웅적 지도자의 필요성을 제창했다.

표현과 수집을 가리킴이며, '식(識)'이란 철학적 비판을 이름임이니 결국에 있어서 소설가의 3단의 심적 과정과 부합하는 것이라 할 것이다. 그러면 소설가와 역사가는 그 연구와 표현의 대상이 동일 혹은 유사한 동시에 역사가의 3장은 곧 소설가의 3장에 불외(不外)하다는 것을 알 것이라 하겠다. (1934.12.24)

성격[240]

소설에서 성격 혹은 성격묘사라는 것이 기본적 일 주요 과제임은 말할 것도 없다. 소설에서 주요 요소가 된다는 것은 곧 인간 자체에 있어 본질적 요소가 되는 까닭이니 성격은 그 사람의 전 생애를 통하여 일생의 운명을 지배한다고도 할 수 있는 것이다. 소설에서뿐만 아니라 역사에서 인물 연구나 사실(史實) 판단에 '성격 연구'가 주요 제목 될 것은 물론이요, 일상생활 상 대인 관계에 있어 상대자의 성격을 이해하고 못하는 것이 사교에 있어서나 어인(御人)에 있어서나 중요한 관계가 있음은 더 말할 것 없는 바이다.

성격은 보통 유전과 환경에 의한 것으로 보거니와 유전을 선천적 생리조건이라고 한다면 후천적으로 얻는 생리적 조건도 또한 환경과 아울러 성격에 중대한 영향을 끼치는 모양이다. 가령 유전적 불구자는 말할 것도 없거니와 후천적으로 얻은 고질(痼疾)이라든지 불구자의 성격이 일변하여지는 것과 같음을 말함이다.

하여간에 유전이라는 선천적 생리조건이 성격을 가장 유력하게 결정하는 모양이다. 예전부터 널리 알려 내려오는 4기질설(四氣質說)과 같은 것이라든

---

240 염상섭(廉想涉), 「성격」(전2회), 『매일신보』, 1934.12.28~12.30. 이 글은 앞서 수록된 「소설과 역사」에 이어 '문예시감'이란 표제 하에 실린 글이다.

지 최근의 학설인 혈액형의 문제, 즉 O형은 의지적이요, A형과 B형은 감정적이라 하며, AB형은 4기질설의 다혈질과 우(憂)□성(性)의 혼합형이라고 하는 것 등은 가장 유전과 성격관계를 말하는 것이겠지마는 한 가지 자미있는 학설은 인종의 색별(色別)로서 종족적 성격을 설명하는 것이다.

영국의 인류학자 하벨록 엘리스[241]란 사람의 설이라는 것을 보면 활발하고 대담하며 원기왕성하여 모험적 성질을 가진 사람은 대개 안색이 백절(白晳)한데 이런 종류의 인물은 동료를 능가하고 지배권을 장악하며 처세술에 장(長)하여 금력(金力)과 권력(權力)으로 사회에 비약함에 반하여 직공이라든지 농민이라든지 또는 비약적이라느니보다는 명상적인 종교가 같은 부류의 인물은 대개 안색이 암흑하다고 하였다.

금력·권력으로 사회에 비약한 사람이나 사상(史上)의 영웅으로 일컫는 사람에 안색이 암흑한 인물은 없었든지 또는 직공이나 농민이나 종교가에 백안(白顔)의 미남(美男)은 없으란 법이 없으니 우(右)의 학설이 얼마나 정곡을 얻었는지는 모르겠지마는 그는 일보를 더 나가서 그러하므로 백절(白晳) 인종은 정복적이요, 통어력(統御力)을 가졌고 탐험을 즐겨하며 진취적임에 반하여 흑색인종은 기술에 장(長)하고 문학을 상(尙)하며 종교적이요, 보수적이라는 결론을 내렸다.

이 결론에 일리가 없지는 않겠지마는 이보다 좀 더 흥미를 느끼게 하는 것은 이러한 종족적 유전은 그 환경에 인유(因由)함이라는 것이다. 백절 인류는 냉대에 가까운 북반구에서 추위와 싸워가며 위식(衣食)은 □하여 분투하여가는 동안에 그와 같은 정복적·정력적·진취적 성격 내지 기상을 얻은 것이요,

---

241 하벨록 엘리스(Henry Havelock Ellis, 1859~1939) : 영국의 의학자, 문명비평가이다. 본업이었던 의학지식과 청소년시절의 미개사회에 대한 식견이 가미되어 화제작이 된 저서『성심리(性心理)의 연구』로 유명하다.

흑색인종은 열대에 처하여 풍부한 천연의 혜택을 힘입음으로써 의식주에 대한 고통을 모르는 까닭에 정복적일 필요가 없고 모험적 기질이 종교의 발달을 보게 된 것이라 함이다. 그뿐 아니라 안색이 흑백, 더 널리 말하면 모발, 안(眼), 피부 등의 색채는 태양의 화학방선(化學放線)이 원형질을 파괴함에 대하여 신체의 섬유를 보호할 필요로 생긴 자연적 방편이라 할 것이라든지, 또 백절인종의 콧날이 높은 것은 한랭한 공기가 폐로 직통 들어가지 않고 비공(鼻孔)을 통과하는 동안에 찬 김을 가시어 폐에 들어가게 하려는 필요로 코의 외형과 내부구조가 변화한 것이라 한다. 그러므로 흑색인종이나 온대지방의 인종은 비량(鼻梁)이 얕고 편평하다는 것이다. (1934.12.28)

전술과 같이 환경은 백절과 동시에 융비(隆鼻)라는 유전을 자자손손이 남겨주었다 한다. 그러면 융비라는 생리적 조건도 안색이 백백(白白)한 개인 또는 백절인종이 가진 특색(성격)을 콧날이 높은 사람도 가진다는 결론이 될 것이다. 사실(事實)로 얼굴이 희고 콧날이 세인 사람은 정복적·통어적·모험적·진취적 성격의 소유자일지도 모른다. 이러한 것은 벌써 골상학이나 수상학(手相學)에서 일러오는 바일 것이요, 과학적 연구를 기다릴 것이 아닐지도 모르나 요컨대 성격이라는 것은 장구한 세월을 두고 변화하여 내려온 유전의 퇴적이요, 또 그 유전이라는 것은 환경의 영향이라고 할 수 있으니 결국 성격은 환경에 지배되는 것이라고 할까 한다. 환경이란 무엇인가? 자연 천연 또는 자연 천연과 사람과의 관련으로 생기는 모든 사정과 상태를 이름은 물론이오, 그 다음에는 사회적 환경, 직업, 기타 생리적 변조(고질을 얻는다든지 혹은 병신이 되었다든지 하여 심리적 내지 성격상 영향) 등을 가리킴일 것이다.

이와 같이 생각하여 오면 사람의 성격이니 개성이니 하는 것이 초자연적 존재가 있어서 품부(稟賦)하는 것이 아니라 자연 천연의 경우에서 출발한 단순한 유전임을 알 수 있을 것이요, 이것을 다시 운명이라는 것과 관련시켜서 생각할 제 운명이란 하늘이 점지해서 특별히 개별적으로 주어 내보낸 것이 아니라 성격이 운명을 결정하는 것이 아닌가 하는 추리도 나온다.

천변지이(天變地異)와 같은 불측(不測)한 재해로 인한 운명의 변동은 여기서 논외로 하고, 가령 상가(相家)가 관상(觀相)을 하고 "당신은 이해적이요, 당신은 감정적이요, 당신은 팔자가 세겠소……." 하는 등은 그 사람의 용모 구조를 보고 하는 말이요, 용모 구조는 유전에서 나온 것이요, 유전은 환경의 영향을 받은 것이니 결국은 천정(天定)한 명수(命數)라는 것이 자연 천연의 법칙이라든지 자연 천연과 인간과의 얼크러진 인과관계에 숨은 법칙에서 나온 것이라는 말이다.

이렇게 관찰하여 오면 유전 환경·성격·운명이라는 것이 삼각형의 각각 일각(一角)씩인 것 같이 생각되는 것이다.

그러므로 나폴레옹은 세인트헬레나에 유폐될 명수를 거적자리에 떨어질 때 일생의 프로그램의 일 조목으로 정해가지고 나온 것이 아니요, 그 성격의 결론으로 나타난 일 현상이며, 『햄릿』의 '햄릿'의 성격인 동시에 운명이라고 할 것이요, 광해(光海)가 제주도에서 여생을 마친 것은 광해의 성격, 남성보다 열정적이면 사내가 되나 이와 반대일 때에는 계집애가 된다고 하였으니 성별에 대한 의견은 통일되지 아니하였던 것이다. 이스라엘 사람은 출산 도중에도 성(性)의 변화가 되는 줄로 믿었으니 대단히 기이한 생각이거니와 출산하는 장소에 따라서도 성의 변화가 된다는 것은 아니 웃을 수 없는 일이외다. 아라비아의 유명한 의학자 아비센나[242]는 기원 980년경에 자기의 말대

---

242 아비센나(Avicenna, 980~1037) : 페르시아(현 이란) 태생의 아랍인. 본명을 이븐 시나(Ibn Sina)로 일컫는데 아랍의학의 대표자이다. 의학·철학·수학·천문학·물리학·화학·광물학 등에 밝고, 또 문학자·시인·정치가이기도 했다. 『의학백과사전』, 『의학정전』, *Canon medicine* 등 5권에 이르는 저서가 유명하다. 히포크라테스, 갈레누스 등의 설을 바탕으로 자신의 경험을 가미하고, 그리스·로마의 의학과 동방의학을 융합시킨 그 가치가 인정되고 있다.

로 사내고 계집애고 만들 수 있다고 하였던 것이외다.

　고대 사람의 성에 대한 결정설 같은 것은 한 개의 우스운 이야기에 지나지 아니하거니와 과학이 진보된 금일에도 또한 성의 결정은 알 수 없는 일이외다. 말할 것 없이 성의 결정에 대하여 여러 가지 갑시을비(甲是乙非)의 주장이 없는 바는 아니외다. 그러나 그것이 실제에 들어맞지 아니하니 아마 이것은 영구히 알아낼 수 없는 비밀인가보외다. 그러고 보면 현대인이라고 함부로 고대인의 성의 결정설을 아니라고 비웃을 일도 아닌 상 싶습니다. (1934.12.30)

염상섭 문장 전집

1935

조선의 문학을 위하여[243]

1. 조선출판계의 대량생산시대에라야 : 문학으로 먹자기는 무리한 일입니다. 저널리즘의 발달, 따라서 조선출판계에도 자본주의적 대량생산시대나 오면 모르겠지마는 지금 같아서는 별 방도가 없을 것이라고 생각합니다. (1935.1.1)

2. 대중독물(大衆讀物)에 의하여 : 대중독물에 의하여 널리로의 보급을 힘씀이 좋을까 합니다. (1935.1.3)

3. 여기(餘技)로 하니까 : ‘문단빈곤’이란 말은 아마 작품이 영성(零星)하다는 뜻인 듯하거니와 제1문(第一問)에서와 같이 문학으로 먹을 수 없으니 다시 말하면 생산 따로 가지고 문학을 부업이나 여기로 삼지 않을 수 없는 것이 부

---

243 염상섭(廉尙燮), 「조선의 문학을 위하여」(전3회), 『매일신보』, 1935.1.1~1.5.
이 글은 『매일신보』 신년호 학예면 ‘조선의 문학을 위하여’라는 다음과 같은 기획 설문 중에 1~3번 항목에 해당하는 염상섭의 답변이다.
“을해(乙亥) 신년에 임하여 본사에서는 문단 제씨(諸氏)에 좌기(左記)와 같은즉,
1. 문학이 미염(米鹽)의 자(資)가 됩니까. 조선에서 어떻게 하면 문학으로 미염의 자(資)를 얻을 수 있습니까.
2. 어떻게 하여야 문학의 사회적 이해를 좀 더 깊이 할 수 있겠습니까.
3. 조선에 있어서 문학 빈곤의 이유가 어디 있습니까. 그 타개책은 무엇입니까.
4. 현 단계에 있어서 조선문단의 취할 방도는 무엇입니까.
등 4개 조항의 설문을 발하여 그것에 대한 제씨의 고견을 얻었습니다. 이제 제1문부터 축차(逐次) 발표합니다.”

진 혹은 영성의 큰 원인일 것입니다. 따라서 타개책이란 것은 문학을 전업으로 하고도 생계가 선다는 데에 있지나 않은가 합니다. (1935.1.5)[244]

---

244 설문대로라면 4번 문항에 대한 답변이 실려야 하나, 1월 8일과 1월 9일자에 게재된 4번 문항에 대한 답변 중 염상섭의 답변은 실리지 않았다.

위인과 여성애[245]

전기(傳記)는 역사와 소설의 중간을 걷는 역사적 흥미와 소설적 흥미의 혼효한 것이라 하겠으나 소설적 흥미가 더 많은 것은 위인의 공생애(公生涯)는 부분적(部分的)에 반하여 사생애(私生涯)는 일생을 통하여 기록된 때문인 듯하다.

그러면 사생애의 중심은 어디 있는가. 물론 가정생활에 있다 하겠으나 가정생활은 이성(異性)에서 출발하여 자손애(子孫愛)에 퍼져나가는 것으로 토대를 삼는다 할 수 있다. 그러므로 전기의 소설적 흥미를 여성애가 위인에 미치는 영향이라든지 반응이라든지 하는 데에 중심을 두고 고찰함도 흥미 있는 일이라 하겠다.

클레오파트라의 코끝이 조금만 삐뚜름하였어도 역사는 뒤집혔으리라는 말은 지언(至言)이다. 범인(凡人)의 생활에 있어서 범죄의 이면에는 반드시 여성이 있다는 말은 진부한 말 같지마는 애욕은 범인 생활을 지배할 뿐이 아니라, 그것은 위인이요, 군주이요, 천재의 경우일수록 미치는 영향이 큰 모양이다. 일국(一國)의 흥망이 달리고 세운(世運)의 소장(消長)이 이에 인유(因由)하고 역사가 뒤집히는 무수한 예가 있지 않는가.

그러나 여기에 의문이 있다. 루즈벨트는 부부애·자녀애, 가정의 단락(團

---

245 횡보생(橫步生), 「위인과 여성애」(전15회), 『매일신보』, 1935.1.23~2.8.

樂)을 무상(無上)의 행복이라 하여 독신생활을 불행이라 하고 죄악이라고까지 하였다. 그러나 카보우르[246]는 이태리를 아내라 하여 일생을 독신으로 대사업을 건설하였고, 미켈란젤로, 베토벤, 칸트 등의 천재와 철인(哲人)도 독신으로 일생을 마치지 않았든가.

또한 여성애의 힘은 위안과 격려·자극을 주어 남아(男兒)의 사업을 대성케 한다고 한다. 사실로 마호메트는 하디자(Khadijah)와 같은 현부인(賢夫人)을 만나 신종교를 개기(開基)하였고 맑스는 극궁(極窮)에 빠져 연구와 저술을 중지하고 실업계(實業界)에 추신(抽身)하려 할 제, 예니 부인(Jenny Marx)이 간지(諫止)하여 『자본론(資本論)』을 썼다 하며 영(英) 수상(首相) 맥도널드는 노동당의 발전과 자기 정치생활의 일반(一半)의 공(功)을 부인에게 돌린다 하였다. 그러나 천재와 정치가들의 독신자가 많기도 하거니와 러스킨과 같이 가정적으로 불행한 천재, 소크라테스의 경우와 같은 악처(惡妻), 사옹(沙翁)과 같은 불화로도 대문호, 대철인은 나왔다.

이렇게 생각할 제 위인과 천재는 도리어 가정생활의 번루(煩累)에서 벗어남으로써 대성(大成)한다고도 할 수 있다. 그러나 또 그 반면(反面)에 거진 일생을 연애순례로 보낸 듯한 관(觀)이 있는 루소가 있지 않은가. 다처주의(多妻主義)의 모하메드가 있지 않은가. 그러면 결국은 그 '사람'에 있다 함이 옳을까도 싶다. 그 '사람'이란 성격, 운명, 환경 등을 가리킴이다.

만일 소크라테스에게 현처(賢妻)를 배(配)하고, 베토벤을 테레사와 결혼시켰으면 한층 더 위대한 철학자가 족적을 남기고 갔을 것이요, 베토벤의 작품은 뒤집혔을 것이다. 또 혹은 루즈벨트에게서 그 애처(愛妻)를 빼앗고 실연(失

---

[246] 카보우르(Conte di Cavour, 1810.8.10~1861.6.6) : 이탈리아 정치가 및 외교가이다. 가리발디, 마치니와 함께 이탈리아 건국 삼걸이다. 샤르데냐 왕국 중심으로 이탈리아의 점진적 통일을 이끌었다.

戀)의 고배를 맛보게 하였으면 가정생활을 저주하고 독신생활의 찬미자가 되었을지도 모른다. 그러나 루소에게 간디와 같은 근엄한 생활을 강요하였던들 어찌 되었을꼬? 그는 위선자가 되었을지 모른다. 그리고 무저항주의를 표방하였을지 모른다. 그러나 18세기의 불란서에서는 무저항주의를 요구치 않았거나 요구하였다면 대혁명이 일어나지 않았을 것이다. 그러면 역시 각자의 성격과 운명과 환경에 달린 것이라고 할까. 그러나 여성애, 애욕생활 내지 결혼이라는 것이 그가 위인이면 위인일수록 사회 국가에 많은 영향을 미치는 것도 사실이요, 개인적 사생활의 부침을 좌우하는 것도 사실임은 틀림없다. (1935.1.23)

기조와 여류작가

학자로서는 소르본대학의 교수로 쟁쟁(錚錚)하여 『영국혁명사』, 『불국문명사』, 『구라파문명사』 등 명저가 있으며 정치가로서는 내상(內相), 문상(文相), 외상(外相)을 역임하여 각(閣)의 수반에까지 이른 혁명시대의 정치가 프랑수아 기조는 문상시대에 초등교육제도를 확립한 점으로도 유공(有功)하였고, 사인(私人)으로서는 청렴·고결·온후·인자한 인격자였다 하거니와 그 소싯적에 매문(賣文)으로 일가의 생계를 지탱하다가 과로 병와(病臥)한 일, 여류작가를 위하여 작대기고(作代寄稿)한 동정심으로써 기연(奇緣)을 얻어 사랑의 개가(凱歌)를 부른 아름다운 로맨스가 있다.

당시 파리의 명사 '무랑'이란 사람의 장녀 폴린느 드 무랑(Pauline de Meulan) 라는 여류소설가가 있었다. 부친 무랑 씨는 혁명난동에 가산을 탕진하고 미구(未久)에 작고하여버리니 노모와 어린 사남매의 부양의 책임이 장녀인 폴린느 양의 섬약한 두 어깨에 떨어졌다. 폴린느는 펜 끝 하나에 5, 6식구의 목숨을 매어달고 감연(敢然)히 나서서 소설과 논문을 닥치는 대로 써내게 되었다 하니 그 궁상이야 지금의 조선작가들만은 하였던지 모르거니와 하여간 일개 여성으로는 과중한 부담인지라 노생(勞生)의 결과 마침내 득병(得病)하여 붓을 던지고 눕게 됨에 약이(藥餌)는 고사하고 일가의 호구지책이 당장에 절급(切急)한 비경(悲境)에 빠졌다.

사람의 사는 거란 궁하면 통한다 하거니와 어느 날 폴린느는 꿈에도 생각지 않은 편지 한 장을 우편으로 받았다. 익명임에 의아하면서도 망수피열(忙手披閱)하니 다른 게 아니라 원고가 봉인되어 있다. 병문안과 아울러 쾌복(快復)될 때까지 자기가 대신 집필하겠으니 안심하고 조섭(調攝)하라는 말까지 첨서(添書)하여 있었고, 그 후부터는 속고(續稿)가 여전히 무명의 인(人)으로서부터 연일 도착하는데 문체 필치가 여사(女史)의 작(作)과 방불(彷佛)하다. 물론 여사의 궁황(窮況)을 잘 아는 사람이요, 또 여사의 작품의 애독자며 동시에 상당한 문재(文才)가 있는 사람으로서 여사가 구술한 것을 받아쓴 것처럼 하여 잡지사에 보내면 되게 한 것이지마는 이 경우에 어쨌든 고마운 일이요, 그럴듯한 독지가가 누구인지 모르느니만치 천래(天來)의 복음 같이 신기도 한 것이었다.

이와 같이 하여 여사집 식구가 아사(餓死)를 면하고, 여사 자신도 쾌복된 뒤에 스탈의 저택에 집회가 있을 때 파 여사[247]는 이 원고 1건을 공개하고 그 독지의 은인을 찾도록 하여 달라고 의논한 결과, 알고 보니 그 음덕(陰德)의 문인은 당시 20세 밖에 안 되는 백면서생 기조 그 사람이었다. 폴린느 여사의 반가움과 감격은 말할 것도 없거니와 그 후부터 서로 주고받는 동정과 감

---

247 ‘폴린스’를 가리킨다.

사의 염(念)은 사모(思慕)의 정(情)으로 변하여 두 마음을 비끄러매어 깨끗하고 즐거운 교제가 5년간 계속된 뒤 기조가 25세 폴린느 여사가 14년 만인 39세로서 양인(兩人)은 결혼하기에 이르렀다. 그리고 당시 기조는 소르본대학 사학과 조교수에 임명되었던 것이다.

기조는 1787년생인즉 89년 혁명이 발발할 때는 3세 유아였겠지만 변호사이던 그 부친은 '공포시대'에 당통 일파에게 피살되고 7세에는 제네바로 피난을 하였다 하니 그 초년은 기구한 생애이었음을 알 수 있거니와 25세의 약관으로 대학교수가 되기 전에 벌써 수종(數種) 저서가 있었다 함으로도 그 천재적 자질을 짐작할 만하다. 그러나 폴린느 여사는 동서(同棲)한 지 15년 만에 1827년에 서거하고 기조가 처음 대신이 된 것이 1830년 '7월 혁명' 후의 일이라 하니 대신 부인 노릇은 못해본 모양이다. 그래도 부인은 치가(治家)와 내조의 공(功)도 갸륵한 일편에 소설과 논문 등으로 종생(終生)토록 필진(筆陣)을 펴고 여일(如一)히 활약하였다 한다. (1935.1.24)

루소의 애욕생활

"민감(敏感)만이 부모에게서 물려받은 □이요, 그 민감이 부모들은 행복케 하였으나 자기는 불행케 하였다"고 루소가 참회록에서 말한 것과 같이 그는 감정의 인(人)이었고 감정의 인이었기 때문에 그의 생애가 파란중첩(波瀾重疊) 변화무쌍하였던 것인지 모른다. 그의 말년의 비참한 궁경(窮境)은 『민약론(民約論)』과 『에밀』로 인하여 불국 의회가 체포하려 할 제 망명의 길을 떠난 데도 큰 이유가 있겠지마는 만년에 이르러 우도트 백작부인과의 연애관계가 자기를 이런 궁경에 빠뜨렸다고 술회한 것과 같이 10세 전후부터 눈을 뜨기 시작하여 오십을 바라볼 때까지 계속된 허다한 애욕생활이 또한 소위 불행의 큰 원인이었던 모양이다. 하여간 그는 민감의 인이요, 정열의 인이었다.

그는 1712년 스위스(瑞西) 제네바에서 시계 제조업자 이자크 루소(Isaac Rousseau)와 선교사의 딸 쉬잔느 베르나르(Suzanne Bernard) 사이에서 났다. 모친 베르나르는 명모(明眸)의 가인(佳人)으로 그 부친 이자크와는 7, 8세의 유시(幼時)부터 연애가 시작되어 가진 곡절을 다 겪다가 베르나르의 오라비와 이자크의 매제(妹弟) 사이에 연애관계가 생긴 뒤 교환조건으로 간신히 부부가 되었다 하니, 즉 루소의 고모가 외숙모로 된 세음이거니와 부모 사이의 금슬 좋기란 세상에 덤을 얻은 것이었다 한다. 모친이 얼마나 미인이었던가는 당시 제네바 주찰불국공사(駐箚佛國公使) 라 클로쥐르가 30년 후에 모친의 이야기를 루소에게 들려준 때 비상히 감격하고 열정에 띠어 말하더라는 것으로도 짐작할 만하지마는 한 가지 자미스런 이야기는 당시 이 불공사가 남편(루소의 부(父))이 외지에 가서 없는 사이에 모친에게 연모하여 위험을 느끼자 남편을 시급히 불러왔었는데 그 바람에 일아(一兒)를 잉태하여 그 익년에 출생한 것이 곧 루소였고 모친은 해산 후더침으로 병몰(病歿)하였다는 것이다.

부친이 7, 8세의 루소를 외숙 베르나르에게 맡기고 제네바를 떠난 뒤부터 루소의 방랑생활은 시작된 것이지마는 이러한 부모 사이에 태어났는지라 그의 민감, 그의 열정, 그의 조숙, 그의 미모(美貌)는 결코 우연한 소산이 아니었었다 할 것이다. 그가 8세 시(時) 교육을 맡은 랑베르시에(Lambercier) 목사의 매제(妹弟)가 꾸짖고 때릴 때에 정욕적 쾌감을 느꼈다는 것으로 보면 얼마나 조숙하였던가를 알겠거니와 유시(幼時)에는 포류(蒲柳) 약질(弱質)이었다면서 11세에 벌써 22세 다 된 뷜송 양이 자기의 연애에 이용하였더란 것을 깨닫고는 대분개(大忿慨)를 하여 절교를 하였고, 그 후 공증인 조각사(彫刻師) 등에게로 전전하다가 16세에 바랑 부인(당시 28세)에게 구호를 받게 되었을 때 12세나 손위인 부인의 미모에 염정(艶情)을 느끼고 그 해 부인의 주선으로 입학한 학교에서 뛰어나와 또다시 무숙(無宿)의 방랑소년이 되었다가 상인의 고용이 되어가지고는 여기서도 주부 바질 부인을 연의(戀意)하다가 주인에게 축출을 당하는 등 마치 연애순례를 나선 소년인 듯하더니, 이십이 넘자 다시 바랑 부인의 집에 기우(寄寓)하여 토지측량사가 되었을 때 드디어 부인과 연애생활에 들어갔다가 부인의 사랑을 빼앗긴 후로는 46, 7세까지 지우(知遇)를 얻은 귀부인의 거진 전부(全部)와 연애생활을 계속하여 나갔다.

그 사이 그는 리옹 시장 마블리(Jean Bonnot de Mably) 씨의 2자(子)를 위하여 가정교사도 되고, 30세에는 베니스 주재 대사(大使) 몽테귀(Pierre-François, comte de Montaigu) 백작의 비서가 되었더니, 대사와 언쟁을 하고 파리로 돌아와 생캉텡이란 하숙에 투숙하였을 제, 종생(終生)의 처(妻) 테레즈 르바쇠르(Thérèse Levasseur)를 만났던 것이다. 때에 루소는 32세였다.

테레즈는 오를레앙 조폐국의 퇴직관리의 딸로, 그 모친은 조고만 상점을 경영하다가 들어먹고서는 이십 넘은 딸 하나를 바라고 파리에서 나와 테레즈가 이 하숙에서 침모처럼 고공살이라는 것으로 세 식구가 연명해가는 터이었다. (1935.1.25)

"사랑과 존경과 신실한 마음 그것이 나에게 승리를 주었다" 하고 실지(失志) 낙탁(落魄)하여 '전(全) or 무(無)'의 그 중간 것을 요구할 때에 마침 테레즈를 얻었다 하였으며 "이 6, 7년간은 사람의 약점이 구하여 얻을 수 있는 최상의 가정적 행복을 마음껏 누렸었다. 테레즈의 심정은 천사의 그것이었다." 루소 자신이 술회한 것을 보면 평소에 상류사회에 출입하여 귀부인을 많이 사랑하고 또 사랑받던 그(厥)건마는 하숙의 남의 집 사는 중류 이하의 무교육(無敎育)한 여자이건마는 만족도 하고 진정으로 사랑하였던 모양이다. 처음에 테레즈가 하숙에 모이는 객(客)들의 희롱에 부대끼던 것을 보고 루소는 영리하고 말수 없고 안존한 테레즈에게 동정을 느껴서 싸고도는 동안에 서로 마음을 허락하게 되었던 것이나, 그때까지도 일시적으로 생각하였던 것이 차차 지나갈수록 그 심정의 아리따움에 깊이 감동되었던 것이었다 한다. 그러므로 처음 만났을 때는 "버리지는 않는다. 그러나 결혼은 안 한다"는 조건을 붙였던 것인데 노경(老境)에 들어서는 표박(漂泊) 생활 중 1769년 57세에 부르구앵에서 중인을 세우고 정식결혼까지 하였다. 그러나 순애(純愛)의 생활도 못되었거니와 성(性)의 만족뿐이지 자기만족은 아니었다는 말이 옳을지 모른다.

루소는 만났을 첫 서슬에 테레즈의 교육에 착수하여 보았으나 도로(徒勞)임을 깨달았다고 한즉 그러한 점에서도 불만을 느끼고 전애(全愛)를 기울이지 못하였던 것이겠지마는 자기들 방에서 마주 보이는 여관옥상의 시계를 가리키고 시간 헤이는 법을 아무리 가르치려도 그중에 한 숫자를 끝끝내 투득(透得)치 못하고 1년 12개월을 가르쳐도 외우지를 못하며 돈 세음에 가서는 더욱 옹송망송하는 테레즈이었더라 한다. 그러나 만난 지 처음 6, 7년간 한 방 속에서 뒹굴 제, "세계의 천재와 함께 있는 것처럼 유쾌하게 지냈다" 하며 상류사회나 귀현대관(貴顯大官)의 앞에 나가서도 조금도 실례 없이 어울렸다는 사실과 대조하며 숫자적 지식에 가서는 그처럼 노둔(魯鈍)하였다는 것이 이상도 한 일이다. 그뿐 아니라 이렇게 "지견(知見)이 좁고 완명(頑冥)한 여자건만 일을 당하면 유력한 의논(議論) 군이 되었다" 하여 영국, 독일 등지로 망명·유랑할 때 테레즈의 지혜를 빌어 여러 번 위기를 모피(謀避)하였다 한다.

테레즈는 동처(同棲) 4년 만에 1자(子)를 생산하고 연달아 5형제를 낳았으나 루소는 그 5형제를 모두 양육원에 넣어버렸다. 또 장인 테레즈의 부친은 팔십 노인으로 양로원에 들어가 이혼을 주장한 것은 무엇보다도 이 두 가지 암담·심통한 사건 때문이었던 싶다.

여기(양육원 문제)에 대하여 루소는 감정적으로는 회한도 느끼고 부도덕,

무자비하였다고 생각은 하면서도 이지적으로는 갖은 이유를 붙여서 자기변해(自己辨解)도 하고 실제로 지구간(知舊間)에 변명을 하였던 것이다.

양육비의 방도가 없어 육아원에 집어넣게 장래에 모험가나 사기한(詐欺漢)이 되는 것보다는 직공이나 농부로 성취케 해주는 것이 시민으로서나 아비로서 자기의 의무요, 또 플라톤의 공화국의 일원이 될 수 있다는 이론을 생각한 것이다. 한두 번 아닌 회한의 정(情)은 나의 그릇된 것을 회유(誨諭)하여주었으나 나의 이성은 듣지 않았다 …….

루소는 이렇게 변명하면서 아비와 같은 운명을 밟게 되거니와, 박부득이(迫不得已)하여 유기하게 될 때의 무서운 운명을 생각하고는, 데피네 부인(Mme d'Epinay)과 뤽상부르 부인(Mme de Luxembourg) 등이 우정과 의협심으로 맡아 길러주마 하는 것까지 거절하여 버렸다. 그네들이 맡아 길러주기로 부모를 원망할 것이니 애초에 부모를 모르고 자라나서 견실한 생계와 활로를 백수로 개척하라는 말이요, 또는 친구의 신세를 질 까닭도 없고 후일에 실제 그러하였던 듯이 망명을 하거나 그 이상의 불측(不測)한 참변을 만날 때의 보담 더한 비운과 불명예를 예정하고 그처럼 단행한 것인지는 모르겠으나, 그러나 그의 일생이 불행하였다는 것보다는 수층(數層) 더한 가정비극이었었다 할 것이다.

그러나 그의 사생애가 어찌 되었든지 간에 민약론이 불국(佛國) 혁명의 원동력이 되고 『에밀』이 신시대의 개성교육에 일대 암시가 되었다는 점만으로도 그의 사상이 18세기와 현대의 사이에 건너지른 교량이었다는 것을 생각할 제, 그도 또한 위대한 존재이었음을 부인할 수 없다. (1935.1.26)

롤랑의 자인(自刃)

"아, 자유여 얼마나 많은 죄악이 네 이름으로 감행됨이여."라는 비장한 한 마디를 남기고 기요틴(불란서혁명 시(時)의 단두대)의 이슬로 스러진 롤랑 부인의 일생은 실로 여걸의 생애이었다. 부인의 원명(原名)은 마리 장 필리폰[248]이니 1759년 파리 조각가의 무남독녀로서 육남매를 없앤 부모의 총애를 혼자 받고 자라났던 것이다. 자유시(自幼時)로 문학, 과학, 전기(傳記) 등을 탐독하였고 플루타르크의 영웅전을 읽고는 희랍 로마의 고영웅(古英雄)을 숭배하였으며 성장함에 따라서는 신앙을 잃고 당시의 풍조인 혁명 사상에 공명하여 자유·평등과 공화정체(共和政體)를 구가하게 되었다 한다.

연기(年期)가 방장(方長)함에 청혼이 환지(還至)하나 모두 물리치고 청년 문학자 뿌랑세리―를 열렬히 연모하여 요새 처녀 모양으로 실연하면 독신생활을 할 결심임을 공언까지 하더니 마침내 그 청년의 부박함을 봄에 미처 환멸을 느끼고는 수도원 생활로 들어갔었다. 그러나 리옹의 모(某) 제조소 감독관이던 장 마리 롤랑 드 라 플라티에르[249]와 교유하게 되자 어느덧 지기(志氣)가 상통하고 서로 경애함이 연모하기에 이르러 신앙생활을 버리고 1780년 2월에 롤랑 부인이 되었으니 때의 롤랑은 45세요, 부인은 25세이었다.

이후 9년, 그 지간에 딸 하나를 낳고 평화 단락(團樂)한 가정생활을 하여왔으나 1789년 바스티유 감옥의 파괴로부터 대혁명의 봉화가 일어나자 롤랑 부처(夫妻)는 평소의 주의·주장을 펴볼 때가 돌아왔다 하고 가두의 인(人)이 되었다. 2년 후 1791년에는 파리로 나와서 당통, 브리소[250] 등 지사(志士)와

---

248 원문에는 '마리―·짠·피리폰'으로 되어 있는데 '마리 장 필리퐁(Marie Jeanne Philipon)'을 가리키는 것으로 보인다.

249 원문에는 '라부라체―·도·로―링'으로 되어 있는데, 남편인 '장 마리 롤랑 드 라 플라티에르'(Jean Marie Roland de la Platière)를 가리키는 것으로 보인다.

합류하여 분투하다가 익(翌) 92년에 온화파인 지롱드 당 내각이 성립되자 롤랑은 내상(內相)의 의자에 앉게 되었다.

동지인 남편이 대신이 됨에 부인은 더욱 공사(公私)에 분주하였다. 비단 내조가 아니라 사실상 내무대신의 직무를 분담한 관(觀)이 있었고 당(黨)의 은연(隱然)한 영수(領袖)의 1인이었다. 그러나 1792년 9월 입법의회가 해산되고 국민공회(國民公會)가 성립되어 익(翌) 93년 1월에는 루이 16세가 처형되고 동(同) 7월에 가서 정적(政敵) 자코뱅 당이 폭력으로 국민공회를 독점하게 되니 지롱드 당의 몰락은 물론이요, 동년 10월 하순에 왕비 앙투아네트의 처형의 뒤를 이어 지롱드 당의 수령 21인이 단두대에 스러지고 익 11월 9일에는 롤랑 부인도 오를레앙 공(公)을 비롯하여 50여 인과 함께 "아 자유여, 얼마나 많은 죄악이 네 이름으로 ……." 하는 한 마디를 마지막 남기고 41세의 생애를 성풍(腥風)에 떨어진 혁명의 꽃 같이 단두대 위에서 태연자약이 비장한 최후를 마친 것이다.

부인은 옥중에 3, 4개월 있는 동안 자기의 운명을 각오하고 『자전(自傳)』과 『혁명기사(革命記事), 인물급일사(人物及逸事)』의 2편을 썼고 또 동지 브리소[251]를 상모(相慕)하여 그 화상(畫像)을 몸에 지니고 있으면서 하염없는 비련에 고민하였다고도 전하거니와 롤랑 부인의 형사(刑死)가 전파됨에 국민은 애도를 마지않고 그 일비일복(一婢一僕)은 단두대에 순사(殉死)키를 자원(自願)하였으며, 남편 롤랑은 수일 후에 루앙에서 파리로 가는 가로수 하에 『의인(義人)의 유해(遺骸)를 존경하라』는 1서(書)를 남기고 자인(自刃)하였다. 불국혁명사상(佛國革命史上) 소위 '공포시대'의 비극 중 일 장면에 불과하나 비절(悲絶)하고 장절(壯絶)한 최후들이었다.

---

250 자크 피에르 브리소(Jacques Pierre Brissot)를 가리킨다.
251 원문에는 '뿌쏘-'라고 되어 있는데, '자크 피에르 브리소'를 가리키는 것으로 보인다.

이로써 보면 롤랑은 부인을 생명과 같이 애중하여 생사(生死)를 함께 한데 비하여 부인이 브리소의 화상(畵像)을 몸에 지니고 있도록 연모하였다는 것이 사실이라면 쌍방을 위하여 한 가지 아까운 일이요, 사실 아니기를 믿고자 하는 바이거니와, 한편으로 생각하면 20년 맏이나 되는 남편이고 본즉 부인은 남편으로서의 애정보다도 동지로서의 경애와 은의(恩義)를 더 느꼈던 것인지도 모르겠다. (1935.1.27)

천비(賤婢)로 제위(帝位)에

남의 집에서 아이 보고 밥 짓던 민가의 천비(賤婢)로 일국의 국모가 되고, 이어서는 만승(萬乘)의 제위(帝位)에 올랐다면 타고난 복력(福力) 소치(所致)라 할지, 운명의 해학(諧謔)이라 할지, 어쨌든 놀라 자빠질 일이다. 로마노프 왕조의 제5대(?) 여제 캐서린 1세의 근지를 캐어본다면 목사의 집 가비(家婢)였던 것이다.

표트르(彼得) 대제(大帝)는 노서아 로마노프 왕가의 시조 미카엘 로마노프의 손자로 적로혁명(赤露革命) 시에 참시(慘屍)를 당한 니콜라스 2세의 14대조나 되는 셈이거니와 대제는 구(舊) 노서아에 서구문명을 수입하고 각반(各般) 제도를 개혁하여 3백년 국기(國基)를 확고히 세운 불출세(不出世)의 영걸(英傑)이었다. 그러나 현숙한 황후를 폐출(廢黜)하고 폐첩(嬖妾) 캐서린을 봉후(封后)하였으며 태자(太子)를 옥사(獄死)케 한 것으로 보면 명군(明君)이라 일컫지는 못할 것이다.

대제는 자초(自初)로 예브도키야[252] 황후와 금슬이 불화하여 후제(后弟)로 투옥치사(投獄致死)케 한 일도 있고, 후(后)의 부친과 남은 2제(二弟)를 원지(遠

地)의 관찰사 비슷한 벼슬을 시켜 귀양살이나 다름없이 학대를 하였다 하거니와, 대제는 구주만유(歐洲漫遊) 중 황후에게 편지로 승니(僧尼)가 되기를 청하여 두고 귀국하여서는 즉시로 스즈달 지방의 니원(尼院)에 유폐하여버렸으니 이렇다 할 분명한 죄목이 있는 것은 아니었다. 미인은 아니었을지 몰라도 교육 있는 명문의 소출(所出)로 숙덕(淑德)이 높았으나, 다만 대제의 개혁사업에 대하여 이해가 없는 구식부인이었던 고로 그런 점에 다소 원인이 있었으리라 한다.

그런데 캐서린 여제의 내력을 찾으면 이러하다

폐후(廢后)한 지 5년만인 1702년에 러시아군(露軍)은 스웨덴(瑞典)을 원정하여 마리엔부르크(Marienburg)[253] 시를 포위공격할 제, 포로 된 피난민 중에 글뢱(Ernst Glück)[254]이라는 목사가 있었다. 목사는 가족과 계집 하인 캐서린과 성서 한 권만을 들고 피난을 가다가 잡혀서 통역 노릇을 하게 되고, 가비(家婢) 캐서린은 장교의 첩 노릇을 하다가 전전하여 어느 장관의 시비(侍婢)가 되었는데 나중에는 대제의 눈에 띠자 후궁에 끌어들여 드디어 총행(寵幸)을 누리게 된 것이다.

캐서린은 스웨덴에서 데려는 왔지마는 성명도 불분명하고, 국적도 혹은 스웨덴이라 하며 혹은 플란드(波瀾)라 하여 모호하나, 오직 그의 모친이 농노의 딸로서 어떤 귀신(貴紳)의 첩이 되어 캐서린을 낳았다는 것만은 적확하다 한다. 어려서 모친을 여의고 굴러다니다가 전기(前記)한 목사의 집에 거둔 바 되어 고공살이를 하게 된 것인데, 물론 교육도 없고, 목사의 정훈(庭訓)이 엄격하건마는 이팔(二八)의 소녀로 대담히도 틈틈이 가인(家人)의 눈을 속여서

---

252 예브도키야 로푸히나(Евдокия Лопухина, 1669~1731) : 표트르 대제의 첫 번째 황후이다.
253 폴란드의 말보로크(Malbork) 시의 독일 이름이다.
254 에른스트 글뢱(Ernst Glück) : 라트비아의 번역가이자 루터파 목사이다.

는 남자를 대하는 고로, 스웨덴의 근위병 크루제라는 남편을 얻어 맡겼다고도 하고, 일설에는 약혼만 하였던 것인데 영귀(榮貴)하여진 뒤에는 크루제를 찾아서 은급(恩給)을 주었다고도 한다.

노군(露軍)에게 포로가 될 때, 캐서린은 17세였고 입후(立后) 되기는 꼭 10년 후인 1712년 3월 1일이었다. 그러면 캐서린이 현종(玄宗)에 대한 양태진(楊太眞)[255]이 만한 절세의 가인이냐 하면 그러한 것도 아니요, 다만 대제의 비위를 잘 맞춘 따름으로 다른 빈첩(嬪妾)의 시기로 방축(放逐)될 위경(危境)도 여러 번 겪었건마는 대제의 조폭(粗暴)한 격정을 완화하는 묘술을 투득(透得)하여 진애(眞愛)를 독전(獨專)하였던 것이요, 그러는 동안에 이황자(二皇子)를 탄생하여 태자 알렉세이를 폐(廢)하고 기출(己出)로 대신 입저(立儲)케 하였더니 전(前) 태자가 옥사한 뒤에 신(新) 태자와 타(他) 황자(皇子)마저 요절하여 전연 후사(後嗣)가 없게 되었을 때, 대제는 1722년 페르시아(派斯) 원정 중 신장병(腎臟病)을 얻어 회군하여 11월 중순 경 라도가 운하 공사를 시찰하고 수로(水路)로 샹트페테르부르크(彼得堡)에 환행(還幸)하는 도중에서 일 병사가 익사케 된 것을 성급한 대제라 좌우를 물리치고 친히 수중에 뛰어들어 구출한 일이 있었는데, 그로 인하여 병세가 심중(沈重)한 결과 영의(英醫)의 수술을 받은 지 불과 수일인 1723년 1월 28일에 붕(崩)하였다. 만승(萬乘)의 중하고 귀한 몸으로 일 병졸을 구하고저 위병(冒病) 투수(投水)하는 것으로도 대제의 성격을 짐작하겠지마는 이와 같이 하여 캐서린은 37세에 제위(帝位)에 오르게 된 것이다. (1935.1.29)

---

255 양태진(楊太眞) : '양귀비'의 별호.

알렉산더(歷山), 표트르(彼得)의 호대조(好對照)[256]

표트르 대제가 황후를 폐출하고 캐서린과 같은 천비의 발신(發身)이요, 일 병졸의 처(妻)로 포로가 되어서는 진중(陣中) 사졸(士卒)의 손끝으로 전전하던 목불식정(目不識丁)의 한 곳 취할 바 없는 소녀에게 황후의 존영(拵榮)은 말할 것도 없고 제위까지를 내어준 것은 국가적으로는 어찌되었든지 간에 가정적 으로 보아도 일대 불행이었고, 더욱이 태자를 중심으로 한 국옥(鞫獄)을 버르 집어가지고는[257] 폐후(廢后)까지를 연좌(連坐)케 하였다가 태자는 옥사되고, 폐후는 그 생활의 자(資)를 공궤(供饋)하던 모 장교와 추행(醜行)이 있다 하여 잔혹한 고문을 가한 등 사실을 생각하면 캐서린의 농권(弄權)과 독수(毒手)가 여기에 미쳤을 것을 용이(容易)히 짐작하겠거니와 여기에 이르러서는 다만 가정적 비극뿐 아니라 국가적으로도 일대 불상사였으며 동시에 표트르 대 제[258]의 성격이 얼마나 격정적이요, 조폭(粗暴)하며 잔인한가를 엿보임이라 하겠다.

그러나 여기에 비하면 알렉산더(歷山) 대왕은 같은 영걸(英傑)의 유형이면 서도 그 성격상 차이를 알 수 있을까 한다.

"하늘에 2일(二日)이 없거늘 땅에 2왕(二王) 있음을 내하(奈何)리오" 한 알렉 산더의 웅대한 기우(氣宇)는 이 일언(一言)에 진(盡)하였다고도 하겠지마는 무 용(武勇)과 정치적 경륜이나 역량이란 점은 차치하고, 대왕이 아리스토텔레 스나 디오게네스와 같은 철인(哲人)의 지도와 영향을 받았더니 만큼 문사(文 事)를 해(解)하고 왕도(王道)의 이상을 포회(抱懷)하여 가위(可謂) 문무를 겸전

---

256 원문은 '歷山, 彼得의 好對照'이나 현대어로 바꾸었다.
257 버르집다 : ① 파서 헤치거나 크게 벌려 놓다. ② 숨겨진 일을 밖으로 들추어내다.
258 원문에는 '페테 대제'라는 영어식 표현으로 표기되어 있는데, 이하 본문에서는 '표트르 대제'로 수정하여 통일했다.

(兼全)한 대제이니, 표트르 대제의 조폭격월(粗暴激越)한 성격에 비하면 (영웅적 소질의 우열을 막론하고) 대왕은 세련되고, 고아하며, 이지적, 의지적 품격의 소유자였던 모양이다. 이것은 대왕이 구아(歐亞)에 긍(亘)한 일 대제국을 건설하고 문화의 보급, 교통·무역의 발달, 지리·역사의 조사연구 등 세계문화사에 다대한 공헌을 끼친 점으로 가히 규지(窺知)하겠거니와 사행(私行)에 있어 간혹 두주(斗酒)를 호음(豪飮)하고 난폭이 없지 않다 하여도 매양 조의조찬(粗衣粗餐)으로 검박(儉朴)한 생활에 만족하고 여색(女色)을 계신(戒愼)하여 일종 영웅병(英雄病)이라고도 할 만한 황음난혼(荒淫亂婚)의 자취를 남기지 않은 점으로 알 수 있을 것이다.

대왕은 외정(外征) 중 남편 멤논이 사형을 당하여 과부가 된 바르시네란 페르시아 왕족이요, 문(文)에 조예가 깊은 미인을 파메니오의 역권(力勸)으로 교정(交情)한 외에는 결혼할 때까지 여자와의 교제가 없었다 한다. 그뿐 아니라 항상 “승적(勝敵)보다도 극기(克己)하라”라고 부하를 훈계하여 부하가 범금(犯禁)하면 엄벌에 처하고 자기도 파사 왕 다리우스가 포로 되었을 때 용자단직(容姿端直)한 기(其) 처(妻)와 미혼(未婚)한 2녀(二女)를 솔(率)하고 군진(軍陣)에 왔을 때 “짐은 다리우스의 처와 딸의 아름다움을 말하는 자는 누구를 물론(勿論)하고 용허치 않으리라.”라고 하였다 한다.

그러나 대왕은 어떤 주연(主宴)에서 페르시아의 일 왕녀 록사나의 묘염(妙艶)한 용색(容色)을 보고는 일견(一見)에 황홀, 매혹하여 정식으로 결혼을 하였다. 그리하여 페르시아 인민이 왕후를 자국 왕족으로 받들게 된 것을 기꺼하고, 따라서 대왕을 신뢰하게 되었으므로 페르시아 통치상 호결과(好結果)를 얻기도 하였을 뿐 아니라 정책상 잡혼(雜婚)을 장려하여 마케도니아 귀인(貴人) 80인에 페르시아 부인을 취처(娶妻)케 하였다. 이것으로 보면 대왕 자신부터 정책적 결혼을 한 것인지 모르거니와 대왕이 32세의 장년으로 불행히 열병을 얻어 바빌론에서 객사할 때 신(新) 왕후 록사나는 임신 중이었다 한다.

대왕은 기원 전 356년 7월에 마케도니아 왕의 사자(嗣子)로서 탄생하였는데 부왕(父王) 필립이 아직 젊었을 때 사모스레에서 거행한 종교적 비밀제(秘密祭)에서 올림피아스라는 여자와 관계하여 낳았다 한다. 대왕은 32세의 단명(短命)이었으나, 8년 외정(外征)에 행정(行程) 5천 리(哩)에 달하였고, 이집트(埃及), 페르시아, 인도에 긍(亘)한 대제국을 건설하여 소위 '땅에 일왕(一王)' 되고자 하는 대이상(大理想)을 실현하려 하였으나, "통치의 능력 있는 자에게 양위(讓位)한다"는 유언도 소용없이 미기(未幾)에 그 웅도(雄圖)는 좌절되어 대제국은 와해하였다. (1935.1.30)

이태리 통일의 삼걸(三傑)

이태리 통일의 삼걸(三傑) 카보우르, 마치니, 가리발디는 도원결의와도 같이 조국통일의 대사업을 위하여 단취(團聚)된 지사들이요, 또한 망명과 수난으로 소지(素志)를 관철한 기걸(奇傑)들이었다.

카보우르(1810~1861)는 사관학교 출신의 군인이었으나 자유사상 고취로 군직의 파면을 당하고 당시 다수 왕국의 분열과 외국의 간섭 ─ 취중(就中)에도 오국(墺國)[259]의 압박을 벗어나 통일의 대업을 책(策)하려 하여 혹은 마치니의 결사에 가입하고, 혹은 신문을 발행하여 시운(時運)의 촉성(促成)을 꾀하고 38세에는 사르데냐(國) 의회의원이 되어 5년 후 수상의 인수(印綬)를 띠고

---

259 '오지리(墺地利)'를 준말로, 오스트리아를 뜻한다.

효웅(梟雄) 나폴레옹 3세를 조종, 이용하여 오국(奧國)의 세력을 물리치고 대업을 성취한 기략(機略)과 용기가 종횡한 대정치가였다.

이와 같이 하여 이태리 통일의 대망이 성취된 1861년 6월 6일, 51세의 단명(短命)으로 세상을 떠났지마는 그의 오십 평생에 '이태리는 나의 아내'라 하여 취처(娶妻)치 않고 '이태리를 위하여는 나의 명예와 행복은 없다'고 하였을 뿐 아니라 마침내는 멸성(滅性), 절손(絶孫)의 희생까지를 바친 그 사생애(私生涯)를 보면 얼마나 강의견인(剛毅堅忍)한가를 알겠거니와 이와 쌍벽이라 할 만한 것은 같은 동지인 마치니의 일생이다.

이태리의 성공은 카보우르의 기략과 가리발디의 용맹이 없이는, 또한 마치니의 지도·선전의 공을 생각할 제, 그는 제일의 수훈자였다. 그는 제노바 출생으로 19세에 벌써 변호사가 되었었으나, 열정적인 그로서는 무미건조한 법률에 불만하여 문학에 열중하더니 시운에 승(乘)하여 '청년 이태리당'을 조직하고 기관지를 발행하여 자유사상을 고취하다가 기휘(忌諱)에 촉(觸)하여, 혹은 투옥되어 사형선고까지 받은 후 카보우르와 가리발디를 만나 소지(素志)를 관철케 되자 통일이 완성되던 익년(翌年)에 득병불기(得病不起)하였다.

그가 영국 망명 중 칼라일 부인을 만나 가정생활의 불만을 호소할 제, '인생의 목적이 행복에 있지 않고 의무에 있다'고 갈파하였음과 같이 그는 의무관념이 굳을 뿐 아니라 행복을 위하여 결혼치 않았다. 국사를 위하여 망명, 유랑하였으니 결혼할 여가도 없었겠거니와 시인적 정열가였던 그로서 65년의 일생을 금욕생활로 시종하였던 그 심회(心懷)를 상상할 제 동정이 없을 수 없다.

그러나 삼걸(三傑) 중 가리발디는 전(前) 삼자(三者)와 그 취(趣)가 다르다. 그는 실솔(蟋蟀)의 일각(一脚)을 분지르고 통곡하였으며, 소조(小鳥)의 애호를 부탁(付託)하고 운명(殞命)한 일견(一見) 감상가적(感傷家的) 열정남아(熱情男兒)

였으나 또한 일세(一世)의 용장(勇將)이었다. 그가 1849년 로마(羅馬) 법왕령(法王領)을 공략하여 산 마리에서 패전하고 포 하구(河口)에서 애처 아니타와 사별할 때의 비탄은 항우(項羽)의 우부인(虞夫人)을 결별하던 것과 같은 극적(劇的) 신(scene)이었을 것이다.

가리발디(1807~1882)는 불란서인으로 부친은 수부(水夫), 그도 선원이었다. 이태리가 분할되어 도탄(塗炭)에 든 것을 동정하여 마치니와 결교(結交)하고 거사(擧事)타가 함께 사형선고를 받고 남미 브라질(伯剌西爾)의 리우데자네이루에 망명하여 무역상을 경영하였다. 때마침 리오그란데 공화국이 창립되어 브라질와 길항함을 보매 천생 협골(俠骨)인 그는 좌시할 수 없어 의용군을 조직하여 브라질(伯國)과 대전(對戰)타가 경부(頸部)에 수탄(受彈)하고 포로가 되어 빈사(瀕死)의 학대를 받고 겸하여 승함(乘艦)이 난파하는 등 심신의 고로(苦勞)가 극도에 달하였을 그때에 천우신조(天佑神助)인 듯이 만난 용부(勇婦)가 있으니 그가 곧 아니타 부인이었다. 아니타는 흑발흑복(黑髮黑服)의 적국 브라질의 소녀요, 또한 후일 부군을 도와 전장에 구치(驅馳)하여 스스로 진두(陳頭)에 서서 사기를 파검고무(把劍鼓舞)하던 용부였다.

처음에 아니타의 부친은 허혼(許婚)치 않더니 후에 가리발디의 용명(勇名)이 구주(歐洲)에 굉굉(轟轟)함을 듣고 비로소 서신으로 정식 허혼을 하였다 하거니와 통일의 대업에 성공 후 가리발디가 이태리 국회의원으로 피선(被選)되어 국회에 임장(臨場)할 때 군중이 환호하며 마차의 마필(馬匹)을 물리치고 군중이 끌어 의장에 모셔 들이는 영광을 받을 때 그는 17년간 동고(同苦)하던 망처(亡妻) 아니타를 다시금 생각하고 희비가 교집(交集)하였을 것이다. (1935.1.31)

독신생활은 죄악

"남자거나 여자거나 부득이한 사정으로 종생(終生) 독신생활을 하여 가정의 쾌락을 모르는 것은 가엾은 일이다. 고의로 결혼을 회피하고 자녀를 사랑할 생각이 없는 이기적 인물은 일종의 죄인이다. 또한 이러한 인물은 건전한 사람들에게 경모(輕侮)를 받지 않을 수 없다."

이것은 전대(前代) 루즈벨트 대통령의 결혼관이다. 시어도어 루즈벨트가 근대의 대정치가요, 호우(豪遇)한 기상과 위대한 포부를 가진 거인(巨人)이었던 것은 주지하는 바이거니와 그의 결혼생활을 보건대 그가 뉴욕(紐育) 주(州) 의회 의원이 되자 앨리스 리(Alice Hathaway Lee)라는 부인을 맞아 금슬이 상화(相和)하더니 3년 만에 1녀를 남기고 병사(病死)하였다. 후(後) 뉴욕(紐育)시장 후보에 입(立)하여 실패하고 심기를 일전코자 영국에 여행할 새 영경(英京) 객사에서 유시(幼時)의 동향(同鄕) 고우(故友)인 에디스[260]라는 부인과 해후하여 구의(舊誼)가 새로워 연모케 되매 런던(倫敦) 세인트 조지 사원에서 결혼하고 5남매를 얻어 다시금 단락(團樂)한 가정을 이루었었다. 왕년 아프리카(亞弗利加)의 맹수 수렵으로 유명하던 그요, 대통령의 고귀한 지위와 극무(劇務)를 가진 그건마는 가정에 들어와서는 자녀들과 곰(熊)의 흉내를 내며 무사기(無邪氣)한 소아(小兒)처럼 희희(嬉戱)하였다 함은 그의 성격의 일단을 보는 듯도 하다.

기행과 일화가 많고 폭만불패(暴慢不覇)한 비스마르크(比斯麥)은 32세 시(時), 여행 중에 만난 처녀를 연모하여 청혼을 하여놓고 면회를 하러 가서는 조인광좌(稠人廣座) 중에서 일언반사(一言半辭)의 인사도 없이 다짜고짜 처녀

---

260 에디스 루즈벨트(Edith Roosevelt, 1861∼1948) : 루즈벨트의 두 번째 부인이자, 그가 대통령 재임 시(1901∼1909) 미국의 영부인이다.

에게로 달려들어 애정의 표시를 단도직입적으로 하려 하였다 하니 아마 포
옹과 접문(接吻)을 요구하였던지 모르거니와 그렇게 만난 부인과 47년간 해
로하고 71세로 부인이 세상을 떠날 제 비공(比公)[261]은 "내 실인(室人)에게 힘
입은 바 많은 것은 이루 말할 수 없다." 술회하였고 조야(朝野)가 애도하여 공
의 위업의 일반(一半)은 부인의 공로라 하여 치사(致謝)하였다.

현 영(英) 수상 맥도널드[262] 씨는 스코틀랜드(蘇格蘭) 벽촌(僻村)의 빈가(貧
家) 자제(子弟)로 조모의 손에 길러져 소학교 교원 견습 노릇도 하고, 문학을
애호하여 소시(少時)에는 신문의 현상소설에 당선된 일도 있었으며, 런던(倫
敦) 시영창고(市營倉庫)의 서기로 호구를 하면서 밤이면 도서관에서 과학 연
구를 하다가 글래드스턴[263] 파 의원 비서 역을 거쳐 신문기자로 출세하여 노
동수령으로 수상의 인수(印綬)까지 띠게 된 현시(現時) 대정치가이거니와 그
의 사생활도 로맨틱한 기연(奇緣)이었다.

그가 1895년 30세에 대의사(大議士)에 입후보하였을 때 미지의 일 부인에
게서 정견(政見)에 찬의(贊意)를 표하고 성공을 기축(祈祝)한다는 서신과 함께
운동자금에 보용(補用)하라고 금품의 기증까지 하여 왔었다. 이때 맥 씨[264]는
불행히 낙선은 되었으나 당선 이상 가는 행운의 제비를 뽑았으니 즉 그 편지
주인이 후일의 맥도널드 부인이 된 것이다.

화학자의 딸 마거릿 글랜드스턴이 그 부인의 본명이요, 문벌이 좋은 탓에
아직 대의사도 못된 미미한 일개 노동당원의 배필로는 사회적 지위가 현격
(懸隔)하였으나 주(主)□의 공명으로 다행히 1896년 11월에 화촉(華燭)의 전

---

261 앞서 언급한 '비스마르크(比斯麥)'을 뜻한다.
262 제임스 램지 맥도널드(James Ramsay MacDonald, 1866~1937) : 영국 노동당의 창시자로 2차례
    영국 수상을 역임했다. 재직기간은 각각 1924년, 1929~1935년이다.
263 윌리엄 글래드스턴(William Ewart Gladstone, 1809~1898) : 영국 자유당의 당수. 4차례 영국 수상.
264 앞서 언급한 '맥도널드'를 뜻함.

(典)을 행하고 1남 5녀를 생산하여 15년간 동서(同棲)하다가 혈독증(血毒症)으로 1912년에 불귀(不歸)의 객(客)이 되니 46세에 중년 상배(喪配)를 당한 맥 씨의 비탄과 고뇌는 우심(尤甚)하여 혹시(或時)는 망처(亡妻)의 현령(現靈)이 위로하여줄 때가 있었다고까지 하였다 한다. 씨는 1년 후 망처의 소전(小傳)을 편(編)하여 우인지친(友人知親) 간에 배포하였는데 그 일절(一節)에, "폭풍우와 긴장 한가운데서 아내에게로 돌아오는 것은 안전한 항구에 들어온 것 같았다. 권비피로(倦憊疲勞)하고 오뇌낙담(懊惱落膽)하였을 때는 집에 자식들 있는 곳에 돌아가 버리고 싶다고 생각하였다. 아내는 유쾌하게 믿음성과 확신을 가지고 영국 노동당의 확호(確乎)한 세력이 그에게 힘입은 바 크다." 하고 아내로서보다도 동지로서와 사람으로서의 마거릿을 칭양(稱揚)한 것은 비스마르크의 술회와 같다. (1935.2.1)

천재와 결혼 마라

무엇보다도 『영웅과 영웅숭배론』[265]으로 유명한 토머스 칼라일의 5년 반이나 두고 끌던 연애전(戀愛戰)은 칼라일 자신의 명성과 아울러 유명한 일화의 하나이다. 1821년 칼라일이 27세에 유복한 일 의사의 딸 제인 웰시[266]라는 소녀를 만난 것이 그 시초였다. 때의 웰시 양의 방년은 21세(조선식으로 따져서)로 재색을 겸비하였을 뿐 아니라, 벌써 십여 인(人)의 남자와 교제를 하고 있는, 요새 말로 말하면 '모던 걸'이었다. 그뿐 아니라 칼라일에게 이 여자를 소개하여준 칼라일 씨의 친구 에드워드 어빙[267]란 사람 자신이 이미 웰시

---

265 *On Heroes, Hero-Worship, and the Heroic in History* (1841).
266 제인 웰시 칼라일(Jane Welsh Carlyle, 1801~1866) : 칼라일의 부인.

양과 연애관계에 빠졌었으나 남자에게 약혼자가 있기 때문에, 말하자면 칼라일은 그 뒷다리로 들어선 셈쯤 되었다 한다.

칼라일은 묵중한 편이요, 웰시 양은 발자(潑刺)하고 화사한 성표(性票)였던 모양이니 서로 맞지 않았으련마는 칼라일 씨는 일견에 열애하여 염서(艶書)를 쓰기 시작하였다. 그러나 여자 편에서는 냉담할 뿐 아니라 그 답장에 '칼라일'을 '카시르'라고 고의로 오서(誤書)까지 하였었다. 이것은 원래 남자를 시달려주고서 내심으로 은근히 쾌감을 느끼는 이 여자의 새디스트적 변태심리에서 나온 희롱이었던 모양이거니와 칼라일은 제2차 서신에 오서(誤書)를 정정하였건마는 그 답장에도 역시 '카시르'라고 써 보내고 제3, 제4의 편지에는 답장조차 없었다.

여기에는 칼라일이 빈농의 출신이라는 점으로 경멸하였던 까닭도 있던지 모를 것이요, 가정이나 당시 문인 간에서도 가연(佳緣)이 아니라 하여 교제를 방해하고 여자의 모친 역시 영국의 보수적 습관으로 두 사람 사이를 떼어 놓으려고 드는 데도 원인이 있었던 것이다.

그러나 칼라일은 굴욕을 느끼지도 않고 불청객이 자래(自來)로 여자의 집에를 버젓하게 찾아가서 교사가 되어 주마고 자천(自薦)하면서 '귀양(貴孃)은 천재의 소질이 있으니 더욱 수양하라'고 참고 서목(書目)을 써주고 하여 환심을 사기에 골몰하였으나, 웰시 양은 원체 그에게 대한 애욕도 없거니와 더구나 결혼이란 꿈에도 생각지 않기 때문에 발라맞추며 농락도 하고 어떤 때는 '다른 애인이 생겼으니 금후에는 상종을 끊자'는 편지까지 하여 절망과 오뇌에 빠지기도 하였다. 그러나 여간해서는 단념하지 않고 쭐깃쭐깃 하며 쫓아다니는 칼라일 씨는 1년쯤 지나서는 여자의 마음이 차츰차츰 돌아 붙게 되어

---

267 에드워드 어빙(Edward Irving, 1792~1834) : 스코틀랜드 성직자.

1821년 6월부터 1826년 10월까지 편지 왕래가 끊이지 않는 동안에 인제는 처음과는 정반대로 여자 편에서 허덕허덕하게까지 만들어 놓았다. 즉, 1825년에 공공연히 청혼을 하고 익년(翌年) 10월에는 5년 동안이나 끌듯 연애싸움의 최후 승리로 주위의 이망(羨望)과 조소(嘲笑)와 질투가 뒤섞인 속에 결혼을 하였으니 때에 그는 36세요, 신부는 26세였다.

그러나 결혼 초기를 지내고 난 그들은 그리 행복하지는 못하였다. 그 지간에 칼라일 씨가 전기(前記)한 영웅전과 『불국혁명사(佛國革命史)』[268] 등 불후의 명저를 내어놓고 에든버러 대학의 총장이 되는 등 학연(學硏) 생활과 사회적 명성이 높아감에 따라서 부인과의 가정적 생활은 멀어가고 냉담하여져서 결혼 당시에 5년간이나 풍파와 곡절이 많던 것에 비하면 부인으로서는 도리어 비참한 생활이었다. 당시 망명하여온 이태리 혁명가 마치니에게 부인은 가정생활의 무미(無味)와 고적(孤寂)을 하소연하였을 적에 마치니가 "인생의 목적을 행복으로 알지 마소서. 의무로 보소서." 하고 위로하였다는 것은 유명한 삽화이지마는 부인은 마침내 우울증에 걸려서 '나는 야심과 결혼하였던 것이다. 젊은 아가씨들아, 부디 천재와 결혼하지 마라.'고 자탄하였다 한다. 칼라일 씨는 87세의 고령을 향(享)하였고 부인은 부군보다 16년이나 앞을 서 66세에 칼라일 씨의 여행 중 공원에서 산책을 하다가 불시에 마차 속에서 운명한 것을 보아도 부부의 연이 끝끝내 박(薄)하였던 모양이다. (1935.2.2)

---

268 *The French Revolution* (1837).

연인과 유명상통(幽明相通)

존 러스킨(John Ruskin)의 팔십 평생은 영국의 일류 문예비평가로 또는 옥스퍼드(牛津) 대학의 미학강좌를 16년간이나 담당하던 권위로 광채육리(光彩陸離)하거니와 만년에 이르러서 사재(私財) 20여만 방(磅)[269](약 2백만 원)을 사회사업에 기부하여 하층계급의 교육과 생활개선 등에 진췌(盡瘁)한 공로로 칭도(稱道)할 만한 바 있었지마는, 그의 연애생활이나 가정인으로서 보면 비극의 주인공이라고 할 만하다

그는 1819년 영경(英京)에서 포도주업으로 재산을 모은 존 제임스의 아들로 태어났다. 모친은 엄격한 구교도이므로 매일 성서를 읽히고, 부친은 셰익스피어와 바이런 등의 문학서를 낭독하여 들려주면서 교육에 힘썼고 상무(商務)로 파리(巴里) 스위스(端西) 지방에 여행할 때 동반하여 유시(幼時)부터 경건한 신념과 고상한 취미와 문견(聞見)을 함양하고 자연미에 접촉케 하여주었으므로 7세에 시를 쓰고, 11세에 라틴(拉典), 희랍(希臘) 2어(二語)와 회화를 배우고, 17세에는 옥스퍼드대학에 입학하여 문학강의를 들었다.

그런데 이 해 — 17세 되는 해에 러스킨은 '아델'이라는 15세의 미소녀를 만나게 되자 벌써 초련(初戀)의 신고미(辛苦味)를 포끽(飽喫)하게 되었다. 이 소녀는 그 부친과 동업하는 도메크의 장녀로, 부친을 따라 러스킨의 집에 와서 묵고 있었던 것이다. 양편(兩便)의 부모끼리도 장래에는 짝을 지어주겠다는 경륜이었지만, 그보다도 열(熱)에 띤 러스킨은 시로, 소설로 곡진한 연정을 호소하였으나 파리에서 성장하여 화미(華美)에 젖어 허영심이 가득한 아델 소녀에게는 순실하고 솔직할 따름인 러스킨 청년이 눈에 차지 않았다. 그

---

269 영국의 화폐 단위 '파운드(pound)'.

러나 러스킨은 3년간 덧없는 짝사랑의 고배를 사양치 않으며 일루(一縷)의 희
망을 이어왔다. 그러나 당시 파리에 가 있던 아델에게서 불란서 귀족 '듀치
스'란 청년과 결혼하였다는 통기(通奇)를 받자 때마침 옥스퍼드대학의 학위
시험을 치를 준비를 하던 러스킨은 학위고 무엇이고 집어치우고 발병위석(發
病委席)하여 폐병까지 얻게 되매 2개년 간을 학업을 전폐하고 만유(漫遊)의 길
떠나 이태리로 갔었다.

　1846년 28세가 된 그는 그의 명저『근세화가』의 제2권을 출판하였는데,
그때 어떤 과부의 집에 잡지기자 '록할트'라는 사람의 딸 '샤롯트'라는 미인을
만났다. 실연의 고배를 남에 없이 지독하게 맛본 후 7, 8년 동안 공허와 낙막
(落寞)에 시달린 그의 가슴은 또다시 뛰기 시작하였다. 그는 그 자긍하는 바
미술론을『크리스찬 아트』지(紙) 상에 연재하여 샤롯트의 주의와 환심을 끌
려 하였으나 그 역시 도로(徒勞)에 돌아갔다. 샤롯트는 그 잡지에 눈도 거들
떠보지 않았고 그의 말에 귀도 기울이려 하지 않다가 결국은 다른 데로 시집
을 가버리니 러스킨의 두 번째 실연은 심한 신경쇠약증을 일으키게 하였던
것이다. 그는 또다시 병화(病臥)하여 이래(爾來) 교제를 끊고 오직 회화와 개,
고양이들을 기르며 드러엎드려 있었다.

　이 꼴을 본 가인(家人)들의 놀람이려니와 부모는 암만해도 얼른 장가를 들
어야 신경쇠약증도 고치고 건강이 회복되리라 하여 부친의 구우(舊友)인 그
레이 가(家) 영양(令孃)을 맞아오게 되어 그는 1848년 29세에 에피 그레이[270]
와 결혼하였다. 러스킨은 전에 한 번 각혈한 일도 있었거니와 이번 결혼여행
중에 또다시 각혈을 하고 중도회정(中途回程)하였다. 그뿐 아니라 아들의 건
강을 염려하여 신혼부부의 생활에 대한 모친의 간섭이 좀 심하였던 모양이

---

270 에피 그레이(Effie Gray Millais, 1828~1897).

요, 이 신부 역시 가정생활에 꾹 들어박혀 있기보다는 화려한 사회장리(社會場裏)에 출입하기를 즐겨하는 성격이었으니 이래저래 금슬은 좋지 못하였다. 그러나 그럭저럭 5년의 세월이 흐르고 1853년 여름결이 돌아왔다. 러스킨은 피서를 가 앉아서 애제자 중에서 제일 사랑하던 풍경화가 존 에버렛 밀레이[271]를 불렀는데, 밀레이는 여기서 세간에 유명하여진 〈1853년의 러스킨〉이란 초상화를 그렸다. 그러나 이것이 후일 러스킨의 가정에 파탄의 서막이 될 줄이야 어찌 알았으랴. (1935.2.3)

　피서지에서 밀레이가 은사(恩師)의 초상을 그린 이듬해 4월에 러스킨 부인은 별 이유 없이 불시에 남편과 시가(媤家)를 버리고 친정으로 달아나더니 혼인무효소송을 스코틀랜드(蘇格蘭) 법정에 제기하였다. 부정한 아내의 망동(妄動)에 격노한 러스킨은 저 하는 대로 내버려두는 동안, 3개월 후에는 이혼이 성립되었다. 그리고 또 그 이듬해 즉, 1855년 여름에 남편을 버린 에피 밀레이는 은사를 배반한 26세의 청년화가 밀레이와 결혼하였다. 때에 밀레이의 화가로서의 명성은 점점 높아갔으니, 그 역(亦) 러스킨의 훈도(薰陶)의 공(功)임은 물론이거니와 에피 밀레이가 밀레이 부인으로서 런던(倫敦) 사교계에 나타난 것을 본 러스킨은 또다시 만유(漫遊)의 길을 떠나 여행과 저작으로 위안을 삼고 쾌쾌(快快)한 심사를 잊으려 애썼다.

　소위 염복(艶福)이니 처복(妻福)이니 하는 것이 없는 러스킨은 두 번 실연하고 가정생활에 또한 쓴 경험을 맛본 뒤로는 다시는 속현(續絃)치 않고 기나긴 팔십 평생에 겨우 6년간 결혼생활 이외에는 고독과 적막 속에서 보낸 것은 동정도 할 만하거니와 그가 칠십이 넘은 뒤에 비로소 고백한 실연담이 또 하

---

271 존 에버렛 밀레이(John Everett Millais, 1829~1896) : 영국의 화가. 라파엘 전파(前派)를 형성하여, 라파엘로 이후의 대가(大家) 양식의 모방에서 탈피, 회화예술에 자연주의와 정신적 내용의 부활을 주장했다.

나가 있으니 이렇게 따지면 세 번 실연한 셈이었다.

1858년 그가 불혹지년(不惑之年)을 바라볼 때 어떤 귀부인이 딸 형제 아들 하나의 3남매의 그림공부를 시켜달라는 부탁을 받았는데, 그 막내딸은 '로즈 라 투쉬'[272]라고 하는 당시 9세의 소녀였다. 러스킨도 물론 귀(貴)해 하였고, 소녀도 러스킨 선생을 따랐지마는 그 후 성장하는 동안 서로 연신(連信)이 있었던지 그것은 모르나 러스킨이 오십이나 넘은 뒤에 '사레'라고 하는 사람의 집에서 당시 9세 소녀이던 로즈 양과 나란히 산보하는 것을 본 사람이 있었다 하고 또 러스킨은 마침내 로즈에게 청혼까지 하였었다 한다.

그러나 로즈는 원래 러스킨 선생을 친애하고 경모하던 터라 낙혼(諾婚)하지 못할 것은 아니었으나 신앙이 다른 이유로 드디어 거절하여 버렸으니 그때 로즈는 24세요, 러스킨은 53세였더라 한다. 그러나 미기(未幾)에 로즈 양은 병몰(病歿)하여버렸으므로 세 번째 실연한 러스킨은 이래저래 평생의 고질이 된 상사병에 또 걸려서 매양 악몽에 신음하다가 내종(乃終)에는 정령론자(精靈論者)가 되어 교회에 출석하여 로즈의 망령과 유명상통(幽明相通)키를 기원하게까지 되었다.

그런데 여기에 기이한 일은 수년 후에 그가 베니스 학사원(學士院)에서 카르파치오[273]가 그린 〈성 우르술라의 상(像)〉을 보고난 뒤로 이 화상(畵像)을 연모하여 — 화상을 연모한다는 말은 좀 곧이들리지 않을 듯하지마는 — 하여간 이래(爾來) 러스킨은 이 〈세인트 우르술라〉의 상(像)으로써 부덕(婦德)과 고아(高雅)의 권화(權化)라 하여 이를 묘사하고 그 전설 연구에 열중하였을 뿐 아니라 강의도 하고 필기도 시킨 일이 몇 번이나 있었다 한다. 그 심적(心的)

---

272 로즈 라 투쉬(Rose la Touche, 1848~1875) : 9세 때 러스킨을 만나 18세 때까지 그의 제자로 그가 아꼈던 학생이자 여인. 27세에 요절.
273 비토레 카르파치오(Vittore Carpaccio, 1465~1525) : 이탈리아 베네치아파의 화가.

경과로 보면 마치 단테에 대한 베아트리체와 같이 죽은 연인 로즈가 우르술라와 합체되어 우르술라의 상이 곧 로즈의 상으로 보인 것이었으니, 사실로 1876년 크리스마스 날에 그는 병열(病熱)에 떠었을 때 죽은 연인인 로즈 즉, 〈세인트 우르술라〉의 환영을 보았다고 한다. 이로써 보면 다만 연인을 오매불망하였다는 것도 사실이겠지마는, 60여 년 내(來)의 고독한 생활은 드디어 현실계의 인간적 연애를 단념하고 신비적 공상의 세계에서 사랑을 갈구하게 되어 화상(畵像)에까지 연정을 느낀 것이니 생각하면 연애란 무서운 것이기도 하지만 러스킨과 같은 천재의 쓸쓸한 일생도 가엾다 아니할 수 없다.

(1935.2.5)

마호메트의 기우(奇遇)

아라비아(亞剌比剌) 메카의 명문 쿠라이시 가(家)의 후예로 코란(회회교 경전)과 장검(長劍)으로써 2억의 교도를 얻은 회회교 개조(開祖) 마호메트[274]는 기원 569년(일설에 570년) 메카 시에서 유복자로 태어났다. 부친 아브드 알라는 신혼 미구(未久)에 '카사' 땅으로 장사 갔다가 회환(回還) 도중 객사하고 모친 아미나 역시 8세 시(時) 그때까지 양육하여 준 유모 하리마에게서 아들을 찾아가지고 메카에 돌아오다가 객사하매 마호메트는 2년간 조부의 손에 길러지다가 조부가 물고(物故) 후에는 백부 아브 탈리브에게 길러지면서 이십이 되도록 목자의 생활을 하였으니, 그 자신의 말에도 "자고로 예언자 쳐놓고 한번 목자가 아니 되었던 자 있더냐." 함과 같이 그도 우연히 후일에 예언

---

274 무함마드(모하메드)는 마호메트의 아라비아 원어인데 이 글에서는 두 명칭이 혼용되고 있다. 제목에 '마호메트'라고 적고 있으므로 독서의 효율을 위해 이 글에서는 '마호메트'로 통일했다.

자 될 첫길을 밟았던 것이라 할까. 하여간 이십이 되자 백부는 곤궁한 생활인지라 거만(鉅萬)의 유산을 옹(擁)하고 상업을 경영하는 과부 하디자에게 천(薦)하여 대상(隊商)과 함께 시리아로 장사를 떠나게 하였다. 마호메트는 그전에 벌족전(閥族戰)에 참가하였던 일도 있으나, 무사나 상인이 됨보다는 차라리 시가(詩歌), 수사(修辭)에 장(長)하고 명상적(瞑想的)인 소질이 많았다.

하디자는 두 번 과부가 되어 전부(前夫)에게 1남 2녀를 낳고, 후부(後夫)에게서는 재산을 물려받은 사십 된 미부(美婦)였다.

마호메트가 첫 번 길에 득리(得利)를 하여 성공한 것에 하디자는 신용도 하였겠지마는 원체 풍수(風手) 수려하고 성정(性情)이 순량한 미청년인 마호메트인지라 여자 편에서 먼저 청혼을 하게 되었다. 마호메트가 시리아에서 돌아오던 날, 하디자가 시녀를 데리고 노대(露臺)에 나서서 멀리 바라보니 낙타를 타고 앞서 오는 마호메트의 제상(題上)에 두 천사가 날개를 펴서 폭양(暴陽)을 가려주는 것을 보았다는 전설은 일층 종교적 색채를 가한 아라비아 전설다운 말이거니와, 하디자의 속 깊이 감춘 염정(艶情)은 벌써 그때부터 끓었던 것인 모양이다.

"어째 이때껏 장가를 안 갔던가?"

"적빈여세(赤貧如洗) 하니 ……."

"그러면 돈 있고, 아리땁고, 가문 좋은 부인이 청혼한다면 두말없을까?"

"누군데?"

"하디자!"

"응? 어떻게?"

"내 중매 들지."

하디자의 친매(親妹)가 중매하였다 하기도 하고 마호메트를 따라 시리아에 갔다가 온 하디자의 가복(家僕) '메이사라'가 마호메트의 친절과 의기에 감동하여 중간에 나섰다고도 하거니와 이와 같이 하여 하디자의 사랑은 순조(順調)로 승리를 얻었다.

마호메트가 승낙을 하매 길러준 백부 아브 탈리브에게 정식 통혼을 하고 절차를 갖추어 합근(合졸)의 예를 행할 새, 사십 된 신부는 그 부친 '쿠에이리드 오말'의 반대할 뜻을 짐작하는지라 잔치를 베풀어 대취(大醉)케 한 후 향을 피워놓고 행례(行禮)를 주재케 하였다. 다음날 부친이 술이 깨어보니 의외에도 딸의 혼사는 치렀으나 모든 것이 취중의 일이라 화가 나서 칼을 빼어들고 "아무려면 내 딸을 문벌 낮은 저 따위 적빈고아(赤貧孤兒)에게 줄까보냐"고 야단을 쳤으나 성복후약방문(成服後藥方文)이라 화해하고 말았다. 마호메트는 결혼 후 전일(前日) 유모 하리마에게 낙타 1두(頭)와 양 40두(頭)로써 보은(報恩)의 뜻을 표하고, 또한 후일 타이프 정토(征討) 시(時)에 보수(補囚) 중에 하리마의 여(女) '시마'가 섞여 있는 것을 발견하고 구하여 구은(舊恩)을 저버리지 않았다 한다.

신랑은 때에 25세요, 신부는 사십이었으니 15년 맏이였으나 신혼가정은 행복하고 평화로웠다.

마호메트는 그 후에도 장사를 다녔으나 상가(商賈) 될 천품(天稟)보다는 시인적 자질을 타고난 그는 아내의 재산을 늘려주기보다도 없애는 편이었고, 오히려 장사 다니는 동안에 소득으로는 유태 기독교도와 접촉이 빈번하여 그 영향으로 정신적 회의와 종교적 사색에 깊이 빠져 들어가기 시작하였다 한다. 그리하여 그 후부터는 상업에 간섭치 않고 들어앉게 되었다. (1935.2.6)

그러나 사십 과부로서 모든 것에 만족한 하디자는 남편이 상략(商略)과 이재에 밝지 못하고 종교적 명상에 잠겨서 무위도일(無爲渡日) 한다고 불평은 없었다. 그렇다고 그것은 정든 젊은 남편이니 들어앉히고 먹여 살린다는 그런 천속(賤俗)한 음부적(淫婦的) 타산(打算)이 아니라, 영리하고 현숙한 천질(天

質)을 가진 부인은 남편의 성정을 이해하고 그 정신과 의지와 신앙에 감화되니 소아(小兒)와 같이 신뢰하고 순종하여 순일(純一)한 애정을 기울이는 동시에 금전을 아끼지 않고 남편의 사(事)□을 원조하여 사회적 지위와 엄망(嚴望)을 높이기에 힘썼다 한다.

애초에 마호메트의 풍수(風手)에 마음이 기울었던가 혹은 그 순량(醇良)한 성정에 감응하였던가를 전기(傳記) 기술자(記述者)도 의아히 하는 모양이거니와 그는 미남일지라도 준수하고 압인(壓人)하는 기상(氣象)이 있어 용이히 친압(親狎)치 못하여 교제하여보면 우아, 정중한 풍도(風度)가 있었던 모양이고, 침착, 우(憂)□한 표정에 과언(寡言), 침묵하여 명상적이면서도 한번 개구(開口)하면 변설(辯舌)이 종횡하고 활계백출(滑稽百出)하여 쾌활명랑한 일면(一面)이 있었다 한다. 그뿐 아니라 감정이 폭발하면 미간(眉間)에 혈맥(血脈)이 종단(縱斷)하여 통매(痛罵)가 뼈를 찌르는 듯하고, 좌우가 외포(畏怖)하여 소조(所措)를 잃을 지경이나, 또 그 반면으로는 신뢰하고 경앙하는 애심(愛心)을 저절로 끌게 하고 친우 간에 과대세심(寡大細心)하여 불행불만(不幸不滿)이 없게 화용(和用)하고 선용(善用)하는 수완에 장(長)하다고도 한다. 대개 이와 같은 성격이므로 전 아라비아인으로 하여금 귀향심복(歸向心腹)케 한 것이겠지마는 아내인 하디자 역시 연소(年少)한 남편의 그 고귀청수(高貴淸秀)하고 위의당당(威儀堂堂)한 풍수(風手)에 남성적 미점(美點)과 이상(理想)을 발견하고 만족하였던 것일 것이다.

그가 신교(新敎)를 선전하기 시작할 제, 제일 선착(先着)으로 귀의(歸依)한 사람도 아내였고, 마호메트 자신조차 전도가 암담한 듯이 실망낙담할 때 위자고무(慰藉鼓舞)하여 스러지려는 희망을 가슴에 다시 불 붙여준 사람도 그 아내였다 함을 생각하면, 금전으로나 정신으로나 그 아내 하디자가 없었다면 마호메트가 없었고, 회회교가 이 천지에 있었지 않았다 하여도 과언이 아닐 것이요, 따라서 마호메트의 하디자에 대한 순정도 범연치 않았음은 하디자가 12년간 동서(同棲)하는 동안 2남 4녀를 생산하고 세상을 떠난 뒤에 맞아들인 재취(再娶) 아이샤[275]가 안전(眼前)에 있는 제희(諸姬)를 시기함보다도 고혼(故魂)이 된 하디자를 질투하였다는 말로 미루어 보아도 짐작할 만하다.

그러나 마호메트는 하디자의 사후(死後), 여색(女色)에 탐혹(耽惑)한 모양이니 당시 풍습에 다처주의(多妻主義) 혹은 다부주의(多夫主義)가 공공연히 성행하여 4, 50인(人)의 처첩이나 남편을 가진 남녀가 있다 하지마는 마호메트는 10처, 2첩을 거느렸다 한다. 하디자까지를 계입(計入)하면 11처와 2첩이나, 4, 50명 처첩이나 후궁 삼천에 비하면 오히려 적다 할지 모르겠으나 그 11처 중 6인까지가 과부였고, 4처는 정토(征討)한 존장(尊長)의 처 등이요, 다만 하나 아이샤가 처녀였고, 또 최애(最愛) 정실(正室)이었다는 것은 흥미 있는 일이다. 아이샤는 그 부(父) 아부 바크르(Abū Bakr)와의 친교를 위한 정략적 결혼으로서 아이샤가 6, 7세에 약혼하였다가 9세 시(時)에 결혼을 하였는데, 장성함에 따라 천부(天賦)한 □질(質)과 재화(才華)가 타(他) 처첩에 관절(冠絶)하여 마호메트의 정신을 좌우하고 회회교사(回回敎史) 상에 유명한 부인이라 한다. (1935.2.7)

간디의 부인관

석가(釋迦)와 기독(基督)의 합체라고까지 일컫는 간디. 정신문명과 세계의 항구한 평화의 길을 계시한 일대 예언자요, 선구자라 하는 간디. 무저항주의

---

275 아이샤(Aisha bint Abu Bakr, 612~678).

와 인류애와 인고(忍苦)의 생활로 세계에 일대 광명을 던져주던 마하트마 간디에 관하여는 너무나 세간에 널리 알려졌으니 다시 번설(煩說)할 바도 없기로, 여기에서는 다만 그의 부인관이라고 할 만한 몇 구절 요점을 소개하여보려 한다.

'마하트마'란 '위대한 영혼'이라는 뜻인 경칭(敬稱)이거니와 그의 성자적(聖者的) 생활은 그 양친이 무릇 생명 있는 것은 어떤 형태의 것이든지 해(害)치 않는다는 극단의 불살생(不殺生)의 신조를 가진 자이나 종교 신자요, 또한 부모가 박애심이 두터워 가산을 기울여 일체를 자선사업에 던진 그 감화(感化)에서부터 출발된 것이라 하겠다. 간디는 8세에 지금의 부인 카스투르바 간디와 약혼하고, 12세에 9세 된 신부와 결혼하여 오늘날까지 해로하며, 부인 역시 한 동지로서 비폭력주의 하에 남녀동권론자(男女同權論者) 퀴듸라하민과 여류시인 사로지니 나이두[276] 등과 함께 간디를 도우며 고투하여 나감은 주지의 사실이거니와 간디는 자기가 인도의 폐습으로 12세에 조혼을 하였더니만치 조혼은 민족을 쇠약케 한다는 이유 하에 조혼반대운동을 일으켰으니, "음탕이 성행하는 인도에서는 국민의 육체와 정신의 원천을 학갈(涸渴)케 한다. 육욕의 미망(迷妄)은 남자의 정신을 압박하는 동시에 부인의 위신을 상(傷)한다."라고 하였다. 그러나 예외로 어떠한 경우에는 개성이 확고하여지기 전에 결합된 혼인은 부부 간에 동정과 화합에 특히 아름다운 관계를 형성하는 수도 있다 하였으니 이것은 자기의 부부생활을 돌보아 그 적례(適例)로 한 말일 것이다.

또한 그는 성적(性的) 관계에 대하여 극히 준엄하여 그 엄격주의는 성(聖)

---

276 사로지니 나이두(Sarojini Naidu, 1879~1949). 인도의 시인이자 사회운동가이며 정치가. 여성 해방운동과 반영(反英) 민족운동에 참여했으며, 봄베이 시의회 의원, 인도국민회의 최초 여성 의장, 런던 원탁회의 인도대표 등을 역임했다.

바울과 같다고 하거니와 아메다바드에 있는 고등학부인 사티아그라하 아슈람[277] 즉, 수도장(修道場)은 수도원과 같은 것으로서 학생에게 6개조의 서언(誓言)을 세우게 하는데, 그 한 가지에 '독신생활'을 입서(立誓)케 하는 조항이 있다. 이 맹서(盟誓)를 세우지 못하면 '성실'이나 '불살생(不殺生)' 등 다른 서언도 지키지 못한다는 것이다.

간디는 자기 아내를 인도교(印度敎)에 비하여, "아내는 세계 중 어떠한 여자보다도 나를 움직이게 한다. 아내가 결점이 없는 것이 아니다. 실상 말이지 그 내 눈에 비치는 것보다도 훨씬 많은 결점을 가지고 있다. 그러나 끊으려야 끊을 수 없는 기반(羈絆)을 느끼는 기다(幾多)의 결점과 제한을 가지고 있는 인도교에 대하여서도 나는 그와 똑같이 느끼는 것이다."라고 하였다. 그리고 부인문제에 대하여는 이렇게 말하였다.

부인은 한층 약한 성(性)이 아니요, 인류의 반분(半分) 이상의 것이며 양성(兩性) 중 보다 더 숭고한 것이다. 왜 그러냐 하면 오늘날도 부인은 희생, 인고, 온순, 신앙 및 지식의 화신이기 때문이다. 부인의 직각(直覺)은 남자의 지식적(知識的)으로 오만한 가정(假定)보다도 왕왕히 보담 진실함이 입증되어 있다.

부인문제는 비단 인도의 문제가 아니라 전세계가 두통(頭痛)으로 하는 바이거니와 간디는 다시 부인에 대하여 남자의 욕망의 대상으로 생각지 말고 존경할 것을 요구하고 또는 이를 고취키를 권하여 왈,

---

277 '사티아그라하'는 "진리를 찾으려는 노력"이라는 뜻으로, 간디에 의해 시작된 비폭력 저항운동의 철학이다. 아슈람은 간디가 '종교적인 정신으로 사는 공동생활'이라 정의한 것이다. '사티아그라하 아슈람'은 간디와 그 동지들이 자신들의 목적과 봉사의 방법을 나타내는 말로 삼고, 1915년 5월 25일 아메다바드에서 창립했다.

부인으로 하여금 그들의 육체, 욕망을 망각하고 공생활(公生活)에 들어가 위험을 무릅쓰고 그들의 신념에 희생케 하라. 부인은 사치를 버리고 외국품(外國品)을 방기(放棄) 혹은 소각(燒却)할 뿐 아니라 남자의 여러 문제에 참가하여 간난(艱難)을 함께 하여야 한다. 여러 저명한 부인이 캘커타에서 자약(自若)히 피체(被逮)되고 투옥되었거니와 그것은 진정한 정신의 현현(顯現)이다. 부인은 모름지기 연민을 애걸치 말고 의거(義擧)를 위하여 수난(受難) 남자와 경쟁하여야 할 것이다. 고통을 인내함에 있어 부인은 남자를 능가한다.

그리하여 간디는 부인을 존경하고 격려하며, 따라서 자기 부인은 물론이요, 허다한 인도부인의 총명한 이해와 원조를 받을 뿐 아니라 그 문하에서 많은 여걸들이 배출된 것이라 하겠다. (1935.2.8)

실제로 본 한자[278]

　전자(前者) 「한자절용론(漢字節用論)」에 대하여 일언(一言)하였거니와 교육의 혜택을 받지 못한 자를 위하여 제한하자는 것은 전술(前述)한 가이바라 에키켄(貝原益軒)[279] 이래의 누구나 주장하는 첫 안목이지마는 교육이 보급되었기로 한학시대(漢學時代)가 지나가고 제반 과학과 어학에 대한 부담이 다대한 오늘날에 와서 4만 6천 자나 되고 복잡다기(複雜多岐)하기 한이 없는 한자라는 것은 큰 짐이요, 청소년 학도의 머리를 학대하는 장본(張本)이라고 주장하는 것이 그 골자이다. 조선 사람에게 있어서는 어학이 또 하나 느는 점으로 보아 부담이 더한 것도 사실이거니와 가이바라 씨의 말을 빌려 할진대 지금 세상에 고등소학이나 중등 정도는 말 말고라도 상당한 전문가이기로 영(英)·독(獨)·불(佛)어(語)로 논문을 쓰라면 쓰겠지만 자국어로 쓰라면 과연 한자에 대하여 착오 없이 자유자재로 의사표시를 하겠는가 의문이라 하였다. 논문을 쓰기는 고사하고, 읽는 점에 있어서도 그럴 것이다. 어떤 중등 정도의 생도가 신문을 평(評)하는 가운데 모지(某紙)는 사설(社說)을 우리에게도 용이히 이해되도록 평이하게 쓰니까 좋고, 모지(某紙)는 한문 문자만 어려워

---

278 횡보(橫步), 「실제로 본 한자」, 『매일신보』, 1935.3.26.
279 가이바라 에키켄(貝原益軒, 1630~1714) : 도쿠가와 시대 초기의 철학자·식물학자이며 기행문 작가이다.

서 읽을 수가 없더라는 말을 들을 제, 그것은 네 정도(程度)가 부친다는 것을 생각하고 말할 것이라고 일러는 주면서도 그 생도의 말이 심상(尋常)히 들리지는 않았던 것이다.

그 다음에는 사무상 능률 문제로 보아 수사(手寫)하는 경우는 말할 것도 없거니와 타이프라이터와 같은 기계를 이용하는 때에도 한자로 하여 받는 고통을 예거(例擧)하였고, 또 한문이라는 것은 현대 지나어문(支那語文)과도 다른 고전(古典)이요, 사어화(死語化)한 것이어서 구문(歐文)의 라틴어(羅典語)와 같은데, 현재 라틴어는 외교문서에도 사용치 않는 것을 볼지라도 동양에서 한자를 쓸 이유가 없다는 것도 수긍할 말이요, (이것은 일본의 독특한 사정일지 모르거니와) 즉, 음독과 훈독에 있어 동일 자(字)에 대하여 대개 2, 3종, 심하면 4, 5종으로 읽게 되는 번폐(煩弊)에서 벗어나기 위하여서도 한자를 제한하자는 것이다.

이러한 제도·이유를 열거·소개하자면 한이 없겠고, 또 조선에서도 이만한 정도의 이론은 벌써 상식화하였을지 모르기로 여기에는 삭략(削略)하고, 다음에는 실제 연구가의 인례(引例)를 조금 소개하기로 한다.

우선 한자의 수효와 역대(歷代)에 증가된 자수(字數)의 주요한 것만 뽑아보면 다음과 같다.

진(秦).	창힐편(倉頡篇)	2,200자
한(漢).	훈찬편(訓纂篇)	5,340자
당(唐).	광운(廣韻)	22,717자
송(宋).	집운(集韻)	43,525자
명(明).	자휘(字彙)	45,550자
청(淸).	강희자전(康熙字典)	46,216자

이 표로 보건대 진한간(秦漢間) 약 2백년간에 3천자가 증가되었고, 당송간(唐宋間) 약 4백년간에는 2만 천여 자의 신제자(新製字)가 증가된 셈이요, 진(秦)의 『창힐편』[280]으로부터 청(淸)의 『강희자전』[281]까지는 4만 4천 자나 되는 새 글자가 늘은 분수이다. 진청(秦淸)의 사이가 근 2천년이나 된다기로 4만 4천의 새 글자가 늘어갔다는 이러한 추세로 가면, 그리고 문화의 발전을 따라가노라면 상기(上記)와 같은 비(比)는 아니라도 (그중에는 사자화(死字化)해 가는 것도 있겠지마는) 한 자라도 늘면 늘지 줄지는 않을 것이다.

금후의 증감(增減)은 하여간에 4만 6천여 자 중에는 1자로서 여러 가지 발음과 의미(意味)를 가진 자가 많을 것이요, 이리저리 활용되며 숙어(熟語)가 되는 경우를 생각하면 전문학자가 일생을 바쳐도 오히려 부족한 큰 학문이다. 이런 어마어마한 한자를 무제한(無制限)하고 비전문자(非專門者)에게 사용케 한다는 것은 국가 문화상으로도 큰 문제임은 더 말할 것도 없는 것이다.

---

280 중국 진(秦) 나라의 재상 이사가 소전(小篆)으로 기록한 자서(字書).
281 1716년 중국 청(淸) 나라 강희제의 명령으로 30명의 학자가 편찬한 자전.

한자의 복잡성[282]

한자절용론자(漢字節用論者)가 보통 일상에 사용하는 문자로도 복잡다양한 예를 든 것을 보면 이러하다.

(1) 유사한 것

　　崇, 崇　　岡, 罔

　　刺, 刺　　嬴, 贏, 羸

　　撿, 檢　　辮, 辨, 辮, 辦

(2) 동의이자(同意異字)로, 사용되는 경우가 다른 것

　　易, 替, 遞, 代, 換. 更,

　　渝, 變, 見, 視, 觀, 覽,

　　看, 瞻, 瞰, 覩, 覬, 瞥, 覿

(3) 자형상(字形上) 복잡한 것

　　略＝累　　棊＝棋

　　(편(偏)의 위치에 따라 변치 않는 것)

　　細 — 累.　吟 — 含.　忙 — 忘.　棗 — 棘

---

282 횡보(橫步), 「한자의 복잡성」, 『매일신보』, 1935.4.2.

(이상은 편(偏)의 위치에 따라 자의(字意)가 변함)

(4) 발음상으로 본 것

念, 肯, 賞

(상부(上部)로 발음되는 것)

景, 界, 岌

(하부(下部)로 발음되는 것)

功, 判, 錦

(좌부(左部)로 발음되는 것)

沐, 粒, 請

(우부(右部)로 발음되는 것)

즉, 이와 같이 발음상 일정한 약속이나 준칙이 없다는 말이다.

(5) 일자(一字)가 다양(多樣)인 것

仙 — 僊.　衿 — 襟.　痴 — 癡.　粮 — 糧.　談 — 譚.

(6) 정자(正字)와 별체(別體)가 있는 것

竝 — 並.　竸 — 競.　麴 — 麹.

(7) 자전(字典) 찾기 어려운 것

朦朧(月部)　股肱(肉部)　相(目部)　歸(止部)

(8) 동일자(同一字)로 수부(首部) 상이한 것

勅 — 敕.　咏 — 詠.　膾 — 鱠.

(9) 세정(世情) 변천에 의하여 자형(字形) 부당(不當)한 것

賣買 (화폐시대이므로)

鯨鯢 (동물학상 수류(獸類)이므로)

簡箋 (대(竹)에 기록치 않으므로)

虹霓 (벌레 먹은 것이 아니므로)

(10) 서체가 많은 것

　　大篆,　小篆,　隷書,　正書,　行書,　草書.

(11) 획수 많은 것

　　齙齒 ― 수중(手中)에 있는 자전(字典)을 찾으니 "모즈러진 니알"이란 자(字)로, 실로 35획이다. 이 이상의 기록이 있는 자(字)도 있는지도 모르겠거니와.

이상은 남의 연구의 소개지마는 만일 이러한 문제로 연구를 해나간다면 흥미 있고 더 적절한 무수한 예증(例證)을 발견하리라 생각한다.

그런데 여기서 생각할 것은 문부성(文部省)의 1900여 자(字) 안(案)이 실제 사용에 부족, 불편을 느끼는 모양이라 하며, 더욱이 '한자폐지 국자전용론(國字專用論)'의 반대에 대하여는 일고(一顧)의 가치가 있는 것이다. 이상론(理想論)으로는 모르나, 실제 문제로 한자가 없이는 문화상에 미치는 변동과 영향뿐 아니라, 일상생활에 야기되는 저어착란(齟齬錯亂)과 분경(紛競)이 많으리라는 것이다.

이것은 물론 화문(和文)으로의 예(例)이지마는 가령 'シリツ' 학교에 국고보조를 한다는 법령을 화문으로만 쓰면 '시립(市立)' 학교는 내 학교가 돈을 받겠다고 주장하고, '사립(私立)' 학교는 우리 학교에 주는 것이라고 쌈이 일어날 것이요, 공작(公爵)과 후작(侯爵)을 'コウシヤク'라고만 쓰면 어떻게 분간하겠느냐?는 반대 예증이다.

이와 같은 것을 조선에서도 흔히 볼 수 있을 것이니, 공자(孔子)와 공자(公子), 부인(夫人)과 부인(婦人) 같은 유(類)일 것이다. 이상도 무슨 참고나 될까 하여 부기(附記)한 것이지마는 이와 같은 한자폐지반대론을 주장하는 야마다 요시오(山田孝雄)[283]란 연구가는 결국 "세계 중에 있는 실용상(實用上) 문자로 가장 학리적(學理的)으로 된 것은 조선 언문이다."라고 하였다. 조선문에 대한 이러한 말은 하특(何特) 야마다 씨만의 견해가 아니요, 거의 세계적 정설이라고도 하겠지마는 이런 찬사를 들을 때마다 한글연구의 책임이 중함을 새삼스러이 깨닫는 것 같고 거기에 아울러 한자 문제라는 것도 등한시하지 못할 것을 느끼는 바이다.

<hr>

283 야마다 요시오(山田孝雄, 1873(1875)~1958) : 일본의 국어학자이자 국문학자.

의상의 색채[284]

봄의 여자랄까, 여자의 봄이랄까. 봄은 여인의 것만이 아니건마는 봄빛은 꽃빛으로만 짙어가는 것이 아니라 여성미(女性美), 여성의 빛으로도 단장(丹粧)되는 것 같다. 창경원의 야앵(夜櫻)이고, 주앵(晝櫻)이고 연래(年來)로 구경해본 일도 없거니와, 밤꽃, 밤불에, 밤의 단장한 여자가 없었던들 남자의 그림자는 영성(零星)할 것, 그야 여성미를 감상하여준 남성이 꼬이지 않으면 여자도 꽃구경만으로는 김빠진 맥주일지 모르지마는.

그건 그렇다 하고 봄이 되면 유난히 눈에 띠는 것이 거리의 미인의 의상미(衣裳美)다. 그리고 의상미는 첫째 색채요, 둘째 선(線)이니, 그 다음 일, 가령 의차(衣次)의 품질 같은 것은 논외일 것이다. 물론 기본조건은 체격, 육체미이겠지마는.

그러나 의상미라 하여도 원체 생활 전반에 긍(亘)하여 변화가 적은 조선에서는 의상도 눈에 띨 만한 신의장(新意匠)이라든지 신유행(新流行)이라는 것이 없으니 '미(美)'라는 것 역시 소범위(小範圍) 안에서 고정되어 있는 듯싶거니와 그래도 연년(年年)히 색채에만은 다소의 변화, 즉 유행이라는 것이 있는 듯이 보이고, 또 그 색채에는 일 주류가 있는 듯이 보였다. 대개의 경우에 입는 여

<hr>

284 횡보(橫步), 「의상의 색채」, 『매일신보』, 1935.4.19.

  염상섭 문장 전집 Ⅱ

인 자신들은 무의식적이었겠지마는.

그러나 금년 봄에는 그나마 파괴된 모양 같다. 색채의 무통일(無統一)한 변화는 있는지 모르겠으나 주류가 없어진 것 같다. 이마빡부터 발등까지 분홍으로 휘감은 홍동(紅童)이가 눈앞을 스쳤는가 하면 초록 브러시로 한 줄기 쓱 그은 듯한 청동(靑童)이가 시선을 어지럽힌다. 그리고 청동, 동홍(童紅)이라 해야 애어머니 노릇도 벌써 '시험제(試驗濟)'였을 연갑세(年甲歲)의 미인(?)들이다. 또 여간 머리를 써서 기껏 차리고 나섰대야 그것은 결국에 색채의 재즈요, 혼란이요, 미관(美觀)의 파괴이며 그 외에는 흑과 백의 단조(單調)뿐이다. 그야 청홍동(靑紅童)이가 사람의 빈축을 사거나 색채가 재즈를 하거나, 백주(白晝)의 망매(魍魅)가 난무(亂舞)를 하거나, 뱃속에서 쪼르륵 소리가 나는 우리로서는 연(緣)이 없는 문제일지 모르지마는.

이런 문제는 결국 직조업자나 상인이나 또는 수요자의 연구, 고안, 기호(嗜好)에 달릴 문제이지만, 여기서 일반적으로 생각해볼 것은 어떠한 색채가 가장 현대적이면서도 동양취미를 잃지 않을까 하는 것이다. 개개(個個)의 색채를 가지고 논할 수는 없지마는 광범하게 7분(分)의 담(淡)에 3분(分)의 농(濃)을 교묘히 조화(調和)함으로써 현대적이요, 동양적인 색채가 나오지나 않을까? 이 역(亦) 화가나 의장가(意匠家)와 같은 전문가의 의사에 물을 바이나, 그렇다고 얼굴의 전면적(全面積)에서 7분(分)은 백분(白粉)으로 점령케 하고 3분(分)은 연지(臙脂)에게 양보하라는 결론을 내림은 조계(早計)이다. 이 역(亦) 배고픈 양복세민(洋服細民)의 아랑곳없는 말인지 모르지마는.

그건 그렇다 하고 종래 '서양적'이란 말은 '동적(動的)', '동양적'이란 말은 '정적(靜的)'이란 의미로 써 왔다. 그리고 '현대적'이란 것은 '과학적'이라든지, '기계적'이라든지 기타 여러 가지 말로 설명할 수 있으나 결국에 '동적'이라는 의미로도 해석할 수 있다. 그러나 동양의 문화도 그것이 구화(歐化)하고 안

하고 간에 동화(動化) ― 현대화하지 않으면 안 될 것이요, 또 그러한 도정을 밟는 것이 사실이다. 그것이 당연한 귀추(歸趨)이기도 하다. 그러나 또한 어디까지든지 '동양적'이라는 졸가리[285]는 잃어서는 안 될 것이니 이것은 고급 문화로 올라갈수록 더 그러한 것이지만, 색채에 있어서도 그러해야 할 것이다. 결국 현대적이면서도 동양적이란 말은 '동중정(動中靜)'이라느니보다도 '정중동(靜中動)'이란 뜻일까? 담(淡)은 정(靜), 농(濃)은 동(動). 그러면 7분(分)의 정(靜)에 3분(分)의 동(動)은 너무 친다 할까?

봄빛, 옷빛 이야기를 하다가 껑충 뛰어서 딴청을 한 셈쯤 되었지마는.

---

285 졸가리 : 사물의 군더더기를 다 떼어 버린 나머지의 골자.

공상과 과장[286]

『소설의 본질』 소고小考

문학이 일반의 상식이 되고, 사교상 화제가 될 만한 정도라면 그 사회 및 사회인은 문화로나 교육으로나 결코 남에 빠지지 않을 것이리라.

그러나 오늘날 우리 사회를 바라보면 누가 어디서 문학담(文學譚)을 한마디나 합니까. 밥을 굶는 지경에 문학이 무어냐고 핀잔을 주는 말은 간혹 들으나, 누구의 시(詩)가 어떻게 좋고, 누구의 소설은 어디가 글렀더라는 견식(見識) 있는 비평 한마디 들을 수 없습니다. 옳습니다. 밥을 굶는 것도 사실이요, 밥 굶고는 문학이 안 나옵니다. 예절을 못 차릴 지경이니 해가(奚暇)에 문학과 같은 밥 있고 틈 있어야 할 일을 돌보겠습니까. 그러나 어느 사랑(舍廊)에나 어느 구락부에나 가보면 마작들을 합니다. 이 사람들은 밥 굶고 벌잇속으로 마작들을 합니까? 두 사람만 모이면 술잔을 기울입니다. 이 사람들은 배가 불러서 마십니까? 알지 못한 일이외다. 시간과 금전과 정력을 이런 데 낭비는 할 줄은 알면서 어째서 한 줄 시나 소설은 읽기를 싫어합니까. 시나 소설을 낳는 데는 시간과 금전과 정력이 소비되지만, 읽는 사람에게는 마작 하

---

286 염상섭(廉尙燮), 「공상과 과장─『소설의 본질』 소고(小考)」(전4회), 『매일신보』, 1935.5.7 ～ 5.10. 이 글은 「소설강좌 : 소설은 무엇인가」(염상섭, 『삼천리』, 1935.11)와 몇몇 자구를 제외하고는 거의 동일하다. 이 글에 포함된 오류의 대부분은 후일 『삼천리』 소재 글에서 상당수 수정되어 있다.

고 바둑 두고 술 마시는 힘의 수십분(數十分)의 일(一)도 들지 않습니다. 학교에 가서 선생의 강론(講論)을 듣자면 졸음도 오고, 사서삼경을 펴놓으면 염증도 나겠지만 요새의 신문체(新文體) 시나 시조와 소설을 읽는데, 졸음부터 오고 쯤증부터 나더니까. 너무나 등한시하고 무심하고 한학(漢學)에 대한 편견으로 신문학을 천시(賤視)할 줄만 알기 때문이외다. 값도 모르고 싸다는 셈으로 공연히 안고수비(眼高手卑)만 하여 '그까짓 암글로 쓴 이야기책에 무슨 유익이 있으랴, 심심파적으로 할 일이나 없으면 볼까' 하고 내버려두기 때문입니다. 그러나 심심파적으로라도 보는 것은 좋습니다. 다른 잡기(雜技)에 돈과 세월과 정력을 허비하지 말고 좋은 소설 한 권이라도 읽어서 맛을 들이고, 그 속에 숨은 정신의 영양소를 섭취하여 가노라면 신문학이란 어떠한 것인지 알게도 되고, 차차 취미도 고상하여져서 자기 교양의 넓고 깨끗한 길을 밟아 나가게 될 것입니다.

나의 이 강술(講述)은 문학의 월등한 감상력을 가진 분을 위하여 쓰는 것이 아니라, 일반 보통의 소설독자로서 좀 더 소설이 무엇인가를 아시게 하려는 것과, 또는 소설이라면 '피 —'하며 얕보고 넘볼 줄만 아는 분에게 대하여 은근히 항변서로서 쓰는 것입니다.

허구에서 나온 진실

그러면 소설이란 무엇인가요? 우리 집 아이들은 ─아이들뿐 아니라, 어른들까지라도 실없는 말끝에 "애, 소설을 쓰지 마라." 하거나, "너 또 소설을 쓰는구나." 하는 말이 유행됩니다. 내가 늘 소설을 쓰는 것을 보고 듣는 동안에 어느덧 유행어가 된 것이겠지요마는 그 말의 뜻은 "이애, 거짓말 마라.",

"너 또 거짓말 하는구나?" 하는 비꼬는 말입니다. 소설은 거짓말, 소설가는 거짓말쟁이로 금이 났습니다.

그러면 소설은 거짓말입니까? 과연 그렇습니다. 소설만이 아니라 예술은 거짓말에서 생겼습니다. 가령 박연(朴淵)에를 가보면 "비류직하삼천척(飛流直下三千尺) 의시은하낙구천(疑是銀河落九天)"이라고 새겼습니다. 고지식한 분이 이것을 보고 '아무러면 3천 척이라니 말이 되는가. 실지(實地) 측량을 해보면 3백 척은 더 될지 몰라도, 3천 척이란 가당치도 않은 거짓말이다. 사람은 본디 상리(商理)에 소명(昭明)한지라 광고술에 능하니까 유람객을 끌려는 선전 수단이다. 광고, 선전 쳐놓고 거짓말 아닌 게 없다'고 분개할 것이외다. 그러나 '비류직하삼천척'을 '비류직하삼백척(飛流直下三百尺)'이라 하거나, 혹은 자(尺)로 또박또박 재어서 '비류직하이천구백구십구척(飛流直下二天九百九十九尺)'이라거나, '비류직하일천미돌(飛流直下一千米突)'이라고 하면 어떻게 되겠습니까? 만일 측량기수의 보고서면야 애초에 "비류직하"라고 넌출지게 쓸 게 있겠습니까. '장기척(長機尺)'이라면 간명할 게 아닙니까. '비류직하'라 쓸 제는 글의 미(美)를 나타내려는 것이외다. 글의 미, 시취(詩趣)를 내자니까 거짓말인 줄은 알면서도 '3천 척'이라고 하는 것입니다.

그러나 번연히 거짓말이면서도 그럴듯합니다. 아무도 의심하거나 항의하려 하지 않습니다. 즉, 실감(實感)이 있기 때문입니다. 미감(美感)과 실감(實感), 이 두 가지만 갖추어지면 예술의 본의(本義)는 달(達)하여지는 것입니다. (1935.5.7)

이와 같이 번연히 거짓말은 거짓말인데, 실감을 전하는 데에 글의 묘미(妙味)와 조화(造化)가 붙었습니다마는, 이것이 곧 예술미(藝術美)입니다. 그러기 때문에 예술은 거짓말인데 참말입니다. 거짓말에서 나온 참말입니다.

그러나 이것은 그래도 터무니 있는 거짓말입니다. 터무니 있는 거짓말이란 '과장(誇張)'입니다. '비류'라는 터무니(실재)가 있는데, 그것을 예술적으로 표현하기 위하여 즉, 예술미의 효과를 얻기 위하여 "3천 척"이라고 과장한 것입니다.

이러한 과장은 표현 즉, 묘사에 있어서 필요한 수단입니다.

색채에 대하여 비상한 민감(敏感)을 가진 어떤 양화(洋畵) 그리는 청년이 주장하기를, 자연계의 색채는 화면(畵面)에 나타난 색채와 같이 그렇게 아름답지 못하다고 한 말을 어디서인가 글로 본 일이 있습니다. 즉, 자연색보다 화면의 채색은 과장한 것이라는 말입니다.

나는 상당한 도수(度數)의 근시경(近視鏡)을 썼습니다마는 그대로 육안으로 책을 보면 인쇄된 활자가 다소 크게 보이다가, 안경을 쓰고 보면 현저히 작게 보입니다. 그러나 육안으로 크게 보이는 것이 정말인지, 안경을 쓰고 보는 것이 실재의 형체인지 혼자 의심이 날 때가 있습니다. 즉, 내 눈동자의 렌즈는 다소 병적으로 발달되었고, 또 안경도 정교치 못하니만치, 양자(兩者) 간 조절 역시 정확치는 못하기 때문입니다. 그와 마찬가지로 색채도 관자(觀者)의 눈과 건강 여하, 그때그때의 기분 여하, 시간의 조만(早晚), 담청(曇晴) 등 관계로 어느 것이 실재한 자연색이요, 어느 정도의 것이 실재보다 과장된 것인지 정확한 분간은 어려울 것입니다. 그러므로 자연 고유의 색채보다 화가가 쓰는 색채가 더 아름답다는 말은 반드시 과장한다는 말은 아니 됩니다. 설혹 과장되었더라도 그 사람의 눈의 감수력(感受力), 건강, 기분 등 영향으로 무의식한 가운데 생긴 현상일 수 있습니다. 그러나 갑을(甲乙)의 양색(兩色) 중에 갑(甲) 색을 을(乙) 색보다 더 강하게 인상을 주고자 할 제, 그 수단은 갑 색에 농(濃)하고 을 색에 담(淡) 함에 있는 것이니 의식적으로 과장치 않을 수 없다는 말입니다. 즉, 거짓입니다. 이러한 수단은 문학에서도 일반(一般)입니다. 갑의 성격을 을의 성격보다 고조(高調)할 경우, A 사건을 B 사건보다 더 인상을 주려 할 경우에 동일한 수법을 쓰는 것입니다.

또한 다시 문학의 발생과정으로 볼진대, 고대의 전설이라든지 신화라든지 온통 공상과 과장으로 된 것입니다. 수렵이나 약탈결혼의 공명담(功名談), 거인의 괴력기담(怪力奇譚) 같은 것은 그 근저에 성욕적 동기를 발견할 수 있는 허영심의 표백입니다. 그런데 허영심은 과장하기를 요구하는 것입니다. 강장(强壯)과 용한(勇悍)만이 먹는 수단이요, 동시에 이성(異性)을 끄는 수단이었던 그들 원시인에게 있어서 무용담의 자만자과(自慢自誇)는 필연(必然)한 일입니다. 오늘날에 남은 전설은 대개가 이런 종류의 것이요, 이것을 신격화한 것이 곧 신화이니, 이 전설과 신화는 후세 문학의 요람입니다. 태서문학(泰西文學)의 최고전(最古典)인 호머의 『일리아드』는 희랍신화에서 나온 무용담을 시화(詩化)한 것이요, 그 무용담은 배면에 숨은 가련한 미희(美姬)의 약탈에 시종(始終)한 것입니다.

과장은 터무니 있는 거짓말이라 하였거니와, 과장이거나 거짓말이거나, 그것은 공상 — 상상력의 소산입니다. 그러므로 문학의 발생이 과장 혹은 허구에 있다는 말은, 문학이 공상 — 상상력에서 태생(胎生)한다는 말입니다.

또다시 원시시대의 예술적 충동이 어디서 발작(發作)되었는가를 고찰하면 아무라도 숭신(崇神)에서 비롯함을 부인치 않을 것입니다. 그런데 신(神)이라는 관념부터가 초인간적, 초자연적 즉, 실재하지 않은, 터무니없는 공상, 상상력에서 나온 것입니다. (1935.5.8)

원시인에게 대한 천연(天然)의 모든 현상은 경이, 호의(狐疑)요, 공포였을 것입니다. 일월성신(日月星辰)과, 사시운행(四時運行)과, 천변지이(天變地異)와 기타 만반사물(萬般事物)을 볼 제, 경이와 의혹과 공포가 아니 일어날 수 없었을 것입니다. 그리하여 그 의혹은 우주를 주재하는 초자연적 존재 — 신을 상상함으로써 즉, 모든 현상을 신의(神意), 신력(神力)의 소산으로 돌림으로써 해결하고, 그 공포는 천신(天神)을 숭경(崇敬)하고 이에 기원함으로써 불제(祓除)하려 하였을 것입니다. 그리고 그 기원숭경(祈願崇敬)과 불제항귀

(祓除饗鬼)에는 유치한대로라도 하등의 의식이 필요하였을 것입니다. 우는 아기를 달래려면 입짓, 손짓, 발짓으로 골계희학(滑稽戲謔)의 작태(作態)가 필요하듯이, 신을 즐겁게 할 하등의 축언주송(祝言呪誦)과 희기(戲技)의 동작이 있었을 것입니다. 그리하여 그 단순한 축언주송이 음률의 미를 가지게 될 제, 음악적 발아(發芽)를 보게 되고, 희기의 작태에는 절주(節奏)의 미가 따르게 되었을 것이외다. 이것은 물론 수렵이 끝난 뒤의 위로라든지 약탈결혼의 승축(勝祝)을 위한 잔치에 뛰노는 수무족도(手舞足蹈)와 아울러 발달된 것이겠지마는 하여간에 이것이 음악, 무용의 원시 태생이요, 일편(一便) 민요의 발생을 촉진하여 후일 문학을 얻음에 이르러 시형(詩形)을 낳게 한 것이라 볼 것입니다.

문학은 이와 같이 그 태생기에 있어서 이미 사상(思想)[287]과 과장에서 출발하였거니와 문학의 모든 형식이 정돈되고 완성된 오늘날에 있어서도 작품은 작자의 공상과 과장을 떠나서는 산출할 수 없습니다. 공상은 작품의 전결구(全結構)에 있어서 원동력이 되고, 과장은(전술한 바와 같이) 그 표현(묘사)에 있어서, 불가결한 수법이 되는 것입니다. 시인의 영감(靈感)이라는 것을 바꾸어 말하면 공상입니다. 시인의 이미지(image)란, 한낱 아름다운 환상, 환각입니다. 동시에 그것은 곧 인스피레이션입니다. 시인의 천계(天啓)입니다. 가장 현실에 입각한 소설가에 있어서도 풍부한 상상력과 분방자재(奔放自在)한 공상 없이는 작품이 아니 나옵니다. 소설도 또한 시를 내포한 것이요, 시적 미감(美感) ― 미의 세계의 전개 없이는 구성되지 않기 때문입니다. 소설은 인생의 진실상(眞實相)을 재현한 것이나, 그것이 문학적이요, 예술미를 발양(發揚)하여야 하는 이상, 누구의 생활이든지 그는 실제 사실을 그대로 산만히 기

---

287 후일 『삼천리』에 다시 게재될 때에 이 단어는 '상상'으로 수정되어 있다.

록하는 것이 아니라, 작자의 공상으로 결구(結構)된 가작(假作)의 인간생활을 작자 자신의 이상, 신념과 희망에 맞도록 표현하는 것이기 때문입니다. 그러면서도 진실성과 필연성을 구유(具有)한 점에 금일의 소설이 허탄(虛誕)한 과거의 신화, 전설이나 고대소설과 판이한 소이(所以)가 있는 것입니다.

그러면 고대소설과 현대소설과는 어떻게 판이한가? 즉, 고대소설은 어째서 허탄에 끝나고 마는데, 현대소설은 같은 공상, 허구에서 나왔으면서 오히려 진실성과 필연성을 가지게 되는가? 여기에서 공상이란 무엇인가를 먼저 설명할 필요가 있습니다. 공상이란 "감각작용으로써 직접 그 당장(현시(現時))에 머리에 떠오르는 이외의 사물을 의식 위에 묘출(描出)하는 행위나 또는 묘출할 능력"이라고 하겠습니다. 이것은 『센츄리 자전(字典)』에 의한 것입니다만, 다시 설명할 것도 없이 간명합니다. 그러나 그때 "직접으로 감각하는 사건이나 물체 이외에, 의식에 떠오르는" 것 중에는, 일찍이 과거에 경험한 것과, 경험을 토대로 한 사물은 물론이요, 전연(全然)히 경험해보지 못한 일도 머리에 그려볼 수 있을 것입니다. 즉, 상상부도처(想像不到處)의 것을 공상해보는 경우도 있습니다.

가령, 미식(美食)을 맛본 사람이 또 그런 음식을 먹었으면 하고 식욕이 동하는 것은 실제 경험에서 나온 공상입니다. 또 비조(飛鳥)를 보고 사람도 저렇게 날았으면 하는 것은 비행기가 없던 시대에 앉아서는 불가능한 일이지만 그래도 비조를 본 경험을 토대로 한 공상입니다. 그러나 아담의 갈빗대를 베어서 하와를 만들었다[288] 하는 것은 경험을 무시한 상상부도처의 공상입니다. (1935.5.9)

---

288 이 글에서는 계속 '하와의 갈빗대로 아담을 만들었다'며 아담과 하와를 반복적으로 혼동, 바꿔 쓰고 있으나, 후일 『삼천리』에 게재될 때에는 모두 바르게 수정되어 있다. 여기서는 문맥상 자연스럽도록 오류를 바로잡았다.

신화는 말할 것도 없고 고대 전설의 대개는 모두 아담의 갈빗대로 하와를 만들었다는 류의 공상에서 나온 것입니다. 구소설에는 이런 괴탄(愧誕)의 설(說)이 많습니다. 비교적 근세의 작품인 『홍길동전』 같은 것을 보더라도 홍길동이가 팔도에 하나씩 있었는데 조정에 붙들려 들어가서 네가 정말 길동이니, 내가 정말 길동이니 하고 싸우다가 모두 거꾸러지니까, 짚으로 만든 용인(俑人)이더라 합니다. 처음에 홍길동이가 제 모양을 본떠서 용인을 만들고 제 혼을 나누어 불어넣었다[289] 하거니와 이런 허황한 구절이 있기 때문에 정당한 소설로서의 가치가 없어지는 것입니다. 제용(諸俑)을 만들어서 순장(殉葬)[290]을 한다든지, 제액(除厄)에 쓴다든지, 의전법(擬戰法)에 쓴다든지 하는 등 경험과 모방에서 착상, 안출한 것이지마는 진실성과 필연성이 없으므로 누구나 곧이듣지 않습니다.

그러므로 미국의 브란더 매튜즈 교수의 말과 같이 "소설은 최초에 '있을 수 있는 일'을, 다음에 '있을 것 같지 않은 일'을, 그 다음에는 '있을 듯한 일'을, 그리고 마침내 금일에는 '반드시 있는 일'을" 쓴다고 하겠습니다.

위의 예에 비춰보면 아담의 갈빗대로 이브를 만들었다는 유(類)의 신화라든지, 제용(諸俑)으로 홍길동이의 화신(化身)이 일고여덟 된다는 것은, 제1의 경우입니다.

그러나 비행기가 없던 시대에 앉아서 비행기를 타보았으면 좋겠다는 공상은 제2의 경우 즉, 전연 불가능한 일은 아니나, '있을 것 같지 않다'는 7분(分)의 의문과 3분(分)의 수긍으로 된 상태입니다.

또 가령 '월세계(月世界)'로 놀러 간다. 거기의 여왕과 연애를 하고, 토끼가

---

289 원문에는 '너노아부러너헛다'라고 되어 있으나, 후일 『삼천리』에 대시 게재될 때에는 수정되어 있으므로, 수정된 내용을 반영해서 바로잡았다.
290 이는 후일 『삼천리』에 게재될 때는 '매장(埋葬)'으로 수정되어 있으나, 문맥상 자연스러우므로 원문 그대로 두었다.

찢어 바치는 떡도 먹으리라.' 이런 공상을 한다면 그것은 '있을 수 없는' 공상이나, 월세계에는 생물은 없으나 현재 오태리(墺太利)[291]의 일(一) 과학자가 설명한 듯이 '로켓으로 구경 가리라, 우리 아들딸이 혼인할 때쯤은 신혼여행을 월세계로 가리라' 이러한 공상은 과학의 힘을 믿느니 만큼 3분(分)의 가능성, 가유성(可有性)이 있는 것이외다.

그러나 같은 『홍길동전』 속에도 길동이가 병판(兵判)을 하였다는 점에는 그 시대의 사회제도나 정치조직으로 보아서는 '있을 것 같지 않으'면서도, 절대로 안 된다는 수도 없으니 혹 유(有)하리라는 공상이니 즉, 의문과 진실이 5분(分), 5분(分)입니다. 또한 홍길동이가 활빈당을 꾸며가지고 현실사회와 정치조직에 반항하였다는 점에 이르러서는 7분(分)의 가유성과 3분(分)의 허탄을 느낄 것이외다. 즉, 병판을 하였다거나 활빈당을 꾸며가지고 출몰하였다는 점은 5분(分) 내지 3분(分)의 진실성을 가진 것입니다. 즉, '있을 듯한 일'이라는 제3계단(階段)입니다. 만일 신출귀몰하는 초인간적 요술을 부리지 않게 하여 사실의 필연성을 충분히 고려하였다면 『홍길동전』은 '반드시 있는 일' 즉, 제4계단의 진보를 보인 금일의 현실주의 소설과 조금도 다름이 없었을 것입니다. 이로써 보면 『홍길동전』은 소설이 발달되어 내려온 제1계단에서부터 제3계단까지의 모든 특징을 얼버무려뜨려 가진 소설입니다. 이러한 혼효(混淆)는 신화, 전설이 문학적으로 발달되지 못하였고, 또 소설이란 문학적 형식이 계단적으로 발전되지 못한 소이(所以)입니다.

요컨대 사람의 공상은 비실재성에서 실재성으로 추이(推移)하여온 것을 알겠습니다. 그것은 사람의 지혜가 늘어가고, 과학이 발달됨에 따라 신 — 하느님에게나 귀신에게만 밀어붙여 두었던 모든 의문과 공포와 경이가 해결

---

291 오스트리아.

된 까닭입니다. 이것을 다시 말하면 하느님이나 귀신의 위력과 생활범위가 축소되어가고, 그 대신에 사람 자신의 실력과 생활 폭원(幅圓)이 그만치 늘어감에 따라서 신령계(神靈界)의 관념이 줄고, 그 관념이 주니만치 공상이 현전(現前)한 인생생활의 산 사실로 향하기 때문입니다. 그러므로 인생사실을 취하는 소설에 있어서도 신이(神異)한 것, 괴(怪)한 것에서 점점 떨어져 나와서, 오늘날은 일상생활의 평범한 실제 사실을 관찰하고 공상하여, 이것을 필연적으로 전개시키게 되었으니 이것은 당연한 추향(推向)이라 하겠습니다.

그러므로 미국의 비평가 클레이턴 해밀턴[292] 교수가 소설을 정의하여 왈, "소설의 목적은 공상적 사실의 서열(序列)로써 인생의 어떠한 진실을 구현함이라." 함은 다른 어떠한 소설의 정의보다도 지언(至言)이라 하겠습니다.

소설은 공상의 소산, 허구의 사실입니다. 픽션(fiction)이라는 말부터가 허구, 상상 ― 허구물, 상상물 ― 즉, 소설이라는 뜻입니다. 그러나 공상적 허구는 허구이되, 인생의 진실을 전합니다. '비류직하삼천척'은 아닌데 '3천 척'이나 되는 듯이 보입니다. 집의 아이들은 나를 거짓말이라 합니다마는 나만큼 참말을 하는 사람도 없을 것이외다.

필자의 말씀 ― 이 졸고는 전에 본란(本欄)을 위하여 초(草)하였던 것으로서, 제1회 문(文) 중 '강술(講述)'이라는 말이 있음과 같이 최초 계획은 3, 40회 쓸 작정이었는데 당시 필자의 사정으로 중정(中正)하였던 것을 우연한 기회로 금차(今次) 그 최초 제1제(題)만을 게재케 되었으나, 자금(自今) 필자의 형편이 역시 속고(續稿)를 초하기 어려우므로 우선은 이만 정도로 끊고, 전편(全篇) 완성은 다음 기회를 기다리기로 합니다. (1935.5.10)

---

[292] 클래이턴 해밀턴(Clayton Hamilton, 1881~1946), 미국 드라마 비평가.

횡설수설[293]

홍진만장(紅塵萬丈)[294]이라는 말은 현대도시의 형용사는 아니다. 만주 벌판이나 지나 대륙이나 사하라 사막으로 날려 보낼 말이다. 벨라미[295]의 『유토피아』[296]라든가, 비(雨)와 먼지를 모르는 도시 즉, 우산과 오버슈즈와 방풍경(防風鏡)이 없는 도시를 설계한 것을 본 묵은 기억이 있거니와 그러한 상팔자는 못 되더라도 지력청(地瀝靑)[297]으로 포장한 길을 걷고, 살수차를 몇 백 대나 가진 현대 도시인은 적어도 안과의사는 무요(無要)하게 되어야 할 것이다.

이런 말을 하면 새삼스럽게 무슨 머리 덜 식은 헛소리를 하느냐고 할지도 모르지마는, 오막살이 속에서 하도 갑갑하여 거리로 기어 나오면 10보를 못 걸어서 입속이 지금거리며,[298] 자동차는 고사하고 자전차(自轉車) 한 대만 지나쳐도 입, 코를 틀어막아야 할 대경성(大京城)에 사는 우리 사정이 하도 딱하기에 말이다. 사람이 분주한 것을 형용하여 안비막개(眼鼻莫開)라 하지마는

---

293 염상섭(廉尙燮), 「횡설수설」, 『매일신보』, 1935.5.21.
294 홍진만장(紅塵萬丈) : 1. 햇빛에 비쳐 붉게 된 티끌이 높이 솟아오름. 2. 한없이 구차스럽고 속된 이 세상.
295 에드워드 벨라미(Edward Bellamy, 1850~1898). 미국인 작가이자 사회주의자. 대표작으로 유토피아 소설로 유명한 『뒤돌아보면서(*Looking Backward*)』(1888)가 있다. 그밖에도 *Duke of Stockbridge*(1879), *Dr. Heidenhoff's Process*(1880)와 *Miss Ludington's Sister*(1884) 등의 작품을 남겼다.
296 『뒤돌아보면서(*Looking Backward*)』를 가리키는 것으로 추정된다.
297 지력청(地瀝靑) : '아스팔트'를 뜻한다.
298 지금거리다 : 음식을 먹을 때 음식에 섞인 잔모래나 흙 따위가 거볍게 자꾸 씹히다.

서울사람은 두 어깨를 처뜨리고 어슬렁거릴 때에도 사실은 안비막개한 형편이다. 올가을이 되면 '대경성'이 실현된다던가. 68개 리(理)가 병합되고 식구가 일약 18만이나 늘 모양이니 살림이 느는 것은 주느니보다 좋지 않다는 게 아니라, 먼지가 발목이 빠질 듯한 육간대청(六間大廳)은 너른 맛으로나 좋다 할까, 단칸마루라도 유리같이 노랗게 결이 든 것이 불모쓸모가 있다는 것도 생각해볼 일이란 말이다.

건설 도중이라느니보다도 3분(分)의 건설, 7분(分)의 미완성이라 하는데도 변명은 되고 벨라미나 불러오기 전에야 무슨 수로 먼지 없는 도시나 비가 와도 우산이 소용없고 발밑이 젖지 않는 도시를 만들어 보겠느냐고 할 말은 얼마든지 있다. 그러나 대경성을 준공시켜놓고 두 손을 딱 떼는 날이 언제일지는 모르지만 결국에 속에는 누더기 오동칠갑을 하고 그 위에 인조견 한 꺼풀을 슬쩍 떨어뜨리고 나선 격이나 아닐지, 결고[299] 찌든 얼굴에 횟박을 쓰고 나도 시푸르죽죽하니 결코 미인은 못되는 것, 그 점을 생각해보아야 할 것이다.

그러나 원체 도시 사람은 속을 잘 입고 표 거죽을 수수히 차리는 법, 수목두루마기[300]도 안은 비단을 받치는 셈으로 장래의 서울 — 완성된 대경성은 속단장이 겉단장보다 나으면 낫지, 못하지는 않으리라고도 할 수 있고 또 사실 그럴지도 모른다. 그러나 지금 문제로 보아서는 앓는 소리가 없어졌다 할까. 대로에서 한 걸음 골짜기로 들어서면 비 한 방울만 뿌려도 발 디딜 곳이 없이 수렁이요, 봄볕에 썩는 하수도는 자전차 바퀴에 치이는 어린아이의 허방 빠지기에 알맞고, 쓰레기통 앞에 넘쳐 나온 쓰레기는 마치 공원 안에 조산(造山) 더미처럼 아이들의 유일한 놀이터가 되어 있다.

말이 났으니 말이지 현재고 장래고 대경성을 자랑할 양이면, (먼지나 쓰레기

---

299 결고 : 기름 따위가 흠씬 배다.
300 수목두루마기 : 낡은 솜으로 실을 켜서 짠 무명 두루마기.

나 수렁이나 뚜껑 없는 하수도나 그런 잔사설은 아직 보류하고라도) 급한 것이 어른 놀 공원보다도 아이 놀 터전을 마련해주어야 할 문제가 아닌가 하는 생각도 쓰레기통 앞에 파리 아닌 사람의 자식이 들끓는 것을 볼 때마다 간절히 나는 것이다. 일전에 아동애호주간이 지났거니와 아이들은 애호주간에만 귀염을 받고, 허구한 날 긴긴 해에 좁아터진 집속에서만 들싼다고 쫓겨나가서는 쓰레기통에나 매달려 있거나, 거리로 싸지르면서 어른의 뭇발길에 채일 때마다 핀잔이나 맞아가며 먼지구덩이 속에서 가로 뛰고 세로 뛰어야 옳을 일은 조금도 없는 거야 더 말해 군소리 될 것이다.

요사이 부의원(府議員) 선거열(選擧熱)이 경향(京鄕)에 굉장하다마는, 아니 선거일도 금명간(今明間)으로 임박하였다마는 지력청 몇 통, 살수차 몇 대, 아동공원 몇 곳을 예산에 더 넣겠다는 것이 내 정견(政見)이니 투표를 해달라는 후보자가 혹은 있었던지? 그만해두자. 횡설(橫說)도 너무하면 주책없는 사람만 될 것이니.

염상섭(廉尙燮) 씨의 편지[301]

　　일전 용지 우송하신 것 받았사외다. 금명간(今明間) 집필하면 월말에는 앙정(仰呈)하겠삽거니와 형아(兄我) 구의(舊誼)를 생각하기로 하필 소위 고료를 계교(計較)하오리까마는 형도 짐작하시다시피 근황이 말 아니기로 이처럼 긴급히 몰렴앙청(沒廉仰請)하오니 10, 20원간 형편 되시는 대로 금일 중 순환(循環)하여 보내실 수 있을까 하나이다. 매우 절급(切急)키로 이러한 말씀까지 하오니 서량(恕諒)하시고 영도(另圖)하여주소서. 소작(所作)은 약 20면(頁) 가량 될 줄 아옵나이다.

2월 23일

---

301 「염상섭(廉尙燮) 씨의 편지」, 『조선문단』, 1935.6. 이 글은 염상섭이 조선문단사로 보낸 편지를 동지(同誌)의 편집자가 "염상섭 씨의 편지"라는 제목을 붙여 전재한 것이다.

문필생활 15년[302]

　소위 문필생활이라는 것이 15년은 되었는가 봅니다. 그리 긴 세월은 아닌 것 같습니다마는 그 첫 출발이나, 15년 지낸 오늘날이나 그저 제 턱이요, 별 진경(進境)이라든지 혹은 소위 획기적이라고 스스로라도 생각할 만한 아무 것도 없는 것을 생각하면 도리어 15년이 퍽이나 긴 세월같이 생각됩니다. 일 없는 사람에게는 세월이 긴 거와 같이 하등 자극도, 하등의 감격도, 하등의 변화도 없이 15년을 그대로 몽롱히, 혹은 그대로 끌려가며 지내왔으니 다시 말하면 무위(無爲)히 지내온 셈이니 15년 세월이 하일(夏日)의 우연(牛涎)과 같이 길었던 듯이 생각이 된다는 말이외다. 그러므로 15년 동안 혹 쓴 것들이 있대야 모두 불구덩이에 쓸어 넣어도 조금도 아까운 생각이 없습니다. 조금도 겸사(謙辭)가 아니외다. 아니 당연히 불구덩이에 쓸어 넣을 것이요, 또 그렇게 될 것이외다. 그만치 자기 작품에 대하여 애착도 없고, 또 그러므로 전에는 자기가 쓴 것을 다소간 수집하여 두던 것을 인제는 그것조차 게을러지고 혹 어떤 사람이 출판을 주선하라고 종용하는 일도 있으나 그럴 생각도 없습니다.

---

302 염상섭(廉想涉), 「문필생활 15년」, 『삼천리』, 1935.6. 이 글은 '문필생활기'라는 기획의 일환으로 작성된 것이다. 염상섭의 글 외에도 장혁주(張赫宙)의 「천재와 문필」, 김안서(金岸曙)의 「나의 문단생활 20년」, 양백화(梁白華)의 「내가 붓을 잡기는」의 3편이 함께 실려 있다.

그렇기 때문에 인제는 아무쪼록 안 쓰기가 위주(爲主)입니다. 만일 면(面)에 못 이기는 색책(塞責)이라든지, 잔용량(用兩)이나 얻어 쓰려는 절박한 사정이나 욕심만 없으면 적어도 10년 동안 혹은 평생에 안 쓴대도 섭섭할 일은 없을 상 싶은 생각이 무럭무럭 납니다.

생활유지가 안 된다는 것이 당면한 문제로 혹은 첫 손꼽을 수밖에 없는 사정도 한 이유이겠지오. 그러나 설사 생계가 문필생활로 선다 할지라도 자기가 작가생활을 지장(支掌)하여 나갈만한 독서와 노력을 줄기차게 계속할 의력(意力)과 근공(勤攻)과 또 자력(資力)이 있느냐는 것을 생각할 제, 늘 마음은 무거워지고, 어두워지고, 소극적으로 움츠러져 들어가는 것이기 때문에 이럴 양이면 평생 붓을 놓는 것이 차라리 낫다고 생각하는 것입니다. 그러나 그래도 애착이 없지 않고 일생에 일이 없이는 사람이 살 수 없는 것이므로 '우선 한 10년 붓을 던지고 그동안 생활안정의 방도나 차리노라면 공부도 조금은 하게 될 것이니 그때 가서 창작이고 무엇이고 해보자.' 이런 생각을 늘 하면서도 마음이 약하여 그런지 또다시 끌려서 '물에 물 타니, 술에 술 타니'가 되어버리므로 어제가 오늘이요, 오늘이 내일입니다. 그러나 그 끌린다는 것은 역시 잔돈푼 때문일 거요, 그 다음에는 시치미 떼어도 좋을 자곡[303]이건마는 '면(面)'이란 것 때문인가 합니다. 사실 자주 부탁을 받고 시행치 않으면 돈이 안 생기는 일이라 하여 그러는 것 같이도 볼 것이요, 비쌔는[304] 듯이도 생각할 경우가 있고, 괄시한다고 악감정을 가지기까지 할 염려도 있고, 또는 여러 번 심방(尋訪)하거나 사람을 보내면 미안하여서도 아니 나오는 것을 억지로 쥐어짜내던 수도 있는 것입니다. (이렇게 말하면 퍽 유행작가로서 감당할 수 없

---

303 자곡(自曲) : 결점(缺點)이 있는 사람이 스스로 고깝게 생각함.
304 비쌔다 : ① 마음에 당기면서도 겉으로 사양하는 체하다. ② 수더분한 맛이 없이 무슨 일에나 어울리기를 싫어하다. 곽원석, 『염상섭 소설어사전』, 361쪽.

을 만치 주문이나 받는 듯이 들릴지도 모르나) 하여간 하는 일 없이 나이 먹어갈수록 점점 더 문필생활을 어째 시작하였던고 하는 후회도 아니 나는 것이 아닙니다. 그러므로 남에게 결코 권하지 않습니다. 권하는 것은 고사하고 작가생활을 하겠다는 사람을 말리는 때도 많습니다. 내 경우만 가지고 남을 촌도(忖度)할 수 없는 일이요, 남을 내게 비교할 것이 아니지마는 재(才)가 있어야 하고, 식(識)이 있어야 하고, 지(知)가 있어야 하고, 덕(德)이 있어야 하고, 열(熱)이 있어야 하고, 근(勤)하여야 하고, 그리고 평생 먹을 만한 산(産)이 있어야 될 작가생활이니 문인생활 하는 것을 그 아무것도 없이 단순히 중학시대에 문재(文才)의 싹이 보인다고 남이 인정해 주는 조그만 자랑이거나 또는 주위와 세태에 자극되고 끌려서 이런 길로 들어선 것을 자기는 후회할 때가 많습니다. 그러나 남을 말리는 이유는 간단합니다. 달리 먹을 방도가 없거든 하지 마라. 그러나 작가로 나서가지고는 먹을 도리가 없고, 있던 도리도 없어질 것이니 그 점을 충분히 생각하라고만 말하는 경우가 있습니다. 그것은 남의 천분(天分)을 운위할 수 없고, 또한 범인(凡人)에게 있어서는 창작고(創作苦)보다도 생활고가 더 절실할 것이요, 생활고에 눌려서 창작에 정진 못할 바에야 해망구실(蟹網俱失)[305]이 될 것이기 때문이외다. 그러면 먹기만 하면 고만이냐. 이러한 어려운 문제가 나옵니다. 그러나 또다시 예술적 양심이란 집어치고 먹기를 위하여 쓴다는 것은 또 어떻게 합니까. 어려운 문제요, 이것이 작가의 딜레마일 것입니다. 하여간 독서도 하고, 생활에 얽매지 않게 되는 때 쓰게 되면 정말 정신 차리고 써보고 싶습니다. 그 소위 하잘 것 없는 명성(?)이라느니보다도 다소 이름이 알려졌다는 무거운 짐에 눌려서 마지못해 끌려가는 작가생활이라는 것을 생각할 제 마음은 무겁습니다. 그러나 어느 시

---

305 해망구실(蟹網俱失) : 게와 그물을 모두 잃었다는 뜻으로, 이익을 보려다가 도리어 밑천까지 잃음을 이르는 말.

절에 풍부한 지식을 장만하고 생활에 얽매이지 않고, 그리고 창작적 충동을 받아서 작품을 쓰게 될 것이냐는 것을 생각하면 더 안타까운 일이기도 합니다. 일생에 그런 시절은 와보지 못하고 말지도 모를 것입니다. 물으심에 대하여 이것저것 쓸 말도 없지 않고, 쓰고 싶은 말도 적지 않습니다마는 홀망(忽忙)하와 이만하여 둡니다.

식모[306]

소위 '노동시장'의 여성의 진출은 연년(年年)히 상당한 활황을 정(呈)하여가는 모양이다. 남자의 실업고(失業苦)에 비하여 여자는 보통학교만 졸업하였으면 거기에도 그만한 경쟁은 있겠지마는 좀 고급으로 백화점 한 층(層), 떨어지면 버스 걸, 여공 등등으로 남자보다는 비교적 취직이 용이한 모양이요, 설사 아주 뚝 떨어져서 카페, 끽다점(喫茶店), 음식점 등으로 전전하더라도 몸값 관계이겠지마는 여기에는 더구나 경쟁이 없다 할 것이다.

그런데 이 여성 직업전선에 있어서 한 가지 기이한 것이 있는 것은 식모, 안잠자기라는 종류의 존재이다.

어떠한 직업이든지 속언(俗諺)에 개백정도 올가미가 있어야 해먹는다는 셈으로 기술 혹은 기교, 연장, 밑천 등이 있어야 하는 것은 말할 것도 없다. 또 소위 '에로'를 목표로 하는 직업에는 미모와 미의(美衣)가 큰 밑천이 된다.

그러나 안잠자기 혹은 식모에 있어서는 미모, 미의가 무용(無用)한 것은 물론이요, 같은 근육노동이건마는 하등의 기술, 기교 내지 연장, 밑천이 없이 전연히 적수공권(赤手空拳)으로 달려들면 그만이다. 그러면서도 당자(當者)끼리 무경쟁(無競爭)임은 고사하고 수요가(需要家), 즉 용인자(傭人者) 편에서 백

---

306 염상섭(廉尙燮), 「식모」, 『매일신보』, 1935.7.13.

열적(白熱的) 경쟁을 하는 것이 근자(近者)의 안잠자기, 즉 '오마니' 시장의 특이한 호경기(好景氣)이다. 그러면 이것을 단순히 수급관계의 부조(不調) ― 공급의 부족에 기인한 것이라 할까?

월전(月前)에 시급히 구인(求人)할 사정이 있어 부영(府營) 직업소개소를 찾아가본 일이 있었다. 약 30여 명의 '오마니'가 사무실 문전에 우글거리나 결국은 실패에 돌아갔다. 모두가 내지인(內地人) 가정이 지망(志望)이요, 조선인 가정은 싫다는 것이니, 첫째 급료가 적다는 것, 둘째 빨래와 다듬이가 싫다는 것, 셋째 하대(下待) 받기가 싫다는 것이다. 동경(東京) 같은 데서는 파출부의 제도가 있어 절급(切急)한 때에 임시로 고입(雇入)하는 편의도 있지만, 그런 것이 없는 서울 앉아서, 우글우글하는 구직자, 나는 아쉬워서 쩔쩔매면서 어깨를 축 늘어뜨리고 종일 돈 많이 줄 집, 빨래 안 할 집, 공대(恭待)하여줄 집을 멀거니 기다리고 서 있는 빈손(空手)들을 바라볼 제, 좀 딱하고 기가 막혔다.

연전(年前)만 해도 3원 내외하던 급료를 4원 내지 5원에 올리고, 빨래야 사람 사는 집은 다 있을 것이요, 하절(夏節)에 다듬이야 없지 않으냐고 달래보아야 역여시(亦如是) 불긍(不肯)이다.

그러면 무엇 때문에 조선사람의 집이 싫은가? 소부(少婦)에 있어서는 힘 안 들이고 수수료 없이 말이나 배우면 좀 높이 뛸 기회가 오려니 하는 희망이 있는 것일지도 모를 것이요, 또 그것이 당연할 듯도 하지만, 중년 이상만 되면 그런 희망보다도 조선사람의 집에 와서 하대 받는다는 것이 사람에 따라서는 다른 불리한 조건 이상으로 불쾌한 것이요, 일종의 굴욕감을 받는 것인 모양이다. 내지인의 집에를 간다기로 상좌(上座)에 앉히고 공대하여주지 않을 것은 뻔한 일이지마는, 기왕이면 자기의 근지(根地)를 모르는 사람, 조선식 상반(常班)의 의식이 없는 사람의 집에 가서 하대를 받아도 그것은 억울치 않다는 심리로인 모양이다.

그러므로 어쩐둥해서 한 사람 걸리면, 노중(路中)에서 첫째 간탁(懇托)이 "댁에 가건 하대 말아주셔요." 하는 것이요, 집에 들어와서는 그 해가 저물기 전에 우리 시댁은 연안(延安) 이 씨니, 친정은 전주(全州) 이 씨니, 며느리는 한산(韓山) 이 씨, 딸의 시가는 광산(廣山) 김 씨니 하는 묻지 않는 자기광고를 열이면 열이 줄로 친 듯이 끌어내놓는 것이다.

이러한 현상의 호오시비(好惡是非)를 여기서 말하자는 것이 아니라 직업전선 중에도 비교적 유리한 여성직업 — 또 그중에서도 가장 배부른 흥정을 하는 식모 — 오마니 — 안잠자기의 조선사람 가정을 버리는 유일 최대의 조건은 아니라도, 유력한 일 원인이 의외의 데에 있다는 것을 흥미 있이 관찰하였기로 이런 한담(閑談)도 하여본 것이다.

도향稻香의 묘비[307]

올[308]이 도향(稻香)의 10주기라 하여 9월호 잡지들에는 혹(或) 추억·추도의 기사 같은 것이 나올지는 모르거니와, 지구간(知舊間)에는 고인(故人)을 위한 무슨 회합이 있다거나 하는 의논도 나오기 전에 공교하게도 도향의 분묘(墳墓) 처치 문제가 절급(切急)하여지고, 또 분묘는 어떻게 처치하더라도 묘비는 어디로 가져가겠느냐는 것이 친지간에 문제가 되었다.

문제의 발단은 이태원 공동묘지를 주택지로 개작(改作)할 터이니 분묘를 이장(移葬)하라는 것이니, 산 사람이 살겠으니 죽은 사람은 물러나라는 말. 실제로나 이론으로나 용혹무괴(容或無怪)한 말이기는 하지만, 구태여 책(責)을 잡자면 경성부(京城府)에서 반 이상의 책임을 져야 할 것이 아닌가도 싶다. 오늘날의 소위 '대경성주의(大京城主義)'라는 것은 그 당시에 선견(先見) 혹은 예료(豫料)치 못하였을지라도 경성의 장래 발전이라는 것을 조금만이라도 고려(考慮)에 넣었던들 인가(人家)가 조밀하다는 정도를 지나서 바로 주택과 격장(隔墻)을 하다시피 하여 묘지를 설정하여 놓고는 양생송사(養生送死)[309]에 무감(無憾)은커녕 부모형제, 자녀, 친지의 백골까지 주체할 수 없어 까불고

---

307 염상섭(廉想涉), 「도향(稻香)의 묘비」, 『매일신보』, 1935.8.16.
308 올 : '올해'의 준말.
309 양생송사(養生送死) : 부모를 생전에는 잘 봉양하고, 사후에는 후하게 장사를 지냄.

다니게 할 것이 무엇이냐고도 할 수 있고 또는 실제 문제로 이장 혹은 화장(火葬)하는 비용은 부(府)에서 2원인가를 보조한다 하지만 2원으로 마감이 될 일이 아니니 그 객쩍은 용비(冗費)를 누가 어떻게 변출(辨出)하겠느냐는 것도 수백천(數百千)의 백골에 딸린 연고자(緣故者)의 걱정거리이기도 하나, 지금 여기서는 그것을 장황히 거론하자는 것이 본의(本意)가 아니니 본제(本題)로 다시 돌려서 도향의 이야기를 하면, 그 가족은 이번 기회에 화장을 하겠다는 것이다. 선영(先塋)에 못 들어갈 바에야 애초에 백골을 끌고 다니며 생전에 셋집으로 쫓겨 다니듯이 사후에까지 곤욕을 당하게 할 것이 무엇이냐 하여 화장무방(火葬無妨), 화장예찬(火葬禮讚)(?)의 풍(風)이 근년(近年)에 심절(深切) 하여진 것은 도리어 좋은 일이요, 또 이번 기회에 화장하는 사람도 많겠거니 와 지어(至於) 도향 문제 하여는 또 하나 남는 걱정이 그 묘비 조처(措處) 문제 이다.

　모두가 신신(申申)치 못하고, 모두가 고인을 위하여 미안한 말이요, 산 사 람의 면목에도 좋을 일이 아님은 더 말할 것 없거니와 듣건대 고인의 가족은 비석이야 태울 수도 없는 물건이니 묻어버리자는 것이다. 그것도 일안(一案) 은 일안이다. 그러나 어쩐지 서운하다. 오늘날 와서는 그 시신 자체, 백골 자 체보다도 더 주체하기 어려운 무용(無用)의 장물시(長物視)하게 된 셈이요, 도 향 나빈(羅彬)이란 빈 이름까지를 구박을 하고, 된 데, 안 된 데로 굴리게 되었 으니 그럴 바에야 묘비를 세워주었던 생색은커녕 공연한 짓을 했더니라고 후회까지 하게쯤 되었지마는 그래도 비석 조각 하나를 주체를 못 한대서는 말이 아닌 것 같이 생각되는 것이다. 지금은 그 사람조차 이(已) 작고인(作故 人)이지만 서해(曙海)가 열심분주(熱心奔走)히 주선을 하고 여러 동지와 혹은 언론기관에서까지 동정출연(同情出捐)하여 후의(厚意)로 휘호(揮毫)하여준 성 당(惺堂)의 신세까지 끼쳐서 세웠던 그 비석이다. 그까짓 잔사설이야 어찌 되었든지 또는 어떻게 해서 세웠던 비석이었든지 간에 하여간 우리 손으로 세웠던 돌조각 하나를 10년밖에 안 된 오늘 날에 우리 손으로 없애버리는 것은 사자(死者), 생자(生者)가 다 같이 섭섭한 일이요, 우리의 면목 문제도 된다. 그리하여 일부에서는 다시는 쫓겨 다니고 구박을 당하지 않을 안전지대, 다시 말하면 사글세에서 조금 올라가서 전세 정도의 공지(空地)를 1평(坪)이 못 되면 반 평, 반 평이 못 되면 사분일(四分一) 평이라도 얻든지 사든지 해서 화장한 유골을 묻고 비(碑)를 재건하여주는 것이 어떻겠느냐는 의논이 있다. 의당(宜當) 그리함이 좋을 상 싶고, 그렇게 된다면 이번에는 비석을 살리기 위하여 유골을 남기게 되는 셈이니, 주객이 전도되고 본말이 뒤바뀐 셈쯤 되나 또 한편으로 생각하면 도향의 유골이 마지막으로 처치에 곤란하고 생색이 없어지려던 비석의 덕을 보게 된 것이라고도 할까? 그것은 어찌 되었든지 호탕하고 끌끌하던[310] 도향의 고혼(故魂)이 한 편에서 귀를 기울이고 있다면 "그 아니꼬운 비석은 무어냐!" 하고 발길로 걷어차 버릴지, 혹은 "사람의 생전, 사후가 너나할 것 없이 다 그저 그러한 것이니라!" 하고 가가대소(呵呵大笑)하고 말지?

---

310 끌끌하다 : 마음이 맑고 바르고 깨끗하다.

한련_{旱蓮} 꽃구경[311]

오락가락하는 한소나기[312]가 퍼붓고 나니 푹푹 찌는 이 한간방에도 산들바람이 스쳐간다. 부자이웃을 가진 덕에 뒷산 위 아카시아나무 속에서 흘러나오는 쓰르라미 소리도 앞 동리 빙수가게에서 5전에 한 그릇 하는 얼음물만큼 뱃속까지 시원한 것 같다. 두어 평(坪) 좁은 뜰 울타리 밑에 심은 한련꽃이나 매만져주러 나가자! 조그만 수정 알의 여섯 모(角)에는 일만이천 봉의 자랑과 신비와 오묘가 갖추어 있지 않더냐? 여름이 되면 급작스레 자연을 찾는다. 지금까지는 사람이 무슨 기계로 만든 (셀룰로이드) 세공(細工)의 인형이었던 것 같이 새삼스럽게 뫼, 물, 들, 숲을 그리워하고 이를 찬미하며 쫓아다닌다. 천체의 운행에 털끝만한 어김이 없고 자연의 끊임없는 활동과 절도(節度)와 그 현현(顯現)이 영원한 실재로서 우리에게 늘 말 걸어 주며 우리로 하여금 늘 새로운 발견으로 말미암아 경이와 찬탄과 법열을 느끼게 하며, 또한 이와 포옹하고 이를 적의(適宜)히 이용함으로써 우리의 생활의 내외를 풍부하게 하며 아름답게 하여주건마는 사람은 심령(心靈)의 귀를 막고 혹시(或時)는 오만한 자긍(自矜)으로써 대하다가도 햇발이 우리의 이마에 땀을 짜낼 제야 별

---

311 염상섭(廉想涉), 「한련(旱蓮) 꽃구경」, 『삼천리』, 1935.9.
312 한소나기 : 한바탕 내리는 소나기.

안간 눈을 크게 뜨고 자연을, 뫼와 물과 들과 숲을 가장 친절한 듯이 찾는다. 그리하여 그들은 스스로 '취미의 인(人)'이라고 자처하고 자연이 원하는 가장 친절한 동무어니 한다.

사랑하는 님은 그의 행운인 때, 그의 곱게 꾸민 젊음이 아직 남아 있을 때만이 님 노릇을 할 자격을 가진 것은 아니다. 그의 병약(病弱)은 새로운 건강을 위하여, 그의 노쇠(老衰)는 그의 생명을 무한(無限)에 연장하려는 새 생명의 탄생을 위하여 준비하는 것임을 알 제, 우리는 그의 병약과 노쇠에도 아리따움과 축복을 느낄 것이다.

우리가 만일 정말 자연을 알고 사랑할 줄을 알 지경이면 우리는 구태여 그가 성장(盛裝)한 때를 가려서 비로소 그리워할 까닭이 없을 것이다. 말라비틀어진 이름도 없는 풀잎 속에서도, 이미 약속한 새 목숨이 자라가는 조그만 벌레의 코 골고 숨 쉬는 소리에서도, 붉은 장미꽃봉오리 속에 취하여 곤드러진 꿀벌의 향기로운 입김을 맡을 수 있고서야 바야흐로 자연을 안다고 할까! 기십만(幾十萬) 입방척(立方尺)의 연기의 기천만(幾千萬) 곡(斛)의 땀과 피가 엉킨 은행권(銀行券)이 초열지옥(焦熱地獄)[313] 같은 고해(苦海) 속에서 한 사람의 문명인을 도회로부터 뫼에, 물에, 들에, 또는 숲에 데려다준다 할지라도 그것은 기천만을 살(殺)하는 기계의 굉음과, 연기용(煙氣筩)의 석탄가루와, 전기(電氣)의 자극과, 만장(萬丈)의 황진(黃塵)으로부터 그 뇌쇄(惱殺)되는 자의 기십만, 기백만분지 일의 고깃덩어리를 더욱 살찌게 하는 외에 남는 것은 음일(淫逸)뿐이 아닌가. 그들을 안아주는 자연은 관대한 가운데에서도 코웃음을 칠 것이다.

구고(舊稿)

---

313 초열지옥(焦熱地獄) : 팔열지옥(八熱地獄)의 하나. 오계(五戒)를 깨뜨리고 그릇된 견해를 일으킨 죄인이 죽어서 가게 된다는 지옥으로, 뜨거운 철판 위에 누워서 뜨거운 쇠방망이로 두들겨 맞는 고통을 받는다고 한다.

모든 문학은 민족문학[314]

문학상 '주류(主流)'라거나 '주의(主義)'라는 것은 엄밀히 말하면 평가(評家)의 아랑곳할 영역일 것입니다. 작가는 자기의 관조(觀照) 대로, 인식 대로를 자기 유(流)로 표현하면 이기(而己)이겠다고 생각합니다. 그러므로 작가에 있어서 '주류', '주의'라는 것은 제이의적(第二義的)이요, 평가(評家)의 손에 옮겨가서야 비로소 제일의적(第一義的) 의의가 생기는 것이라고 생각합니다. 그것은 마치 과학자가 과학적 연구의 대상을 분석하고 분류하여 어떠한 학명의 레테르를 붙이듯이,[315] 일 작가를 지목하여 무슨 주의 작가라 하기로 그것은 작가 자신이 스스로 의식한 데서 나온 것이 아니요, 오직 평가(評家)가 명명하고, 지칭하고, 레테르를 붙여준 데에 불과한 것이라고 하겠습니다.

따라서 '주류'라는 것도 작가들이 의식적으로 어떠한 성심(成心)을 가지거

---

314 염상섭, 「모든 문학은 민족문학」, 『삼천리』, 1935.10. 이 글은 '조선문학의 주류론(主流論)─우리가 장차 가져야 할 문학에 대한 제가(諸家) 답이라는 설문에 답한 것이다. 염상섭의 글 외에도 「조선문학이 가지기를 바라는 요건」(이광수), 「계급문학의 길로」(유진오), 「해외문학파의 중견성(中堅性)」(김광섭), 「공리적(功利的)임을 부인(否認)」(김안서), 「분류방법이 틀렸다」(주요한), 「항해 나침판의 역할」(이헌구), 「계급문학으로」(민병휘), 「민족의식의 위에」(모윤숙), 「다채(多彩)한 조선문학의 일로(一路)」(박용철), 「즉실주의(卽實主義)의 길」(이효석), 「민족문학은 조선문학의 주석(柱石)」(노춘성), 「진보적인 민족문학」(함대훈), 「큰 해를 주지 않는 한에서」(월탄), 「삼위일체를 주장」(심훈), 「민족문학의 길을 통하여」(정지용), 「국제주의의 길로」(홍효민), 「대립에서 발전에로」(채만식), 「오직 계급문학의 길로」(엄흥섭)가 함께 게재되어 있다.
315 이 문장은 원래 이 문단의 끝에 있었으나, 문맥을 고려하여 자연스럽게 바로잡았다.

나 혹은 목표를 미리 정해놓고 그 목표를 향하여 운집되거나, 또는 좋지 못하게 말하면 부화뇌동하여 (주류가) 생기는 것이 아니라, 그 시대상이나 사회상이나 인생을 비교적 정확히 관조(觀照)하고, 인식하고, 포착한 작가들의 여러 작품이 불기(不期)하고 일 경향을 자연히 표백하고 형성되어감을 따라서 암묵(暗黙)한 가운데 '유(流)'가 생기는 것이요, 그중 일류(一流)가 외(外) 타(他) 제류(諸流)보다 양적(量的)이 아닌 질적(質的)으로 우수할 제, 그 우수한 일류(一流)가 자연히 주류가 되리라고 믿습니다. "자연히"라고 한 말은 힘써 주류로 삼으려 하지 않아도 된다는 말임은 물론입니다.

　이와 같이 생각할 제, 현하 조선문학의 주류는 무엇이 되겠느냐는 질문은 첫째는 작가에게 묻는 것보다는 평가(評家)에게 물을 것이요, 둘째는 주류를 염려하기 전에 어떻게 하면 좋은 작품, 즉 주류의 방면을 지시하여줄 작품이 나오겠느냐는 것을 생각할 것이요(작품이 나와서 주류를 지시할 것이요, 결코 주류가 있어서 작품이 그 '형(型)'에 맞도록 제작되는 것이 아니므로), 셋째는 설문하신 중 '해외문학파'라는 것이 특이한 주의주장을 가졌다면 별문제이지만, 그대로 해외문학을 소개한다는 사실만 가지고는 주류 형성에 연(緣)이 멀 것이므로, 문제를 삼자면 민족문학이나 계급문학이냐는 그 점일 것인데, 계급문학에 대하여는 지금 여기에 횡설수설하기 싫은 바요, 민족문학으로 말하면 모든 문학이 '개성'에서 출발한다고 할 수 있음과 같이 모든 문학은 또한 그 민족적 개성을 포유(包有)하고 있다는 점으로 생각하여 모든 문학은 결국에 민족문학 아닌 것이 없다고 생각합니다.

주세 酒税 [316]

 ‘주세(酒稅) 1500만원 돌파 축하회’라는 것이 요 전에 열렸었다. 거기에 모이는 여러 진신빈객(縉紳賓客)이 모두 성의 있는 축하 기분으로 왔던지, 교외 산책에 알맞은 초가을 명랑한 날씨에 끌려 만연한 유흥 기분(?)에 모였던지 하여간 ‘주세 1500만원 돌파 축하회’란 현판부터 볼 제, 좀 진기한 느낌을 주는 것이었다.

 “이 문전(門前)에서 구세군의 금주신문(禁酒新聞)이나 팔지 않나?” 하고 실없는 소리를 하는 사람도 있었다. 사실 내남직할 것 없이 금주를 못 하겠거든 절주(節酒)라도 하지 못해서 속으로 은근히 애를 쓰는 사람으로서는 이런 축하석에 와서 저절로 미고소(微苦笑)를 금치 못할 것이다. 그야 물론 축하회 자체에 대하여서가 아니라, 자기 자신의 감정의 모순에 대하여 속으로 미고소를 느낀다는 말이다. 술 때문에 안 할 실수를 하여 체면이 깎인다든지, 세궁(細窮)한 생활에 안 쓰고 배길 용비(冗費)를 거듭하고는 후회한다든지 하는 경우를 생각하면 남의 축하연에 와서 저 혼자만은 축하 기분에서 멀리 테 밖으로 떨어지는 것 같을 것이다.

---

316 염상섭(廉尙燮), 「주세(酒稅)」, 『매일신보』, 1935.10.10. 이 글은 ‘1일1문’이라는 난(欄)에 연재된 것이다.

“우리는 밑천 많이 들이고 먹는 것일세, 허허허.”

이러한 실없는 소리를 하는 사람도 있다. 주세(酒稅)는 사실에 있어서 죠우고당(上戶黨)[317]이 부담하는 것이니 10년, 20년 혹은 4, 50년의 일생을 통하여 10석(石), 20석 내지 4, 50석을 축내었다면 세금도 수월치 않게 바친 셈이니 밑천 들이고 축하한다고도 할 만할지 모르겠거니와 어쨌든 는다는 것은 준다는 것보다는 축하·축복하여야 할 일이니 주세가 1500만원을 돌파하였다는 것도 소위 약진조선(躍進朝鮮)의 일면상(一面相)임에 틀림없는 것이요, 축하할 만도 한 일이다. 그러나 술이란 기묘한 물건이어서 득실간(得失間)에 마시고 경조간(慶弔間)에 기울이는 것이다. 속담에 미두꾼이 땄다고 먹고 잃었다고 먹는다는 것이요, 배가 불러도 마시고 배가 고파도 마시며, 꽃이 피어 마시고 꽃이 져서 마시는 것이 술이 아닌가. 그렇게 생각하면 1년간에 빚어 낸 214만 3천 석(石)이란 탁주(濁酒), 약주(藥酒), 청주(淸酒), 소주(燒酒)가 반드시 배부른 사람의 창자를 씻어주지만 않았을 것이요, 축연(祝筵)의 흥(興)만 돋워주지 않았을 것이니 실의(失意)한 사람의 위로와, 배고픈 사람의 요깃감으로 소비된 분량이 더 많지나 않았을까. 반주(飯酒)도 한 벽(癖)이요, 상용(常用)하면 중독도 되는 것이니 일이 이에 이르면 희비극의 정도를 지나쳐서 산(產)을 기울이게도 될 것이다. 그러고 보면 주류 소비량이 많다는 것이 호경기(好景氣)와 혹은 생활의 향상을 의미하는 것도 같으면서도 꼭 그렇다고만도 하기 어려운 듯도 싶다.

또 한 가지 방금 농산어촌(農山漁村)의 ‘자력갱생운동’이라는 것이 위정당국(爲政當局)이나 일반사회로나 일대 목표가 되어 있고, 차차 실적도 보여가게 되었으나, 그 촉진에 많은 장해가 되는 것이 농촌의 ‘주막’이란 것이 사실

---

317 じょうご(上戶) : 모주꾼. 술꾼. 술부대.

인 모양이다.

농산어촌에서 술을 빼앗는다는 것은 실제에 있어 큰 문제일지 모르겠고, 도리어 일보(一步)를 진(進)하여는 농어촌에서는 탁주 1석에 과(課)하는 3원 50전인가의 세금을 면제하고 어느 한도까지에는 자가용(自家用)을 허가하는 제도를 쓰는 것도 지금 조선 농어촌의 피폐 정도로는 사회정책상 옳을지도 모르거니와 일편(一便) 주막이나 여기에 따른 유두분면(油頭粉面)[318]의 추류(醜類)가 발호한다는 것이 갱생 도정을 밟는 그들에게는 큰 유혹임에 틀림없으니 이 점으로 생각하면 중년농민의 탁주 정도는 부득이한 일이지만 농촌 청년의 금주운동이라는 것은 절대 필요할 것이다.

자, 그리고 보면 절주·금주를 염원하면서 '주세 1500만원 돌파 축하연'에 열(列)하는 개인의 심적 모순보다도 더 큰 모순이 생겨나지 않을까?

지금 조선의 주세라는 것은 지조(地租)에 다음 가거나 혹은 비등액(比等額)에 달하여 총독부 재정의 최중요(最重要)한 지위를 점하고 있는 것이요, 또 그러한 의미도 섞여서 축하까지 한 것인데, 그 반면에 농촌진흥·자력갱생의 장해라 하여 금주선전도 불가피(不可避)의 사(事)라 하면 이것은 일개(一個) 모순 아닐 수 없는 것이다. 미국의 금주법이 실패에 돌아간 그 원인은 여기서 논외거니와 국가 재정상 주세 수입을 제외하였던 몇 해 동안의 미국의 세입 부족은 무엇으로 보충하여왔는지? 다시 말하면 주세가 금후 점감(漸減)의 세(勢)를 취하더라도 조금도 통양(痛痒)을 감(感)치 않고 별 방도로 보전(補塡)하여 나갈 수는 없지 않을까? 갱진일보(更進一步)하여는 주세액(酒稅額)의 감퇴를 도리어 축하하는 시대가 올 수는 없을까?

---

318 유두분면(油頭粉面) : '기름 바른 머리와 분 바른 얼굴'이라는 뜻으로, 여자의 화장한 모습을 이르는 말.

탁주론 濁酒論[319]

　　쓰면 쓰고 말면 말 때는 그렇지도 않았지만, 요사이처럼 이 「1일1문(一日一文)」을 1주에 한 번씩 그나마 일자를 정해놓고 쓰라는 데는 한 짐이 되고, 더구나 무사분주(無事奔走)히 돌아다니는 공허한 머리로 오다닿다 쓰기란 귀찮고 글다운 글이 될 리도 없는 것이다. 하여간에 오늘이 노는 날이라기에 야반(夜半)에 깬 잠을 그대로이 눌러 신문부스러기를 주워 보다가는 고스란히 새곤, 조주(朝酒) 3배(杯)에 천하사(天下事)가 무심한 가운데도 그래도 상약(相約)한 「1일1문」은 써야 하겠기로 고도(古都) 악숨을 잃고 낙루(落淚)하였다는 요사이의 화제, 에티오피아 황제의 송덕표(頌德表)는 아닐지라도 영국문호 버나드 쇼의 에티오피아 국(國)에 대한 풍자답지 않은 풍자의 말끝이나 탄해볼까 하다가, 어젯밤에 온 아사히[320]에서 「천성인어(天聲人語)」[321]가 눈에 띠자 붓끝을 우선은 그리로 돌려보고 싶어졌다.

　　천성자(天聲子)[322]의 문(文)과 논(論)은 아울러 십수년 내(來)에 경복하여오는 바거니와 음주론(飮酒論)을 꺼내가지고는 "혹 음(飮)하여선 주가(酒家)에 생

---

319 염상섭(廉尙燮), 「탁주론(濁酒論)」, 『매일신보』, 1935.10.19. 이 글은 '1일 1문' 난에 연재된 것이다.
320 『아사히신문(朝日新聞)』: 1879에 오사카에서 창간된 일본의 3대신문 중 하나.
321 『아사히신문』에 매일 실리는 사설의 제목.
322 「천성인어」의 필자를 가리키는 듯함.

색을 내고 혹 단(斷)하여는 금주회(禁酒會)의 성의(誠意)를 사(謝)하는 것이 수서양단(首鼠兩端)[323] 명철한 보신책(保身策)이라.”고 논한 것을 보고는 더욱이 아의(我意)를 얻은 때문이다.

필자는 전자(前者)에 본란(本欄)에 「주세(酒稅)」를 끄적어 혹찬혹폄(或讚或貶)을 받은 끝이라 이제 또다시 술타령을 해서야 첫째로 독자에게 미안한 일이지마는, 천성자(天聲子)의 혹음혹단(或飮或斷)하여 불기자재(不覊自在)함을 은연중 예찬한 것이 아의(我意)를 득(得)하였다 함이요, 다음은 농촌의 자가용(自家用) 탁주 허가를 제언(提言)한 점이 전자(前者) 필자 소론에 상부(相符)하여 유쾌를 느낀 바이다.

금주의 필요를 절감하면서도 이를 단행치 못하는 것은 벽(癖)이요, 이를 용이히 언서(言誓)치 못하는 것은 누구나 그 파계(破戒)를 두려워함이요, 더욱이 파계 후에 오는 인격적, 성격적 파괴를 생각하면 차라리 경솔한 언서를 피함이 현명타 생각함이니, 파계치 않을 자신을 얻자면 생리적 고장(故障)이 아닐진대 여간한 수양과 신경의 건실한 섭양(攝養) 없이는 기필(期必)키 어려운 일일 것이다.

그렇고 보니 글도 쓰고 싶으면 쓰고, 말고 싶으면 말아야 글다운 글이 되듯이, 술이란 것도 먹고 싶으면 먹고, 말면 말고 하여 무절제한 가운데 절제가 있고, 불기(不覊)[324]한 가운데 자율이 있어야 술도 술답게 먹는 것이니 천성자(天聲子)의 소론에 무조건 찬성일 주당(酒黨)도 많을 것이다.

이러한 것은 개인의 문제이거니와 지어(至於) 농가가양(農家家釀) 탁주 문제 하여는 하필 천성자(天聲子)에게 차언(借言)치 않더라도 십분 고려할 여지

---

323 수서양단(首鼠兩端) : ‘구멍에서 머리를 내밀고 나갈까 말까 망설이는 쥐’라는 뜻으로, 머뭇거리며 진퇴나 거취를 정하지 못하는 상태.
324 불기(不覊) : 도덕이나 사회 관습 따위에 얽매이지 아니함.

가 있는 문제이다.

언젠가 주세(酒稅)에 관한 기사(技師) 씨(氏)를 붙들고 조선의 소주의 세(稅)를 올리고 약주의 개량책 강구와 동시에 그 과세(課稅)를 저하함이 일반 보건상 성실히 고려할 문제라 함을 역설한 적도 있거니와 농촌의 자가용 탁주를 엄금한 결과로 도시에서도 그렇지만, 농촌에로 더욱 많이 악질 알코올이 흘러 들어가서 농민의 체질, 따라서는 능률을 저하한다는 사실을 깊이 생각지 않으면 안 될 일이다. 더구나 밀양(密釀)을 근절치 못한다거나, 이에 따른 범죄가 속출한다면 그것은 (과거에 실패는 하였으나) 구미(歐米) 금주국(禁酒國)의 그것과 동일(同日)에 논할 것이 아닐지 모르나 또한 고려(考慮)에 넣어야 할 큰 문제임에 틀림없을 것이다.

내지(內地)의 토호쿠(東北) 지방에서는 조직적 밀양벽(密釀壁)이 있어 발각되면 그 대표자가 수형(受刑)하기로 미리 짜고서 밀양(密釀)을 한다는 사실이든지, 취중(就中)에는 냉해(冷害)가 제일 심한 이와테현(岩手縣)에서는 농촌진흥조사회가 '진흥을 위하여 농민에게 탁주 양조를 즉시 허가하라.'라고 정부에 요청하였고, 농촌을 연구한 의사도 그 필요를 창도(唱道)하였다든지 하는 사실을 정부로서도 흘려듣지만은 않을 것 같다. 그뿐 아니라 조선에 있어서는 농가의 그 빈곤 정도로라든지, 농진정책상(農振政策上) 주막의 폐해에 비춰 고려할 점이 불무(不無)할 것 같다.

금주가 필요한 줄은 골천번 안다면서 입술의 침이 마르기도 전에 농가탁주설(農家濁酒設)을 횡수설(橫竪說) 함은 입에 풀칠할 쌀은 없어도 막걸리 담글 쌀은 있다는 모순보다도 더하면 더할 것이나, 모순이 원체 인생생활의 본연의 양자(樣姿)라 하면 우선은 말막음이나 될지. 또 혹은 음단자재론(飮斷自在論)을 지지하는 터인 바에야 애초에 그런 모순은 생각지도 않았다 할지.

일 노동자의 이태리-에티오피아 관(觀)[325]

홍미의 중심이 여전히 제네바 근방에서 저회(低徊)하다가 로마(羅馬) 방송과 런던(倫敦) 방송이 얼키설키 하는 대로 일전(一轉)·재전(再轉)한 작금(昨今)에 와서는 에티오피아의 산간에 '이-코' 하는 총성은 그리 귀에 들리는 것 같지도 않게 되었다. 무솔리니 방송국과 볼드윈[326] 방송국의 라디오세트가 산골짜기의 콩 볶는 소리보다는 훨씬 세계적으로 효과도 있고 잘 들리는 탓이지만, 그들의 대물(大物)의 방송보다도 우리의 홍미를 더 끄는 것은 런던의 이스트엔드의 일 노빈민(老貧民)의 '이태리-에티오피아 전(戰)' 관(觀)이라는 것이다.

말은 지극히 평범하다.

"어려운 이론은 난 모른다. 하지만 이태리의 하는 짓은 난폭하다. 흑구자[327]를 집어치려고 탱크니 비행기니 들끓어내니 심하지 않은가.", "이태리의 하는 일은 이 가슴이 허락치를 않는다.", "전쟁이 무서워서 이태리가 잘못

---

325 염상섭(廉尙燮), 「일 노동자의 이태리-에티오피아 관(觀)」, 『매일신보』, 1935.10.26. 원제는 「일 노동자의 이(伊) '에' 관(觀)」이나 독해의 편의를 위해 현대어로 수정하였다. 이 글은 '1일1문' 난에 연재된 것이다. 1935년 10월 무솔리니의 이탈리아 군대에 의한 에디오피아 침공으로 이탈리아-에디오피아 전쟁이 시작되었다.

326 스탠리 볼드윈(Stanley Baldwin, 1867~1947) : 영국의 정치가. 1923년부터 1937년까지 세 번 보수당 내각의 수상을 역임했다.

327 흑구자 : '흑귀자(黑鬼子)'의 변한 말. '흑인(黑人)'을 얕잡아 이르는 말. 살빛이 몹시 검은 사람을 조롱하는 말.

하는 것을 방임해둘 수는 없다. 전쟁이 되면 또 20년 전처럼 총을 들메고 나설 것이다."

이것이 모 통신원의 질문에 대한 이스트엔드의 일 노동자의 답변이다.

다시 그 기자가 "평화를 위하여 싸우느냐."고 묻는 데 대하여,

"이론은 어쨌든지 싸우는 것이죠." 하고 대답하였다는 것은 과연 노동자답게 실직(實直)한 꾸밈없는 말인 동시에 적어도 영국민 일부의 여론일지 모른다.

같은 런던 시중(市中)에서도 이와 반대 측의 웨스트엔드 부근에서는 얼마쯤 사상적으로 전쟁 반대와 파쇼 공격의 노방(路傍) 연설을 들었다는 보도도 있거니와 여기서 생각나는 것은 풍자가(諷刺家)로 세계적 명성을 가졌다는 버나드 쇼의 객설이다. 에티오피아에 대한 진정한 동정은 에티오피아 국으로 하여금 자기의 현실을 자각케 하는 것이라 하여 에티오피아 국은 결국에 이(伊)의 피정복국으로서 만족하는 것이 현명하다고까지 방언(放言)하였다. 이것이 현실을 바로 보고 한 말인지 아닌지, 사실 그밖에는 별 묘안도 없고 종국에 가서는 그밖에는 더 다른 귀결(歸決)도 없을지 모를 것이며, 연래(年來)로 연맹(聯盟)의 무능을 비웃어오던 끝이라 연맹이 미워서도 그런 말을 하였을지 모르겠지만 같은 영국인으로서 일 노동자의 솔직한 정의감이라든지 이 하트(heart)가 허락치를 않는다는 소박하고도 아름다운 그 감정의 표백과 세계적 문호의 소위 예언답지 않은 예언이란 것을 대조해볼 제, 아무래도 문호의 방언에 가담하고 싶은 생각은 아니 난다.

볼드윈과 쇼와 무명(無名)의 노동자의 3자3양(三者三樣)의 관찰과 비판과 감정을 가만히 분석해보고 음미해볼 제, 우리는 아무 것에도 가려지지 않고 흐려지지 않은 한 개 인간미 있는 따뜻한 마음을 오직 불우한 노동자의 가슴에서 듣는 것이 고맙고 반가운 동시에 도리어 이 사람에게서 이런 말을 듣는 것이 섭섭함을 금치 못하는 바이다.

소설은 무엇인가[328]

우선 천시(賤視)치 말자

문학이 일반인의 상식이 되고, 사교 상 화제가 될 만한 정도라면 그 사회 및 사회인은 문화로나 교육으로나 결코 남에 빠지지 않을 것이외다. 그러나 오늘날 우리 사회를 바라보면 누가 어디서 문학담(文學譚)을 한마디나 합니까. 밥을 굶는 지경에 문학이 무어냐고 핀잔을 주는 말은 간혹 들으나, 누구의 시가 어떻게 좋고, 누구의 소설은 어디가 글렀더라는 견식(見識) 있는 비평 한마디 들을 수 없습니다. 옳습니다. 밥을 굶는 것도 사실이요, 밥 굶고는 문학이 안 나옵니다. 생활이 이만치 궁박(窮迫)하고서야 해가(奚暇)에 문학과 같은 밥 있고 틈 있어야 할 일을 돌보겠습니까. 그러나 어느 사랑(舍廊)에나 어느 구락부에나 가보면 마작들을 합니다. 이 사람들은 밥 굶고 벌잇속으로 마작들을 합니까? 두 사람만 모이면 술잔을 기울입니다. 이 사람들은 배가 불러서 마십니까? 알지 못할 일이외다. 시간과 금전과 정력을 이런 데 낭비는 할 줄 알면서 어째서 한 줄 시나 소설은 읽기를 싫어합니까. 시나 소설을 낳

---

328 염상섭(廉想涉), 「소설은 무엇인가」, 『삼천리』, 1935.11. 이 글은 '삼천리 문예강좌 제1회 개강 : 소설강좌'라는 표제 하에 실린 글이다. 이 글은 「공상과 과장─『소설의 본질』 소고(小考)」(전4 회)(염상섭(廉尙燮), 『매일신보』, 1935.5.7∼5.10)와 그 내용이 동일하다.

는 데는 시간과 금전과 정력이 소비되지만, 읽는 사람에게는 마작 하고 바둑 두고 술 마시는 힘의 수십분(數十分)의 일(一)도 들지 않습니다. 학교에 가서 선생의 강론(講論)을 듣자면 졸음도 오고, 사서삼경을 퍼놓으면 염증도 나겠 지만 요새의 신문체(新文體) 시나 시조나 소설을 읽는데, 졸음부터 오고 쯤증 부터 나더니까. 너무나 등한시하고 무심하고 한학(漢學)에 대한 편견으로 신 문학을 천시(賤視)할 줄만 알기 때문이외다.

값도 모르고 싸다는 셈으로 공연히 안고수비(眼高手卑)만 하여 '그까짓 암 글로 쓴 이야기책에 무슨 유익(有益)이 있으랴. 심심파적으로 할 일이나 없으 면 볼까.' 하고 내버려두기 때문입니다. 그러나 심심파적으로라도 보는 것은 좋습니다. 다른 잡기(雜技)에 돈과 세월과 정력을 허비하지 말고 좋은 소설 한 권이라도 읽어서 맛을 들이고, 그 속에 숨은 정신의 영양을 섭취하여가노 라면, 신문학이란 어떠한 것인지 알게 될 것입니다.

나의 강술(講述)은 문학의 월등한 감상력을 가진 분을 위하여 쓰는 것이 아 니라, 일반 보통의 소설독자로서 좀 더 소설이 무엇인가를 아시게 하려는 것 과, 또는 소설이라면 '피 —' 하며 얕보고 넘볼 줄만 아는 분에게 대하여 은근 히 항변서(抗辯書)로서 쓰는 것입니다.

미감(美感)과 실감(實感)

그러면 소설이란 무엇인가요? 우리 집 아이들은 —아이들뿐 아니라, 어 른들까지라도 실없는 말끝에 "애, 소설을 쓰지 마라." 하거나, "너 또 소설을 쓰는구나." 하는 말이 유행됩니다. 내가 늘 소설을 쓰는 것을 보고 듣는 동안 에 어느덧 유행어가 된 것이외다. 그 말의 뜻은 "애, 거짓말 마라.", "너 또 거짓말하는구나?" 하는 비꼬는 말입니다. 소설은 거짓말, 소설가는 거짓말쟁이로 금이 났습니다. 소설에 대한 무이해(無理解)가 이처럼 심함이 어찌 집안에 아녀자에 한하겠습니까마는, 그러면 소설은 거짓말입니까? 과연 그렇습니다. 소설만 아니라, 예술은 거짓말에서 생겨나오는 것입니다. 가령 박연폭포(朴淵瀑布)에를 가보면 "비류직하삼천척(飛流直下三千尺) 의시은하낙구천(疑是銀河落九天)"[329]이라고 새겼습니다. 고지식한 분이 이것을 보고 '아무러면 3천 척(尺)이라니, 말이 되는가. 실지(實地) 측량을 해보면 3백 척은 더 될지 몰라도, 3천 척이란 가당치도 않은 거짓말이다. 이곳 사람은 본래 상리(商理)에 소명(昭明)한지라 광고술에 능하니까, 유람객을 끌려는 선전수단이다. 광고, 선전 쳐놓고 거짓말 아닌 게 없다.'고 분개할 사람도 있을지 모를 것이외다. 그러나 '비류직하삼천척'을 '비류직하삼백척(飛流直下三百尺)'이라 하거나, 혹은 자(尺)로 또박또박 재어서 '비류직하이천구백구십구척(飛流直下二千九百九十九尺)'이라거나, '비류직하일천미돌(飛流直下一千米突)'이라고 하면 어떻게 되겠습니까? 만일 측량기수의 보고서면야, 애초에 "비류직하"라고 넌출지게 쓸 게 있겠습니까. '장기척(長機尺)'이라면 간명할 게 아닙니까. '비류직하'라 쓸 제는 글의 미(美)를 나타내려는 것이외다. 글의 미, 시취(詩趣)를 내자니까 거짓말인 줄은 알면서도 '3천 척'이라고 하는 것입니다.

그러나 번연히 거짓말이면서도 그럴 듯이 듭니다. 아무도 의심하거나 항의하려 하지는 않습니다. 즉, 실감(實感)이 있기 때문입니다. 미감(美感)과 실감(實感), 이 두 가지만 갖추어지면 문학의 본의(本義)는 달(達)하여지는 것입니다.

이와 같이 번연히 거짓말은 거짓말인데, 실감을 전하는 데에 글의 묘미(妙

---

[329] 비류직하삼천척 의시은하낙구천(飛流直下三千尺 疑是銀河落九天) : 이백의 시 「망여산폭포(望廬山瀑布)」의 한 구절. '날아 흘러 곧바로 삼천 척을 떨어지니 / 구만리 하늘에서 은하수가 쏟아졌나?'라는 뜻.

味)와 조화(造化)가 붙었습니다마는, 이것이 곧 예술미(藝術味)입니다. 그러기 때문에 예술은 거짓말인데 참말입니다. 그러나 이것은 그래도 터무니 있는 거짓말입니다. 터무니 있는 거짓말이란 '과장(誇張)'입니다. '비류(飛流)'라는 터무니(실재)가 있는데, 그것을 예술적으로 표현하기 위하여, 즉 예술미의 효과를 얻기 위하여 "3천 척"이라고 과장한 것입니다.

이러한 과장은 표현, 즉 묘사에 있어서 필요한 수단입니다.

과장(誇張)

색채에 대하여 비상한 민감(敏感)을 가진 어떤 양화(洋畫) 그리는 청년이 주장하기를, 자연계(自然界)의 색채는 화면(畫面)에 나타난 색채와 같이 그렇게 아름답지 못하다고 한 말을, 어디서인가 글로 본 일이 있습니다. 즉, 자연색보다 화면의 채색은 과장한 것이라는 말입니다. 나는 상당한 도수(度數)의 근시경(近視鏡)을 썼습니다마는 그대로 육안으로 책을 보면 인쇄된 활자가 다소 크게 보이다가, 안경을 쓰고 보면 현저히 작게 보입니다. 그러나 육안으로 크게 보이는 것이 정말인지, 안경을 쓰고 보는 것이 실재의 형체인지 혼자 의심이 날 때가 있습니다. 즉, 내 눈동자의 렌즈는 다소 병적으로 발달되었고, 또 안경도 정교치 못하니만치, 양자(兩者) 간의 조절 역시 정확치는 못하기 때문입니다. 그와 마찬가지로 색채도 관자(觀者)의 눈과 건강 여하, 그때그때의 기분 여하, 시간의 조만(早晚), 담청(曇晴) 등 관계로 어느 것이 실재한 자연색이요, 어느 정도의 것이 실재보다 과장된 것인지 정확한 분석은 어려울 것입니다. 그러므로 자연 고유의 색채보다 화가의 쓰는 색채가, 더 아름답다는 말은, 반드시 과장한다는 말은, 아니 됩니다. 설혹 과장되었더라도 그 사람의 눈의 감수력(感受力), 건강, 기분 등 영향으로 무의식한 가운데 생긴 현상일 수 있습니다. 그러나 갑을(甲乙)의 양색(兩色) 중에 갑(甲) 색을 을(乙) 색보다 더 강하게 인상을 주고자 할 제, 그 수단은 갑 색에 농(濃)하고 을 색에 담(淡)함에 있는 것이니 의식적으로 과장치 않을 수 없다는 말입니다. 즉, 일편(一便)으로 보면 거짓입니다. 그러나 그 과장이 조화를 얻어 미적 표현의 효과를 십분 발휘한다면 그것은 거짓이 아니요, 참이외다. 적어도 거짓에서 나온 참이 됩니다. 이러한 수단은 문학에서도 일반(一般)입니다. 갑의 성격을 을의 성격보다 고조(高調)할 경우, A사건을 B사건보다 더 인상을 주려 할 경우에 동일한 수법을 쓰는 것입니다. 이와 같이 부분적, 또는 양자(兩者)의 비교로서 과장이 필요할 뿐 아니라, 전반적으로 다소의 과장은 표현의 효과를 주는 것입니다.

또한 다시 문학의 발생과정으로 볼진대, 고대의 전설이라든지 신화라든지가 온통 공상과 과장으로 된 것입니다. 수렵이나 약탈결혼의 공명담(功名談), 거인의 괴력기담(怪力奇譚) 같은 것은 그 근저에 성욕적 동기를 발견할 수 있는 허영심의 표백입니다. 그런데 허영심은 과장하기를 요구하는 일입니다. 강장(强壯)과 용한(勇悍)만이 먹는 수단이요, 동시에 이성(異性)을 끄는 수단이었던 그들 원시인에 있어서, 무용담의 자만자과(自慢自誇)는 필연(必然)한 일입니다. 오늘날에 남은 전설은 대개가 이런 종류의 것이요, 이것을 신격화한 것이 곧 신화이니, 이 전설과 신화는 후세문학의 요람입니다. 태서문학(泰西文學)의 최고전(最古典)인 호머의 『일리아드』는 희랍신화에서 나온 무용담을 시화(詩化)한 것이요, 그 무용담은 배면에 숨은 가련한 미희(美姬)의 약탈에, 시종(始終)한 것입니다.

과장(誇張)과 공상(空想)

과장은 터무니 있는 거짓말이라 하였거니와 과장이거나, 거짓말이거나 그것은 공상, 상상력의 소산입니다. 그러므로 문학의 발생이 과장 혹은 허구에 있다는 말은 문학이 공상, 상상력에서 태생(胎生)한다는 말입니다.

또다시 원시시대의 예술적 충동이 어디서 발작(發作)되었는가를 고찰하면 아무라도 숭신(崇神)에서 비롯함을 부인치 않을 것입니다. 그런데 신(神)이라는 관념부터가 초인간적·초자연적, 즉 실재하지 않은, 상상·공상에서 나온 것입니다. 원시인에게 대한 천연(天然)의 모든 현상은 경이·호의(狐擬)요, 공포가 있을 것입니다. 일월성신(日月星辰)과 사시운행(四時運行)과 천변지이(天變地異)와 기타 만반(萬般) 사물을 볼 제, 경이와 의혹과 공포가 아니 일어날 수 없을 것입니다. 그리하여 그 의혹은 우주를 주재하는 초자연적 존재, 신을 상상함으로써, 즉 모든 현상을 신의신력(神意神力)의 소산으로 돌림으로써 해결하고, 그 공포는 천신(天神)을 숭경(崇敬)하고 이에 기원함으로써 불제(祓除)[330] 하려 하였을 것입니다. 그리고 그 기원숭경(祈願崇敬)과 불제향귀(祓除饗鬼)에는 유치한대로라도 하등의 의식이 필요하였을 것입니다. 우는 아기를 달래려면 입짓·손짓·발짓으로 골계희학(滑稽戲謔)의 작태(作態)가 필요하듯이 신을 즐겁게 할 하등의 축언주송(祝言呪誦)과 희기(戲技)의 동작이 있었을 것입니다. 그리하여 그 단순한 축언주송이 음률의 미를 가지게 될 제, 음악적 발아(發芽)를 보게 되고, 희기의 작태에는 절주(節奏)가 따르게 되었을 것이외다. 이것은 물론 수렵이 끝난 뒤의 위로라든지 약탈결혼의 승축(勝祝)을 위한 잔치에 뛰노는 수무족도(手舞足蹈)와 아울러 발달된 것이겠지마는 하여간에 이

---

330 불제(祓除) : 재앙을 물리침.

것이 음악·무용의 원시태생(原始胎生)이요, 일편(一便) 민요의 발생을 촉진하여 후일 문학을 얻음에 이르러 시형(詩形)을 낳게 한 것이라 볼 것입니다.

문학은 이와 같이 그 태생기(胎生期)에 있어서 이미 상상과 과장에서 출발하였거니와 문학의 모든 형식이 정돈되고 완성된 오늘날에 있어서도 작품은 작자의 공상과 과장을 떠나서는 산출할 수 없습니다. 공상은 작품의 전(全) 결구(結構)에 있어서 원동력이 되고, 과장은(전술한 바와 같이) 그 표현·묘사에 있어서 불가결한 수법이 되는 것입니다. 시인의 영감(靈感)이라는 것을 바꾸어 말하면 공상입니다. 시인의 이미지(image)란, 한낱 아름다운 환상·환각입니다. 동시에 그것은 곧 인스피레이션(inspiration)입니다. 시인의 천계(天啓)입니다. 가장 현실에 입각한 소설가에 있어서도 풍부한 상상력과 분방자재(奔放自在)한 공상 없이는 작품이 아니 나옵니다. 소설도 또한 시를 내포한 것이요, 시적 미감(美感), 미의 세계의 전개 없이는 구성되지 않기 때문입니다. 소설은 인생의 진실을 재현한 것이나, 그것이 문학적이요, 예술미를 발양하여야 하는 이상, 누구의 생활이든지 그는 실제 사실을 그대로 산만히 기록하는 것이 아니라, 작자의 공상으로 결구(結構)된 가작(假作)의 인간생활을 작자 자신의 이상과 신념과 희망에 맞도록 표현하는 것이기 때문입니다. 그러면서도 진실성과 필연성을 구유(具有)한 점에 금일의 소설이 허탄(虛誕)한 과거의 신화·전설이나 고대소설과 판이한 소이(所以)가 있는 것입니다.

고대소설과 근대소설

그러면 고대소설과 현대소설과는 어떻게 판이한가? 즉, 고대소설은 어째서 허탄(虛誕)에 끝나고 마는데, 현대소설은 같은 공상·허구에서 나왔으면서 오히려 진실성과 필연성을 가지게 되는가? 여기에서 공상이란 무엇인가를 먼저 설명할 필요가 있습니다. 공상이란 "감각작용으로써 직접 그 당장(현시(現時))에 머리에 떠오르는 이외의 사물을 의식(意識) 위에 묘출(描出)하는 작위(作爲)나 또는 묘출할 능력"이라고 하겠습니다. 이것은 『센츄리 자전(字典)』에 의한 것입니다만, 다시 설명할 것도 없이 간명합니다. 그러나 그때 직접으로 감각하는 사건이나 물체 이외에, 의식에 떠오르는 것 중에는, 일찍이 과거에 경험한 것과, 경험을 토대로 한 사물은 물론이요, 전연(全然)히 경험해보지 못한 일도 머리에 그려볼 수 있을 것입니다. 즉, 상상불도처(想像不到處)의 것을 공상해 보는 경우도 있습니다.

가령 미식(美食)을 맛본 사람이 '또 그런 음식을 먹었으면' 하고 식욕이 동하는 것은 실제 경험에서 나온 공상입니다. 또 비조(飛鳥)를 보고 '사람도 저렇게 날았으면' 하는 것은 비행기가 없던 시대에 앉아서는 불가능한 일이지만 그래도 비조를 본 경험을 토대로 한 공상입니다. 그러나 아담의 갈빗대를 베어서 하와를 만들었다 하는 것은 경험을 무시한 상상불도처의 공상입니다.

신화는 말할 것도 없고 고대전설의 대개는 모두 아담의 갈빗대로 하와를 만들었다는 유의 공상에서 나온 것입니다. 구소설에는 이런 경탄(經誕)의 설(說)이 많습니다. 비교적 근세의 작품인 『홍길동전』 같은 것을 보더라도 홍길동이가 팔도에 하나씩 있었는데 조정에 붙들려 들어가서 네가 정말 길동이니, 내가 정말 길동이니 하고 싸우다가 모두 거꾸러지니까, 짚으로 만든 용인(俑人)이더라 합니다. 처음에 홍길동이가 제 모양을 본떠서 용인을 만들고 제 혼을 나누어 불어넣었다 하거니와 이런 허황한 구절이 있기 때문에 정당한 소설로서의 가치가 없어지는 것입니다. 제용(諸俑)을 만들어서 매장(埋葬)을 한다든지, 제액(除厄)에 쓴다든지, 의전법(擬戰法)에 쓴다든지 하는 등 경험과 모방에서 착상·안출한 것이지마는 진실성과 필연성이 없으므로 누구나 곧이듣지 않습니다.

그러므로 미국의 브란더 매튜즈 교수의 말과 같이 "소설은 최초에 '있을 수 있는 일'을, 다음에 '있을 것 같지 않은 일'을, 그 다음에는 '있을 듯한 일'을, 그리고 마침내 금일에는 '반드시 있는 일'을" 쓴다고 하겠습니다.

위의 예에 비춰보면 아담의 갈빗대로 하와를 만들었다는 유의 신화라든지, 제용(諸俑)으로 홍길동이의 화신(化身)이 일곱·여덟 된다는 것은 제1의 경우입니다.

그러나 비행기가 없던 시대에 앉아서 비행기를 타보았으면 좋겠다는 공상은 제2의 경우, 즉 전연 불가능한 일은 아니나, '있을 것 같지 않다'는 7분(分)의 의문과 3분(分)의 수긍으로 된 상태입니다.

또 가령 '월세계(月世界)로 놀러 간다. 거기의 여왕과 연애를 하고, 토끼가 쪄 바치는 떡도 먹으리라.' 이런 공상을 한다면 그것은 '있을 수 없는' 공상이나, 월세계에는 생물은 없으나 현재 오스트리아(墺太利)의 일 과학자가 성명(聲明)한 듯이 '로켓으로 구경 가리라. 우리 아들딸이 혼인할 때쯤은 신혼여행을 월세계로 가리라.' 이러한 공상은 과학의 힘을 믿느니만큼 3분(分)의 가능성·가유성(可有性)이 있는 것이외다.

그러나 같은 『홍길동전』 속에도 길동이가 병판(兵判)을 하였다는 점에는 그 시대의 사회제도나 정치조직으로 보아서는 '있을 것 같지 않으'면서도, 절대로 안 된다는 수도 없으니 혹 유(有)하리라는 공상이니, 즉 의문과 진실이 5분(分)·5분(分)입니다. 또한 홍길동이가 활빈당을 꾸며가지고 현실사회와 정치조직에 반항하였다는 당(黨)에 이르러서는 7분(分)의 가유성과 3분(分)의 허탄을 느낄 것이외다. 즉, 병판을 하였다거나 활빈당을 꾸며가지고 출몰하였다는 점은 5분(分) 내지 3분(分)의 진실성을 가진 것입니다. 즉, '있을 듯한 일'이라는 제3계단입니다. 만일 신출귀몰하는 초인간적 요술을 부리지 않게 하여 사실의 필연성을 충분히 고려하였다면 『홍길동전』은 '반드시 있는 일',

즉 제4계단의 진보를 보인 금일의 현실주의소설과 조금도 다름이 없었을 것입니다. 이로써 보면 『홍길동전』은 소설이 발달되어 내려온 제1계단에서부터 제3계단까지의 모든 특징을 얼버무려뜨려 가진 소설입니다. 이러한 혼효(混淆)는 신화·전설이 문학적으로 발달되지 못하였고, 또 소설이란 문학적 형식이 단계적으로 발전되지 못한 소이입니다.

요컨대 사람의 공상은 비실재성에서 실재성으로 추이(推移)하여온 것을 알겠습니다. 그것은 사람의 지혜가 늘어가고, 과학이 발달됨을 따라 신, 하느님에게나 귀신에게만 밀어붙여 두었던 모든 의문과 공포와 경이가 해결된 까닭입니다. 이것을 다시 말하면 하느님이나 귀신의 위력과 생활범위가 축소되어가고, 그 대신에 사람 자신의 실력과 생활 폭원(幅圓)이 그만치 늘어감을 따라서 신령계(神靈界)의 관념인 줄로 그 관념이 주니만치 공상이 현전(現前)한 인생생활의 산 사실로 향하기 때문입니다. 그러므로 인생·사실을 취하는 소설에 있어서도 신이한 것, 기괴한 것에서 점점 떨어져 나와서, 오늘날은 일상생활의 평범한 실제 사실을 관찰하고 공상하여, 이것을 필연적으로 전개시키게 되었으니 이것은 당연한 추향(推向)이라 하겠습니다.

그러므로 미국의 비평가 클레이튼 해밀턴 교수가 소설을 정의하여 왈, "소설의 목적은 공상적 사실의 서열(序列)로써 인생의 어떠한 진실을 구현함이라." 함은 다른 어떠한 소설의 정의보다도 지언(至言)이라 하겠습니다.

소설은 공상의 소산, 허구의 사실입니다. 픽션(fiction)이라는 말부터가 허구·상상 — 허구물·상상물 — 즉, 소설이라는 뜻입니다. 그러나 공상적 허구는 허구이되 인생의 진실을 전합니다. '비류직하삼천척'은 아닌데 '3천 척'이나 되는 듯이 보입니다. 집의 아이들은 나를 거짓말이라 합니다마는 나만큼 참말을 쓰는 사람도 없을 것이외다. (계속)[331]

---

331 '계속'이라고 적혀 있으나, 이 글과 동일한 초고의 부기를 보건대, 속고가 쓰이지 않은 듯하다.

염상섭 문장 전집 II

원망은 사랑에서[332]

　자기가 버리면서 버림을 받은 듯이 생각하는 것은 심하게 말하면 계모 시하에 자라난 자식의 근성이라 하겠으나 내남없이 책격하면 그런 생각이 건듯 떠오를 때가 많은 것이다. 실상은 자기가 먼저 자기를 버리기 때문에 남이 나를 버리는 것이라고 극론(極論)하면 차라리 반구저기(反求諸己)[333]하여야 옳을 일인데, 자기가 자기를 버리고 남을 버리고 나서 혼자 원탄(怨歎)만 하는 것이 수양이 부족한 탓임은 물론이나, 또한 범인(凡人)의 상정(常情)일지도 모른다. 이것은 남의 말이 아니라 내 말이다. 이 때문에 얼마나 저 혼자서 싸워오고 얼마나 고민하는지 모르겠으나 별 효험은 없는 것 역시 수양이 부족한 탓.

　이 말끝에 요새 문제가 된 장혁주(張赫宙) 군(아직 면식이 없으면서 '군(君)'이란 경칭(敬稱)만으론 좀 홀(忽)한 듯하나 '씨(氏)' 자는 친숙미(親熟味)가 없기로 사용치 않는다)의 소위 「문단의 페스트균」[334]을 꺼내는 것은 미안한 듯도 하고, 또 근자의 나는 문필을 던진 지가 오래여서 더욱이 자기가 소위 문단인인지 아닌지 자기 자신도 어정쩡한 터라 그닥 한 시비는 아니로되 중뿔나게 가로맡아가

---

332 염상섭(廉尙燮), 「원망은 사랑에서」, 『매일신보』, 1935.11.1. 이 글은 '1일1문(一日一文)'란에 연재된 글이다.

333 반구저기(反求諸己) : '잘못을 자신에게서 찾는다.'라는 뜻으로, 어떤 일이 잘못 되었을 때 남의 탓을 하지 않고 그 일이 잘못된 원인을 자기 자신에게서 찾아 고쳐나간다는 의미이다.

334 장혁주(張赫宙)의 「문단의 페스트균」(『삼천리』, 1935.10)을 가리킨다.

지고 나서서 화중(禍中)에 들기도 싫기는 하지만 동아(東亞)의 이무영(李無影) 군의 탄한 말[335]을 보고 한마디 하고 싶은 충동도 생긴 것이다.

무슨 편을 드는 것은 아니나 대체로 이 군의 말씀은 긍계(肯綮)[336]에 당(當) 타 할 만하다. 그러나 그렇다고 장 군을 저 편에 맞세우고 싶지도 않은 것이다. 한 편으로 세우고 어깨동무로 나가도록 할 아량이 피차에 있을 것을 믿는다.

남의 작품에 불충실하여 장 군의 것도 두엇 밖에 읽어보지 못한 관계로 나 자신부터 장 군의 천재(天才)를 시기해본 적도 아직은 없고, 또 더구나 장 군의 동경문단에서의 성가(聲價)에 대하여 무관심히 지내오니만치 그 문명(文名)을 시기해본 일도 아직은 없었던 거와 같이 조선문단 전체가 아마 대개 그만 정도로 무관심 혹은 냉연하였던 탓에 장 군은 그 무관심 혹은 냉연한 이유의 전부가 시기에서만 나온 것으로 오상(誤想)한 데서 시비(是非)는 생겨나온 것인 모양이다. 사실은 그 무관심, 그 냉정 속에는 약간의 시기의 분자가 있었던 것인지는 모른다. 그러나 과시 그렇다 하기로 너희가 나를 시기한다고 구외(口外)할 말은 못 되는 것이요, 그러한 태도는 삼가는 것이 당연하였을 것이다. 현재도 대가(大家)인지는 모르겠으나 장래라도 대가가 될 양이면 그야말로 고소대소(高所大所)에 거(居)하여 크고 넓은 아량을 보여주었으면 좋을 것인데 그러한 언설을 끌어낸 것은 유감이요, 지금 와서는 무영 군의 반박을 받아서 억울할 것이 없이 되었다.

그러나 장 군이 무슨 말을 하였든지 간에 장 군이 조선문단의 무관심과 냉정을 설워하고 조선문단을 원망하는 그 마음은 조선문단을 무시함이 아니라는 무엇보다도 더한 증좌니, 조선문단의 가치를 인식하였기에 자기의 평가를 박(搏)하지 못함을 한탄하는 것이다. 또는 조선문단을 버릴 듯이 양언(揚

---

335 이무영의 「문단 페스트균의 재검토」(전5회)(『동아일보』, 1935.10.17~10.24)를 가리킨다.
336 긍계(肯綮): 힘줄이 살에 붙은 곳, 사물의 가장 중요한 곳.

言)[337]하여 절연장(絶緣狀)을 조선문단에 복장을 안기고 돌아섰다 하여도 조선문단을 미워함은 조선문단을 사랑함에서 나온 것이다. 사랑받으려고 고대(苦待), 고대하다가 홧김에 절연장을 보낸 것이니 실연자(失戀者)의 함원(含怨)은 그 대상에 대한 애착이 남의 몇 곱일 것이 아닌가.

만일 그렇지 않다 할진대 그것은 자기가 먼저 자기를 버리고, 또한 남을 버리고 나서 남을 원한(怨恨)하는 것이니 장 군도 또한 범용(凡庸)의 테에서 벗어나지 못하였다 할까?

그러나 장 군이 조선문단을 무시하기는커녕 존중하고, 미워하기는커녕 사랑을 받고자 함이 그처럼 분명할진대 우리는 구태여 그를 가는대로 내버려둘 것이 아니라 붙들고 구하는 사랑을 채워주도록 힘씀이 옳을 일같이 믿는다.

---

337 양언(揚言) : 공공연하게 소리 높여 말함.

루쉰_{魯迅}의 말[338]

상해 만유(漫遊) 중의 시인 요네 노구치(野口米次郞)[339] 씨의 루쉰(魯迅) 회담기(會談記)는 자미있었다.

"가엾은 것은 일반 민중이지만 일면으로는 그들이 정치와 전연 무관계(無關係)한 것이 행복하다. 주권자가 누구이거나 거기에 무관심으로 개미처럼, 벌떼처럼 생활해간다. 민중이 정치와 무관계한 존재임은 개국 이래의 일로서 설사 지나(支那)가 망할지라도, 국가는 멸망하여도 민족은 영원히 망치 않는다."라고 한 루쉰의 말에 뒤따라서 요네 노구치는, "인도에서의 영국인과 같이 어떤 국가를 가정부처럼 고용하여 정치를 맡겼으면 일반 민중은 좀 더 행복하지 않겠는가?"라고 제의(?)하여보았다.

이에 대하여 루쉰 왈, "어차어피(於此於彼)에 착취될 양이면야 외국인보다는 자국인에게 착취되고 싶다. 타인에게 재산을 빼앗기는 것보다는 자식이 난봉을 피우는 편이 나으니까. 결국에 감정문제다."라고.

노구치 씨의 '가정부적(家政婦的) 국가'란 어느 나라를 지칭한 것인지 또는 막연한 잡담인지는 모르겠으나 설마 리스로스[340]가 남경정부(南京政府)의 가

---

338 염상섭(廉尙燮), 「루쉰(魯迅)의 말」, 『매일신보』, 1935.11.7. 이 글은 '1일1문' 난에 연재된 글이다.
339 노구치 요네지로(野口米次郞, 1875∼1947) : 일본 개화기의 시인이자 영문학자. '요네 노구치'로 알려졌다.

정부로 자임하고 등장한 것은 아니겠지마는 요새의 신문을 보고는 요네 노구치의 "가정부"라는 말이 묘하게 들리기도 한다. 그러나 루쉰의 말이 아닐지라도 난봉자식의 유흥비로 빼앗기는 한은 있더라도 같은 착취일 바에야 자국민에게 착취를 당하겠다는 것은 그럴듯한 말이니, 리스로스가 아무리 가정부로 들어앉고 싶어도 파출부 격이나 될는지. 미국의 2억만 원 차관설이라는 것이 신문기자 식 요다³⁴¹가 아닐 양이면 이번에는 지참금 부(附)의 파출부가 불청객이 자래(自來)로나 한몫 보자고 나서는 것이니 아주 주부(主婦) 없는 집안도 아니요, 병은 골수에 들었다 하여도 가정부·파출부가 앞문·뒷문으로 제각기 주부인 체 하고 드나들어서야 한 풍파 없을 수 없는 것. 여간 똑똑한 가장(家丈) 아니고야 솜씨 있는 조종을 난기(難期). '국망민불망(國亡民不亡)'이란 루쉰의 심경을 다시 두드려보고 싶다.

또 한 대목, 노구치-루쉰 응수(應酬)의 자미있는 것은 현하(現下) 지나에서 문필로 먹을 수 있느냐는 문제이다. 원고료로 생계가 서느냐고 요네 노구치가 질문하니까 옆에 있던 모 서점주(書店主)가 대변(代辯) 왈, "문학자가 자동차를 타고 가는 것을 출판업자가 보았다 할 지경이면 출판업자는 그에 대하여 '군(君)은 자동차를 탈 만하니 원고료 같은 것은 필요 없지 않으냐'고 핀잔을 줄 것이다. 지나에서는 강도라도 할 만한 용기가 없이는 아무것도 못할 것이다."라고 하니까 루쉰은 "옳은 말이다!" 하며 다시 주(註)하여 왈, "옛적부터 지나의 성공자(成功者)는 강도나 유사강도였다."라고 답하였다. 지나의 성공자가 마적이었던지 강도였던지 간에 원고착취와 강도는 너무 왕창 뛴 비교이거니와 조선의 문학자가 월급 푼이나 먹으면, "자네야 원고료쯤 그만두면

---

340 프레드릭 리스로스(Frederick Leith-Ross, 1887~1968) : 1932년부터 1945년까지 영국 경제고문을 담당했다.
341 ようーだ : 1. 다른 것에 비유·비교함을 나타냄. 2. 추량, 불확실한 단정, 완곡한 단정 등을 나타냄.

어떻겠나." 하고 덤비는 우리 사정과 어쩌면 그렇게도 한 어머니 뱃속에서 나온 듯한가 하여 미고소(微苦笑)가 저절로 나오는 것이다. 사실 우리 조선에도 고량밥 먹고 양주(楊洲) 구실하라는 따위 잣단 착취자는 수두룩한 것이다. 그 어쩐 연고인지는 모르지만.

예술은 길다[342]

회산(繪山) 김종태(金鐘泰)[343] 군의 유작전(遺作展)이, 아는 분은 알겠지마는 10월 28일부터 3일간인가 1일을 연기하여 4일간인가 본정(本町) '메이지제과 (明治製菓)' 3층에서 개최되었다.

지금 나는 "회산 김종태 군의 유작전이 —" 하고 고인과 매우 친교나 있었던 듯이 그 유작전 기(記)나 초(草)하려는 것 같으나, 기실은 고인과 노상안면 (路上顏面) 정도요, 겸하여 화단(畫壇)의 문외한인 나로서는 고인 및 그 유작전에 대하여 운위하기에는 가장 부적임자일 것이다. 그러나 그의 부보(訃報)에도 무심치 않았거니와 그 유작전을 참관하고는, (정작 그 회화를 떠나서이지마는) 다소의 감회가 없지 않았던 것이다.

고인을 만나기는 신문사 편집실이었고 소위 초면인사(初面人事)라는 것도 없었지마는 선전(鮮展)에 특선(特選)이 된 〈청장(青裝)〉의 화제(畫題)를 '청의 (青衣)'라 하는 것이 어떠냐는 의견을 불시에 물은 일이 있어서 비로소 접어 (接語)를 한 것이 인연이 되어 노상(路上) 인사를 수차(數次) 하여둔 정도의 면

---

342 염상섭(廉尚燮), 「예술은 길다」, 『매일신보』, 1935.11.14. 이 글은 '1일1문'난에 연재된 글이다.
343 김종태(金鐘泰, 1906~1935) : 서양화가. 호는 회산(繪山). 평양 출신으로 1930년대에 일본에서 유학하고 1926~1935년에 선전(鮮展)을 중심으로 활동했다. 1936년, 조선인 최초로 선전의 서양화 추천작가가 되었으나 30세로 요절했다.

식이 있을 따름이다. 그것은 하여간에 그의 작고 후 유작전이 열린다는 말을 듣고는 뉘게 대한 인사인지 혹은 요우(僚友) 향린(香隣) 이승만(李承萬)³⁴⁴ 형이 노심주력(勞心注力) 한다는 데에 대한 그 소위 인사성인지는 모르거니와 한번은 참관하겠다는 생각이 들었던 것이다.

유작전이라는 것을 처음 보는 나는 어떤 것이 성공이요, 어떤 것이 불성공인지 비교해 말할 수는 없으나, 그것이 유작전이니만치 아늑한 장내(場內)가 애도의 기분에 싸여 있으면서 일맥(一脈)의 온화미(溫和味)가 무언(無言) 중에 흐르는 듯한 느낌을 주는 것으로 보아 십분 성공한 전람회라는 인상을 받은 것은 유쾌한 일이었다. 회장(會場)에 들어서면서부터 첫눈에 띠는 것은 고인의 초상과 데스마스크 아래 흑리본을 솜씨 있게 꾸며서 드리운 것이었다. 속안(俗眼)에는 예술의 감상이나 감흥보다도 그런 세미(細微)한 점에만 주의(注意)가 가는 것인지는 모르겠지만 실상은 아무나 할 수 있는 그런 조그만 기교가 전체의 기분을 통제하고, 또 그런 데 주의가 미친 주최자의 세심한 용의(用意)가 반갑고 고마운 듯이도 생각되는 것이었다.

"당자(當者)는 백장미를 좋아하였기에 생화(生花)를 장식하려다가 간편히 하노라고 한 것이지요" 하는 것이 향린의 설명이었으나, 백장미는 묘전(墓前)에 바치는 게 좋을 것이다.

고인의 성격을 더구나 친교가 없던 나로서 운위함은 예가 아니겠지마는 전하는 말에 들으면 대개의 천재가 그렇듯이 퍽은 신경질이요, 편성(偏性)이요, 비타협적이었던 모양이요, 따라서 기행기벽(奇行奇癖)도 적지 않고 교우의 범위도 적었던 모양일 뿐 아니라, 문자 그대로 사고무친한 천애의 고객(孤客)이었다 하다. 그런 점이 많지 않은 지구(知舊) 간에 동정을 끈 것인지도 모

---

344 이승만(李承萬, 1903~1975) : 삽화가. 호는 향린(香隣), 행인(杏仁). 「이심」, 「모란꽃 필 때」 등 염상섭의 연재소설 삽화를 그렸다.

르겠지마는 다른 것은 몰라도 데스마스크까지 만들고 유작전을 개최한 것을 보면 고인이 생전에 지기(知己)가 적었다는 점으로 미루어 무엇보다도 예술은 길다는 것을 새삼스러이 느끼는 것이다. 그가 살아서는 설혹 니삿도 어울리지 않던 사람이 있었더라도, 그의 예술 앞에서는 다시금 경의를 표하는 사람이 있다면 그것은 그의 인격의 여광(餘光)이라느니보다 그의 예술의 힘이 아니겠는가.

그는 인생의 발길도 못 걷고 간 사람이었고, 그 예술적 생애가 불과 10년인 모양이건마는 경성에서만 수집된 작품이 양으로만도 당당한 것이었을 뿐 아니라, 우리와 같은 문외한의 눈으로 인물과 풍경이 아울러 한 번 보면 한 번 보니만치, 두 번 보면 두 번 보니만치 이론을 떠나서 박진(迫眞)하여 오는 힘을 느끼게 하는 것은 관자(觀者)가 구안자(具眼者)가 아니니만치 그 작품의 매력을 알 수 있고, 따라서 그의 천자(天資)가 아깝지 않을 수 없음을 느끼게 하였다.

『예술론』과 『인생론』[345]

　야스나야 폴랴나[346]를 한 성도(聖都)처럼 어린 머리에 인상(印象)되기는 아마 도쿠토미 로카(德富蘆花)[347]의 『불여귀(不如歸)』나 『인생과 자연』 같은 것을 탐독하였을 문학소년시대에 두옹(杜翁)[348] 방문기라든지 예루살렘 순례의 기행문 같은 것을 읽고서부터였을 것이다. 그러나 독서에 게으른 버릇이라, 정작 두옹의 작품을 계통 있게 읽지는 못하였고, 문학소년시대에 함부로 주워 읽은 것도 이제껏 기억에 남은 것이라고는 『부활』을 예술좌(藝術座)의 극(劇)으로 본 것과, 『전쟁과 평화』를 독파한 뒤에 그 웅대한 스케일에 감격하였던 것들이다. 그러나 위대한 사상이라든지 웅혼(雄渾)한 영혼에 부딪쳐보려는 욕구보다도 보다 더 흥미 중심이요, 기교나 표현미에 정신을 쓰면서 읽던 중학시대의 독서력쯤으로서는 두옹의 소설이 지리(支離)도 하였고, 자극성(刺戟性)이 적었고, 난해도 하였던 모양이다. 그러므로 지금 와서는 대작들

---

345 염상섭(廉尙燮), 「『예술론』과 『인생론』」, 『매일신보』, 1935.11.20. 이 글은 '톨스토이 25주기 − 조선의 작가와 톨스토이'라는 표제 하에 실린 글 중 하나이다. 염상섭의 글 외에도 「머리를 숙일 뿐」(김동인), 「카츄샤와 나」(최상덕), 「평범의 진리」(전영택), 「금후는 옹(翁)을 본받아서」(방인근), 「그의 작품은 성전(聖典)」(양건식), 「『해당화』를 읽고서」(김기진)의 글이 함께 게재되어 있다.

346 야스나야 폴랴나(Yasnaya Polyana) : 러시아 툴라 주(州)에 있는 마을로, 톨스토이가 태어난 곳.

347 도쿠토미 로카(德富蘆花, 1868∼1927) : 도쿠토미 소호(德富蘇峰)의 아우. 일본 자연주의 문학가.

348 두옹(杜翁) : 당대에 '톨스토이'를 이르던 명칭. '두씨(杜氏)'와 같은 말.

을 모조리 한 번씩 재독(再讀)할 필요가 있다고 생각하면서도 아직은 그런 틈을 타지 못하고 있는 것이다.

하여간에 이런 관계로 작품을 통하여 받은 감화란 것은 은연중에는 모르겠으나 의식적으로 매우 적다고 생각한다. 그러나 문학이 어떠한 것이라는 것을 알게 되면서부터, 다시 말하면 문학이론을 섭렵하기 시작하여 두(杜) 씨의 『인생론』과 『문학이란 무엇이냐』라는 논문을 읽고는 계발된 점도 많고, 부분적 혹은 상대적으로 신봉할 점도 발견하게 되었다. 그러나 그렇다고 그의 『인생론』이 나 자신의 생활에 체득될 정도까지 가자면 그것은 사실로 일생을 바쳐서 수양하고 노력한다 하여도 가망이 없을지 모르거니와 나 '동물 아(我)'에 대한 '이성(理性) 아(我)'의 승리로서 진(眞)·선(善)·애(愛)에 살라는 점은 이론으로나 교리로만도 누구나 이에 경복치 않을 수 없을 것이요, 더욱이 톨스토이의 위대한 생애를 돌려다볼 제, 그 경건한 실천가로서 경앙과 숭배를 불석(不惜)할 바라 하겠다.

두옹의 문학론도 인생론에서 출발하였다 하여도 과언은 아닐 것이다. 예술을 미적 요소로부터 관찰하기 전에 도덕적·공리적 방면으로부터 먼저 따지는 데에 두옹 문학론의 특색이 있고, 따라서 만년(晚年)에 셰익스피어나 바그너를 몹시 깎은 것도 그 점에 있었던 것이다. 선악을 상대적으로 보지 않고 절대적으로 보는 점에서 두옹의 사옹(沙翁)[349] 배격도 나온 것이겠지마는 요컨대 문학의 사명은 체험을 전달하여 감정의 감염으로써 인류의 융화를 도(圖)함에 있다는 공리적·도덕적 견지에 선 것이다. 미(美)는 감정을 순화·매개하는 것이라면, 미를 제이의적(第二義的)으로 본다는 것에는 의문이 불무(不無)하나, 순화한 감정으로써 인(人)의 동감(同感)을 얻고, 널리는 인류의 융

---

349 사옹(沙翁) : 당대에 '셰익스피어'를 이르던 명칭.

합, 인류애의 고양에까지 가는 것이라 함은 이의 없을 것이다.

이와 같이 그『인생론』과『문학이란 무엇이냐』가 동근이지(同根異枝)로 다 같이 도덕론이나 혹은 실천적 공리론에 기우는 것은 두옹으로서는 차라리 당연한 일이겠지마는『인생론』이 육순(六旬)을 훨씬 넘은 만년의 것이요, 문학론은 그보다도 10년 후, 팔십을 바라볼 때의 저술이라는 점을 생각하면, 소위 '예술을 위한 예술'이라는 것은 연치(年齒)[350]는 막론(莫論)이요, 전 생애에 비춰보아 가당치도 않거니와 비록 '인생을 위한 예술'이라 할지라도 도덕론·공리주의에 편중하여진 것은 아무래도 연치 관계가 없지 않은 것 같고, 또 그것이 실상은 당연하다고도 할 것 같다.

---

350 연치(年齒) : '나이(사람이나 동·식물 따위가 세상에 나서 살아온 햇수)'의 높임말.

조선의 연극[351]

　개조사(改造社)의 야마모토(山本)[352] 씨가 경성에 왔을 때 유지(有志)와 회합 석상에서 첫대백이[353]의 주문이 조선의 연극을 보여달라고 하였다는 말을 들은 법하다. 조선의 연극이 유치하다는 소문을 듣고 일종의 외교술로서 한 층 더 뛰어서 저 편의 의기를 꺾어보려는 생각이었던지는 모르나 그런 경우에 '여기 있소.' 하고 내놓을 것이 있었던지 혹은 "글쎄 ―" 하고 어름어름하고 말았던지, 하필 야마모토 씨가 아니라 30여 년 전에 원각사(圓覺寺)나 임성구(林聖九)의 혁신단(革新團)을 보고 조선을 떠났다가 돌아와서 조선의 연극을 구경시켜달라면 무엇을 내놓을꼬?

　극(劇)은 말할 것도 없이 사람으로 비(比)하면 얼굴이다. 문화의 얼굴이요, 민족의 얼굴이요, 향토의 얼굴이다. 풍속과 민정(民情)과 민도(民度)를 단적으로 관찰하려면 그 고장의 연극을 보면 능히 짐작할 수 있음이 마치 그 사람의 교양과, 성격과, 가품(家品)과, 인격과, 감정과 내지 빈부, 직업까지를 그 용모로 겉짐작은 할 수 있음과 같은 것이다. 이와 같이 극이란 그 민족과 향토와 문화 속에 자라나서 그 민족과 향토와 문화의 갖은 요소를 구비한 전면적이

---

351 염상섭(廉尙燮), 「조선의 연극」, 『매일신보』, 1935.11.30.이 글은 '1일1문'란에 연재된 것이다.
352 야마모토 사네히코(山本實彦, 1885~1952) : 개조사(改造社) 창간자이자 사장.
353 첫대백이 : 첫대바기. 맞닥뜨리자 맨 처음으로.

면서도 단적(端的) 표백이라는 점을 생각하면 조선사람은 어째서 극을 소홀히 하고 등한시하고 심지어 천시하였던가 알 수 없는 일이다. 얼굴 없는 사람이 없듯이 예술을 가지지 않은 민족이 없고, 따라서 극 없는 민족은 없다. 문자, 따라서 문학이 없던 시대에도 극은 있었던 것이 사실이니, 조선민족도 극을 안 가진 것은 아니다. 그것이 오늘의 시쇠운(視衰運)을 만난 것은 홀대·천시에 전폭적 원인이 있는 것이다.

구극(舊劇), 소위 남사당패니 광대니 하는 것은 그만두자. 그러나 신극운동을 원각사시대부터로 따져보더라도 30여 년, 근 40년의 역사를 가졌으니 신문학운동과 그 연령이 비등하다. 그러면서도 신문학운동과 신극운동을 비교한다면 문학 편을 드는 게 아니라 공정히 보아 아무래도 극 측에 손색이 있는 것이 사실일 것이니 그 원인은 어디 있는가.

여기에도 극이라면 아희시(兒戱視)하고 천시·홀대한 데에 제1원인이 있는 것임은 물론이거니와 그 외에 문학이 앞서고 극이 뒤떨어진 몇 가지 이유를 들자면, 첫째는 문학은 제작·표현에 있어 개인적 사업이요, 단일한 예술이지마는 극은 집단적 사업이요, 겸하여 종합적 예술인 점에 난이(難易)가 있는 것. 둘째는 문학이 사회화함에 자본을 요하여 '작품 대 출판업자'의 관계에 있어 작품이 상품화함은 물론이요, 출판업이 자본주의적 발달도정을 밟는 것이 당연함과 같이 극운동도 극단과 흥행업자의 긴밀한 관계에 서서 자본주의적 발달도정을 밟아야 할 필요는 문학작품에서보다 일층 필요한 것이나, 조선의 극단이 자체가 무자본(無資本)이거든, 견실한 자본주를 만나야 하겠는데 문학에 대한 출판업과 같이 혹은 그 이상으로 자본가를 만나지 못한 것. 셋째는 극단의 지도자라든지 간부·배우라 할까, 일류라 할 만한 배우는 그렇지 않겠거니와 속성배우(速成俳優), 그중에도 여우(女優)에 이르러서는 예술을 이해치 못하고 문학적 소양이 부족한 점을 들 수 있을 것이니, 이것이

여우의 대사에서 가끔 발견되는 오류만으로 결코 무언(誣言)은 아닐까 한다.

그러나 극단 부진의 원인을 아무리 구명한대야 최종의 낙착점은 결국에 자본 문제다. 상당한 자본의 출현으로 초기의 희생을 각오하고 배우 양성의 기초사업에서부터 착수할 만한 자본벌(資本閥) 중의 선각자, 독지가, 조선극의 위대한 어머니가 그만하면 출현해도 좋을 때가 되었을 것이요, 또 순자본가적 견지로 보아도 손(損)은 없을 시대가 되지나 않았을까. 그리하고서야 비로소 큰 희곡작가와 지도자도 출현될 것이다.

근일 어느 극장의 실연(實演)을 보고 소감의 새로운 바가 있기로 붓을 들었으나 결국에는 진부한 말에 그치고 말았다.

염상섭 문장 전집
1936

금년에 하고 싶은 문학적 활동 기記[354]

전영택(田榮澤) 씨의 뒤를 이어 장편을 M신문에 쓰기로[355] 되었으니 그것에나 성력(誠力)을 다할까 합니다.

---

354 염상섭(廉想涉), 「금년에 하고 싶은 문학적 활동 기(記)」, 『삼천리』, 1936.2. 이 글은 '금년에 하고 싶은 문학적 활동 기(記)'라는 설문에 답한 것이다. 염상섭 외에도, 장혁주, 전영택, 유진오, 최상덕, 양주동, 노자영, 정래동, 이무영, 홍효민, 이일, 유치진, 김진섭, 서항석, 채만식, 김안서, 장덕조, 김태준, 심훈, 김광섭, 민병휘, 안석영, 함대훈, 임화의 답변이 함께 실려 있다.
355 염상섭의 장편연재소설 「불연속선」(『매일신보』, 1936.5.18~12.30)을 가리킨다.

영어 우(又)는 에스페란토어로 번역하여 해외에 보내고 싶은 우리 작품[356]

글쎄요. 세계에 내놓아서 부끄럽지 않을 만한 작품이 생긴 뒤에 이 문제는 제출되어야 옳겠는데, 어쨌든 나는 잘 모르겠구만요.

---

356 염상섭(廉想涉), 「영어 우(又)는 에스페란토어로 번역하여 해외에 보내고 싶은 우리 작품」, 『삼천리』, 1936.2. 원제는 「영어 우(又)는 에쓰어로 번역하여 해외에 보내고 싶은 우리 작품」. 이 글은 동일 제목의 설문에 답한 것이다. 염상섭 외에 양주동, 장덕조, 유진오, 임화, 최독견, 김광섭, 민병휘, 안석주, 정래동, 장혁주, 이일, 홍효민, 이무영, 유치진, 서항석, 김태준, 김안서, 심훈, 노자영, 함대훈, 채만식, 전영택의 답변이 함께 실려 있다.

작자의 말[357]

『불연속선』

 작가는 언제나 새로운 작품에 붓을 들 제, 처녀와 같은 겁과 산모의 진통과 같은 고민이 있다고들 합니다마는, 필자는 근년에 신문소설에 붓을 놓았더니만치 과연 이 소설이 소기한바 성공이나 효과를 얻을까 한층 더 겁도 나고 애도 쓰입니다. 작가에 대한 작품은 임부가 아이를 낳는 것 같아 낳아놓고 보아야 아들인지 딸인지, 잘생겼는지 못생겼는지를 비로소 아는 거와 같습니다. 그러므로 내 작품이 어떠하리라는 예상을 이야기함은 잘못하면 자화자찬에 흐를 것이므로 여기서는 다만 병신자식이나 아니 낳도록 되십사고 빌면서 오래간만에 벼루의 묵은 먼지를 털고 무디어진 붓을 들고자 합니다.

---

357 염상섭(廉尚燮), 「작자의 말」, 『매일신보』, 1936.5.2. 이 글은 「장편소설 『불연속선』—5월 중순 연재」라는 기사에 포함된 것이다. 기사의 내용은 다음과 같다.
  "전영택(田榮澤) 씨의 소설 『청춘곡(青春曲)』은 만천하 독자의 희유한 갈채 속에서 불일내에 완결을 고하게 되었사오며, 이어서 염상섭(廉尚燮) 씨의 『불연속선(不連續線)』을 연재하게 되었습니다.
  불연속선 — 이 자못 근대적인 이름을 가진 한 편의 이야기는 조선소설단의 최고봉(最高峰)을 걷는 작가가 그 사이 오랜 침묵을 지키는 동안 상(想)과 념(念)을 닦고 갈아서 짜낸 것으로 복잡다단한 현대 조선인의 생활상을 그려 유감이 없을 것입니다.
  삽화의 묵로 이용우(李用雨) 씨도 새로운 의기로 임하게 되어 이 새 소설이야말로 천하독자의 새로운 감격을 자아낼 것입니다."

언어는 제2차적[358]

한 민족을 단위로 본 개성, 쉽게 말하여 민족성을 표현하여 민족의 마음, 민족의 혼, 민족의 독이성(獨異性)을 표백하고, 따라서 그 민족의 인생관·사회관·자연관들을 묘사·표현한 것이면 그 민족만의 문학일 것이라고 하겠습니다. 그러므로 첫째 문제는 '쓴 사람'의 문제일 것이요, 둘째는 작품에 담긴 내용에 따라서 결정될 경우도 있겠습니다. 그리고 어(語)와 문(文)은 한 표현수단, 즉 기구와 같은 것인가 합니다. 그러므로 제1조건이 조선사람인 데에 있고, 외국어로 표현하였다고 반드시 조선문학이 아니라고는 못할 듯합니다. 조선의 작품을 번역하였다고 금시로 외국문학이 되지 않음과 같이 외국어로 표현하였기로 조선사람의 작품이 외국문학이 되리라고는 생각할 수 없습니다.

---

358 염상섭(廉想涉), 「언어는 제2차적」, 『삼천리』, 1936.8. 이 글은 "조선문학의 정의—이렇게 규정하려 한다!"라는 설문에 답한 것이다. 염상섭 외에 「·조선문학의 개념」(이광수), 「조선사람 읽을 것만이」(박영희), 「언어에서 결정된다」(김광섭), 「조선을 제재(題材)한 것이어야」(장혁주), 「아관(我觀) ·조선문학」(서항석), 「자기 문자의 표현만이」(이헌구), 「조선문학을 두 가지로 규정」(이병기), 「조선사람에게 ·읽히움에」(박월탄), 「객관적 사정에 의하여 규정된다」(임화), 「조선문학의 정의」(김안서), 「한글문학만이 ·조선문학」(이태준)의 글이 함께 실려 있다.

『불연속선』 작자로서[359]

　　1. 도시 중심, 현대 인물이외다. 작품제작에, 어느 시대와 세상에 치중하여야 옳겠다는 의미는 잘 알 수가 없습니다.

　　2. '순수', '대중'의 조화가 어려운 것은 물론이요, 잘만 되면 신문소설의 극

359　염상섭(廉想涉), 「『불연속선』 작자로서」, 『삼천리』, 1936.11. 이 글은 '장편작가회의'라는 설문에 답한 것이다. 염상섭 외에 「『조선일보』 연재 「애욕의 피안」 작자로서」(춘원 이광수), 「『삼천리』 연재 「반려(伴侶)」 작자로서」(회월 박영희), 「『중앙일보』 연재 「후회」 작자로서」(만해 한용운), 「『중앙일보』 연재 「황진이」 작자로서」(상허 이태준), 「『매일신보』 연재 「금삼(錦衫)의 피」 작자로서」(월탄 박종화), 「『동아일보』 연재 「여명기(黎明期)」 작자로서」(장혁주), 「『동아일보』 연재 「밀림」 작자로서」(김말봉), 「『조선일보』 연재 「황혼」 작자로서」(한설야)의 답변이 함께 실려 있다. 설문 내용은 아래와 같다.
　　"1. 선생께서 집필 중의 장편소설은 '인물과 사건'을 주로 도시 중심, 혹은 농촌 중심으로 두시고 써내려 가십니까? 또는 현대의 세상에서 취재(取材), 표현하시렵니까, 과거 역사 속 세상에서 취재, 표현하시렵니까, 오늘날의 조선작가는 모름지기 작품 제작에 있어 어느 시대와 세상에 치중하여야 옳겠다고 신념(信念)하십니까.
　　2. 독자의 지식 정도와 검열관계 등을 고려할 때에 풍자문학 우(又)는 사화(史話)·사담(史譚)의 형식을 취하여 표현함이 여하할는지요? 더구나 신문소설을 써내려가실 때 '예술성'과 '통속성' 우(又)는 '순수문학'과 '대중문학'의 조화에 대하여 어떠한 고심을 하여가십니까. 그리고 될 수 있으면 현재 집필 중의 그 작품을 유별(類別)하자면 사실주의, 이상주의, 낭만주의, 자연주의 등등 여러 주의 중 어디에 속하도록 써가십니까.
　　3. 지금 쓰시는 장편에는 모델이 있습니까, 있다면 어떤 점에 흥미를 느끼게 되어 그를 모델로 끄집어내셨습니까. 그 동기와 또 소설은 매일 한 회 한 회씩 써갑니까. 하루 몇 장이나 쓰며, 어느 시간에 집필하며 기타 집필상의 고심담(苦心談).
　　4. 선생의 그 소설에 대하여 같은 작가로서 비평, 충고 등을 받으신 일이 있습니까. 또 삽화가에 대한 희망, 평론가에 대한 희망, 그리고 독자로부터 항의, 격려 등의 편지에 대하여 일일이 답변하십니까. 또 그에 대한 감상."

치일 것 같습니다. 고심은 하나, 효과에 대하여는 자기로는 알 수가 없습니다. 사실적으로 써갑니다.

3. 모델 없습니다. 조반(朝飯) 전에 매일 1회분씩 씁니다.

4. 별로 없습니다.

염상섭 문장 전집
1939

깊이 없는 생활[360]

식민풍경, 식민색채라는 일종 특수한 환경에서 자랐다고도 하겠지만 그래도 나의 동경생활이나 서울생활은 기성문화 속에서 호흡하여왔고 또 그것이 아무리 부분적으로는 곰팡이 슨 것이요, 부절(不絶)히 변천되어가는 도정에 있었을지라도 어쨌든 전통을 가진 생활양태에 휩쓸려 살아왔다 하겠다. 그러나 자기 자신이 일 이민(移民)으로서 어떠한 주위환경 속에 싸여 앉고 보니 어쩐지 눈 서투른 것이 많고 어떻게 하면 자신의 실제생활부터를 어설프지 않게 합리적으로 끌어나갈 수 있을지 어리둥절하다.

주위에 동화되기를 한사코 거부하려는 것도 아니요, 무너져가는 전통을 꼭이 지켜야 하겠다는 용기나 고집이 있는 것은 물론 아니다. 비록 입향원속(入鄕願俗)이라 하여도 무비판하게 맹종하도록 어수룩하지도 않고 보니 주위를 연해 뒤돌려다 보게 되는 것이다.

우리는 물론 동일한 문화권 내에서 자라왔고 또 앞으로도 그 권내에서 자기완성에 정진·노력하여야 할 것이다. 어떻게 하면 자연스럽게 소나무(松)에 대(竹)를 접목하고 석류나무에서 딸기가 열리기를 바라려는 듯한 무리 없이 아는 듯 모르는 듯한 가운데 한 문화체(文化體)의 혈맥을 통하여 혼융된 신

---

360 염상섭(廉想涉), 「깊이 없는 생활」, 『삼천리』, 1939.7.

건설(新建設) 속에 자기를 안정시킬 수 있을 것인가? 여기에는 여러 각도로 검토도 하고 실제에 즉(卽)한 입안(立案)도 있어야 하겠으며 시험적으로라도 실행하여볼 여러 가지가 있겠지만 통틀어 말하면 어떻게 하여야 어서어서 이 얼룩덜룩한 식민풍경과 값싼 백일홍 같은 식민색채가 제 곳을 찾아들어서 제각기 개성미(個性美)를 살리면서 참한 맛, 우아한 맛을 보지(保持)하게 되겠는가? 이것이 문제요, 또 이것은 만주국(滿洲國) 독자(獨自)의 문화를 건설하는 기본이 되는 것일 것이다.

풍경이니 색채니 하는 외형의 문제만이 아니다. 생활의 내면을 들여다보아도 거기에는 깊이(深)가 없다. 넓이나 부피는 있을지 모르나 깊이가 없다. 이것은 개인적 접촉, 개인의 사교에서도 볼 수 있는 것이다. 각자의 내부생활을 자성(自省)하여보아도 아마 수긍될 것이다. 적어도 나 자신은 그러하다. 시대가 급격히 변전(變轉)하고 문화가 제 땅의 거름으로 커진 것이 아니라 갑자기 이민(移民)된 것이면야 아직 깊은 근저(根底)를 가지기에는 시간적으로 허락지 않으니까 그 역(亦) 무리치 않으나 우리의 생활내용이란 것도 뿌리가 팍팍하고 무엇이 위에 처져있는 생활 같지는 않아 보인다. 유독 나 자신의 생활이 공허한 탓인지는 모르겠으나 들여다볼 만한 그윽한 맛이 있는 것도 아니요, 다만 까닭 없이 서성거리고 무엇인지 놓친 것처럼 공중에 뜬 생활을 그날그날 색책(塞責)으로 미봉(彌縫)하여나갈 따름인 것 같다. 뚜렷한 목표를 위어잡고 한 곳으로 파들어가는 힘찬 생활, 그런 것을 우리는 구축(構築)하여 나아가야 할 것이 아닌가. 절실히 느낀다.

이러한 것은 의당 건설의 초기에 있어 신흥의 기분이라든지 앞만 바라보고 내달으려는 전진의 의기가 발자(發剌)하면 할수록 거기에 따른 자연(自然)한 현상일 것이요, 또 그것은 진취력(進取力)으로서 차라리 이 시기는 크게 필요하다고 하겠다. 그러나 개인의 성장으로 보아도 혈기방장(血氣方壯)한 때와 그 고비를 넘어선 때가 다른 거와 같이 건설이 어느 정도까지 진보되고 실생활이 차차 안정되어갈수록 생활의 깊이가 요구되는 것이요, 그 깊은 맛이 그리워지는 것이다. 깊이가 없는 생활은 결국에 사상(沙上)에 지은 누각(樓閣) 같고 털어야 나올 것도 없고 남는 것이라고는 껍질뿐이다. 그러나 실상은 주위가 정돈되고 균제(均齊)됨을 따라서 자연히 자기의 내성(內省)의 눈이 뜨이고 '깊이'가 생기는 것이라 할 것일지도 모른다.

염상섭 문장 전집

1941

서_序[361]

『싹트는 대지』

사람의 정의(情意)가 움직이고, 행동이 있고, 생활이 있는 곳에 문학이 없을 수 없다. 우리 만주개척민은 예나 이제나 호미나 바가지짝 밖에 가지고 온 것이 없으나, 그 바가지에는 생활이 담겨 있고 그 호미 끝은 거친 정서를 돋우기에 넉넉하니, 여기에도 문학은 자라났다. 그리하여 우리는 지금 만주에서 십지(十指)로 꼽을 수 있는 신진유망(新進有望)한 작가들을 가지고 있고, 여기에 그 업적이 아무 데 내놓아도 부끄럽지 않은 작품집을 자랑하게까지 되었다.

만주에서의 문학운동의 효시(嚆矢)를 어디 두어야 옳을 것인지, 또 널리 개척사상(開拓史上) 볼 만한 문헌이 얼마나 있는지 나는 과문하여 알지 못하거니와 이번 이 간행은 오직 출판기록으로만 본다 하여도 만주에 있는 우리로서는 실로 획기적 사업이 아닌가 한다. 이것이 양(量)으로 자랑할 만한 소위 전집도 아니요, 불과 10편 미만의 단편을 모은 것이라 하여 남은 대수롭지 않게 여길지 모르겠고, 혹은 근세(近世)의 조선사람이 만주생활에 뿌리를 박은 지도 반세기는 훨씬 넘었건만 문학적 소산이라고 고작 이뿐이냐고 웃을 사

---

361 염상섭(廉尙燮), 「서(序)」, 신형철(申瑩澈) 편, 『싹트는 대지』, 만선일보 출판부, 1941. 재만 조선인 작가들의 소설집에 실린 서문이다.

람도 없지 않을 것이다. 그러나 개척민은 실생활의 빈곤 이상으로 현대문화의 혜택에서 멀리 떨어져 있었다는 사실로 보아서는 결코 오늘의 이것을 적다 하고 뒤늦다 못할 것이다. 도리어 이것이 빈 바가지 속에서 나왔고 녹슨 호미 끝에서 자라났음을 생각하면 고맙고 갸륵타 아니할 수 없을 것이다.

여기에 나타난 작가 전부가 반드시 부조대(父祖代)부터 이 땅에 뿌리박은 소위 2세, 3세가 아닐 것이며, 개중에는 어제 월강(越江)하였다가 내일이면 돌아갈 사람도 있을 것이나, 이 작품들만은 역시 호미와 바가지와 피땀 이외에 아무것도 가진 것 없는 '간민(墾民)' 속에서 자라난 것이다. 그 속에서 호흡하고, 그 속에서 살찌고 기름진 시혼(詩魂)이 낳을 수 있는 만주조선인의 문학이다. 일망무애(一望無涯)의 황막(荒漠)한 고량(高粱) 밭에서 진흙구덩이를 후벼파고 돋아나온 개척민의 문학이다. 개척의 문학이라 하여 자비(自卑)하거나 모멸을 느끼지는 않을 것이다. 물질로 그러함과 같이 문화의 유산을 분명히 지니지 못하고 현대의 문명문화(文明文化)에서 떨어져 와서도, 오늘날 조선 본토의 그것에 손색없는 문예의 싹이 돋아났다는 데에 도리어 커다란 긍지가 있는 것이다.

나는 이 작품들을 읽어가는 동안에 그 대부분의 작품에서 '전기(前期) 간민'의 참담한 생활상을 회고·추억하는 일종의 '이민수난기(移民受難記)'와 같이도 느꼈다. 이러한 의미로 이 작품집은 만주개척사의 서설(序說)이요, 먼 장래에는 얻지 못할 귀한 문헌의 가치도 가지게 되리라고 믿는 바이거니와, 한편으로는 선구자로서의 '간민', 개척자로서의 선진(先進)을 위한 대변(代辯)이요, 설분(雪憤)이며, 동정에 넘치는 감사의 문자이기도 한 것이다. 이 점으로 보면 이 일집(一集)은 만주 광야의 진흙구덩이를 후벼파고 돋아나왔다고 하기보다는 차라리 우리의 선주(先住) 개척민이 피땀을 흘려가며 파고 심고 거두어서 빈 바가지를 채운 최초의 문화과(文化果)라 할 것인가 한다. 나의 이러한 소회는 너무나 감상적이라고 할지 모르겠으나, 읽어가는 동안에 자자구구(字字句句)에 그네 개척자의 혈한(血汗)이 서린 듯한 경건한 느낌이 없지 않았던 것도 사실이다.

신만주(新滿洲) 이전의 만주가 어떠하였던가, 선주(先住) 개척민의 생활상이, 고난이, 억울이 그 무엇이던가를 깜깜히 모르는 우리에게 단순한 호기(好奇)와 경이 이상으로 가르쳐주는 바가 적지 않지마는, 그보다도 이 땅에서 자라난 선주(先住) 개척자의 자손으로서 자기를 알고, 현실을 살피며, 장래를 위하여 크게 발분(發奮)하고자 할진대 먼저 이 부조(父祖)와 선진(先進)의 심각한 수난의 기록을 반드시 명간(銘肝)하여 숙독할 의무가 있다고 믿는다.

나는 이상에서 너무나 이 작품들의 생성과정을 고찰하기에 용언(冗言)을 비(費)하였고, 또 일부 작품에 중점을 둔 편경(偏傾)에 빠졌다. 그러나 그 어느 작품에서나 만주의 흙내 안 남이 없고, 조선문학의 어느 구석에서도 엿볼 수 없는 대륙문학 개척자의 문학의 특징과 신선미(新鮮味), 신생면(新生面)을 발견할 수 있는 것은 전 조선문학을 위하여 큰 수확이 아니면 아닐 것이요, 작가와 편자(編者)의 자랑이라 할 것이다. 그러나 비록 흙에서 나오고 흙내가 배었다 할지라도 본질적으로 진정한 흙의 문학에까지 발전되어야 하겠고, 또 이 작품들의 취재(取材)의 범위가 전기(前期) 개척민 생활의 특수한 유형적 사실에 국한된 감이 있는 점으로 보아 이것이 신만주의 협화정신(協和精神)을 체득한 국민문학에까지 전개되어야 할 것을 그 담당(膽當)한 장래에 크게 기대하며, 또 기대에 어김없을 것을 믿는 바이다.

강덕(康德)[362] 8년 5월

---

362 강덕(康德) : 만주국 연호.

염상섭 문장 전집

1944

서序[363]

『북원北原』(안수길 창작집)

만주에서 우리의 문화활동의 중심을 찾자면 아직 신경(新京)에서보다는 간도(間島)에 있지 않은가 한다. 이것은 재만조선인(在滿朝鮮人)의 과반수가 여기에 근거(根據)를 가지고 있다는 지리적 사실로 보아 필연한 일이다. 그러나 문화활동 중에서도 더욱이 그 주요한 일면을 차지하는 문예운동이 중앙에서 멀리 떨어져 지방적 존재로 동만일우(東滿一隅)에 촉척(躅躊)하여 있거나 각지에 산재한 대로 방임되어 있다는 것은 결코 반가운 현상도 아니요, 간도에 재주(在住)하는 문화인으로서도 자랑은 못 되는 일이다.

그만큼 뒤졌고 무자극(無刺戟) · 무감격(無感激) 상태에 빠지기 쉬우며 불활발(不活潑) · 무능력하다는 증좌밖에 아무것도 아니 된다.

또 설령 우리의 문화활동 내지 예문운동(藝文運動)이 지역적으로는 신경(新京)이 중심화하여간다 할지라도, 그것이 단순히 조선인을 상대로 하는 계몽운동에 그치고 만다면, 본래의 의의는 반감되고 높은 수준에의 비약은 기대키 어려울 것이며, 민족적 독선에 타(墮)하고 알 것이다.

진실로 협화정신(協和精神)을 실천하고 모든 기회에 우리도 만주국이 문화건설에 참획(參劃)[364]하고 공헌코자 할진대, 일만계(日滿系)의 그것에 연계(連

---

363 염상섭(廉尙燮), 「서(序)」, 『북원(北原)』(안수길 창작집), 예문당, 1944.

緊)와 협조를 일층 긴밀히 하고, 선진(先進)의 계발과 편달을 힘입을 하등의 방도가 있었어야 할 것인데, 만주국에 예문단체(藝文團體)가 탄생된 지 이미 삼사 성상(星霜)을 열(閱)하였을 터이로되, 조선인작가와 작품이 그 권내(圈外)에 유리되어 있는 현상은 그 이유와 원인이 나변(那邊)에 있든지 간에 기형적 사태가 아니라 할 수 없다. 지방적이요, 민족적임이 근본적으로 틀린 것은 없으나, 언제까지 그 경역(境域)에서 준순(逡巡)하고 있어서는 아니 될 것이라는 말이다.

나는 오랫동안 작가생활에서 떠나있었으므로 만주국의 예문운동의 현상에 어둡고, 또 중앙문단과 같은 형태가 어떠한 내용을 가졌는지 그 역(亦) 미상(未祥)하거니와, 나는 서상(敍上)과 같은 의미에서 이 『북원(北原)』 1권을 저자의 동의가 있고 없고 간에, 어디보다도 먼저 만주국 예문단(藝文壇)에 보내고자 하는 바이다. 이 경우에 이 작품집의 우열이라든지 만주국예문단의 수용 여부가 문제되는 것은 아니다. 다만 만주국 국민으로서 만주생활을 묘파한 문예작품인 다음에는 조선어문으로 씌인 것일지라도 훌륭한 만주문학이요, 만주문학이면야 만주의 문단에 먼저 보내야 할 것은 당연한 일이며, 또 만주 예문계(藝文界)로서도 먼저 받아들여야 할 것이 아닌가 한다. 조선문으로 쓴 것이라 하여 재만조선인이 끼고 돌 것도 아니요, 만주문단을 제쳐놓고 먼저 조선문단으로 달아나서는 의리가 서지 못할 것이기 때문이다. 만일 만주의 예문계가 조선문 작품이라 하여 무관심한다면 비위(非違)[365]는 예문단에 있다 할 것이니, 만주 예문단도 반드시 호의로써 맞아줄 것을 믿는다.

연전(年前)에 『만선일보』 간(刊)으로 출판된 재만조선인 작품집 『싹트는

---

364 참획(參劃) : 계획에 많이 참여함.
365 비위(非違) : 법에 어긋남. 또는 그런 일.

대지』로 말할지라도, 필시 예문운동 선에 나타나, 그중 수삼 편쯤은 일만문(日滿文)으로 번역·소개될 줄로 기대하였던 바인데, 우금(于今) 그러한 소식을 듣지 못함은 유감이거니와, 조선문 작품이라고 예문운동에 참가할 방도가 없는 것이 아님은 번설(煩說)할 것도 없는 것이다.

『북원』의 만주 예문단에의 헌사가 너무 장황하였거니와, 『북원』은 『싹트는 대지』 이후 2년 만에 만주 예문단에 보내는 개인 작품집으로서 선편(先鞭)이다. 재만작가 전체로 보면 2년 유여에 겨우 2집밖에 못 내어놓았으니 요요(寥寥)한 감이 없지 않으나 저자 개인으로서는 『북원』의 수확이 풍작임을 자랑하여 부끄럽지 않을 것이다. 저자는 『싹트는 대지』에서 「새벽」 1편을 통하여 이미 작가적 소질과 경향과 지위를 우리에게 보여주었고, 또 나 개인으로 말하면 「새벽」에서 연래(年來)의 교의(交誼) 이외에 작가로서의 안(安) 형을 새로이 거듭 사귄 듯이 깊은 감명을 받았던 바이지마는, 이제 이 『북원』을 손에 들고 다시 생각되는 바는 금후 만주에서 우리의 손으로 개척민문학 내지는 농민문학이 생성한다면, 그것은 『북원』에서 기점(起点)을 구하여야 할 것이 아닌가 함이요, 그 선도(先導)로서의 중임을 이 저자에게 맡겨야 할 것이라는 것이다.

「목축기(牧畜記)」에서 우리는 저자가 새로운 경지를 개척하고 일단(一段)의 비약을 수(遂)한 자취를 엿볼 수 있거니와, 「원각촌(圓覺村)」에서, 「토성(土城)」에서, 「벼」에서, 그 어느 것에서나 저자의 의도와 우리의 기대가 완전히 일치됨을 발견할 수 있는 것은 유쾌한 일이다. 더욱이 「목축기」는 그것이 완결된 작품은 아닌 모양이나, 이것으로만도 작자의 경향과 금후의 진로를 예도(豫度)하여도 틀림이 없지 않을까 하는 생각도 드는 것이다. 「목축기」의 정신과 사상은, 이것을 농민에게 옮겨 심으면, 그것이 그대로 농민도(農民道)가 되지 않을까. 「원각촌」, 「토성」, 「벼」 등 주요 제작(諸作)에서도 이 정신, 이 사상은, 일관하여 있다고 보았지마는, 만주에서 특히 조선인개척민을 위한 농민문학이 선다면, 그것은 이 「목축기」의 정신과 사상에, 다시 협화정신과, 흙에서 깊은 숨을 뿜고 나오는 신생(新生)의 의기와 신인생관(新人生觀)이 혼연히 융합된 농민도에 뿌리를 박은 문학이어야 할 것이 아닌가도 생각하는 바이다.

그러나 농민문학이 농민도에 뿌리를 박은 것이어야 할 것이라 하여도, 농민도가 서고서, 농민문학이 있는 것이 아니라, 차라리 농민문학이 그러한 추향(趨向)으로 생성·발전하는 과정에서, 농민도는 대성하고, 보급되는 것일 것이다. 그러므로 농민문학의 수립과 발전은 개척민의 마음의 양식인 동시에, 수전개간(水田開墾)으로써 농업만주를 건설하고 완성하는 정신적 원동력의 공급원이 된다는 공리적 견지로서도 기대와 국가적 의의는 큰 것이다.

나는 위에서 이 작품의 우열은 차치하고 만주의 문학이니 우선은 만주의 예문계에 보내노라 하였다. 그것은 다만 의례적 의미로서가 아니요, 또 이 작품들이 만주의 문학적 수준을 당당히 돌파하리라 하여 그것을 자랑코자 하는 순연한 문학적 평가를 노리고만 한 말도 아니다. 차라리 그 모든 점을 제쳐놓고라도 이 작가가 주로 취재하는 전기(前期) 개척민의 생활상과 사회상이 주는 엽기적 흥미만으로도 일독의 가치가 있다고 믿는 바이지마는, 그보다도 상술함과 같이 장래에 만주의 농민문학을 수립함에 당하여 이러한 작가의 노력이 얼마나 귀중한가를 알아주고, 그 노(勞)를 아끼며, 북돋아주어야 할 것이라는 데에 나의 진의(眞意)는 있는 것이다. 또한 일편(一便)으로는 조선농민을 계몽·지도하는 단순한 농정(農政) 상 견지로서도 이러한 작품을 통하여, 그들의 과거와 현재를 인식할 필요는 확실히 있다고 믿는 바이다.

감히 무사(蕪辭)[366]를 정(呈)하여 전만(全滿) 각층 독서계의 일독을 권하는 소이(所以)이다.

강덕(康德) 10년 11월

안동(安東)에서 염상섭(廉尙燮)

---

366 무사(蕪辭) : 1. 되는대로 조리 없이 늘어놓는 난잡한 말. 2. 자기의 말을 겸손하게 이르는 말.